Für

Rosa Andrea

Love
is all
you need

♡ Emma
Wagner

Weitere Werke der Autorin:
»Eine Schildkröte macht noch keine Liebe«
»Mit Ski, Charme und Pinguin«
»Winter, Liebe und ein Wiesel«
»Du. Für immer.«
»Wir. Für immer.«
»Dein. Für immer.«
»Liebe und andere Fettnäpfchen«
»Das Handy in der Hummersuppe oder ein harter Job für die Liebe«
»Klappe, Action und Liebe«
»Die Liebe ist (k)ein Basketballspiel – Band 1: Jump Ball«
»Die Liebe ist (k)ein Basketballspiel – Band 2: Overtime«
»Die Liebe ist (k)ein Basketballspiel – Sonderedition: Jump Ball & Overtime«
»Amor's Five: Himmelreich mit kleinen Fehlern«

Lektorat: Jil Aimée Bayer, www.jil-aimee.com
Korrektorat: Sybille Weingrill, www.swkorrekturen.eu
Buchsatz: Corinna Rindlisbacher, www.ebokks.de
Zeichnungen: Katharina Reitz
Coverdesign: Catrin Sommer, www.rausch-gold.de
Verwendete Grafiken/Fotos:
© shutterstock_624245996, © shutterstock_364540469
Verlag: Nova MD

Emma Wagner
Bachstraße 14
69121 Heidelberg
email@emma-wagner.de

Der direkte Kontakt zu meinen Lesern ist mir wichtig. Ich freue mich auf den Anregungen, Kritik und Austausch unter:

www.emma-wagner.de
info@emma-wagner.de
www.facebook.com/AutorinEmmaWagner
Instagram: autorin.emma.wagner

Von Träumen, Eidechsen und der *Liebe*

»Im Traum und in der Liebe gibt es keine Unmöglichkeiten«

János Arany

Kapitel 1

Lucy

Ich liebe Tage wie diese. Tage, an denen ich nicht schon im Morgengrauen aus dem Bett springen und zur Arbeit hetzen muss. Tage, an denen nicht das Schrillen meines alten Weckers mich aus dem Bett fahren lässt, sondern sanfte Sonnenstrahlen mich wachküssen. Noch schöner als an Wochenenden sind solche Tage natürlich unter der Woche. Und am allerschönsten sind sie unter der Woche im Spätsommer. So wie heute.

Das Fenster steht offen, ich höre im Halbschlaf die Vorhänge leise rauschen und wie die Stadt langsam erwacht und weiß genau, dass ich noch mindestens eine Stunde liegen bleiben, mich ins Kissen kuscheln und meinen Träumen nachhängen kann. Sonnenstrahlen fallen durch die Ritze zwischen den Vorhängen, wärmen mein Gesicht. Tiefer und tiefer gleite ich in diese watteweiche Ebene zwischen Traum und Realität zurück, fühle mich zurückversetzt an einen goldenen Moment vor einer Ewigkeit, die ein anderes Leben hätte sein können. Applaus erklingt, leise erst, dann immer lauter, Flutlichter, Musik und ein Gefühl unfassbaren Glücks.

Dann stürzt das Haus zusammen.

Mit einem Aufschrei fahre ich hoch, greife mit weit aufgerissenen Augen Halt suchend in die Leere über mir, mein Puls rast.

Während mein eigener Aufschrei in meinen Ohren nachhallt, irrt mein Blick panisch durchs Zimmer. Verwirrt stelle ich fest, dass nicht nur ich in meinem Bett liege, sondern vor allem, dass das Haus drumherum noch immer steht. Ich muss den Krach geträumt haben.

Mindestens so irritiert wie erleichtert lasse ich mich wieder in mein Kissen sinken, versuche zurückzuholen, was ich von dem anderen, dem tiefer liegenden Traum noch weiß. Dieses wundervolle Glücksgefühl, das funkelte wie ein Diamant in der Sonne und dabei von solcher Intensität war, dass ich zugleich lachen und weinen konnte.

Ich will diesen glitzernden, wohlig warmen Moment zurückholen, wieder darin eintauchen, schließe die Augen und spüre ihm nach. Gerade noch erhasche ich den letzten Schimmer dieses Gefühls, doch im nächsten Augenblick lässt mich erneut ein schepperndes Krachen zusammenzucken und auch der letzte Funke des Gefühls verpufft.

Was um alles in der Welt war das? Ein irrer Schlagzeuger, der wild auf die Becken schlägt? Ein verrückter Hausbewohner, der Steine auf ein Wellblechdach wirft? Aber wo gibt es hier Wellblechdächer? Und habe ich vielleicht doch verschlafen?

Kaum habe ich mich nach dem alten Glockenwecker auf meinem Nachttisch gestreckt, lasse ich ihn beinahe fallen vor Empörung. Sechs Uhr morgens?! Wer, verdammt noch einmal, verursacht um diese Uhrzeit solch einen Krach?

Erbost springe ich auf und renne zum offenen Fenster meiner Wohnung im zweiten Stock. Mit einem Ruck ziehe ich die sich in einer Brise bauschenden Vorhänge beiseite, nur um anschließend von der Morgensonne geblendet die Augen zusammenzukneifen. Ich beschatte mit der Hand meine Augen, blinzle nach draußen und stelle fassungslos fest, dass aus dem alten, roten Backsteingebäude gegenüber scheinbar über Nacht eine Baustelle geworden ist. Im Takt weniger Minuten rattert über eine Rutsche aus aneinandergehängten, bodenlosen, grünen Plastik-Mülleimern Bauschutt aus dem fünften Stock nach unten, wo er krachend in einem metallenen, orangefarbenen Container landet.

»He!«, rufe ich den beiden Kerlen zu, die ein paar Meter neben dem Container auf dem Gehweg miteinander reden. Vom einen sehe ich nur die Schuhe, da der Rest von einem Baum verdeckt wird. Der andere trägt einen Bauhelm, eine staubbedeckte, blaue Hose und eine orange-gelbe Sicherheitsweste. Davon abgesehen besticht sein Outfit durch einen großen Bierbauch und ein noch größeres Bauarbeiterdekolleté. Milchig leuchtet es auf, und ich kann nur mit Mühe gegen den Drang ankämpfen, ihm mein Bettlaken hinunterzuwerfen, damit er sich verhüllen und dem Rest der Welt diesen Anblick ersparen möge.

Keiner der beiden scheint mich gehört zu haben.

Also brülle ich erneut – nun deutlich lauter – gegen den Abrisslärm an. »Hallo! Sie da unten!«

Endlich sieht der Bauarbeiter auf.

Ich hole Luft für eine klare Ansage, doch als in diesem Moment der andere hinter dem Baum hervortritt, halte ich verblüfft inne. Auch er trägt einen Bauhelm wie der erste Bauarbeiter, doch er weckt in mir nicht unbedingt den Drang, ihm ein Bettlaken hinunterzuwerfen. Viel eher eine Dose Cola …

Ein gut geschnittener, dunkelblauer Anzug, dessen Jackett er sich über die Schulter geworfen hat. Das weiße Hemd darunter ist erstaunlich weit aufgeknöpft, die hochgekrempelten Ärmel lassen durchtrainierte Arme erahnen. Unter dem Helm lugt blondes, leicht verstrubbeltes Haar hervor und weckt zusammen mit dem Dreitagebart auf gebräuntem Teint in mir plötzlich den Wunsch, ans Meer zu fahren, mir ein Surfbrett zu schnappen und mich in die Wellen zu stürzen. Dabei weiß ich nicht einmal, wo bei den Dingern vorn und wo hinten ist.

Alles in allem wirkt er, als hätte er die Nacht durchgemacht oder als wäre er gerade erst aus dem Bett gefallen. Was in seinem Fall – definitiv im Gegensatz zu mir – ziemlich sexy rüberkommt.

Doch das ist nicht der Grund, warum mir plötzlich die Worte fehlen. Gut, zum Großteil schon.

Davon abgesehen jedoch bin ich irritiert, weil er mir seltsam bekannt vorkommt. Doch woher? Ist er vielleicht der Vater einer meiner Musikschüler? Aber dann hätte ich ihn definitiv wiedererkannt. Also wo sonst konnte ich ihm schon einmal begegnet sein?

Während ich mir noch darüber klar zu werden versuche, steuert er, den Bauarbeiter im Schlepptau und großformatige Papierrollen unter den Arm geklemmt, auf den Hauseingang zu.

Bevor er im Hausinneren verschwinden kann, rufe ich hastig: »Es ist 06:15 Uhr! Morgens!«

Er sieht über die Schulter zu mir zurück, tippt sich mit zwei ausgestreckten Fingern an den Helm und entgegnet in der kurzen Pause zwischen zwei Geröllladungen: »Alles klar, danke für die Info!« Damit drückt er die Tür auf.

»Was? Ich meinte doch …« Ich lehne mich weiter aus dem Fenster. »Stopp! Bleiben Sie da!«

Er sieht erneut über die Schulter, wirkt plötzlich deutlich interessierter an einem Gespräch mit mir und wendet sich um.

Na bitte, geht doch. Alles eine Frage des Durchsetzungsvermögens.

Ich deute auf die Baustelle und rufe in den Lärm des nächsten donnernd im Container aufkommenden Schutthaufens hinein: »Was wird das da, wenn es fertig ist?« Ungünstigerweise muss ich meine Frage zweimal wiederholen, weil es jedes Mal genau in diesem Moment drüben scheppert.

»Wir sanieren das Haus!«, brüllt der äußerst zeigefreudige Bauarbeiter zurück, während der mit den Plänen den Kopf ein wenig zur Seite neigt und ein sonderbares Lächeln seinen Mund umspielt.

»Sanieren?«, rufe ich hinunter. »Das hört sich eher an, als würden Sie es komplett einreißen! Sie können doch nicht um diese Uhrzeit solch einen Krach veranstalten!«

»Ach, und warum nicht?«, fragt der mit den Plänen herausfordernd.

»Weil Sie mich geweckt haben!«

Er zuckt mit den Schultern. »Dann sollten Sie in Zukunft früher aufstehen.«

»In Zukunft?! Wollen Sie das jetzt etwa jeden Morgen machen?«

»Bei dem Anblick? Warum nicht?« Ein breites Grinsen zeichnet sich auf seinem Gesicht ab. Außerdem ist es plötzlich erstaunlich still.

»Bei welchem ...?« Ich breche ab, als mir schlagartig bewusst wird, dass ich, während ich mich hier aus dem Fenster lehne, nur ein halb transparentes Seiden-Negligé trage. Und dass nicht nur einige der Bauarbeiter aus den Fenstern gegenüber, sondern auch etliche Passanten bereits äußerst interessiert zu mir hochsehen. Hastig ziehe ich mir den Vorhang vor die Brust. »Hören Sie auf, mich anzustarren!«, fordere ich ihn mit einer gebührenden Portion selbstgerechter Empörung auf.

»Was?«, kommt die verständnislose Antwort.

Unglücklicherweise habe ich mitten in eine Bauschuttladung hineingerufen.

»Ich möchte ...«, versuche ich es erneut, doch ein Presslufthammer ertönt und ich halte notgedrungen inne. Die Sekunden vergehen. Endlich ist es wieder ruhig.

»Von mir auf einen Drink eingeladen werden?«, fragt er grinsend und fährt sich mit der Hand über die Stoppeln seines Dreitagebartes.

Das verschlägt mir für einen Moment die Sprache. Wofür hält der mich? Oder sich? »Nein! Sie sollen aufhören ...« Erneut schneidet mir eine Ladung Schutt das Wort ab. Das Grinsen auf dem Gesicht da unten wird immer breiter.

»Aufhören, hier herumzustehen und stattdessen zu Ihnen hochkommen?«

»... mich anzustarren!«, vollende ich mit aller Würde,

die ich noch zusammenraffen kann, meinen Satz. Leider hat er nicht den gewünschten Effekt zur Folge, denn ich werde weiterhin begafft. »Und überhaupt: Geht das nicht leiser?« Wütend deute ich auf die Baustelle.

»Der geräuschlose Presslufthammer wurde leider noch nicht erfunden.«

»Stattdessen aber dieses Ding namens Uhr! Und meine zeigt nun einmal kurz nach sechs an!«

»Sie wiederholen sich gern, was?«

»Und Sie scheinen sich gern Ärger einzuhandeln. Sie können mir glauben, dass ich Ihrem Chef Bescheid geben werde!«

Einen Atemzug lang scheint er verdutzt, wechselt mit dem anderen Bauarbeiter einen seltsamen Blick, dann fängt er an zu lachen und zuckt mit den Schultern. »Wenn Ihnen langweilig ist, warum nicht?«

Ich koche vor Wut, doch da diesem unverschämten Kerl offenbar nicht mit Drohungen beizukommen ist, versuche ich es mit Vernunft und erwidere: »Können Sie nicht wenigstens eine halbe Stunde später anfangen?«

»Nein.« Noch immer grinst er.

»Dürfen Sie überhaupt so früh anfangen?«

Sein Grinsen erstirbt. »Ich darf alles!«

Also die arrogante Sorte Mann. Ich recke kämpferisch das Kinn. »Das werden wir ja sehen. Ich bin mir ziemlich sicher, dass irgendwo festgelegt ist, ab wie viel Uhr Bauarbeiten stattfinden dürfen und dass das definitiv nicht sechs Uhr morgens ist! Ich denke, ich sollte mal beim Ordnungsamt anrufen.«

»Da Sie offenbar sonst nichts zu tun haben …« Er winkt gelangweilt ab und geht.

»Und ob ich was zu tun habe! Ich …« Doch er ist schon im Haus verschwunden und hört mich nicht mehr.

»Idiot!«, schimpfe ich und schlage das Fenster zu.

Mir ist klar, dass dieser Typ meinen Ärger nicht wert ist. Und auch, dass vermutlich – oder, besser gesagt, *hoffentlich* – dieses nervtötende Zum-Fenster-hinauswerfen-von-Dingen bis morgen beendet sein wird. Dennoch bin ich unfassbar wütend, weniger wegen des Lärms an sich, sondern weil dieser Idiot mich damit meines Glücksmoments beraubt hat.

Ich ziehe die Vorhänge wieder vors Fenster und mir das Negligé über den Kopf. Leider trage ich es weder, um einen etwaigen Freund zu beglücken, noch weil ich mir darin besonders sexy vorkomme, sondern schlicht und ergreifend nur deswegen, weil es Hochsommer ist, meine Nachthemden alle zu warm sind und ich ungern nackt schlafe.

Auch wenn das Fenster nun geschlossen ist, blenden die dünnen Scheiben des Altbaus den Krach kaum aus. Daran, mich wieder ins Bett zu legen und vor mich hin zu träumen, ist nicht zu denken. Entnervt gehe ich ins Bad.

Ein kurzer Blick in den Spiegel zeigt, dass meine braunen Augen müde dreinblicken und meine Falten leider gekommen sind, um zu bleiben, wobei die längliche, hier links, garantiert auf diesen unverschämten Bauarbeiter zurückzuführen ist. Diese vereinzelten grauen Fäden in meinen braunen Locken hingegen sind selbstverständlich nur von der Sonne stark gebleicht. Schließlich bin ich gerade mal siebenundzwanzig. Da kann ich doch keine grauen Haare kriegen. Völlig unmöglich. Dass meine

Mutter mit dreißig schon komplett ergraut war und seitdem alle vier Wochen zum Friseur rennt, um die Ansätze nachzufärben, hat dabei nichts zu sagen. Ich habe mehr die Gene meines Vaters und Punkt.

Rasch zupfe ich die betreffenden Haare heraus.

Anschließend greife ich mir meinen knielangen Lieblingsrock mit den weißen Tupfen auf himmelblauem Grund aus dem Schrank in der Hoffnung, dass mir das meine gute Laune wiedergibt. Doch offenbar darf man selbst von Lieblingsröcken keine Wunder erwarten. Vor allem nicht, wenn sie über der Hüfte seit einiger Zeit deutlich enger sitzen.

Ich drehe und wende mich vor dem Spiegel, darum bemüht, einen Blickwinkel zu finden, der deutlich macht, dass all das Schokoeis, das ich noch bis vor Kurzem trostversessen in mich hineingestopft habe, keine Spuren hinterlassen hat. Es ist ein Fünfzigerjahre-Rock im Petticoat-Stil, den ich in einem Vintage-Laden entdeckt habe, und da ich die Fünfzigerjahre klamotten- und musiktechnisch liebe und Tupfen sowieso, habe ich den Rock auch gleich in Braun, Rosa und Schwarz gekauft. Leider komme ich zu dem Schluss, dass ich den Rock anstatt in vier verschiedenen Farben lieber in vier verschiedenen Größen hätte kaufen sollen. Vermutlich muss ich es den armen Menschen gleichtun, die ich immer flussauf und flussab joggen sehe, wenn ich zur Arbeit gehe oder heimkomme. Gleich heute Nachmittag besorge ich mir Laufschuhe.

Oder morgen Nachmittag.

Eigentlich reicht auch nächste Woche.

Ich fische ein himmelblaues Shirt aus dem Schrank,

schlüpfe hinein und stecke mir auf dem Weg zur Küche das Haar mit einem Kuli zu einem lockeren Dutt hoch.

Der Küchentisch bietet nur Platz für zwei Personen, was angesichts meiner engen Küche eher noch zu viel ist. Der einzige Vorteil dieses kleinen Raumes ist, dass man sich am Tisch sitzend die Butter aus dem Kühlschrank holen kann.

Über dem Küchentisch schwingt die Wanduhr ihr Pendel hin und her. Sie hat die Form einer grinsenden Katze, das Pendel ist ihr Schwanz. Im Gegensatz zu den anderen alten Möbelstücken, die ich auf diversen Flohmärkten aufgegabelt habe, wurde diese Uhr von der Vormieterin dagelassen. Aus gutem Grund, denn das Ding ist unfassbar hässlich. Unter normalen Umständen hätte ich es entsorgt, sobald ich nach dem etwas übereilten Umzug ein wenig Luft gehabt hätte. Doch dann besichtigte Cousine Ella meine neue Wohnung – leider unangekündigt, sonst hätte ich nämlich gar nicht erst geöffnet – und flutete sie mit Missbilligung, etwas, was sie perfektioniert hat. Wie man nur so bescheiden wohnen könnte, fragte sie, wobei »bescheiden« bei ihr ein mit gerümpfter Nase vorgebrachter Euphemismus für »armselig« ist.

Nachdem insbesondere diese Uhr ihre volle Verachtung zu spüren bekam, habe ich sie kurz entschlossen behalten. Einer meiner wenigen kleinen Triumphe über meine Familie. Meine Vorliebe für alte Dinge konnte sie seit jeher ebenso wenig verstehen wie meine Liebe zur klassischen Musik. Keine zwei Stühle sehen gleich aus, kein Sofakissen passt zum anderen. Meine Wohnung ist ein buntes Sammelsurium, in dem das Siebzigerjahre-Nierentischchen genauso seinen Platz findet wie der gemütliche alte Ohrensessel im Landhausstil, in dem es sich so herrlich schmökern lässt. Das Bücherregal aus wurmstichiger Eiche mag in den Augen anderer nicht zu dem mit zarten Schnitzereien versehenen Sideboard passen, aber für mich sind beide einzigartig und ich liebe das Miteinander der unterschiedlichsten Stile in meiner Wohnung. Wären doch Menschen genauso unkompliziert und tolerant im Zusammenleben wie meine Möbel. Leider bleibt das wohl – insbesondere in Bezug auf meine Familie – Wunschdenken.

Auch hier in der Küche, deren Fenster wie alle in meiner kleinen Wohnung zur gleichen Hausseite hinausgehen, lässt mich der scheppernde Krach draußen alle paar Minuten zusammenzucken und meine Laune sinkt stetig weiter. *Einen* Tag in der Woche habe ich, das Wochenende eingeschlossen, an dem ich mal nicht so früh losmuss, sondern Muße und Ruhe für ein entspanntes Frühstück hätte, und dann so was!

Ich versuche, den Lärm auszublenden, mich auf den Duft von Thymian und Lavendel zu konzentrieren, und schnuppere an dem mehrstöckigen kleinen Kräuterbeet, das an einer Kette von der Decke hängt.

Erneut kracht es auf der Baustelle, ich kneife die Augen zusammen und komme zu dem Schluss, dass ich, um diesen Lärm wirklich auszublenden, schon eine Wagenladung von dem Kräuterzeug bräuchte.

Notgedrungen schließe ich auch in der Küche das Fenster. Leider bringt das nicht viel, außer dass es wahnsinnig schnell heiß in dem kleinen Raum wird. Also lasse ich zusätzlich noch die Rollläden runter und stehe somit schlussendlich in einer stickigen Küche bei

Lampenschein, während draußen strahlendster Sonnenschein herrscht und aus dem alten Transistorradio der Wettermoderator erklärt, dass dies die heißeste Sommerwoche sei, die Heidelberg seit Beginn der Wetteraufzeichnungen erlebt habe. Wäre mir ja beinahe entgangen.

Ich sehe mich in der Küche um. »Ja. Genau so habe ich mir den perfekten Start in den Tag schon immer vorgestellt«, teile ich der Welt im Allgemeinen mit, nur dass es diese leider nicht großartig interessiert.

Mit einem Seufzen schnappe ich mir noch die Marmelade aus dem Küchenschrank und lasse mich auf einen Küchenstuhl fallen.

Im nächsten Moment fahre ich zusammen, starre erschrocken auf den Küchentisch.

Alex

Ich hasse Tage wie diese. Ich bin einfach nicht dafür gemacht, mitten in der Nacht aufzustehen, und es ist mir ein Rätsel, wie der Rest der Welt das jeden Morgen schafft. Und das auch noch mit einem entsetzlichen Kater. Bei mir zumindest. Wie das beim Rest der Welt aussieht, weiß ich nicht. Es interessiert mich auch nicht sonderlich.

Wie ich mich von Mitch dazu überreden lassen konnte, hier heute Morgen aufzutauchen, verstehe ich selbst nicht. Ich muss betrunken gewesen sein, als ich zugesagt habe.

Ich denke kurz nach. Ja, mit großer Wahrscheinlichkeit

sogar war ich betrunken. Und ehrlich gesagt wünschte ich, ich wäre es immer noch. Verdammter Kater. Und verdammte Angewohnheit, Versprechen zu halten.

»Und hier ist der Durchbruch geplant«, reißt mich Thomas, der Vorarbeiter, aus meinen Gedanken.

Ich murmle eine vage Antwort, mein Blick wandert von den Plänen zum Fenster und das unverhofft erfreuliche Bild der jungen Frau im Negligé steht mir erneut vor Augen.

Schade, dass sie nicht auf mein Angebot eingegangen ist. Mein Vormittag hätte um einiges angenehmer enden können, als er begonnen hat. Neuer Tag, neue Frau. Abwechslung ist das halbe Leben. Aber was nicht ist, kann ja noch werden, morgen dann.

»Und da drüben müssen wir die Rohre umleiten und ...«

Ich nicke und versuche, ein interessiertes Gesicht aufzusetzen, während Thomas weiterspricht und dabei hier und dort auf den Plan deutet.

Andererseits hat sie sich ja als ziemlich zickig herausgestellt, also war es wohl besser so.

»... müssen wir allerdings, wenn wir hier durchbrechen ...« Der Vorarbeiter tippt mit dem Finger auf den Bauplan. »... auch die Elektrik hier drüben später neu verlegen, wenn die Leitungen zur ...«

Ich höre nur mit halbem Ohr zu, nicke geistesabwesend.

Was solls: Andere Mütter haben auch schöne Töchter, wenngleich ich nicht einmal genau sagen kann, ob das mit dem »schön« auf die Negligé-Besitzerin überhaupt zutrifft. Sehr viel mehr als ihre sich unter dem hauchdünnen Stoff des Negligés abzeichnenden Brüste habe ich nicht wahrgenommen. Aber ich bin mir sicher, dass sie dunkelbraune Haare hatte. Oder schwarze. Vielleicht auch eher ins Rötliche gehende.

Im Grunde genommen ist das ja ohnehin egal. Ich bevorzuge ohnehin – es lebe das Klischee – Blondinen. So wie die Kleine von der Party gestern. Jenny oder Janine oder so hieß sie. Vielleicht war es aber auch Sonja. Ich ziehe mein Smartphone aus der Tasche, suche in meiner Kontaktliste.

Ah, da ist sie ja. Also doch eine Jenny. Das schreit geradezu danach, zu Ende zu führen, was wir gestern begonnen haben, immerhin habe ich Mitch ja den Gefallen getan und diese Baustelle hier begutachtet. Reicht also für heute.

»... wenn Sie grünes Licht geben.«

»Jaja, alles okay«, erwidere ich, während ich bereits tippe.

In einer Stunde bei Dir?

Prompt kommen ein paar Herzchen zurück.

Ich verziehe das Gesicht.

»Stimmt das etwa nicht?«, fragt mich der Vorarbeiter.

»Was? Doch, doch, alles richtig so.« Ich winke ab und stecke das Smartphone wieder ein. »Den Plan lasse ich Ihnen da, Sie können loslegen. Alles in Ordnung.«

Ich nicke kurz grüßend einem der anderen Männer aus dem Trupp zu und kehre mit Thomas im Schlepptau wieder zur Eingangstür zurück. In Gedanken bin ich bereits bei Jenny, doch so richtig will sich keine Vorfreude einstellen. Irgendetwas klopft plötzlich äußerst unangenehm hinter meiner Stirn und bettelt um Aufmerksamkeit. Etwas Wichtiges. Etwas wirklich Wesentliches.

Endlich stehen wir wieder vor der Tür, die Freiheit winkt.

»Also dann …«, sagt Thomas und streckt mir die Hand entgegen.

Ich schüttle sie langsam, doch das seltsame Gefühl, etwas übersehen zu haben, wird immer dringlicher.

»Ist noch was?«, fragt Thomas verwundert.

»Kann ich die Pläne noch mal sehen?«

»Die Pläne?«

»Ja.«

»Die Pläne, die wir gerade eben durchgegangen sind?«

»Ja.«

»Bei denen Sie meinten, alles wäre okay?«

»Ja!«

Thomas seufzt, zuckt dann aber ergeben mit den Schultern und wir kehren ins Gebäude zurück.

Er rollt erneut die überdimensionalen Pläne aus, ich mustere sie mit gerunzelter Stirn, und sehr viel genauer als vorhin sehe ich dann auf und drehe mich langsam um mich selbst. Irgendetwas stimmt nicht. Mein Instinkt sagt es mir, ohne dass ich es genau in Worte fassen kann. Plötzlich lege ich den Kopf schief, gehe auf die linke Wand zu, klopfe erst diese ab, dann die rechte, kehre zurück zum Plan. Ihm zufolge sind sie beide völlig gleich aufgebaut, doch das stimmt definitiv nicht. Die linke beinhaltet Stahl. Mehr noch: Es ist eine tragende Wand.

Mir bricht der Schweiß aus. Nicht auszudenken, was passiert wäre, wenn die Jungs hier tatsächlich einfach eine tragende Wand eingerissen hätten. »Wo haben Sie diesen Plan her?«

»Den haben Sie uns gegeben.« Er sieht mich an, als

hätte ich nicht alle Tassen im Schrank. Nicht ganz zu Unrecht, wie ich mir eingestehen muss.

»Ah … ja … stimmt. Natürlich.« Ich versuche, mich zu erinnern, wie ich selbst an den Plan gekommen bin. Und wann? Welcher meiner Mitarbeiter hat ihn beim Bauamt beantragt und mir gegeben? Doch die letzten Wochen verschwimmen in meinem Gedächtnis irgendwie zu einem bunten Kaleidoskop diverser Partys. »Okay, hören Sie zu: Wir müssen den Durchbruch in der rechten Wand setzen.«

Thomas sieht mich zweifelnd an.

»Ich erkläre es Ihnen gleich, Moment.« Ich bedeute ihm mit der Hand, kurz zu warten, hole mein Smartphone hervor, gehe ein Stück beiseite und wähle Mitchs Nummer.

Wieso war auf den Plänen die tragende Wand nicht eingezeichnet? Wer hat da Mist gebaut? Also abgesehen von mir. Natürlich hätte ich die Pläne noch einmal überprüfen können und wohl auch müssen, aber trotzdem … Sonderbar ist die ganze Sache schon, sind meine Mitarbeiter doch alle sehr zuverlässig und penibel. Andererseits sind sie auch nur Menschen und Menschen machen Fehler. Ich hoffe allerdings, dass diesen speziellen Fehler Jacob begangen hat. Dann hätte ich endlich etwas, was ich seinen vorwurfsvollen Blicken und anklagenden Untertönen entgegensetzen könnte. Und all seiner nervtötenden Fragerei nach meinem Befinden. Dass es ihm dabei nicht um mich geht, ist selbstverständlich. Vielmehr lotet er vermutlich aus, ob er seine Position in der Firma verbessern kann, indem er meine übernimmt oder schwächt.

Es dauert, bis Mitch rangeht, und ich stütze mich

mit der linken Hand auf dem Fensterbrett ab, suche die gegenüberliegende Wohnung nach der Frau von vorhin ab. Doch in sämtlichen mir zugewandten Fenstern sind die Rollläden heruntergelassen. Ist wohl auch besser so. Noch mehr Probleme kann ich heute wirklich nicht gebrauchen.

»Hey, Partykönig«, reißt mich Mitch aus meinen Gedanken.

»Hey, Chef«, gebe ich scherzend zurück. Zwar ist Mitch, der eigentlich Michael heißt, tatsächlich nicht nur der beste Freund unserer Familie, sondern pro forma auch mein Chef, da er der Partner meines Vaters ist, doch wird sich das ändern, sobald ich die Firma geerbt habe. Dann holt mich der Ernst der Lage wieder ein. »Du kannst dir nicht vorstellen, was hier beinahe passiert wäre: Die Jungs hätten fast eine tragende Wand eingerissen.«

Für einen Moment herrscht Stille am anderen Ende. Der Schreck muss ihn ebenso umgehauen haben wie zuvor mich.

»Großer Gott«, sagt Mitch schließlich. »Wie das?«

»Die Pläne sind falsch.«

»Das kann doch nicht sein.«

»Ist aber so. Ich habe ihnen jetzt neue Anweisungen gegeben, also nicht wundern, falls jemand in der Firma anruft und nachhakt. Aber trotzdem stellt sich die Frage, wer die Pläne zuvor bearbeitet hat.«

Erneutes Schweigen, dann räuspert er sich. »Ich kümmer mich drum, das rauszukriegen. Was für ein Glück, dass du es rechtzeitig bemerkt hast. Nicht auszudenken, was sonst passiert wäre. Aber ohnehin gut, dass ich dich noch mal am Telefon habe: Du musst meinen

Termin mit ›Madame Griesgram‹ übernehmen. Du weißt doch, wovon ich spreche, oder?«

»Die kratzbürstige Alte, die nicht verkaufen will.« Die Immobilie brauchen wir nicht. Wohl aber das Grundstück, auf dem sie steht. Ein großes Projekt steht an.

»Ja, genau, ich schaffe es zeitlich nicht.«

»Wann?«

»In einer Stunde.«

Na prima, so viel zu meinen Plänen für heute.

Lucy

Fassungslos blicke ich auf den Tisch.

Mein Brustkorb wird eng, in meiner Kehle bildet sich ein Kloß.

Mit zittrigen Händen räume ich das zweite Gedeck wieder ab, das ich vorhin geistesabwesend auf den Tisch gestellt habe. Auch das ist die Schuld dieses Baustellenrambos! Seit Wochen ist mir so etwas nicht mehr passiert.

Tief atme ich durch, blinzle die Tränen weg, die mir in die Augen schießen, und kämpfe gegen das Schluchzen an. Vergeblich. Ein Weinkrampf bahnt sich seinen Weg. Ein Zewa nach dem nächsten ziehe ich von der Rolle und heule es voll, bis irgendwann der Druck auf mein Herz endlich nachlässt, meine Tränen versiegen.

Schluchzend und schniefend wasche ich mir im Bad

das Gesicht mit kaltem Wasser, froh, mich noch nicht geschminkt zu haben.

Zurück in der Küche zeigt mir die Zewa-Rolle an, dass es besser wird. Ich habe nur eine Viertel-Rolle verbraucht. Ein gewaltiger Fortschritt, wenn man bedenkt, dass ich vor noch nicht allzu langer Zeit zwei ganze Rollen vollgeheult habe.

Dennoch muss ich mich regelrecht zwingen, mir ein Brot zu schmieren und davon abzubeißen. Es ist, als würde ich auf Pappe herumkauen.

Schließlich gebe ich es auf, schiebe den Teller beiseite und schalte die Kaffeemaschine ein. Kaffee war schon immer das bessere Frühstück.

Während das Gerät zum Leben erwacht, ziehe ich den Stadtanzeiger aus dem Poststapel von gestern hervor, den durchzusehen ich noch keine Zeit hatte, und blättere darin, um mich abzulenken. Letzteres mit mäßigem Erfolg, wie mir bewusst wird, nachdem ich zum fünften Mal den gleichen Absatz gelesen habe und noch immer nicht weiß, worum es eigentlich im Artikel geht. Stattdessen grüble ich schon wieder darüber nach, wie es gewesen wäre, wenn die Dinge nicht so gekommen wären, wie sie es nun einmal sind – in einem Paralleluniversum, in dem das Leben den Gang genommen hat, den ich mir gewünscht hätte.

Bevor mich ein weiterer Weinkrampf heimsuchen kann, schlage ich die Zeitung zu, trete ans Fenster und spähe durch eine Ritze im Rollladen hindurch.

Da! Da ist dieser Unsympath wieder, der an all dem schuld ist! Steht an einem der offenen Fenster der Baustelle gegenüber. Ich ziehe die Rollläden wieder hoch, um ihn zur Rede zu stellen. Auch wenn ich normalerweise nicht der Typ für Auseinandersetzungen bin – heute juckt es mich regelrecht in den Fingern, ihm die Meinung zu geigen. Hauptsache, es lenkt von meinem Schmerz ab. Wut ist besser als Weinen. Viel, viel besser. Doch bis ich das Fenster geöffnet habe, ist er schon verschwunden.

Enttäuscht lasse ich die Arme sinken, sehe mich in meiner kleinen, einsamen Küche um und habe plötzlich das Gefühl, trotz des nun offenen Fensters nicht genug Sauerstoff zu bekommen, von den Wänden regelrecht erdrückt zu werden. Kurzerhand beschließe ich, meinen Kaffee bei der Bäckerei an der Ecke zu holen und mich für die Zeit bis Arbeitsbeginn noch in den Park zu setzen. Zur Not würde ich mir den Kaffee sogar irgendwo aus einem Automaten ziehen, Hauptsache, hier raus und irgendwohin, wo nicht so viele Erinnerungen lauern.

Ich schalte die Maschine wieder ab, tusche im Bad meine Wimpern und hole meinen Geigenkoffer und meine lederne Notentasche aus meinem Wohn- und Arbeitszimmer, das sich nahtlos an die Küche anschließt. Auf der anderen Seite führt ein winziger Flur zur Wohnungstür. Er bietet für kaum mehr als einen schmalen Schuhschrank und ein paar Jackenhaken Platz. Doch für meine Bedürfnisse ist es ausreichend und meine Verhältnisse geben eben nicht mehr her.

Nachdem ich in blaue Ballerinas geschlüpft bin und meine Handtasche vom Haken geangelt habe, öffne ich meine Haustür ganz langsam, spähe in den Flur und atme erleichtert aus.

Glück gehabt! Von Gegenüber-Chris ist nichts zu sehen. Noch eine Geschichte über die unfassbaren Fähigkeiten seines Wellensittichs ertrage ich nicht. Zumal dieser, soweit ich es beurteilen kann, sich nicht anders verhält als alle anderen Vögel, nämlich fliegt und grünweiße Häufchen hinterlässt. Vorzugsweise auf meiner Bluse.

Ich husche aus der Wohnung ins dämmrige, kühle Treppenhaus, drehe mich zur Tür und will sie leise zuziehen, da kracht es auf der Baustelle besonders laut. Ich fahre zusammen. Durch mein offenes Küchenfenster dringt der Lärm bis ins Treppenhaus, hallt von dessen steinernen Wänden wider.

»Hey, Lucy!«, tönt es prompt hinter mir. »Wie schön, dich zu sehen.«

So viel zu meinem Plan, unbemerkt an Chris vorbeizukommen. Lauert der etwa hinter seiner Tür und wartet nur darauf, dass ich meine Wohnung verlasse, oder was?

Mein Unmut über diesen Baustellenheini wächst.

Ich drehe mich zu Chris herum, der seinen vollbärtigen Kopf aus seiner Tür steckt, während meine eigene ins Schloss fällt. »Sag mal, beobachtest du mich etwa?«

»Ich habe mir nur Sorgen gemacht, immerhin bist du heute früher dran als sonst an einem Mittwoch und … Geht es dir gut? Du siehst so rot um die Augen herum aus.«

»Allergie«, murmele ich und komme schnell wieder auf das eigentliche Thema zu sprechen. »Sag bitte nicht, dass du irgendwo die Zeiten notiert hast, zu denen ich komme und gehe.«

»Ähm … nein?« Schuldbewusst sieht er zu Boden.

Ich seufze, zwinge mich aber zu einem Lächeln und freundlich zu erklären: »Dieser unerträgliche Baustellenlärm da draußen hat mich früher geweckt und lässt mich nicht in Ruhe frühstücken.«

»Welcher Baustellenlärm?«

»Deine Wohnung geht zur anderen Straße hinaus. Du hörst das vermutlich nicht.«

»Du hättest doch einfach klingeln können, ich hätte dir Frühstück gemacht.«

Mein Lächeln wird verkrampft. »Das ist nett, wirklich, aber echt nicht nötig.«

»Und was ist mit heute Abend? Du hast doch gemeint, du denkst darüber nach, ob wir uns das Spiel zusammen ansehen.« Er wackelt mit einer Augenbraue, was in mir einen regelrechten Fluchtinstinkt auslöst.

»Das Spiel. Ja. Weißt du, es geht nicht.«

»Wieso nicht?«

»Weil ich was vorhabe.«

»Du gehst aus?«

»Jaaa«, sage ich lang gezogen.

»Mit einem anderen Mann?«

Schön wärs. Einen Augenblick lang bin ich in Versuchung, ihn anzulügen, doch dann schüttele ich den Kopf. »Mit einer Arbeitskollegin.« Sich mit Skype gemeinsam einen Film anzusehen, ist vielleicht nicht ganz dasselbe, wie mit jemandem auszugehen. Kommt dem aber für meine Verhältnisse ziemlich nahe.

»Oh.« Seine Erleichterung ist förmlich greifbar. Und bewirkt bei mir das dringende Bedürfnis, Abstand zwischen uns zu bringen.

»Ich könnte doch mitkommen.« Treuherzig sieht er mich an.

Größtmöglichen Abstand! »Das ist etwas unpassend.«

»Ja, klar, verstehe ich. Dann vielleicht nächsten Sonntag?«

Ich muss ihm endlich sagen, dass das mit uns aussichtslos ist. »Weißt du, ich denke, du solltest wissen, dass …«

»Mein Wellensittich ist übrigens gestern gestorben.«

»… wir beide … Oh.« Ich räuspere mich. »Das tut mir furchtbar leid.«

Er schnieft kurz und wischt sich über die Augen. »Schon okay. Also was ist mit nächstem Sonntag?«

»Äh …«

»Ja?« Hoffnungsvoll hebt er den Kopf.

Ich seufze. »Ich denke darüber nach.«

Er strahlt mich an. »Das ist toll. Weißt du, das bedeutet mir echt 'ne Menge. Besser gesagt …« Er räuspert sich und ich ahne Schlimmes.

»Besser gesagt …«, setzt er erneut an.

Tu es nicht! Tu es nicht! Tu es nicht!

»… du bedeutest mir echt 'ne Menge.«

Er hat es getan. Und so, wie er mich anstarrt, scheint er etwas Ähnliches als Antwort zu erwarten.

»Ich … Weißt du …« Ich suche nach den richtigen Worten. Vergeblich. Ich bringe es einfach nicht übers Herz, ihn vor den Kopf zu stoßen.

Zum Glück wird in diesem Moment über uns eine Tür zugeworfen. Den klappernden Schritten nach zu urteilen, ist es Sonja, die da die Treppe herunterkommt. Ihren Spitznamen »Red Sonja« hat sie allerdings nicht wegen diverser Kampfkünste oder roter Haare – die sind nämlich wasserstoffblond –, sondern weil sie mit Vorliebe rote Schuhe mit einer Mindestabsatzhöhe von zehn Zentimetern trägt. So auch heute. Passend dazu ist ihre Bluse ebenfalls rot. Ihr Bleistiftrock hingegen glänzt schwarz – ebenso wie ihr aus der tief ausgeschnittenen

Bluse hervorlugender Spitzen-BH. Da sie in einer Edelboutique für Dessous arbeitet, gehört Letzteres quasi zur Berufskleidung.

»Guten Morgen, Sonja, was für ein Glück, dich zu sehen!«, begrüße ich sie etwas zu überschwänglich.

»Was ist denn mit dir passiert? Hast du eine Erkältung? Deine Nase ist so dick und rot und um die Augen herum …«

»Ja, ich weiß«, schneide ich ihr grollend das Wort ab. »Eine Allergie. Aber darum geht es nicht. Wegen unseres … ähm … Gesprächs neulich … ähm … das wollten wir doch dringend fortsetzen, nicht wahr?«

Ich wende mich wieder Chris zu. »Also ich muss dann mal leider, wir haben noch was zu besprechen. Kommst du, Sonja?«

»Du willst reden?«, sagt Sonja belustigt. »Worüber?«

»Über das Rezept.« Ich versuche, sie am Arm die Treppe hinunterzuziehen, doch sie rührt sich nicht.

»Jetzt!«, bekräftige ich.

»Und welches Rezept war das doch gleich, über das wir noch einmal reden wollten?«

»Spaghetti bolognese.«

»Ich bin Veganerin.«

»Ich meine ja auch die vegane Variante.«

Sonja grinst, und ich funkele sie böse an, doch endlich lässt sie sich erweichen und mit nach unten ziehen.

»Du denkst aber über unsere Verabredung nach, ja?«, hallt mir Chris' Stimme hinterher.

Ich nuschle etwas Unverständliches und eile mit Sonja im Schlepptau weiter die Treppe hinunter.

Sie mustert mich belustigt, erwähnt Chris jedoch mit keinem Wort, sondern fragt: »Wieso bist du überhaupt um diese Uhrzeit schon auf dem Weg zur Arbeit? Ich dachte, heute wäre dein Langschläfertag?«

»Der Krach da draußen hat mich nicht schlafen lassen.«

»Welcher Krach?«

Ich bleibe für einen Moment stehen und frage empört: »Bin ich denn die Einzige, die darunter leidet?«

»Worunter?«

»Unter den Bauarbeiten.«

»Welchen Bauarbeiten?«

Ich schüttele resigniert den Kopf. Nur die Wohnung von Frau Meyer geht in dieselbe Richtung wie meine, nämlich zum Straßenzug auf der Hausrückseite, aber Frau Meyer ist stocktaub. Zum Glück, denn die Wände in diesem Altbau sind sehr dünn, und wenn ich nicht auf der Arbeit bin, spiele ich quasi ununterbrochen Violine, wobei etliche der Etüden, mit denen ich täglich meine Fingerfertigkeit trainiere, beim Hören sogar noch anstrengender sind als beim Spielen.

Wir treten nach draußen auf den Gehweg und in strahlenden Sonnenschein. Erst auf der Straße kommt Sonja auf das zu sprechen, wovor ich mich schon die ganze Zeit drücke, und sagt: »Irgendwann wirst du es ihm endlich sagen müssen.«

Ich seufze. »Irgendwie hatte ich gehofft, ich würde um dieses Gespräch drum herumkommen, aber jetzt kann ich es ihm doch nicht sagen. Sein Wellensittich ist gestern gestorben.«

»Dann ist er jetzt schon dreimal gestorben.«

»Was? Und damit versucht er, mich emotional unter Druck zu setzen?« Aufgebracht schnaufe ich und gehe einen Schritt schneller.

Sonja, die weiter neben mir her stöckelt, lacht, doch dann wird sie ernst. »Ach, Lucy. Ich finde dein ganzes Engagement für andere ja wirklich lobenswert und toll. Aber du solltest auch langsam mal an dich denken. Du wirst nicht ewig so jung und hübsch sein. Überleg dir das gut mit Chris. Er ist ein netter Kerl.«

»Ja, ich weiß, aber ich kann einfach nichts daran ändern, dass ich nichts für ihn empfinde. Ich kann selbst nicht erklären, warum, schließlich hast du recht und Chris ist ein netter junger Mann. Er hat einen soliden Job, duscht jeden Morgen und ist – jedenfalls soweit ich das beurteilen kann – auch kein wahnsinniger Axtmörder oder so. Trotzdem kann ich einfach keine anderen Gefühle für ihn haben als die für einen netten – und etwas aufdringlichen – Nachbarn mit der Vorliebe für Wellensittiche und Pizza.«

»Wahnsinniger Axtmörder?«, wiederholt Sonja glucksend.

Mir ist nicht nach Lachen zumute. »Es liegt nicht an Chris. Es liegt an mir. Ich glaube nicht an die Liebe. Nicht mehr. Ich habe die Nase voll davon. Und von Männern. Vor allem von Männern.«

»So ein Unfug.« Sonja schnalzt mit der Zunge, sieht mich dann mitleidig an. »Natürlich glaubst du noch an die Liebe. Du hast nur ein Problem.«

»Nicht nur eines«, seufze ich.

»Ein ›Bumfallera‹-Problem.«

»Ein was?«

»Du behauptest zwar, nicht mehr an die Liebe zu glauben, aber in Wahrheit gehörst zu der Sorte unverbesserlicher Romantiker, die meinen, dass es für jeden Topf den passenden Deckel und Schicksal gibt und wahre

Liebe und den ganzen Käse. Du hoffst halt immer noch darauf, dass es ›bumfallera‹ macht, wenn du endlich mal den einen triffst.«

»Nein, denn den passenden Deckel hatte ich schon gefunden.«

»Und wo ist er jetzt?«

Ich beiße mir auf die Lippe.

Sonja bleibt stehen, legt ihre Hand auf meine Schulter und deutet mit der anderen auf die Straße. »Siehst du all die vielen hundert Menschen dort?«

»Du meinst den alten Mann mit Hund und die Frau mit Kinderwagen?«

»Stell dir einfach vor, es wären ein paar mehr, okay?«

Ich nicke zögerlich.

Sonja räuspert sich, setzt erneut an: »So viele Menschen laufen da vorn herum, und doch ist es nur ein nicht zu erfassender Bruchteil all der Menschen, die es auf diesem Planeten gibt. Wenn du auf das große ›Bumfallera‹ wartest, stehst du am Ende alleine da.«

»Wie oft warst du doch gleich noch verheiratet?«

»Dreimal.«

»Kein Kommentar.«

»Ich hatte zwar kein ›fallera‹, aber jede Menge ›bum‹.« Sonja lacht, so laut und volltönend, wie das nur ein Mensch kann, der mit sich im Reinen und dem es vollkommen egal ist, was andere von ihm denken. Ich wünschte, ich wäre mehr wie Sonja. Leider ist das Gegenteil der Fall. Ich mache mir so viele Gedanken darüber, was andere denken und fühlen, dass ich manchmal keinen Platz mehr für eigene Gedanken und Gefühle zu haben meine. Jedenfalls nicht nach meinem »bum«. Ich hatte nämlich auch eines, aber garantiert nicht von der Sorte wie das von Sonja …

… »Wundervoll siehst du aus!«

Er zieht mich zu sich heran, sieht mir tief in die Augen und ich könnte nicht glücklicher sein. Gut, bis auf eine Kleinigkeit. »Ich glaube, ich kriege keine Luft«, japse ich.

Er lässt mich los.

»Ich kriege immer noch keine Luft.«

»Das ist nur die Aufregung.«

»Ich weiß, aber das ändert nichts daran. Ich werde auf der Bühne ersticken. Einfach mitten im Stück. Ich werde ächzen, stöhnen und zur Seite umkippen. Der größte Reinfall, seit es Abschlussprüfungen gibt.«

»Wirst du nicht.« Er lacht und nimmt mich erneut in den Arm. Noch immer fährt mein Magen Achterbahn, noch immer geht mein Atem so flach und hektisch, dass ich eigentlich eine Papiertüte bräuchte, um nicht zu hyperventilieren.

»Du wirst großartig sein und alle begeistern und vom Stuhl hauen. Denn das bist du: großartig und umwerfend und unfassbar talentiert!«

Ich schließe die Augen, schmiege mich an ihn, atme tief seinen Duft ein. Marcs Nähe gibt mir Kraft, sein Glaube an mich gibt mir Zuversicht. Langsam beruhigt sich das Chaos in meinem Inneren.

Als er mich loslässt, habe ich Tränen in den Augen. Tränen der Rührung, der Liebe, der Dankbarkeit. »Was würde ich nur ohne dich tun?«

»Die Frage ist eher, was wäre ich *ohne dich? Und die Antwort lautet: nur Mittelmaß. Du bist meine Polyhymnia,*

meine Muse. Du beflügelst mich und bringst das Beste in mir zum Vorschein.«

»Hör auf, sonst werde ich auf der Bühne nicht nur ersticken, sondern auch noch einen Weinkrampf kriegen.«

Er streicht mir zärtlich eine Strähne aus der Stirn.

»Ich liebe dich«, murmele ich.

Er lächelt, hebt meine Hand und haucht mir einen Kuss auf den Handrücken. Als er sich wieder aufrichtet, nickt er mir aufmunternd zu. »Bereit?«

Ich nicke zurück. »Bereit.«

»Dann sehen wir uns nachher hinter der Bühne. Du schaffst das.«

Ein letzter Kuss, lang und zärtlich, dann ist er durch die Tür …

Der Piepton meines Handys, eines alten Nokia-Knochens, reißt mich aus meinen Erinnerungen. Meine Hände zittern, meine Augen brennen, und das, wo weit und breit keine Zewa-Rolle greifbar ist.

Krampfhaft unterdrücke ich ein Schluchzen. Sonja hat zum Glück nichts gemerkt, sieht nach vorn und redet noch immer über das Kochen mit Töpfen und Deckeln. Oder spricht sie von ihren Ehemännern?

Ich murmle etwas von meiner Allergie, krame in meiner Handtasche nach einem Taschentuch, schnäuze mich umständlich, atme tief aus und ein und setze es erst ab, als ich sicher bin, nicht gleich erneut einen Heulanfall zu erleiden.

Dann erst hole ich mein Handy hervor und hätte um ein Haar aufgestöhnt, als ich sehe, von wem die Nachricht stammt. Nur zögerlich öffne ich sie.

Zur Erinnerung: Samstag, 15:00 Uhr. Pünktlichkeit. Cocktailkleid.

Sachlich, knapp, präzise. Der Ton, mit dem *sie* beruflich um sich wirft. Ich kann sie mir bildlich vorstellen, wie sie mit hochrangigen Politikern von UNO, NATO und weiß der Geier mit wem noch alles kommuniziert. Dezent geschminkt, das Haar streng nach hinten gebunden, elegant und doch geschäftlich in einen dunklen Hosenanzug gekleidet, tauscht sie sich kühl und tough mit Anwaltskollegen aus oder berät sachlich und distanziert Mandanten.

Aber ich bin weder Kollegin noch Mandantin. Ich bin ihre Tochter.

Ich atme tief durch.

»Was ist?«, fragt Sonja.

»Jubiläum meiner Eltern. Bedeutet, die ganze Familie muss antanzen. Aber ohne mich. Ich werde behaupten, verhindert zu sein.«

Und behaupte nicht, du seist verhindert!

Ich kneife für einen Moment die Augen zusammen. Als ich sie wieder öffne, hat Sonja sich über das Display gebeugt und stößt einen verwunderten Laut aus.

»Na schön, meinetwegen!«, sage ich und seufze resigniert. »Aber dass ich ein Cocktailkleid anziehe, kann sie vergessen! Ich besitze ja nicht mal eins!«

Ein Cocktailkleid kannst du dir von Ella ausleihen!

»Verdammt!«

»Wie macht sie das nur?!«, fragt Sonja und sieht sich nervös um. »Das ist ja geradezu unheimlich.«

»Sie kennt mich«, murmle ich. »Und kennt mich doch nicht.« Genauso wie ich ihre Verhaltensweisen, ihren

Kleidungsstil, ihre Macken kenne. Aber nicht weiß, was in ihrem Kopf wirklich vorgeht. Zumindest nicht, seit …

»Mein Bus!«, ruft Sonja plötzlich und hastet im nächsten Moment über die Straße, dreht sich auf der anderen Seite um und ergänzt: »Denk drüber nach. Du hast auch mal Glück verdient. Und Liebe. Auch ohne ›bumfallera‹.« Gerade noch rechtzeitig huscht sie in den Bus, bevor dieser die Türen schließt und losfährt.

Ich seufze abermals tief auf. Etwas, was ich in letzter Zeit häufig tue, wie mir auffällt, und biege nach links auf den kleinen Marktplatz ab. Er ist von schmucken Jugendstilgebäuden gesäumt, deren schwungvolle florale Ornamente in der Sonne aufleuchten.

Die Bäckerei liegt am entgegengesetzten Ende des Platzes, doch zum Glück ist heute kein Markttag. Die Kirchturmglocke schlägt, und ich linse hinauf zur Turmuhr, während ich die Tür zur Bäckerei aufdrücke.

»He, Vorsicht!«, schallt es mir unfreundlich unter Glöckchengebimmel entgegen. Die Schlange vor der Theke reicht offenbar bis zur Tür.

Kurz überlege ich, ohne Koffein weiterzuziehen, doch das ist nach diesem Morgen keine wirkliche Option. Also stelle ich mich hinten an, was im Prinzip bedeutet, dass ich vor dem Kaffeeladen warte, und grüble über mich und mein Leben nach.

Das Ergebnis ist deprimierend.

Noch deprimierender ist nur die Erkenntnis, dass ich nicht drum herumkommen werde, am Samstag bei der Familienfeier zu erscheinen.

Ich schlucke hart und mein Magen krampft sich zusammen.

Plötzlich ist mir mehr nach einem Schnaps statt eines Kaffees.

Endlich kann ich einen Schritt vortreten und die Tür hinter mir schließen.

Moment mal.

Tür … schließen … Da war doch was.

Ich runzele die Stirn, taste in meiner Tasche und gehe in Gedanken noch einmal die Minuten vor dem Zusammentreffen mit Sonja durch: der Krach der Baustelle, der Chris auf den Plan gerufen hat. Meine Tür, die ins Schloss gefallen ist.

Und mein Schlüssel, der noch immer in meinem Flur am Haken neben der Tür hängt.

Mist!

Einen Augenblick lang überlege ich, zurückzulaufen und bei Chris zu klingeln, doch dann verzichte ich darauf. Er würde das garantiert falsch interpretieren. Wenn ich Glück habe, wird nachher Sonja wieder da sein und kann mir erst die Haustür und vielleicht anschließend mit einer Kreditkarte oder so auch die Wohnungstür öffnen. In Filmen funktioniert das ja schließlich auch. Und wenn nicht, dann würde ich eben den Schlüsseldienst rufen müssen, auch wenn mir beim Gedanken an diese nicht eingeplanten Kosten die Nackenhaare zu Berge stehen.

Es ist eindeutig, wer die Schuld an dem Desaster trägt: dieser Blödmann mit seiner verdammten Baustelle! Ohne ihn hätte ich mich nicht ausgesperrt. Der kann von Glück sagen, dass er mir nicht mehr vor die Füße gelaufen ist.

Die Schlange bewegt sich und ich komme meinem Kaffee ein weiteres Stück näher – es befinden sich nur noch gefühlte siebenhundertundzweiunddreißig Menschen vor mir.

Alex

Endlich sind alle auf den falschen Plänen basierenden Missverständnisse aus dem Weg geräumt, ich trete auf die Straße und atme tief durch. Steht also nur noch dieser leidige Termin bei der alten Dame an, den Mitch mir aufs Auge gedrückt hat.

Missmutig sehe ich auf die Uhr. Jenny ist bereits aus dem Spiel, doch was ist mit meinem Wagen? Ich ziehe mein Smartphone hervor, wähle die Nummer der Werkstatt, während ich die Straße hinunterlaufe.

»Autohaus Borchert, Schmitz am Apparat.«

»Guten Morgen, hier Langner, ich wollte mich nach meinem Wagen erkundigen, der heute fertig werden sollte. Ist er abholbereit?«

»Der Oldtimer?«

»Ja, genau, der Speedster 356.«

»Ja, der ist fertig.«

»Sehr gut, dann komme ich heute Nachmittag vorbei und …«

»Ich fürchte, das geht nicht.«

»Wie? Sie sagten doch, er sei fertig.«

»Ja, aber der Senior unserer Firma ist am Wochenende verstorben.«

»Oh. Mein Beileid. Trotzdem benötige ich meinen Wagen.«

»Ja, das glaube ich Ihnen, doch wir fahren alle zur Beerdigung. Sie haben also noch ungefähr eine Dreiviertelstunde Zeit, den Wagen zu holen. Ansonsten erst morgen am späten Nachmittag wieder.«

»Das ist nicht Ihr Ernst! Bleibt denn niemand in der Werkstatt?«

»Nein, tut mir leid.«

Prima. Besser kann dieser Tag einfach nicht beginnen. Erst das mit der Baustelle, jetzt die Aussicht, weitere zwei Tage ohne Wagen zu sein. Meine Stimmung sinkt. Ich hasse es, mich chauffieren lassen oder mit dem Taxi fahren zu müssen. Wenn ich Auto fahre, will ich allein sein, meine Ruhe haben, mich mit niemandem unterhalten müssen und nur die Musik hören, die ich mag. »Ich bin in einer halben Stunde bei Ihnen, bereiten Sie schon die Rechnung vor.« Verärgert lege ich auf, doch bevor ich das Handy wieder in meine Tasche schieben kann, klingelt es.

»Hallo, Katja, wundervollste Frau auf diesem Planeten«, nehme ich den Anruf an. »Was gibt es?«

Ich höre ihr halb unterdrücktes Lachen, doch als sie spricht, klingt ihre Stimme professionell und sachlich. »Sie wissen, was morgen für ein Tag ist, oder?«

Ich seufze. »Ich hatte eigentlich vorgehabt, das zu vergessen.«

»Das hat Ihre Mutter wohl geahnt. Deshalb hat sie hier angerufen.«

»Elizabeth ist nicht meine Mutter, wie Sie sehr wohl wissen. Sie ist die zweite Frau meines Vaters, und Sie haben ihr hoffentlich gesagt, dass Sie keine Ahnung haben, wo ich bin und wie Sie mich erreichen können. Und ihr meine neue Handynummer nicht gegeben. Und ihr gesagt, sie solle ihn gefälligst selbst besuchen, anstatt immer nur Anteilnahme zu heucheln und mir zu versichern, wie gern sie kommen würde, aber aus wie vielen Gründen sie es zum tausendsten Mal nicht schafft.«

»Selbstverständlich habe ich Ihre Nummer nicht weitergegeben. Aber was den Rest angeht: Ich glaube, das hätte mich dann doch ein wenig disqualifiziert in meinem Job. Und davon abgesehen ist das auch nicht das, was Sie wirklich wollen, Alex.«

»Meine Sekretärin erklärt mir, was ich wirklich will. Interessant.«

»Nein, natürlich nicht … ich meine ja nur …«

Ich kann förmlich vor mir sehen, wie sie rot anläuft. »Ist ja schon gut, keine Panik«, beruhige ich sie. »Ich wollte Sie nur aufziehen. Sie haben schon recht. Elizabeth hätte Sie wohl ansonsten den ganzen Tag mit Anrufen terrorisiert, wenn nicht die ganze Woche. Also, falls ich es heute nicht mehr in die Firma schaffe, sehen wir uns morgen.«

Ich lege auf, atme tief durch. Mein Kopf schmerzt wieder, doch noch schlimmer als das ist dieser Schmerz in meiner Brust. Ich schiebe dieses dumpfe Gefühl in meinem Inneren hin und her, suche einen Ort, es zu verstecken, es einzumauern. Denn es zu vernichten, ist unmöglich, das weiß ich inzwischen gut genug. Es lässt sich nur betäuben und übertönen. Zeitweise.

Und gerade jetzt, wo ich das am dringendsten nötig hätte, steht stattdessen dieser elende Termin mit dieser Madame Griesgram an. Als wäre das Baustellen-Dilemma von gerade eben – ob mit oder ohne Kater – nicht schon nervtötend genug gewesen.

Ach, und meinen Wagen muss ich ja auch noch holen. Verärgert sehe ich abermals auf die Uhr. Viel Zeit habe ich nicht mehr, aber für einen Kaffee reicht es grad noch, jedenfalls sofern es keine Warteschlange gibt.

Doch ohne Kaffee überstehe ich diesen Morgen ganz sicher nicht.

Wenigstens kann dieser Tag wohl kaum schlimmer werden!

Kapitel 2

Lucy

Der Duft von frisch aufgebrühtem Kaffee und ofenwarmen Croissants umschmeichelt meine Nase und lässt meinen Magen von Minute zu Minute heftiger knurren. Ich beschließe, mir auf jeden Fall auch etwas zu essen zu holen und mich gemütlich in eine der Nischen zu setzen, sofern eine frei ist. Jedenfalls, wenn ich nicht zuvor verhungert oder zu Stein geworden bin. Beides gleichermaßen wahrscheinlich bei dem Tempo, in dem das hier vorangeht.

Endlich hat der Typ ganz vorn, der bereits drei ganze Mal seine Bestellung geändert hat, sich endgültig entschieden, und nachdem er schließlich seine Brötchen-Tüte ausgehändigt bekommen hat, rückt die Schlange vor. Nun ist die Theke nur noch drei Leute von mir entfernt, was auch wirklich Zeit wird, breitet sich doch bereits ein gewisses Taubheitsgefühl in meinen Beinen aus. Leider nicht in meinen Ohren. Letzteres wäre allerdings sehr hilfreich gewesen angesichts der hinter mir stehenden Frau, die ihrer Freundin am Handy in allen Einzelheiten von ihren Hühneraugen berichtet. Igitt.

Ich sehe auf meine Armbanduhr. Nein, es nicht nur gefühlt eine Ewigkeit, die ich hier bereits stehe. Von der Stunde, die ich früher los bin, wird kaum etwas übrig geblieben sein, bis ich im Park ankomme. Nur die Tatsache, dass ich schon so lange in dieser blöden Schlange stehe, hat mich paradoxerweise weiterhin warten lassen, schließlich wäre sonst die verlorene Zeit vergeudet.

Unfassbar, dass ich offenbar ausgerechnet zur Haupt-Besuchszeit hier aufkreuzen musste. Nach mir kam nämlich lange Zeit niemand mehr, und erst vor ein paar Minuten stellten sich drei weitere Personen hinter mir an, eine davon die Hühneraugen-Geplagte, die inzwischen zur Schilderung der verschiedenen Arten ihrer offenbar sehr zahlreichen Hühneraugen übergegangen ist. Den Gedanken, mir zum Kaffee noch einen Muffin zu holen, verwerfe ich spontan wieder.

Erneut piepst mein Handy. Dieses Mal ist es eine Nachricht von Hayden, ihres Zeichens eine mit ihrem Smartphone verheiratete Klavierlehrerin aus England mit wundervollem Akzent, einer Vorliebe für ausgedehnte Shoppingtouren und – was sonst? – Tee. Außerdem ist sie meine Kollegin und beste Freundin seit meinem ersten Tag hier.

Denk an die Besprechung!, schreibt sie.

Welche Besprechung?

Punkt 09:00 Uhr. Viktoria hat sie einberufen.

Prima, dann war es das wohl endgültig mit meinem entspannten Morgen.

Hast du die Mail von gestern etwa nicht gelesen?

Offensichtlich nicht.

Du musst öfter auf dein Handy gucken, wenn schon nicht in den PC.

Damit zieht sie mich immer auf. Im Gegensatz zu ihr, die in jeder freien Minute darauf herumtippt, Fotos postet, Nachrichten schreibt, bin ich in keinem einzigen Portal angemeldet und schaffe es regelmäßig, mein Handy zu Hause zu vergessen oder in einem Café liegen zu lassen.

Ich ziehe den Gurt meines Geigenkastens, der langsam die Schulter herunterzurutschen droht, wieder ein Stück weit hoch und tippe: Hat sie wohl wieder etwas gefunden, um uns das Leben schwer zu machen, was? Ich komme.

Ich werfe erneut einen Blick auf meine Armbanduhr. Das wird eng werden, doch jetzt meinen Platz zu räumen, sehe ich gar nicht ein, nachdem ich hier schon so lange angestanden habe.

Der Nächste in der Schlange gibt seine Bestellung zwar zügig auf, allerdings scheint er sich für die nächsten drei Tage mit Kaffee und Gebäck eindecken zu wollen, so groß ist sie.

Ich stöhne entnervt auf, doch endlich ist auch dieser Kunde versorgt. Nur noch eine letzte Person trennt mich von meinem ersehnten Kaffee, und wie durch ein Wunder will auch sie nur einen Kaffee und hat sogar ihr Geld schon vorgezählt.

Die Türglocke bimmelt, als eine weitere Person den Laden betritt. Irgendwo hinter mir tönt es: »Wenn Sie mich vielleicht vorlassen könnten – ich habe es sehr eilig. Danke. Entschuldigen Sie, ich habe es leider sehr eilig, darf ich? Merci. ’tschuldigung, könnte ich vielleicht …? Danke!«

Die Frau vor mir packt ihr Portemonnaie weg, nimmt sich ihren Kaffee, ich trete endlich vor, hole tief Luft und …

»'tschuldigung, ich darf doch kurz, ja?«

Ein umwerfender Duft nach Moos und Wald und etwas anderem, Dunklem, erreicht mich, nur Sekunden später schiebt sich jemand Blondes in dunklem Anzug, das Jackett über die Schulter geworfen und mit einem Finger am Aufnäher gehalten, an mir vorbei an die Theke. Nein, nicht jemand, sondern *er*. Ausgerechnet.

»Sie dürfen nicht!«, protestiere ich.

»Ach, kommen Sie schon, ich bin wirklich sehr in Eile.« Für den Bruchteil einer Sekunde sieht er über die Schulter zu mir.

Und das ist ein Bruchteil zu viel.

Die Selbstsicherheit, die er ausstrahlt, verschlägt mir für einen Moment die Sprache. Vielleicht ist aber auch der Blick seiner tiefgrünen Augen mit den goldenen Pünktchen darin der Grund. Oder sein verschmitztes Lächeln. Oder das aufblitzende Weiß seiner Zähne in dem leicht gebräunten Gesicht. Oder …

Ich schließe meinen Mund und versuche, mich zusammenzureißen. Ist ja nicht gerade so, als hätte ich nie zuvor einen Mann gesehen.

Erst recht nicht einen, der mich überhaupt nicht beachtet.

Denn während ich noch immer nach Worten suche, hat er sich schon längst wieder zur Theke gedreht. »Wundervolle …« Er wirft einen kurzen Blick auf ihr Namensschild, nehme ich an, da er eine kurze Pause macht. »… Lisa. Mein Tag war bis gerade eben eine ziemliche

Katastrophe und nur Sie können ihn retten. Mit Ihrem bezaubernden Lächeln und einem doppelten Karamell-Espresso.«

Perplex starre ich den Kerl an, der gerade die Bäckerei betreten hat, einfach an mir vorbeimarschiert ist und nun mit der Bedienung flirtet.

»Sie … Sie sind … Sie sind …«, stottert diese und ein ziemlich weggetretenes Lächeln breitet sich auf ihrem Gesicht aus.

»Ziemlich unverschämt«, beende ich wütend den Satz für sie und trete neben den Typen an die Theke.

»Doppelter Espresso kommt sofort«, haucht die Bedienung dem Anzugträger jedoch zu, als sei ich nicht existent.

»Sie wissen nicht, wie glücklich Sie mich gerade machen«, antwortet der Typ mit einem Lächeln, das – wie kann das nur möglich sein? – sogar noch heißer ist als das zuvor schon. Was jedoch nichts an der Tatsache ändert, dass er a) sich vorgedrängt hat und b) mich dreisterweise einfach ignoriert.

»Also hören Sie mal!«, rufe ich, setze den Geigenkoffer ab und stemme meine Hände in die Hüften. »Jetzt bin ich dran! Ach, und nur zu Ihrer Information – ich führe hier nicht etwa gerade ein Selbstgespräch. Nein, ich rede mit Ihnen! Stellen Sie sich gefälligst hinten an!«

»Würde ich ja wirklich gerne, doch wie gesagt habe ich es leider sehr eilig«, gibt er zurück, ohne mich anzusehen. Stattdessen zwinkert er der Bedienung zu, die scheinbar plötzlich nicht mehr weiß, welche Hand rechts und welche links ist, und erst einmal die Pappbecher von der Arbeitsplatte fegt.

»Ich würde sogar so weit gehen, zu sagen, dass nur Sie in der Lage sind, mir das Leben zu retten«, fährt er fort, kaum dass Lisa hektisch die Becher eingesammelt hat und wieder hinter der Theke aufgetaucht ist.

»Oh«, sagt sie und läuft rot an. Offenbar eine sehr leicht zu beeindruckende Person.

»Hallo?!«, versuche ich, mich ihr wieder ins Gedächtnis zu rufen. »Ich bin auch noch da und wollte gerade einen Kaffee bestellen.«

»Und was bekäme ich dafür?«, fragt sie mit kokettem Augenaufschlag zurück. Und meint definitiv nicht mich.

»Was Sie wollen«, raunt Mister Unverschämt.

Ich sehe von ihr zu ihm und zurück. »Interessiert irgendjemanden hier, was *ich* will?«

Offenbar nicht. Stattdessen sieht Lisa so aus, als würde sie gleich zu sabbern anfangen.

Ja, okay, dieser Typ sieht nicht schlecht aus. Deutlich besser als das sogar, aber bitte! Ist das etwa ein Grund, so zu reagieren? Unfassbar, dass es Frauen gibt, die auf so blöde Sprüche anspringen. Und Kerle, die tatsächlich meinen, dass Frauen auf so was anspringen würden.

Ich runzele die Stirn.

Irgendwie beißt sich meine Argumentation. Doch das ist jetzt egal.

»Können Sie nicht wenigstens irgendetwas halbwegs Originelles von sich geben anstelle solch klischeebeladenen Gesülzes?«

Endlich scheint er sich an meine Anwesenheit zu erinnern, wendet sich mir zu und spottet: »Sie scheinen ja Expertin zu sein für klischeebeladenes Gesülze.«

»Mag sein. Vor allem aber für aufgeblasene Kerle, die meinen, die Welt gehöre ihnen.«

»Wer behauptet denn, dass dem nicht so ist?«, gibt er spöttisch zurück und die Intensität, mit der mich seine grüngoldenen Augen fixieren, lässt mich für einen Moment den Atem anhalten. Er hingegen runzelt im nächsten plötzlich die Stirn, scheint mich zum ersten Mal richtig wahrzunehmen.

Das allerdings gefällt Grinsekeks-Lisa nicht wirklich. »Ihr doppelter Espresso«, flötet sie, während sie ihm den Kaffeebecher vor die Nase hält. Der Blick, den sie hingegen mir zuwirft, lässt mich deutlich die Mordfantasien erahnen, die sie mir gegenüber offenbar hegt. Vielleicht ist ein Kaffee hier doch keine gute Idee mehr.

Er sieht mich noch einen Atemzug lang sonderbar grüblerisch an, runzelt irritiert die Stirn, als er meinen Rock bemerkt, und dreht sich dann wieder ihr zu. Sofort macht sich wieder dieses fürchterliche Aufreißer-Lächeln auf seinem Gesicht breit.

»Darf es sonst noch was sein?«, gurrt sie.

»Eine ganze Menge«, gibt er zurück und die Art, wie er es sagt, lässt keinen Zweifel daran, dass er weder Muffins noch Brezeln meint.

Mit einem ziemlich weggetreten wirkenden Ausdruck im Gesicht haucht sie: »Das da ist meine Telefonnummer.«

Jetzt entdecke auch ich die Kugelschreibernotiz auf dem Becher.

»Sie können Gedanken lesen«, raunt er.

Mir platzt der Kragen. »Das kann *ich* auch, Sie Macho! Und dir, Lisa, kann ich nur sagen, dass Kerle wie der da das Schlimmste sind, was dir zustoßen kann. Du glaubst doch nicht wirklich, dass jemand wie er mehr will als Sex ohne Verpflichtung? Überleg es dir gut, ob du dir wie der letzte Dreck vorkommen willst, nur weil er sich nach einer gemeinsamen Nacht nie wieder meldet! Willst du, dass jemand dir das Herz bricht, der nicht einmal deinen Nachnamen kennt, geschweige denn den deines Hamsters und …«

»Ich habe keinen Hamster«, unterbricht mich Lisa verständnislos.

»Wart mal 'ne Sekunde, Cecilia …«, tönt es hinter mir, bevor ich in den Arm gepikt werde. Verwirrt drehe ich mich um.

»Sie haben schlechte Erfahrungen mit Männern gemacht, Sie Ärmste?«, fragt mich die Hühneraugen-Frau mit einer Mischung aus Mitleid und Sensationsgier.

»Nein, ähm … das … ähm … war rein hypothetisch …« Ich räuspere mich mit hochrotem Gesicht.

»Trotzdem habe ich keinen Hamster«, giftet Lisa. »Und keinen Bedarf an Ihren Einmischungen. Im Übrigen habe ich rein zufälligerweise auch ziemlich gerne Sex ohne Verpflichtungen, okay?«

Oh.

»Tja, da hat Ihre ach so inbrünstig vorgetragene Rede wohl nicht ganz ihr Ziel erreicht«, sagt der Grund für all das Theater belustigt, zieht einen großen Schein aus der Tasche und legt ihn mit einem lässigen »Der Rest ist für dich« auf die Theke. Er hebt seinen Becher demonstrativ an und nickt mir spöttisch zu, bevor er Richtung Ausgang schlendert und über die Schulter gewandt sagt: »Vielleicht erteilen Sie Ihre Ratschläge in Zukunft lieber Ihrem hypothetischen Hamster.«

»Vielleicht zeigen Sie in Zukunft mal annähernd so etwas wie Benehmen!«

»Damit Sie davon lernen können?«

»Lernen, wie man sich vordrängelt?«

»Ich habe höflich gefragt.«

»Aber auf keine Antwort gewartet.«

»Meine Güte, entspannen Sie sich mal!« Er rollt mit den Augen, öffnet unter Glöckchenklang die Tür.

»Ich bin entspannt! Aber darüber hinaus stehe ich schon seit einer Ewigkeit in einer wahnsinnig langen Schlange an!«, schimpfe ich.

Er hält in der offenen Tür inne, sieht sich demonstrativ im fast leeren Lokal um. »So sieht also eine lange Schlange aus.«

»Gerade eben war hier noch eine Schlange«, beharre ich verärgert.

»Ja, sicher«, gibt er herablassend zurück, bevor er Lisa zuzwinkert und mit einem »Ich ruf dich dann an!« und *meinem* Kaffee hinausmarschiert.

Bimmelnd fällt die Tür hinter ihm ins Schloss. Schnaufend wende ich mich wieder der Bedienung zu, die diesem Ekel anhimmelnd nachsieht. »Krieg ich jetzt endlich einen Kaffee, oder ist die Aufschrift auf dem Schild nur Schmuck?«

»Gehts ein bisschen freundlicher?«, motzt sie mich an.

Ich beiße mir auf die Zunge, denn wenn ich jetzt sage, was ich denke, kriege ich gar keinen Kaffee mehr, das ist mir klar. Mühsam verkneife ich es mir daher, sehe ihr schweigend zu, wie sie den Caffè Latte zubereitet.

»… tja, das hättest du grad erleben müssen, Cecilia, und dann, bumfallera, hat er ihr die Meinung gegeigt, und …«

Ich zucke zusammen, fahre herum. »Wie war das?«

Die Hühneraugen-Frau hält das Unterteil ihres Handys zu. »Bitte?«

»Haben Sie gerade ›bumfallera‹ gesagt?«

»Haben *Sie* schon mal was von Privatgespräch gehört?« Sie wirft mir einen bösen Blick zu, bevor sie mir für ihr weiteres Telefonat demonstrativ den Rücken zukehrt.

Ich verzichte darauf, ihr unter die Nase zu reiben, dass sie von Privatsphäre auch nicht so viel hielt, als es um den verdammten Hamster und mich ging.

Bumfallera …

Ich sehe mit gerunzelter Stirn durch das Schaufenster dem Mann im dunkelblauen Anzug hinterher, der gerade die Straße überquert und dabei sein Handy zückt.

Bumfallera …

Nein.

Auf gar keinen Fall.

Oder doch?

Neiiin. Völlig ausgeschlossen.

Erstens wird es für mich nie wieder ein »Bumfallera« geben. Und zweitens nicht mit diesem Kerl!

»Haben Sie eigentlich auch vor, Ihren Kaffee zu bezahlen?«, motzt hinter mir Lisa und ich drehe mich wieder zu ihr um. Ein Becher steht vor ihr auf der Theke.

»Nein, ich wollte ihn eigentlich klauen«, gebe ich sarkastisch zurück, lege meine Münzen auf die Platte. »Und außerdem war es genau umgekehrt«, informiere ich die Hühneraugen-Geplagte. »*Ich* habe *ihm* die Meinung gegeigt!« Damit rausche ich samt Kaffeebecher aus dem Laden.

Doch kaum habe ich die Hälfte des Marktplatzes

überquert, bleibe ich abrupt stehen. Der Mann, der unter gar keinen Umständen auch nur annähernd so etwas wie ein Bumfallera bei mir auslöst, steht neben dem Brunnen in der Marktplatzmitte, der ihn bis gerade eben vor mir verborgen hat, den Blick auf das Display seines Handys gesenkt.

Erneut kocht der Ärger in mir hoch, doch ich beherrsche mich, denn gerade biegt ein Taxi in die Straße ein, fährt am Marktplatz entlang. Ich laufe darauf zu, winke. Der Fahrer hat mich gesehen, hebt kurz die Hand, wird langsamer.

Wenigstens diesbezüglich habe ich Glück.

»He, Sie da!«, schallt es in diesem Moment vom Kaffeeladen herüber. »Gehört das Ihnen?«

Ich sehe über die Schulter. Ein Typ, der irgendwann vor mir dran war und sich mit seinem Puddingplunder an einen der Tische verzogen hat, streckt mir meinen Geigenkasten entgegen.

»Ach du Schande, ja, natürlich!« Erschrocken renne ich hinüber, bedanke mich überschwänglich.

Als ich mich wieder umdrehe, strebt der Kaffeedieb gerade meinem Taxi zu, das am Marktplatzrand angehalten hat.

»Nein!«, rufe ich und hetze zurück. »Stehen bleiben!«

Er hält inne, sieht irritiert über die Schulter und spottet: »Noch eine Predigt vergessen, Madame Moralapostel?«

Endlich habe ich ihn erreicht und keuche: »Die hebe ich mir für Leute auf, die nicht das Niveau einer Leitplanke haben. Davon abgesehen: Das ist *mein* Taxi!«

»Ach, dann steht da wohl Ihr Name drauf, ja?«

»Ich habe es herbeigewunken.«

»Was für eine Leistung, nachdem ich es gerufen habe.«

Oh. Ah. »Das kann jeder behaupten. Außerdem habe ich gerade eine halbe Stunde für meinen Kaffee angestanden.« So langsam komme ich mir vor wie eine hängen gebliebene Schallplatte.

»Und inwiefern hat das jetzt irgendeine Bedeutung für mich?«, gibt er aufseufzend zurück.

»Sie halten ihn in der Hand!«

»Wen?«

»Meinen Kaffee!«

»Dann ist das da offenbar eine Bowlingkugel, ja?«, sagt er und deutet auf den Kaffeebecher in meiner Hand, bevor er sich umdreht und weiterläuft.

Ich kneife die Augen zu einem schmalen Schlitz zusammen. »Was erwarte ich auch von einem Kerl, der Frauen morgens ins Schlafzimmerfenster starrt!«

Jetzt hält er doch inne, dreht sich ganz zu mir um. »Bitte?!«

Schlagartig wird mir klar, dass er mich gar nicht wiedererkannt hat. Einen Augenblick lang weiß ich nicht, ob ich erleichtert oder wütend deshalb sein soll. Ich entscheide mich für wütend. »O ja! Sie haben mich heute Morgen aus dem Schlaf gerissen mit Ihrer dämlichen Baustelle!«

Er sieht mich verdutzt und aus zusammengekniffenen Augen an. »Das Negligé … Das Negligé mit dem Presslufthammerproblem.« Er grinst. »Ich wusste doch, dass Sie mir irgendwie bekannt vorkommen!«

Ich hätte mich wohl doch für »erleichtert« entscheiden und diesen Teil der Geschichte ausklammern sollen. »Das ist ja wohl mal wieder typisch«, rette ich mich mit Empörung über meine Verlegenheit hinweg. »Ans

Negligé können Sie sich erinnern, an das Gesicht darüber nicht!«

Zu meinem Unglauben fängt er an zu lachen. Dann tritt er zwei Schritte auf mich zu, ist mir plötzlich wieder so nah wie vorhin in der Bäckerei.

Langsam beugt er sich vor, ich spüre seine Wärme, atme seinen Duft und aus irgendeinem bescheuerten Grund heraus schlägt mein Herz plötzlich schneller, geht mein Atem flacher, bin ich wie elektrisiert. Ein Hochspannungsmast könnte nicht stärker unter Strom stehen.

»Da scheint jemand eifersüchtig auf die gute Lisa zu sein.«

An meinem Hochspannungsmast brennt eine Sicherung durch. »Eifersüchtig?!«

»Vielleicht wollen Sie Ihre Meinung ja ändern und nun doch mit mir einen trinken gehen?« Er legt den Kopf schief, hebt die Augenbraue und lächelt mich spöttisch an.

»Okay, halt, stopp, Auszeit!« Ich reiße meine Arme hoch, wobei ich mich fast mit meinem eigenen Geigenkasten erschlage, da mir in letzter Sekunde einfällt, dass ich einen Becher heißen Kaffee in der Hand halte, und der überschwappenden Brühe nur mit einer abrupten Verrenkung ausweichen kann. Belustigt hat er meinen sonderbaren Tanz verfolgt und ich fahre mit zu gleichen Teilen vor Ärger wie vor Verlegenheit rotem Gesicht fort: »Nur damit ich das jetzt richtig verstehe: Sie haben gerade eben noch mit der Bäckerin geflirtet und nun baggern Sie mich an? Im Ernst?! Ich habe keine Ahnung, welcher Film gerade bei Ihnen abläuft, aber bei mir ist es einer, bei dem ich gleich mein Pfefferspray zücken werde!« Merke: Pfefferspray kaufen.

Er runzelt die Stirn. »Sind Sie immer so unentspannt?«

»Ich. Bin. Entspannt! Total entspannt!«

»Also ich bin mir ziemlich sicher, dass es einen Kurzschluss gibt, wenn Sie in die Hände klatschen.«

»Normalerweise! Ich bin normalerweise die entspannteste Person, die Sie sich vorstellen können. Aber nicht, wenn mir schon morgens der Kopf dröhnt.«

»Ja, so ein Kater ist übel, ich weiß.«

»Nicht, weil ich getrunken hätte!« Macht der das mit Absicht? Nimmt der mich auf den Arm? »Wegen Ihrer dämlichen Baustelle!«

»Mein Gott, Sie sind ja eine noch viel schlimmere Zicke, als ich heute Morgen dachte.«

»Und Sie ein noch viel größerer Macho, als ich für möglich hielt!«

»Vielen Dank!«, gibt er spöttisch zurück. »Das bedeutet mir eine …« Er hält inne, entdeckt irgendetwas hinter mir und seine Augen werden plötzlich groß. »Scheiße!«

Ich drehe mich um. Der Typ, der mir den Geigenkasten hinterhergetragen hat, fährt gerade mit dem Taxi fort.

»Das … He! Halt! Anhalten!«, brülle ich, doch genauso gut hätte ich der nächsten Straßenlaterne befehlen können, Purzelbäume zu schlagen.

»Das haben Sie ja großartig hingekriegt!«, schimpft er und deutet anklagend mit dem Kaffeebecher in seiner Hand auf mich. »Ich habe einen Termin!«

»Ich? Das ist ganz allein Ihre Schuld! Im Übrigen habe ich auch einen Termin! Hätten Sie nur ein Mindestmaß an Anstand und Benehmen gezeigt, wäre das nicht passiert! Und was Ihre …« Ich versuche, mit den Fingern Gänsefüßchen zu formen. Mit Geigenkasten und Kaffee in der Hand alles andere als einfach. »… ›Einladung‹

angeht: Um nichts in der Welt würde ich mich von Ihnen anbaggern lassen wollen.«

»Na, dann gratuliere ich, denn Sie sind die letzte Person auf Erden, die ich anbaggern würde!« Aufgebracht stapft er davon, holt sein Handy aus der Tasche und wählt eine Nummer.

»Haben Sie schon!«, rufe ich ihm hinterher.

»Träumen Sie weiter!«

»Ha! Passen Sie nur auf, dass Sie nicht über Ihre Großkotzigkeit stolpern!«

»Solange Sie mir mit Ihrer Besserwisserei nicht im Weg stehen, dürfte das kein Problem sein … Ja? Ja, hallo. Ein Taxi bitte zum Neuenheimer Marktplatz.«

Erneut schlägt die Kirchturmuhr, mir läuft der Schreck eiskalt den Rücken runter, und ich renne los. Ich darf nicht zu spät zur Besprechung kommen. Wenn ich mich beeile, kriege ich noch den Fünfer. Der fährt zwar nicht an der Musikschule vorbei, sondern etliche Querstraßen davon entfernt, und ich würde das letzte Stück zu Fuß laufen müssen. Doch jetzt auf ein neues Taxi zu warten, würde mich noch mehr Zeit kosten. Und Nerven. Und davon habe ich eh keine mehr.

Am Ende des Marktplatzes halte ich keuchend und schnaufend inne und presse mir die Hand in die Seite. Plötzlich betrachte ich meine guten Vorsätze in Sachen Sport aus ganz anderem Blickwinkel. Klar könnte ich diesen Unfug nächste Woche tatsächlich ausprobieren. Doch ich kenne meine Hüftpolster schon lange, sie sind wie gute Freunde. Und wer will schon gute Freunde verlieren?

Vielleicht hätte ich doch auf ein Taxi warten sollen.

Dennoch: Ich hätte es keine fünf Minuten länger in der Nähe dieses Idioten ausgehalten. Ich hoffe nur, dass er mir niemals wieder über den Weg läuft.

Alex

Was für eine besserwisserische Meckertante! Wie ich sie heute Morgen auch nur einen Moment lang anziehend finden konnte, weiß ich selbst nicht mehr. Dennoch wurmt mich ihre Reaktion. Und zwar massiv. Und das ist auch der einzige Grund, warum ich noch immer über sie nachdenke. Normale Frauen reagieren auf mich eher so wie Lisa. Mit dieser Verrückten von gerade eben hingegen stimmt definitiv etwas nicht.

Genervt lehne ich mich zurück, schnüffele angewidert.

Im Taxi riecht es nach nassem Hund, kaltem Zigarettenrauch und irgendetwas so intensiv Künstlichem, dass es bei mir Übelkeit hervorruft.

Sollte diese unangenehme Mischung dem Duftbaum zuzuschreiben sein, der am Rückspiegel des Fahrers baumelt, wäre das wahrlich Grund genug, die Firma zu verklagen. Vielleicht aber sollte ich lieber den schlecht rasierten und mit einer mächtigen Wampe ausgestatteten Fahrer verklagen. Wegen unzumutbar schlechten Musikgeschmackes. Genau das ist einer der Gründe, warum ich meinen Wagen brauche. Und zwar dringend. Vergeblich versuche ich, das aus dem Autoradio dringende, von Polka-Rhythmen untermalte Gejaule über Veilchen, Flieder und diverse Sommerkleider zu ignorieren. Wenn überhaupt, würde ich zukünftig nur noch dann in ein Taxi einsteigen, wenn ich mir zuvor Ohropax besorgt habe.

Missmutig sehe ich aus dem Fenster. Wir scheinen an den Gebäuden vorbeizuschleichen, so langsam kommen wir in dem dank unzähliger Baustellen nur zäh fließenden Verkehr voran. Mein Blick gleitet über die Menschen. Lachende Gesichter, ernste Gesichter. An einer Gruppe junger Leute bleibe ich hängen. Sie lachen, sind unbeschwert, fröhlich. Im nächsten Moment wird mir klar, dass sie gar nicht so viel jünger sein können als ich. Warum nur fühle ich mich so alt? So … ausgelaugt?

Doch egal, ob fröhlich und unbeschwert oder ernst und konzentriert – ich wage zu bezweifeln, dass sie wissen, was die Zukunft ihnen bringt und was ihnen bevorsteht.

Was für ein wundervolles Gefühl das sein muss.

Ich schließe die Augen, lehne den Kopf zurück.

Unfassbar, dass ich auch mal zu den Menschen da draußen gehört habe, dass auch ich mal Träume hatte, die weit in die Zukunft hineinreichten.

Heute beschränke ich meine Träume auf das Hier und Jetzt.

Zum Beispiel auf Jenny. Wobei ich unser Treffen nun leider nach hinten verlegen muss.

Schaffe es jetzt nicht mehr, tippe ich. Termin ist dazwischengekommen.

Als Antwort regnet es verheulte Smileys, gefolgt von unzähligen Herzchen.

Langsam wird es mir echt anders. Die Lust ist mir

ohnehin schon völlig vergangen, wenn ich ehrlich bin, dank dieser Zimtzicke von eben.

Gut, zugegeben, nicht nur wegen dieser Zimtzicke, sondern auch wegen Jennys unerträglicher Vorliebe für Armeen von Herzchen, Schleifchen und Häschen, die sie unter all ihre Nachrichten setzt.

Jenny ist vielleicht weder der richtige Traum für heute noch für morgen. Vielleicht sollte ich beim nächsten Kennenlernen doch etwas mehr in Erfahrung bringen als nur die Telefonnummer. So was wie den Namen des Hamsters …

Wider Willen muss ich schmunzeln, räuspere mich hastig, als mir das bewusst wird. Warum schmunzele ich? Da gibt es nichts zu schmunzeln. Und auch keinerlei Grund, schon wieder an diese Verrückte aus der Bäckerei zu denken.

Wütend versuche ich, den Gedanken an sie zu verdrängen, doch die Sache mit dem Hamster ist wie die mit dem rosaroten Elefanten. Ich schüttele den Kopf, um die Erinnerung an diese Frau loszuwerden. Hilft leider nicht. Doch selbstverständlich denke ich nur im Negativen an sie. Schließlich ist das ja wohl mit Abstand die nervtötendste Person, die ich je getroffen habe! Dreist! Und frech! Gut – zumindest nicht auf den Mund gefallen! Aber trotzdem eine Zumutung für jeden! Auf jeden Fall für jeden Mann und …

»Shit!«, flucht der Taxifahrer, und jetzt erst registriere ich, dass der Wagen langsamer geworden ist. Schließlich bleibt er stehen. Mitten auf der Straße, mitten in einer Baustelle.

»Was ist?«

»Keine Ahnung. Motorstörung.«

»Was? Wieso?«

»Keine Ahnung. So was hatte ich noch nie«, beteuert er und kratzt sich am Kopf. Hinter uns hupen die sich stauenden Autos, denn wir blockieren die aufgrund der Baustelle an dieser Stelle nur einspurige Fahrbahn.

»Prima«, seufze ich. »Und jetzt?«

Der Fahrer zuckt die Achseln. »Ich muss wohl den ADAC rufen.«

Ich atme tief durch. »Mein Glückstag«, grolle ich, greife nach meinem Portemonnaie, reiche ihm einen Schein und steige aus. Ein anderes Taxi zu rufen, hat keinen Sinn, es käme gar nicht durch. Ich muss wohl oder übel zu Fuß weiter. Und ich habe noch … Ich werfe einen Blick auf die Uhr. Zehn Minuten. Und alles nur wegen dieser Verrückten! Hätte ich nicht ihretwegen das erste Taxi verpasst, wäre das nicht passiert.

Und meinen Wagen kann ich auch vergessen, diesen noch vor dem Termin mit »Madame Griesgram« zu holen, schaffe ich jetzt auf keinen Fall mehr, verdammt!

Und dass »Madame Griesgram«, die eigentlich Briana Kleve heißt und einen fürchterlichen irischen Dickkopf hat, Unpünktlichkeit über alles hasst, ist in der ganzen Firma bekannt, schließlich kämpfen wir schon seit Monaten darum, sie zu einem Verkauf zu bewegen. Gut, es haben bisher eher die anderen gekämpft, aber was solls?

Ich betrachte nachdenklich die Gegend. Wenn mich nicht alles täuscht, müsste hinter dieser Häuserreihe die Schrebergarten-Kolonie sein, die ich als Junge des Öfteren für eine Abkürzung genutzt habe, indem ich einfach querfeldein gerannt und über sämtliche Zäune gesprungen und geklettert bin. Sehr zum Unmut der Besitzer, insbesondere eines grantigen Alten, der mich immer mit erhobenem Gehstock verfolgt hat. Natürlich war ich schneller, schließlich konnte er nicht über Zäune springen, sondern musste immer erst umständlich die Gartentüren suchen und öffnen.

Ein kurzer Blick auf die Uhr. Ich könnte es noch rechtzeitig schaffen.

Ich renne los.

***

Eine Viertelstunde später klingle ich völlig außer Atem an der Tür des Cottage ähnlichen Häuschens, an das sich ein großer Kirschbaum schmiegt, der es halb verdeckt.

Den grantigen Alten gibt es nach wie vor, nur hat er sich unglückseligerweise in der Zwischenzeit einen Hund angeschafft.

Und der konnte deutlich besser über Zäune springen als ich.

Ich japse noch immer, als sich die Tür endlich öffnet und das zerfurchte Gesicht einer weißhaarigen Frau erscheint.

Ich hatte eine große, hagere, Respekt gebietende Gestalt erwartet. Elegant gekleidet und mit Juwelen behangen. So ein wenig wie diese Fürstin aus Agatha Christies »Mord im Orient-Express«.

Stattdessen erscheint eine kleine, mollige und äußerst gemütlich wirkende Oma mit geblümter Schürze über dem altmodischen Spitzenkleid und gehäkelten Topflappen an den Händen.

Keine Ahnung, was die Kollegen für ein Problem mit

der hatten. Vermutlich haben sie sich schlichtweg einfach keine Mühe gegeben. Das hier jedenfalls dürfte ein Kinderspiel werden.

»Ja bitte?«

»Guten Tag, Frau Kleve. Langner mein Name.«

»Können Sie Erbsen pulen?«

»Was? Wie? Äh … nein, ich glaube nicht.«

»Schade.« Sie seufzt. »Was wollen Sie dann?«

»Ich bin von der Langner-Stahl-GmbH, ich …«

»Halt!«, unterbricht sie mich herrisch und ich verstumme verdutzt.

»Sie sind nicht der schmierige Alte.«

»Welcher schmierige Alte?«, frage ich verdutzt.

»Dieser falsche, verlogene. Klein, mit Glatze, roter Knollennase und einem Mädchen am Arm, das seine Enkelin sein könnte.«

»Mitch?!«

»Ja, ich glaube, so hieß er.«

»Also entschuldigen Sie mal. Mitch ist ein großartiger Mann und garantiert nicht falsch und …«

»Wissen Sie, dass meine Eltern Iren waren?«

»Nein, das wusste ich nicht, aber das spielt ja wohl keine …«

»Oder wie alt ich bin?«

»Auch nicht, aber …«

»Und wissen Sie, was ich alles überlebt habe?«

»Äh …« Irgendwie habe ich das Gefühl, meinen roten Faden zu verlieren.

»Nun, ich habe etliche Begegnungen mit Bären überstanden, zu Fuß die Berge überquert und einen Winter ohne Strom und fließendes Wasser durchgehalten, eingeschneit in einer Hütte in der Wildnis.« Sie macht eine Pause. »Und ich habe es überlebt, dass hier niemand einen echten irischen Erbseneintopf zu schätzen weiß. Ich bin dreiundachtzig, mein Junge. Und wenn ich sage, dass jemand unsympathisch und falsch ist, dann ist das so. Ich habe eine sehr gute Menschenkenntnis. Und meine Menschenkenntnis sagt mir, dass Sie ein großartiger Erbsenpuler sind. Haben Sie nicht doch zufälligerweise Lust, Erbsen zu pulen? Für einen echten irischen Erbseneintopf?«

»Nein! Ich bin hier wegen des Verkaufs Ihrer Immobilie, die …«

»Halt!«, ruft sie erneut und irritiert halte ich tatsächlich inne.

Sie sieht auf die Uhr an ihrem Handgelenk, mustert mich anschließend von oben bis unten, tritt zurück und …

Schlägt mir die Tür vor der Nase zu.

»Was soll das? Frau Kleve! Wir haben einen Termin!«

»Ich weiß«, tönt es dumpf durch die geschlossene Tür. »Der war vor einer Viertelstunde.«

»Ja, das tut mir ja auch leid, aber das Taxi ist liegen geblieben und ich musste zu Fuß …«

»Zu spät ist zu spät.«

»Das ist doch wohl nicht Ihr Ernst!«

»Wie gesagt: Ich bin Irin. Natürlich ist das mein Ernst. Nächste Chance: Morgen. Punkt fünfzehn Uhr. Und ziehen Sie sich was Ordentliches an!«

Ich blinzle perplex, sehe an mir hinunter. Ich bin verschwitzt, mein Hemd ist zerknittert und mein Anzug wird von etlichen Flecken geziert. Trotzdem! »Also hören Sie mal. Dieses Spielchen können Sie vielleicht mit meinen Mitarbeitern machen, aber nicht mit mir. Wir haben *jetzt* einen Termin, nicht morgen um fünfzehn Uhr.«

»Sie wollen was von mir. Nicht ich von Ihnen. Einen schönen Tag noch.«

»Aber das …«

Eine zweite Tür fällt ins Schloss, vermutlich die Flurtür, und ich ahne, dass weiterer Protest ungehört verhallen wird.

»Scheiße, Scheiße, Scheiße!« Ich atme tief durch, kann mich gerade noch zurückhalten, gegen die Tür zu treten. Leider hat sie nämlich recht und daran würde ihre demolierte Tür – oder mein demolierter Fuß – nichts ändern.

Aufgebracht wende ich mich ab und stapfe den Vorgarten hinunter, wähle Katjas Nummer. »Katja? Würden Sie bei meiner Wäscherei vorbeifahren, Hemd und Anzug dort abholen und mir in die Firma bringen?«

»Ist etwas passiert?«, fragt sie besorgt. »Sollten Sie jetzt nicht beim Termin mit Frau Kleve sein?«

»Bin ich. Und sofern morgen Nachmittag noch irgendein Termin ansteht, streichen Sie ihn. Ich muss um 15:00 Uhr erneut zu dieser Verrückten.«

»War sie nicht da?«

»Doch. Leider. Sie hat mich aber nicht hineingelassen. Und das ist ihre Schuld! Alles, verdammt noch einmal, nur ihre Schuld.«

»Meine?«, fragt Katja erschrocken.

»Nein. Natürlich nicht. Die Schuld dieser Verrückten.«

»Frau Kleve?«

»Nein. Doch. Auch.«

»Jetzt bin ich ehrlich verwirrt.«

»Glauben Sie mir, ich auch. Aber ich meinte diese Verrückte, wegen der ich heute mein erstes Taxi verpasst habe. Wie auch immer: Bitte sorgen Sie dafür, dass ich mich in der Firma umziehen kann. Das geht schneller, als wenn ich erst nach Hause fahren müsste.«

»Mache ich.«

»Sie sind ein Engel.«

Ich lege auf, schließe für einen Moment die Augen und versuche, mich zu beruhigen. Es fällt mir schwer. Denn wäre ich rechtzeitig zum Autohaus gekommen, hätte ich in meinem eigenen Wagen, sauber und relaxt, bei der Verrückten Nummer zwei vorfahren und sie vom Verkauf überzeugen können. Dann wäre die Sache gegessen und ich hätte wieder meine Ruhe gehabt. Stattdessen darf ich nun erneut losziehen. Einen Augenblick lang überlege ich, diesen verschobenen Termin an jemand anderen abzudrücken und schon jetzt meine Ruhe wiederzuerlangen. Doch Mitch hat mich darum gebeten. Und auch wenn mir sonst so ziemlich jeder und alles egal ist – ihn, der ein solch enger Freund der Familie ist, will ich ungern enttäuschen.

Ich kann nur hoffen, und zwar für die Verrückte Nummer eins, dass sie mir nicht mehr über den Weg läuft! Das ist alles nur ihre Schuld!

Lucy

Das ist alles nur seine Schuld!

Den Geigenkasten am Trageriemen über der Schulter, die Notentasche in der Hand, renne ich auf das Backsteingebäude zu. Es ist zur Hälfte von wildem Wein überwachsen, was dem charmanten Haus mit den altmodischen hölzernen Fensterläden etwas Verwunschenes verleiht. Und tatsächlich wünschte ich gerade, ich könnte die Uhrzeit ein ganzes Stück zurückdrehen. Ich drücke die Tür auf, haste über den Flur, an der hölzernen Treppe vorbei und wäre fast über ein Paar ausgestreckte Beine gestolpert. Ein schmächtiger Junge sitzt auf der untersten Stufe der Treppe. Neben ihm Schulranzen und Geigenkasten. Ein zerkratzter Geigenkasten, in dem sich eine ebenfalls schon ziemlich mitgenommene Leihgeige befindet, die bereits durch viele Schülerhände ging.

»Timo, was machst du denn schon hier?«

»Warten.«

»Deine Gruppe hat doch aber erst heute Nachmittag Geigenstunde. Und überhaupt – müsstest du nicht in der Schule sein?«

»Hab heute erst zur dritten Stunde.«

»Und seit wann sitzt du hier?«

»Seit hier offen ist. Vorher habe ich draußen gewartet.«

»Wissen deine Eltern oder deine Lehrer, dass du hier bist?«

Er zuckt mit den Schultern.

»Also nein«, stelle ich fest und seufze. Dass es bei Timo

zu Hause alles andere als rosig zugeht, weiß ich bereits. Das weiß auch das Jugendamt. Ändern lässt sich anscheinend trotzdem nicht viel. Freunde, mit denen er den Nachmittag verbringen könnte, scheint der Junge mit dem ernsten Gesicht auch keine oder nur wenige zu haben, was ich sogar nachvollziehen kann, gibt er sich doch im Allgemeinen wortkarg und unfreundlich. Tatsächlich ist das Einzige, was seine Augen aufleuchten lässt – jedenfalls, wenn er sich unbeobachtet fühlt –, die Musik.

»Okay, weißt du was?«, frage ich und reibe mir die Schläfen, schließlich muss ich trotz allem bei seiner Schule und bei seinen Eltern anrufen und Bescheid geben, wo sich ihr Sohn befindet. Das war schon beim letzten Mal ein eher unerfreuliches Erlebnis, durfte ich mich doch, warum auch immer, als Schlampe beschimpfen lassen. »Du solltest jetzt wirklich langsam losgehen, sonst kommst du noch zu spät.«

Er zuckt wieder nur mit den Achseln.

»Aber meinetwegen kannst du nach der Schule kommen und hier Hausaufgaben machen oder Geige spielen, bis deine Geigenstunde beginnt.«

Freude leuchtet in seinen Augen auf, ehe er rasch nach unten blickt.

»Und wenn du dich ruhig verhältst, kannst du auch bei den anderen zuhören. Lass die Geige ruhig hier, ich achte darauf, bis deine Stunde anfängt.«

Betont gelangweilt nickt er und reicht sie mir, doch kaum bin ich weitergegangen, springt er auf und hüpft die knarzende Treppe hinauf.

Ich hingegen eile unter ihr hindurch, luge vorsichtig

nach links den Flur entlang. Alles ist still, die Besprechung hat bereits begonnen, ich bin zu spät. Unfassbar. Teambesprechung der neuen Musikschuldirektorin und ich bin zu spät! Aufgebracht haste ich den Gang entlang in das Zimmer, das uns der Größe wegen immer als Ort für Vorspiele, aber auch für Besprechungen dient.

Alles nur wegen dieses arroganten Chauvinisten!

Ich öffne die Tür einen Spaltbreit. Leise durcheinanderredende Stimmen sind zu vernehmen, und erleichtert registriere ich, dass der Platz hinter dem großen Schreibtisch leer ist. Vielleicht ist Viktoria ja noch gar nicht da? Oder gerade auf dem Klo? Wenn ich mich jetzt beeile und einfach möglichst unauffällig ins Besprechungszimmer husche und so tue, als wäre ich schon die ganze Zeit da gewesen …

»Liebe Lucy!«, hallt die frostige Stimme von Viktoria Grunwald durch den Flur, und ich zucke zusammen, drehe mich schuldbewusst um. In ein enges, hummerrotes Kostüm gekleidet, steht die neue Direktorin der Kleve-Musikschule auf dem Treppenabsatz zum ersten Stock, einen Stapel Unterlagen unter dem Arm.

Beim Anblick ihres weißblonden Haares und ihrer eisblauen Augen fühle ich mich immer an die Schneekönigin erinnert. Aber an die gruselige Variante. Die aus dem Märchen von Andersen.

Nicht nur ihr herrischer Tonfall, sondern auch ihr Gesicht zeigen deutlich, dass die Anrede gerade eben ironisch gemeint war. »Mir ist ja klar, dass Sie keine richtige Musiklehrerin sind«, tut sie mit säuerlicher Miene kund, »und es ist mir nach wie vor ein Rätsel, warum meine Tante Sie überhaupt eingestellt hat. Dennoch sollten selbst Sie wissen, dass es an einer Schule gewisse Regeln gibt, und eine davon betrifft nun einmal die Pünktlichkeit der Lehrkräfte! Und der Aushilfen!«

»Ich weiß, es tut mir leid, aber der Bus ist liegen geblieben und …«

»Sparen Sie sich Ihre Ausreden, beeilen Sie sich lieber.« Sie deutet mit dem Daumen Richtung Besprechungszimmer, das sie offenbar nur kurz verlassen hat, um die Unterlagen zu holen.

Ich nicke mit aufeinandergepressten Lippen, haste an ihr vorbei und spüre ihren missbilligenden Blick in meinem Rücken.

Im Besprechungszimmer haben sich meine zehn Kollegen auf die Stühle verteilt, die jemand, vermutlich Viktoria, penibel ordentlich in zwei versetzten Reihen aufgestellt hat.

Ich sehe Haydens rote Haare aufleuchten, husche zu ihr hinüber.

Sie sieht auf, doch ihre Finger fliegen weiter über das Display ihres Smartphones, als würden sie ein Eigenleben führen. »Da bist du ja endlich. Wieso so spät?«

»Erzähle ich dir nachher«, winke ich ab und setze mich zwischen sie und Stephan, den Gitarrenlehrer, der mit fast sechzig Jahren der mit Abstand Älteste in unserem kleinen Kollegium ist.

Mona vor uns dreht sich um und stöhnt. »O Mann, ich vermisse Ludmilla.«

»Da bist du nicht die Einzige«, murmelt Hayden. Tatsächlich trauern wir wohl alle der alten, gemütlichen und großherzigen Direktorin hinterher, die in ihren späten Jahren doch noch ihr Glück gefunden hat und ihrer großen Liebe nach Neuseeland gefolgt ist.

»Man fühlt sich wie zu Schulzeiten, was?«, flüstere ich Hayden zu.

Sie kichert. »Viktoria erinnert mich tatsächlich an meine Mathelehrerin. Ich habe Mathe gehasst.«

»Ich mochte es eigentlich sehr gern.«

»Du bist ja auch nicht normal«, behauptet sie neckisch. »Einmal«, erzählt sie weiter, »hat sie mich beim Rauchen auf dem Schulgelände erwischt und zur Strafe zehnmal um das Gebäude laufen lassen. Sie hat behauptet, ich würde nie wieder mit dem Rauchen aufhören können. Ha, wenn die wüsste!«

Mona, die vor uns sitzt, dreht sich mit gerunzelter Stirn um. »Aber du rauchst doch tatsächlich noch immer.«

Auch Viktoria betritt nun den Raum, geht zu dem einzigen Tisch hinüber.

Die Gespräche werden ein ganzes Stück leiser, ohne wirklich zu verstummen.

Hayden schüttelt den Kopf. »Ich habe gestern damit aufgehört.«

»Also so wie jeden Abend, ja?«, frage ich lachend. »Das bringt nicht sonderlich viel, wenn du am nächsten Morgen wieder anfängst.«

»Wirst schon sehen, du alte Zweiflerin!«, gibt sie grinsend zurück.

»Wundervoll, dass hier solch gute Laune herrscht«, zerschneidet Viktorias Stimme die Luft. Mit einem Knall lässt sie ihre Unterlagen auf den Tisch fallen. »Es gibt nur leider wahrlich keinen Grund dazu. Ich wusste ja, dass es hier eine ganze Menge zu tun geben würde, um diesen Laden rentabel zu machen. Aber das wahre Ausmaß der Schluderei hat mich schlichtweg schockiert.« Sie hebt das oberste Blatt von dem Papierstapel und hält es in die Luft. »Kann mir bitte jemand sagen, was das hier ist?« Sie streckt es mir entgegen.

»Das ausgefüllte Aufnahmeformular von Leon Stubbe«, erkläre ich zögerlich.

»Schön. Sehr schön.« Die Ader an ihrer Stirn tritt hervor, etwas, was mich unheimlich fasziniert, habe ich es bislang doch nur bei Männern gesehen. »Schön, dass dies das ausgefüllte Aufnahmeformular von Leon ist. Was mich zu der überaus interessanten Frage bringt: Wo sind die unter seinem Namen laufenden Abbuchungen zu finden?!«

Wir anderen sehen uns an, doch keiner sagt etwas.

Viktoria legt ihre Hand hinter ihr Ohr. »Bin ich plötzlich taub geworden oder was?«

»Es gibt keine«, erkläre ich schließlich.

»Ach! Was Sie nicht sagen! Dann will ich jetzt mal so ganz und gar unmöglich sein und fragen: Warum?«

»Nun ja … er gehört zu der Gruppe derjenigen, die wir kostenfrei unterrichten.«

»Kostenfrei?«, quetscht sie hervor, und es klingt, als würde sie an dem Wort ersticken.

»Ja, aufgrund von Sozialkriterien«, ergänze ich hastig, bevor wir hier noch den Notarzt rufen müssen. »Jeder von uns vergibt pro Woche eine Stunde Gruppenunterricht an Kinder, deren Eltern sich die Gebühren nicht leisten können.«

»Jeder? Jede Woche?« Ihr Gesicht hat inzwischen die Farbe ihres Kostüms. »Wer um alles in der Welt kam denn auf solch eine hirnrissige Idee?«

Alle sehen mich an. Fehlt nur noch, dass sie von mir abrücken.

Viktoria greift sich an die Schläfe, als habe sie plötzlich Kopfschmerzen. »Warum nur wundert mich das nicht?«

»Die Musiklehrerin der hiesigen Gesamtschule kam vor einiger Zeit auf mich zu«, erkläre ich zögerlich, »und sagte, es gäbe da ein paar Kinder in ihrer Schule, die wirklich Talent hätten, aber keine Möglichkeit, weiterführenden Instrumentalunterricht zu erhalten, geschweige denn zu bezahlen und …«

Viktorias kalter Blick lässt mich verstummen. »Und?«

»Die Kinder sind mit absolutem Eifer und wahnsinniger Begeisterung dabei und …«

»Gestrichen!«

»Was?« Ich springe auf.

»Richtig gehört: Diese Stunde ist ab sofort gestrichen. Für alle.«

»Das können Sie nicht tun!«, rufe ich.

»Setz dich wieder, Lucy«, zischt Hayden, doch dazu bin ich zu aufgebracht.

»Für diese Kinder ist die Musik alles, was sie haben!«, protestiere ich.

»Dann sollen sie an eine staatliche Musikschule gehen, dort gibt es doch sicher irgendwelche Zuschüsse vom Jugendamt.«

»Die Zuschüsse sind minimal und die staatlichen Schulen komplett ausgelastet, sagte die Lehrerin und …«

»Tut mir ja leid, aber wir sind kein Sozialverein! Wer hoch qualifizierten Unterricht erhalten will, muss dafür bezahlen. Nicht auszudenken, welche Einnahmen der Musikschule dadurch entgehen. Zehn Stunden pro Woche. Bei halbstündigem Unterricht sind das zwanzig voll zahlende Schüler, die hier in dieser Zeit hätten unterrichtet werden können. Kein Wunder, dass es um diesen Laden finanziell so mies bestellt ist!«

»Aber …« Ich ringe nach Worten und nach meiner Fassung. »… aber was sollen wir den Kindern sagen?«

»Das ist nicht mein Problem. Verweisen Sie sie an irgendeine Jugendeinrichtung oder so.«

»Dort gibt es keine Instrumente!«

»Das Leben ist hart, ich weiß.« Ungerührt nimmt sie ein weiteres Blatt vom Stapel. »Nächster Punkt auf der Tagesordnungsliste sind die Arbeitszeiten, die …« Sie hält inne, sieht auf und die Falte zwischen ihren Augenbrauen wird zu einem tiefen Graben. »Moment mal! Was soll das heißen: ›Dort gibt es keine Instrumente.‹ Worauf haben diese Kinder denn die ganze Zeit gespielt?«

»Äh …« Mist. »Na ja … es ist … also … sozusagen so, dass … die Musikschule sie ihnen … zur Verfügung gestellt hat.«

Ihre Augen verengen sich. »Und wo sind die Abrechnungen über die Nutzungsgebühren?«

Ich schlucke. »Na ja …«

»Sie nutzen sie unentgeltlich?« Viktoria sieht aus, als würde sie gleich einen Herzkasper kriegen.

»Es sind wirklich keine teuren Instrumente, dementsprechend klingen sie leider auch, aber Ludmilla war damit einverstanden und ebenso Ihre Tante«, bringe ich zur Entschuldigung die Besitzerin der Musikschule ins Spiel.

»Meine Tante ist auch schon über achtzig«, ätzt Viktoria. »Und ganz offensichtlich nicht mehr zurechnungsfähig! Doch jetzt bin ich hier, und Sie können mir glauben, dass hier ab heute ein anderer Wind wehen wird. Ich werde ein sehr ernstes Wort mit meiner Tante reden müssen. Selbst sie wird einsehen müssen, dass sich die ganze Geschichte so einfach nicht trägt! Was ist mit der Abnutzung, den Reparaturen, den neu zu bespannenden Saiten, den gerissenen Pferdehaaren, den Macken, die ausgebessert werden müssen? Sagen Sie mir jetzt um Gottes willen nicht, dass auch das alles von der Musikschule getragen wurde.«

»Äh … na ja …«

»Nein! Still!« Sie hebt in einer abwehrenden Geste die Hand, und ihr Gesichtsausdruck lässt keinen Zweifel daran, dass sie uns für nicht ganz dicht hält.

Unbehaglich lasse ich mich in den Sitz zurückfallen.

Viktoria holt tief Luft und sagt: »Für alle Instrumente ist eine Leih- und Abnutzungsgebühr inklusive Kaution, die ich nachher in Ruhe berechnen und per Aushang mitteilen werde, bis morgen Abend zu entrichten, andernfalls sind die Instrumente hier abzugeben. Ebenfalls bis morgen Abend!«

Ich schließe die Augen. Keines der Kinder, um die es hier geht, wird sich diese Gebühren leisten können. Ich denke an Timo, der sich hier offenbar sehr viel wohler fühlt als zu Hause. Daran, wie seine Augen leuchten, wenn er musiziert, wie er lächelt, wie selbstvergessen er sich seine eigene Welt schafft. An die schüchterne Lina, bei der ich förmlich zusehen kann, wie ihr Selbstvertrauen wächst, je mehr sie lernt. An Flori, deren Familie ihr deutlich weniger Beachtung schenkt als dem Fernsehprogramm und die regelrecht aufblüht, wenn sie hier ist und sich tatsächlich jemand für sie und ihre Fortschritte interessiert. Was wird jetzt aus ihnen?

»Und ich habe noch gesagt: ›Setz dich wieder hin!‹«, grollt Hayden leise.

Kapitel 3

Lucy

Erneut klopfe ich an, doch im Haus neben dem Kirschbaum bleibt es still. Vielleicht ist Frau Kleve gar nicht da.

Im Grunde genommen war es ohnehin eine ziemlich blöde Idee, überhaupt herzufahren, denn was soll ich sagen? Vor allem, *wie* soll ich es sagen? Ich will schließlich nicht rüberkommen, als würde ich ihre Nichte anschwärzen wollen. Erstens ist das nicht meine Absicht, zweitens habe ich dazu kein Recht. Ich bin schließlich nur eine Aushilfs-Geigenlehrerin, und das noch nicht einmal besonders lang. Warum sollte Frau Kleve ausgerechnet auf mich hören anstatt auf ihre Nichte? Doch ich habe uns die Suppe eingebrockt, ich löffele sie auch aus. Und deshalb stehe ich jetzt hier.

Offenbar allerdings umsonst, denn sie ist nicht da.

Enttäuscht gehe ich die zwei Eingangsstufen wieder hinunter, setze mich, streiche mit der Hand über den warmen, rauen Stein der Treppe. Und vor meinem inneren Auge steigt das Bild eines anderen Tages, einer anderen Treppe auf.

… So fühlt es sich also an, wenn in einem einzigen Augenblick dein ganzes Leben vor deinen Augen zersprungen ist wie ein zerschlagener Spiegel. Wenn dir der Halt weggerissen wurde, während die Erde noch immer bebt. Wenn sich der Boden unter dir in einen Sumpf verwandelt hat, in dem du versackst, ohne dich rühren zu können. Tiefer und tiefer, bis du nicht mehr schreien kannst. Und nicht mehr weinen. Und nicht mehr schluchzen.

Ich sollte nicht hier sitzen. Ich sollte aufstehen, mir ein Taxi rufen, die nächste Bushaltestelle suchen oder zu Fuß nach Hause gehen. Irgendetwas eben. Nur nicht hier verharren.

Dennoch bleibe ich, wo ich bin und wo ich im Streit mit meinen Eltern einfach aus dem Auto gestiegen bin, als mein Vater wegen eines ausparkenden Wagens kurz halten musste.

Und jetzt sitze ich hier auf einem Mauervorsprung vor einem Seniorenheim.

Wenn überhaupt, hatte ich eigentlich vorgehabt, auf den Stufen der riesigen, imposanten Treppe zu sitzen, die zu dem Gebäude führt, in dem mein neues Leben beginnen sollte. Dem Gebäude, in dem ich so oft auf der Bühne gestanden und mir ausgemalt habe, wie mein Leben verlaufen würde, wenn ich es erst geschafft hätte und mit dem Boston Symphony Orchestra um die Welt gereist wäre, vielleicht … vielleicht sogar dereinst als deren Solistin. Endlich die Bestätigung, dass ich den richtigen Weg gewählt habe. Endlich die Anerkennung meiner Eltern. Endlich der letzte Schritt in meine gemeinsame Zukunft mit dem wundervollsten Mann auf Erden.

Ich hätte in diesen Minuten alles Mögliche machen können – das Glücksgefühl genießen, Eis essen, Fotos schießen, tanzen gehen, feiern, meinetwegen auch einfach nur dastehen und mein Glück in die Welt hinausschreien.

Stattdessen bringe ich nicht einmal die Kraft auf, mich auf den Weg zu meiner Wohnung zu machen.

Jemand setzt sich neben mich, ich reagiere nicht, starre durch den Tränenschleier vor meinen Augen den Boden an.

»Magst du Erbsen?«, fragt eine kratzige weibliche Stimme.

»Was?«

Etwas Grünes taucht in meinem Blickfeld auf. »Sind sehr gesund.«

Ich schüttele den Kopf, rutsche ein Stück zur Seite. Der Jemand folgt mir.

Jetzt streiche ich doch mein Haar hinters Ohr, sehe nach rechts. Eine alte, rundliche Frau sitzt neben mir, das Haar weiß und aufgetürmt wie ein Sahnehäubchen, die Falten tief, doch mit blauen Augen, die vor Lebenslust sprühen. Sie kommt mir vage bekannt vor, scheint öfter jemanden hier im Seniorenheim besucht zu haben. Ob sie mir zugehört hat, wenn ich den alten Leuten vorgespielt habe? Doch das spielt jetzt keine Rolle mehr. Nichts spielt mehr eine Rolle.

»Erbsen machen glücklich«, behauptet sie und nickt bekräftigend. »Erbsenpulen ist nämlich sehr entspannend und ein irischer Erbseneintopf bringt so gut wie alles in Ordnung.«

»Mich macht nichts mehr glücklich«, flüstere ich.

»Jetzt vielleicht nicht. Aber das geht vorbei. Ich habe zufällig den Streit gerade eben mit deinen Eltern mitbekommen.«

Der Streit, der unmittelbar vor dem imposanten Gebäude begonnen hatte, auf dessen Treppe ich eigentlich vor Glück tanzen und singen wollte, und der während der Fahrt nach Hause beziehungsweise hierher eskaliert ist.

Sie deutet auf meinen Geigenkasten. »Die Abschlussprüfung ist wohl nicht so gut gelaufen, wenn ich das recht verstanden habe.«

Die Untertreibung des Jahrhunderts. Und bei Weitem nicht das größte meiner Probleme. Als ob ich allein wegen einer verpatzten Prüfung dermaßen am Boden wäre. Ich will verächtlich schnaufen, doch es wird zu einem jämmerlichen Schluchzen.

»Kannst du sie wiederholen?«

Ich zucke mit den Schultern. »Weiß ich nicht. Will ich auch gar nicht. Ich packe das nicht. Nie mehr.«

»Wirst es überleben, Kind. Wenn du genug Erbsen isst.«

»Lassen Sie mich in Ruhe. Bitte. Ich will sterben, keine Erbsen essen.« Erneut stürzen mir die Tränen in die Augen, ich lasse ihnen ihren Lauf.

»Erbsen essen ist die bessere Wahl, glaub mir.«

Ich schnaube, wische mir mit dem Handrücken über die Augen. Er ist schwarz vor verlaufener Mascara.

»Und wenn du dich beruhigt hast, kannst du ja hier vorbeischauen. Wir sind immer auf der Suche nach Lehrern.« Ein Zettel erscheint vor meiner Nase. Eine Adresse ist darauf gekritzelt. Und ein Name. Kleve-Musikschule?

Ich schiebe den Arm beiseite, lege mein Gesicht auf meinen Knien ab und umschlinge es mit den Armen. »Das ist nicht, wofür ich so hart gearbeitet habe«, schluchze ich. »Die drei Jahrgangsbesten hätten einen Platz im Boston Symphony Orchestra erhalten. Wegen der Partnerschaft, wissen Sie? Im Boston Symphony Orchestra – einem der weltweit führenden Orchester! Verstehen Sie, was das bedeutet? Welttourneen, ausverkaufte Hallen, Plattenaufnahmen, Erfolg, Musik, die Menschen begeistern! Das ist, was ich in meinem Leben erreichen wollte.«

Sie zuckt mit den Schultern. »Ich wollte heute auch lieber Spargel kaufen. Gab es aber nicht.«

»Mein Leben ist am Ende«, schluchze ich mit erstickter Stimme. »Wie können Sie das mit irgendwelchem Gemüse vergleichen?!«

»Komm einfach vorbei und zeige Ludmilla, was du kannst. Sie ist die Direktorin. Du bist vielleicht keine offizielle Musiklehrerin, aber du bist Musikerin. Ich habe dich hier schon oft gehört.« Sie nickt mit dem Kopf in Richtung Seniorenheim. »Den Rest kann man lernen. Oder auch nicht. Probier es aus. Nur vorübergehend. Bis du dich gefangen hast und weißt, ob du noch einmal zur Prüfung antreten oder was du aus deinem Leben machen willst. Wenn ich dich *richtig verstehe, hast du doch nichts mehr zu verlieren. Und – falls es dich tröstet: Manchmal findet man das Glück dort, wo man es nie gesucht hat.«*

Ich antworte nicht, versinke in dem Schmerz, der langsam meine Lunge zerquetscht, meine Brust durchbohrt.

Irgendwann ist es dunkel. Ich habe keine Tränen mehr, bin zu erschöpft, um weiterzuweinen. Die alte Frau ist schon längst gegangen. Ihr Zettel liegt noch immer da.

Vielleicht ist es doch keine so schlechte Idee.

Nur vorübergehend …

Ich massiere müde meine Schläfen, versuche, die Erinnerung abzuschütteln. Die Erinnerung an diesen Tag, der noch gar nicht so lange her ist und gleichzeitig in einem anderen Leben stattgefunden zu haben scheint.

Dieses »vorübergehend« dauert schon länger an als geplant, was aber nichts an der Tatsache ändert, dass es trotz allem nur ein zeitlich begrenzter Zeitraum ist, der demnächst enden wird. Sechsjährigen die Tonleiter beizubringen, war nie Teil meines Lebensplanes und wird es auch garantiert nicht dauerhaft sein. Natürlich werde ich zur Nachprüfung gehen. Definitiv. Wahrscheinlich. Vielleicht.

Plötzlich nehme ich aus dem Augenwinkel eine Bewegung wahr, eine Gardine schwankt, und kurz darauf öffnet sich dann doch die Tür. »Ach, du bist es.«

Der weiße Dutt auf Frau Kleves Kopf erinnert mich an einen Eisberg. Das ist dann aber auch schon alles an Gemeinsamkeiten mit ihrer Nichte, der Schneekönigin. Wo bei Viktoria alles hager und streng ist, ist Frau Kleve noch immer eine einzige kugelrunde Gemütlichkeit in karamellfarbenem Strick.

»Es tut mir leid, wenn ich Sie störe«, entschuldige ich mich.

»Tust du nicht. Nur steh nicht da wie eine Salzsäule, sondern komm rein. Auf uns wartet Arbeit!«

»Äh … tatsächlich?« Verwirrt frage ich mich, ob sie mich vielleicht mit jemandem verwechselt.

Schon hat sie sich umgedreht und schwankt, vorsichtig und auf ihren Gehstock gestützt, wie ein Schiff auf hoher See den Flur entlang.

»Ich wollte gerade mit meiner Freundin Clara telefonieren, du kennst sie sicher. Ihre Großnichte Juli führt das Antiquariat in der Wittmann-Straße. Das, in dem seit Neuestem auch ein Café untergebracht ist. Aber das verschiebe ich dann einfach auf später.«

Ich finde es zwar etwas seltsam, dass Frau Kleve einfach davon ausgeht, ich würde Gott und die Welt kennen, tatsächlich aber ist Leni eine meiner Geigenschülerinnen. Doch auch zuvor schon war ich oft im Antiquariat ihrer Mutter Juli und habe dort nach Büchern gestöbert und mich, seit sie umgebaut und den Gebrauchtbuchhandel um ein Café erweitert hat, durch die exotischen Kaffeesorten probiert. Hätte ich mir doch dort meinen Kaffee geholt statt in der Bäckerei um die Ecke. Dann wäre mir einiges erspart geblieben.

Ich schließe die Tür, aber als ich mich umdrehe, lehnt die alte Dame plötzlich an der Wand, die Augen geschlossen, die Lippen zu einem schmalen Strich zusammengepresst.

»Frau Kleve? Was ist? Was haben Sie?« Sie antwortet nicht und ich eile erschrocken zu ihr. »Geht es Ihnen nicht gut?«

Noch immer keine Reaktion, nur angestrengt gleichmäßiges Atmen.

»Frau Kleve, hören Sie mich?« Langsam werde ich panisch. »Soll ich einen Arzt rufen?«

Als hätte dieses Wort sie aus ihrer Starre gerissen, schüttelt sie vehement den Kopf, blinzelt ein paarmal und kneift die Augen zu schmalen Schlitzen zusammen, als könne sie mich nur so scharf sehen.

Hektisch krame ich in meiner Handtasche und stelle fest, dass ich mein Handy in der Musikschule habe liegen lassen. »Wo ist Ihr Telefon? Ich rufe Ihnen einen Arzt.«

»Unfug«, krächzt sie und strafft sich, hält sich aber nach wie vor an der Wand fest.

»Aber haben Sie Schmerzen?«

Sie macht eine wegwerfende Handbewegung.

»Ich rufe den Notarzt.«

»Jetzt hör aber auf«, schimpft sie und drückt sich von der Wand ab. »Das war nur ein bisschen Schwindel, mehr nicht.«

Zweifelnd mustere ich sie. »Das sah nach deutlich mehr als nur ein bisschen Schwindel aus.«

Sie schnauft verächtlich. »Weißt du, was ich schon alles überlebt habe?« Kampfeslustig blitzen ihre Augen auf. »Ich bin auf einem Kamel durch die Wüste und in einem Kanu durch Kanada. Ich bin mit einem Segelflugzeug über das Meer und in einem Heißluftballon über den Berg. Ich habe schon Rafting gemacht, da gab es diesen Ausdruck noch nicht einmal, und, ach, ich könnte dir Geschichten erzählen, Kind, das glaubst du gar nicht. Übrigens – kannst du Erbsen pulen?«

Mein Mund steht noch immer offen. »Was?«

»Erbsen. Diese langen, grünen Dinger. Nicht zu verwechseln mit Gurken.«

»Kann ich, das wissen Sie doch«, antworte ich perplex und suche nach dem Zusammenhang mit Kamelen, Kanus und dem Rafting.

»Sehr gut. Dann komm. Die Erbsen stehen auf der Terrasse.« Auf ihren Stock gestützt, setzt sie ihren Weg fort, als sei nichts gewesen, nur etwas langsamer und mit mehr Verschnaufpausen.

Überrumpelt folge ich ihr, weiß nicht, ob ich ihr ihre Geschichten glauben soll. Doch eigentlich ist mir deren Wahrheitsgehalt in diesem Moment auch ziemlich egal. Ich bin einfach nur erleichtert darüber, dass es ihr offenbar wieder besser geht.

Eine Frage bleibt allerdings. »Ich bin nicht ganz sicher, ob Sie wirklich wissen, wer ich bin.«

»Jemand, der Erbsen pulen kann.«

»Ja, aber davon abgesehen bin ich …«

»Lucy. Ich weiß.«

»Oh. Okay. Na dann.«

»Die Erbsen stehen dort.« Sie zeigt durch das Wohnzimmer auf die offene Terrassentür.

»Ähm. Ich bin eigentlich wegen etwas anderem hier.«

»Alles zu seiner Zeit«, sagt sie gelassen und humpelt weiter durch die Tür in den Garten.

Ich werfe einen nervösen Blick auf meine Armbanduhr, will nicht zu spät zum Unterricht kommen. Das wäre Wasser auf Viktorias Mühlen. Sie sucht vermutlich schon nach einem Grund, mir zu kündigen.

Frau Kleve lässt sich auf die Gartenbank fallen. Neben ihr stehen eine Schüssel mit Schalen und eine mit bereits gepulten Erbsen, vor ihr ein Sack mit ungepulten. »Du bist die Lucy mit der Idee des kostenlosen Unterrichts für sozial benachteiligte Kinder.«

»Ja, genau«, sage ich, erleichtert, dass sie mich tatsächlich kennt und nicht etwa mit ihrer Haushälterin oder so verwechselt hat, immerhin ist unser letztes Gespräch schon eine ganze Weile her und fand überdies nur am Telefon statt.

»Und? Wann wirst du die Prüfung wiederholen?«

Ich brauche einen Moment, um mich auf ihren plötzlichen Themenwechsel einzustellen. »Eigentlich bin ich nicht deswegen hier«, weiche ich aus.

»Das habe ich mir schon gedacht, trotzdem solltest du erneut zur Prüfung antreten. Verstehe mich nicht falsch:

Ich will nicht, dass dich die Musikschule verliert. Aber ich will, dass du die Wahl hast. Die Wahl zu haben ist wichtig. Sich aus freien Stücken heraus für eine Sache entscheiden zu können und nicht, weil es keine Alternative gibt.«

Ich murmele etwas Vages, greife eine Handvoll Erbsen aus dem Sack und fange an, sie auf meinem Schoß zu schälen. »Um noch einmal auf die Musikschule zu sprechen zu kommen. Die ist nämlich der Grund, warum ich bei Ihnen geklingelt habe.«

»Ja. Zum Glück. Ich dachte nämlich schon, *die* wären das.«

»Was wäre wer?«

»Na, als Sie geklingelt haben. Da dachte ich erst, es wären *die.«*

Verwirrt versuche ich, ihr zu folgen.

»Na die, die mich terrorisieren«, ergänzt sie schließlich, als wäre es ihr unverständlich, wieso ich so lange brauche, um ihre Aussage zu verstehen.

»Ah«, sage ich und frage mich, ob Viktoria vielleicht doch recht hat und ihre Tante geistig nicht mehr so ganz auf der Höhe ist.

Frau Kleve nickt und seufzt schwer. »Jeden Tag. Anrufe, Briefe, Besuche. Sie wollen mich zum Verkauf überreden.«

»Oh.« Ich sehe mich um. Ein großer Garten voller Obstbäume, die Terrasse von Rhododendronbüschen gesäumt. Das Haus selbst ist niedrig, aber bezaubernd, ähnelt ein wenig einem irischen Cottage, aus grauem Stein errichtet mit weißen Rosen, die sich daran emporranken. »Es ist aber auch ein wirklich schönes Haus. Ich würde auch nicht verkaufen wollen.«

»Viktoria sieht das leider nicht so«, seufzt sie, während sich ihre Finger routiniert an den Erbsen zu schaffen machen. »Sie ist fast so schlimm wie *die*. Nur der Preis entspricht noch nicht ihrem Geschmack. Ein Spottpreis wäre es, sagte sie und hofft, dass mehr geboten wird. Aber mir geht es nicht um das Geld. Ich habe genug, um die letzten paar Jahre in Ruhe und Frieden zu verbringen. Mehr will ich nicht und mehr brauche ich nicht. Nur Ruhe und Frieden. Und Viktoria ... tja, nach vier Scheidungen von reichen Ehemännern hat sie wahrlich mehr als genug Geld. Ihr würde es wirklich guttun, sich mal auf das zu besinnen, was sie hat, anstatt immer mehr zu wollen. Doch da sind Hopfen und Malz und sämtliche Worte vergeudet.«

Am liebsten hätte ich ihr lauthals zugestimmt, was Viktoria angeht, doch ich halte mich zurück, steht es mir doch nicht zu, über ihre Nichte herzuziehen, zumal sie ja ganz offensichtlich deren Charakter erkannt hat. Stattdessen pule ich weiter Erbsen. »Und diejenigen, die Sie unter Druck setzen, sind die Makler?«

Sie schüttelt den Kopf. »Die Immobilienhaie. Und außerdem die anderen Grundstücksbesitzer in der Nachbarschaft.«

»Die anderen Grundstücksbesitzer? Wieso belästigen denn die Sie?«

»Weil ihre Grundstücke ebenfalls aufgekauft werden. Ich bin die Einzige, die nicht verkaufen will. Und ohne meine Zusage und mein Grundstück kann das Bauprojekt nicht umgesetzt werden und dann gewinnen auch sie nichts – dabei sind das ebenfalls alles solche Immobilienhaie, die nicht selbst in den Häusern wohnen, sondern vermieten, aber noch mehr Geld wollen. Tja, und deshalb habe ich hier täglich mindestens drei aufgebrachte Leute vor der Tür und vier am Telefon, die mich zum Verkauf drängen.«

»Das tut mir furchtbar leid, wenn ich irgendwie helfen kann …«

»Schon gut, Kindchen. Du kannst da nichts tun.« Sie seufzt erneut, lässt die Hände ruhen. »Natürlich könnte ich zumachen und woanders neu eröffnen. Aber an dem Haus hängen einfach so viele Erinnerungen. Trotzdem weiß ich nicht, wie lange ich mich noch gegen *die* behaupten kann, ganz zu schweigen davon, wie lange ich mich noch gegen Viktoria behaupten kann. Was, wenn ich heute Nacht umfalle? Oder morgen? Und einfach mausetot bin? Viktoria wird es verkaufen, das weiß ich. Doch ich weiß nicht, wem ich es sonst vererben soll. Sie ist alles, was ich noch an Familie habe.« Sie verzieht das Gesicht. »Seine Familie kann man sich leider nicht aussuchen.«

»Wem sagen Sie das«, seufze ich.

Sie mustert mich aufmerksam, sagt aber zu meiner Erleichterung nichts weiter dazu.

»Natürlich könnte ich woanders wieder etwas aufbauen. Theoretisch. Doch nicht in meinem Alter. Diese Zeiten sind vorbei. Allein der Bürokratie-Marathon, all die Formulare. Nein. Noch einmal kann ich das nicht. Ich habe dir sicher schon einmal erzählt, dass es das Haus meiner Eltern war, oder?« Sie lächelt verträumt ihre Erbsen an.

»Nein.«

»War es aber. Sie haben es eigenhändig errichtet, nachdem

wir aus Irland hergekommen sind, dabei war mein Vater Mathematiker, kein Maurer. Ich bin darin aufgewachsen und erst hierhergezogen, als ich geheiratet habe. Kurz nachdem meine Eltern dann gestorben sind, hat mein seliger Hannes die Idee mit der Musikschule gehabt. Er war ein großer Musikliebhaber.«

»Das kann ich verstehen, schließlich …« Ich stutze. »Moment … von welchem Haus reden wir eigentlich die ganze Zeit? Von diesem hier?«

Überrascht sieht sie auf und schüttelt den Kopf. »Von dem der Musikschule natürlich.«

Natürlich. Was auch sonst, bei meinem Glück …

Alex

Zögerlich lasse ich mich in den Sessel meines Büros fallen, den ich zugegebenermaßen in letzter Zeit nicht gerade oft mit meiner Anwesenheit beehrt habe. Doch da ich nun ohnehin mal wieder in der Firma bin, warum nicht? Zumindest habe ich endlich frische Klamotten an.

Auch die Bilder an den Wänden habe ich schon so lange nicht mehr gesehen, dass sie mir fast fremd vorkommen. Skizzen und Fotografien von Museen, Hafen- und Regierungsgebäuden, Geschäftshäusern, Einkaufshallen und vielem mehr.

Durch die Jalousienlamellen vor meinem Fenster fällt die Mittagssonne herein, bricht sich an den vielen

Glaskanten, malt mit Licht und Schatten und Regenbogenfarben geometrische Muster auf den Boden.

Ehe mir richtig bewusst wird, was ich da tue, ziehe ich mir ein Blatt Papier heran und wie von selbst beginnen meine Finger zu skizzieren, hier eine Linie, da eine Schraffur, dort ein Vorbau, hier ein wellenförmiges Dachteil und dort …

Ich halte inne, betrachte die Zeichnung.

Ach, das ist doch scheiße!

Wütend zerknülle ich das Papier, ziehe ein anderes Blatt hervor, beginne von vorn.

Kurz darauf zerreiße ich auch dieses.

Nächstes Blatt, nächster Versuch: Linien, Schraffuren – zögerlich, gepresst, drängend.

Bis plötzlich die Minenspitze des Stifts bricht und davonfliegt.

Abrupt stehe ich auf, trete zu der Fotografie des Bahnhofsgebäudes an meiner Wand. Es ist das erste wirklich große Projekt dieser Firma gewesen. Mit dem Finger fahre ich die Linien nach.

Jedes der Gebäude auf diesen Bildern ist einzigartig und doch auf unverwechselbare Weise mit der kreativen Handschrift versehen, die diese Firma auszeichnet.

Nein. Ausgezeichnet *hat.*

»Dafür gewannen wir damals unseren ersten Preis, dein Vater und ich.«

Ich fahre herum. Von mir unbemerkt ist Mitch hereingetreten, rosige Zufriedenheit im runden Gesicht. Er lässt sich seufzend auf den Sessel vor meinem Tisch fallen, der prompt erbarmungswürdig aufquietscht, und sagt lachend: »Ich glaube, wir müssen die Büros tauschen.

Aus irgendeinem Grund sind deine Sessel bequemer als meine.« Er ist mittlerweile fast komplett glatzköpfig, nur noch ein feiner Haarkranz umgibt die im Sonnenlicht glänzende und mit feinen Schweißtröpfchen übersäte Platte – ein ziemlicher Kontrast zu seinen buschigen Augenbrauen. »Und?«, fragt er, während er ein Taschentuch hervorholt und sich den Schweiß vom Kopf und aus dem Gesicht wischt. »Wie ist es gelaufen?«

Ich kehre zum Tisch zurück und lasse mich ebenfalls in meinen Sessel fallen. »Ich bin grad mal dazu gekommen, meinen Namen zu nennen, da war das Gespräch quasi schon beendet.«

»Hört sich übel an.«

»War sogar noch übler.«

»Ich hätte dich warnen sollen: Die Alte ist 'ne harte Nuss.«

»Macht nichts, habe ich schon zuvor mitbekommen.« Ich werfe einen Blick nach draußen, doch in der diesigen Mittagshitze lässt sich nicht weit blicken. »Aber ist okay, ich versuche es morgen noch einmal.«

»Tatsächlich?«

Ich wende mich wieder Mitch zu. Seine Stimme klang irgendwie seltsam und für einen Moment wandern seine Augenbrauen wie zwei haarige Raupen aufeinander zu. Fast hätte ich gemeint, es sei Ärger, der sich da in seinem Gesicht abzeichnet, doch schon im nächsten Moment macht sich eindeutig Verwunderung darauf breit, und ich komme zum Schluss, mir den Rest nur eingebildet zu haben. Nach diesem Tag auch kein Wunder.

»Na, dann drück ich dir mal die Daumen«, sagt er und mustert mich befremdlich angespannt. »Steht davon abgesehen heute noch was an?«

Ich schüttele den Kopf. »Nicht, dass ich wüsste.«

»Dann mach dir einen schönen Tag, und schau zu, dass du mal abschaltest und dich erholst.«

»Sehe ich so schlimm aus?«, frage ich mit schiefem Lächeln.

»Gut auf jeden Fall nicht. Machst mir Sorgen, Junge.«

»Ach was. Ich bin nur genervt, weil ich meinen Wagen nicht holen konnte.« Ich stehe auf und gehe zum Fenster, tue so, als würde mich irgendetwas da draußen unfassbar interessieren. »Es ist alles okay«, setze ich hinzu, auch wenn ich von »alles okay« so weit entfernt bin wie die Erde vom Mond. Und das hat weder etwas mit dem Porsche noch mit Madame Griesgram zu tun. Nicht einmal mit der nervigen Zicke von heute Morgen. Doch an den wahren Grund will ich nicht denken – geschweige denn ihn offenbaren.

Als Mitch nicht antwortet, sehe ich doch kurz über die Schulter zurück. Sein Blick scannt den Schreibtisch mit den zusammengeknüllten Papieren und der letzten offen daliegenden Zeichnung.

Unangenehm berührt trete ich eilig zum Tisch, ziehe das Blatt weg. »Nur ein Gedankenspiel. Ich hatte überlegt, mich langsam mal wieder selbst bei einem der Projekte aktiv gestalterisch einzubringen.«

Mitch zuckt zusammen, ein kurzes Stirnrunzeln überfliegt sein Gesicht, nur für einen Augenblick, und im nächsten bin ich mir schon nicht mehr sicher, ob es überhaupt da war.

»Klar, warum nicht?« Er drückt sich schnaufend aus dem Sessel hoch, geht zur Tür, hält aber kurz davor inne, die Hände auf dem Rücken verschränkt. »Morgen ist der entscheidende Termin, nicht wahr? Richte ihm einen Gruß von mir aus, ja? Auch wenn er es nicht …« Mitch bricht ab und seufzt tief.

Es ist auch nicht nötig, etwas zu sagen.

Es gibt keine Worte, die helfen könnten. Spontan verfliegt sämtliche Lust, mich an irgendetwas zu beteiligen – abgesehen vielleicht von einer Party und einer heißen Nacht mit irgendeiner vollbusigen Blondine.

Mitch wirft mir einen mitleidigen Blick zu, verlässt stumm den Raum.

Kaum ist die Tür sanft ins Schloss gefallen, nehme ich den letzten Zeichenbogen, zerknülle auch diesen und werfe ihn in den Mülleimer, der schon überquillt. Ich muss Katja sagen, dass das Papier nachgefüllt und der Korb geleert werden sollen.

Ich stütze die Ellbogen auf, stemme die Stirn in die Hand, schließe die Augen, während meine Finger über die Tastatur meines PC streichen.

Früher bin ich morgens immer der Erste in der Firma gewesen, doch das kommt mir vor, als wäre es ein anderes Leben gewesen. War es auch. Das Leben, das ich hatte, bevor …

Ich schüttele hastig den Kopf, versuche, nicht daran zu denken, was früher war und was heute ist. Genauer gesagt, ich versuche, das Wissen darum schon seit Wochen zu ignorieren. Das Ergebnis sind massive Kopfschmerzen. Und noch ausgiebigere Partynächte als zuvor, was leider die Sache mit den Kopfschmerzen nicht wirklich verbessert. Ich hebe den Kopf leicht, massiere meine Schläfen, doch der Druck dahinter lässt sich ebenso wenig vertreiben wie die verdammten Erinnerungen.

Erinnerungen an das Leben, das ich einmal hatte. An die Familie, in der ich mich einst geborgen fühlte. An die Liebe, die ich einmal empfand. Bis mich das Leben gelehrt hat, dass das alles Schwachsinn ist.

Mit einem Stöhnen ziehe ich die Schreibtischschublade auf, durchwühle sie. Irgendwo, zum Henker, muss es hier doch Aspirin geben. Das Verdrängungsmittel meiner Wahl wäre zwar ein Drink gewesen, doch in der Firma habe ich noch nie getrunken und werde es auch nicht tun. So tief bin selbst ich nicht gesunken. Endlich ertasten meine Finger das Gesuchte und ich ziehe nur wenig später die aufgerissene Packung Schmerzmittel heraus.

»Sieh mal einer an«, ertönt die Stimme von Jacob. »Sieht man dich auch mal wieder in der Firma? Welcher Zufall hat dich denn hierherverschlagen?«

Geschniegelt wie immer steht er aufrecht in der Tür, kein Härchen sitzt schief.

»Sicher nicht deine angenehme Gegenwart«, knurre ich.

»Irgendjemand muss ja hier dafür sorgen, dass der Laden läuft.« Die braunen Augen blicken sich aufmerksam in meinem Büro um, er hat keine Augenringe und garantiert keine Kopfschmerzen. Missbilligend ergänzt er: »Du bist dazu ja ganz offensichtlich nicht in der Lage, so wie du die Nächte durchfeierst.«

Ich lasse das Aspirin unauffällig in die Schublade zurückgleiten, lehne mich nach hinten und lege die Füße demonstrativ auf den Tisch. »Glaub mir, selbst wenn ich eine Woche durchfeiere, kriege ich noch immer mehr auf die Reihe als du.«

»Ach, tatsächlich? Dann bin ich mal gespannt auf deine Rede heute Abend.«

Rede? Welche Rede? Wann? Wo? Und vor allem: Zu welchem Anlass? »Darfst du. Und ebenfalls darfst du dann vor Ehrfurcht erzittern.«

Er kneift die Augen zu einem schmalen Schlitz zusammen. »Alex. Ich weiß, dass die Situation nicht einfach für dich ist, aber … Partys, Frauen und Alkohol sind keine Lösung. Wenn ich dir irgendwie helfen kann …«

Beinahe hätte ich aufgelacht, ist es doch so was von offensichtlich, was er bezweckt. Er sucht nach etwas, was er gegen mich verwenden kann. Aber da hat er sich geschnitten. Zwar ist es selbstverständlich, dass ich irgendwann die Firma erben werde, doch noch ist es nicht so weit, und ich bin daher an und für sich nur angestellter Architekt. Den Posten des Geschäftsführers hat seit jeher Mitch inne. Mein Vater war schon immer der kreative Kopf, Mitch die ausführende Hand. Was natürlich gut ist, denn einen loyaleren Freund der Familie kann man sich nicht vorstellen. Ganz im Gegensatz zu Jacob. Weiß der Geier, warum mein Vater so große Stücke auf ihn gehalten hat. Ich selbst kann ihn nicht ausstehen. Und er mich nicht. Unsere gegenseitige Antipathie hat eine lange Tradition, haben wir uns doch schon im ersten Studiensemester getroffen. Und in die Haare bekommen. Seine streberhafte Pingeligkeit ging mir vom ersten Augenblick unserer Begegnung an auf den Zeiger. Überdies habe ich in letzter Zeit immer deutlicher das Gefühl, dass irgendjemand in dieser Firma gegen mich arbeitet, und dieser Jemand ist, daran kann kein Zweifel bestehen, Jacob. Und das, obwohl mein Vater ihn gefördert hat, wo immer es ging, ihn sogar zu einem Abteilungsleiter gemacht hat. Wut wallt in mir auf. »Kannst du«, erwidere ich. »Indem du verschwindest.«

Er atmet tief durch, dreht sich aber um und geht.

Als die Tür hinter ihm zuschlägt, lasse ich den Kopf nach hinten fallen, schließe die Augen. Manchmal wünsche ich mir so dringend jemanden, dem ich mich anvertrauen kann, der meine Sorgen teilt, meine Angst versteht, dass es mir körperliche Schmerzen bereitet. Wie jetzt.

Doch da ist niemand.

Nicht mehr.

Ein zaghaftes Klopfen lässt mich die Augen öffnen. Katja steht in der Tür. »Störe ich?«, fragt sie.

Ich schüttele den Kopf, nehme die Füße vom Tisch und stehe auf. »Sie stören nie.«

»Ich habe Kaffee für Sie«, sagt sie und zieht die bislang hinter ihrem Rücken verborgene Hand hervor. »Extrastark und mit einem Schuss Karamell. Wie Sie ihn mögen. Dachte, den können Sie jetzt gebrauchen.«

Ich ringe mir ein Lächeln ab, trete zu ihr und nehme den Becher dankend entgegen. »Können Sie mir einen Ersatzwagen besorgen?«

»Habe ich bereits. Ist zwar kein Porsche, aber dennoch ein Oldtimer und er wartet vor der Tür.«

Überrascht sehe ich auf, lächele. »Was wäre ich nur ohne Sie.«

Sie wird rot, streicht sich eine Strähne ihres blonden Haares hinters Ohr.

»Und sagen Sie: Stimmt es, dass ich heute Abend eine Rede halten muss?«

Sie nickt. »Für die Einweihung der Shoppingmall.

Anschließend findet ein Empfang mit dem Bürgermeister statt. Er ist ein großer Befürworter der nachträglichen Erweiterung des Einkaufszentrums um ein Kino.«

Auch das noch. Müde reibe ich mir die Stirn. »Wieso steht das nicht in meinem Kalender?«

»Nicht? Aber das verstehe ich nicht. Ich hatte es eingetragen.« Sie fährt sich verunsichert mit der Hand über den Arm. »Ich schicke Ihnen die Termineinladung noch einmal.«

»Schon gut, nicht nötig«, winke ich ab.

Es klopft an der Tür, Jacob steckt seinen Kopf erneut herein, ich stöhne entnervt auf, und auch er wirft mir einen mürrischen Blick zu, doch zum Glück will er nicht zu mir. »Katja? Haben Sie die Verträge für die URBA fertig? Wir brauchen sie gleich.«

Sie nickt und eilt mit ihm hinaus.

Ich ziehe mein Handy hervor, scrolle auf der Suche nach einer passenden Begleitung für die Sache heute Abend durch meine Kontaktliste. Mein Finger verharrt bei Anna. Vielleicht sollte ich nach dem Ärger mit Jacob noch ins Fitnessstudio gehen und mich abreagieren? Mit Anna, der Aerobic-Trainerin. Die kommt wenigstens ohne Herzchen-Smileys aus. Und vielleicht würde ich anschließend auch noch Sport treiben.

Für heute Abend allerdings wäre sie nicht die Richtige. Sie ist zwar unfassbar gelenkig und der Sex mit ihr ist großartig, aber für einen öffentlichen Auftritt macht sie zu wenig her. Da braucht es eine andere Lösung. Und sie fängt mit »C« an. Ich scrolle weiter, was eine Weile dauert, da sich unter »C« ziemlich viele Damen angesammelt haben. Hätte ich nicht bei jeder ein paar Notizen à la »Bedienung bei X« oder »Einkäuferin bei Y« ergänzt, würde ich nicht mehr durchblicken. Zum Teil tue ich das auch so nicht, jedenfalls kann ich mich nicht an eine »Carla X, Verkäuferin Autohaus« erinnern. Sehr wohl aber an »Clarice«, das Unterwäsche-Model. Und wie ich mich an sie erinnere. Sie wäre genau die Richtige für die Veranstaltung heute Abend.

Plötzlich muss ich an diese zickige Verrückte mit dem Geigenkasten denken, die behauptet hat, ich würde die Frauen nach einem Date nicht mehr anrufen. Und wie ich zurückrufe. Zumindest dieses Mal.

Es klopft erneut schüchtern, Katja huscht wieder herein, legt mir einen Stapel Unterlagen auf den Tisch und will das Zimmer schon verlassen, da halte ich sie zurück.

»Äh … Katja?«, rufe ich. »Ich wollte Ihnen noch sagen, dass …« Ich halte inne. Da war doch vorhin irgendetwas, was sie für mich erledigen sollte. Irgendetwas, was ich ihr sagen wollte.

»Ja?«

Ich starre sie nach wie vor stumm an. Sie sollte etwas holen, oder? Oder sollte sie etwas weglegen? Was, zum Henker, wollte ich von ihr?

Noch immer sieht sie mich erwartungsvoll an.

»Ist schon in Ordnung«, murmele ich. »Nicht so wichtig.«

Als die Tür hinter Katja wieder geschlossen ist, versinke ich abermals in meinem Sessel: erschöpft.

Was ist nur los mit mir? Vielleicht waren es doch zu viele Partys in letzter Zeit und zu viele Frauen. Aber ich brauche sie. Die Partys und die Frauen. Alles ist besser, als einsam in einem leeren Haus zu sitzen und zu grübeln. Ich atme tief durch und wähle die Nummer von Clarice.

Lucy

»Oh, guck mal!«, ruft Leni, lässt ihre winzige Geige sinken und deutet mit dem Bogen auf den Rahmen des offenen Fensters, auf dem sich eine grüngelb schillernde Eidechse sonnt.

»Ach, Frankie mal wieder«, sage ich amüsiert.

»Er heißt Frankie?«, staunt Leni und ihre braunen Kulleraugen weiten sich.

»So habe ich ihn getauft«, sage ich, obwohl ich beim besten Willen nicht weiß, ob es wirklich jedes Mal die gleiche Eidechse oder eine andere ist. Doch im Grunde ist mir das auch egal, ich freue mich einfach immer sehr über den Anblick der scheuen Tiere. Obwohl er – oder sie – inzwischen gar nicht mehr so scheu ist. Im Gegenteil.

»Also, wir haben ein Wiesel, es heißt Wieselinchen.«

»Ah, sehr naheliegend.«

Sie nickt so heftig, dass ihre blonden Zöpfe wackeln, und ergänzt stolz: »Den Namen habe ich mir selbst ausgedacht.«

»Wäre ich nie drauf gekommen«, entgegne ich schmunzelnd.

»Ja, und weißt du was?« Konzentriert legt sie die Stirn

in Falten. »Es ist ein Mustela. Das ist la… la… latonisch und heißt Mauswiesel. Und soll ich dir noch was sagen?« Sie holt tief Luft und fährt fort, ohne meine Zustimmung abzuwarten. »Als meine Mama und Leo sich kennengelernt haben, da mochten sie sich überhaupt nicht, was echt komisch ist, denn jetzt mögen sie sich ganz furchtbar doll, aber dann hat Tante Clara gedacht, wir hätten einen Geist auf dem Dachboden, dabei war es nur das …«

»Okay, okay, ich glaube, das wird eine längere Geschichte«, unterbreche ich sie lachend. »Ich würde sagen: Du erzählst sie mir mal, wenn ich wieder bei euch im Café bin, und jetzt wird geübt.«

»Na schön«, seufzt sie.

Es tut mir leid, sie abgewürgt zu haben, also beuge ich mich vor, angele aus einer der Schubladen der kleinen Kommode an der Wand eine Schachtel mit getrockneten Heuschrecken, die ich aus dem Tierfutterladen habe, und lege mir eines der Insektchen auf die geöffnete Handfläche. »Ich zeig dir mal was«, sage ich zu Leni, schiebe mich langsam zum Fenster hin und strecke Frankie vorsichtig meine Hand entgegen. Ruckartig zuckt sein kleiner Kopf von links nach rechts und zurück, als würde er sich umsehen. Und tatsächlich – er züngelt nur kurz, bevor er auf meine Hand huscht und sich die Grille schnappt. Zu meiner großen Freude verbleibt er anschließend sogar auf meiner Handfläche, während er damit kämpft, das Tierchen zu verspeisen, das links und rechts quer aus seinem winzigen Maul hängt.

»Oh – darf ich auch mal?« Begeistert macht Leni einen Schritt auf das Fenster zu. Und zack – ist Frankie verschwunden.

»O nein, ich habe ihn erschreckt!«, ruft sie betrübt und macht ein zerknirschtes Gesichtchen.

»Keine Sorge, der kommt wieder«, beruhige ich sie, wende mich dem Notenpult zu und male ein Bleistiftherz um die drei Takte, die Leni noch zu schaffen machen. »Diese hier musst du besonders oft wiederholen, okay? Alles andere war wirklich sehr schön. Aber wenn du zu Hause übst, denk immer daran, dir eine Tomate zwischen dem Geigenhals und deinem linken Handgelenk vorzustellen. Nie die Tomate zerdrücken, ja? Ich mag nämlich keinen Tomatensaft.«

»Ich auch nicht«, sagt Leni lachend und zeigt ihre breite Zahnlücke, dort, wo ihr die Milch-Schneidezähne ausgefallen sind. Zusammen mit den beiden kurzen Zöpfen, die ihr links und rechts vom Kopf abstehen, ist das ein Bild, das mich jedes Mal zum Schmunzeln bringt und ein wenig wehmütig werden lässt, erinnert es mich doch an mich als Kind. Damals schien die Welt noch in Ordnung und jedes Problem damit zu lösen, dass ich zu meinem Vater lief und es ihm erzählte. Wie ich dieses Vertrauen in meine Eltern und dieses Vertrautsein mit ihnen vermisse, ganz unabhängig davon, ob Probleme gelöst werden oder nicht. Es tut weh, dass ich ihnen nicht mehr mein Herz ausschütten kann. Ich atme tief durch, besinne mich auf den Moment. »Und woran denkst du bei der rechten Hand?«, frage ich.

Leni überlegt mit gerunzelter Stirn. »An eine Ente?«

»So ähnlich. An einen Schwanenhals.« Ich lege ihre kleine Hand noch einmal an den Bogen und mitsamt diesem auf die Saiten, führe ihn langsam von der Spitze bis zum Frosch. »Immer schön das Handgelenk beugen.

Erst in die eine, dann in die andere Richtung. Einen richtig eleganten Schwanenhals machen. Genau so, prima!«

Sie strahlt bei meinem Lob über das ganze kleine Gesicht und in meinem Bauch wird es seltsam warm. Der Rest der Unterrichtsstunde verfliegt viel zu schnell.

Fröhlich hüpft Leni schließlich an der Hand ihrer Mutter die Treppe hinunter. Ich lasse die Tür für meinen nächsten Schüler offen und gehe zum Fenster zurück, setze mich auf die Fensterbank, deren grüne Farbe schon fast überall abgeblättert ist. Mein Unterrichtsraum zeigt zum Glück nicht zu dem unseligen neuen Einkaufszentrum hinaus, das im letzten Jahr gebaut wurde, sondern zu den stillgelegten und stellenweise von Büschen und Sträuchern überwucherten Bahngleisen. Vielleicht erhasche ich ja einen Blick auf ein paar Frankies, die sich auf den in der Sonne glänzenden Schienen aufwärmen oder an der von wildem Wein umrankten roten Backsteinmauern der Musikschule entlang nach oben huschen?

Satzfetzen dringen zu mir herauf, dann sehe ich an der Hausecke Leni und ihre Mutter die Straße überqueren. Offenbar sprudelt Leni überglücklich hervor, was sie heute alles gelernt hat. Erneut durchströmt mich diese wohlig warme Zufriedenheit. Natürlich übe ich diesen Job hier nur vorübergehend aus, das ist ja klar. Trotzdem ist es ein schönes Gefühl, so ein kleines Menschlein glücklich zu machen. Ob ich es ein wenig vermissen werde, wenn ich irgendwann wieder auf der Bühne stehe? Dort, wo ich hingehöre? Vermutlich nicht, mit großer Wahrscheinlichkeit sogar nicht, denn die Musik, der Applaus und der Erfolg werden alles andere überstrahlen und vergessen machen. Dessen bin ich mir absolut sicher. Das ist meine Berufung. Für sie habe ich alles gegeben. Oder?

Gedankenverloren gehe ich zur Tür zurück, halte im Treppenhaus Ausschau nach Hannes, meinem nächsten Schüler. Auch nach weiteren fünf Minuten ist er noch nicht aufgetaucht, also beschließe ich, unten nachzufragen, ob er vielleicht telefonisch wegen Krankheit oder Ähnlichem abgesagt hat.

Als ich die knarzende Treppe hinuntergehe, grüble ich noch immer über meine Berufung nach. Wenn nur nicht dieses kleine Hindernis namens Prüfung zwischen mir und meinem Glück beim Boston Symphony Orchestra stünde.

»Lucy!«, reißt mich Haydens Stimme aus meinen Gedanken. »Hast du mit Frau Kleve geredet?«

Ich komme gerade dazu, »Ja« zu sagen, da hat sie mich schon am Arm gefasst und zieht mich den Gang entlang in die kleine Küche mit dem schwarz-weißen Karomuster auf dem Boden. Dort lehnt Emily, unsere Flöten-Fee, an der Spüle und trinkt einen stark duftenden Kamillentee, während Mona, ihres Zeichens Cellistin, im Schminkspiegel den Sitz ihres BHs überprüft.

»Also?«, hakt Hayden erneut nach. »Raus mit der Sprache. Was sagt sie zu Viktorias Entscheidung?«

»Na ja …« Meine Finger knibbeln am Saum meines Shirts herum. »Ach, wisst ihr … Scheiß auf Viktoria. Ich werde trotzdem alles geben. Dann lasse ich den Unterricht eben bei mir zu Hause stattfinden. Ich habe meine eigenen Violinen von früher noch daheim, bei denen ich lediglich einige gerissene Saiten ersetzen muss. Für ein paar weitere Geigen kann ich das Internet auf der Suche nach günstigen Angeboten durchforsten. Dass dabei keine Stradivari herauskommen kann, ist mir selbst auch klar, doch ein mittelmäßiges Instrument ist besser als gar keines und …«

»Wie jetzt?«, unterbricht mich Hayden und ihre tiefblauen Augen werden groß. »Hat Frau Kleve etwa Viktorias Entscheidung gut gefunden? Das hätte ich nicht von ihr gedacht.«

»Ehrlich gesagt«, verlegen fahre ich mir mit der Hand über den Nacken, »habe ich das Thema nicht angesprochen.«

»Was? Aber genau das war doch der Grund, warum du zu ihr gefahren bist.«

»Das stimmt, aber sie hat gerade ganz andere Probleme. Da kann ich ihr jetzt nicht überdies mit so was kommen und Viktoria damit noch mehr in die Hände spielen.«

»Was für Probleme denn?«

»Frau Kleve wird offenbar schon seit Längerem von einer gierigen Bau- und Architekturfirma und den nicht weniger gierigen anderen Grundstücksbesitzern dazu gedrängt, das Haus zu verkaufen.«

»Das Haus?« Mona runzelt die Stirn. »Moment mal – du meinst *dieses* Haus?«

Ich nicke. »Die Typen, die nebenan dieses grässliche Einkaufszentrum errichtet haben, wollen da noch irgendetwas an die Seite knallen. Und dafür brauchen sie die Grundstücke. Auch dieses hier.«

»Aber … aber … was wird dann aus der Musikschule? Was wird aus uns?«

»Eben.«

Emilys Finger krampfen sich um den Griff ihrer Tasse.

»Aber sie will überhaupt nicht verkaufen, niemals. Sagte sie jedenfalls. Allerdings wird sie auch schon von den Besitzern der umliegenden Grundstücke unter Druck gesetzt.«

Emily macht ein zweifelndes Gesicht. »Ich hoffe nur, dass sie das auch wirklich so meint. Und dass sie durchhält. Diese Immobilienheinis können einen Druck aufbauen, dem schon normale Menschen kaum gewachsen sind, geschweige denn eine über Achtzigjährige. Und wenn sie dann noch von den anderen Grundstücksbesitzern terrorisiert wird, dann …« Sie seufzt.

»Und jetzt?«, fragt Hayden bedrückt.

»Abwarten«, entgegne ich nur.

Mona schnaubt. »Oder auch nicht. Frau Kleve ist über achtzig und gesundheitlich nicht auf der Höhe, auch wenn sie immer so tut, als sei sie topfit. Ich weiß nicht, wie lange sie den Stress noch verkraftet. Viktoria wird mit Sicherheit kurzen Prozess machen und verkaufen. Ihr sind doch vorhin schon quasi die Dollarzeichen aus den Augen gesprungen. Ich für meinen Teil werde ein paar Bewerbungen rausschicken, bevor der Kahn hier komplett absäuft.«

Ich reiße die Augen auf, Hayden kriegt immerhin ein empörtes Schnaufen zustande. Mona hingegen verlässt ungerührt das Zimmer.

»Die hat Nerven«, empört sich Emily, kaum dass die Tür ins Schloss gefallen ist. Ich zucke resigniert mit den Schultern. Als Gefühl und Empathie verteilt wurden, hat Mona vermutlich gerade das nächste Kosmetikstudio gestürmt.

»Wie kann sie uns nur so in den Rücken fallen!«, schimpft

Hayden weiter. »Was ist mit Solidarität? Mit Sich-gegenseitig-Mut-Zusprechen?«

Ich schüttele fassungslos den Kopf.

»Schlechte Zeiten für gute Musik«, seufzt Emily und lehnt sich an die Wand. »Vermutlich hat Mona recht, und das ist das Klügste, was man tun kann. Abgesehen vielleicht davon, auf Schlagzeug und E-Gitarre umzusatteln. Das scheint momentan das Einzige zu sein, was noch Anmeldungen reinbringt.«

»Oder alleinerziehende Väter mit Geld anzubaggern«, meldet sich der eintretende Stephan zu Wort, der den letzten Teil unserer Unterhaltung offenbar mitbekommen hat.

»Wie bitte?« Ich lache. »Wer tut denn so was?«

»Na, unsere liebe Viktoria natürlich.«

»Was?«

»Ist euch noch nicht aufgefallen, wie sie sich jeden Dienstag aufbrezelt, wenn Janina zum Cello-Unterricht kommt? Also – noch mehr als sonst?«

Ich schüttele den Kopf. »Da scheint sie wohl tatsächlich der Musikschule keine Chance zu geben und auf der Suche nach Ehemann Nummer fünf zu sein. Soll sie. Wir hingegen geben nicht auf. Stimmt doch, oder? Wir packen den Stier bei den Hörnern! Wir lassen uns nicht unterkriegen!«

Stille.

»An dieser Stelle sollte eigentlich begeisterte Zustimmung folgen«, sage ich resigniert, doch da in diesem Moment aus der Ferne das Klingeln meines Handys ertönt, unterbleiben weitere Motivationsgespräche und ich renne zurück. Ich habe vergessen, den Ton auszustellen, und keine Lust darauf, auch deswegen noch von Viktoria angeraunzt zu werden.

Hastig nehme ich den Anruf an, bereue es im nächsten Augenblick zutiefst, denn die Stimme meines Vaters ertönt. »Lucy?«

Gerade noch kann ich ein Seufzen unterdrücken, bemühe mich stattdessen um einen betont fröhlichen Tonfall. »Hallo, Papa. Ihr seid ja schon gelandet. Wie war der Flug?«

»Noch anstrengender als sonst. Durch irgendeinen dummen Systemfehler haben sie uns in die Economyclass gesteckt und konnten es nicht mehr ändern, weil die Firstclass bereits voll war. Deine Mutter war drauf und dran, die Airline zu verklagen.«

»Das glaube ich dir aufs Wort.« Meine Mutter ist schließlich nicht ohne Grund eine der besten Anwältinnen, zwar nicht für Flugrecht, sondern für internationales Recht, doch nicht wenige Kollegen haben sie schon mit einem Terrier verglichen, diesen Hunden, die, haben sie einmal ihre Beute zwischen den Zähnen, sie nicht mehr loslassen. »Vielleicht hätte sie sogar gewonnen, zumindest aber die Betreffenden in den Wahnsinn getrieben.«

Er lacht. Ein Geräusch, das ich nur selten von ihm höre. Es macht mich glücklich, dass ausgerechnet ich ihn zum Lachen gebracht habe, war ich doch in der Vergangenheit nicht unbedingt für Heiterkeitsausbrüche bei ihm verantwortlich.

»Wenn die Feier am Samstag nicht wäre«, fährt er fort und damit mein Glücksgefühl gegen die Wand, »hätten wir den Flug gecancelt, aber wir haben noch so viel vorzubereiten. Doch damit sind wir auch schon beim Thema: Wieso hast du nicht geantwortet?«

»Worauf?«, frage ich, obwohl ich es weiß, und ärgere mich gleichzeitig darüber, dass er so ohne Umschweife auf den Punkt kommt. »Danke übrigens, dass du mich gefragt hast, wie es mir so geht.«

»Werd nicht schnippisch, du weißt, dass du uns wichtig bist.«

»Wichtig ist euch auch euer Kaffeeautomat.«

Er schnauft. »Hör zu, ich habe jetzt keine Zeit für solche Animositäten. Hier wartet noch ein Haufen Arbeit auf uns, weil wir in der verdammten Economyclass nicht arbeiten konnten.«

»Als ob das je anders gewesen wäre.«

»Werd nicht unverschämt.«

»Bin ich nicht, aber weißt du, mein Tag war ebenfalls schlimm, wirklich schlimm! Ihr könntet ja zum Beispiel auch mal fragen, ob es bei mir was Neues gibt. Falls mein Leben euch überhaupt interessiert.«

»Hast du etwa endlich einen Job?«

»Ich. Habe. Einen. Job.« Meine Stimme wird lauter, genervter.

»Das ist kein Job. Das ist eine Freizeitbeschäftigung. In einem Job verdient man Geld. Von dem, was du da kriegst, kannst du dir ja noch nicht mal ein Auto leisten.«

»Kann ich. Brauche ich aber nicht.«

»Und was ist mit deiner Zukunft? Wovon willst du leben, wenn du mal alt bist? Wie willst du dir was beiseitelegen?«

»Papa, bitte, lass uns das jetzt einfach beenden, bevor es wieder in einen furchtbaren Streit ausartet, ja?«

Einen Atemzug lang herrscht Stille am anderen Ende der Leitung, dann atmet er tief durch, und ich ducke mich innerlich, rechne damit, dass er mich jetzt richtig rundmacht. Stattdessen fragt er: »Und? Was gibt es Neues?«

Vor Überraschung hätte ich das Handy beinahe fallen lassen. »Ähm … es … also … ich habe mich heute Morgen ausgesperrt.« Kaum habe ich das gesagt, klatsche ich mir mit der freien Hand vor die Stirn.

»Das kommt davon, wenn man nicht fokussiert ist. Habe ich dir oft genug gesagt. Und ich hatte gehofft, dass du mit den Jahren reifer wirst und endlich nicht mehr mit dem Kopf so verträumt durch die Gegend läufst.«

Da habe ich also zielgenau das beste Mittel gefunden, um für noch unfähiger gehalten zu werden als ohnehin schon. Themawechsel, aber schnell. »Und in der Bäckerei ist mir so ein unverschämter Kerl über den Weg gelaufen.« Kaum habe ich nun *das* gesagt, ist mir klar, dass auch dies nicht unbedingt ein Thema ist, das meinen Vater interessieren wird.

»Ah ja«, gibt er dementsprechend in einem Ton von sich, bei dem ich, auch ohne ihn vor mir zu haben, weiß, dass er ungeduldig auf die Armbanduhr sieht.

»Und … wegen … diesem Kerl«, fahre ich stotternd fort, kann gerade noch innehalten, bevor mir herausgerutscht wäre, dass ich zu spät zur Arbeit kam. Ich kann mir seine Reaktion bildlich vorstellen.

»Was weiter?«

Ich seufze. »Nichts.«

»Schön. Nachdem also alle … Neu-ig-keit-en …« Er zieht das Wort ironisch in die Länge. »… geklärt sind, können wir ja endlich zurückkommen zum Grund meines Anrufs: Warum hast du dich nicht gemeldet?«

»Was hätte ich denn antworten sollen?«

»Na, ob du am Samstag zur Feier kommen wirst oder nicht.«

»Mums Nachricht hat nicht gerade den Eindruck erweckt, als hätte ich eine Wahl.«

»Eine Wahl hat man immer. Die Frage ist …« Er unterbricht sich, macht eine Pause. »… ob man die richtige trifft.«

Ich bleibe stehen, schließe die Augen.

Plötzlich bin ich unfassbar müde. »Was für euch das Richtige ist, muss nicht für andere ebenfalls das Richtige sein«, erwidere ich leise.

Damit lege ich auf und weiß dennoch im gleichen Moment, dass mein schlechtes Gewissen mich bis Samstag so weit haben wird, zu dieser dämlichen Familienfeier zu gehen.

Kapitel 4

Lucy

Als Hayden und ich die Musikschule schließlich verlassen und zur Bushaltestelle laufen, taucht die tief stehende Sonne alles in ein rostrotes Licht und lässt uns lange Schatten werfen.

»… und du bist ihm also sozusagen dreimal an nur einem Tag begegnet?«, hakt Hayden nach, während sie parallel in ihr Smartphone tippt.

Ich schlage mir die Hand vor die Stirn. »Mist, ich wollte Frankie noch ein paar Grillen aufs Fensterbrett legen, das habe ich jetzt vergessen.«

»Du und deine Eidechsen«, erwidert Hayden kopfschüttelnd. »Können wir bitte wieder auf die wichtigen Dinge des Lebens zu sprechen kommen? Dieser Typ und du. Ihr seid euch das letzte Mal in der Bäckerei begegnet?«

Um uns von dem über uns schwebenden Damoklesschwert der drohenden Musikschul-Schließung abzulenken, habe ich ihr von meinem morgendlichen Zusammenstoß erzählt. Ich ziehe den Gurt meines Geigenkastens höher meine Schulter hinauf. »Ja, wieso?«

»Das hat etwas zu bedeuten.«

»Genau: dass er Kaffee trinken wollte. Davon abgesehen ist er ein Mistkerl.«

»Nein, ich meine doch: Es muss vom Schicksal so gewollt sein. Ernsthaft. Du solltest mal überlegen, ob er nicht vielleicht doch jemand ist, der infrage kommen könnte.«

Ich bleibe abrupt stehen. »Hast du mir überhaupt zugehört?«

»Ich mein doch nur: Du hast selbst gesagt, dass er gut aussieht.«

»Schon mal was von Charakter gehört?«

»Dieses komische Ding, das vom Äußeren ablenken soll?«

»Ja. Außerdem begegne ich Chris auch jeden Tag. Und das sogar deutlich häufiger als nur dreimal. Leider. Herrje, wenn es nach deiner Logik ginge, wäre ja sogar Herr Khan vom *Raja Rani* der Mann meines Lebens. Den sehe ich nämlich auch ständig, wenn ich mir bei ihm mein Gemüsecurry hole.«

»Du weißt, wie ich das meine: Es geht um die unerwartete, geheimnisvolle Begegnung.« Sie bleibt stehen, ich notgedrungen auch.

»Also sonderlich geheimnisvoll finde ich es nicht, wenn einer 'ne Baustelle besichtigt. Und überhaupt: Eigentlich war es ohnehin nur zweimal. Dass er noch draußen stand, als ich aus der Bäckerei kam, kann man wohl kaum als weitere Zufallsbegegnung ansehen. So, und weiter will ich nicht darüber diskutieren, weil das erstens totaler Humbug und zweitens der Kerl ein Hornochse ist!«

»Du machst es einem aber auch wirklich schwer, dir zu helfen«, stöhnt sie.

»Weil ich keine Hilfe brauche.« Ich sehe auf die Uhr. »Unser Bus geht gleich, komm schon.«

Sie rührt sich noch immer nicht, deutet stattdessen mit dem Daumen nach rechts auf das von Farbwechsel-Strahlern beleuchtete Einkaufszentrum, aus dem laute Musik schallt und vor dessen Eingängen sich bereits lange Schlangen gebildet haben.

»Nein!«, weigere ich mich. »Habe ich vorhin schon gesagt und dabei bleibe ich.«

»Ach, jetzt komm schon mit rein!«, fleht Hayden. »Ich bin sicher, du findest sogar irgendwelchen uralten Kram, der dich interessiert. Vielleicht sogar ein Handy, das noch älter ist als deins.« Sie grinst, doch heute ist mir nicht danach, auf ihre Neckereien einzugehen.

»Das da drüben ist der Feind«, erinnere ich sie, »schon vergessen?«

»Na, hör mal. Meinst du nicht, dass du da etwas übertreibst? Mag ja sein, dass die Typen, die das Einkaufszentrum gebaut haben, auch das Grundstück haben wollen, auf dem unsere Musikschule steht. Doch die Shoppingmall an sich kann doch nichts dafür. Und ob wir beide sie nun boykottieren oder nicht – sie wird trotzdem ihren Umsatz und die Betreiber reich machen. Also ist es doch kindisch, nur deshalb nicht zur Party zu gehen. Nur heute. Nur ausnahmsweise.«

»So ausnahmsweise wie deine tägliche Zigarette?«

»He! Das ist nicht fair. Ich bin wirklich gerade dabei, aufzuhören. Und da wäre mir ein bisschen Abwechslung eine echt große Hilfe! Komm schon, unterstütz mich in meinem Bestreben, dem Nikotin zu entsagen, und geh mit mir zur Eröffnung! Presse, Promis, Party. Und jede Menge leckeres Essen – umsonst.«

Ich schüttele den Kopf. »Erstens will ich diese Leute

wirklich nicht unterstützen und zweitens bin ich echt im Eimer. Alles, was ich jetzt will, ist mein Bett.«

Tatsächlich platzt mir fast der Schädel vor Kopfschmerzen, ich fühle mich komplett dehydriert, gleichzeitig bin ich nass geschwitzt und fürchte, dass mein Deo versagt hat. Unauffällig schnuppere ich an mir.

Nein. Mir ist definitiv nicht nach Presse, Promis, Party. Das war noch nie mein Ding – und heute noch sehr viel weniger als sonst.

»Lucy! Du musst endlich wieder anfangen zu leben!«, mahnt Hayden. »Dich mal vergnügen.«

Ich verdrehe die Augen. »Hast du dich etwa mit meiner Nachbarin unterhalten? Und überhaupt: Sich in einem rappelvollen und deprimierend hässlichen Stahl-Beton-Koloss die Beine in den Bauch zu stehen, ist nicht unbedingt das, was ich unter ›Vergnügen‹ verstehe.«

»Du könntest wirklich dringend ein paar neue Sachen gebrauchen.« Sie bedenkt meinen Rock mit einem vielsagenden Blick.

»Was meinst du damit?«

»Na ja … ich will ja nichts sagen, aber … du scheinst immer den gleichen Rock mit Tupfen drauf zu tragen, nur in wechselnden Farben.«

»Ich mag Tupfen und ich mag meinen Rock.«

Hayden seufzt demonstrativ und wirft dem Eingang, der uns am nächsten ist, einen sehnsüchtigen Blick zu. Die Bushaltestelle, die ich ansteuere, befindet sich leider genau gegenüber dieses blau und lila angestrahlten Monstrums.

Mein Handy klingelt, gerade als wir die Straße überqueren wollen. »Großer Gott, bitte nicht schon wieder meine Eltern.« Ich bleibe stehen, verlagere das Gewicht meiner Notentasche und suche in meiner Handtasche nach meinem Handy. »Wenn es schon wieder um dieses blöde Jubiläum am Samstag geht«, ätze ich und ziehe es hervor, um einen Blick auf das Display zu werfen, »schreie ich.«

Tatsächlich schreie ich im nächsten Moment auf, allerdings nicht wegen des Anrufs, sondern weil unmittelbar hinter mir lautes Hupen ertönt und mich zusammenfahren lässt. Mein Handy rutscht mir aus der Hand und direkt zwischen den Rillen eines Rinnstein-Kanalgitters hindurch in den Abwasserkanal. »O nein! Nein, nein, nein, verdammte Scheiße!«

Hastig knie ich nieder, versuche mit den Händen durch den Gully zu greifen, doch es ist sinnlos und mein Handy gar nicht mehr zu sehen. Auch Hayden versucht ihr Glück, stellt aber mit einem Schulterzucken fest: »Jetzt bist du wenigstens endlich gezwungen, dir ein neues Smartphone zu kaufen.«

Erneut ertönt das ungeduldige Hupen.

»Herrgott, jetzt warten Sie doch mal!« Aufgebracht sehe ich über die Schulter nach hinten und reiße die Augen auf. Vor mir steht ein wunderschöner bordeauxfarbener Oldtimer, ein Studebaker, der direkt einem alten Film entsprungen zu sein scheint. Genau die Art Wagen, in der ich an meinem Hochzeitstag kutschiert werden möchte. Wenn ich heiraten würde. Was ein bisschen schwierig ist so ohne Mann. Ach ja, Mann. Ich reiße meinen Blick vom Auto los und treffe auf eine völlig entgeisterte Miene. »Sie!« Mehr fällt mir vor Entrüstung nicht ein. Was zum Kuckuck habe ich dem Schicksal eigentlich getan?

Der Kaffeedieb scheint ähnlich begeistert von meinem Anblick zu sein wie ich von seinem, fährt mit finsterer Miene sein Fenster herunter. »Wollen Sie da noch lange auf meinem Parkplatz herumkrabbeln?«

»Ob ich …?« Scharf ziehe ich die Luft ein. »Mein Handy ist mir in den Gully gefallen!«

»Tja, dann ist es jetzt weg«, kommt die lapidare Antwort.

Ich rappele mich auf. »Und das ist Ihre Schuld!«

»Ja, klar.« Er verdreht die Augen. »Ich bin vermutlich auch an Ihren Klamotten schuld!«

»Siehst du«, murmelt die ebenfalls aufgestandene Hayden.

Ich werfe ihr einen bösen Blick zu, bevor ich mich erneut dem unverschämten Kerl zuwende. »Wieso nur wundere ich mich nicht, dass Sie die Menschen auf ihr Äußeres reduzieren!«

»Großer Gott, nicht schon wieder die Moralkeule!« Er steigt aus.

Und er trägt einen Smoking.

Der ihm unfassbar gut steht.

Etwas, was mich selbstverständlich nicht aus der Fassung bringt.

Wo, verdammt, ist mein roter Faden?

Neben mir scheint Hayden plötzlich unter Schnappatmung zu leiden, zupft mich am Shirt. Sie scheint der Verlust meines Handys genauso geschockt zu haben wie mich, doch darum kann ich mich jetzt nicht kümmern. »Äh … Lucy? Kann ich dich …«

»Nicht jetzt.« Ich hole Luft. »Das ist mein Lieblingsrock!«, rufe ich. »Er hat Tupfen!«

»Das ist nicht zu übersehen«, gibt mein Gegenüber zurück. »Leider.«

»Aber Lucy, wir …«

»Nicht jetzt, Hayden!« Ich recke das Kinn in die Höhe. »Wie können Sie nur dermaßen oberflächlich über Menschen urteilen und sie obendrein auch noch so unfassbar herablassend behandeln!«

Hayden tritt mit einer beschwichtigenden Geste vor. »Sie meint das nicht so!«

»Natürlich meine ich das so!«

Er zieht eine Augenbraue hoch, sieht von ihr zu mir. »Hören Sie, Miss Knigge, ich hatte einen echt verdammt miesen Tag, also machen Sie jetzt endlich meinen Parkplatz frei.«

»Miesen Tag? Sie?! *Sie* hatten also einen miesen Tag? Sie können sich doch nicht mal ansatzweise vorstellen, was ein mieser Tag ist! Den hatte *ich* nämlich, und zwar Ihretwegen! Sie haben mich aus dem Schlaf gerissen, mir meinen Kaffee und mein Taxi geklaut.«

Hayden fasst nach meinem Arm. »Was natürlich an und für sich nicht weiter schlimm ist, nicht wahr, Lucy?«

»Bitte?! Und ob das schlimm ist! Was ist denn mit dir los?«

Ihr Druck an meinem Arm wird fester. »Aber … äh … ich bin sehr sicher, dass … äh … jetzt, wo du deine Meinung gesagt hast, wir … äh … darunter einen Strich ziehen können.«

Irritiert mustere ich sie, nicht nur aufgrund ihrer sonderbaren Äußerung, sondern vor allem wegen ihrer noch seltsameren Grimassen, insbesondere der Zuckungen ihres linken Auges.

Doch bevor ich sie nach dem Grund für ihre Gesichtsverrenkungen fragen kann, winkt der Kerl mit dem

Smoking den Security-Leuten, die mit bärbeißigem Gesichtsausdruck vor dem Eingang stehen und zum Glück gerade voll und ganz auf die Wartenden fixiert sind, und macht eine entnervte Geste in meine Richtung. »Kann mal einer diese Verrückte da vom Parkplatz wegholen?«

»Verrückte?! Also jetzt reicht es aber!«

Inzwischen ist auch die Blondine ausgestiegen, die ich zuvor nicht bemerkt habe, klammert sich an seinen Arm. »Wenn das noch lange dauert, verpassen wir die Party. Kennst du diese Person etwa?«

»Sehe ich aus, als würde ich so jemanden kennen?« Er schnauft verächtlich.

»Das ist ja mal typisch für solche Kerle wie Sie! Lügen! Das Einzige, was Sie können! Aber wenn es um mein Negligé geht, da können Sie sich noch an jedes Detail erinnern, wette ich.«

»Negligé?«, wiederholt die Blondine wie vom Donner gerührt.

Er reagiert nicht.

»Machen Sie jetzt endlich meinen Parkplatz frei.«

»Alex!«, ruft die Blondine.

Er reagiert noch immer nicht.

»Immerhin haben Sie mich heute mehr als genug Nerven gekostet!«

»Ich habe Sie Nerven gekostet? Es ist ja wohl genau umgekehrt.«

»Alex! Du hast sie im Negligé gesehen?!«

»Ja, heute Morgen, um genau zu sein. Also, was willst du denn jetzt?«

Anstelle einer Antwort pfeffert sie ihm ihr Handtäschchen entgegen und stöckelt davon, dreht sich jedoch nach wenigen Schritten um, rennt zurück, schnappt sich ihre am Boden liegende Handtasche und stöckelt erneut davon.

Ich weiß nicht, ob ich schockiert sein oder lachen soll.

Im nächsten Moment jedoch weiß ich, dass mir definitiv nicht nach Lachen zumute ist, denn er hat sich wieder mir zugewandt, und seine Augen blitzen mich so zornig an, dass ich unwillkürlich die Schultern hochziehe. »Sehen Sie, was Sie angerichtet haben?«

Betroffen blicke ich von ihm zu der beleidigt davoneilenden Blondine. »Das … das wollte ich nicht. Wirklich nicht. Das tut mir ehrlich leid, ich meine …« Ich halte inne. »Wollen Sie ihr nicht nachlaufen?«

Er zieht eine Augenbraue hoch, dieselbe wie heute früh, und sein Handy hervor, wählt eine Nummer. »Das wäre ja noch schöner. Ich bin niemals einer Frau nachgelaufen und werde es auch nie tun. Jenny, Süße, hast du Lust auf eine Party? Dann schmeiß dich in was Scharfes und wir sehen uns gleich im neuen Einkaufszentrum.« Ich kann nicht glauben, was ich da höre.

»Sie sind ja ein noch größerer Kotzbrocken, als ich dachte!«, rufe ich angewidert.

»Äh … das meint sie nicht so, ist rein metaphorisch«, mischt sich Hayden wieder ein und lächelt ihn entschuldigend an.

»Und ob ich das so meine«, lege ich wütend nach.

»Sie beherrscht unsere Sprache nicht so gut«, behauptet Hayden an ihn gewandt mit einer wegwerfenden Geste.

Fassungslos starre ich sie an. »Hast du sie nicht mehr alle?«

»Sie können sich nicht vorstellen, wie viel mir an Ihrer

Meinung über mich liegt«, sagt er sarkastisch und lenkt meine Aufmerksamkeit wieder auf sich. »Und jetzt räumen Sie und Ihre Meinung endlich den Platz und …«

»Da sind Sie ja!«, unterbricht ihn ein kleiner, dicker Mann, der keuchend angerannt kommt. »Die Eröffnung!«

»Tja, leider, leider lässt mich hier jemand nicht auf meinen Parkplatz!«

»Sollen wir ihr Hausverbot erteilen, Herr Langner?«

»Hausverbot?!«, empöre ich mich. »Sonst geht es Ihnen aber noch gut, oder? Mit welchem Recht bitte wollen ausgerechnet Sie uns Hausverbot …« Ich halte inne, mein Blick huscht zur Gebäudefront, die in großen Lettern den Namen »Langner-Center« trägt. Langner?! »Das Ding da trägt *Ihren* Namen?«

»Ganz recht.« Er zieht eine Visitenkarte aus der Tasche seiner Smokingjacke und reicht sie mir spöttisch. »Und jetzt würde ich bitte gern zur Eröffnung meines Einkaufszentrums gehen.« Mit einer eleganten Bewegung wirft er dem Dicken seinen Autoschlüssel zu. »Sorgen Sie dafür, dass er eingeparkt wird.«

Damit geht er davon und lässt uns stehen.

Perplex lasse ich mich vom Sicherheitspersonal zur Seite schieben.

»Wieso, um alles in der Welt, hast du mir nicht gesagt, dass es sich bei dem Typen, den du getroffen hast, um Alex Langner handelt?«, reißt mich Hayden schließlich aus meiner Starre.

»So ein Mistkerl!«, lege ich los, zerknülle die Visitenkarte und stopfe sie mangels in Reichweite befindlichen Mülleimers in meine Handtasche. »So ein arroganter Idiot! So ein …«

»Könntest du dir eventuell vorstellen, ihn um Entschuldigung zu bitten?«

»… dämlicher Arsch von einem … Was?!« Verwundert blicke ich sie an.

»Du hast schon mitbekommen, wer das ist, oder?«

»Alex Langner. Ich bin ja nicht blöd.«

»Und du weißt auch, wer das ist, oder?«

»Ja: ein Kotzbrocken.«

»Alex Langner«, wiederholt Hayden.

»Schon klar. Mein Kurzzeitgedächtnis funktioniert im Allgemeinen ganz gut.« Ich versuche, so auszusehen, als hätte ich auch nur den blassesten Schimmer, wovon sie redet.

»Du hast nicht den blassesten Schimmer, wovon ich rede.«

Eine Karriere als Schauspielerin kann ich wohl knicken.

Ihr Gesichtsausdruck macht deutlich, dass sie meine auf diesen Alex Langner bezogene Unwissenheit für eine unfassbare Bildungslücke hält.

Schon tippt sie wild auf ihr Smartphone ein und hält es mir schließlich vor die Nase. Das, was auf dem Bildschirm erschienen ist, scheint die Onlineausgabe einer Illustrierten zu sein.

»Da! Das ist er.« Ein beseeltes Seufzen entringt sich ihrer Kehle.

»Das sehe ich selbst«, erwidere ich und drücke ihr Smartphone aus meinem Gesicht. »Und?«

»Du kennst ihn ja wirklich nicht!«

»Sonst würde ich wohl kaum fragen.«

Sie schnalzt missbilligend mit der Zunge und holt tief Luft. »Alex Langner! Erbe der Bau- und Architekturfirma

Langner und unfassbar gut aussehend. Auf jeder angesagten Party ist er zu sehen. Und immer mit einer schönen Frau im Arm.« Sie klingt wie der Untertitel eines der Bildchen ihrer Illustrierten.

Zumindest wird mir jetzt das sonderbare Verhalten der Bedienung im Kaffeehaus verständlich, die offenbar im Gegensatz zu mir brav ihre Klatschzeitschrift studiert hat. Und wenigstens ist es auch die Erklärung dafür, warum er mir von Anfang an so seltsam bekannt vorkam. Vermutlich habe ich sein Gesicht doch mal bei einem Friseurbesuch auf einer der Zeitschriften gesehen. Trotzdem. Ich zucke mit den Achseln und laufe weiter. »Ich wiederhole: Und?«

»Und …«, sagt sie lang gezogen und mit einer dramatischen Pause am Ende. »Seine Firma ist doch die, die Frau Kleve bedrängt, das Grundstück unserer Schule zu verkaufen.«

Ich bleibe stehen, ziehe ihr Handy erneut zu mir heran, stoße dann ein erbostes »Ha!« aus. »Jetzt wundert mich gar nichts mehr.«

Ich scrolle durch die Bilder. Auf jedem hat er eine blonde, großbusige Frau an seiner Seite. Wobei, nein, bei genauerem Hinsehen ist es tatsächlich auf jedem Bild eine andere Frau. »Also sein Beuteschema ist offensichtlich.«

»Nein, nein«, protestiert sie. »Er ist auch schon mit dunkelhaarigen Frauen gesehen worden. Mit dieser Schauspielerin zum Beispiel, dieser … wie heißt sie denn? Die aus Amerika?«

»Meine Güte, aus deinem Munde klingt es, als hätte dieser Idiot eine Belobigung dafür verdient, dass er nicht nur Blondinen datet. Wie kann eine Frau bloß so dumm sein, jemandem zu verfallen, der über keinerlei Fähigkeiten verfügt, abgesehen davon, sein Gesicht in jede Kamera zu halten, auf jeder Party aufzukreuzen und …«

»Und verdammt gut auszusehen.«

Ich verdrehe die Augen. »Gut, zugegeben. Aber was nützt das bei einem furchtbaren Charakter? Und den besitzt er zweifellos. Er ist nichts als ein vergnügungssüchtiger, ichbezogener Chauvinist!«

Hayden legt den Kopf schief, kneift die Augen zusammen und mustert mich nachdenklich. »Hm.«

»Was bedeutet ›hm‹?«, frage ich alarmiert.

»Das ist es!«

»Das ist was?«

»Schicksal!«

»Jetzt fang nicht wieder damit an!«

»Nein, du verstehst nicht: Pass auf, es ist sehr wohl Schicksal, dass du immer wieder auf diesen Typen triffst.«

»Schicksal kann man es auch nennen, wenn man vom Auto überfahren wird. Schön ist das trotzdem nicht.«

»Schon klar, aber überleg doch mal: Erst triffst du ihn vor deinem Haus, dann beim Bäcker, jetzt hier. Also im Übrigen sehr wohl bereits zum dritten Mal an einem Tag.«

»Eben. Und das reicht.«

Mit einem Ruck gebe ich ihr das Handy zurück. Nur gut, dass ich ihn nicht wiedersehen muss.

»Du musst ihn wiedersehen!«

»Also langsam habe ich das Gefühl, dass wir gerade in Parallelwelten unterwegs sind.«

»Verstehst du denn nicht: Das Schicksal will dir damit etwas sagen.«

»Ja, nämlich, dass ich ein neues Handy brauche.«

Sie wischt meinen Einwand mit einer Handbewegung beiseite. »Also?«

»Also was?«

»Gehen wir rein?«

Fassungslos sehe ich Hayden an. »Nein! Alles, was ich jetzt will, ist, nach Hause zu kommen und mich auf die Couch fallen zu lassen.«

Gesagt – getan.

Zumindest, was den ersten Teil angeht.

Der zweite endet leider vor meiner Haustür.

Frustriert starre ich das Schlüsselloch an.

Na prima. Dank dieses Idioten habe ich total vergessen, dass ich mich heute Morgen ausgesperrt habe.

Wütend drücke ich auf die Klingel der Dachgeschosswohnung, doch Sonja scheint noch nicht da zu sein, und jemanden anrufen kann ich wohl kaum, so ganz ohne Handy. Gleiches gilt für den Schlüsseldienst. Bei Frau Meyer versuche ich es erst gar nicht. Bleibt nur noch Chris.

Seufzend drücke ich auf seine Klingel. Kurz darauf öffnet sich über mir das kleine Badezimmerfenster und Chris' Kopf erscheint. »O Lucy, wow, du bist es. Was gibt es?«

»Ich fürchte, ich habe mich ausgeschlossen.«

»Kein Problem. Ich mach dir auf.« Schon verschwindet sein Kopf, kurz darauf öffnet er mir die Tür. Dass er nur Shorts anhat, macht die ganze Sache für mich nicht angenehmer. Vermutlich werde ich noch wochenlang von all dem dunklen Haar auf seinen blassen, dünnen Beinen träumen. Diverse andere Regionen seines Körpers anzusehen, vermeide ich krampfhaft.

»Leider habe ich auch kein Handy«, gestehe ich, als wir oben angekommen sind. »Ich müsste aber den Schlüsseldienst rufen. Kann ich kurz von deinem Handy aus anrufen?«

»Puh. Der Schlüsseldienst kostet dich ’nen Haufen. Soll ich dir nicht lieber die Tür öffnen?«

»Kannst du das denn?«

»Klar. Ist nicht weiter schwer.«

Irgendwie gefällt mir diese Antwort nicht besonders.

Davon abgesehen jedoch behält er recht und keine zehn Minuten später hat er mittels Kreditkarte und Schraubenschlüssel meine Tür geöffnet.

»Das finde ich jetzt irgendwie beunruhigend, dass das so einfach ist.« Vor allem, dass das für *ihn* so einfach ist.

Er schüttelt den Kopf. »Deshalb sollte man immer zweimal, nicht nur einmal abschließen und am besten auch den Schlüssel stecken lassen. Also wenn man zu Hause ist.«

Etwas, was ich definitiv in Zukunft tun werde!

»Danke dir, Chris.« Ich will die Tür schließen, aber er steht weiterhin im Rahmen. »Ist noch etwas?«

»Du wolltest doch über unsere Verabredung nachdenken. Wie wäre es, wenn wir uns Sonntag einen gemütlichen Fernsehabend machen?« Und wieder wackelt seine Augenbraue auf beängstigende Art und Weise.

»Weißt du …«

Sein Dackelblick wandert von mir zu dem Werkzeug in seiner Hand und zurück. Na großartig. Ich bin Chris etwas schuldig. Und das ist etwas, was ich diesem Alex noch viel weniger als alles andere verzeihen werde! Ich will nicht in Chris’ Schuld stehen.

»In Ordnung«, seufze ich ergeben.

»Wow. Das ist ja echt mega. Klasse. Toll.«

Angesichts seiner Begeisterung drückt mich mein schlechtes Gewissen zu Boden. Ich bin heilfroh, als er endlich geht.

Kaum ist meine Tür hinter mir ins Schloss gefallen – und ich habe den Schlüssel zweimal gedreht –, marschiere ich ins Wohnzimmer und lasse mich bäuchlings auf die Couch fallen!

Was für ein furchtbarer Tag!

Alex

Was für ein furchtbarer Tag.

Ich nehme einen Schluck von meinem Drink, blicke von der Glasfront des VIP-Bereichs im vierten Stock in das von Menschenmassen überfüllte Innere des Einkaufszentrums.

Nicht ich bin es, der heute auf der Bühne da unten hätte stehen sollen.

Der Gedanke lässt mich einfach nicht los, schnürt mir die Luft ab. Ich habe zwar befürchtet, dass es mir schwerfallen würde, hier zu sein, doch wie schwer es mir wirklich fällt, das hätte ich nicht gedacht. Ich hätte es absagen sollen. Wäre ich nicht so völlig überrumpelt gewesen von dem Termin, hätte ich das auch von vornherein getan.

Eine Band spielt jetzt dort, wo ich vor Kurzem noch

meine Rede hielt. Oder es zumindest versucht habe, denn …

»Interessante Eröffnungsrede. Vor allem mit so vielen Fremdwörtern gespickt. Solchen wie ›Shit‹ und ›Fuck‹ und Ähnlichem.«

Mit einem Seufzen drehe ich mich um. »Mann, bin ich froh, dich zu sehen, Mitch.«

»Mich oder die Schönheit an meiner Seite?« Mitch, der zu meiner Erleichterung nicht besonders wütend darüber zu sein scheint, dass ich die Rede dermaßen verhauen habe, grinst. Vielleicht liegt das an seiner Begleitung. Tatsächlich ziert seinen Arm mal wieder eine Frau, die mindestens dreißig Jahre jünger ist als er.

»Dieser Abend hat für mich unfassbar furchtbar begonnen und furchtbar geendet. Nicht nur, dass ich meine verdammte Rede im Auto habe liegen lassen, nein, du musst mir auch noch die schönste Frau der Stadt wegschnappen.«

Sie kichert und auch Mitch grinst. »Geh, trink ein Glas Sekt, Süße, bevor ich dich hier an Alex verliere.«

Widerspruchslos drückt sie ihm einen Kuss auf den kahlen Kopf, bevor sie seiner Aufforderung Folge leistet.

Die Hände in den Hosentaschen sieht Mitch mit äußerst zufriedenem Ausdruck im Gesicht ihren wiegenden Hüften nach.

Unter anderen Umständen hätte ich das vielleicht auch getan, doch nicht jetzt und nicht hier. Denn nicht ich bin es, der hier heute stehen sollte.

Da ist der Gedanke wieder, der mein Herz mit eiserner Faust zusammendrückt.

Ich räuspere mich umständlich. »Es kommt nicht oft

vor, dass ich das sage, aber: Von dir kann ich mir echt noch ’ne Scheibe abschneiden.«

»Nimm alles mit, was geht, Junge, solange es noch geht.«

Solange es noch geht … Einen Augenblick lang habe ich das Gefühl, dass mein Herz ganz stehen bleibt, mir schlecht wird, dann habe ich mich wieder im Griff. »Mein Lebensmotto«, quetsche ich hervor und lächele. Die verspiegelte Säule vor mir offenbart jedoch, dass dieses Lächeln ziemlich gequält daherkommt. Ich gebe auf, nehme einen Schluck von meinem Drink.

Mitch hat von alldem nichts mitbekommen, wischt sich mit einem Taschentuch über die Stirn, während er sich suchend umsieht. »Schön, schön, aber wo ist deine Begleitung? Du willst mir doch nicht erzählen, dass du allein hier bist.«

»Nummer eins ist gegangen, Nummer zwei kommt demnächst.«

Er lacht ein tiefes, kehliges Lachen. »So ist es richtig.«

Ich lache mit, auch wenn mir eigentlich nicht danach zumute ist. Doch ich will Mitch nicht vor den Kopf stoßen. Einen besseren Freund als ihn kann man sich nicht vorstellen. Eigentlich ist er sogar mehr als das, hat sich alle Mühe gegeben, so etwas wie einen Vater für mich abzugeben. Und auch wenn ich mir keinen anderen als meinen eigenen in dieser Rolle vorstellen kann, weiß ich Mitchs Bemühungen sehr zu schätzen und bin ihm dankbar dafür. »Um die Wahrheit zu sagen: So eine ziemlich überdrehte Person hat mir Nummer eins verscheucht, deshalb musste ich Nummer zwei anrufen.«

»Überdrehte Person?«

»Und das ist sogar untertrieben. So eine wünsche ich nicht mal meinem Feind an den Hals. Obendrein ist sie auch der Grund, weshalb ich die Notizen zu meiner Rede im Wagen vergessen habe.«

»Ah, eine Sie, daher die äußerst interessante Wortwahl zu Beginn deiner Rede«, lässt sich eine verächtliche Stimme vernehmen.

Auch das noch. »Jacob«, sage ich mit verbissenem Lächeln. »Du auch hier.«

»Klar. Ich wollte doch vor Ehrfurcht erzittern, schon vergessen? Stattdessen musste ich mich vor Lachen am Stuhl festhalten.«

Es fällt mir sehr schwer, seinen Spruch zu ignorieren, aber ich will nicht vor Mitch einen Streit anfangen.

»Mach dir keinen Kopf«, beruhigt mich Mitch, der die Sache zum Glück ebenso gelassen aufnimmt wie die misslungene Verkaufsverhandlung, »so sind zumindest alle wach geworden. Sah sie wenigstens gut aus, deine Ablenkung am Morgen?«

»Hätte ich in dem Fall so reagiert?«, gebe ich zurück.

»Nein, dann hättest du sie wohl trotz allem flachgelegt.« Er bricht erneut in Lachen aus, klopft mir auf die Schulter. »Ich muss dann mal – da drüben ist der Bürgermeister.«

Ich nicke, sehe ihm nach und fahre mir mit der Hand geistesabwesend über die Stoppeln am Kinn.

Na schön. Ich habe Mitch nicht ganz die Wahrheit gesagt, denn schlecht sah diese verrückte Person eigentlich nicht aus, obwohl sie klamottentechnisch offenbar in den Fünfzigerjahren hängen geblieben ist. Trotzdem ist sie nicht mein Typ – wäre es nicht einmal, wenn sie nicht dermaßen unfassbar besserwisserisch wäre. Dennoch begreife ich, wenn ich jetzt darüber nachdenke, selbst nicht so ganz, warum ich ihr gegenüber die Beherrschung verloren habe. Auch wenn dieser Tag heute wirklich mehr als miserabel verlief, ist das überhaupt nicht meine Art, mit Frauen umzugehen – im Gegenteil: Wenn man sie um den Finger wickelt, kommt man viel weiter. Doch diese spezielle Frau hat etwas an sich, was mich einfach unfassbar aufregt. Dass ausgerechnet sie mir hier erneut vor die Füße gelaufen ist … Das Schicksal muss echt einen absonderlichen Sinn für Humor haben.

»Und überhaupt: Wie war das Gespräch mit Frau Kleve?«, bohrt Jacob nach, der sich zu meinem Leidwesen Mitch nicht angeschlossen hat. »Ich habe vorhin mitbekommen, dass du das übernommen hast.«

Spioniert der Kerl mir etwa nach?

»Sie will nicht verkaufen«, sage ich betont leichthin.

»Alex!« Aufgebracht fasst Jacob mich am Arm. »Die Alte muss verkaufen! Nur deshalb hat Hofler uns den Auftrag zugesichert! Weil wir ihm versichert haben, dass wir genau dieses Grundstück kriegen werden! Weißt du, was da an Geld dahintersteckt? Wenn wir die Kleve nicht dazu kriegen, an uns zu verkaufen, wird Hofler uns den Auftrag entziehen und ihn an die lausigen Dettmann-Brüder vergeben.«

Ich habe Mühe, mir meine Überraschung nicht anmerken zu lassen. Mitch hat das gar nicht erwähnt. Aber er hat ja auch die Eröffnungsfeier heute Abend zu erwähnen vergessen. Er hat einfach zu viel um die Ohren, um sich um alles zu kümmern. »Das musst du mir nicht sagen«, behaupte ich und ergänze nach kurzem Zögern:

»Ich werde sie schon noch überzeugen.« Eigentlich war ich bereits dabei, das Thema mit der verkorksten Alten abzuhaken – Versprechen hin, Versprechen her. Doch jetzt kann ich das nicht. Das würde Jacob in die Hände spielen.

»Na, da bin ich aber gespannt«, gibt dieser prompt bissig zurück.

Ich auch. Wenn ich nur wüsste, wie ich die Alte überzeugen soll. So halsstarrig, wie sie offenbar ist, könnte sie glatt die Großmutter dieser verbohrten Geigerin sein. Wider Willen taucht erneut das Bild dieser – wie hat ihre Freundin sie genannt? Lucy? – vor meinem inneren Auge auf. Zugegeben: Es hatte etwas, wie ihre Wangen sich gerötet, ihre Augen vor Zorn gefunkelt haben, wie sie sich in ihren Ausbruch hineingesteigert hat. Leidenschaftlich ist sie offenbar allemal. Damit könnte ich an und für sich arbeiten. Nur leider ist sie das ganz offensichtlich im falschen Bereich.

Jacob redet noch immer auf mich ein, doch ich reagiere kaum, und endlich verzieht er sich. Mein Blick bleibt bei einer Frau an der Bar hängen, die mir zulächelt.

Kurzes Kleid, lange Beine, sexy Kurven. Zwar leider nicht blond, sondern brünett, aber bei dem Ausschnitt schaue ich ohnehin kaum auf die Haare.

Sie hebt ihren Drink, prostet mir zu. Allem Anschein nach trinkt sie was Hartes. Das gefällt mir. Mit Mineralwasser-Tussen kann ich nichts anfangen. Die brauchen so lang, um locker zu werden. Und ich habe keine Zeit zu vergeuden. Im wahrsten Sinne des Wortes. Ich lache kurz auf. Doch es ist kein fröhliches Lachen.

Gerade will ich mich zu der Langbeinigen an die Bar begeben, da fühle ich eine Hand auf meinem Arm.

»Honey!«, ertönt eine piepsige Stimme. »Da bist du ja!«

Ich verziehe das Gesicht. Nichts hasse ich so sehr wie dieses »Honey-Getue«. Doch zu Jennys Verteidigung muss wohl angeführt werden, dass sie das nicht wissen kann, da wir uns gestern Abend erst kennengelernt haben.

»Alex«, erläutere ich. »Kein Honey, kein Schatzi oder sonst was. Okay? Einfach Alex.«

»Oh! Okay, Alex! Supercool, dass du mich angerufen hast!« Sie strahlt mich an, und ich frage mich, ob es an meinem Drink liegt, dass ich das Gefühl habe, an jedem ihrer Sätze wäre ein Ausrufezeichen drangeschraubt. Ob die das Pendant zu der Armee von Häschen, Schleifchen und Herzchen sind, die sie beim Schreiben verwendet?

»Was ist das hier für 'ne Fete?«

Fete? Ich runzele die Stirn. Irgendwie ist mir gestern Nacht nicht so wirklich bewusst gewesen, dass diese Jenny wie eine Vierzehnjährige daherredet, obwohl sie sechsundzwanzig ist. Kein Wunder, geredet haben wir ja auch nicht viel. Zum Reden brauche ich eine Frau schließlich weiß Gott nicht. Wenn ich reden will, treffe ich mich mit einem Kumpel. Auch wenn die rar gesät sind. Wenn ich reden wollte, habe ich mich früher an meinen Vater gewandt, der mir immer mit seinem Rat zur Seite gestanden hat. Einen besseren Freund konnte ich mir nicht wünschen. Doch das war einmal …

»Das ist ja so was von cool hier!«, plappert sie weiter. »All die Lichter! Und all die Leute!«

Prompt bereue ich es zutiefst, sie angerufen zu haben. Mein Blick huscht wieder zu der Scharfen an der Bar, und ich wünschte, sie wäre meine Begleitung für den Abend, nicht Jenny. Macht mich das unsympathisch?

Möglicherweise, aber ich bin auch nur ein Kerl und kann dieses ewige sinnfreie Teeniegerede nicht ertragen. Hätte ich gewusst, dass ein dermaßen scharfes Teil wie das da drüben an der Bar stehen würde …

Andererseits – morgen ist auch noch ein Tag, den es zu bespaßen und bezwingen gilt. Ich zwinkere der Brünetten zu. Hoffentlich redet sie nicht so viel wie diese Jenny. Das ist wirklich ein Punkt, der ab heute auf meiner Liste der Dinge steht, die eine sexy Frau auszeichnen: den Mund halten können.

»Hey, Jenny, holst du mir einen …« Ich breche ab.

»Was?«

»Nichts. Schon gut.« Jennys Ankunft ist nicht unbemerkt geblieben – wie hätte sie denn auch, bei der hohen Tonlage. Die rassige Brünette, die ich gerade nach ihrer Nummer fragen wollte, hat sich mit ihrem Glas bereits zu einem anderen Typen an die Bar gesetzt.

Nun gut, auch egal. Im Endeffekt sind sie eh alle eine wie die andere.

Gut. Vielleicht nicht unbedingt diese Lucy. Die war auf jeden Fall anders. Im negativen Sinne natürlich. Wieso denke ich denn schon wieder an sie?

Ich schüttele den Kopf, als könne das meine Gedanken an sie vertreiben, und wende mich von der Bar und der brünetten Schönheit ab. Ich habe nicht die Zeit, mich über verpasste Chancen zu grämen. Zeit … Dieses Wort, das mir inzwischen eine Gänsehaut verursacht.

Ich denke an das, was morgen ansteht, und zu meiner Gänsehaut gesellen sich Magenkrämpfe. Die Entscheidung, vor der ich mich gedrückt und die ich so lange hinausgezögert habe, wie es nur irgend möglich war. Die

Entscheidung, die das alles so erschreckend real und endgültig macht, auch wenn ich selbst wohl am besten weiß, dass sie das in Wahrheit schon ist. Schon lange ist. Die Entscheidung, an die ich jetzt nicht denken, die ich verdrängen und hinunterspülen will.

»He!« Ich winke dem Barkeeper zu. »Eine Runde auf mich für alle hier. Lasst uns Party machen, Leute!« Ich ziehe Jenny zu mir heran. Praller Hintern, pralle Brüste, was kann sich ein Mann mehr wünschen als guten Sex und am nächsten Morgen in sein eigenes Heim zu fahren und seine Ruhe zu haben? Beim Sex redet sie sicher nicht so viel, das zumindest weiß ich schon mal. Und dass ich nicht der Mann ihres Lebens bin, sollte ihr in ihrem Alter auch klar sein. Im Zweifel rufe ich eben die Kleine aus der Bäckerei an, die wollte ja definitiv nur Spaß.

So viel mitnehmen wie geht, hat Mitch gesagt. Und er hat recht. Weitaus mehr, als er ahnt.

Kapitel 5

Lucy

Die Morgensonne fällt durch die Blätter der alten Weiden, lässt sie zartgrün aufleuchten und das Wasser des Flusses glitzern. Eine Gruppe quakender Enten gleitet träge über die Wellen. Ab und zu durchstößt ein Fisch die Wasseroberfläche, schnappt nach einer Mücke und verschwindet wieder.

Auch heute bin ich wieder früher dran als geplant, denn der Krach von gegenüber hat entgegen meiner Hoffnung weder nachgelassen noch zu einer späteren Uhrzeit eingesetzt. Verärgert bin ich aufgestanden und ans Fenster gegangen – dieses Mal jedoch wohlweislich mit einem Schlafanzug bekleidet. Von diesem unverschämten Alex Langner war nicht einmal eine arrogante Haarspitze zu sehen. Dabei habe ich die ganze Nacht wach gelegen vor Ärger und mir überlegt, was ich ihm gestern alles an den Kopf hätte werfen können. Trotz allem bin ich froh, diesen Typen heute Morgen nicht mehr gesehen zu haben, würde ihn hoffentlich auch weiterhin auf der Baustelle nicht mehr zu Gesicht kriegen.

Etliche Versuche, die Bauarbeiter dazu zu bringen, die Fenster zu schließen, haben lediglich zu einer Einladung auf einen Drink von einem der Kerle geführt. Der Betreffende war gute dreißig Jahre älter als ich und hatte mehr Haare als Zähne, wobei sich die Haare vorwiegend auf die Region von Ohren und Nase konzentrierten.

Daher habe ich kurzerhand mein Müsli in eine Tupperdose gefüllt und Milch in eine Thermoskanne, meine restlichen Sachen gepackt und bin zum Frühstücken an den Fluss gegangen.

Doch zum Frühstücken bin ich schlussendlich noch immer nicht gekommen. Stattdessen sitze ich hier, die Arme um meine Beine geschlungen, picke die Schokostückchen aus dem trockenen Müsli und sehe den Schiffen nach, die langsam und majestätisch dahingleiten, als könne sie nichts aufhalten. Sie alle kennen ihr Ziel, nähern sich ihm langsam und unaufhörlich.

Und ich?

Ich muss mich zwingen, mich vom Anblick der Schiffe loszureißen, die Milch über mein Müsli zu gießen, den Löffel zur Hand zu nehmen.

Vielleicht hat Frau Kleve recht. Vielleicht wird es tatsächlich Zeit, mich wieder um mich und meine Ziele zu kümmern. Vielleicht ist »vorübergehend« wirklich jetzt zu Ende. Vielleicht ist das mit dem drohenden Verkauf der Musikschule der letzte Wink mit dem Zaunpfahl und ich sollte die Prüfung erneut antreten.

Vielleicht aber auch nicht.

Nervös rühre ich mit dem Löffel im Müsli herum.

… »Du bist als Nächste dran, Lucy.«

»Danke, Tim«, sage ich und setze die Geige ab. Ich habe mich warmgespielt und die schwierigsten Passagen wiederholt. Anfangs habe ich mich ein paarmal vergriffen, doch nur, weil meine Finger ganz kalt waren vor Aufregung. Immer, wenn ich aufgeregt bin, kriege ich kalte Finger. Nicht unbedingt hilfreich, wenn man später einmal Solistin in einem der bedeutendsten Orchester der Welt werden will, aber dank meiner erprobten Handschuhe ohne Fingerkuppen und etlicher Arpeggios und schneller Etüden sind meine Finger wieder auf Betriebstemperatur. Ich nehme meine Violine unter meinen Arm und streife die Handschuhe ab. Noch einmal tief durchatmen, dann verlasse ich den Raum. Aus dem Saal dringt mir Applaus entgegen, schließlich ist nach all den musiktheoretischen Prüfungen die letzte Prüfung eine praktische und überdies öffentlich, sodass nicht nur das Prüfungskomitee anwesend ist, sondern auch Publikum.

Mei-Ling kommt mir entgegen, das Gesicht gerötet, die Augen glänzend, ein Lächeln auf den Lippen. Ihre Darbietung scheint mehr als gelungen zu sein, wie auch der erst jetzt und nur langsam verebbende Applaus zeigt.

Prompt beschleunigt sich mein Herzschlag, ich gehe im Kopf noch einmal die schwierigsten Passagen meiner Stücke durch. Hätte mich jemand um drei Uhr nachts geweckt, ich hätte sie auswendig spielen können, und zwar rückwärts. Ich habe wirklich alles gegeben in den letzten Monaten.

Ich bin keine Ausnahmemusikerin, keine Weltklassegeigerin, keine Vanessa-Mae, kein Nigel Kennedy, kein David Garrett, da mache ich mir nichts vor, aber ich bin eine mit einer unendlich großen Leidenschaft für Musik und mit Ausdauer und Disziplin. Und überdies eben mit einem wirklich großen Talent. Sagt jedenfalls Marc. Und ich glaube ihm. Ich liebe ihn über alles. Ich will ihn stolz machen.

Und meine Eltern.

Vor allem meine Eltern.

All die Jahre, in denen ich mit ihnen gekämpft habe, um meinen Traum zu verwirklichen. All die nervenzehrenden Diskussionen darum, dass ich mit der Musik am Ende am Bettelstab gehen würde, dass das eine Freizeitbeschäftigung sei, kein Beruf, dass damit keine Karriere möglich sei. All dies hat nun ein Ende. Ich kann noch immer nicht fassen, dass sie wirklich gekommen sind, dass meine Mutter meinen Vater tatsächlich dazu überreden konnte.

Ich werde sie umhauen und sprachlos machen. Als Dank dafür, dass sie mich heute unterstützen. Wie gut sich das anfühlt.

Doch das wirklich Großartige folgt erst danach! Mein Leben mit Marc!

Ich hole tief Luft, schiebe die Zwischentür auf, die Nervosität drückt mir auf die Blase, mein zweites Problem abgesehen von meinen klammen Fingern. Wird lustig werden als Solistin, wenn ich zwischendurch ständig aufs Klo rennen muss. Bei der Vorstellung muss ich selbst lachen, drehe mich um und renne den Seitengang entlang. Zwei Minuten habe ich noch.

Und dann höre ich es.

Und mir wird schlecht.

…

Ich setze die Müslischale so abrupt wieder ab, dass die Milch überschwappt.

Ich kann die Prüfung nicht wiederholen. Völlig unmöglich.

Ich kann mir das nicht noch einmal antun. Oder? Soll ich es doch versuchen? Muss ich es vielleicht sogar? Bin ich mir und meinen Träumen genau das schuldig?

Mit fliegenden Fingern krame ich in meiner Tasche nach einem Blatt, das ich nicht brauche, finde eine überzählige Kopie einer Bach-Sonate und falte sie mit raschen Bewegungen zu einem kleinen Boot, ganz so wie früher, wenn ich als Kind mit einer Entscheidungsfrage nicht weiterkam.

Ich knie mich in das trockene, stachlige Gras, schiebe das Schilf am Ufer beiseite, beuge mich so weit vor wie nur möglich, ohne ins Wasser zu fallen, und setze mein Schiffchen auf. Sofort beginnt es seine Reise, tanzt schlingernd und schaukelnd auf den sich kräuselnden Strudeln und entfernt sich langsam weiter und weiter von mir.

Erst als ein Schiff sich nähert, dessen Bug die Wellen vor sich hertreibt und mein Schiffchen mit sich unter Wasser reißt, kehre ich dem Fluss erleichtert den Rücken.

Essen kann ich trotzdem nicht mehr, mein Hals ist wie zugeschnürt. Ich verschließe mein Müsli, auch wenn mir klar ist, dass es später völlig durchweicht sein wird, packe meine Sachen und kehre zur Straße zurück. Die Tupperdose halte ich in der Hand. Das Risiko, dass sie mir in der Notentasche ausläuft, ist mir zu groß. Die Noten brauche ich noch, vor allem die für meine Prüfungsstücke, die ich trotz allem immer wieder hervorhole und durchgehe, wenn sich zwischen meinen Schülern eine Lücke ergibt. Nur so. Nur der Routine wegen. Ich will sie noch nicht ganz loslassen.

An der Bushaltestelle beobachte ich die Leute, die dort stehen und sitzen, sich unterhalten, lesen, Musik hören.

Ob sie alle ihre Träume verwirklicht haben? Ob es sie glücklicher gemacht hat? Waren es die richtigen Träume? Waren es die richtigen Entscheidungen, die sie auf dem Weg dorthin getroffen haben? Sind nicht manche Träume einfach dazu bestimmt, Träume zu bleiben, damit wir das Wünschen nie aufgeben? Und gehört meiner dazu? Ich sollte auf mein Papierschiffchen vertrauen.

Am liebsten würde ich sie fragen, doch als mir ein prollig aussehender Typ in Jogginghose mit überdimensionalen Kopfhörern und einer Beule in der Hose, als hätte er dort ein zweites Paar Kopfhörer verstaut, zuzwinkert, verzichte ich darauf.

Endlich ist mein Bus da, ich steige ein und lasse mich in den Sitz fallen. Es staubt gewaltig, die durch die Luft segelnden Körnchen glitzern. Mir gegenüber liest eine Frau Zeitung, raschelt beim Blättern und unwillkürlich wandert mein Blick hinüber zu ihr und damit zum Lokalteil der Zeitung.

Bilder einer Schulklasse vor den barocken roten Sandsteinmauern der altehrwürdigen Universität, ein Foto des Bürgermeisters, der irgendjemandem zu irgendetwas gratuliert, ein Bericht über die anstehenden Schlossfestspiele und …

Moment. Perplex beuge ich mich vor und starre mit gerunzelter Stirn das Bild an, das sich vor meinen Augen manifestiert.

»He!«, protestiert die Frau empört. »Das ist meine Zeitung, kaufen Sie sich gefälligst selbst eine!«

»Entschuldigung«, murmle ich, starre jedoch weiterhin die Seite an.

Die Frau dreht sich mitsamt der Zeitung zur Seite, wirft mir über die Schulter einen bösen Blick zu.

Ich lehne mich wieder nach hinten.

Das kann doch nicht wahr sein! Alex Langner. Ausgerechnet. Das Foto zeigt ihn im Anzug von gestern Abend. Die linke Hand lässig in der Hosentasche vergraben, stand er hinter einem Mikrofon. Wie ich der Überschrift mit einem raschen Lesen entnehmen konnte, hat er eine Rede zur Eröffnung des Einkaufszentrums gehalten.

Habe ich denn nicht einmal mehr im Bus Ruhe vor diesem Idioten? Diesem Idioten, der leider Gottes auf dem Foto äußerst anziehend rüberkommt, mich aber irgendwie zu verfolgen scheint. Doch ich weiß ja, wie er wirklich ist. *Ich* lasse mich nicht täuschen von seinen wunderschönen grünen Augen. Oder seinem verschmitzten Lächeln. Oder seinem charismatischen Auftreten. Oder seinem …

Meine Bushaltestelle! Verdammt!

Ich springe auf, drücke auf den Knopf, doch es ist zu spät und der Bus zuckelt weiter.

Na prima, sogar wenn der Kerl gar nicht da ist, bringt er meinen Tag durcheinander.

An der nächsten Haltestelle springe ich aus dem Bus, eile mit der Geige in der linken, der Müslidose in der rechten Hand und den beiden Taschen quer über meinen Schultern den Weg zurück.

Wer braucht schon ein Fitnessstudio, wenn er sich auf diese Art und Weise kaputtschleppen kann?

Keuchend steuere ich auf das Seniorenheim, einen großen, schönen Altbau, zu, der, von einer mannshohen

Mauer umgeben, in einem parkähnlichen Garten gelegen ist.

Ich habe fast das metallene, blickdichte Tor erreicht, als ich spüre, wie Flüssigkeit über meine Hand rinnt. Der Deckel meiner Tupperdose hat sich beim Laufen gelöst, so ein Mist. Zum Glück bin ich ja eh gleich da.

Ich betätige den Türöffner, ein Summen ertönt und ich drücke mit der Schulter das Tor auf. Beziehungsweise: Ich wollte es aufdrücken. Denn in genau diesem Moment hat es sich plötzlich von selbst geöffnet, und ich falle mit einem Aufschrei ins Nichts, kann mich stolpernd gerade noch fangen, leider jedoch nicht den Inhalt meiner Tupperdose.

Der verziert plötzlich ein Hemd.

Erschrocken schlage ich mir die Hand vor den Mund. Dann realisiere ich, dass das Hemd zu einem Mann gehört.

Den ich kenne.

Und der jetzt fassungslos an sich hinunterblickt. »Was zur Hölle …?«

Er sieht von seinem Hemd auf, seine Augen weiten sich und gleichzeitig mit mir legt er los: »Sind Sie von allen guten Geistern verlassen?«

»Verfolgen Sie mich etwa?«

»Soll das hier Ihre Rache sein?«

»Was?«

»Wofür?«

»Wovon reden Sie?«

»Schluss jetzt!«, ruft er, winkt energisch ab, und einen Moment halten wir beide erhitzt inne, dann donnert er plötzlich los: »Sie haben ja nicht die leiseste Ahnung, was Sie hier schon wieder angerichtet haben!«

»Schon wieder? Ich? Es ist ja wohl genau umgekehrt: Sie haben die Tür doch aufgerissen. Aber bitte schön, nur damit ich endlich Ruhe vor Ihnen habe, bezahle ich Ihnen halt die Reinigung.«

»Bezahlen? Glauben Sie etwa, ich rege mich hier wegen der paar Kröten für die Reinigung auf? Ich dachte, Sie wüssten inzwischen, wer ich bin!«

»Namensgeber einer Shoppingmall und hauptberuflicher Wichtigtuer, weiß ich.«

Perplex starrt er mich an. Nicht minder perplex starre ich zurück. Ich wollte das gar nicht sagen, ich schwöre es hoch und heilig, ich wollte eigentlich nett sein und mich entschuldigen für eben, doch irgendetwas hat dieser Typ an sich, was mich schlichtweg explodieren lässt. Wie eine Rakete. Oder so ähnlich. Zwischen uns sprühen die Funken, aber nicht im positiven Sinne.

Er legt den Kopf schief, mustert mich von oben bis unten, als versuche er, mich so einzuschätzen. »Auf Ihre Entschuldigung bin ich gespannt.«

Normalerweise hätte ich mich entschuldigt, vermutlich sogar ununterbrochen entschuldigt. »Eher tanze ich nackt auf der Straße!« Habe ich das gerade wirklich gesagt?

Jetzt funkelt etwas in seinen Augen, ich bin mir nur nicht sicher, ob Ärger oder Belustigung. »Interessante Option«, raunt er plötzlich mit samtweicher Stimme, die mir einen seltsam wohligen Schauer über meinen Rücken laufen lässt. Das war jetzt aber nicht so geplant.

Überrumpelt schlucke ich hektisch. Baggert er mich etwa gerade an? Oder macht er sich über mich lustig?

Seine Mundwinkel kräuseln sich spöttisch.

»Nur nicht vor Ihnen!«, ergänze ich hastig.

»Wirklich sehr schade. Was könnte ich denn tun, um Ihre Meinung zu ändern?« Wieder dieses Schwanken zwischen Ärger und Belustigung in seinem Blick. Diesem Blick, der provozierend langsam über meinen Körper gleitet und dafür sorgt, dass sich ein ominöses Kribbeln in meiner Magengegend bemerkbar macht.

Herrgott, was ist los mit mir? Ich kann diesen Kerl nicht ausstehen! Das ist einer, der jeden Tag eine andere Frau abschleppt, wahrscheinlich sogar mehrere. Reflexartig reiße ich meinen Geigenkasten hoch, als wäre er ein Schild, den ich vor mich halten könnte, schlage mir dabei selbst die Tupperdose aus der Hand, die auf ihn zufliegt. Gerade noch rechtzeitig kann er sich wegducken.

»Also langsam nehme ich das persönlich«, sagt er und zieht wieder diese eine Augenbraue hoch.

Ich spüre mein Gesicht glühen, recke aber herausfordernd das Kinn. »Dürfen Sie ruhig! Ich habe Ihnen schon einmal gesagt, dass Sie aufhören sollen, mich anzustarren!«

»Ich bereite mich nur vor.«

»Was? Worauf?«

»Jetzt werfen Sie mir Tupperdosen an den Hals, beim nächsten Mal sich selbst.« Ironisch ergänzt er: »Ich kann es kaum erwarten.«

Seine Dreistigkeit verschlägt mir für einen Moment die Sprache. »Ha!«, schnaufe ich, als ich sie wiedergefunden habe. »Eher einen Blumentopf!«

»Wir werden ja sehen. Wenn es das ist, was Sie brauchen, um mal zu entspannen …« Provozierend hebt er nun die andere Augenbraue und kreuzt die Arme vor der Brust, um nur einen Augenblick später angeekelt das Gesicht zu verziehen. Offenbar hat er kurzzeitig den Grund für unsere Auseinandersetzung vergessen.

Ich kann mir ein wenig Schadenfreude nicht verkneifen, als er seine Arme hastig wieder von sich streckt.

Dann fällt sein Blick auf seine Armbanduhr. »Scheiße! Mein Termin!« Angewidert streift er das, was von der Masse Müsli noch nicht zu Boden getropft ist, ab und schüttelt es von seiner Hand. »Warum überschütten Sie mich mit … uargh, was auch immer das ist!«

»Warum reißen Sie die Tür auf, gerade als ich sie aufdrücken will?«

»Glauben Sie mir«, knurrt er, »wenn ich gewusst hätte, dass Sie sich dahinter verbergen, wäre ich lieber über die Mauer geklettert, als Ihnen noch einmal zu begegnen!«

Er ist sauer. Sehr gut. Damit kann ich deutlich besser umgehen als mit diesem Geflirte und Geraune! Ich lächele demonstrativ und deute in großer Geste nach links. »Dieser Weg steht Ihnen immer noch offen.«

Er schnauft verächtlich. »Ich habe jetzt einen verdammt wichtigen Termin – wie soll ich da so hin?« Wütend deutet er wiederum auf die in der Tat ziemlich pampige und schokobraune Masse auf seinem Hemd.

»Sie könnten mit Ihrem liebenswerten Wesen davon ablenken. Ach, ich vergaß: Über so etwas verfügen Sie ja nicht.«

Er kneift seine Augen zu einem schmalen Schlitz zusammen. »Sind Sie total frigide, oder was zum Henker haben Sie eigentlich für ein Problem mit mir?« Erneut wirft er einen Blick auf seine Uhr, schiebt sich abrupt an mir vorbei.

Aufgebracht fahre ich herum. »Nur, weil ich nicht auf

Ihre blöde Anmache eingehe, bin ich gleich frigide? Das ist ja mal wieder so was von typisch für Typen wie Sie! Ich kann Ihnen sagen, was ich für ein Problem habe: Sie! Sie und Ihresgleichen. Nein, es reicht ja nicht, dass Sie Frauen nach Belieben als Mittel zum Zweck benutzen, nein, Sie zerstören auch noch aus reiner Geldgier die Lebensgrundlage vieler Menschen und nehmen unzähligen Kindern ihre Träume und ihre Zukunft!«

Er bleibt stehen, dreht sich um. »Wovon, zur Hölle, reden Sie überhaupt?«

»O ja!«, rufe ich in selbstgerechtem Zorn. »Ich weiß Bescheid! Denn rein zufällig arbeite ich in der Musikschule, die Sie vernichten wollen!«

Überrascht weiten sich seine Augen.

»Dachten Sie etwa, Frau Kleve wäre eine hilflose, alte Frau ohne Freunde, die Sie einfach aufs Kreuz legen können? Ha! Da haben Sie sich geirrt.«

»Frau Kleve …«, murmelt er und wirft einen hektischen Blick auf seine Armbanduhr. »Shit.«

»O ja, ganz recht! Lassen Sie sich gesagt sein: Wir unterstützen Frau Kleve. Sie wird nicht verkaufen!« Ich bemühe mich darum, zuversichtlich zu wirken, auch wenn ich mir selbst nicht so sicher bin, wer eigentlich alles unter dieses »wir« fällt. Viktoria und Mona sicherlich nicht. »Wir werden euch Immobilienhaie alle in die Flucht schlagen!«

Ein weiterer Blick auf die Uhr und er hastet mit einem »Ach, lassen Sie mich doch in Ruhe und nerven Sie jemand anderes!« los.

»Würde ich ja gern!«, rufe ich ihm nach, etwas verwirrt darüber, dass das mit dem In-die-Flucht-Schlagen so einfach funktioniert hat. »Aber Sie schulden mir einen Kaffee, ein Taxi, ein Handy. Und ein Müsli.«

Er bleibt stehen, sieht über die Schulter zurück. »Müsli«, wiederholt er ungläubig.

»Ganz recht. Mit Schokoladenstückchen. Und außerdem möchte ich die Baugenehmigung sehen.«

Jetzt dreht er sich doch ganz um. »Die Baugenehmigung?«

»Für das Ding, das sie da vor meiner Wohnung veranstalten. Ihre Arbeiter reißen mich morgens schon um sechs Uhr aus dem Schlaf und ich habe mich informiert: Das dürfen die nur, wenn es in der Baugenehmigung steht.«

»Soll ich Ihnen mal was sagen«, fährt er aufgebracht fort. »Wenn es eines gibt, was ich noch weniger ausstehen kann als frigide Mauerblümchen, sind das besserwisserische, frigide Mauerblümchen.«

Besserwisserische, frigide Mauerblümchen?! Vor Entrüstung weiß ich gar nicht, auf welche seiner Beleidigungen ich zuerst antworten soll, kriege nichts weiter heraus als: »Arroganter Wichtigtuer!«

»Verrückte Ziege!«

Er knallt das metallene Gartentor hinter sich zu und ich stampfe wütend und aufgebracht zum Haus hinüber.

»Lucy!«, ruft Rita, die gerade am Empfang Dienst hat. »Schön, dass Sie da sind, wir haben …« Sie hält inne. »Geht es Ihnen gut?«

Ich nicke, haste zum Wasserspender und trinke erst einmal zwei Becher Wasser.

»Ganz schön heiß heute, nicht wahr?«, sagt Rita verständnisvoll.

Ich murmele etwas Undeutliches, schenke mir erneut

ein. Was für ein Idiot! Was für ein unfassbarer Idiot! Gut, okay, wenn ich ehrlich bin, habe ich mich auch nicht gerade von meiner besten Seite gezeigt, doch seit *der Sache* reagiere ich nun einmal allergisch auf solche Kerle! Ich meine, die sind doch alle gleich! Wie kann es nur sein, dass jemand so unfassbar schöne Augen und solch ein offenes Lachen hat und trotzdem so ein verdammter Widerling ist? Vor allem aber: Wie kann es sein, dass er mich dermaßen aus der Fassung bringt? »Ich bin eine ruhige Person! Eine gelassene Person! Eine liebenswürdige Person!«, erkläre ich der Welt im Allgemeinen, zerdrücke wütend den Pappbecher und pfeffere ihn in den Mülleimer.

»Gut zu wissen«, sagt Rita und betrachtet den Plastikbecher mit bezeichnendem Blick.

Ich atme tief durch, versuche, zur Ruhe zu kommen. »Wir können los.«

»Sicher? Ist wirklich alles in Ordnung?«

Ich nicke.

»Na schön«, sagt sie zögerlich, »wenn du meinst.« Zwar kommt sie hinter der Theke hervor und setzt sich in Bewegung, wirft mir aber immer wieder einen prüfenden Blick zu. Ich atme tief durch, versuche, mir nichts mehr von meiner Aufgewühltheit anmerken zu lassen, und schließlich scheint Rita zu dem Schluss zu kommen, dass ich wohl doch einfach nur ein – ziemlich großes – Problem mit Wärme habe.

Ich hingegen frage mich plötzlich, was dieser Alex Langner hier eigentlich zu suchen hatte und ob er mein Problem mit Wärme ist, gebe mir die Antwort allerdings schon im nächsten Moment selbst. Das Gleiche wie bei der Musikschule. Er will auch dieses Gebäude in seine gierigen Immobilienheinihände kriegen, was sonst? Ob ich die Pflegeheimleitung bei Gelegenheit danach fragen soll? Ob sie solche Dinge überhaupt weitergibt?

»Guten Morgen, Lucy«, unterbricht Melanie meine Gedanken, eine etwas pummelige und überaus liebenswerte Pflegerin, die gerade aus einem der Zimmer getreten ist. »Du wirst schon erwartet.«

»Tatsächlich?« Meine Laune hebt sich urplötzlich.

»Na ja … im Rahmen der Möglichkeiten natürlich«, schränkt Melanie ihre etwas zu gut gemeinte Aussage ein.

»Oh.« Auch wenn mir das hätte klar sein müssen, schließlich wissen die meisten der Patienten hier nicht einmal mehr, wer sie selbst sind, geschweige denn, wer die Frau ist, die einmal die Woche mit ihnen musiziert, bin ich dennoch ein wenig enttäuscht.

»Hey …«, versucht Rita, mich zu trösten. »So ganz falsch ist es nicht, was Melanie gesagt hat. Langsam scheinen sich auch die neuen Patienten an dich gewöhnt zu haben, und auch wenn sie vielleicht nicht mehr wissen, dass du heute kommst und warum, herrscht trotzdem eine gewisse Unruhe, aber eine positive, eine aufgeregte Atmosphäre. Sie freuen sich auf dich. Wirklich.«

»Danke«, erwidere ich leise. Ich drücke ihr die Hand, weiß ihren Versuch der Aufmunterung wirklich zu schätzen, auch wenn vielleicht nichts dran sein sollte.

»Es ist großartig, was du hier tust, Lucy«, bekräftigt sie. »Und wie viel du den alten Menschen damit gibst.«

»Nicht ich«, sage ich mit einem verlegenen Schulterzucken. »Es ist die Musik. Es ist einfach etwas ganz anderes, wenn man den Menschen Musik auf echten

Instrumenten schenkt, als wenn sie Musik aus dem Radio vorgespielt bekommen würden. Es ist so viel realer und löst so viele Gefühle aus, so viele Regungen.«

»Und Erinnerungen«, ergänzt Rita. »Es ist ein Geschenk, miterleben zu dürfen, wie selbst Menschen, die schon lange nur noch in ihrer eigenen Welt leben, plötzlich aus sich herausgehen, sich an Dinge erinnern können, die so lange verborgen lagen, selbst wenn es nur Kleinigkeiten sind.«

»Das stimmt.« Und es rührt mich jedes Mal zu Tränen. Aber das verrate ich Rita nicht.

Gemeinsam treten wir zur Tür von Frau Walther, auf die ich mich jedes Mal am meisten freue, seit sie vor einem halben Jahr hier eingezogen ist. Sie hält mich für ihre gleichnamige Nichte aus Amerika und ist jedes Mal unfassbar glücklich, mich zu sehen.

Rita klopft an, öffnet dann langsam. »Guten Morgen, Mathilda, sehen Sie mal, wer hier ist: die liebe Lucy.« Sie drückt die Tür ganz auf, lässt mich eintreten.

Die Frau im Lehnstuhl ist winzig und ihre Haut scheint dünn wie Papier zu sein. Sie lächelt mich an, streckt mir ihre dünnen Arme entgegen. »Lucy!« Ihre Stimme ist leise, ihre Aussprache verwaschen. Man merkt ihr die Mühe an, sich auf die einzelnen Worte besinnen zu müssen, ganze Sätze zu bilden, doch ihre Augen leuchten beim Anblick meiner Geige auf. Selbst als ich diese nach Ablauf unserer Zeit wieder einpacke, summt sie weiter vor sich hin.

Als ich mich mit einer sanften Umarmung verabschiede, hält sie meine Hand fest.

»Kommst du wieder?« Ihre übliche Frage. Ängstlich forscht sie in meinem Gesicht.

»Natürlich.«

Sie lächelt, lässt sich erleichtert zurück gegen die Lehne ihres Stuhles sinken. Und ich fühle mich ein wenig, als würde ich schweben, weil mir diese Momente ebenfalls guttun. Zugleich bildet sich aber auch das schlechte Gewissen, denn lange werde ich diese Antwort nicht mehr geben können. Das, was ich hier tue, ist schließlich genauso vorübergehend wie meine Tätigkeit in der Musikschule.

Alex

»Seniorenheim am Marienplatz, Rita Dauer am Apparat.«

»Ja, Langner hier noch einmal«, sage ich, während ich durch den Vorgarten zur Haustür von Frau Kleve gehe. Es hat diverser Baustellen wegen eine ganze Weile gedauert, bis ich hier angekommen bin, und ebenso, bis ich endlich einen Parkplatz gefunden habe – in einer ein gutes Stück entfernten Seitenstraße. »Ich habe eine Frage«, sage ich, während ich den von mannshohen Rhododendronbüschen gesäumten Gartenweg entlangschreite. »Diese braunhaarige Frau mit dem Geigenkasten, die das Heim betreten hat, kurz nachdem ich gegangen bin. Hat sie dort jemanden besucht?«

»Tut mir leid, wir dürfen keine Auskünfte über Patienten oder ihre Angehörigen … Ach, Sie meinen Lucy. Lucy Albers, ja?«

Ich habe die Haustür erreicht, neben der sich weiße

Rosen emporranken, klingele aber noch nicht. »Lucy Albers«, wiederhole ich nachdenklich. Ihr Name fühlt sich seltsam an auf meiner Zunge, und ich muss mir eingestehen, dass es mich maßlos wurmt, wie vollkommen unbeeindruckt sie von meinem eigenen Namen oder mir gewesen zu sein schien. Es kratzt an meinem Ego, und das ist auch der einzige Grund, warum sie durch meine Gedanken spukt. Gut, sie traut sich was, das muss ich ihr lassen. Dennoch – sie ist besserwisserisch, streitsüchtig, fürchterlich und …

»Eine so wundervolle Person, nicht wahr?«

»Äh … ja, ganz … wundervoll.« Mir bleibt zugegebenermaßen das Wort beinahe im Hals stecken.

»Sie kommt immer zum Musizieren. Das macht sie schon, seit ihre eigene Großmutter hier bei uns gewohnt hat. Leider ist diese schon vor etwas mehr als einem Jahr gestorben. Lucy kommt aber immer noch. So selbstlos.«

»Ah. Aha. Und was genau macht diese Lucy Albers dabei? Sie wird den alten Leuten wohl kaum das Geigenspiel beibringen.«

»Das nicht, aber sie spielt ihnen ihre Lieblingslieder vor, singt mit ihnen, animiert sie zum Mitmachen und dazu, sich zur Musik zu bewegen. Die Musik gibt den Bewohnern so viel, vor allem ein Stück Lebensfreude in einem sonst ja leider eher tristen Alltag. Und das alles tut sie auch noch unentgeltlich.«

»Wie? Sie macht das ohne Bezahlung?«

»Sie ist ein echter Engel. Unfassbar, nicht wahr?«

In der Tat unfassbar. Diese Person ist ja noch schlimmer als befürchtet.

»Sie sollten mal sehen, wie die alten Herrschaften aus

sich herausgehen, wenn Lucy da ist. Sie bringt sie zum Teil sogar dazu, sich an Dinge zu erinnern, die jahrzehntelang tief unten auf dem Grund des sandigen Sees ihrer Erinnerung versackt waren. Wobei natürlich eigentlich nicht Lucy der Grund ist, sondern die Musik.«

»Tatsächlich?«, sage ich gedehnt, kaue auf meiner Wange. »Sie erinnern sich?« Ich habe beinahe Angst vor meiner nächsten Frage. Nein, eigentlich vor der Antwort. Dennoch ringe ich mich dazu durch. »Funktioniert das auch bei …?« Meine Stimme verklingt, ich bringe es nicht fertig, meinen Satz zu vollenden.

Rita versteht mich auch so. »Ich fürchte«, sagt sie bedauernd, »da haben wir den richtigen Zugang noch nicht gefunden. Die Dinge brauchen Zeit, aber man darf auch nicht zu viel erwarten.«

Die Enttäuschung schnürt mir die Luft ab. Dabei hätte ich es besser wissen müssen. Wie habe ich auch nur einen Moment lang annehmen können, es gäbe Hoffnung. Und dann auch noch ausgehend von solch einer sonderbaren Person!

»Alles klar. Einen schönen Tag noch.«

Ich verstaue das Handy in meiner Hosentasche, ziehe mein Jackett über, knöpfe es zu bis obenhin, damit man die Sauerei nicht sehen kann, die diese Lucy – noch immer fühlt sich ihr Name merkwürdig an, so vertraut – auf meinem Hemd hinterlassen hat, und streiche es glatt. Vertraut, pah. Dass ich nicht lache. Kopfschüttelnd besinne ich mich wieder.

Dann erst klingele ich.

»Wollen Sie also doch Erbsen pulen?«, ertönt unmittelbar

rechts von mir eine kratzige Stimme und mir bleibt fast das Herz stehen vor Schreck.

Hinter dem Rhododendron sitzt die Alte auf der Bank, starrt mich zwischen den Blättern und Zweigen hindurch aus zusammengekniffenen Augen an.

»Herrgott noch mal, hätten Sie sich nicht bemerkbar machen können?«, fahre ich sie an.

Ihre Augen funkeln schadenfroh, als sie mit leisem Kichern aufsteht. Sie schwankt auf ihren Gehstock gestützt um den Busch herum und an mir vorbei. Dann drückt sie kurz gegen die Tür, die sich mit einem Knacken öffnet. Ob sie mein Telefonat belauscht hat? Ich hoffe nicht.

Ich räuspere mich. »Schön, dass es heute geklappt hat mit unserem Termin und …«

Die mir vor der Nase zufallende Tür beendet meine Ansprache ziemlich abrupt.

»Was soll das?«, rufe ich wütend. »Ich bin pünktlich!«

»Aber schmutzig«, tönt es durch die geschlossene Tür hindurch.

Mist! Offenbar hatte sie mich ziemlich genau im Blick, während ich telefoniert und bevor ich mein Jackett zugeknöpft habe.

»Kommen Sie sauber wieder.«

»Verdammt noch einmal! Hören Sie, dieses Affentheater mache ich nicht mit. Das können Sie vergessen.«

»Freut mich.«

Okay, genau da beißt sich meine Katze in den Schwanz oder wie das heißt.

Was solls? Mir doch egal! Dann gehe ich eben!

Jacobs Gesicht erscheint vor meinem inneren Auge.

Mist. Ist mir doch nicht egal.

Für einen Moment öffnet sich die Tür erneut und »Madame Griesgram« sagt: »Ich habe in meinem Leben schon eine ganze Menge erlebt, wissen Sie? Ich war bei der Rallye Dakar dabei und bin in einem Einbaum Krokodilen entwischt. Und deshalb sage ich Ihnen: Lassen Sie Lucy in Ruhe!«

Verwirrt versuche ich, einen Zusammenhang zwischen Lucy Albers und der Rallye Dakar zu erkennen, dann jedoch wird mir plötzlich etwas ganz anderes bewusst, etwas, dessen Bedeutung mir bei dem Zusammenstoß vorhin vor lauter Ärger gar nicht so richtig klar geworden ist. »Sie kennen Lucy? Lucy Albers?«

»O ja! Und wenn ich jemandem meine Kontonummer anvertrauen würde, dann ihr. Sie ist der beste Mensch, den man sich vorstellen kann. Und deshalb viel zu gut für Sie!«

Mit einem Knall schließt sich die Tür wieder.

Nachdenklich starre ich auf das dunkle Holz.

Dann, langsam, lächele ich.

Wenn das mal nicht genau die Antwort war, die ich gebraucht habe.

Kapitel 6

Lucy

»Wartet mal kurz, so funktioniert das nicht«, seufze ich. »Es ist einfach zu heiß.« Timo, Flori und Lina lassen ihre Geigen sinken, während ich an den Vorhängen vorbeigreife, die Wohnzimmer-Rollläden wieder hochziehe und die Fenster weit öffne.

Für die Suche nach günstigen Violinen im Internet hatte ich bislang keine Zeit. Doch da ich ja noch meine eigenen drei kleinen Geigen habe, kann ich zumindest bei den drei Kindern, denen die Größe gepasst hat und deren Eltern sich nach langem Zureden am Telefon gestern Abend einverstanden erklärt haben, den Unterricht fortsetzen. Allerdings bei mir zu Hause und in der winzigen Zeitlücke zwischen dem Schulende der Kinder und meinem offiziellen Unterricht in der Musikschule. Dabei erweist sich meine Idee mit dem Unterricht in meinem Zuhause als leichter gesagt denn getan.

Das mit dem »Alles geben« wäre nämlich deutlich einfacher, wenn vor dem Fenster nicht solch ein Lärm herrschen würde. Doch wenn ich die Fenster schließe, können die Kinder sich in der Hitze der kleinen Wohnung kaum konzentrieren, zumal der Einfachverglasung wegen der Krach ohnehin nicht völlig ausgesperrt werden kann. Lasse ich die Rollläden herunter, ist es ebenfalls kaum auszuhalten.

Entnervt beuge ich mich aus dem Fenster. Im Haus gegenüber stehen alle Fenster sperrangelweit offen. Was mir nicht nur das betörende Geräusch von Presslufthammer und Co schenkt, sondern leider überdies auch freien Blick auf zahlreiche Bauarbeiterdekolletés.

»He!«, rufe ich hinüber und winke wild dem Bauarbeiter zu, der im Raum mir gegenüber offenbar bestrebt ist, mit einem Presslufthammer nicht nur die Wand, sondern gleich das ganze Haus einzureißen.

Tatsächlich hebt er jetzt den Kopf, sieht mich – und winkt zurück.

»Können Sie vielleicht die Fenster schließen«, rufe ich, »während sie mit dem Ding arbeiten?«

Er hält inne, stoppt das Gerät, nimmt seine Kopfhörer ab und legt sich eine Hand hinters Ohr.

»Fenster!«, brülle ich. »Schließen!«

Der andere nickt und …

Fängt an, sich auszuziehen. Großer Gott! Will der jetzt einen auf Coca-Cola-Werbung machen oder was?

Tatsächlich wirbelt er gerade sein Shirt an der Hand über seinen Kopf – ungeachtet der Tatsache, dass seine beachtliche Wampe über seinen Hosenbund hängt – und spitzt die Lippen zu einem imaginären Kuss.

Es ist wie beim berühmten Autounfall. Ich kann nicht wegsehen.

»Einen interessanten Geschmack haben Sie da!«, ertönt

plötzlich unmittelbar unter mir eine Stimme. Erschrocken sehe ich hinab und mein Herz schlägt plötzlich sehr viel schneller. Nur des Schrecks wegen selbstverständlich.

»Hätte ich das gewusst, hätte ich mich entsprechend gekleidet«, fährt Alex Langner fort. Er lehnt an seinem Wagen und grinst mich an. Das Auto ist ein anderes als neulich, doch erneut ein Oldtimer. Ein Porsche Speedster, wenn ich richtigliege, feuerrot. Er erweckt den Eindruck, dass jederzeit James Dean daraus aussteigen könnte.

»Stattdessen müssen Sie wohl so mit mir vorliebnehmen, wie ich bin«, sagt Alex.

Langsam gewinne ich meine Fassung wieder, schließlich war es abzusehen, dass er über kurz oder lang erneut auf seiner Baustelle auftauchen würde. »Der Tag war ja noch nicht furchtbar genug«, stöhne ich.

»Ich freue mich auch, Sie zu sehen.«

»Wirklich witzig. Selten so gelacht. Sorgen Sie lieber dafür, dass Ihre Jungs da drüben ihre Klamotten anbehalten!« Ich trete vom Fenster zurück, um es wieder zu schließen, obwohl auf der Baustelle eigentlich endlich mal Ruhe herrscht, die Arbeiter offenbar eine Pause einlegen, doch da ruft er hastig: »Ich lade Sie zum Essen ein.«

Ich halte inne, rufe spöttisch: »Ja klar. Weil Sie mir noch immer einen Kaffee, ein Taxi und ein Müsli schulden, oder was?« Ich lasse mich doch nicht von ihm verarschen!

»Die Sache mit dem Müsli macht mir langsam Angst, das Taxi war trotzdem meins, aber den Kaffee kriegen Sie. Und dazu ein Essen.«

Langsam lasse ich die Hände sinken, trete erneut ans Fenster, fasse ihn scharf ins Visier. Er scheint das tatsächlich ernst zu meinen.

Als hätte er meine Gedanken gelesen, lächelt er umso breiter, seine grünen Augen strahlen im Sonnenlicht hell auf und in meinem Magen flattert es ganz seltsam. Ich muss etwas Falsches gegessen haben. »Ein Tisch im *Decameron*«, sagt er wie zur Bestätigung.

Perplex krame ich in meinem Gehirn nach den letzten Worten, die wir gewechselt haben. Doch wie ich es drehe und wende, sie lauten noch immer »arroganter Wichtigtuer« und »verrückte Ziege«.

»Zum Essen?«, hake ich verwirrt nach.

»Nein. Essen wollte ich eher das, was auf den Tisch kommt.«

Ich habe noch immer das Gefühl, einen Filmriss gehabt und wesentliche Teile meines Lebens verpasst zu haben. »Essen«, wiederhole ich wie eine hängen gebliebene Schallplatte.

»Ja. Nahrungsaufnahme. Hühnchen, Fisch, meinetwegen auch Gemüse.«

»Aber … aber … Wie um alles in der Welt kommen Sie auf die Idee, mich zum Essen einzuladen?«

»Na ja, ich dachte, dass wir da ein paar Missverständnisse in der Vergangenheit hatten, die wir doch bei einem Essen aus dem Weg räumen könnten.«

»Missverständnisse?! Sie haben mich vom Parkplatz schmeißen wollen.«

»Und Sie mich mit Müsli beworfen. Ich denke, wir sind quitt.«

Ich weiß nicht, was ich sagen soll, in meinem Kopf herrscht totales Durcheinander. Ist er einer dieser Kerle, die einfach keine Abfuhr ertragen und so lange weiterbaggern müssen, bis sie ihr eigenes Ego wieder aufpoliert haben, weil das Opfer am Ende doch nachgibt? »Ich gehe nicht mit Männern aus, deren einziger Lebensinhalt aus Partys und deren einzige Anziehungskraft aus ihrem Bankkonto besteht!«

Er erstarrt und ich mache mich auf eine fiese Retourkutsche gefasst. Stattdessen breitet er die Hände aus. »Es tut mir ehrlich leid, dass wir in der Vergangenheit leider des Öfteren aneinandergeraten sind. Ich würde Ihnen wirklich gern Gelegenheit geben, mich von einer anderen Seite kennenzulernen.«

»Warum?«, frage ich misstrauisch.

Plötzlich ist sein Gesicht ernst, und er sieht mich auf eine Weise an, die mir durch und durch geht. Ein grüngoldener Blick, der meinen Magen kribbeln und meine Beine zittrig werden lässt. »Weil ich Sie faszinierend finde. Und weil Sie mich fordern.«

Kurz frage ich mich, wie der letzte Teil zu verstehen ist, doch dann überwiegt der erste. Ich schlucke. Und schlucke erneut. Dann atme ich tief durch, frage skeptisch: »Geht es hier etwa um irgendeine bescheuerte Wette mit Ihren Kumpels?«

Er schüttelt den Kopf. »Aus diesem Alter bin ich raus. Ich weiß ja nicht, wie es Ihnen geht, aber ich kenne nicht viele junge Frauen, die im Seniorenheim mit den Bewohnern Musik machen.«

»Das glaube ich Ihnen auf Anhieb«, gebe ich zurück, trotzdem knete ich unsicher meine Finger. Offenbar hat er im Seniorenheim nach mir gefragt, woher sonst wüsste er, was ich dort tue. Heißt das, er interessiert sich tatsächlich für mich?

Aber er ist ein Immobilienhai, der Musikschulen und

Seniorenheime plattmachen will, und ein Macho, der Frauen am laufenden Band abschleppt. Oder ist vielleicht doch alles ganz anders? »Was wollten Sie im Seniorenheim?«

»Ich finde, solche Dinge ließen sich wunderbar bei einem Glas Wein besprechen.«

Wenn er doch nur aufhören würde, mich so anzustarren! Wie soll man denn unter diesem Blick klar denken? Nervös fahre ich mir mit der Hand durch die Haare.

»Machen wir weiter?«, ertönt Linas dünnes Stimmchen und im nächsten Moment haben sie und die anderen beiden sich um mich geschart und stecken neugierig ihre Köpfe zum Fenster hinaus. »Wer ist das?«

»Niemand«, antworte ich rasch und schiebe die Kinder zurück ins Zimmer. »Macht mit der Etüde weiter.«

»Jetzt bin ich schwer getroffen«, meldet sich Alex mit gespielt leidender Miene zu Wort, während hinter mir ein paar halbherzige und schiefe Geigentöne erklingen, die Kinder offensichtlich ihre Ohren spitzen.

»Nicht nur«, fährt Alex fort und breitet in einer übertriebenen Geste bedauernd die Arme aus, »dass Sie mir sowohl störrische Alte als auch quengelige Kinder vorziehen, nein, jetzt bin ich auch von einem Wichtigtuer zu einem Niemand degradiert worden.«

»Sie sind ein verdammt schlechter Schauspieler«, attestiere ich ihm.

»Aber dafür auf gewissen anderen Gebieten umso besser!« Selbstbewusst lächelt er zu mir herauf.

Empört ziehe ich die Luft ein, will ihm schon eine gepfefferte Antwort um die Ohren hauen, da ergänzt er: »Zum Beispiel beim Mini-Golf.«

Ich halte inne, bin hin- und hergerissen. Er hat tatsächlich Humor. Was natürlich nicht bedeutet, dass er nicht trotzdem einen schlechten Charakter hat. Aber vielleicht sollte ich das Angebot dennoch annehmen? Natürlich nicht, weil ich ernsthaft denke, er könnte sich für mich interessieren. Und schon gar nicht, weil ich mich für ihn interessiere. Definitiv nicht. Nur … um des lieben Friedens willen natürlich. Und weil er dann vielleicht endlich was gegen die frühmorgendlichen Bauarbeiten gegenüber unternimmt. Bei all dem Chaos in der Musikschule bin ich selbst nämlich immer noch nicht dazu gekommen, wie angedroht beim Ordnungsamt anzurufen.

»Na, kommen Sie schon. Ein ernst gemeintes Friedensangebot.«

»Ich muss darüber nachdenken.«

»Das heißt dann also ›ja‹.«

»Nein, das heißt: Ich muss darüber nachdenken. Ich traue Ihnen nicht weiter, als ich sie werfen kann.«

»Ach, kommen Sie, womit habe ich das verdient?«

»Haben Sie mal einen Blick in die Illustrierten geworfen?«

»Nein. Sie aber, was?«

»O ja«, sage ich mit Betonung.

Sein Grinsen könnte nicht breiter sein. »Das heißt, Sie interessieren sich Ihrerseits so sehr für mich, dass Sie über mich Nachforschungen anstellen?«

»Nein!«, protestiere ich. »Das war nur … äh … Zufall. Beim Friseur.«

»Interessant. Vor allem, da sich weder Ihre Haarfarbe noch Ihre Haarlänge geändert zu haben scheint.«

Sein wissendes Lächeln lässt mich rot anlaufen. Vielleicht

ist es aber auch die Tatsache, dass er mich offenbar genau genug betrachtet hat, um so etwas feststellen zu können. Hastig fahre ich fort: »Fakt ist, dass ich durch all das, was ich dort zu lesen bekommen habe, zweifelsfrei sagen kann: Sie sind ein Macho. Und mit einem solchen gehe ich nicht essen!«

»Das können Sie mir nicht antun«, sagt er gespielt verzweifelt und hebt die Hände. »Ich stehe hier wie Romeo vor Ihrem Fenster und flehe Sie um ein Date an. Wenn das die Presse erfährt, ist mein Ruf als Macho und Playboy dahin. Das wollen Sie doch nicht verantworten. All die armen Frauen.«

Wider Willen muss ich schmunzeln, verstecke es eilig hinter meiner Hand.

»Zwingen Sie mich nicht, Ihnen ein Ständchen zu bringen – ich kann nämlich nicht singen. Kein bisschen. Sie würden es sich auf Lebenszeit mit Ihrem Vermieter verscherzen.«

Erneut zucken meine Mundwinkel, und ich muss sie zwingen, stillzuhalten. Vielleicht ist er doch gar nicht so übel. Vielleicht habe ich ihn wirklich falsch eingeschätzt.

»Sie lächeln. Also heißt das ›ja‹. Prima. Ich habe uns einen Tisch für morgen reserviert, zwanzig Uhr. Ich hole Sie ab.«

Schlagartig verpuffen die Worte, die mir schon auf der Zunge lagen. Stattdessen kocht der Ärger in mir hoch. »Morgen?«, wiederhole ich zwischen zusammengebissenen Zähnen. »Zwanzig Uhr? Und Sie haben schon reserviert?«

»Ganz genau.«

»Sie waren sich also ziemlich sicher, dass ich Ja sagen würde, was?«

»Absolut sicher. Ziehen Sie sich was Hübsches an. Nichts mit Tupfen, bitte.«

Ich atme tief durch, stemme meine Ellbogen auf das Fensterbrett und lächele herausfordernd hinab.

»Wie um alles in der Welt kommen Sie auf die Idee, ich würde ausgerechnet mit Ihnen essen gehen?«

Er steckt die Hände in die Hosentaschen, lehnt sich an seinen Wagen und grinst. »Erfahrung.«

»Ach.« Ich lege den Kopf schief, lächele noch immer und flöte zuckersüß: »Sie meinen, weil ich jetzt weiß, wer Sie sind?«

Sein Grinsen wird noch breiter. »Ich bin morgen Abend um halb acht hier.«

»Nein.«

»Nein?« Seine Augenbraue wandert in die Höhe.

»Sie sind der letzte Mensch auf Erden, mit dem ich essen gehen würde!«

»Jetzt kommen Sie schon. Was muss ich tun, damit Sie mit mir essen gehen?«

»Von der Brücke springen, wäre ein Anfang.«

»Um zu sehen, wie ich von der Brücke springe, müsste ich Sie dann aber abholen. Also um halb acht, ja?«

Anstelle einer Antwort knalle ich mit Wucht das Fenster zu. »So ein Idiot! So ein arroganter Idiot! So ein …«

Ich halte inne, denn aufgerissene Kinderaugen starren mich an. »Das … äh … war nicht so gemeint.« Ich räuspere mich. »Zurück zu unserem Concertino. Hand gerade, Finger von oben aufsetzen.«

»Ich bin dann also um halb acht da!«, tönt dumpf seine Stimme herein. Sie klingt nicht im Mindesten zweifelnd, im Gegenteil, eher amüsiert.

Ich mache einen Satz zum Fenster, ziehe mit einem Ruck die Vorhänge zu, besinne mich im nächsten Moment anders, ziehe sie wieder beiseite und reiße das Fenster erneut auf.

Er steht noch immer unten an seinen Wagen gelehnt, die Hände in den Hosentaschen und lacht in sich hinein. Als hätte er gewusst, dass ich noch einmal erscheinen würde.

»Nein! Aber sagen Sie Ihren Bauarbeitern, sie sollen die Fenster schließen, wenn sie mit dem dämlichen Presslufthammer arbeiten!«

»Nur, wenn Sie mit mir ausgehen.«

»Das ist Erpressung.«

»Das ist Logik.«

Wütend starre ich zu ihm hinab. »Haben Sie was an den Ohren? Oder akzeptieren Sie einfach kein Nein?«

»Ich akzeptiere kein Nein.«

»Schön, dann formuliere ich es anders: Njet, nada, niente, never ever!«

Erneut schlage ich das Fenster zu, schenke meine volle Aufmerksamkeit wieder meinen Schülern. »Den zweiten Finger schön hochsetzen, Timo, er muss mit dem dritten kuscheln. Ja genau so, sehr gut. Und, Lina – immer schön nah am Frosch spielen. Stakkato, ihr Lieben, mehr Stakkato! Noch mehr! Ihr müsst sie bis in die Zehenspitzen spüren, diese Wut.«

»Welche Wut?«

»Äh … die Wut des … Komponisten.«

Das Schlimmste an der Sache ist: Ich kann mir selbst nicht so richtig erklären, warum alles an dieser Person mich zur Weißglut treibt. Ich bin ein gelassener Mensch, ein ruhiger Mensch. Nur nicht, wenn er in meiner

Nähe ist. Dann scheint mit schöner Regelmäßigkeit der Sicherungskasten in meinem Gehirn durchzubrennen. Zu Recht natürlich!

»Lucy?« Linas dünne Stimme reißt mich aus meinen Gedanken. »Kannst du das Fenster öffnen? Mir ist heiß.«

»Ich mach uns Tee«, verkünde ich.

»Aber …«

»Eistee.« Aufgebracht stampfe ich in die Küche. Grüne Augen hin oder her. Wie kann ein Mensch nur dermaßen von sich eingenommen sein? Glaubt er ernsthaft, ich würde mich in die Schlange seiner austauschbaren Blondchen einreihen wollen? Und mehr wäre ich für ihn schließlich nicht. Auch wenn ich natürlich gar nicht blond bin, was zugegebenermaßen seltsam ist. Für ihn. Nicht für mich. Also bin ich, wenn man es so herum betrachtet, nicht nur »nicht mehr«, sondern »nicht einmal das« für ihn. Nein. Ein Date kommt nicht infrage. Das tue ich mir nicht an. Da kann seine Stimme mein Herz noch so sehr aus dem Rhythmus und meinen Magen zum Kribbeln bringen.

Alex

… Konzentriert starre ich auf den Bildschirm, während meine Finger über die Tastatur huschen, dann wieder mit der Maus vorhandene Bausteine an Ort und Stelle ziehen oder ich in den Freizeichnenmodus wechsele.

Hells Bells *schallt aus den In-Ears meines iPods. Imposante und ausgefallene Gebäude kann ich am besten entwerfen, wenn ich* AC/DC *höre, was seltsam ist, weil mein Vater bei der Arbeit absolute Stille braucht und selbst dann noch mit geräuschschluckenden Kopfhörern arbeitet, wenn niemand im Haus ist. Leichte und luftige Gebäude gelingen mir am besten mit* Enya, *was ich allerdings niemals öffentlich zugeben würde. Auch für alle möglichen weiteren Stile habe ich meine Lieblingsmusik.*

Ich lehne mich einen Moment zurück, betrachte mit zur Seite geneigtem Kopf das konstruierte Gebäudedach auf meinem PC.

»Alex?«

»Hm?«

Ohne vom Bildschirm aufzusehen, beuge ich mich wieder vor, ziehe hier den Schwung des Daches hoch, setze ihn dort herab, verschiebe die Trägerelemente ein wenig.

»Habe ich dir zufällig die unterschriebenen Verträge für Areo gegeben?«, fragt mein Vater.

»Nein, tut mir leid«, entgegne ich, den Blick auf den Laptop gerichtet.

»Ich kann sie einfach nicht mehr finden«, murmelt er. »Ich weiß, dass ich sie irgendwo hingelegt habe, aber wo?«

»Vermutlich hast du sie mit nach Hause genommen.«

»Meinst du? Aber wo habe ich sie dort … Alex, ich rede mit dir, nimm bitte diese diese … dieses … diese Dinger aus deinen Ohren!«

Überrascht sehe ich auf, ziehe meine Kopfhörer ab, behalte sie in der Hand. Mein Vater wurde früher nie laut, in letzter Zeit jedoch passiert das immer öfter, meist aus heiterem Himmel heraus.

»Was gibt es denn?«, frage ich.

Er antwortet nicht, steht mir gegenüber hinter dem Schreibtisch und starrt meine Hand an. »Wie … wie heißen diese Dinger, verdammt noch einmal?«

Verwirrt sehe ich mich um, hebe dann meine Hand. »Meinst du etwa die Kopfhörer?«

Seine Stirnfalten werden tiefer, seine Lippen bewegen sich, als würde er stumm immer wieder das Wort wiederholen.

»Geht es dir gut?«

Er nickt, fährt sich über die Augen. »Ich bin nur irgendwie … ich glaube, ich bin einfach müde.«

»Schon wieder? Warst du denn endlich beim Arzt?«

Er schüttelt den Kopf. »Mach ich noch.«

Ich nicke, wende mich erneut meinem Bildschirm zu und ziehe die Kopfhörer auf, während er langsam das Zimmer verlässt. Ich sollte Elizabeth fragen, ob er sich zu Hause auch öfter mal so seltsam benimmt.

»Alex?« Katja steht in der Tür.

»Was ist?«

Unsicher knetet sie ihre Hände. »Haben Sie Ihren Vater heute schon gesehen?«

»Er war grad hier.«

»Haben Sie ihn sich genau angesehen?«

»Was ist das für eine komische Frage?«

Sie antwortet nicht, blickt verschämt beiseite. Jetzt fällt mir erst auf, dass auf dem Flur eine gewisse Unruhe herrscht, etliche Mitarbeiter in Grüppchen beisammenstehen oder ihre Hälse über ihre Computerbildschirme hinausrecken.

Irritiert runzele ich die Stirn, schiebe dann meinen Stuhl zurück und trete hinaus auf den Flur, an dessen Ende ich meinen Vater erblicke. Die Hände auf dem Rücken verschränkt geht er aufrecht Richtung Konferenzraum.

Sein Haar ist sauber gescheitelt wie immer, der maßgeschneiderte Anzug faltenlos und elegant.

Schon will ich Katja fragen, wo das Problem liegt, als er sich nach links wendet und die Tür zum Konferenzraum aufdrückt.

An den Füßen trägt er seine grünen Filzpantoffeln …

»Alex?«

Ich schrecke zusammen, drehe mich vom Fenster, aus dem ich hinausgesehen habe, zur Tür.

Katja steht dort, knetet ihre Finger. »Ich wollte Sie nicht stören, tut mir leid.«

»Ach was, Sie stören doch nie. Ich bin nur erschrocken, weil ich dachte, alle wären in der Mittagspause. Ich habe auch gerade überlegt, ob ich jetzt was essen oder lieber schlafen soll, aber wenn ich Sie sehe, verfliegen Hunger und Müdigkeit sofort.« Ich zwinkere ihr zu.

Sie streicht sich verlegen eine Strähne hinters Ohr. »Ich habe ein paarmal gerufen, doch Sie haben mich nicht gehört.«

»Oh, tatsächlich? Ich war in Gedanken.«

»Ich wollte Ihnen nur die Unterlagen zu dem Kino-Projekt geben, die Sie haben wollten.«

»Stimmt. Ja. Ich danke Ihnen. Ohne Sie wäre ich wirklich aufgeschmissen.« Ich gehe hinüber, nehme ihr die Mappe aus der Hand, blättere sie auf dem Weg zum Schreibtisch langsam durch.

Mitsamt der Mappe lasse ich mich in den Schreibtischsessel fallen, studiere mit gerunzelter Stirn die Unterlagen, sehe plötzlich auf. Katja macht keine Anstalten, zu gehen.

»Ist noch etwas?«

»Ähm … nein.«

»Okay.«

Sie steht weiterhin in der Tür.

»Machen Sie heute keine Mittagspause?«, frage ich verwundert.

»Doch … Ich … Es … Ich dachte … Ich habe …«

»Haben Sie vielleicht Ihr Portemonnaie an Ihrem Platz vergessen?«, mutmaße ich.

Sie nickt abrupt und heftig, dreht sich auf dem Absatz um und hastet hinaus. Nicht einmal die Tür schließt sie.

Verwirrt sehe ich ihr nach. Ihr Verhalten in letzter Zeit ist ziemlich seltsam. Immer öfter stottert sie herum, scheint etwas sagen zu wollen, ohne dann aber mit der Sprache herauszurücken.

Kopfschüttelnd blättere ich in den Unterlagen.

Zukunftsweisend und traditionell solle das Gebäude sein, hat jemand für das geplante Kino die Wünsche des Auftraggebers vermerkt. Erdverbunden und schwebend. Außerdem nachhaltig, ökologisch, modern, futuristisch, extravagant, ausgefallen und auffallend und sich dennoch in die Umgebung einfügend.

Noch mehr gegensätzliche Wünsche waren wohl kaum möglich. Und was bitte soll »erdverbunden« in diesem Zusammenhang bedeuten? Vermutlich hat da mal wieder jemand den Pressetext der Eröffnung im Kopf gehabt und dort alles hineingepackt, was sich irgendwie toll anhört, noch bevor überhaupt irgendein Stein gesetzt wurde.

Rein theoretisch … wie könnte dieses Gebäude aussehen?

Ich lege die Mappe beiseite. Meinen PC fahre ich gar nicht erst hoch, es geht mir nur um ein Gedankenexperiment, schließlich ist ja noch nicht einmal das Grundstück für dieses Gebäude gesichert. Stattdessen greife ich nach dem Papierfach, erinnere mich, dass ich Katja doch bitten wollte, es aufzufüllen. Doch die gute Katja hat offenbar schon von sich aus bemerkt, dass mein Vorrat leer war, und ihn aufgefüllt.

Ich positioniere das Papier auf dem Tisch und betrachte die leere Fläche vor mir.

Drehe es ein wenig nach links.

Anschließend nach rechts.

Ich spitze den Stift.

Ich starre erneut auf das Papier.

Vorsichtig ziehe ich ein paar Linien. Hier eine Rundung, dort eine Schraffur. Dort ein wellenförmiger Übergang.

Einige Zeit später betrachte ich das Ergebnis.

Es sieht genauso aus wie das Langner-Center. Ein Koloss aus Stahl und Beton, ohne Herz und Seele.

Wütend zerknülle ich das Papier. Wo ist meine Kreativität geblieben? Sind das schon die ersten Anzeichen davon, dass ich …

»Klopf, klopf, Partykönig, was steht für heute Abend an?«

Mitch kommt durch die offene Tür hereinspaziert, ein breites Lächeln auf dem runden Gesicht.

»Ich bin noch am Überlegen«, gebe ich mit schiefem Lächeln zurück, pfeffere meine Papierkugel in den Mülleimer. »Vielleicht lasse ich es heute Abend mal ruhiger angehen, ein Abend auf der Couch. Würde mir sicher guttun, so abgeschafft, wie ich bin.«

»Du? Machst du Witze?« Mitch lässt sich in den Sessel auf der anderen Seite des Tisches fallen, streckt sich. »Wenn du keine Partys mehr feiern kannst, bist du alt oder krank oder überarbeitet. Anders ausgedrückt: Du kannst dich einmotten lassen.« Er grinst. »Als alter Freund deiner Familie sage ich dir: Mach mal Urlaub. Du bist ja schon ganz grau im Gesicht.«

»Na, so schlimm steht es noch nicht um mich, aber deinen Rat werde ich mir selbstverständlich zu Herzen nehmen. Doch nicht heute. Ich denke gerade darüber nach, wie ich die alte Frau zum Verkauf bewegen kann. Es *muss* einfach irgendeine Möglichkeit geben.« Eine Möglichkeit, die nichts mit dieser zickigen Geigerin zu tun hat.

Dass ich tatsächlich zu ihr gefahren bin und sie zum Essen eingeladen habe, kann ich selbst nicht glauben. Das Ganze war eine total hirnrissige Idee, geboren in einem Moment emotionaler Aufgewühltheit, mehr nicht. Noch schwerer zu begreifen ist da nur, dass dieses Weibsbild tatsächlich die Chuzpe hatte, mir einen Korb zu geben. Ich sollte die ganze Sache abblasen und vergessen. Dennoch, irgendwas reizt mich hier. Natürlich nur der bessere Zugang zu Frau Kleve, alles andere wäre ja dämlich.

»He«, sagt er beschwichtigend, »du musst diesen Auftrag nicht übernehmen. Wenn dir alles zu viel ist, sag einfach Bescheid. Ehrlich. Das ist überhaupt kein Problem.«

»Nein, ist okay. Ich bleibe dran. Und wollte mich entschuldigen.«

»Wofür?«

»Dafür, dass ich die ganze Zeit etwas neben mir stand. Und wohl auch immer noch ziemlich neben mir stehe.«

»Du brauchst dich nicht zu entschuldigen. Ich war es doch, der dir damals angeboten hat, dass du dich aus allem ein wenig zurückziehst, bis du mit der Situation zurechtkommst. Und das gilt auch weiterhin. Nimm dir die Zeit, die du brauchst.«

»Danke. Du weißt, was mir diese Firma bedeutet.«

Er nickt verständnisvoll.

»Ich meine«, sage ich gedankenverloren, »mein Vater hat sie aufgebaut und …«

»Dein Vater und ich.« Die Raupen auf seiner Stirn geraten in Bewegung, dann zwinkert Mitch mir zu.

Ich lache pflichtschuldig. Es ist eine der alten Kabbeleien zwischen meinem Vater und ihm gewesen. Rein freundschaftlich natürlich. »Ja. Und ich bin hier praktisch aufgewachsen zwischen den Zeichenbrettern, die es damals noch gab.«

»Du hast Gebäude gezeichnet, bevor du sprechen konntest.«

»So ungefähr«, stimme ich lächelnd zu. »Ich liebe meinen Job und ich liebe diese Firma«, bekräftige ich. »Sie … sind alles, was ich noch habe.«

»Das weiß ich doch«, sagt er. »Und jetzt hör auf, dich zu entschuldigen!« Er steht auf, beugt sich über den Tisch und drückt meine Hand. »Nimm dir die Zeit, die du brauchst, Kumpel, und alles wird gut. Und das mit den Grundstücksverhandlungen – gib es ruhig an Jacob ab, wenn es dir zu viel wird.«

»Nein, das mache ich selbst. Ich habe auch schon eine Idee.« Vermutlich ist die Idee, über das Mädchen die verrückte Alte zum Verkauf zu bewegen, die blödeste Idee meines Lebens. Doch was, wenn es die letzte blöde Idee ist, die ich haben kann? »Ich checke gerade das nähere Umfeld der alten Dame aus. Leute ihres Vertrauens, die sie davon überzeugen könnten, zu verkaufen. Eine Angestellte ihrer Musikschule zum Beispiel, der sie offenbar vertraut. Zufälligerweise genau die Verrückte, deretwegen ich meine Rede im Auto gelassen habe.«

Er bricht in schallendes Lachen aus. »Gefällt mir. Hätte von mir stammen können.« Mitch zieht ein Taschentuch hervor, wischt sich über seine Stirn und schlendert aus dem Büro – eine kugelrunde, gemütliche Gestalt mit schimmernder Glatze. Und ein wahrer Freund. Der einzige vielleicht.

Und ich denke über meine Aussage nach. Irgendwie hat sie sich nicht nach dem angefühlt, was ich empfunden habe, als ich vor Lucys Fenster stand. Aber selbstverständlich ist die Sache mit dem Verkauf der einzige Grund, aus dem ich mit ihr ausgehen will. Also abgesehen von meinem angeknacksten Ego und der Neugier, ob sie tatsächlich nicht mitkommen wird. Wobei ich mir das eigentlich nicht vorstellen kann. Oder doch? Ihr wäre es zuzutrauen, mir erneut einen Korb zu geben.

Selbstverständlich gehe ich diese Verabredung nicht ein, weil ich sie tatsächlich irgendwie interessant fände. Oder ihr Engagement mich beeindruckt hätte. Oder ihre Sturheit und ihr loses Mundwerk. Oder sie im Negligé. Wobei Letzteres echt was an sich hatte.

Wie nannte sie mich? Einen Kerl, dessen einziger Lebensinhalt aus Partys und dessen einzige Anziehungskraft aus seinem Bankkonto besteht?

Ich schüttele den Kopf, muss dann aber doch lachen. Dieses Date könnte tatsächlich eine ziemliche Abwechslung zu meinen letzten Verabredungen darstellen …

Lucy

Mit knurrendem Magen gehe ich die knarzende Treppe der Musikschule hinunter.

»Haben Sie nichts zu tun?« Viktorias frostige Stimme lässt mich zusammenzucken.

Ich sehe über die Schulter zurück, wo sie ihren Kopf aus ihrer Bürotür steckt. Die Temperatur sinkt gefühlt um zehn Grad.

»Mein 16:00-Uhr-Schüler ist krank«, stottere ich entschuldigend und kriege einen hochroten Kopf, weil ich irgendwie fürchte, sie könnte ahnen, dass ich gestern Mittag bei ihrer Tante war. Vor allem aber, warum. Mühsam ringe ich mich zu einem zittrigen Lächeln durch.

Sie kneift das linke Auge zusammen, als könne sie dadurch mit dem anderen besser sehen, starrt mich einen Atemzug lang reglos an, dann dreht sie sich abrupt um, kehrt in ihr Büro zurück und schlägt die Tür zu.

Ich atme aus, setze erleichtert meinen Weg fort, um mein Magenknurren mit einem Müsli zu bekämpfen. Mit Wehmut denke ich an das Gemüsecurry bei *Raja Rani*, schließlich fiel ein warmes Mittagessen heute flach, da ich in dieser Zeit nach Hause hetzen musste für den Unterricht mit Flori, Timo und Lina, den ich ja Viktoria sei Dank nun neuerdings dort abhalten muss. Ich habe es anschließend nur mit knapper Not und einem Butterbrot wieder pünktlich in die Musikschule geschafft.

Hayden steht ebenfalls in der Küche, gießt sich eine Tasse Tee auf und postet offenbar nebenher in irgendwelchen

Online-Netzwerken, bis ihr die Tasse überläuft und sie mit einem kleinen Aufschrei den Wasserbehälter hochreißt.

Ich lasse mich in den Stuhl fallen, atme tief durch. »Viktoria macht mich fertig. Ich habe die ganze Zeit das Gefühl, dass sie mich beobachtet.«

»Tut sie auch«, informiert mich Hayden, während sie das übergelaufene Wasser wegwischt.

»Jetzt fühl ich mich besser.«

»Tut sie bei uns allen. Ich kam heute sage und schreibe zwei Minuten zu spät und sie hat mich allen Ernstes abgemahnt. Ab-ge-mahnt! Ich wurde in meinem ganzen Leben noch nicht abgemahnt.« Beleidigt rammt sie ihren Löffel in die Zuckerdose und schaufelt sich so viel Zucker in die Tasse, dass diese fast überläuft. »Na, wenigstens hätte eine Schließung der Musikschule auch eine gute Seite: Wir wären Viktoria los.« Dabei grinst sie spöttisch.

Mir ist nicht nach Lachen zumute.

Hayden setzt sich mit ihrer Tasse neben mich an den Tisch. »Ich finde es wirklich toll, wie du dich hier engagierst. Schließlich ist das alles nur vorübergehend für dich, nicht wahr?«

»Ja, klar, nur vorübergehend.«

»Bald wirst du mit einem großen Orchester die Welt bereisen, auf großen Bühnen stehen. Der Applaus, die Musik, der Erfolg, die Emotionen, die …«

»Ist ja gut«, beschwichtige ich sie lächelnd. »Das hört sich ganz so an, als wäre das auch etwas für dich.«

»Klar, was denkst du denn? Doch als Pianistin hast du da keine Chance. Als Geigerin kommst du, selbst wenn du es schon nicht zur Solistin schaffst und auch nicht zur Konzertmeisterin, immerhin als normale Violinistin in einem der hunderttausend Orchester unter. Und wenn nicht unter den ersten Geigen, dann unter der zweiten. Oder dritten. Aber als Pianistin bist du entweder absolute Weltklasse und kannst dich gegen ungefähr eine Million absoluter Weltklasse-Pianisten durchsetzen – oder du musst deine Brötchen als Klavierlehrerin verdienen.« Sie seufzt schwer.

»Hey, so schlecht ist es hier doch gar nicht.«

»Hängt davon ab, wie sehr man dafür brennt.« Sie zuckt mit den Schultern. »Hätte ich die Wahl – ich würde die große Bühne nehmen. So wie du. Ist doch klar. Wann ist noch mal der Nachholtermin für die Prüfung?«

Nervös wippe ich mit dem Fuß. »Bald«, murmele ich ausweichend und wechsele das Thema, indem ich sage: »Musst du gleich wieder hoch?«

»Nein. Jana und Myriam sind heute ausgefallen. Landschulheim. Ist den betreffenden Eltern allerdings erst eingefallen, als ich hier schon eine halbe Stunde gewartet habe. Hätte ich das gewusst, hätte ich die Zeit genutzt und wäre kurz einkaufen gegangen.«

Ich stehe auf, angele mein Müsli vom Regal und fische eine kleine Schale aus der Spülmaschine. Während ich das Müsli hineinschütte, werfe ich einen Blick auf die riesige Tüte, die an der Wand lehnt. »Mir scheint, du warst schon einkaufen.«

»Das zählt nicht. Das war kein richtiges Einkaufen. Das war nur das Besorgen von dringend benötigten Kleinigkeiten.«

Ich werfe einen Blick in die Tüte. »Japp, definitiv. Einen Pürierstab benötigst du unheimlich dringend. Zumal du ja nur drei davon besitzt.«

»Hey, es war ein super Sonderangebot«, verteidigt sie sich. »Da konnte ich nicht dran vorbeigehen.«

»Sag jetzt aber bitte nicht, dass du es nebenan besorgt hast.«

»Okay, ich sage es nicht.«

Ich seufze tief, picke die Schokostückchen aus meinem Müsli heraus und lasse sie auf meiner Zunge zergehen. »Schon mal was von Solidarität gehört?«

Sie verdreht nur die Augen.

»Wir dürfen dieses Einkaufszentrum nicht unterstützen«, bekräftige ich und suche in meinem Müsli nach weiteren Schokostückchen.

Ein durchs Treppenhaus hallendes »Hallo?« erspart Hayden eine Antwort.

»Ich habe hier eine Lieferung Blumen.«

Bevor eine von uns antworten kann, ertönt Viktorias Stimme. »Die müssen für mich sein.« Schon ist sie an der Küchentür vorbeigeschwebt.

Hayden und ich sehen uns an, eilen dann neugierig ebenfalls ins Treppenhaus, wo Viktoria gerade einen wundervoll zusammengestellten Strauß aus fliederfarbenen Rosen, rosa Nelken, lachsfarbenem Keine-Ahnung-Was und allerlei Grünzeug zwischendrin in Empfang nimmt. »Wow«, haucht sie entzückt. »Die sind ja wundervoll.« Sie streicht sich geschmeichelt die Haare zurück. Offenbar hatte Stephan recht und sie hat tatsächlich ein Auge auf Janinas geschiedenen Vater geworfen. Und ganz offensichtlich Erfolg damit, denn die Blumen sind sicher ein Präsent von ihm. Und wirklich wunderschön.

»Dann sind Sie Lucy Albers?«, fragt der Bote.

»Nein, das ist die da oben«, sagt Viktoria und schnuppert an den Rosen.

»Tut mir leid«, sagt der Bote bedauernd und nimmt ihr die Blumen wieder weg.

»Was? Wie?«, stottert Viktoria.

Plötzlich sehen alle mich an.

Ich hebe abwehrend die Hände. »Das muss ein Fehler sein. Oder eine Verwechslung. Vermutlich ist eine andere Lucy Albers gemeint. Wer soll mir denn bitte Blumen schicken?«

»Das frage ich mich auch«, tut Viktoria unterkühlt kund. Sie wirft ihr Haar mit einer zugegebenermaßen unfassbar eleganten Bewegung über ihre Schulter. Darin ist sie verdammt gut, wie ich mit einem gewissen Grad an Neid eingestehen muss.

Ein eisiger Blick in meine Richtung und schon rauscht sie zurück in ihr Zimmer. Fehlt nur noch, dass sie eine frostglitzernde Spur auf dem Boden hinterlässt. Frösteln tut es mich aber auch schon so.

Etwas überfordert nehme ich den Strauß in Empfang, woraufhin der Bote aus seiner Umhängetasche das Quittiergerät hervorzieht.

»Schau nach, von wem die sind«, fordert mich Hayden auf, kaum dass ich quittiert habe.

Ich krame die Karte zwischen den Blüten hervor und bemühe mich, zu wirken, als sei es das Selbstverständlichste der Welt für mich, Blumen zu erhalten von … von … Beim Anblick des Namens verschlucke ich mich fast.

Hayden krallt sich die Karte. »Du kriegst Blumen von Alex Langner?!«

»Offensichtlich.« Ungläubig schnaufe ich. Der Kerl akzeptiert offenbar wirklich kein Nein – egal in welcher Sprache.

»Und er hätte gern eine Antwort«, sagt der Bote.

»Was? Worauf?«

Hayden deutet auf einen zweiten Zettel, der an den Blumen hängt. Auf dem sind ein Lokal und eine Uhrzeit notiert. Darunter steht: »Würden Sie heute Abend mit mir essen gehen? Bitte! Ich schwöre, ich werde sonst singen. Und zwar die ganze Nacht. Vor Ihrem Haus.«

»Doch nicht *der* Alex Langner?«, gibt die hinzugetretene Mona fassungslos von sich. »Wie kommt es bitte, dass Alex Langner ausgerechnet dich zum Essen ausführen will?«

»Ich habe ihn einen arroganten Wichtigtuer genannt«, murmle ich.

Monas Augenbrauen wandern in die Höhe. »Ich wusste, ich mache irgendetwas falsch.«

»Er lädt dich mit Blumen zum Essen ein«, quietscht Hayden, »das ist ja so was von süß und romantisch und muss etwas bedeuten!«

Das bringt mich wieder zu mir. »Süß? Das ist dreist! Wie kann dieser Kerl einfach so annehmen, ich hätte ausgerechnet heute Abend Zeit für ihn. Der ist so frech, setzt Ort und Zeit fest und denkt, ich würde alles stehen und liegen lassen für ihn. Noch dazu, wo ich ihm doch verdeutlicht habe, dass ich nicht in einer Million Jahre mit ihm essen gehen würde.«

»Was?!«

Haydens fassungsloser Ausruf lässt mich aufschrecken. »Er hat dich schon einmal gefragt?«

»Ja. Nein. Ja. Heute Mittag«, gestehe ich. »Aber das kann er nicht ernst gemeint haben.«

»Das denke ich auch«, grollt Mona.

Ich werfe ihr einen bösen Blick zu.

»Habe ich das also richtig verstanden?«, hakt Hayden erneut nach und stemmt die Hände in die Hüften. »Du hast abgesagt?«

»Ja.«

»Dem schwerreichen und unfassbar gut aussehenden Alex Langner abgesagt.«

»Ja! Denkst du etwa, ich würde mit einem Kerl ausgehen, nur weil er Geld hat?« Den Teil mit dem unfassbar guten Aussehen unterschlage ich, obwohl es stimmt.

»Dann lass es mich anders formulieren: Du hast also dem schwerreichen und unfassbar gut aussehenden Alex Langner abgesagt, der möglicherweise …« Sie beugt sich vor und wirft einen Blick in den Flur, in dem Viktoria verschwunden ist, doch ihre Bürotür ist geschlossen. Dennoch fährt sie deutlich leiser, aber darum nicht weniger eindringlich fort. »… unsere Existenz retten kann?!«

»Habe ich doch ge… Oh.« Ich blinzele. Aus dieser Perspektive habe ich das Ganze noch gar nicht betrachtet.

»Jetzt hör mir mal gut zu: Du wirst mit ihm essen gehen.«

»Was?«

»Zieh dir was Hübsches an, geize nicht mit deinen Reizen, du wirst ihm den Kopf verdrehen und ihn davon abbringen, Frau Kleve weiter zu bedrängen, die Musikschule dichtzumachen. Bezirze ihn!«

»Be… was? Ich weiß ja nicht mal, wie das geht.«

Der Bote, der unserer Unterhaltung äußerst interessiert gefolgt ist, räuspert sich. »Also wenn ich meine Meinung dazu äußern dürfte …«

»Dürfen Sie nicht!«, empöre ich mich.

»Du kriegst das schon hin«, behauptet Hayden.

»Ja, klar, weil er ja ach so viel auf meine Meinung gibt, nicht wahr?«

»Wart's mal ab: Ihr lernt euch kennen, entdeckt ein paar Gemeinsamkeiten und, zack, versteht ihr euch super. Der Rest ist ein Klacks.«

»Mit so jemandem habe ich keine Gemeinsamkeiten«, empöre ich mich.

Sie tritt einen Schritt zurück, mustert mich von oben bis unten.

»Was tust du da?«, frage ich mit ungutem Gefühl.

»Neue Schuhe.«

»Hä?«

»Du brauchst dringend neue Schuhe.«

»Die sind neu.«

»Ich meine neue hohe Schuhe.«

»Finde ich gut«, meldet sich der Bote zu Wort, duckt sich aber sogleich angesichts meines bösen Blicks. »Ich mein ja nur.«

»So was trage ich nicht«, stelle ich klar. »Und das hat seinen Grund!«

»Wir werden sehen.«

»Ich werde nicht mit ihm ausgehen!«

»Wieso denn nicht?«

»Weil er arrogant und eingebildet und ichbezogen und unempathisch ist und noch ungefähr mindestens zwanzig weitere Adjektive auf ihn zutreffen, die mir im Moment nicht einfallen, die aber definitiv negativ sind!«

»Aber es ist doch bloß … Fake. Du sollst ja nicht wirklich mit ihm ausgehen. Du sollst nur …«

»Nein! So etwas tue ich ebenfalls nicht. Ich bin hier die Gute, okay? Ich verarsche keine Leute.«

»Wie war das doch gleich mit: Wir packen den Stier bei den Hörnern?«

»Das war doch mehr ein … äh … metaphorischer Stier«, winde ich mich.

»Ach, das ist er doch auch nur. Und was ist mit: Wir lassen uns nicht unterkriegen? War auch nur metaphorisch gemeint oder was?«

»Nein, nur …« Unter den Blicken von Mona und Hayden schrumpfe ich in mich zusammen.

»Und was war mit der von dir beschworenen ›Solidarität‹?«

Wieso nur kann ich meine Klappe nicht halten?

In der Haltung einer Königin wendet sich Hayden an den Boten. »Sie nimmt die Einladung an.«

»Tue ich nicht!«

»Tust du wohl!«

Der Bote sieht von ihr zu mir. »Jetzt bin ich verwirrt.«

Ich presse die Finger gegen meine Schläfen. »Und ich habe Kopfschmerzen!«

***

Als ich die Musikschule verlasse, huscht etwas Grüngoldenes direkt vor meinen Füßen über den Weg und verschwindet hastig unter dem roten Laub der Weinblätter. »Ach Frankie, wenn du wüsstest …«, murmele ich.

Auf dem Heimweg halte ich kurz erneut am Fluss an und lasse ein weiteres Papierschiffchen zu Wasser. Wenn das Schiffchen es bis zur roten Boje schafft, mache ich diesen Quatsch mit. Wenn nicht, kann Hayden selbst zusehen, wie sie diesen Typen bezirzt.

Es erreicht die rote Boje. Mist.

Missmutig stapfe ich die Uferböschung wieder hoch und beschließe, beim nächsten Mal vorher Löcher in das Papier zu stanzen! Sicher ist sicher!

Kapitel 7

Alex

Ich steige aus dem Wagen, streiche meinen Anzug glatt und gehe zur Tür. Gerade habe ich die Hand zur Klingel gehoben, da zögere ich plötzlich doch.

Ein seltsames Kribbeln macht sich in meinem Magen breit, so kenne ich das gar nicht. Zwar hat Lucy dem Boten mitgeteilt, sie würde kommen, doch ihr würde ich zutrauen, mich hier wie bestellt und nicht abgeholt einfach stehen zu lassen. Die Vorstellung gefällt mir gar nicht. Natürlich nur wegen der Sache mit dem Grundstücksverkauf. Nicht wegen meines Egos oder Herzens. Moment. Wie komme ich denn jetzt auf mein Herz? Rasch schüttele ich den Gedanken ab.

Entschlossen klingele ich, heftiger als geplant.

Die Sprechanlage knackt und knistert. »Herrgott, das ist eine Türklingel, keine der Trompeten von Jericho.«

»Ich liebe Ihre freundliche Art. Alex hier. Es ist halb acht, das *Decameron* wartet.«

»Unfassbar: Sie können die Uhr lesen.«

Erneut knackt es, dann herrscht Stille.

Ich verkneife mir ein Lachen, gehe zur Straße zurück.

An den Wagen gelehnt warte ich. Ich habe ihn zwar wieder, muss ihn aber allem Anschein nach zu meinem Ärger wieder in die Werkstatt zurückbringen. Trotz der Inspektion macht der Motor ab einer bestimmten Geschwindigkeit seltsame Geräusche, weshalb ich mir die Mühe gespart habe, den Schlüssel an den Bund der restlichen anzuhängen.

Als sich schließlich kurz darauf die Haustür öffnet und sie heraustritt, fehlen mir für einen Augenblick die Worte. Ich kann nicht glauben, was meine Augen da ausmachen. Sie sieht nicht aus wie jemand, der vorhat, mit mir auszugehen. Lucy trägt denselben legeren, weißblauen Rock mit Tupfen wie neulich, nur das Shirt ist anders, nämlich weiß und mit freiliegenden Schultern. Das macht sie doch mit Absicht.

»Was?«, fragt sie spöttisch und bleibt in der Tür stehen.

»Sie wollen mir tatsächlich einen Korb geben, oder?«

Sie verschränkt die Arme vor der Brust. »Es sei denn, Sie versprechen mir, dass Ihre Bauarbeiter vor acht Uhr nicht einen einzigen verdammten Ziegelstein fallen lassen, geschweige denn mit dem Presslufthammer arbeiten.«

»Das ist Erpressung«, wiederhole ich ihre Worte.

»Nein, Logik«, wiederholt sie herausfordernd meine.

»Na schön«, sage ich und grinse in mich hinein. »Keine Ziegelsteine mehr in den Container werfen vor acht.«

»Und auch kein Presslufthammer.«

»Auch kein Presslufthammer. Ich schwöre es Ihnen. Meinetwegen gebe ich es Ihnen sogar schriftlich, okay?«

Sie mustert mich unsicher, sagt dann zögerlich: »Also gut. Ich komme mit.«

»Alles klar. Ich warte dann einfach beim Wagen.«

»Worauf?«

»Na darauf, dass Sie sich umziehen.«

Für einen Moment bleibt ihr Blick am Auto hängen und ihre Gesichtszüge wirken plötzlich deutlich sanfter, beinahe liebevoll. Sie scheint tatsächlich jemand zu sein, der einen solchen Oldtimer zu schätzen weiß. Habe ich bislang nicht unbedingt häufig erlebt bei Frauen. Im Gegenteil: Die meisten haben sich deutlich enttäuscht gezeigt darüber, nicht mit einem Lamborghini – oder was auch immer sie erwartet haben – abgeholt zu werden, und das gute Stück mit Verachtung gestraft.

Plötzlich scheint Lucy bewusst zu werden, dass sie gerade mein Auto anhimmelt, sie reißt den Blick davon los, ihr Gesicht wird streng und sie schnauft. »Ich bin fertig!«

»Sind Sie ganz sicher? Wir gehen ins *Decameron*.«

»Das sagten Sie bereits.«

»Sie stehen auf Tupfen, was?«

»Ja! Ich liebe Tupfen! Tupfen sind toll! Was haben Sie gegen Tupfen? Und was zum Kuckuck ist daran so witzig?« Aufgebracht funkelt sie mich an.

Dabei habe ich gar nicht gelacht. Ich habe gelächelt. Und es selbst nicht einmal gemerkt. Ehrlich und aufrichtig gelächelt. Weil sie sich so sehr für ihr Outfit begeistert, sich für mich nicht verbiegt. Und zu meinem eigenen Erstaunen machen mir diese Kabbeleien mit ihr Spaß. Was stimmt nur nicht mit mir?

Ich räuspere mich, versuche, zu meiner innerlichen Unbeteiligtheit zurückzufinden, während sie weiterschimpft: »Haben Sie erwartet, ich würde hier nur Ihretwegen in einem tief ausgeschnittenen, roten Abendkleid die Treppe hinunterschweben? Wäre das nicht ein wenig zu klischeehaft gewesen?«

»Nun …« Ich fahre mir nachdenklich mit der Hand über mein stoppeliges Kinn. »… ein bronzefarbener Dress hätte es auch getan. Hätte wundervoll zu Ihren Augen gepasst.« Habe ich das gerade wirklich gesagt? Vielleicht brauche ich tatsächlich Urlaub. Dringend.

Ich meine, einen Hauch Röte auf ihren Wangen wahrzunehmen. Doch sicher bin ich mir nicht, dafür ist sie viel zu schnell an mir vorbeigerauscht.

Gerade noch rechtzeitig schaffe ich es, ihr die Autotür aufzuhalten. Gentleman muss sein. Sie steigt ein, ihr Duft streichelt meine Nase. Ein überaus angenehmer Duft, dennoch ungewöhnlich und nicht leicht einzuordnen. Wie sie.

Während ich um den Wagen herumgehe, wird mir klar, dass es stimmt, was ich über das Kleid gesagt habe. Denn Lucys Augen sind tatsächlich bronzebraun. Und wunderschön. So schön, dass ich mich darin verlieren könnte, wenn sie mich nicht immer so böse anfunkeln würde. Und nicht so zickig wäre und überhaupt … Grundstücksverkauf!

Ich registriere, wie sie verstohlen und mit einem Lächeln über die alten Armaturen streicht, doch als auch ich im Wagen sitze und mich anschnalle, ist ihr Lächeln verschwunden. Leider. Sie hat ein unglaublich süßes Lächeln. Eines von der Sorte, bei der man unwillkürlich mitlächeln muss.

»Und das ist wirklich Ihr Wagen?«

»Denken Sie, ich hätte ihn geklaut?«

Das erhoffte Lachen bleibt aus. Stattdessen kaut sie auf

ihrer Wange, sagt schließlich zögerlich: »Ich hätte bei Ihnen eher eine Angeberkarre vermutet. So was wie einen Lamborghini oder so.«

»Ich bin ungern vorhersehbar. Außerdem liebe ich alte Wagen einfach und diesen hier vor allem, schließlich hat er meinem Vater …« Ich breche ab, wundere mich selbst darüber, dass mir das herausgerutscht ist. Zu persönlich und zu schnell.

»Er hat Ihrem Vater gehört?«, hakt sie neugierig nach.

Ich nicke knapp und wechsele das Thema. »Schön, dass Sie sich doch entschieden haben, mit mir essen zu gehen. Auch wenn mir natürlich klar war, dass Sie diesem Angebot nicht würden widerstehen können.«

Letzteres habe ich nur gesagt, um sie zu ärgern, und tatsächlich blitzen augenblicklich ihre Augen zornig auf. Da ist sie wieder, die Lucy, die mich fordert.

»Ich bin einzig und allein hier, weil Sie mir versprochen haben, vor acht Uhr keinen Krach mehr gegenüber zu veranstalten.«

»Und daran halte ich mich auch. Wir sind nämlich heute fertig geworden mit den Wanddurchbrüchen.«

Schlagartig sitzt sie gerade. »Sie haben mich reingelegt?«

Ich habe Mühe, mir das Grinsen zu verkneifen. »Nein. Ich habe nur die Chance genutzt, mit einer wirklich bezaubernden Frau essen zu gehen.«

Sie legt den Kopf schief und funkelt mich an. Und das kann sie wirklich gut. »Sparen Sie sich Ihr Süßholzgeraspel. Das zieht bei mir nicht. Der Grund, aus dem ich hier sitze, ist nämlich der, dass ich mit Ihnen über die Sache mit der Musikschule sprechen muss.«

Zumindest ist sie ehrlich und nimmt kein Blatt vor den

Mund, wie ich anerkennend feststellen muss. Selbst wenn es mir nicht ganz passt. »Sie fallen gern mit der Tür ins Haus, stimmts?«

Herrlich, wie sie rot wird und trotzdem kämpferisch ihr Kinn reckt.

»Können Sie denn nicht irgendwie …«, setzt sie an, ringt die Hände, »… was weiß ich … drumherum bauen oder so?«

»Drumherum«, wiederhole ich trocken.

»Ja. Meinetwegen auch untendrunter. Da wird es doch wohl irgendeine Möglichkeit geben.«

»Klar. Vielleicht lassen wir das Gebäude auch einfach obendrüber schweben? Sonst noch unsinnige Vorschläge?«

»Was weiß ich – ich bin keine Architektin, aber es muss doch irgendeine andere Lösung geben als nur die, alles plattzuwalzen.«

»Mal sehen«, sage ich und lasse meinen Blick betont langsam über ihren Körper gleiten, um sie ein bisschen zu ärgern.

Und es funktioniert. Sofort sitzt sie angespannt und kerzengerade da, ihre Augen funkeln.

Leider hat die Sache einen Nebeneffekt, nämlich den, dass mir ihr kurviger Körper erst so richtig bewusst wird. Umso besser. Dann wird dieser lästige Abend also doch noch ein angenehmes Nachspiel haben. Die Belohnung kann ich ja mitnehmen, muss sie nur dazu bekommen, ihr Feuer nicht verbal an mir auszulassen. Ich lehne mich wieder in meinen Sitz, schenke ihr mein breitestes Lächeln. »Dann wollen wir uns mal ein wenig amüsieren.«

»Ich werde mich definitiv nicht amüsieren!«, grollt sie.

»Schon gar nicht mit Ihnen! Aber Hunger habe ich, also los jetzt.«

Ich grinse.

Auch wenn es bei diesem Essen um etwas ganz anderes geht – der Abend verspricht, auf sonderbare Art und Weise interessant zu werden.

Lucy

Ich reibe mir die Schläfen. Der Abend verspricht, äußerst anstrengend zu werden.

Das mit dem verdammten Bezirzen hat ja vorhin schon so unfassbar gut geklappt. Ich habe Hayden doch gleich gesagt, dass ich das nicht kann. Was um alles in der Welt tue ich hier überhaupt? Wieso nur habe ich mich von ihr zu diesem Unfug überreden lassen? Das Grundstück, okay. Aber da gibt es sicher noch eine andere Lösung, oder? Eine, die nicht mit Langner und mir zu tun hat. Wem mache ich eigentlich was vor? Die Chance müssen wir nutzen.

Ich will nicht neben ihm in diesem Auto sitzen, auch wenn es ein wirklich toller Wagen ist und ich jemandem wie ihm so viel guten Geschmack gar nicht zugetraut hätte. Trotzdem! Ich will nicht seinen herrlichen Duft nach Minze und Sandelholz atmen, seinen Blick auf mir spüren, der mich seltsam nervös macht. Doch ich habe einen Auftrag. Also: zweiter Versuch. Charmant sein! Bezirzen! Charmant sein! Bezirzen!

Ich lächele ihn an.

»Zahnschmerzen?«

Okay, das aufreizende Lächeln muss ich wohl noch üben. Ach, Scheiß drauf. Ich schnaube verärgert. »Ihretwegen höchstens.«

»Jetzt bin ich ziemlich enttäuscht«, sagt er mit einer Fröhlichkeit, die so gar nicht zu seiner angeblichen Enttäuschung passt. »Ich hatte gehofft, Sie würden sich in meiner Gegenwart entspannen.«

»Es muss doch irgendeine andere Möglichkeit geben!«

»Oh, die gibt es, und ich habe gewusst, dass Sie das sagen.« Er zwinkert mir zu.

»Ich rede von der Musikschule!«, rufe ich und spüre meine Wangen glühen, auch wenn mir klar ist, dass er mich mit seiner Aussage nur reizen wollte. Oder? »Wovon denn sonst?«

»Ja genau, wovon sonst sollte man reden, wenn man miteinander ausgeht? Und Achtung: Das ist eine rhetorische Frage.«

»Wir gehen nicht miteinander aus.«

»Sie sollten sich schämen«, fährt er, ohne meinen Protest zu beachten, belustigt fort, »meinen ehrlichen Wunsch nach Aussöhnung als Vorwand zu nehmen, mich in der Sache mit der Musikschule beeinflussen zu wollen.«

»Ich will lediglich deutlich machen, dass dies hier kein Date ist.«

»Warum tragen Sie dann hohe Schuhe?«

»Ich liebe nun einmal hohe Schuhe«, behaupte ich und habe Mühe, mein Gesicht nicht schmerzhaft zu verziehen, denn die blöden Dinger gehören Sonja und sind nicht nur zehn Zentimeter zu hoch für mich, sondern auch noch sauunbequem.

»Komisch, denn bei unseren letzten Begegnungen trugen Sie immer nur Ballerinas.«

»Wegen der Arbeit«, murmele ich verlegen und wundere mich zugleich, dass ihm das aufgefallen ist.

Er fährt sich mit einem schabenden Geräusch über die Bartstoppeln an seinem Kinn. »Und Sie haben Ihr Haar ziemlich kunstvoll hochgesteckt.« Seine Stimme klingt amüsiert.

»Weil mir heiß war«, nuschele ich und sehe hastig aus dem Fenster zu meiner Rechten. Der Wagen hat an einer roten Ampel gehalten.

»Und Ihre Fingernägel lackiert.«

»Weil ... ich das immer freitags mache.« Meine Wangen glühen, und ich hoffe zutiefst, dass er das nicht sieht. Wieso bemerkt er so was? Gehört das zu seiner Masche?

»Und außergewöhnlich lange Ohrringe angelegt, die Ihren schlanken Hals betonen und die wundervoll geschwungene Kurve Ihrer Schultern.«

Ist das sein Ernst? Perplex drehe ich mich um und mein Blick trifft auf seinen. Tiefgrün, geheimnisvoll. »Die ... Ohrringe ... ich ... nur, weil ...« Verwirrt gebe ich auf. Wie soll man denn auch bei diesem Blick klar denken können? Die Intensität, mit der er mich mustert, lässt die Härchen auf meinen Armen sich aufstellen.

»Und ein überaus verführerisch duftendes Parfum aufgelegt«, sagt er leise und seine samtigwarme, tiefe Stimme lässt mir einen wohligen Schauer über den Rücken laufen.

Langsam beugt er sich zu mir herüber, bis ich seine Wärme spüren kann, sein eigener umwerfender Duft steigt mir in die Nase. Ich weiß nicht, ob es diese gewisse Note darin ist oder seine Nähe an sich oder alles zusammen, doch mein Herz schlägt plötzlich heftiger, mein Atem geht schneller. Ich will mich rühren, will wegsehen und kann mich doch nicht aus seinem Bann lösen.

»Zufall«, kriege ich gerade so herausgepresst.

Hinter uns hupt jemand.

»Ich liebe Zufälle«, raunt Alex mit breitem Grinsen, und sein Atem trifft mich heiß, bevor er wieder nach vorn sieht und anfährt.

Nervös streiche ich meinen Rock glatt, hole tief Luft und versuche, mich zu sammeln.

Wie gesagt: Ich will nicht neben ihm im Auto sitzen. Ich will nicht seine Blicke auf mir spüren. Vor allem aber will ich nicht, dass seine Blicke mich so nervös machen, dass etwas in meinem Magen flattert. Wenn er doch endlich damit aufhören würde, so zu tun, als sei das hier ein verdammtes Date. Denn das ist es nicht! Oder vielleicht doch? Meint er es möglicherweise wirklich ernst? Mit mir? Interessiert er sich vielleicht tatsächlich für mich? Unsicher knete ich meine Finger. Wo sind die Papierschiffchen, wenn man sie mal braucht.

»Alles okay?«

Ich schrecke zusammen. »Was?«

»Sie wirken so verkrampft. Geht es Ihnen gut? Also abgesehen von Ihren Zahnschmerzen?«

»Absolut«, sage ich und hasse meine Stimme dafür, dass sie viel zu hoch klingt – wie immer, wenn ich angespannt bin.

»Waren Sie eigentlich schon einmal im *Decameron*?«

Ich schüttele den Kopf.

»Ich hoffe, dass es Ihnen gefällt.«

Er klingt ehrlich besorgt, also versuche auch ich es

mit einer netten Antwort. »Ich bin nicht besonders wählerisch. Ich fühle mich in jedem Lokal wohl, solange es keines dieser Monster aus Stahl und Beton ist.«

»Monster aus Stahl und Beton?«

»Ja, so wie das Einkaufszentrum. Ich habe noch nie etwas Grauenvolleres gesehen und …«

»Moment.« Er sieht mich ungläubig an. »Wie haben Sie das Einkaufszentrum genannt?«

»Monster aus Stahl und Beton?«, wiederhole ich unsicher.

Wortlos starrt er mich an.

»Könnten Sie bitte auf die Straße achten!«

Zu meiner Erleichterung leistet er meiner Bitte Folge und wendet sich wieder nach vorn, doch der seltsame Ausdruck auf seinem Gesicht bleibt.

»Ein Stahlkoloss ohne Herz, ohne Seele und vermutlich auch ohne Zukunft«, fahre ich fort. »In solchen Gebäuden kriege ich Depressionen. Hätte Ihre Firma nicht ein hübscheres Gebäude konzipieren können? Ehrlich: Den Architekten dieses Elends würde ich an Ihrer Stelle feuern.«

Er schweigt, dann lacht er plötzlich, seltsam ungläubig. »Schwierig. Das bin ich nämlich selbst.«

»Oh.« Ich spüre, wie das Blut mir in die Wangen schießt. »Das war … Ich habe … Es tut mir leid, ich wollte nicht …«

»Schon gut.« Er winkt ab. »Sie haben ja recht.«

»Habe ich?«

»Solche Ehrlichkeit ist selten. Bräuchte ich öfter.« Er seufzt tief, scheint noch etwas sagen zu wollen, schüttelt dann aber den Kopf.

Aus den Augenwinkeln schiele ich zu ihm hinüber.

Seine Stirn ist umwölkt und geistesabwesend trommelt er mit den Fingerspitzen auf sein Lenkrad. Seltsamerweise scheint er tatsächlich überhaupt nicht sauer zu sein, eher … durcheinander.

Der Rest der Fahrt verläuft schweigend. Nicht einmal seinem Smartphone, das auf der Mittelkonsole liegt und immer wieder kurz aufleuchtet, weil eine Nachricht oder ein Anruf eingeht, schenkt er Beachtung. Heimlich spähe ich auf das Display. Einmal steht da Mitch, ansonsten sind es immer weibliche Namen: Jenny, Hannah, Celine, Antonia.

Nicht, dass mich das wundern würde. Aber zu meinem eigenen Erstaunen ärgert es mich. Und zwar deutlich mehr, als es sollte.

Endlich scheinen wir da zu sein, denn der Wagen wird langsamer, hält kurz darauf vor einem schmucken, alten Gebäude mit bodentiefen Fenstern, und Alex parkt schwungvoll ein. »Warten Sie einen Moment«, sagt er, als ich mich abschnalle.

»Was? Worauf?«

Doch er ist schon ausgestiegen, geht vorn um den Wagen herum, wirft währenddessen einen Blick auf das Smartphone, scrollt die Nachrichten jedoch ziemlich schnell und emotionslos durch. Schließlich öffnet er mir die Tür und hält mir, ganze Gentleman, seine Hand hin, um mir herauszuhelfen. »Darf ich bitten?«

»Nicht nötig«, erkläre ich, denn die Sache mit den Nachrichten wurmt mich.

Ich hieve mich aus dem niedrigen Wagen nach oben, stelle fest, dass es a) etwas zu schwungvoll war und b) nahezu unmöglich ist, aus diesem Winkel mit haushohen

Pfennigabsätzen Halt zu finden, ohne wegzuknicken. Einen kurzen Aufschrei später finde ich mich an Alex' Brust wieder. Seiner überaus muskulösen Brust. Umfangen von seinen nicht weniger muskulösen Armen. Umgeben vom frisch-würzigen Duft seines Aftershaves. Geschmiegt an seine warme, glatte Halsbeuge.

»Na, Sie gehen aber ran.«

Abrupt reiße ich mich los, greife hastig nach dem Autodach, um nicht erneut das Gleichgewicht zu verlieren. Mein Gesicht glüht wie ein Hochofen. »Ich bin gestolpert.«

»Die übliche Ausrede.«

»Ausrede? Versuchen *Sie* mal, in diesen dämlichen Dingern zu laufen!« Wütend deute ich nach unten.

»Ich dachte, Sie lieben hohe Schuhe.«

Ich öffne den Mund, suche nach einer passenden Antwort. Und schließe ihn wieder. Mein Gesicht fühlt sich an, als könnte ich im nächsten Laden als Heizstrahler anheuern.

Er grinst.

»Wollen Sie den ganzen Abend hier herumstehen oder gehen wir endlich rein?« Den Kopf hoch erhoben stakse ich, nur minimal schwankend, Richtung Eingang. Noch immer habe ich den frisch-würzigen Duft seines Aftershaves in der Nase. Und wie ich die Erinnerung daran, wie sich sein Körper unter meinen Händen angefühlt hat, aus meinem Gedächtnis streichen soll, weiß ich gerade beim besten Willen nicht.

Erst vor der Tür halte ich inne, atme tief durch.

Rechter Hand steht in kleinen, schwarzen Lettern »Decameron« geschrieben, als sei das schon aussagekräftig genug, und das Lokal benötigt keine größere Werbung. Dazu, die Tür aufzudrücken, komme ich allerdings nicht. Das erledigt bereits ein Mann in feinem Anzug und mit Barett auf dem Kopf für mich, der offenbar nur dafür hier positioniert wurde. Verunsichert mustere ich den Eingang.

Im nächsten Moment ist Alex wieder an meiner Seite, hält mir den Arm hin. »Ich weiß, ich weiß, Sie können allein laufen«, sagt er, während es um seine Mundwinkel herum zuckt. »Nur für alle Fälle, okay?«

Mit hochrotem Gesicht starre ich seinen Arm an, als wäre dieser eine giftige Schlange, doch nach einem weiteren Blick durch die offene Tür in eine Welt voll Glitzer und Eleganz beschleicht mich eine Ahnung davon, um was für einen Laden es sich hier handelt. Ich bin mir nicht sicher, ob ich es in Sonjas Schuhen zum Tisch schaffen werde, ohne auf der Nase zu landen. Ich bin mir allerdings sehr sicher, dass ich dort kein Aufsehen erregen möchte, indem ich wie betrunken herumtorkele.

Also hake ich mich schlussendlich doch richtig bei Alex ein, lasse mich von ihm formvollendet an dem menschlichen Türöffner vorbeiführen.

Kaum haben wir das Restaurant betreten, sehe ich meine Ahnung mehr als bestätigt und wünsche mir dringend, ich hätte nicht aus Protest meinen Pünktchen-Rock angezogen. Ich bin umgeben von Abendkleidern und Smokings.

»Hätten Sie mir nicht sagen können, wo wir hingehen?«, zische ich Alex zu.

»Habe ich.«

»Aber nicht, was das für ein feiner Laden ist!«

»Sie haben mir ja ziemlich deutlich gemacht, dass

Ihnen daran gelegen ist, Ihre Tupfen zu behalten«, gibt er amüsiert zurück, »und dass Sie kein Abendkleid anziehen werden. Schon gar nicht für mich. Da wollte ich Ihnen nicht zu nahe treten.«

Ich werfe ihm einen bösen Blick zu, doch gleichzeitig bin ich erleichtert. Zum ersten Mal seit meiner Aussage über das Einkaufszentrum klingt er amüsiert, und ich bin bei allem Ärger dennoch froh, dass wir wieder auf die Streit-Ebene zurückgefunden haben. Alles andere fühlt sich nach etwas an, was heikel werden könnte. Und nicht sein darf.

Eine Entgegnung bleibe ich ihm schuldig, denn der Oberkellner hat uns entdeckt und schwebt mit gemessenen Schritten und steifer Körperhaltung auf uns zu. »Bonsoir messieurs dames, soyez les bienvenus!«

»Bonsoir, Claude«, sagt Alex, was selbst ich mit meinen nicht vorhandenen Französisch-Kenntnissen als Begrüßung identifizieren kann. Mit dem Schwall französischer Worte seines Gegenübers kann ich allerdings rein gar nichts anfangen. Nur, dass er sich mir als Monsieur Claude vorstellt, begreife ich. Wo um Himmels willen bin ich hier gelandet?

Besagter Claude scheint Alex gut zu kennen, denn weder schlägt er in seinem Buch die Reservierung nach, noch fragt er nach seinem Namen, führt uns vielmehr ohne Umschweife durch den Saal, in dem alles zu funkeln scheint, vor allem die schmuckbehängten Damen. Allerdings scheint mir, dass er mich aus dem Augenwinkel leicht verächtlich mustert. Ich kann es ihm nicht verdenken.

»Himmel«, murmele ich, »ich habe gerade das Gefühl, dieses Restaurant eigentlich nur durch die Hintertür betreten zu dürfen und mich in der Küche aufhalten zu müssen.« Unwillkürlich drücke ich mich enger an Alex, denn den Blicken der anderen Gäste nach zu urteilen sind sie nämlich derselben Meinung.

»Falsche Einstellung«, sagt Alex. »Wer wirklich wichtig ist, dem kann es schnurz sein, was er trägt und was die Leute von ihm denken. Im Umkehrschluss bedeutet das also: Sie«, er nickt mir zu, »sind so bedeutend und wichtig, dass Sie es sich leisten können, hier anzuziehen, was immer Sie wollen. Davon abgesehen sehen Sie in Ihren Tupfen besser aus als die in ihrem Glitzer.« Mit rauer Stimme ergänzt er: »Sehr viel besser, glauben Sie mir.«

Vor Überraschung wäre ich beinahe gestolpert. Nicht wegen dem, *was* er gesagt hat, sondern *wie* er es gesagt hat. Ganz ohne seine übliche herablassende Belustigung. Es klang wirklich, als meinte er es ernst.

Als sei ihm selbst gerade erst bewusst geworden, dass sein Tonfall irgendwie anders war, räuspert er sich und ergänzt feixend: »Sie können sich aber auch einfach die Anwesenden hier nackt vorstellen, da verlieren die dann schnell ihre Furcht einflößende Wirkung. So mache ich das immer.«

»Das hat schon bei meinen Konzerten nicht funktioniert«, springe ich dankbar auf den Zug auf. »Da fehlte dann doch die Fantasie oder der Wille, irgendwelche alten Männer im Schlafanzug oder ohne vor mir zu sehen.«

»Und wie sieht es mit jungen Männern aus?«, fragt er schmunzelnd und bleibt stehen, weil vor uns gerade eine größere Gruppe an zusammengeschobenen Tischen Platz nimmt und etliche Menschen uns den Weg versperren. »Vielleicht sollte *ich* mal zu einem Ihrer Konzerte kommen.«

»Ich gebe zurzeit ohnehin keine Konzerte.« Verdammte rosarote Elefanten. Wie um alles in der Welt soll ich denn jetzt *nicht* an einen nackten Alex denken? Wo ich mich ihm ja vorhin schon quasi an die Brust geworfen habe. Ein Moment, der irgendwie alles verändert hat. Obwohl er das nicht sollte. Krampfhaft sehe ich geradeaus.

»Ach, das mit den Auftritten war ernst gemeint?«

»Natürlich war das ernst gemeint. Was dachten Sie denn, was ich bin?«

»Eine Musikschullehrerin?«

»Äh. Ja. Das stimmt ja auch.« Verlegen streiche ich mir das Haar hinters Ohr. »Vorübergehend jedenfalls.«

»Wieso?« Er mustert mich neugierig. »Was kommt danach?«

»Veuillez me suivre s'il vous plaît.« Zum Glück meldet sich in diesem Moment der Oberkellner zu Wort und winkt uns mit exaltierter Gestik zu sich. Vorsichtig schieben wir uns an den letzten Gästen des Gruppentisches vorbei zu ihm.

Der Tisch, auf den er mit einer devoten Verbeugung deutet, ist zum Teil hinter einer modernden Kunstinstallation verborgen, an der Wasser leise plätschernd über zerdrückte Ovale und andere, ursprünglich geometrische Formen rinnt, die aussehen, als sei ein Laster drübergefahren. Schön ist zwar was anderes, doch zumindest sind wir dadurch etwas vor den Blicken der anderen Gäste geschützt. Ob mir allerdings die dadurch viel vertraulichere Atmosphäre in unserer kleinen Nische gefällt, weiß ich noch nicht. Was ich allerdings weiß, ist, dass mir der abfällige Blick nicht gefällt, mit dem mich der Oberkellner noch immer bedenkt, als er meint, ich würde es nicht sehen.

Er schiebt mir den Stuhl heran, während Alex Handy,

Portemonnaie und Schlüsselbund aus seinem Jackett kramt und links von sich an den Tischrand legt. Als auch er Platz genommen hat, reicht der Kellner jedem von uns eine Weinkarte.

»Un Sessantanni, s'il vous plaît«, bestellt Alex nach kurzem Studium der Karte, während ich noch hin und weg bin von all dem Geschirr auf dem Tisch, immerhin liegt hier gefühlt mehr Besteck herum, als ich überhaupt besitze.

»C'est un bon choix«, erklärt der Kellner, und was auch immer das bedeutet, es hört sich erfreut an.

»Nur Mineralwasser bitte«, sage ich und reiche die Weinkarte unbesehen zurück, immerhin muss ich einen klaren Kopf behalten im Gespräch mit diesem Alex Langner, der, so weltmännisch und elegant er auch rüberkommt, trotz allem ein ziemlich windiger Kerl ist. So viel ist sicher.

»Avec plaisir«, sagt der Kellner mit einem steifen Nicken. »L'Eau de Sainte Marguerite, de Châteauneuf, Arvie ou Châteldon?«

»Das klingt gut. In Ordnung.«

»Wie meinen?«, hakt der Kellner herablassend auf Deutsch nach und kräuselt die Nase.

»Sie nimmt das Châteldon«, erklärt Alex an meiner Stelle, und zu meinem Entsetzen wird mir klar, dass es wohl nicht ein einziges, sondern eine ganze Batterie von Mineralwässern gewesen sein muss, die der Kellner mir da aufgezählt hat. Mit einer Verbeugung, die allerdings mehr Alex gilt als mir, nimmt er die Weinkarten entgegen, reicht uns im Gegenzug die Menükarten und entschwindet wieder.

Nervös knibbele ich an der Serviette, versuche, mich auf die unweigerlich folgende blöde Bemerkung von Alex einzustellen und mir eine Antwort zurechtzulegen.

»Also? Wieso spielen Sie nicht mehr?«

»Ich kann eben kein Französisch!«

»Was?«

»Wie?«

Erneut schießt mir das Blut ins Gesicht, als mir klar wird, dass Alex gar nicht vorgehabt hat, irgendeine dumme Bemerkung zu der Sache mit dem Kellner zu machen. Auch jetzt schweigt er zu meiner konfusen Rede, stattdessen ruht der Blick seiner grünen Augen so aufmerksam auf mir, dass ich Schwierigkeiten habe, mich auf eine Antwort zu konzentrieren. »Es hat seine Gründe«, stottere ich schließlich, »und ich möchte nicht darüber reden, in Ordnung?«

»In Ordnung.«

Noch während er das sagt, vibriert in meiner Handtasche, die ich neben Alex' Schlüssel an den Tischrand gelegt habe, mein Handy erbost vor sich hin. Ein kurzer Check zeigt, dass es der Festnetzanschluss meiner Eltern ist. Ich verstaue es wieder in der Handtasche.

»Ich dachte, Ihr Handy läge im Gully«, sagt Alex.

»Tut es auch. Das ist das alte meiner Nachbarin, das sie mir als Leihgabe aufgezwungen hat.«

»Hm. Ich möchte Ihnen Ihres gern ersetzen.«

Ich mustere ihn prüfend. »Ist das etwa ein Schuldeingeständnis?«

Er hebt abwehrend die Hand. »Sagen wir: zumindest eine Entschuldigung.«

»Alex Langner entschuldigt sich. Ist das eine Pressemeldung wert?«

»Ich denke schon«, entgegnet er mit einem Augenzwinkern. »Und jetzt sind Sie dran.«

»Ich? Wofür soll ich mich denn bitte entschuldigen?«

Er grinst lediglich.

Ich rolle mit den Augen. »Na schön. Es … na ja … es tut mir leid, dass ich damals in der Bäckerei etwas … ähm … zickig war.«

»Nur in der Bäckerei?«, hakt er belustigt nach.

Ich werfe ihm einen bösen Blick zu. »Möglicherweise auch bei unseren weiteren Begegnungen. Aber ich habe mir in dieser Bäckerei wirklich eine Ewigkeit lang die Beine in den Bauch gestanden und bin sogar wider Willen zu einer Expertin für Hühneraugen geworden.«

»Interessant.«

»Die von Fremden!«, ergänze ich hastig. »Nicht meine! Ich meine, ich habe keine!« Wird mein Gesicht jemals wieder eine normale Temperatur annehmen? Hastig rede ich weiter: »Und glauben Sie mir: Die Leidensgeschichte fremder Leute über ihre Hühneraugen mit anhören zu müssen, während ich auf meinen Kaffee warte, ist definitiv etwas, was nicht auf der To-do-Liste meines Lebens steht, okay?« Verlegen spielen meine Finger mit dem Besteck.

»Okay. Verstanden. Und was ist mit dem Hamster?«

Vor Schreck stoße ich das Glas um, stelle es hastig wieder aufrecht hin. »Es gab nie einen Hamster!« Als ob ich ihm hier von meinen verkorksten Beziehungen erzählen würde.

Erneut vibriert mein Handy. Unwillkürlich stöhne ich auf, kann mir denken, wer das ist. Ein Blick in meine Handtasche bestätigt den Verdacht.

»Welche arme Seele hat es sich denn da so mit Ihnen verscherzt, dass Sie sie ignorieren? Oder tun Sie das wieder meinetwegen?«, fragt Alex.

»Meine Mutter oder mein Vater«, seufze ich.

»Sie verstehen sich nicht sonderlich gut mit Ihren Eltern?« Ich sehe auf, und etwas huscht durch seinen Blick, was ich nicht deuten kann.

»Doch. Sehr gut. Zumindest im Abstand von etlichen hundert Kilometern.« Ich lächele schief, reibe mir müde über die Stirn.

… »Was um alles in der Welt sollte das gerade eben?!« Die Stimme meines Vaters überschlägt sich fast.

»Ich weiß es nicht«, stammele ich leise, spüre das Brennen in meinen Augen und diesen Druck in meiner Brust, dieses zusammengepresste Weinen, das sich seinen Weg bahnen will und doch nicht kann.

Ein paar Passanten bleiben stehen, starren zu uns herüber. Krampfhaft halte ich mich am Geländer fest, um nicht auf die Stufen zu sinken, so sehr zittern meine Beine. Ich stehe auf der Treppe vor dem Gebäude, das der Ort meines Triumphes und der Ausgangspunkt meines neuen Lebens werden sollte. Und nun Zeuge meiner größten Niederlage ist.

Vor Verzweiflung bin ich nicht einmal in der Lage, überhaupt zu weinen.

»Ich fasse es nicht!«, ruft mein Vater zornig und ringt die Hände. »Ich fasse es einfach nicht.« Abrupt wendet er sich meiner Mutter zu. »Caroline, kannst du mir bitte erklären, was um alles in der Welt mich dazu bewogen hat, auf dich zu hören? Ich wollte, dass sie etwas Anständiges studiert! Etwas mit Hand und Fuß! Ich wollte, dass sie Karriere macht.«

»Das wollte ich auch«, gibt meine Mutter leise zurück und daran merke ich ihre Enttäuschung am meisten, und das tut viel mehr weh als der Zorn meines Vaters. Normalerweise ist sie laut und dominant. Mein halbes Leben lang haben wir gestritten – meist ging es um meine Zukunftsvorstellungen, die so gar nicht mit ihren Plänen für mich zusammengepasst haben. Und doch war es letztlich sie, die meinem Vater die Zustimmung zu meinem Studium abgerungen hat, ihn schlussendlich sogar dazu überredet hat, zur Abschlussprüfung zu erscheinen, obwohl er gleichzeitig einen wahnsinnig wichtigen Geschäftstermin am anderen Ende der Welt hätte wahrnehmen müssen.

Sie enttäuscht zu haben, schmerzt unfassbar.

»All die Jahre«, tobt mein Vater weiter, »die ich auf dich eingeredet, die ich versucht habe, dich zur Vernunft zu bringen! Aber du bist stur geblieben. Stur wie ein Esel. Ich habe dir immer gesagt, dass du von diesem Quatsch nicht wirst leben können …«

»Musik ist kein Quatsch«, widerspreche ich tonlos, doch er hört gar nicht hin.

»… aber nein, sie wollte es ja partout! Und reicht das? Nein, das reicht noch nicht. Die Madame fährt zur Prüfung und was macht sie? Sie spielt nicht! Keinen einzigen verdammten Ton! Warum?!«

»Lampenfieber«, behaupte ich leise.

»Lampenfieber?!«, wiederholt er fassungslos. »Nach all den Jahren und was-weiß-ich-wie-vielen Auftritten hast du urplötzlich Lampenfieber?« Aufgebracht tigert er vor der Treppe hin und her, bleibt schließlich vor mir stehen, breitet die Hände aus. »Da lasse ich mich von deiner Mutter überreden, meine wichtigsten Geschäftspartner und die gesamte

Verwandtschaft einzuladen, sitze mit ihnen in der ersten Reihe, bin gekommen, um endlich einmal stolz auf meine Tochter zu sein. Und was macht besagte Tochter? Sie spielt nicht. Sie steht da und rührt sich nicht. In meinem ganzen Leben bin ich noch nie dermaßen gedemütigt worden! Und dann sagt sie, sie hätte Lampenfieber gehabt! Ich fasse es nicht! Hast du keine bessere Entschuldigung für dein Versagen?«

Doch. Habe ich.

Ich kann sie ihnen nur nicht sagen …

»Verstehen Sie sich denn mit Ihren Geschwistern?«, reißt mich Alex aus meinen Erinnerungen. »Also, falls Sie welche haben?«

Misstrauisch mustere ich ihn. »Warum stellen Sie mir so viele persönliche Fragen?«

»Habe ich Ihnen doch gesagt: Weil ich Sie faszinierend finde und besser kennenlernen will. Sie mich etwa nicht?«

»Erzählen Sie das jeder Frau?«

Er tut, als würde er überlegen, schüttelt dann den Kopf. »Lassen Sie mich nachdenken. Hm. Nein. Ich glaube, ich rede für gewöhnlich nicht viel.«

»Sie meinen, Sie sagen für gewöhnlich nur so was wie: Hey, ich hab ’nen Haufen Kohle, lass uns in die Kiste hüpfen.«

»So ungefähr«, antwortet er mit einem breiten Grinsen.

»Sie wollen mich ärgern.«

»Und es funktioniert. Sie werden immer so herrlich rot. Und Ihre Augen kriegen diesen …« Er sucht nach Worten.

»Diesen was?«, hake ich mit gerunzelter Stirn nach.

»Diesen ›Ich fress Sie gleich auf‹-Blick. Das gefällt mir. Jedenfalls mehr, als Sie traurig zu sehen wegen Ihrer Eltern.«

»Ich habe keinen ›Ich fress Sie gleich auf‹-Blick«, protestiere ich, muss aber plötzlich wider Willen schmunzeln und versuche, es hinter der erhobenen Menükarte zu verbergen.

Eine Weile bleibt es auf der anderen Seite des Tisches still, schließlich linse ich über den oberen Rand der Karte. Alex hat die Ellbogen aufgestellt und das Kinn in die Hand gestützt. Und betrachtet mich mit geneigtem Kopf.

Ich fühle mich ertappt, lasse die Karte sinken und versuche, zu ignorieren, dass mir unter seinem Blick erneut ein seltsam wohliger Schauer über den Rücken läuft. »Spielen Sie ein Instrument?«, frage ich, um von meiner Verunsicherung abzulenken.

»Ich wollte als Kind immer Gitarre lernen.«

»Aber?«

»Ich habe dafür so viel Talent wie ein Brotkorb.« Für einen Moment muss ich losprusten, dann habe ich mich wieder unter Kontrolle.

»Kann ich mir eigentlich gar nicht vorstellen bei Ihren langen, schlanken Fingern.« Kaum ist mir das herausgerutscht, hätte ich mir am liebsten auf die Zunge gebissen.

»Tatsächlich?« Erstaunt hebt er seine Hände, dreht und wendet sie. »Normalerweise sind meine Hände nicht unbedingt der Körperteil, der am meisten an mir gerühmt wird.«

»War ja klar, dass so was kommen würde. Da will man einmal aufrichtig nett sein.« Ich verziehe das Gesicht. »Ekelhaft, wie penisbesessen ihr Kerle immer seid.«

»Ich meinte eigentlich meine Lunge«, gibt Alex zurück, sieht aber seltsamerweise an mir vorbei.

»Lunge?«, wiederhole ich perplex, doch fast zur selben Zeit lässt mich ein Hüsteln zusammenfahren und Monsieur Claude, Wein und Wasser auf einem Tablett balancierend, erscheint neben mir. Die Missbilligung in seinen Augen ist nicht zu übersehen.

Ich möchte mit meinem Stuhl verschmelzen.

Mit knappen französischen Worten schenkt er mir ein, anschließend auch Alex und wartet steif wie ein Brett darauf, dass dieser kostet und seine Zustimmung zum Wein erteilt. Erst bei Alex' französischen Ausführungen hellt sich sein Gesicht wieder auf.

Erleichtert senke ich den Blick auf meine Menükarte, nehme zum ersten Mal richtig wahr, was da steht. Und fühle mich definitiv überfordert. Mal abgesehen davon, dass sämtliche Gerichte französische Namen tragen, ich jedoch in der Schule Latein hatte, scheint auch jedes einzelne Gericht mit einem fünfzeiligen Aufsatz vorgestellt zu werden.

Als der Oberkellner zurückkehrt, bin ich noch immer keinen Deut schlauer. Ich lasse die Karte sinken.

»Êtes-vous prêt?«, fragt der Kellner mit blasiertem Gesichtsausdruck, und ich kann nur vermuten, dass er nach meiner Bestellung fragt.

Ich nicke und klappe die Karte zu. »Ich nehme ein Müsli.«

Er blinzelt, dann wiederholt er tonlos: »Müsli.«

»Mit Schokostückchen.« Kämpferisch recke ich das Kinn.

Der Kellner zieht scharf die Luft ein, seine Nasenflügel flattern, er hüstelt. »Möglicherweise sind Sie hier im falschen Lokal, Madame?«

Sieh mal einer an, plötzlich spricht er meine Sprache, wenn auch mit starkem französischem Akzent. Mich beschleicht der Verdacht, dass es sich bei Monsieur Claude um einen einfachen Klaus handeln könnte.

»Ich denke nicht«, entgegnet Alex lächelnd.

Der Kellner zuckt zusammen, scheint sich jetzt erst an Alex' Gegenwart zu erinnern und erklärt mit gerümpfter Nase. »Wie Sie wünschen, also dann ein Müsli.«

Na also, geht doch, denke ich und kann mir ein kleines Triumphgefühl nicht verkneifen.

»Und Sie, Monsieur?«, fragt der Kellner nun Alex.

Der studiert die Karte nachdenklich. »Hm, vielleicht das *Confit de canard maison?*«

»Kann ich nur empfehlen. Sehr delikat. An Steinpilzen serviert.«

»Oder doch lieber den *Foie gras de canard*?«

»Ebenfalls eine ausgezeichnete Wahl. Die dazu gereichte *Brioche* ist natürlich auch hausgemacht.«

»Vielleicht aber auch die *Pintade des Landes.*«

»Die müssen Sie einfach versuchen. Das Perlhuhn ist hauchzart, ein Gedicht, in Pinienkernrobe.«

Alex nickt seine Erläuterungen konzentriert mit zur Seite geneigtem Kopf ab, sagt nach kurzer Bedenkzeit: »Ich weiß jetzt, was ich nehme.«

»Ja?« Monsieur Claude beugt sich einen Hauch weiter vor.

Alex schlägt die Karte zu. »Ein Müsli.«

Der Kellner ist nicht der Einzige, der ihn fassungslos anstarrt. Ich glaube auch, mich verhört zu haben.

»Müsli?«, krächzt der Kellner schließlich.

»Ganz genau. Mit Schokostückchen.«

Monsieur Claude blinzelt, schluckt, blinzelt erneut, öffnet den Mund und scheint protestieren zu wollen, schließt ihn dann aber wieder und atmet tief durch, nickt, nimmt mit steifen Bewegungen die Karten an sich und schwebt, ganz gekränkte Eitelkeit, von dannen.

Alex sieht ihm nach, lehnt sich dann zurück und fragt mit breitem Grinsen: »Warum noch mal haben wir gerade Müsli bestellt?«

»Damit klar ist, dass dies kein Date ist.«

»Gut zu wissen, dass ich dafür mein Leben riskiere. Ich hatte schon Angst, dass er mich gleich mit der Karte verdrischt.«

Warum nur muss er so verdammt charmant sein? Dass er mir mit dem Kellner geholfen hat, mehr als das, war einfach nett. Er soll damit aufhören. Schließlich will ich ihn nicht mögen. Ich mag ihn auch nicht. Immerhin ist er ein arroganter Immobilienhai! Oder so ähnlich. Also quasi ein gefühlloser Fisch. Dennoch spüre ich, wie das Lachen in mir aufsteigt, und versuche vergeblich, es hinter meiner Hand zu verstecken, ehe ich schließlich prustend aufgebe. »Ich hatte eher befürchtet, er würde gleich einen Schlaganfall erleiden, so wie diese Ader an seiner Stirn pulsiert hat. Ich glaube, er hat Ihre Wahl irgendwie persönlich genommen.«

»Ich werde mich hier nie wieder blicken lassen können.«

»Jetzt habe ich ein schlechtes Gewissen.«

»Deshalb lachen Sie auch so, nicht wahr?« Er schüttelt in gespielter Empörung den Kopf. »Trotzdem war es den Anblick wert. Ich habe noch nie jemanden derart beleidigt und dennoch elegant davonschweben sehen.«

»Eine Operndiva hätte es nicht besser gekonnt.«

»Vielleicht tritt er ja nebenher heimlich als Dragqueen auf.«

»Passen Sie nur auf, dass ihm das nicht zu Ohren kommt, sonst verdrischt er Sie nachher nicht mit der Karte, sondern mit der Blumenvase.«

»Dann habe ich mich für Sie geopfert. Ich hoffe, Sie wissen das zu schätzen.«

»Ein wahrer Ritter.«

»Bin ich in der Tat. Es merkt nur irgendwie keiner.«

»Das wird doch wohl nicht etwa an Ihrer Art liegen, sich einen Kaffee zu bestellen?«

Die Lachfältchen um seine Augen vertiefen sich. »Stimmt ja, ich schulde Ihnen noch einen Kaffee«, sagt er und sieht sich nach einem anderen Kellner um.

»Nein, nicht um diese Uhrzeit«, wehre ich lachend ab. »Sonst kann ich die ganze Nacht nicht schlafen.«

Er sieht mich an, beugt sich vor und raunt: »Ich hätte eine gute Alternative zum Schlaf anzubieten.«

Musste das jetzt sein? Es war doch gerade so angenehm. »Die kann ich mir denken«, seufze ich entnervt.

»Auf dem Deck eines alten Hausbootes sitzend den Sonnenuntergang über dem Fluss betrachten. Wirklich? Dann können Sie hellsehen.«

Unsicher mustere ich ihn. Veräppelt er mich schon wieder? Zwar sind die Lachfältchen noch immer da, doch seine Stimme klang eben so warm, wie es sonst nur der Fall ist, wenn etwas aus dem Herzen kommt, und für einen Moment lag eine gewisse Melancholie, ja fast Sehnsucht in seinen Augen. Ich kann plötzlich nicht anders, als zu lächeln.

»Im Übrigen«, setzt er mit einem Augenzwinkern hinzu,

»meinte ich vorhin tatsächlich meine Lunge. Mein Arzt erklärt mir nämlich bei jedem Besuch voller Begeisterung, dass ich mit meinem Lungenvolumen Leistungsschwimmer hätte werden sollen.«

Jetzt muss ich doch lachen. Und mir eingestehen, dass ich ihn sympathisch finde. Vielleicht sogar ein bisschen mehr als das. Wie konnte das denn nur passieren? Ich schüttele meinen Kopf.

»Kann es sein«, fragt er und zieht demonstrativ eine Augenbraue hoch, »dass Sie sich gerade amüsieren?«

»Ich tue nur so.«

»Ich schätze, wir haben den gleichen Humor.«

»Scheint so«, stimme ich überrascht zu. »Wer hätte das gedacht.«

In diesem Moment taucht der Kellner neben uns auf, allerdings nicht Monsieur Claude, und platziert unser Müsli vor uns sowie in der Mitte zwei Kannen mit Milch. »Darf es sonst noch etwas sein?«

»Erst einmal nicht«, sagt Alex, »danke.«

Mit einer Verbeugung geht der Kellner wieder.

Alex sieht ihm nach und äußert belustigt: »Es war wohl unter der Würde von Monsieur Claude, ein Müsli durch die Gegend zu tragen.«

Fasziniert betrachte ich das Funkeln in seinen Augen, das markante Gesicht unter dem gepflegten Dreitagebart, das auf seinen sanft geschwungenen Lippen liegende Lächeln, die …

»Sie starren mich an.«

Ich sehe hastig beiseite. »Tue ich gar nicht.«

»Doch. Und ich frage mich, was Sie gerade gedacht haben.«

»Nichts.«

»Hey, Sie kriegen sogar eine zweite Portion Müsli, wenn Sie es mir verraten.«

»Na, wenn das so ist. Wer tut denn für ein Müsli nicht alles?« Ich lache, um meine Unsicherheit zu überspielen. »Ich habe nur gerade gedacht, dass du ganz anders bist, als du in der Presse rüberkommst.« Erst im Nachhinein merke ich, dass ich ihn gerade geduzt habe. »Ich meine, als *Sie* rüberkommen.«

»Nein, bitte. Ich bin Alex.« Er streckt mir die Hand wie zur Begrüßung hin. Etwas überrumpelt ergreife ich sie. Fast schon vertraut fühlt sich seine Berührung an. Auf jeden Fall aber ausnehmend gut.

Und das ist überhaupt nicht gut. Ich kann mich doch nicht einfach so in den Typen verlieben, der die Existenz meiner Kollegen bedroht und die Zukunft meiner Schüler! Moment. Von Verlieben bin ich selbstverständlich Welten entfernt. Sagen wir »nett finden«.

»Alex Langner«, stellt er sich mit einem Augenzwinkern vor, »Besitzer einer Shoppingmall und hauptberuflicher Wichtigtuer.«

Ich spüre, wie erneut meine Wangen zu glühen anfangen, beiße mir verlegen auf die Lippe. Verdammt. Ich finde ihn nett. Und ein bisschen mehr. »Lucy Albers«, sage ich schließlich, »Musikschullehrerin. Vorübergehend zumindest.«

»Und überdies getupfte Müsli-Liebhaberin.«

Ich lächele. Schon wieder, breiter. Kann es sein, dass dieser Abend vielleicht doch schön wird? Kann es vielleicht sogar sein, dass ich diesen Alex Langner wirklich mag?

Noch immer hält er meine Hand. Oder halte ich seine? Keiner von uns lässt los. Die Sekunden verstreichen und es fühlt sich verboten gut an.

Verwirrt ziehe ich sie zurück.

»Darauf sollten wir anstoßen«, sagt er leise, und in seinen Augen blitzt etwas auf, was meine Kehle ganz trocken werden lässt. Zum Glück geht er nicht auf das Handzurückziehen ein.

»Vielleicht doch einen Schluck Wein?«

Ich zögere, aber wovor habe ich Angst? Der Abend scheint sich tatsächlich überraschend angenehm zu entwickeln und Alex verhält sich zuvorkommend. Also nicke ich.

Geübt schenkt er ein, hebt dann mit charmantem Lächeln sein eigenes Glas. Ich tue es ihm gleich, stoße mit ihm an, sehe ihm dabei in die Augen. Und da ist er wieder, dieser seltsame Moment. Als hätte jemand einen Schalter umgelegt, versinke ich in der grüngoldenden Tiefe, nehme erneut seinen Duft wahr, erinnere mich an das Gefühl, in seinen Armen zu liegen, und spüre einen wohligen Schauer über meinen Körper wandern. Nur mühsam kann ich mich losreißen, fühle mich seltsam beschwipst, noch ohne einen Schluck getrunken zu haben.

***

Eine Stunde später jedoch fühle ich mich nicht nur beschwipst, ich bin es auch.

Und noch dazu glücklich wie lange nicht mehr.

»Hast du eigentlich Vorfahren aus England oder Amerika?«, fragt er mich plötzlich.

»Weil ich Lucy heiße?« Ich schüttele den Kopf. »Ich sollte nach meiner Großmutter benannt werden, die Italienerin war und Luna hieß. Angeblich hat meine Mutter in letzter Minute noch den Namen auf Lucy abgeändert. Sie mochte ihre Schwiegermutter nicht besonders. Ich hingegen wäre mit ›Luna‹ glücklicher gewesen.«

»Wieso? Lucy ist doch ein wunderschöner Name.«

Seine Worte gehen mir runter wie Öl. Doch noch wundervoller ist sein Lächeln. Fasziniert betrachte ich es: diese weiß aufblitzenden Zähne, diese wundervoll geschwungenen Lippen, dieses …

»Also?«

»Was?«

»Warum magst du ihn nicht?«

»Wen? Oh. Ah. Meinen Namen. Weil meine Cousine Ella mich in Anspielung auf ›Godzilla‹ immer nur ›Luzilla‹ nannte, als wir Kinder waren.« Ich verziehe das Gesicht, doch Alex bricht in schallendes Lachen aus, und es klingt dabei so herzlich, dass ich mitlachen muss. Zum Glück sind wir von den anderen Gästen etwas abgetrennt.

»Hör auf! Das ist nicht witzig, sondern höchst traumatisch. Und ich werde nie wieder ein Wort mit dir reden, solltest du das nicht auf der Stelle vergessen.«

»Was vergessen?« Er zwinkert mir zu.

Ich nippe lächelnd an meinem Glas.

Ich kann mich nicht erinnern, wann ich in letzter Zeit so viel gelacht habe wie in dieser einen Stunde. Und das ausgerechnet mit Alex Langner, dem eiskalten Fisch, der eigentlich doch gar nicht so eiskalt ist, sondern vielmehr charmant und witzig und zuvorkommend und aufmerksam. Oder bin ich einfach betrunken?

Plötzlich werden Instrumente gestimmt. Überrascht wende ich mich um, erblicke, halb hinter Säulen verborgen, im anderen Teil des Saales eine kleine, etwas erhobene Plattform, auf der gerade eine Jazz-Combo Platz genommen hat, vor ihnen eine Frau mittleren Alters. Sie ist im Stil der Zwanzigerjahre gekleidet, trägt ein mit Fransen behangenes, knielanges Kleid und hat ihre Haare in Wellen gelegt. Nur wenige Augenblicke später ertönt leise ihre soulige Stimme. Es ist ein mir unbekannter Song, der sich aber sofort in mein Herz drängt, mich die Augen schließen und in die Musik hineinträumen lässt. Ich sauge die Töne in mich ein, atme die Melodie, schwimme in den Akkorden.

Erst das Geräusch zurückgeschobener Stühle in meiner Nähe lässt mich die Augen aufschlagen. Von einem der anderen Tische hat sich ein Paar erhoben und begibt sich zu der kleinen Tanzfläche vor der Combo, wo sich bereits zwei andere Paare eng aneinandergeschmiegt im Takt der Musik wiegen.

Ich wende mich Alex zu, registriere, dass sein Blick auf mir ruht. So intensiv, dass meine Kehle plötzlich ganz trocken wird. Hastig sehe ich zurück zur Tanzfläche.

Von einem weiteren Tisch steht ein Pärchen auf und begibt sich zum Parkett.

Unwillkürlich seufze ich sehnsüchtig auf.

»Willst du tanzen?«

»Ja. Ich meine: nein!« Ich setze mich hastig aufrecht hin.

»Tanzt du nicht gern?«

»Doch, natürlich, und wie! Aber …«

»Aber was?«

»Ich kann nicht. Nicht mit dir, ich meine, nicht in diesen Schuhen.« Verlegen strecke ich meine Beine unter dem Tisch hervor.

»Dann zieh sie aus.«

»Nicht dein Ernst.«

Im nächsten Moment hat er sich vorgebeugt und mir mit einer schnellen Bewegung die Schuhe abgestreift. »Klar ist das mein Ernst.«

Noch während ich ihn verdutzt anstarre, ist er bereits aufgestanden, hat nach meiner Hand gegriffen und zieht mich hoch. »Darf ich bitten?«

»Fragt man das normalerweise nicht vorher?«

»Ich verliere eben ungern Zeit.« Spitzbübisch lächelt er mich an, und bevor ich protestieren kann, zieht er mich schon Richtung Tanzfläche und mit nackten Füßen stolpere ich ihm nach.

Etliche Köpfe drehen sich nach mir um, ein älterer Herr kneift ungläubig die Augen zusammen und putzt anschließend seine Brille, bei einigen der Damen wandern die Augenbrauen die Stirn hinauf und bei anderen geben sie nach der Hälfte auf. Vermutlich ist zu viel Botox der Grund. Wird in den Kreisen ja gerne als Wundermittel ergriffen.

»Alex!«, flüstere ich und umklammere seine Hand. »Die starren alle auf meine Füße.«

»Was habe ich dir gesagt: Kopf hoch, Brust raus. Zeig ihnen, dass du wichtig genug bist, es dir leisten zu können, ohne Schuhe zu tanzen.«

»Du hast gut reden. Du trägst Schuhe.«

Kurzerhand streift er seine ab und trägt sie an den Rand. Dann kehrt er zurück, stellt sich vor mir auf, als sei es das Selbstverständlichste der Welt, in Socken in einem piekfeinen Restaurant zu tanzen, und hält mir erneut die Hand hin. »Darf ich bitten?«

»Du bist verrückt. Total verrückt.« Ungläubig lege ich

meine rechte Hand in seine linke und meine linke auf seinem Oberarm ab.

»Dann sind wir uns gar nicht so unähnlich«, raunt er, schmiegt seine rechte Hand in mein Kreuz und zieht mich vorsichtig an sich. Mein Atem geht plötzlich flacher, mein Herz schlägt schneller.

Sanft, aber bestimmt führt er mich, steif folge ich, während ich peinlich berührt registriere, wie um uns herum die Köpfe zusammengesteckt werden, die Menschen tuscheln und entrüstete Blicke uns folgen. Doch Alex' aufrechte Körperhaltung und sein selbstbewusstes Lächeln lassen tatsächlich einen nach dem anderen der tuschelnden Gaffer sich wegdrehen, und nach und nach spüre ich, wie ich mich entspanne, mich fallen lasse, in die Musik eintauche, mit der Melodie schwebe, mit Alex fliege. Ich bin umgeben von seinem Duft, spüre seine Wärme und den sanften Druck seiner Hand in meinem Rücken. Eine wohlige Gänsehaut überzieht meinen Körper. In absoluter Harmonie gleiten wir über den Boden. Irgendwann schließe ich die Augen, doch auch jetzt folgt kein Stolpern, kein Stocken. Alex führt perfekt und ich gehe vollkommen auf in diesem wundervollen Gefühl von Nähe und diesem herrlichen Kribbeln in meinem Magen.

Erst als er plötzlich stehen bleibt, wird mir bewusst, dass ich meinen Kopf an seine Brust gelehnt habe. Verlegen richte ich mich auf. Ich hätte wohl doch bei Wasser bleiben sollen.

Jetzt registriere ich auch, dass die anderen Paare die Tanzfläche gerade verlassen, weil die Combo eine Pause macht. Mir schien, als wären nur wenige Minuten vergangen, doch die Sängerin hat offenbar bereits etliche Songs zum Besten gegeben.

Ich hebe meinen Blick, treffe auf den von Alex. So nah bin ich ihm, dass ich mich in seinen Augen spiegele. Noch immer hält seine linke Hand, warm und weich und glatt, die meine, noch immer ruht seine rechte Hand in meinem Rücken, sendet Wellen der Erregung durch meinen Körper und lässt eine wohlige Gänsehaut ihnen folgen. Ich sollte mich rühren, sollte irgendetwas sagen, doch ich stehe nur da und sehe ihn an, bin mit einem Mal wie elektrisiert. Mein Atem geht flacher, mein Herz schlägt schneller.

Sanft streicht er mit dem Daumen an meiner Handkante entlang und plötzlich ist da dieses Sehnen in meinem Inneren. Zum ersten Mal überhaupt seit der Sache mit Marc.

Marc …

… Er zieht meine Hand an seine Lippen, haucht einen Kuss darauf. »Du siehst bezaubernd aus heute Abend.«

»Danke«, sage ich und spüre, wie die Freude über dieses Kompliment mich von innen heraus wärmt. Tatsächlich habe ich mein einziges Abendkleid aus dem Schrank geholt. Es ist weit ausgeschnitten, mit Pailletten versehen. Eigentlich eine Vergeudung, denn auch wenn wir uns hier bei romantischem Kerzenschein in die Augen sehen, sitzen wir doch nur in meiner Küche beisammen.

»Was hältst du davon, heute Abend auszugehen?«

»Bitte?!« Er sieht mich an, als hätte ich ihn gebeten, nackt über die Straße zu laufen.

»Wir sind noch nie tanzen gewesen.«

»Richtig. Weil ich nicht tanzen kann.«

»Du könntest es lernen.«

»Wenn ich es gewollt hätte, hätte ich es schon längst gelernt. Habe ich nicht. Bedeutet also für alle logisch denkenden Menschen im Umkehrschluss: Will ich nicht.«

Unwillig lässt er meine Hand los, schenkt sich Wein ein, probiert, nickt zufrieden und nimmt einen weiteren Schluck. Dann fällt ihm offenbar die Stille im Raum auf und er sieht wieder zu mir. »Jetzt mach nicht so ein Gesicht. Du weißt, dass ich kein Partylöwe bin.«

»Ja, ich weiß.« Marcs Qualitäten liegen woanders, schließlich ist er in musikalischer Hinsicht einfach nur brillant. Trotzdem bin ich geknickt.

Er seufzt tief auf. »Deine Miene kann man ja nicht mit ansehen, ohne depressiv zu werden. Na, meinetwegen gehen wir eben tanzen, wenn es dir so viel bedeutet.«

Ich merke, wie sich ein Strahlen auf meinem Gesicht ausbreitet.

»Aber nicht heute. Und nicht hier.«

»Wir könnten in eine andere Stadt fahren, wo uns niemand kennt.«

Er nickt fahrig. »Aber nicht in der nächsten Zeit. Ich habe so viele wichtige Termine, da kann ich mir nicht die Nächte um die Ohren schlagen.«

»Ja, klar. Das verstehe ich natürlich«, sage ich, froh, dass ich ihn wenigstens zu diesem Zugeständnis bewegen konnte.

Er lächelt, zieht mich an sich und küsst mich, lang und innig. »Du bist wundervoll«, sagt er anschließend.

Ich schmiege mich glücklich an ihn, er hält meine Hand, streicht sacht darüber und nippt an seinem Wein. Der Kerzenschein malt tanzende Schatten an die Wand, im Hintergrund läuft leise eine verträumte Klaviersonate von Schumann.

»Weißt du«, sage ich nach einer Weile verträumt, »ich würde gerne dieses Jahr meinen Geburtstag feiern.«

»Klar, warum nicht«, erwidert er und streicht mit dem Daumen sanft über meinen Handrücken.

Setze mich auf. »Also richtig. Mit Gästen und allem Drum und Dran.«

»Schöne Idee.«

»Und mit dir.«

Er hält inne, runzelt die Stirn. »Im Anschluss an die Party, meinst du.«

Ich hole tief Luft, versuche, seinem Blick nicht auszuweichen. »Nein. Währenddessen. Du und ich. Als Paar. Öffentlich.«

Sofort lässt er meine Hand los, und sein Gesicht trägt diesen genervten Ausdruck, der für dieses Thema reserviert zu sein scheint. »Fang nicht schon wieder damit an.«

»Aber …«

»Du wusstest genau, worauf du dich einlässt. Ich habe es dir von Anfang an gesagt.«

»Ja, nur … wir sind nun schon ein Jahr zusammen. Wie lange soll das denn noch so gehen?«

»Es könnte mich meine Karriere kosten! Schon vergessen? Willst du das?«

»Nein, natürlich nicht.«

»Und deine Karriere wäre ebenfalls in Gefahr.«

»Aber …«

»Aber was?!«

Ich knete meine Finger. »Ja, ich habe damals gewusst, worauf ich mich einlasse. Aber ich habe nicht gewusst, wie hart es werden würde. Diese Geheimniskrämerei macht mich krank. Immer all die Ausreden, die ich erfinden muss.

All die Abende, die ich mit anderen Pärchen verbringen und mir ihre mitleidigen Worte anhören und ihre Verkupplungsversuche ertragen muss.«

Der Ausdruck in seinem Gesicht wird wieder weicher.

»Du weißt doch, wie sehr ich dich liebe. Würde ich sonst ein solches Risiko eingehen?«

Ich finde zwar nicht, dass es besonders risikoreich ist, abends in meinem Wohnzimmer zu sitzen oder am Wochenende die Nächte in meinem Schlafzimmer zu verbringen, will aber nicht erneut einen Streit vom Zaun brechen. Denn erfahrungsgemäß endet er immer damit, dass Marc wütend geht und ich, von schlechtem Gewissen geplagt, ihn anrufe und um Entschuldigung bitte.

»Bald hast du deine Abschlussprüfung, dann wird alles anders.«

Ich nicke. »Meine Eltern planen eine große Feier im Anschluss. Sie haben die ganze Verwandtschaft eingeladen und ich glaube auch Arbeitskollegen und …«

»Das freut mich für dich. Das wird bestimmt sehr schön und du hast es dir wirklich verdient.«

»Du wirst nicht dabei sein? Es ist doch nach der Prüfung und nach meinem Geburtstag.«

Er seufzt. »Wir können nicht gleich am Tag darauf als Paar auftreten, das wäre zu offensichtlich. Ein paar Monate sollten schon dazwischen vergehen.«

»Monate?!«, wiederhole ich entgeistert.

»Natürlich, was hast du denn gedacht? Ich habe einen …«

»… Ruf zu verlieren, ich weiß.«

Er schließt mich erneut in die Arme. »Du bedeutest mir alles, Lucy. Du bedeutest mir sogar mehr als die Musik. Und das will etwas heißen.«

Das stimmt. Das will etwas heißen. Ich bemühe mich um ein Lächeln …

Ich blinzele und trete verwirrt zurück.

Was tue ich hier? Lasse ich mich gerade einwickeln von einem Typen, für den Frauen nur ein Zeitvertreib sind?

Abrupt entreiße ich Alex meine Hand und eile an unseren Tisch zurück. Urplötzlich fühle ich mich vollkommen durcheinander, schenke mir Wasser ein und trinke hastig.

Der Gedanken an Marc schnürt mir die Kehle ab, zerquetscht mir das Herz. Da ist die Scham, da ist das Gefühl von Demütigung, da sind all die Wut und der Schmerz.

Und da ist Alex.

Und diese Sehnsucht, die er bei mir auslöst.

Dieses Gefühl, das nicht sein darf, weil es bedeutet, wieder enttäuscht zu werden.

Denn Alex Langner ist trotz allem Alex Langner. Ein Playboy ohne die Fähigkeit zu echtem Gefühl, denn das hier ist doch alles nur Show, alles nur eine Masche!

Wie zur Bestätigung leuchtet sein Handy auf, zeigt eine eingegangene Nachricht an. Wieder von einer Frau. Was sonst? Ich lache bitter auf.

»Alles in Ordnung bei dir?«, fragt genau dieser Playboy jetzt mit gerunzelter Stirn und lässt sich, seine eigenen Schuhe in der Hand, wieder in den Stuhl mir gegenüber fallen.

»Ja«, behaupte ich knapp.

»Das sieht deine arme Serviette anders, fürchte ich.«

Jetzt erst merke ich, dass ich besagte Serviette mit aller Kraft zerknüllt und verdreht habe, ganz, als wollte ich jemanden erwürgen. Sofort lasse ich sie los. »Alles okay!«

»Im einen Moment tanzt du mit mir und scheinst dich zu amüsieren und im nächsten rennst du davon wie von der Tarantel gestochen. Finde nur ich das befremdlich?«

»Mir ist einfach etwas eingefallen.«

»Und das wäre?« Sein Blick wirkt forschend.

»Die …« Ich suche nach einer Ausrede. »… Sache mit der Musikschule.«

»Ja«, sagt Alex langsam, als müsse er sich erst darauf besinnen, dass da was war. »Die Sache mit der Musikschule.« Er räuspert sich, scheint nach Worten zu suchen.

Ich beuge mich vor, frage in eindringlichem Tonfall: »Kann dieses Gebäude nicht einfach irgendwo anders gebaut werden?«

»Ein Kino verspricht unmittelbar neben einem Einkaufscenter nun einmal am meisten Gewinn.«

»Du willst die Musikschule einem Kino opfern?«

»Nicht ich. Der Auftraggeber.« Er seufzt. »Die Sachlage ist doch eigentlich ganz einfach: Es wäre das Beste für alle Beteiligten, wenn Frau Kleve verkaufen würde. Sie könnte die Musikschule woanders neu eröffnen.«

Ich schüttele den Kopf. »Es wäre das Beste, wenn das Kino irgendwo anders gebaut würde.«

»Das geht aber nun einmal nicht. Und ich denke, dass Frau Kleve die ganze Situation irgendwie falsch auffasst, sich vielleicht unnötig sorgt und deshalb dem Verkauf gegenüber so negativ eingestellt ist. Klar, sie ist ja nicht mehr die Jüngste. Es wäre wirklich das Beste auch für sie, wenn jemand ihr verdeutlichen könnte, welche Vorteile ein Verkauf des Grundstücks für sie hätte.«

»Ich sehe da keine Vorteile, und ich verstehe beim

besten Willen nicht, wieso es keinen anderen Platz für das geplante Kino gibt.«

»Weil es eben nur in Verbindung mit dem Einkaufszentrum genügend Geld abwirft, das ist doch nun wirklich nachvollziehbar.«

»Also geht es nur ums Geld.«

»Es geht immer nur ums Geld. Aber davon abgesehen ist unsere Firma eine Bau- und Architekturfirma. Wir sind nur das ausführende Organ. Auftraggeber für das Projekt ist jemand anderes.«

»Kannst du diesen Auftraggeber denn nicht einfach davon abbringen, das Kino genau dorthin zu setzen?«

»Kannst du nicht einfach die Leiterin der Musikschule davon überzeugen, woanders neu zu eröffnen?«

»Nein!«

»Wieso nicht?«

»Das ist kompliziert.«

»Ach, echt? Aber ich soll die Pläne zweier Firmen auf den Kopf stellen?«

»Du verstehst nicht«, versuche ich es erneut. »Wenn diese Musikschule geschlossen wird, war's das. Sie wird nicht mehr wieder eröffnet werden, egal wo. Frau Kleve ist zu alt für den ganzen Bürokratiestress. Und all ihre Erinnerungen hängen an diesem Haus. Sie wird es nicht verkraften, wenn es zerstört wird. Und ihre Nichte hat keinerlei Interesse daran, die Musikschule zu erhalten.«

»Ihre Nichte?«

»Ja, sie wird das Ding erben, aber …« Verzweifelt ringe ich die Hände. Wie soll ich ihm das Problem nur begreiflich machen? »Sie ist eine furchtbare Person, geldgierig und herzlos, unsozial und vollkommen unfähig, eiskalt den Gefühlen anderer gegenüber und …« Ich halte inne, als mir plötzlich klar wird, dass ich mich hier in aller Öffentlichkeit über meine Chefin echauffiere. Auch wenn sie natürlich nur vorübergehend meine Chefin ist. »… eine davon abgesehen überaus liebenswerte Person«, ergänze ich hastig.

»Ja. Genau so habe ich mir überaus liebenswerte Personen auch immer vorgestellt.«

Ich ignoriere seinen Kommentar.

»Jedenfalls muss es doch irgendeine andere Möglichkeit geben, als das Kino ausgerechnet an diese Stelle zu setzen.«

»Gibt es aber nun einmal nicht«, schnauft er, doch bevor er sich weiter dazu äußern kann, tritt Monsieur Claude wieder an unseren Tisch und flutet ihn mit Französisch zu.

Unterdessen blinkt sein auf dem Tisch liegendes Smartphone immer wieder auf, und selbst kopfüber kann ich die Namen erkennen, die auf dem Display aufleuchten.

Frustriert drehe ich meine Müslischale zwischen meinen Fingern, ohne sagen zu können, was größer ist: meine Enttäuschung über seine knallharte Absage oder meine Frustration darüber, dass es wieder verschiedene Frauen sind, die ihm schreiben.

Aber was habe ich erwartet? Kerle sind doch alle gleich. Und dieses Exemplar hier vor mir ist das beste Beispiel dafür, dass sie lediglich ihr eigenes Vergnügen im Kopf haben und ihnen die Gefühle anderer völlig gleichgültig sind. Wie konnte ich ihn nur kurzfristig sympathisch finden, ja sogar nett und charmant? Und mich von seiner ganzen Art einwickeln lassen?

Jemand wie er kann nicht nett sein. Und wir haben

auch nicht den gleichen Humor. Auf gar keinen Fall. Wir haben überhaupt keine Gemeinsamkeiten.

Gerade als der Kellner wieder gegangen ist, blinkt erneut Alex' Telefon auf, dieses Mal stammt die Nachricht von einer Jenny und die erste Zeile, die noch unter dem Namen mit aufleuchtet, besteht aus haufenweise Herzchen.

Ich presse die Lippen zusammen, zwinge mich, den Blick von seinem Handy zu nehmen, und strecke meine Hand nach der Wasserflasche aus. Alex kommt mir zuvor, will mir einschenken, doch mit einem Ruck ziehe ich die Flasche zu mir. »Du wirst es nicht glauben«, sage ich und schenke mir ein, »aber das schaffe ich auch selbst.«

»Ich wollte nur höflich sein.«

»Nein, du wolltest nur so tun, als ob du höflich wärst. Doch jemand, für den Frauen bloß eine Nummer auf einer Liste sind, ist nicht höflich.«

»Was?« Er blinzelt perplex. »Wieso fährst du denn plötzlich so aus der Haut?«

Ich bin fast noch überraschter über meinen Ausbruch als er selbst, doch jetzt gibt es kein Zurück mehr. Mit Wucht stelle ich die Wasserflasche wieder ab, sehe ihn herausfordernd an. »Wie viele Frauen haben dich in der letzten halben Stunde kontaktiert?« Ich deute auf sein Smartphone. »Fünf? Oder zehn? Und selbst wenn es fünfzehn waren, ist das sicherlich nicht einmal ein Zehntel deiner ganzen Bekanntschaften.«

»Ah, da liegt also dein Problem«, sagt er mit wissendem Lächeln.

Ich hätte mir in den Hintern treten können dafür, dass ich nicht die Klappe gehalten habe. Er soll bloß nicht denken, ich sei eifersüchtig. Doch offenbar ist er tatsächlich dieser Ansicht.

Amüsiert lehnt er sich im Stuhl zurück und fährt sich mit der Hand über das Kinn, ohne mich aus den Augen zu lassen. »Du meinst Jenny und Antonia, Hannah und Celine?«, fragt er.

Unter seinem Blick wird mir erneut ganz schwummrig zumute, setzt in meinem Magen dieses unsägliche Kribbeln ein, und das ärgert mich am meisten. »Und Jenny.« Ich recke kampfeslustig das Kinn, weiche seinem Blick nicht aus. Er soll bloß nicht glauben, ich ließe mich genauso einwickeln, wie er das offenbar bei den Betreffenden getan hat.

»Woher willst du wissen, ob das nicht meine Cousinen sind?«

»Cousinen?! Oh.« Verlegen fahre ich mir mit der Hand über den Arm. »Das … äh … ich …« Moment mal. Warum zucken seine Mundwinkel so komisch? Ich halte inne, fasse ihn scharf ins Auge. »*Sind* das denn deine Cousinen? So viele?«

»Nein. Hätten es aber sein können. Ich wollte dich lediglich ein wenig auf deine Vorurteile aufmerksam machen. Du kennst mich nicht.«

»Oh, ich denke, ich kenne dich gut. Man liest ja ziemlich viel über dich.« Tatsächlich habe ich mir, als ich Sonja nach den Schuhen gefragt habe, auch ihren Vorrat an Illustrierten geschnappt und durchgeblättert.

»Dann bist du wohl neuerdings recht häufig beim Friseur, ja?«, holt er meine Ausrede von gestern wieder hervor. Sein Grinsen könnte nicht breiter sein. »So groß ist dein Interesse an mir also?«

»Mein Desinteresse, meinst du wohl!«, entgegne ich und bücke mich mit glühendem Gesicht, um meine Schuhe wieder anzuziehen, versuche dabei aber, sein leises Lachen zu ignorieren.

Ja, ich reagiere möglicherweise über. Ja, ich benehme mich in seinen Augen vermutlich vollkommen irrational. Doch jemand wie er würde den Grund dafür selbst dann nicht verstehen, wenn ich ihn ihm zu erklären versuchte. Als ich wieder unter dem Tisch auftauche, tue ich, als würde etwas hinter mir meine vollste Aufmerksamkeit beanspruchen, bis ich sicher sein kann, dass mir von meinem inneren Chaos nichts mehr anzumerken ist.

Erstaunlicherweise bleibt es an Alex' Platz still. Eine ganze Weile sogar.

Schließlich halte ich es nicht mehr aus, werfe ihm einen Blick zu. Er scrollt durch die Nachrichten seines Smartphones, greift währenddessen immer wieder in sein noch immer trockenes Müsli.

»Wa-wa-was tust du denn da?«

Irritiert sieht er auf. »Was meinst du?«

»Du pickst die Schokostückchen aus dem Müsli. Lass das!«

Er legt die Stirn in Falten. »Ist das nicht meine Sache, wie ich mein Müsli esse?«

»Tust du das, um mich zu ärgern, weil ich das auch immer mache? Also nicht das Ärgern, sondern das mit den Stückchen.«

»Du tust das auch?«

Jetzt erst fällt mir ein, dass ich mein Müsli noch gar nicht angerührt habe. »Na und? Es gibt Millionen Menschen, die so etwas tun. Das hat nichts zu bedeuten.«

»Wie? Was soll es denn bedeuten?«, fragt er verwirrt.

»Nichts. Sag ich doch.« Hayden hat ja so was von keine Ahnung. Von wegen Gemeinsamkeiten zwischen ihm und mir. »Da gibt es keine Gemeinsamkeiten! Und schon gar kein Bumfallera!«

Er sieht mich skeptisch an. »Bist du sicher, dass es Wasser ist, was du da trinkst?«

»Nur, weil ich dir nicht sofort um den Hals falle, denkst du gleich, ich wäre nicht klar bei Verstand? Und den Wein vorhin hast außerdem du mir eingeschenkt.«

»Also um den Hals gefallen bist du mir schon«, erinnert er mich zu meinem Ärger mit äußerst zufriedenem Gesichtsausdruck. »Aber zu deiner Beruhigung: Du hast ein völlig falsches Bild von mir. Die Nachrichten, die ich hier erhalte, sind wirklich absolut belanglos. Eine stammt von Katja, meiner Sekretärin, und auch die anderen haben nur etwas mit dem Job zu tun. Ich bin deinetwegen hier. Ich möchte den Abend gern mit dir verbringen, selbst wenn du mir das nicht glaubst.« Er beugt sich vor, ergänzt leise: »Das ist der einzige Grund. Ich interessiere mich für dich. Wirklich.«

Seine samtige Stimme sorgt dafür, dass sich die Härchen an meinem Körper aufrichten, der Inhalt seiner Worte dafür, dass mir das Atmen plötzlich schwerfällt. Es klingt so verlockend, was er sagt. Und genau das macht ihn so gefährlich für mein Herz.

»Zum Beispiel dafür …«, sagt er, legt sein Smartphone zurück auf den Tisch und beugt sich zu mir vor, »… was du eigentlich so den ganzen Tag treibst.«

»Das weißt du doch. Ich arbeite in der Musikschule. Außerdem bin ich oft im Seniorenheim.«

»Ja …«, antwortet er lang gezogen und mustert mich mit

einem undeutbaren Ausdruck. »Das mit dem Seniorenheim ist mir bekannt …«

Unsere unglücklich verlaufene Begegnung dort steht mir wieder vor Augen, lässt mich unruhig auf meinem Stuhl herumrutschen. Doch er scheint nicht geneigt, sich wieder über mich lustig zu machen, sein Gesicht ist ernst, fast düster.

»Musik hat eine heilende Wirkung«, erkläre ich, um die Stille zwischen uns zu durchbrechen. »Ich mache mit den Menschen dort ehrenamtlich Musik.«

Er schüttelt den Kopf. »Wieso?«

»Was, wieso?«

»Wieso tust du das? Noch dazu ohne Bezahlung.«

»Na weil … weil es eine gute Sache ist.«

»Also eine Weltverbesserin.«

Der Spott in seiner Stimme ärgert mich. »Und stolz darauf!«, lege ich nach.

»Wozu? Punkte sammeln für den Himmel? Oder Punkte sammeln fürs Ansehen in der Nachbarschaft?«

Seine plötzliche Aggressivität verwirrt mich. Ist das die Retourkutsche für meinen Ärger über seine Frauengeschichten? Dann wäre er tatsächlich eine noch armseligere Kreatur, als ich es ohnehin schon vermutet habe. »Punkte sammeln für die Menschen, um die es geht!«

»Meine Güte, eine richtige Heilige also.«

»Ganz bestimmt nicht. Die Arbeit gibt mir viel. Genau wie den Menschen, denen ich helfe. Vielleicht …« Ich atme tief durch. »Vielleicht sogar gibt sie mir mehr.« Und da ist sie wieder. Die Erinnerung an die Sache mit Marc, an den Schmerz, die Demütigung, mein zielloses Umherirren, meine Planlosigkeit bezüglich meiner Zukunft.

Er sagt nichts mehr, doch die Leichtigkeit unserer

Unterhaltung ist ebenso verschwunden wie seine gute Laune. Selbst sein auf mir ruhender Blick hat eine ganz andere Qualität, ist durchdringend, bohrend, als scheine er mir nicht zu glauben, als wolle er herausfinden, was in meinem Innersten wirklich vorgeht. Doch er ist der Letzte, dem ich das offenbaren würde.

»Und was treibst im Gegensatz dazu *du* so den ganzen Tag?«, gebe ich verärgert zurück.

»Das Leben genießen.«

»Frauen abzuschleppen, das ist für dich also gleichbedeutend damit, das Leben zu genießen?«

»Nicht nur, aber es ist ein wesentlicher Bestandteil davon.«

»Und der Rest? Der besteht aus Partys?«

»Ein sehr angenehmer Rest, würde ich sagen.« Ungläubig schüttele ich den Kopf. Playboy hin oder her, ich kann einfach nicht glauben, dass es selbst für jemanden wie ihn nicht mehr im Leben gibt. »Das kann doch nicht alles sein!«

»Wieso nicht?«, fragt er spöttisch und beugt sich vor.

»Weil du mal ein erstklassiger Architekt warst.«

Seine Miene verfinstert sich schlagartig.

»Ja«, bekräftige ich. »Auch das habe ich bei meinen Recherchen herausgefunden!«

»Die Zeiten sind vorbei.«

»Das ist offensichtlich. Aber wieso? Herrgott, du wurdest mit Preisen ja geradezu überschüttet. Doch jetzt tauchst du lediglich in den Klatschspalten auf. Warum?«

Sein Mund ist nur noch eine gerade Linie, seine Stirn tief gefurcht. »Hast du keine anderen Probleme? Keinen obdachlosen Hund, um den du dich kümmern kannst, wo du doch die Selbstlosigkeit in Person bist.«

»Zufälligerweise gerade nicht parat, nein«, schnappe ich, lehne mich gekränkt zurück und verschränke die Arme vor der Brust.

»Tja, dann solltest du dir wohl schnellstmöglich einen zulegen. Oder einen einsamen Hamster.« Er schnauft, macht eine wegwerfende Geste, greift wieder zu seinem Smartphone, scrollt emotionslos die Nachrichten durch.

»Was ist denn jetzt dein Problem? Leidet dein Ego so stark darunter, dass eine Frau dir mal Kontra gibt, anstatt gleich mit dir in die Kiste zu hüpfen?«

»Was mein … mein …« Aufgebracht wirft er sein Smartphone auf den Tisch. Es landet neben der Weinflasche. »Es gibt kein Problem. Manchmal sind die Dinge nur einfach anders, als du vielleicht denkst, Lucy. Du hast doch keine Ahnung.« Abrupt schiebt er seinen Stuhl zurück.

»Was soll das bedeuten? Und wo gehst du jetzt hin?«

»Aufs Klo.« Damit lässt er mich einfach sitzen. Im wahrsten Sinne des Wortes.

Mindestens so fassungslos wie wütend sehe ich ihm nach, verstehe gar nichts mehr.

Und obwohl ich diejenige bin, die der Unterhaltung eine völlig andere Richtung gegeben hat und die den Konflikt heraufbeschworen hat, versetzt mir seine plötzlich so kalte und unfreundliche Art einen tiefen Stich in meiner Brust. Dabei darf das gar nicht sein. Er bedeutet mir schließlich nichts. Und vor allem bin ich im Recht.

Oder?

Vollkommen durcheinander knabbere ich an meinen Fingernägeln.

Sein Smartphone vibriert, eine weitere eingegangene Nachricht.

Ich will es entnervt aus meinem Blickfeld rücken, doch ich schiebe dabei versehentlich das Display hoch. Die automatische Tastensperre hat offenbar noch nicht eingesetzt und nun prangt die letzte Nachricht auf dem Bildschirm. Von einer Carina.

Ich warte auf dich. Und ich trage die roten Dessous. Du weißt schon ;-)

Fassungslos nehme ich das Smartphone zur Hand, lese die Nachricht erneut, doch ich habe mich nicht vertan. Das steht da tatsächlich. Glühend heiß schießt etwas durch mich hindurch: Wut, Demütigung, Erinnerung. Plötzlich fällt es mir schwer, Luft zu holen, ich spüre meine Augen brennen, kneife sie zusammen.

Ich habe es gewusst, wieso bin ich dennoch verletzt? Wegen der dämlichen, dämlichen Hoffnung, es könnte doch anders sein, aller gegenteiliger Hinweise zum Trotz?

»Was tust du da?«

Beinahe lasse ich das Smartphone fallen, lege es hastig auf den Tisch. »Du wolltest doch zum Klo?«, ist das Einzige, was mir vor Schreck einfällt.

»Ich habe mein Handy vergessen. Wie du ganz offensichtlich gemerkt hast. Tust du das öfter mal? Herumspionieren?«

»Ich spioniere nicht! Das war ein Versehen! Ich wollte das Handy nur beiseiteschieben, da hat sich das Fenster geöffnet und … und überhaupt: Wieso entschuldige *ich* mich?! Du bist ja wohl der Letzte, der das Recht hat, ausgerechnet mir ein schlechtes Gewissen zu machen. Nein, du bist nicht nur der Letzte, du bist *das* Letzte!« Aufgebracht deute ich auf das Smartphone. »Von wegen Date. Von wegen Interesse! Ja, du hast recht: Die

Wahrheit ist anders, als ich dachte! Du bist tatsächlich nicht, wie in der Presse geschildert. Du bist schlimmer! Viel schlimmer. Du bist so was von verlogen! Nur jemand so Kaltherziges wie du kann eine Musikschule zerstören wollen, etwas, was so vielen Menschen wichtig ist. Du hast offenbar nicht die leiseste Ahnung, wie es sich anfühlt, etwas zu verlieren, was einem so viel bedeutet …« Ich breche erschrocken ab, denn aus seinem Gesicht ist jegliche Farbe gewichen.

»Du hast ja keine Ahnung, was Verlust bedeutet«, zischt er. »Und jemand, der in anderer Leute Handys herumspioniert, sollte sich wirklich damit zurückhalten, den Moralapostel zu spielen!«

»Ich habe nicht spioniert!«, rufe ich mit zittriger Stimme erneut aus, und mir ist plötzlich zum Heulen. Tränen sammeln sich in meinen Augen, mein ganzer Körper bebt. Wieso tun mir seine eisige Stimme, sein kalter Blick so weh? Ich muss gehen, bevor ich wirklich noch zu weinen anfange vor Wut und Enttäuschung. Diese Demütigung kann ich mir vor ihm nicht geben. Gekränkt springe ich auf, erinnere mich einen winzigen Augenblick zu spät daran, dass ich nicht mehr barfuß bin, sondern Sonjas dämliche Schuhe trage, knicke um, versuche, mich an der Tischkante festzuhalten, erwische nur das Tuch und reiße es vom Tisch. Gerade noch rechtzeitig kann Alex sein Handy auffangen und die Weinflasche festhalten, doch die Wasserflasche, die Gläser, Müslischüsseln und die Milchkanne zerschellen mit gewaltigem Klirren und Scheppern auf dem Boden. Und ich geselle mich zu ihnen.

Scheiße!

Während ich mich noch aufzurappeln versuche, was in Sonjas High Heels gar nicht so einfach ist, kommen schon zwei Kellner angerannt, und diverse Gäste recken ihre Hälse, um zu sehen, was hier los ist.

»Es tut mir leid«, stammele ich erschrocken den Kellnern entgegen, die bereits hastig die Scherben zusammenkehren, während zwei Gäste der Nachbartische alles an Lippenstift, Mascara und Co einsammeln, was aus meiner Handtasche geflogen und über den Boden gerollt ist. »Es tut mir so unfassbar leid. Das war keine Absicht. Ich zahle den Schaden natürlich.«

»Das brauchst du nicht«, sagt Alex und die Kälte in seiner Stimme treibt mir nun doch die Tränen in die Augen, bringt sie zum Überquellen. »Tu mir nur den Gefallen und geh endlich. Das hattest du doch ohnehin gerade vor!«

Ich bin nicht in der Lage, etwas zu entgegnen, kämpfe gegen ein Schluchzen an.

Die Frau vom Nachbartisch stopft noch etwas in meine Handtasche, hält sie mir hin.

»Danke, vielen Dank«, stottere ich, drehe mich um und stolpere mit vor Scham glühendem Gesicht zum Ausgang.

Der ganze Saal starrt mich an, überall gereckte Köpfe, neugierige Blicke, verächtliche Gesichter, abschätzig verzogene Mundwinkel.

Doch das ist es nicht, was ich vor mir sehe, als ich endlich im Taxi sitze und verwirrt und aufgelöst, beschämt und durcheinander, wütend und traurig zugleich nach Hause fahre, sondern der verletzte Ausdruck in seinen Augen.

Alex

Draußen ist es bereits dunkel, doch ich koche noch immer vor Wut.

Wie kann diese Lucy es nur wagen, mir Vorhaltungen zu machen?

Ich drehe den Wasserhahn in Carinas Badezimmer voll auf.

Dieser ganze Abend war die reinste Katastrophe, lief überhaupt nicht so wie geplant. Der Plan war, sie um den kleinen Finger zu wickeln, sie davon zu überzeugen, dass es das Beste für alle Beteiligten ist, wenn die alte Frau das Grundstück verkauft.

Garantiert nicht habe ich vorgehabt, mein Innerstes nach außen kehren zu lassen.

Und erst recht nicht habe ich vorgehabt, sie ständig anzustarren, ihr Lachen in mich aufzusaugen, ihre blitzenden Augen zu bewundern, wenn sie sich in Rage geredet hat. Ihren Körper an meinem zu fühlen beim Tanzen. Ihre Nähe, Wärme.

Ich schüttele den Kopf, als könne das die Erinnerung daran vertreiben.

Aber warum habe ich dann nicht das Thema dahin gelenkt, wohin ich es brauche? Warum bin ich nicht schon im Auto auf die Sache mit der Musikschule eingegangen, als sie sie angesprochen hat? Sie hat mir ja quasi in die Hände gespielt. Wieso also habe ich stattdessen versucht, die Zeit mit ihr in die Länge zu ziehen?

Und wo, verdammt, ist meine Gelassenheit geblieben?

Wieso haben mich ihre Fragen nicht kaltgelassen? Sie ist ja nun nicht gerade die erste Person, die sie mir stellt.

Ich spritze mir kaltes Wasser ins Gesicht, drehe den Hahn wieder zu, stütze die Hände auf den Beckenrand auf. Mit kurzem Auffunkeln fallen die Wassertropfen von meinem Gesicht hinab ins Becken und verschwinden im Nichts.

Wie kann sie sich erdreisten, mir zu erzählen, dass es um meine Karriere früher besser ausgesehen hat! Das geht sie ja mal überhaupt nichts an!

Ja, klar, natürlich hätte ich ihr auch sagen können, warum das so ist.

Vielleicht hätte ich es ihr auch sagen *müssen*. Erklären müssen.

Doch ich konnte nicht.

Genauso wenig wie ich ihr von der anderen Sache erzählen konnte.

Erst recht nicht von der anderen Sache.

Ich schließe die Augen.

… Ein Schrillen reißt mich aus dem Schlaf. Mit geschlossenen Augen taste ich nach meinem Smartphone, um den Wecker abzustellen, fege es versehentlich vom Nachttisch. Klappernd fällt es auf den Boden.

»Es ist noch dunkel«, murmelt neben mir Sarah schlaftrunken.

Tatsächlich. Es ist mitten in der Nacht. Und es war auch nicht der Handywecker, der mich geweckt hat, sondern ein Anruf.

Erneut klingelt es. Ich fluche und rolle mich zur Bettkante, angele nach dem Smartphone. »Hallo?«

»Alex? Du musst kommen, bitte.«

»Elizabeth? Was ist denn jetzt schon wieder? Es ist mitten in der Nacht!«

»Er ist immer noch nicht zu Hause«, jammert Elizabeth.

»Was will sie?«, murmelt Sarah neben mir und stützt sich auf die Ellbogen auf.

»Ich glaube, es geht um meinen Vater.«

»Nicht schon wieder.« Sie stöhnt auf, lässt sich nach hinten fallen und presst sich demonstrativ das Kissen aufs Ohr.

»Ich weiß nicht, was ich tun soll«, jammert Elizabeth derweil weiter.

»Ganz ruhig. Ist er bei einem Geschäftsessen? Oder bei Mitch?«

»Nein. Er wollte zum Supermarkt. Und er ist immer noch nicht zurückgekommen.«

Der Schreck schießt mir durch die Glieder. Jetzt sitze ich senkrecht im Bett. »Und da meldest du dich erst jetzt?! Es ist mitten in der Nacht!«

»Ich weiß, aber ich wusste nicht, was ich tun soll, ich kann ihn nicht erreichen.«

»Was hat sie denn jetzt schon wieder für ein Problem?«, murmelt neben mir Sarah genervt.

»Hast du die Polizei informiert?«

»Nein, ich dachte ja, er würde noch kommen, aber …«

»Ruf die Polizei und gib die Personenbeschreibung durch und frag in den umliegenden Krankenhäusern nach, ich fahre die Gegend ab.«

Ich lege auf, springe aus dem Bett, reiße meine Klamotten vom Hocker und schlüpfe in meine Hose.

»Was tust du da?«, fragt Sarah irritiert.

»Ich ziehe mich an. Ich muss meinen Vater suchen.«

»Jetzt?!«

»Nein, übermorgen. Natürlich jetzt!«

Ohne eine weitere Antwort abzuwarten, renne ich aus dem Zimmer, ziehe noch im Laufen mein Shirt über.

Stundenlang fahre ich die Gegend ab, während mich grauenhafte Bilder heimsuchen, von meinem Vater, wie er überfallen und niedergeschlagen wird oder wie er einen Herzinfarkt erleidet und zusammenbricht, wie er angefahren wird und tot auf der Fahrbahn liegt. Die Angst schnürt mir die Kehle zu, die Sorge ist ein schwerer, harter Klumpen in meinem Magen.

Plötzlich sehe ich ihn auf einer Parkbank unter einer Laterne sitzen.

»Papa!«, schreie ich erleichtert, springe aus dem Auto und renne auf ihn zu.

Er sieht überrascht auf. »Alex.«

»Was tust du hier? Wir sind am Durchdrehen vor lauter Sorge! Was ist passiert?« Ängstlich suche ich ihn ab nach einer Platzwunde, zerrissener Kleidung, Spuren eines Kampfes oder einer irgendwie verkrampften Körperhaltung. »Brauchst du einen Arzt? Hast du Schmerzen?«

»Nein«, sagt er zögerlich und knetet seine Finger.

»Was dann? Was ist passiert? Du wolltest doch zum Supermarkt. Was tust du stattdessen hier?«

Er hebt die Hand, reibt sich die Stirn. »Ich … bin mir nicht sicher.«

»Was heißt hier, du bist dir nicht sicher?!« Plötzlich bin ich unfassbar wütend. All die Ängste, die ich ausgestanden habe. »Du wirst doch wohl wissen, warum du hierhergekommen bist und wie du wieder nach Hause kommst!«

»Ich …«

»Was?«

»Ich …« Er lässt die Hände sinken. »Ich weiß den Weg nicht mehr«, gesteht er leise.

Auf alles war ich vorbereitet, aber nicht auf die Hilflosigkeit in seinem Gesicht, die sich nach seinen Worten darin ausbreitet …

»Wie lang brauchst du noch?«, reißt mich Carinas Stimme aus meiner Erinnerung.

Ich schlage die Augen auf, starre mein Spiegelbild an.

Mir ein schlechtes Gewissen einreden zu wollen! Ausgerechnet mir! Mein Privatleben geht diese Lucy ja wohl noch viel weniger an als mein Berufsleben! Oder umgekehrt?

»Willst du da drin übernachten?«, hakt Carina nach. Sie klingt ungeduldig.

Mit einem Aufseufzen stoße ich mich vom Becken ab, fahre mit dem Handtuch flüchtig über mein Gesicht und gehe aus dem Bad.

In der Wohnung ist es dämmrig, nur im Schlafzimmer brennt Licht. Und Carina, in roten Dessous und Strapsen, hat sich in sexy Pose an den Türrahmen geschmiegt. Genau das, was ich jetzt brauche. Genau die richtige Art von Ablenkung! Schon spüre ich, wie sich etwas bei mir regt.

Ich lehne mich an die Wand, die Hände in den Hosentaschen, während leise Soulmusik erklingt und Carina sich verführerisch für mich rekelt, sich dann plötzlich abstößt und raubtierhaft und elegant in ihren High Heels auf mich zuschreitet.

Das sieht wahnsinnig sexy aus.

Ganz im Gegenteil zu dieser Lucy, die sich auf den Dingern kaum aufrecht halten konnte.

Unwillkürlich muss ich an den Moment denken, als sie aus dem Auto gestiegen und überraschend in meinen Armen gelandet ist. Ein Moment, der mich völlig überrumpelt und auf sonderbare Weise verwirrt hat. Wenn ich nur wüsste, warum.

Doch letztlich spielt das keine Rolle. Wie konnte ich auch nur einen Augenblick lang das Gefühl haben, mit dieser Verrückten auf einer Wellenlänge zu liegen? Denn das tue ich ganz eindeutig nicht. Und das ist auch gut so. Überhaupt war es reiner Zufall, dass sie die gleichen Worte verwendet hat wie ich, als sie vom Einkaufszentrum sprach. Das war es nur, was mich aus der Fassung gebracht hat, sonst nichts. Das ist alles. Und es hat überhaupt nichts zu bedeuten. Wir sind uns nicht im Mindesten ähnlich.

Ich räuspere mich, versuche, mich wieder auf die Frau vor mir und auf meine Erregung zu konzentrieren, der meine Gedankengänge nicht gutgetan haben. Carina, die auf halber Strecke angehalten hat, mit verführerischer Miene aufreizend langsam über die größtenteils künstlichen Rundungen ihres Körpers streicht. Dass sie nicht echt sind, hat mich bisher noch nie gestört. Tut es auch jetzt nicht. Sie macht eben was aus sich. Nicht so wie Lucy, die so viel mehr aus sich und ihrem tollen Körper holen könnte. Und da sind sie wieder: die falschen Gedanken.

»Ja, Baby, so mag ich das«, murmele ich ein wenig geistesabwesend, denn Lucy hatte auch Rundungen, wenn auch ganz anderer Art. Sie hat sich so weich und natürlich angefühlt, als sie sich beim Tanzen an mich geschmiegt hat. Nein, ich sollte jetzt nicht an sie denken.

Carina öffnet ihren BH, lässt ihn elegant an sich herab- und zu Boden gleiten und leckt mit der Zunge lasziv über ihre vollen Lippen. Mein Blick bleibt daran hängen.

Ja, auch das hat mich seltsam tief berührt: Lucys spitze Zunge. Im übertragenen Sinne natürlich. Ihre Schlagfertigkeit und ihr Kampfgeist. Und die Verletzlichkeit dahinter, die immer dann aufgeblitzt ist, wenn sie meinte, dass ich wegsehen würde. Genauso wie der selbstvergessene Ausdruck in ihren sanften Zügen, als sie der Musik lauschte. Der, den sie immer nur dann zeigt, wenn sie überrascht ist oder nicht denkt, dass ich sie betrachte. Die Beharrlichkeit, mit der sie sich für die Musikschule einsetzt. Oder ihre erfrischend natürliche Art und Weise. Dass sie sagt, was sie denkt. Und denkt, was sie fühlt. Und mich damit völlig um den Verstand zu bringen scheint. Dabei kennen wir uns kaum, nur ein paar Tage.

Okay, verdammt, so wird das nix mit der Ablenkung heute Nacht. Wieso kann diese Lucy nicht endlich aus meinen Gedanken verschwinden? Wobei … eine Frage sollte ich vielleicht vorher klären.

Nachdenklich streiche ich mir mit der Hand übers Kinn. »Sag mal, hast du einen Hamster?«

Carinas Zunge stoppt im Mundwinkel, was ihr ein wenig das Aussehen einer verdutzten Katze verleiht. »Was?«

»Einen Hamster. Oder irgendein anderes Haustier.«

Sie runzelt die Stirn. »Wieso?«

»Ich dachte nur, falls du eines hast, sollte ich vielleicht mal seinen Namen erfahren.«

»Hast du was genommen?« Misstrauisch mustert sie mich.

»Nein, natürlich nicht.« Müde fahre ich mir mit der Hand über die Augen. »Ist schon gut.«

Carina sieht zwar nicht so aus, als würde sie mir glauben, entscheidet sich dann aber offenbar dazu, dennoch weiterzumachen. Gekonnt wiegt sie ihre Hüften, während sie elegant auf mich zustöckelt, sich kurz vor mir umdreht und ihre prallen Pobacken gegen meine Mitte drückt, sich vornüberbeugt und gleich darauf ihr langes Haar über die Schultern wirft.

Heiß sieht das aus. Sexy. Und mein Körper reagiert sofort. Ich ziehe sie an mich, drehe sie um und umfasse ihren prallen Hintern mit meinen Händen.

Wenn sich doch nur nicht ständig Lucys Gesicht in meine Gedanken schieben würde. Wie soll man sich denn bitte auf so ein heißes Teil konzentrieren, wenn diese Verrückte einem andauernd durch den Kopf spukt? Ihre frechen Sprüche, ihre blitzenden Augen, ihr seliges Lächeln. Wie sie in der Musik aufgegangen ist. Und … wie träumerisch sie getanzt hat. Mit mir. Wieso um alles in der Welt habe ich überhaupt mit ihr getanzt? Auch noch ohne Schuhe? Was ist da nur über mich gekommen?

Carina lässt ihre Finger langsam von meinen Schultern zur Knopfleiste meines Hemdes gleiten, öffnet einen Knopf nach dem anderen.

Wie um alles in der Welt hatte dieser Abend mit Lucy plötzlich dermaßen ins Bodenlose abrutschen können? Was war nur mit dieser Frau los? Es hat doch alles wider Erwarten recht vielversprechend begonnen und ich habe mich zu meinem eigenen Erstaunen tatsächlich amüsiert und auf einen gemeinsamen Ausklang gehofft.

Natürlich ist das mit den Nachrichten richtig mies

gelaufen. Trotzdem war ihre Reaktion vollkommen und absolut übertrieben. Als hätte sie nicht selbst von vornherein immer wieder darauf gepocht, dass das kein Date sei zwischen uns. Was für eine furchtbare Person. Will mir allen Ernstes Vorhaltungen machen über mein Privatleben. Was denkt die sich eigentlich! Ganz zu schweigen von dem Rest ihrer Vorwürfe. Spielt sich hier als Heilige auf, die ihre dämliche Musikschule retten will. Als würde es ihr nicht ums Geld gehen, sondern um die Menschen. Jedem geht es ums Geld. Die Zeiten, in denen ich an Menschlichkeit geglaubt habe, die Zeiten, in denen ich auf Gefühle vertraut habe, die sind vorbei.

»Alex?«

»Hm?«

Carina runzelt die Stirn. »Ist alles okay?«

»Ja. Klar. Warum?«

»Warum? Weil ich mir hier gerade die Seele aus dem Leib strippe und dich zu verführen versuche und du so viel Interesse zeigst, als würde ich dir aus der Aufbauanleitung eines Ikeaschrankes vorlesen.«

Ich mache eine vage Geste. »Es war ein harter Tag.« Und diese unsägliche Person ist schuld daran. Sie hat mir nicht nur den Abend verdorben, sondern scheint sogar noch in der Lage zu sein, mir auch die Nacht zu vermiesen. Meine Erregung ist dahin, so was ist mir noch nie passiert.

»Dann lass mich doch für deine Entspannung sorgen«, säuselt Carina, öffnet meine Hose und schiebt langsam ihre Hand hinein. »Gibt es einen Wunsch, den ich dir erfüllen kann?«

»Na ja, wenn du schon so fragst: Hast du vielleicht Müsli da? Mit Schokostückchen?«

Kapitel 8

Lucy

Strahlend blauer Himmel, angenehm warme Temperaturen und ein Garten voll weißer Pavillons, elegant gekleideter Menschen, perlendem Gelächter, dahingehauchten Luftküssen und nur angedeuteten Umarmungen. Ich bin garantiert die Einzige, die mit dem Bus hierhergefahren ist. Leider – nein, zum Glück – wohnen meine Eltern eine Stunde Fahrtzeit von Heidelberg entfernt.

Ich streiche mein offenes Haar über die Schulter zurück, nehme einen Schluck Holundersekt. Ein Tropfen rinnt am kühlen Glas hinab, fällt auf mein Kleid. Nein, nicht irgendein Kleid, sondern das bei Weitem eleganteste Outfit in meinem Kleiderschrank: ein schulterfreies, kupferfarbenes Fünfzigerjahre-Petticoat-Kleid mit Neckholder – und natürlich mit Tupfen. Weißen Tupfen, um genau zu sein. Ein ebenfalls weißes, breites Gürtelband mit Schleife betont meine Taille.

Eigentlich habe ich es für meine Geburtstagsfeier letzten Monat gekauft, doch nie war mir weniger nach Feiern zumute als in diesem Jahr.

Ich stürze den restlichen Inhalt meines Glases hinunter.

Ich wusste, dass die Jubiläumsfeier meiner Eltern furchtbar werden würde. Dass sie aber dermaßen schlimm sein könnte, hätte ich nicht gedacht. Gut. Das liegt auch am gestrigen, ziemlich katastrophalen Abend mit diesem unverschämten Alex Langner. Und der darauffolgenden noch katastrophaleren Nacht, in der ich mich über ihn geärgert habe. Und über meine Naivität. Vor allem über meine Naivität. Kein Auge habe ich zubekommen, mich permanent von einer Seite des Bettes zur anderen gewälzt. Und trotz all dem Ärger ging mir sein Gesichtsausdruck nicht aus dem Kopf. Als hätte ich ihn zutiefst verletzt. Dabei ist es doch wohl genau andersherum!

Und nun fühle ich mich völlig zerschlagen und laufe mit dicken Augenringen hier herum. Und das, wo ich doch eigentlich vorhatte, wenigstens äußerlich den Anschein von Gelassenheit auf dieser dämlichen Feier zu wahren. Stattdessen fängt jede zweite Unterhaltung mit den von mitleidigen Blicken begleiteten Worten »Geht es dir immer noch nicht besser?« an, gefolgt von einem nur vordergründig bedauernden »Wir haben ja gehört, was passiert ist«, das sofort in ein sensationsgieriges »Wie konnte das nur passieren?« mündet. Und alle beziehen sich auf das Desaster meiner Prüfung.

Aus dem Augenwinkel sehe ich einen Trupp Tanten zweiten Grades auf mich zuwalzen und haste eilig davon, schiebe mich zwischen anderen Verwandten, Bekannten und Fremden hindurch und bleibe erst hinter der Hausecke stehen, wo ich mich müde an die Wand lehne.

Praktischerweise befindet sich auch hier ein Stehtisch mit Häppchen und Getränken.

Langsam ahne ich, dass dieser Tag sehr lang werden wird, und beschließe, dass ein weiteres Glas Sekt nicht die Schlechteste aller Entscheidungen ist. Dieses Mal ist es mit O-Saft gemischt.

Während ich daran nippe, schleiche ich an der Hauswand entlang, immer darum bemüht, mich möglichst hinter Pflanzkübeln, Hollywoodschaukel und Co zu halten, falls jemand hier nach mir suchen sollte. Ziel ist der Strandkorb, der etwas versteckt auf der rückwärtigen Terrasse steht, um dort den Rest dieses furchtbaren Tages durchzustehen.

Wenn ich früher auf Partys eingeladen war, habe ich mir immer gewünscht, ein paar mehr Leute zu kennen und mich mit jemandem unterhalten zu können. Hier und heute wünsche ich mir, niemand würde mich kennen, vor allem aber, niemand würde sich mit mir unterhalten wollen. Doch Haus und Garten sind voll von Menschen, die in Grüppchen herumstehen und tuscheln, sobald sie mich bemerken, und mehr oder weniger offen ihre Hälse nach mir recken.

Endlich habe ich es geschafft, trete um den Korb herum und stelle fest, dass er bereits besetzt ist.

»Lucy, hey, schön, dich zu sehen«, sagt Onkel Frederick, seines Zeichens unfassbar bornierter Anwalt für Erb- und Wirtschaftsrecht, und Vater meiner Cousine Ella. So wie er gekleidet ist, ganz in Weiß, mit um die Schultern geschlungenem Pullover und Segelschuhen, hält man automatisch Ausschau nach dem dazugehörigen Tennisschläger oder der Yacht.

»Hallo«, sage ich und klinge dabei deutlich weniger begeistert als er.

»Wie geht es dir denn?«, fragt er und schlägt die Beine

übereinander. »Scheinbar nicht so gut, oder?«, ergänzt er mit mitleidiger Miene, während sein Fuß fröhlich im Takt der Musik wippt, die von einem Keyboarder irgendwo im Garten erzeugt wird.

»Doch, prima, alles gut«, sage ich und sehe mich nach einem Fluchtweg um.

Onkel Frederick scheint meine Absicht zu ahnen und erhebt sich. »Schaust aber furchtbar aus.«

Etwas gequält lächele ich. »Das hört man doch immer wieder gern.«

Er beugt sich vor und sagt verschwörerisch: »Ich habe von der Sache mit der Prüfung gehört.«

»Nein, ernsthaft?« Ich nippe an meinem Glas.

»Traurig, traurig, wirklich traurig«, sagt er, legt seinen Arm um meine Schultern, klopft mir aufmunternd auf diesen. »Aber wie kam das denn bloß? Blackout, was? Mir ist so was mal in der zweiten Klasse passiert. Bei einer Klassenarbeit in Mathe. Ich kann mich noch genau an das furchtbare Gefühl erinnern.«

»Ja«, sage ich sarkastisch. »Das ist bestimmt vergleichbar.« Ich befreie meinen Arm. »War nett, mit dir zu plaudern, leider muss ich jetzt … irgendwohin.«

»Also wenn du einen Job brauchst, wovon ich stark ausgehe, zögere nicht, dich an mich zu wenden.« Er wirft sich in die Brust, was allerdings angesichts seiner überdimensionalen Wampe wenig beeindruckend aussieht.

»Danke, aber ich habe einen Job.«

»Ja, habe ich gehört«, kommentiert er und macht eine wegwerfende Handbewegung. »Du arbeitest vorübergehend an einer Musikschule, hast aber keine entsprechende Ausbildung.«

Ruhig bleiben, beschwöre ich mich und nehme lieber einen weiteren Schluck, bevor ich etwas sage, was ich später vielleicht bereue.

»Wie willst du da Karriere machen?«, fährt Onkel Frederick übertrieben besorgt fort. »Wie willst du überhaupt an einer Musikschule Karriere machen?«

»Vielleicht will ich ja keine Karriere machen.«

»Der war gut«, erwidert er lachend. »Aber du weißt ja: Ich habe sehr gute Kontakte und kann mit Fug und Recht behaupten, eine große Nummer in meiner Branche zu sein. Ein solider Praktikantenjob in meiner Kanzlei ist doch was.«

»Ich habe schon immer davon geträumt, meine Tage mit dem Kopieren von Akten zu verbringen.«

Er runzelt die Stirn angesichts meiner Undankbarkeit und ergänzt etwas beleidigt: »Natürlich müsstest du klein anfangen, das ist ja klar, es soll mir schließlich niemand Vetternwirtschaft vorwerfen, aber du könntest es, wenn du fleißig und lernwillig bist, zu etwas Großem schaffen, mit meiner Hilfe, versteht sich.«

Ruhig bleiben. Trinken. Ich schlucke, setze das Glas wieder ab. »Großartig, danke, ich werde es im Hinterkopf behalten.«

»Kein Thema, für meine Nichte tue ich doch alles«, erklärt er gönnerhaft. »Wir werden es schon schaffen, etwas aus dir zu machen.«

Nichts sagen. Trinken. Ich setze das Glas erneut an und stelle fest, dass es leer ist.

Zum Glück jedoch für mich – und ihn – lässt er sich erneut in den Strandkorb fallen, scheint endlich geneigt, mich gehen zu lassen.

Und ich beschließe, dass ich noch mehr Sekt brauche. Oder Valium. Oder einen Raum, in dem ich mich für den Rest des Tages einschließen kann.

Da es vermutlich keinen guten Eindruck macht, wenn ich hier als Schnapsleiche durch die Gegend torkele oder völlig sediert über der Hollywoodschaukel hänge, entscheide ich mich für Tor Nummer drei: mein altes Kinderzimmer.

Leider ist der Weg dorthin blockiert, da sich drei meiner Tanten auf der Treppe versammelt haben. Gerade noch rechtzeitig kann ich mich in das nächstbeste Zimmer flüchten. Es ist das Arbeitszimmer meines Vaters, ein Ort, der mich schon von jeher deprimiert hat, da er dekoriert ist mit Auszeichnungen, Presseartikeln und Fotos, auf denen meine Eltern mit irgendwelchen offenbar wichtigen Menschen zu sehen sind.

Ein Geräusch lässt mich herumfahren. Im Ohrensessel sitzt mein Vater.

Himmel, kann man hier denn nirgendwo mal für sich sein?

»Na, brauchst du eine Auszeit von dem Trubel da draußen?«, fragt er mich.

Entgegen meinem ursprünglichen Fluchtreflex nicke ich, gehe zu ihm und lasse mich auf die Designer-Couch fallen, die so unbequem ist wie eh und je. Ich ziehe mir ein Kissen heran, stopfe es mir umständlich hinter den Rücken.

»Schön, dass du trotzdem gekommen bist«, sagt er. »Ich weiß, dass das nicht so einfach für dich sein muss.«

Überrascht lasse ich vom Kissen ab. Ich weiß natürlich, dass mein Vater mich trotz allem liebt und stets nur mein Bestes wollte. Dennoch waren verständnisvolle Worte nie seine Stärke. Dafür sind wir zu verschieden in unserem Charakter und unseren Interessen.

»Auch wenn ich noch immer nicht verstanden habe, was dich damals zu dieser Aktion bewogen hat.« Er schließt die Augen, lehnt den Kopf zurück.

Ich mustere ihn vorsichtig. Vielleicht ist dies ja der richtige Moment. »Weißt du …«

»Hat Onkel Frederick schon mit dir gesprochen?«, unterbricht er mich.

»Onkel Frederick?«, wiederhole ich verwirrt, doch schon einen Atemzug später macht es in meinem Kopf klick. »*Du* hast ihm diesen Floh mit dem Job ins Ohr gesetzt!«

»Ich habe ihn lediglich gefragt, ob er dich nicht irgendwo unterbringen kann. Ich kann doch nicht dabei zusehen, wie du dein Leben gegen die Wand fährst.« Und da ist er wieder, dieser vorwurfsvolle Ton.

Enttäuscht beiße ich mir auf die Lippe.

»Theodor!«, ertönt die durchdringende Stimme meiner Mutter. Wenn sie, die sonst immer Gefasste, solche Höhen erreicht, steht etwas bevor, was einem Vulkanausbruch gleicht.

»Ich sollte wohl besser gehen und mich um die Gäste kümmern.« Mühsam erhebt er sich. Er scheint deutlich gealtert und sofort meldet sich mein vermaledeites Gewissen und schiebt mir die Schuld dafür in die Schuhe. Vielleicht sollte ich doch die Sache mit Onkel Frederick überdenken.

»Also, auf in den Kampf.« Er seufzt tief auf.

Ich runzele die Stirn. »Ich dachte, du magst solche Veranstaltungen?«

»Um Gottes willen. Ich finde sie grauenhaft.«

»Wieso hast du dann alle eingeladen?«

Er sieht mich verständnislos an. »Deine Mutter und ich haben ein Jubiläum.«

»Das hättet ihr doch auch im Kleinen feiern können. Oder zusammen verreisen und mal ausspannen, euch was gönnen.«

Er lacht, als hätte ich einen Witz gemacht, drückt mir im Vorbeigehen einen Kuss auf den Scheitel. »Sitz nicht zu lang hier herum, sonst werden Fragen gestellt.«

Leise fällt die Tür ins Schloss. Ich ziehe das Kissen hinter meinem Rücken hervor, presse es mir vor den Bauch.

Genau das ist der Punkt. Noch immer geht es darum, den Schein nach außen zu wahren. Das war schon immer das Wichtigste. Krisen, Krankheiten, Probleme. Das alles gibt es nicht in dieser Familie. Jedenfalls nicht offiziell. Bei all ihrem nach außen getragenen Selbstbewusstsein sind auch meine Eltern in ihrem Inneren zutiefst ängstlich. Hauptsache, die Fassade wird aufrechterhalten, der Erfolg nach außen gekehrt. Überhaupt … Erfolg. Das Wichtigste im Leben der Familie Albers. Gemessen natürlich nach dem Kontostand. Zumindest wenn es nach den Maßstäben meiner Eltern und dem ganzen Rest geht.

»Lucy? Lucy!« Erneut die Stimme meiner Mutter.

Ich drücke noch einmal fest das Kissen an mich, dann schiebe ich es von meinem Schoß und erhebe mich ähnlich schwer seufzend wie mein Vater.

Kaum jedoch habe ich die Tür geöffnet, renne ich beinahe in Tante Martha.

»Hoppla, Vorsicht. Ach, du bist es.« Tante Martha, die älteste Schwester meines Vaters und Frau von Onkel Frederick, baut sich, ganz in Türkis gekleidet, vor mir auf. Ihr überdimensionaler Hut erweckt den Eindruck, sie wäre in Ascot, und bewirkt, dass jeder, dem sie zu nahe kommt, sich ducken oder zur Seite springen muss. »Na, endlich kriege ich dich mal zu Gesicht. Immer wenn ich mit dir reden wollte, warst du plötzlich verschwunden.«

»Nein, wirklich?«, sage ich und bemühe mich um eine ausdruckslose Miene.

»Was muss ich denn da über dich hören?«, fragt sie und droht mit dem Zeigefinger, als wäre ich ein ungehorsames Kleinkind. »Du machst deinem armen Vater Sorgen?«

»Eigentlich ist es genau andersherum.«

Sie runzelt die Stirn, beschließt dann aber offenbar, meinen Kommentar einfach zu ignorieren. »Du solltest wirklich zusehen, dass du endlich etwas aus deinem Leben machst. Du wirst nicht immer jung bleiben und … Oh, was ist das, etwa ein graues Haar?« Sie zupft an mir herum.

»Nur von der Sonne gebleicht«, behaupte ich gereizt und ziehe ihre wurstigen Finger von meinem Scheitel weg.

Ihr Mund verzieht sich skeptisch. »Ich denke trotzdem, dass es grau ist. Du solltest wirklich zusehen, dass du endlich einen …«

»Ich habe einen Job!«

Sie guckt mich irritiert an. »… einen Mann findest, bevor du zu alt bist und dich keiner mehr will.«

Na prima, endlich mal jemand, der sich nicht über meinen Job mokiert, dafür aber im vorletzten Jahrhundert lebt. Langsam kriege ich Kopfschmerzen.

»He, wo gehst du hin?«

»Haftcreme für meine Dritten suchen.«

Ich lasse die verdutzte Tante Martha stehen und

beschließe, sicherheitshalber einen weiteren Sekt mit O-Saft aufs Zimmer mitzunehmen, auch wenn sich meine Beine schon etwas schwer anfühlen.

Also steuere ich die Küche an, in der jedoch meine Mutter, in fliederfarbenem Kostüm, das braune Haar zu einer eleganten Banane am Hinterkopf gelegt, an der Arbeitsplatte hantiert. Hastig eile ich an der Tür vorbei.

»Lucy?«

Ich kneife die Augen zusammen, überlege, so zu tun, als hätte ich sie nicht gehört, und mich nach oben zu schleichen.

»Tu nicht so, als hättest du mich nicht gehört.«

Wie macht sie das immer? »Was ist denn?«

»Wo treibst du dich die ganze Zeit herum, ich könnte hier wirklich Hilfe gebrauchen.«

Ich verziehe das Gesicht, trete zu ihr und bekomme einen Servierteller mit Häppchen ausgehändigt.

»Auf niemanden ist mehr Verlass«, klagt sie. »Zwei der Studentinnen, die servieren sollten, sind krank geworden. Bring das bitte unter die Gäste. Und wieso hast du dir kein Cocktailkleid von Ella geborgt?«

Übelkeit steigt in mir auf. Und die hat nichts mit dem Sekt zu tun.

»Jetzt, wo sie schwanger ist, kann sie doch ohnehin keines ihrer Kleider tragen. Du hättest die freie Auswahl gehabt.«

»Ich kam nicht dazu«, schwindele ich.

Sie schüttelt den Kopf. »Hast du wenigstens mit Onkel Frederick geredet?«

»Ja. Leider.«

»Und?«

»Mama! Ich habe einen Job.«

»Du hast doch gesagt, dass du den nur vorübergehend ausübst.«

»Ja. Das stimmt ja auch.«

»Also? Wie geht es dann weiter?«

»Müssen wir das jetzt diskutieren?«, frage ich gequält.

»Wann denn dann?«, ruft sie und wirft die Arme in die Luft. »Von dir kriegt man ja nie eine Antwort.«

»Weil ihr mich immer mit Vorwürfen konfrontiert!«

Scharf zieht sie die Luft ein, wendet sich gekränkt ab. »Wie denn auch nicht nach dieser Blamage, für die du uns bis heute eine Erklärung schuldig geblieben bist! Und eine Entschuldigung.«

Ich schlucke, öffne den Mund, hole Luft, um es endlich loszuwerden.

Und flüchte aus der Küche, ohne es ihr gesagt zu haben. Wie immer.

Die Türklingel dient mir als willkommene Ausrede, um nicht sofort wieder zu den Aasgeiern zurückzumüssen.

Die Servierplatte auf der rechten Hand balancierend, öffne ich mit der linken die Tür.

Und hätte beinahe die Platte fallen lassen.

Vor mir steht Alex. In den Klamotten von gestern. Und sein Gesichtsausdruck ist alles andere als freundlich.

»Was tust du hier?«, stottere ich perplex.

»Meine Schlüssel holen«, knurrt er.

»Was denn für Schlüssel?«

»Meinen Haustürschlüssel und all die anderen am Schlüsselbund. Firma und so. Der Schlüsselbund, den du eingesteckt hast!«, schnaubt er wütend. »Es ist Samstag! Und anstatt zu relaxen, hetze ich schon den ganzen Morgen …«

»Wir haben Nachmittag.«

»Eben!«, sagt er mit einer Betonung, die mich verstummen lässt. »Ich hetze von einem Ende der Stadt zum anderen auf der Suche nach meinen Schlüsseln, war im Büro und im Restaurant. Hast du eine Ahnung, wie lange es dauert, bis in einem Restaurant, das um diese Zeit geschlossen hat, mal jemand erreichbar ist, geschweige denn auftaucht?«

»Wie – es kam keiner mit 'nem Helikopter angedüst, nur weil du Alex Langner bist?«

Er kneift die Augen zu einem schmalen Schlitz zusammen, fährt jedoch kommentarlos fort: »Aber dort war der verdammte Schlüssel auch nicht, also habe ich schließlich bei dir geklingelt, aber du warst nicht da, und so ein bärtiger Kerl sagte mir, wo du bist, deshalb bin ich hierhergefahren. An einem Samstag! Also?« Er streckt die Hand aus.

»Tja, schöne Geschichte, aber wie um alles in der Welt kommst du bitte darauf, dass ausgerechnet ich deine dämlichen Schlüssel …?« Ich breche ab, als mich eine Erinnerung durchzuckt »… die Frau, die mir geholfen hat, die Sachen einzusammeln, als ich gestern …« Ich spüre, wie ich rot werde. »Sie könnte ihn in meine Tasche gelegt haben. Okay, möglicherweise … aber nur möglicherweise habe ich ihn tatsächlich.«

»Dann her damit!«

»Ich habe meine Tasche von gestern Abend nicht dabei.«

»Großartig. Auch das noch. Und wo ist sie?«

»Na, zu Hause natürlich.«

»Dann fahren wir jetzt dorthin.«

Fahren? Ach, stimmt, den Autoschlüssel hatte er ja nicht am Schlüsselbund hängen, den ich offenbar eingesteckt habe. Trotzdem. »Ich fahre nirgendwohin mit dir«, protestiere ich. »Außerdem ist es gerade etwas ungünstig.«

»Es ist für mich auch etwas ungünstig, nicht in mein Haus zu können!«

»Wie? Und wo hast du dann geschlafen? Ach, stimmt ja: Bei Carina mit den roten Dessous, richtig? War sicher furchtbar ungünstig und schlimm für dich. Mein Mitleid hält sich in Grenzen.« Ich verziehe das Gesicht. »Und wer ist heute dran? Hannah? Oder Anna? Oder schleppst du jemand ganz Neues ab?«

»Das geht dich überhaupt nichts an.«

»Zum Glück.«

»Schön, dann hätte ich jetzt gern meinen Schlüssel wieder, und zwar sofort!«

»Ich habe doch gesagt, ich …« Ich stocke, spüre, wie mir das Blut aus dem Gesicht weicht.

Alex

Sie ist plötzlich käsebleich und starrt an mir vorbei.

Verdutzt drehe ich mich um.

Eine dunkelhaarige Schönheit kommt die Einfahrt herauf, doch bevor ich sie näher in Augenschein nehmen kann, lässt mich eine aus dem Augenwinkel wahrgenommene Bewegung wieder zu Lucy herumfahren. »Vorsicht!«, rufe ich erschrocken und kann gerade noch rechtzeitig die gläserne Servierplatte auffangen, die ihren

Fingern entglitten ist. Die Häppchen hingegen kann ich nicht mehr retten. Lucy scheint es nicht einmal gemerkt zu haben. Kurzerhand bücke ich mich und sammele die Dinger auf, bevor am Ende noch jemand darauf ausrutscht, allen voran Lucy, die einen völlig weggetretenen Eindruck macht, und marschiere zur Mülltonne, die ich auf dem Weg hierher ein paar Meter weiter am Carport hinter einer Hecke entdeckt habe.

»Lucy!«, erklingt es derweil in einem hohen, künstlichen Tonfall, der selbst mich angewidert zusammenzucken lässt.

Ich will zurückgehen, bleibe dann aber doch stehen, wo ich bin, weil ich irgendwie das Gefühl habe, dass mich die Sache dort drüben nichts angeht. Was nicht bedeutet, dass sie mich nicht interessiert. Neugierig spähe ich über die Hecke.

Die Dunkelhaarige, deren linke Hand auf ihrem deutlich vorgewölbten Schwangerschaftsbauch ruht, haucht der immer noch steif dastehenden Lucy zwei luftige Beinahe-Wangenküsse entgegen. »Was für eine Überraschung! Ich hätte nicht gedacht, dich hier zu sehen.«

»Ja«, sagt Lucy tonlos. »Weil es ja auch so ungewöhnlich ist, jemanden auf der Gartenparty seiner Eltern anzutreffen.«

»Du bist immer so witzig.« Die andere lacht geziert und die zwei langstieligen Federn ihres Fascinators erzittern. »Ich meinte doch, wegen deiner total verrückten Aktion bei deiner Abschlussprüfung.« Sie beugt sich vor und raunt: »Wie geht es dir denn inzwischen, du Ärmste?« Zwar klingt ihr Tonfall mitleidig, doch in ihren Augen blitzt unverkennbar Sensationslust auf. »Hast du dich inzwischen entschieden, ob du noch einmal zur Prüfung antrittst? Mein Verlobter sagte, du hättest noch immer nicht Bescheid gegeben, aber die Deadline für die Anmeldung würde demnächst ablaufen. Du solltest diese Chance wirklich annehmen.«

»Ich … weiß … nicht«, sagt Lucy seltsam stockend und scheint dabei, wenn möglich, noch blasser zu werden.

»Das solltest du aber langsam«, flötet die Dunkelhaarige. »Es kommt schließlich nicht alle Tage vor, dass mein Schatz die Kommission dazu überredet, jemanden ein zweites Mal einmal zur Prüfung zuzulassen. Ist er nicht wundervoll? Du solltest sein wirklich großzügiges Angebot annehmen.«

»Großzügig …«, wiederholt Lucy tonlos, und ich frage mich prompt, was vorgefallen ist, dass sie diese Chance, denn das ist es doch wohl, nicht freudig ergreift.

»Er hat wirklich alles gegeben für dich, nachdem ich ihn darum gebeten habe, schließlich …« Sie lächelt selbstgefällig, »… konnte ich doch nicht zulassen, dass mein kleines Cousinchen arbeitslos ist. Was wäre das denn für ein Vorbild für unser kommendes Glück.«

»Ich bin nicht arbeitslos.«

»Aber bald wirst du es sein, Liebes«, erklärt die andere von oben herab. »Ich meine, du arbeitest vorübergehend als Musiklehrerin, hast aber weder eine pädagogische Ausbildung noch ein abgeschlossenes Musikstudium.«

»Was du nicht sagst. War mir doch glatt entfallen«, gibt Lucy zurück, zu meiner Erleichterung klingt sie wieder mehr wie sie selbst, und ich kann mir angesichts ihres Sarkasmus ein heimliches Grinsen nicht verkneifen. Das ist meine Lucy. Moment. Also, natürlich nicht »meine«

Lucy, sondern: Lucy, wie ich sie kenne. Himmel, das kommt dabei heraus, wenn der Sex fehlt.

»Oder du steigst bei uns in der Firma ein. Wir haben schon darüber gesprochen, ob wir dich nicht dort unterbringen können.« Gönnerhaft setzt sie hinzu: »Du könntest meine private Assistentin sein. Was hältst du davon?«

»Ich denke darüber nach«, krächzt Lucy.

»Großartig«, sagt ihr Gegenüber zufrieden. »Dann wollen wir mal den Jubilaren gratulieren gehen, nicht wahr, Liebling?« Sie lächelt den Mann an, der gerade an ihre Seite getreten ist, und tätschelt Lucy im Vorbeigehen die Schulter. »Ich hoffe, ihr habt auch stilles Wasser mit einem hohen Anteil an Magnesium und Calcium. Und Sojamilch für den Kaffee. Und Avocado. Ich brauche um diese Uhrzeit immer eine Viertel-Avocado. Ach, und bist du so lieb und holst mir noch ein Keilkissen? Einen Platz im Schatten könntest du mir auch schon frei halten, danke, Cousinchen.«

Lucy sieht ihnen stumm nach, erst als die beiden im Hausinneren verschwunden sind, lässt sie sich zu meinem Schrecken plötzlich auf die Stufen sinken, birgt ihr Gesicht in ihren Händen.

Großer Gott, sie wird doch wohl nicht weinen. Unbehaglich trete ich von einem Fuß auf den anderen. Ich wollte meinen Hausschlüssel zurückholen, keine heulende Frau trösten. Ich räuspere mich und trete zu ihr.

Erschrocken sieht sie auf, blinzelt mich aus tränenschimmernden Augen verwirrt an. Es scheint, als hätte sie meine Anwesenheit vollkommen vergessen. Genau das, was man sich wünscht nach so einem Morgen. »Meine Schlüssel«, erinnere ich sie missmutig und in

Erwartung eines erneuten Protestes. Alles besser, als sie so traurig zu sehen.

Doch der Protest bleibt aus. Stattdessen nickt sie zögerlich, zieht sich an der Säule, die das Vordach trägt, hoch und murmelt: »Ich hole meine Wohnungsschlüssel, dann können wir zu mir fahren und deine holen.«

»Na bitte, warum nicht gleich so!«, rufe ich ihr hinterher, doch das Gefühl des Triumphes bleibt aus.

Dann bin ich allein, stehe vor dem Haus herum und fühle mich äußerst unwohl.

Und das umso mehr, je länger sie wegbleibt.

Immer wieder kommen neue Gäste an, marschieren an mir vorbei und nicken mir herablassend zu, als sei ich hier der Kellner. Verärgert lege ich die Servierplatte auf der Hecke ab.

Schließlich wird es mir zu blöd, und ich schließe mich dem nächsten Trupp einfach an, folge dem Strom auf der Suche nach Lucy durch diverse Zimmer bis in den großen Garten, in den es bei dem schönen Wetter verständlicherweise alle Gäste zieht. Auf der Terrasse ebenso wie unter den Pavillons auf der Rasenfläche sind Stehtische voller Häppchen und Gläser aufgebaut, an denen sich elegant gekleidete Damen und Herren in Grüppchen zusammengefunden haben.

Jemand läuft mit einem Tablett voll gefüllter Gläser vorbei, und ich greife mir eines, hoffe auf einen Drink, doch es ist kaum mehr als zitroniges Sprudelwasser. Ich nehme ein paar Schlucke, verziehe das Gesicht. Wenn's hier wenigstens was Ordentliches zu trinken gäbe, könnte ich es vielleicht aushalten, doch bis auf Sekt und mein Zeug kann ich nichts entdecken.

Dafür stoße ich endlich auf Lucy. Sie steht halb hinter einer das Vordach tragenden Säule versteckt, hat den Blick auf das Geschehen im Garten gerichtet.

Augenblicklich kocht mein Ärger erneut hoch. Ich stehe mir da draußen die Füße in den Bauch, während sie nichts Besseres zu tun hat, als sich hier zu amüsieren! Ihre Cousine hin oder her. Daran, dass ich immer noch nicht in mein Haus kann, scheint sie sich nicht sonderlich zu stören. »Schön, dass es dir so unheimlich wichtig ist, dass ich …« Ich breche ab. Sie hat mich noch nicht bemerkt, beobachtet mit einer seltsamen Mischung aus Trauer und Schmerz, die mich mitten ins Herz trifft, die Gäste. Nein, nicht die Gäste. Einen speziellen Gast. Den Mann mittleren Alters im Pavillon unter dem Kirschbaum. Lässig lehnt er an einem der Stehtische, die linke Hand in der Hosentasche, die rechte auf der runden Tischplatte aufgestützt. Es ist derselbe, der ihre Cousine vorhin begleitet hat.

Ein ziemlicher Poser, wenn es nach mir geht, und ich kenne mich da aus. Zu Jeans trägt er ein grau glänzendes Jackett, um den Hals hat er sich einen weißen Seidenschal geschlungen, während auf dem Kopf ein Barett thront. Typ Theaterregisseur mit sämtlichen dazugehörigen Klischees, die er offenbar zu erfüllen trachtet. Abschätzig lässt er den Blick umherschweifen, als würde er den hier zur Schau gestellten Luxus aus tiefstem Herzen verabscheuen. Was ihn jedoch nicht daran hindert, ordentlich zuzulangen bei Häppchen und Getränken.

Erneut sehe ich zu Lucy, die noch immer diesen Typen anstarrt. Kann es sein, dass sie etwas für diesen Kerl empfindet? Ein Gedanke, der mir irgendwie gar nicht behagt. Was ziemlich verrückt ist, schließlich bin ich stinksauer auf sie.

Ihr Verhalten gestern Abend, die Nacht, die ich mir ihretwegen um die Ohren geschlagen habe, der Morgen, den ich ihretwegen durch die ganze Stadt gehetzt bin, und jetzt auch noch die Tatsache, dass sie mich einfach hat stehen lassen. Nein, ich denke ja gar nicht dran, meinen Ärger auf sie einfach unter den Teppich zu kehren. Oder?

Ich stelle mein Glas auf dem Tisch neben mir ab, berühre versehentlich damit ein zweites und das helle »Ping« lässt Lucy herumfahren. In ihren Augen schimmert es, als sie meinem Blick begegnet.

Ich merke, wie mein Ärger kleiner und kleiner wird, dann rollt tatsächlich eine Träne über ihre Wange und das letzte Klümpchen Wut in mir verpufft.

Scheiße! Mit schimpfenden, schreienden, tobenden Frauen kann ich umgehen, aber nicht mit weinenden. Alles, nur das nicht.

Zögerlich trete ich näher. »Alles in Ordnung?«, frage ich leise und überreiche mir innerlich den Preis für die dämlichste Frage, schließlich würde sie wohl kaum weinen, wenn es so wäre. Ich räuspere mich. »Die Sache mit dem Hamster, was?«

»Ich hole die Schlüssel«, stammelt sie, wischt sich hastig über ihre Augen und will davoneilen.

Ich halte sie am Arm auf. »So solltest du vielleicht nicht reingehen.«

»Wieso?«

»Na ja, du hast eine gewisse Ähnlichkeit mit einem Pandabären.«

»Was?« Erschrocken fährt sie mit der Hand über ihre Wange und betrachtet die schwarze Mascara auf ihren Händen. »Na großartig.«

Ich nehme eine der Servietten vom Stehtisch neben mir, tunke sie kurzerhand in meinen Zitronensprudel und reiche sie ihr. Sie schnappt sie sich, rubbelt heftig über ihre Wangenknochen.

»Nicht da.« Ich nehme ihr die Serviette ab, tunke sie erneut ins Wasser. »Hier«, sage ich und streiche vorsichtig unter ihrem linken Auge entlang. Sie ist mir so nah, ich kann ihre Wärme spüren, atme ihren Granatapfelduft, und urplötzlich steigt die Erinnerung daran in mir auf, wie sie sich beim Tanzen an mich geschmiegt hat, wie warm, weich und duftend und unfassbar perfekt ihr Körper sich in meinen Armen angefühlt hat. »Du ziehst das hoffentlich nicht wirklich in Erwägung«, sage ich, während ich das alles vergeblich zu ignorieren versuche.

»Was?«

»Die Privatassistentin dieser ziemlich anstrengenden Dame da drüben zu werden. Das dürfte der Hölle auf Erden gleichkommen.«

Sie schüttelt den Kopf.

»Stillhalten.« Ich wende mich ihrem rechten Auge zu, spüre ihren Blick auf mir ruhen, fragend, verunsichert, die Stirn gerunzelt.

Ein seltsamer Moment der stillen Zweisamkeit, obwohl um uns herum Gelächter und Musik, Gespräche und das Klirren von Gläsern ertönen.

Ich lasse das Tuch sinken.

Lucy rührt sich nicht, ich mich ebenfalls nicht.

Überrascht stelle ich fest, dass ihre Augen eigentlich gar nicht richtig bronzebraun sind, mehr den tiefen Bernsteinton von Oban-Whisky haben und dass mir das gefällt. Ebenso wie mir die fünf Sommersprossen gefallen, die auf ihrem Nasenrücken sitzen. Wieso habe ich sie gestern nicht bemerkt? Vielleicht trug sie da Make-up? Dabei hat sie das überhaupt nicht nötig, denn ihre Sommersprossen sehen unfassbar süß aus. Unwillkürlich muss ich lächeln.

Lucy tritt einen Schritt zurück, der Blick in ihren Augen flackert. »Der … Ich … Er …«, stammelt sie und weg ist sie.

»He, jetzt warte doch mal!«, rufe ich ihr nach, doch sie hört mich nicht oder tut zumindest so.

»Es wird doch wohl möglich sein, noch in diesem Leben an meinen Schlüssel zu kommen!«, schimpfe ich vor mich hin, doch es gerät etwas kraftlos. Da ich jedoch wenig Lust habe, anstatt mir vor der Tür nun im Garten die Füße in den Bauch zu stehen – und ich mir auch nicht ganz sicher bin, ob sie wiederkommen wird –, folge ich ihr stattdessen ins Haus.

Ich durchquere das großzügige Wohnzimmer und bleibe irgendwo zwischen diesem und der Küche auf dem Flur stehen. Wo ist sie hin? Die Treppe hinauf? Die Treppe hinunter?

In der Küche ertönen Stimmen. Ist sie da drin? Vorsichtig trete ich näher.

»Theodor tut mir so unfassbar leid«, verkündet eine Frauenstimme, die allerdings eher selbstzufrieden als mitleidig klingt.

»Muss er nicht, Martha«, hakt eine zweite nach und erklärt spitz: »Er ist doch nun wirklich selbst schuld, hätte nicht dermaßen mit seinem angeblichen Wunderkind prahlen sollen. Geschieht ihm völlig recht, wie ich finde.«

»Sehe ich genauso wie Britta«, stimmt eine dritte zu. »Wie ich gehört habe, muss Lucy sogar noch im

Altenheim arbeiten, um über die Runden zu kommen. Also dafür hätte es nun wirklich keines teuren Studiums an der Musikakademie bedurft.«

»Das kommt davon, wenn man seine Kinder nicht richtig erzieht: Sie tanzen einem auf der Nase herum.«

»Jetzt bist du zu hart«, meldet sich eine vierte Frau zu Wort. »Er kann nun wirklich nichts dafür, dass seine Tochter es zu nichts gebracht hat, er hat doch alles gegeben. Ein schwarzes Schaf gibt es schließlich in jeder Familie …«

»Ja, so ist es wohl leider«, unterbricht sie die erste. »Es kann nicht jeder wie meine Ella sein. Lucy schafft es ja noch nicht einmal, einen Mann zu finden. Das hätte es zu meiner Zeit nicht gegeben, dieses ziellose Vor-sich-hin-Leben ohne familiäre und berufliche Perspektive. Unter uns gesagt: Sie hat schon graue Haare!«

»Aber nicht so viele, wie sie ihren armen Eltern bereitet hat, glaubt mir.«

»Sie sollte sich wirklich ein Beispiel an deiner Ella nehmen«, stimmt die Frau zu, die eben Britta genannt wurde, »die hat alles unter einen Hut gebracht: Karriere, Mann, demnächst ein Kind. Ja, ich denke, du kannst ziemlich stolz auf sie sein.«

Ein Geräusch lässt mich aufsehen. Lucy steht am Treppenabsatz.

Lucy

Mir ist unfassbar übel, und gleichzeitig spüre ich mein Gesicht glühen, weiß, dass er alles mit angehört hat. Habe ich ja auch. Die Art, wie er ertappt zur Seite sieht, lässt keinen Zweifel zu.

Das ist mit Abstand der schlimmste Tag in meinem Leben – gut, mal abgesehen von dem Tag, an dem ich den Betrug meines Freundes entdeckt und meine Zukunft in den Sand gesetzt habe.

»Wo ist noch mal das Bad, Lucy?«, ruft jemand durch den Flur.

Die Gespräche in der Küche verstummen augenblicklich.

»Links nach dem Eingang«, antworte ich tonlos.

Im nächsten Moment drängen sich vier Gestalten durch die Küchentür. »Lucy. Was für eine Überraschung. Wir sprachen gerade von dir, nicht wahr, Britta?«

Ich zwinge mich zu einem Lächeln, steige die letzten Stufen hinunter und gehe an den Lästermäulern vorbei auf Alex zu. Lieber bringe ich es gleich hinter mich. Soll er sich halt dem ganzen Drama anschließen und auch Hohn und Spott über mich ausbreiten, was solls. Mein Leben ist ohnehin eine Katastrophe. »Ich habe meine Schlüssel, wir können fahren.«

»Danke, Schatz.«

Bevor mein Gehirn realisiert, was meine Ohren zu hören vermeinen, hat er schon seinen Arm um meine Taille gelegt und mich an sich gezogen, um mir einen Kuss aufs Haar zu drücken.

Perplex starre ich Alex an, weiß nicht, was ich sagen soll, zumal mein Herz bei seiner Berührung ins Stolpern geraten ist.

Er hingegen lächelt mich an und verkündet: »Eigentlich können wir uns noch etwas Zeit lassen, meinst du nicht, Liebling?«

»Womit?«, frage ich verwirrt, während ein Teil meines Gehirns sich auf das Kribbeln konzentriert, das von der Stelle ausgeht, an der Alex' Hand und Arm mich berühren, und ein anderer sich fragt, ob ich vielleicht doch zu viel getrunken habe.

»Mit dem Heimfahren, schließlich hatte ich gehofft, du würdest mich endlich deiner Familie vorstellen. Wird langsam Zeit, weißt du.«

»Ihr seid tatsächlich …?«, fängt Tante Britta irritiert an.

»Das ist dein Freund?«, unterbricht Tante Martha sie mit großen Augen.

Alex nimmt für einen Moment seinen Arm von meiner Taille, ergreift ihre Hand und deutet unnachahmlich elegant mit einer knappen Verbeugung einen Handkuss an. »Das ist in der Tat der Fall. Und welche bezaubernde Dame habe ich hier die Ehre, kennenzulernen?«

Zum ersten Mal in meinem Leben sehe ich Tante Martha nicht nur rot werden, sondern auch um Worte verlegen.

»Wieso hast du davon denn nichts erzählt, Lucy?«, entrüstet sich Tante Britta, während Tante Norma gleich mit einer ganzen Batterie an Fragen aufwartet: »Seit wann kennt ihr euch denn? Wo habt ihr euch kennengelernt? Wie war doch gleich Ihr Name? Was machen Sie beruflich? Wohnen Sie in der Nähe? Irgendwie kommen Sie mir bekannt vor.«

»Kennengelernt haben wir uns, weil meine Baustelle gegenüber von Lucys Wohnung liegt«, leistet Alex bereitwillig Auskunft und legt seinen Arm erneut um meine Taille, was, wie ich mir zu meiner Schande eingestehen muss, irgendetwas in mir kurz aufjubeln lässt, bevor es sich wieder daran erinnert, wen ich hier neben mir habe.

»Ach, Sie arbeiten auf dem Bau?« Tante Marthas Genugtuung ist förmlich mit Händen zu greifen.

»Sozusagen. Meine Firma ist dort gerade mit Umbaumaßnahmen beschäftigt.«

»*Ihre* Firma?«, hakt Tante Britta nach. Ihr Blick fliegt zwischen ihm und mir hin und her, und ich sehe förmlich die Rädchen hinter ihrer Stirn rattern, als sie überlegt, ob es wirklich sein kann, dass jemand, der mit mir zusammen ist, eine Firma besitzen kann.

»Ja, und so richtig gefunkt hat es dann, als ich Lucy bei ihrer unfassbar wertvollen Arbeit im Seniorenheim erleben durfte.«

Ich kann mich gerade noch zusammenreißen, um nicht ein allzu erstauntes Gesicht zu machen.

»Und das Ganze obendrein ehrenamtlich. Ich habe bislang wirklich nie einen so selbstlosen und liebevollen Menschen getroffen!«

Ich habe das Gefühl, um fünf Zentimeter zu wachsen. Meine Tanten hingegen sind da deutlich weniger beeindruckt.

»Wie war doch gleich Ihr Name?«, fragt nun auch Tante Britta. Hat sie eigentlich überhaupt mitbekommen, was Alex da gerade über meine Arbeit erzählt hat?

»Langner. Alex Langner.«

»Langner, wie das Einkaufszentrum? Das Langner-Center? Das nach Ihrem Vater benannt ist?«

Unfassbar, dass sogar meine Tanten besser informiert sind als ich. Andererseits verbringen sie auch deutlich mehr Zeit beim Friseur als ich.

»Ja, ganz recht.«

So wenig sie Alex' Lobgesang auf meine wohltätige Arbeit beeindruckt hat, so sehr sind sie jetzt von den Socken. Mit großen Augen werfen sie sich vielsagende Blicke zu. Doch was habe ich erwartet? Für manche Menschen ist Geld eben das Einzige, was zählt.

»Ich wusste doch, dass er mir bekannt vorkommt«, verkündet Tante Norma triumphierend, um gleich mit gerunzelter Stirn hinterherzuschieben: »Wieso haben deine Eltern das nie erwähnt?«

Oh, verdammt, meine Eltern. Ihnen kann ich dieses Theater nicht antun. »Wir müssen jetzt leider gehen, wirklich.« Ich greife nach Alex' Arm.

»Tja, tut mir leid, hat mich gefreut, wir sehen uns«, kann Alex gerade noch von sich geben, während ich ihn schon durchs Haus Richtung Garten ziehe.

»Warum denn so eilig?«, fragt er und schiebt ein belustigtes »Schatz« hinterher.

»Hör auf, es reicht«, sage ich und sehe mich auf der Terrasse nach meinem Bolero um, finde stattdessen ein Glas Holundersekt und exe es.

Alex macht ein überraschtes Gesicht, doch mir ist inzwischen alles egal. Ich will diesen Tag aus meinem Gedächtnis tilgen. »Und überhaupt«, sage ich und muss mich für einen Moment am Tisch festhalten, da meine Beine sich mit einem Mal etwas zittrig anfühlen. »Was sollte das denn bitte mit der ›bezaubernden Dame‹? Wo hast du denn diesen schawüll… schwallwüll… schwawüllstigen

Unfug her?« Himmel, wieso ist meine Zunge so schwer? Vielleicht war das doch ein Sektchen zu viel.

»Meine Ex-Freundin war ein Fan von historischen Fernsehserien.«

»Ex-Freundin? Welche? Carina, Hannah, Anna und wie sie alle heißen?«

»Nein.«

Ich warte auf einen Zusatz, irgendeine Erklärung, doch es kommt nichts mehr. Für einen Moment überfliegt etwas sein Gesicht. Schmerz? Bevor ich mir darüber klar werden kann, ist es schon wieder verschwunden.

Irritiert wende ich mich ab, entdecke meinen Bolero unter einem Stuhl am Boden und hebe ihn auf. »So, wir können.«

»Warum? Es fing doch gerade an, Spaß zu machen.«

Ich beiße mir auf die Lippe. Das ist es also. Und ich hatte einen Augenblick lang wirklich geglaubt, ihm ginge es um mich. Wie bescheuert. Vor allem nach dem gestrigen Abend. »Das ist kein Spaß, das ist mein Leben. Und es ist nicht besonders lustig.«

»Dein Leben oder die Aktion gerade?«

»Haha. Und im Übrigen habe ich keine grauen Haare. Sie sind nur von der Sonne gebleicht. Damit das klar ist.«

»Völlig klar«, sagt er und gibt sich nicht die geringste Mühe, sein Grinsen zu verbergen.

Ich werfe ihm einen bösen Blick zu, drehe mich um und bleibe wie angewurzelt stehen. Glühend heiß bohrt sich ein Messer in mein Herz.

»Hallo, Lucy«, sagt Marc. »Schön, dich zu sehen.«

Er lächelt. Der Mistkerl lächelt mich doch tatsächlich an. Sag etwas. Irgendetwas. Oder geh wenigstens weiter. Ja, befiehlt mein Kopf meinen Beinen, geht verdammt noch einmal einfach weiter, doch selbige versagen schlichtweg ihren Dienst und ich kriege kein einziges Wort hervor.

»Ich dachte, wir könnten vielleicht mal unter vier Augen miteinander reden.«

»Tut mir leid, Marc«, krächze ich. »Ich bin gerade beschäftigt.«

»Sieht aber nicht danach aus. Womit denn?«

Mein Magen ballt sich zusammen, und ich bin mir ziemlich sicher, gleich hier und jetzt heulend zusammenzubrechen.

Stattdessen tue ich etwas viel, viel Schlimmeres.

»Damit«, sage ich, drehe mich zu Alex um.

Und küsse ihn.

Alex

Fassungslos reiße ich die Augen auf, als ich, samtweich und warm, ihre Lippen auf den meinen spüre. Schon im nächsten Moment habe ich Lucy reflexartig an mich gezogen, tauche ein in ihren Geschmack nach Sekt und Orange und Holunder, genieße ihre zarten Lippen, die zaghafte Berührung ihrer Zunge. Und in mir explodiert es förmlich. Ein Stöhnen stiehlt sich über meine Lippen.

Der Typ hinter Lucy räuspert sich, doch wir halten nicht inne, wir hören nicht auf. Ich umfasse ihr zierliches

Gesicht, koste ihren Atem, erkunde ihren warmen Mund, wage einen heißen Tanz mit ihrer Zunge.

Erneut räuspert er sich. »Also, ich warte dann beim Pavillon.«

Keiner von uns reagiert. Lucys Zunge agiert immer fordernder, und ich gebe ihr nur allzu gern nach, genieße jede Sekunde unseres Kusses, der immer inniger wird, wilder, heißer. Ich verliere mich in Lucys Lippen, ihrem Geschmack, ihrer Wärme.

Der Kerl mit dem Schal geht, zumindest nehme ich das an, doch wir küssen uns weiter. Und weiter.

Ein Kuss, der mir die Sinne und den Atem raubt, dessen Intensität mich schwindlig werden lässt.

Ein Kuss, der nie enden sollte.

Leider tut er es dann doch.

Als sie sich von mir löst, ringen wir beide nach Atem, stehen einen Augenblick lang völlig perplex da und starren uns an.

»Scheiße, ich glaube, ich bin noch nie so geküsst worden«, bringe ich schließlich hervor und schüttele ungläubig lachend den Kopf.

Sie läuft rot an, stammelt verlegen: »Ich … Es … Das … Lass mich erklären …«

»Musst du nicht«, sage ich, nicht minder durcheinander als sie. Doch es war nur ein Kuss, herrje! Reiß dich zusammen. Ich fahre mir mit der Hand über den Nacken und nicke mit dem Kinn in Richtung Marc, der unter dem Pavillon steht und uns mit umwölkter Stirn beobachtet. »Die Hamstersache, stimmts?«

Sie beißt sich auf die Lippe. »Entschuldige, das war dumm von mir, das hätte ich niemals tun dürfen.«

»Also von mir aus kannst du das ruhig noch einmal tun«, flachse ich und versuche, nicht zu zeigen, dass ihre Antwort mir einen kleinen Stich versetzt hat. Natürlich bin ich im ersten Moment total überrascht gewesen, doch schon im zweiten ist mir klar geworden, warum sie das getan hat, schließlich habe ich diesen Typen dort stehen sehen. Dennoch … für einen winzig kleinen Augenblick habe ich irgendwie gehofft, es könnte vielleicht einen anderen Grund haben. Zum Beispiel den, dass ich sie vorhin vor ihrer ziemlich unangenehmen Familie verteidigt habe. Den, dass sie mich mag. Denn mit einem Mal will ich genau das.

»Wie hat er reagiert? Was tut er jetzt?«, fragt sie nervös und ohne sich zu ihm umzudrehen.

»Erzählst du mir die ganze Hamsterstory, wenn ich es dir sage?«

»Das ist Erpressung.«

»Stimmt. Also?«

»Na schön, meinetwegen. Und? Guckt er her?«

»Japp. Vorhin sind ihm beinahe die Augen rausgefallen, und auch jetzt noch starrt er uns an, und zwar alles andere als begeistert. Vielmehr sieht er regelrecht beleidigt aus.«

»Gut so«, schnieft sie, atmet dann tief durch und strafft sich. »Okay. Wir können gehen.«

Den Kopf erhoben, das Kreuz durchgestreckt dreht sie sich um, greift nach meiner Hand und schreitet, ohne diesen Typen eines Blickes zu würdigen, an ihm vorbei.

Und ich kann nicht umhin, festzustellen, wie perfekt sich ihre kleine warme Hand in die meine einfügt. Das Einzige, was sich noch perfekter angefühlt hat, waren ihre Lippen auf meinen. Unwillkürlich fahre ich mir mit der

Zunge über meine, auf der Suche nach Lucys Holundergeschmack.

Kaum sind wir hinter der hohen Hainbuchenhecke, die das Grundstück umgibt, angekommen und damit außer Sichtweite, zieht sie hastig ihre Hand wieder zu sich und lässt sich im Schatten einer Buche auf die nächste Parkbank sinken. Dann schlägt sie ihre Hände vors Gesicht. »Es tut mir leid. Das war furchtbar von mir. Furchtbar und kindisch und total dämlich. Ich weiß gar nicht, was mich da überkommen hat.«

»Wut«, sage ich mit einem Schulterzucken und versuche, mir nicht anmerken zu lassen, dass mich ihr Ausbruch bestürzt. Dass es so ist, hat ohnehin nur etwas mit dem Stress der letzten Wochen zu tun und damit, dass ich letzte Nacht nicht geschlafen habe.

»Ja«, seufzt sie. »Du kannst dir gar nicht vorstellen, was für eine Wut. Und obwohl ich natürlich weiß, dass das eine total bescheuerte und lächerliche Aktion war, geht es mir jetzt komischerweise besser. Dank dir. Wirklich.«

»Tja, schön, dass ich helfen konnte«, sage ich und fühle mich seltsam. Einerseits ist da dieser Kuss, der wirklich umwerfend war. Und dann ist da dieses unbefriedigende Gefühl, das er hinterlassen hat. Gerade weil er so umwerfend war, aber eigentlich nicht mir galt. Oder? Kann man einen Menschen wirklich so küssen, ohne dass es ihm gilt? Will ich überhaupt wirklich, dass ihr Kuss mir gilt?

»Ich glaube, der letzte Sekt war einer zu viel, es tut mir leid.« Eine zarte Röte überzieht ihr Gesicht, hebt ihre Sommersprossen hervor, während ein durch das Blattwerk dringender Sonnenstrahl das Whisky-Braun ihrer Augen golden schimmern lässt.

»Du hast mich also geküsst, um es einem anderen Kerl heimzuzahlen *und* weil du angetrunken bist. Ja, jetzt fühle ich mich definitiv besser.«

Ihre Röte vertieft sich. »Es tut mir unfassbar leid. Wirklich. So etwas kommt nie wieder vor.«

Plötzlich fühle ich mich erschöpft, setze mich neben sie. Dieses Mädchen ist nur Mittel zum Zweck. Sie ist niemand, der mir etwas bedeutet oder jemals bedeuten könnte. Dass mich die Sache mit dem Kuss wurmt, hat lediglich etwas mit meinem verletzten Ego zu tun. Nicht mehr und nicht weniger. Zumindest versuche ich, mir genau das einzureden. Ich sollte zusehen, dass ich endlich meinen Schlüssel und das verdammte Grundstück kriege und meine Verrückte hier loswerde.

»Danke«, sagt sie plötzlich leise.

»Für den Kuss?«, frage ich und sehe zu ihr.

»Auch. Aber vor allem dafür, dass du mich vorhin verteidigt hast.«

»Immer wieder gern«, erwidere ich leise und stelle überrascht fest, dass ich es ernst meine. Verwirrt beobachte ich die kleinen, dicken Hummeln, die vor unseren Füßen von einer Kleeblüte zur nächsten brummen. Wie aus weiter Ferne dringen die Geräusche der Gartenparty zu uns heraus. Diese Frau passt nicht einmal in mein Beuteschema, was also reitet mich hier gerade? Warum sitze ich hier und habe das Bedürfnis, ihr Beistand zu leisten? Sie noch mal zu küssen. Wieder und immer wieder.

Plötzlich steht sie abrupt auf und geht auf meinen Wagen zu. »Lass uns deine Schlüssel holen.«

Fast bin ich enttäuscht. Einen Augenblick hat es sich angefühlt, als wären wir ein Pärchen, das auf einem

Spaziergang kurz pausiert. Verrückt. Total verrückt, dass ich auf solch einen abwegigen Gedanken komme. Und noch verrückter, dass ich die Vorstellung einen Moment lang sogar schön fand. Ich habe definitiv zu wenig geschlafen in letzter Zeit. Mitch hat recht, ich brauche dringend Urlaub.

Über mich selbst den Kopf schüttelnd folge ich ihr, schließe den Wagen auf und kurz darauf kurven wir bereits über die staubige Landstraße zwischen Feldern hindurch.

***

Lucy sieht stumm aus ihrem Seitenfenster und auch ich hänge noch immer meinen Gedanken nach. Die sich so gar nicht in die Richtung bewegen, in die sie sich bewegen sollten.

»Du sagtest doch«, hebt sie plötzlich an, »… du fändest das mit der ehrenamtlichen Arbeit furchtbar.«

Ich werfe ihr einen kurzen Seitenblick zu. Sie sieht noch immer aus dem Fenster, ihre Finger spielen mit den Fransen ihrer Handtasche.

»Und du wolltest mir die Hamstergeschichte erzählen«, kontere ich.

»Nicht ablenken.« Sie schüttelt den Kopf, wendet sich endlich mir zu. »Warum hast du das getan?«

»Dich geküsst? Weil du damit angefangen hast.«

»Du weißt, was ich meine.«

Ich seufze auf. »Na schön. Weil …« Ich räuspere mich, brauche einen weiteren Anlauf, um es herauszubringen. »Weil ich das tatsächlich bewundernswert finde, was du da tust.«

»Und warum bist du dann gestern ausgeflippt?«

Ich verziehe das Gesicht. Genau darüber habe ich schließlich die halbe Nacht nachgegrübelt. »Vielleicht, weil ich einfach nicht viele Menschen kenne, die selbstlos handeln, okay? Da fällt es manchmal etwas schwer, daran zu glauben, dass es so etwas wirklich gibt.«

»In Sachen Musikschule könntest du selbstlos handeln.«

»Du kannst echt nicht lockerlassen, was?«, sage ich mit einer Mischung aus Bewunderung und Ärger. Und Erleichterung. Endlich sind wir wieder auf einer Ebene, auf der es keinen Platz für Gedanken an verdammt sinnliche Küsse gibt.

»Das nehme ich als Kompliment.«

»Und außerdem weichst du schon wieder aus. Können wir uns jetzt bitte auf dich konzentrieren? Wir hatten einen Deal.«

Sie seufzt. »Na schön, aber da gibt es nicht viel zu erzählen. Meine Eltern sind so unmusikalisch wie Küchenmaschinen und absolute Karrieremenschen. Meine Liebe zur klassischen Musik und der Violine haben sie während meiner Kindheit und Jugend als Macke abgetan, die nicht weiter geschadet und mich zumindest insoweit beschäftigt hat, dass ich nicht auf dumme Gedanken kam und sie selbst Zeit zum Arbeiten hatten. Wirklich schlimm wurde es, als ich ihnen nach dem Abitur sagte, dass ich nicht Jura studieren würde so wie sie beide und wie die Hälfte meiner Familie. Sie hatten natürlich schon alles geplant, alles vorbereitet, sind aus allen Wolken gefallen. Für sie war meine Berufswahl in Stein gemeißelt, quasi eine Familientradition. Die andere Hälfte meiner Familie besteht übrigens aus Medizinern.

Wie du ja gehört hast, bin ich sozusagen das schwarze Schaf der Familie.«

Sie lacht kurz auf, doch es klingt alles andere als fröhlich. Es klingt wie jemand, der nicht will, dass der andere merkt, wie traurig ihn das Thema macht, und ich kriege ein schlechtes Gewissen, weil ich sie erneut auf dieses Thema angesprochen habe. Doch das ist verrückt. Wenn hier jemand ein schlechtes Gewissen haben sollte, dann sie! Sie hat schließlich meinen Schlüssel eingesteckt. Nicht absichtlich, okay, aber dennoch. Und außerdem will ich wissen, was im Kopf dieser seltsamen Person vorgeht. Aus reiner Neugier. Mehr steckt nicht dahinter, schließlich ist sie überhaupt nicht mein Typ. Aber dieser Kuss war so … so unfassbar perfekt. Wie kann das sein? »Das ist aber noch lange nicht alles, das kannst du mir nicht weismachen. Was hältst du davon, wenn wir erst meine Schlüssel holen und uns dann irgendwo ein nettes Café suchen und du erzählst mir den Rest?«

Sie zögert, legt den Kopf schief. »Das ist jetzt aber kein Date, oder?«

»Keine Sorge, ich bestelle zum Kaffee Müsli.«

Kapitel 9

Alex

Vergeblich versuche ich, mich auf die Straße zu konzentrieren, immer wieder wandert mein Blick zu Lucy hinüber, die auf dem Beifahrersitz eingenickt ist. Ich muss mich zusammenreißen, nicht ihre sinnlichen Lippen anzustarren, nicht an den Kuss zu denken, mich nicht an das Gefühl ihres Körpers in meinen Armen zu erinnern. Schnell richte ich meinen Blick wieder nach vorn auf die Straße, doch wie von selbst wandert er erneut zu ihr. Völlig eingesunken in ihre voluminösen Röcke schläft sie da wie ein gepunktetes Dornröschen. Mist, falscher Vergleich. Definitiv falscher Vergleich. Einer, der zu viel mit Küssen zu tun hat.

Es rumpelt, und ich sehe hastig zurück auf die Straße, um nicht noch ein Schlagloch zu übersehen oder Schlimmeres, doch die Erschütterung von diesem hat bereits ausgereicht, um Lucy zu wecken. Aus dem Augenwinkel sehe ich sie sich blinzelnd im Sitz recken. »Ich hab nur kurz die Augen zugemacht«, behauptet sie schlaftrunken.

»Dein Schnarchen klang allerdings sehr melodiös.«

Erschrocken sieht sie mich an, und ich komme nicht umhin, laut zu lachen.

Sie schnaubt erbost und grollt: »Wo sind wir?«

»Schon in Heidelberg. Ich wollte mich gerade auf die Suche nach einem Café machen, in dem man auch schlafen kann.«

»Daran ist nur der dämliche Sekt schuld«, rechtfertigt sie sich verlegen, nur um im nächsten Moment lauthals »Stopp!« zu rufen.

Ich fahre erschrocken zusammen. »Was ist?«

Sie deutet nach rechts. »Ein Flohmarkt!«

»Das sehe ich auch. Und?«

»Können wir anhalten?«

»Was? Warum? Etwa jetzt?«

»Vielleicht finde ich ja ein paar Geigen für meine Schüler, die …«

Sie hält plötzlich inne, als wäre ihr jetzt erst eingefallen, dass da ja ein gewisser Streitpunkt zwischen uns bestanden hat, immer noch besteht. Ihr Gesicht verdüstert sich, sie rutscht von mir weg und holt tief Luft.

Ich hebe warnend die Hand. »Bevor du mich wieder mit Vorwürfen in Sachen Musikschule bombardierst, denk daran, dass du in meinem Auto sitzt. Oder willst du den Rest des Weges zu Fuß laufen?«

»Kann ich machen. Allerdings solltest du daran denken, dass ich deine Schlüssel habe. Oder willst du den Rest deiner Zeit woanders schlafen?«

Und da ist sie wieder, die kampfeslustige Lucy, die kontert und keine Konfrontation scheut. Etwas, was mich noch immer sehr beeindruckt. Wider Willen muss ich grinsen, strecke ihr die Hand entgegen. »Kurzer Waffenstillstand?«

»Das Thema ist dadurch aber nicht vom Tisch!«, beharrt sie.

»Etwas anderes hätte ich von dir auch nicht erwartet.«

Sie mustert mich misstrauisch, schlägt dann jedoch ein.

Und so schlendere ich zu meiner eigenen Überraschung tatsächlich kurz darauf mit Lucy durch schattige Gassen zwischen hohen, efeubewachsenen Gebäuden voller Erker und Türmchen und an mit allerlei Krimskrams vollgestellten Ständen vorbei. Ich kann selbst nicht glauben, dass ich das tue.

»Also, wo sind denn jetzt deine Geigen?«, frage ich zum wiederholten Male, doch ebenso jetzt wie zuvor erhalte ich nur begeisterte »Guck mal hier!«- und »Guck mal da!«-Rufe, die sich definitiv nicht auf irgendwelche Geigen beziehen, sondern auf alles Mögliche, von alten Stühlen über noch ältere Uhren bis hin zu zerkratzten und fast schon antiken Modellautos, zerfledderten Zeitschriften und blinden Spiegeln.

Es ist mir absolut schleierhaft, wie man sich für alten Kram derart begeistern kann, dennoch folge ich Lucy zunehmend faszinierter von Stand zu Stand. Nicht fasziniert von all dem Zeug hier, sondern von ihr.

Mit leuchtenden Augen erwirbt sie hier einen zierlichen Messing-Löffel, dort eine verschnörkelte Porzellan-Zuckerdose, wieder woanders einen Regenschirm mit – wie sollte es anders sein? – Tupfen drauf. Das scheint wirklich ihr Ding zu sein. »Schau mal!«, ruft sie plötzlich, greift nach meinem Arm, was prompt ein angenehmes, aber unpassendes Prickeln durch meinen

Körper sendet, und zieht mich zu einem Stand am Rande eines Brunnens.

Ich kann nicht anders, als ihre Hand anzustarren, die so weich und zart auf meiner Haut liegt und noch immer ein seltsam warmes Gefühl durch mein Inneres schickt. Auch Lucy sieht jetzt hinab, und als wäre ihr erst in diesem Moment bewusst geworden, was sie da tut, lässt sie mich hastig los. Die Stelle, an der sie mich zuvor gehalten hat, fühlt sich plötzlich leer und kalt an, doch das ist gut so. Alles andere ist nur eine Illusion, die platzen würde wie eine Seifenblase, wenn ich ihr vertraue. Und davon habe ich schon genug. Das mit Lucy ist nur eine kurzfristige Gefühlsverwirrung, nichts weiter. »Oh, wie schön«, sage ich trocken. »Noch mehr halb verrosteter Kram, den kein Mensch braucht.«

Sie lacht. »Das sind Spieldosen. Hattest du als Kind etwa keine?«

»Nein, und wenn ich mir das hier so ansehe, bin ich darüber auch sehr froh.«

»Also, dann müssen wir Abhilfe schaffen«, verkündet sie aufgeräumt.

»Bitte nicht«, seufze ich.

Lucy lacht leise, legt den Kopf schief und schließt die Augen und erzählt verträumt: »Ich habe mit sechs oder sieben eine von meiner Großmutter bekommen. Sie hat *What shall we do with a drunken sailor* gespielt. Meine Eltern fanden das ziemlich unpassend, ich fand es toll. Leider war der Nachbarshund wohl der gleichen Meinung wie meine Eltern und zerlegte die Spieldose bei der nächsten Gelegenheit in ihre Einzelteile.« Sie öffnet die Augen wieder, einen wehmütigen Ausdruck auf ihrem Gesicht.

»Na schön«, sage ich und greife nach der ersten Spieldose. »Dann suchen wir jetzt eine Spieldose aus. Aber nicht für mich, sondern für dich. Damit du Ruhe gibst und ich mir dieses nostalgische Gedudel nicht länger anhören muss. Welche gefällt dir?« Ich ziehe die in meiner Hand auf und … nichts passiert. Die zweite Dose gibt ein merkwürdiges Geräusch von sich. »Soll das ein erkältetes Huhn darstellen?«, erkundige ich mich bei Lucy.

»Eher einen verstopften Auspuff«, gibt sie glucksend zurück und greift nach der nächsten. Ihr Humor gefällt mir.

»*AC/DC*?«, rate ich.

»Ich fürchte, das soll *Santa Claus Is Coming to Town* darstellen«, klärt sie mich auf und schraubt schon an einer weiteren Spieluhr herum. Diese hört sich zwar sehr metallisch an, doch zumindest ist die Melodie von *Santa Claus* diesmal deutlich zu erkennen. Ein schneebedeckter Tannenbaum dreht sich dabei. Und auch wenn ich für solcherlei Kitsch gewöhnlich nichts übrighabe, muss ich zugeben, dass es schön aussieht.

»Du hast definitiv ein besseres Händchen für diese Dinger als ich«, bekunde ich anerkennend. »Gefällt sie dir?«

Lucy schüttelt den Kopf.

»Das hatte ich befürchtet«, sage ich mit demonstrativem Seufzen. Doch heimlich, das muss ich mir eingestehen, macht mir die Sache Spaß. »Was ist mit dieser hier?«, frage ich und halte ihr eine hin, auf der zwei kleine, holzgeschnitzte Figuren miteinander tanzen. Die Melodie eines Kinderliedes ist deutlich zu erkennen und sie klingt sogar ganz angenehm.

Lucy schüttelt den Kopf. »Optisch gefällt sie mir nicht. Ich suche mehr nach etwas, was …« Sie hält inne, ihre Augen leuchten auf und sie macht einen Satz nach vorn. »… ist wie das hier!«

»Eine Keksdose?« Tatsächlich sieht das Ding aus wie eine Blechbüchse aus den Fünfzigern, deren bunter Aufdruck leicht in das Blech eingestanzt ist.

Lucy klappt den Deckel auf, die Melodie von *Only You* erklingt, und ohne dass sie etwas sagt, weiß ich, dass das definitiv die richtige Spieldose ist. Mit einem Blick in ihr begeistertes Gesicht sage ich: »Also mehr Fünfzigerjahre geht kaum. Die nehmen wir.«

Bevor ich mich an die Verkäuferin wenden kann, um die Dose zu kaufen, ertönt plötzlich ein hohes »Lucy!« Und etwas stürmt an mir vorbei. Lucy dreht sich um und wird im nächsten Moment auf Magenhöhe und mehr als euphorisch von einem kleinen Mädchen mit abstehenden Zöpfen umklammert.

»Ich freue mich auch, dich zu sehen, Leni«, bringt Lucy hervor und sieht aus, als würde sie gleich keine Luft mehr bekommen.

»Also wenn du eine Mund-zu-Mund-Beatmung brauchst, ich stelle mich gern zur Verfügung«, biete ich ihr grinsend an.

Sie löst sich hastig aus Lenis Umklammerung und holt tief Luft. »Bist du etwa allein hier?«, fragt sie dann das Mädchen, stellt die Dose auf dem Tisch ab und hält Ausschau nach einer möglichen Begleitung und ergänzt, wohl an mich gerichtet: »Ihre Mutter führt hier in einer Seitenstraße ein Antiquariat.«

»Nein, nicht allein«, ertönt eine Stimme, die auch ohne

Magenumklammerung krächzend klingt, und eine kleine Frau mit weißem Haar und faltigem Gesicht schiebt sich auf uns zu. Doch nicht ihr Alter, sondern ihre Kleidung ist es, die dafür sorgt, dass mir der Mund offen steht. Sie trägt einen Overall, einen mexikanischen Sombrero und – trotz der Hitze – eine Kunstpelzstola um den Hals, um den Arm baumelt eine schreiend gelbe Handtasche, während ihre Schuhe mit rosa Puscheln besetzt sind. »Die Kleine schleift mich schon seit einer Ewigkeit von Stand zu Stand. Als hätten wir bei uns im Antiquariat nicht genügend altes Zeug rumstehen und … Vorsicht, Kind.« Sie zieht Lucy, hinter der sich eine hochschwangere Frau vorbeischiebt, vom Tisch weg, und auch ich gehe unwillkürlich die Schritte mit, um an Lucys Seite zu bleiben.

Leider, denn plötzlich spüre ich den Blick der alten Frau mit äußerst unangenehmer Intensität auf mir ruhen. »Gehört dieses äußerst eindrucksvolle Exemplar der Gattung Mann etwa zu dir?«, fragt sie und stößt die rot anlaufende Lucy mit dem Ellbogen an.

Ich schiebe die Hände in die Hosentaschen, wippe zufrieden auf den Fußballen auf und ab. »Tja, Lucy – gehöre ich … eindrucksvolles …« Ich ziehe das Wort betont in die Länge, um sie ein bisschen zu ärgern. »… Exemplar zu dir?« Ich kann mir ein erneutes Grinsen nicht verkneifen.

Lucy wirft mir einen bösen Blick zu.

»Wenn nicht«, fährt die alte Frau fort, »ist er ja vielleicht noch zu haben?« Sie lächelt mich mit kokettem Augenaufschlag an.

Was?! Das meint sie doch wohl nicht ernst?

Leider sieht es ganz danach aus, denn sie klappert

weiterhin mit den Augenlidern, was ihr das Aussehen einer kurzsichtigen Eule verleiht.

Erschrocken will ich nach hinten ausweichen, was aufgrund der drängelnden Menge leider nicht möglich ist. Schon hat sie sich bei mir eingehakt. »Clara Richter ist mein Name.«

»*Tante* Clara«, korrigiert das Mädchen.

»Also wenn schon, dann bin ich deine Urgroßtante, aber für dich …« Sie wendet sich mir wieder zu, »nur Clara. Reitest du gern?« Sie zieht auf ziemlich eindeutige Art und Weise die Augenbraue hoch.

»Reiten?!«, wiederhole ich entgeistert. Sie meint doch wohl nicht … sie wird doch nicht etwa …

»Und trägst du gern Cowboyhüte?«, fährt die alte Frau fort.

»Sie sind Pferdeliebhaberin, was?« Erleichterung macht sich in mir breit. Für einen Augenblick hatte ich tatsächlich geglaubt, sie hätte etwas anderes gemeint.

»Männer mit Cowboyhüten sehen nämlich umwerfend aus. Männer *nur* mit Cowboyhüten.«

Entsetzt reiße ich die Augen auf, versuche, meinen Arm aus ihrem Griff zu winden, doch für eine so alte Frau hat sie erstaunlich viel Kraft. Sie lächelt ein breites Dritte-Zähne-Lächeln und ich fühle leichte Panik in mir aufsteigen, blicke Hilfe suchend zu Lucy. Die ist puterrot im Gesicht, dieses Mal allerdings vor unterdrücktem Lachen.

Endlich kann ich meinen Arm befreien, weiche zurück. »Ich trage keine Cowboyhüte! Niemals! Unter keinen Umständen! Und, ja: Ganz genau, ich gehöre zu Lucy. Und wie!« In diesem Moment hätte ich mich auch bereit erklärt, zu einem Tutu tragenden Balletttänzer zu gehören, solange mir das diese furchterregende Frau vom Leib hielte.

Neben mir prustet Lucy los.

»Tante Clara, kommst du endlich?«, quengelt das Mädchen.

Ihre Urgroßwasweißich verdreht die Augen und mault: »Niemand gönnt einer alten Frau mal ein bisschen Spaß.«

Ich trete vorsichtshalber noch einen Schritt zurück. Was weiß ich, was diese mir mehr als unheimliche Person unter »Spaß« versteht. Ich will es ganz sicher nicht herausfinden.

»Grüß meine liebe Briana von mir, Lucy, wenn du sie siehst. Ich wollte neulich mit ihr telefonieren, aber dann hat dieses Wiesel wieder so viel Unfug veranstaltet, dass wir …«

»Tante Clara!« Leni zieht ungeduldig an der Handtasche der alten Frau.

»Ja, ist ja schon gut, ich komme.«

»Frau Kleve?«, fragt Lucy nach. »Ja, natürlich grüße ich sie von Ihnen.«

»Und du …« Die Alte wendet sich wieder mir zu und reflexartig weiche ich aus. »… besuchst hoffentlich bei nächster Gelegenheit unser Antiquariat.«

Ich nicke mit verzweifeltem Lächeln, während ich mir gleichzeitig schwöre, niemals auch nur einen Fuß in besagten Laden zu setzen.

Kaum sind die Alte und das Mädchen verschwunden, kann Lucy nicht mehr an sich halten und bricht in schallendes Gelächter aus – auf meine Kosten. »Du hättest mal dein Gesicht sehen sollen!«

»Kein Bedarf …«, knurre ich und streiche meinen Anzug glatt, verzweifelt darum bemüht, den letzten Rest Würde zu wahren. »Kein Wunder, dass die zwei alten Schachteln befreundet sind – da ist ja eine verrückter als die andere.«

Leider führt mein Ärger nur zu einem erneuten Heiterkeitsausbruch bei Lucy, der allerdings abrupt endet, nachdem sie zum Stand zurückgekehrt ist. »Wo ist die Spieldose?«

Mit gerunzelter Stirn folge ich ihr. Tatsächlich. Sie fehlt.

»Sie meinen die, die *Only You* gespielt hat?«, hakt die Verkäuferin nach.

»Ja!«

»Verkauft.«

»Was?! An Wen?«

»Puh, keine Ahnung mehr. Ach so, doch, an die Schwangere vorhin.«

Sowohl Lucy als auch ich fahren herum, recken die Köpfe, doch von der Frau ist weit und breit nichts mehr zu sehen.

Lucy beißt sich auf die Lippe.

»Haben Sie nicht noch andere in der Art?«, frage ich bei der Verkäuferin nach.

»Leider nicht.«

»Schon gut«, sagt Lucy und zieht mich am Arm fort. »Ist nicht schlimm. Lass uns lieber endlich gucken, ob wir nicht doch irgendwo noch eine Geige finden.«

Auch wenn sie sich betont fröhlich gibt, spüre ich ihre Enttäuschung, das Beben ihrer Lippen war eben nicht zu übersehen. »Na komm«, versuche ich, sie aufzumuntern.

»Wir machen uns auf die Suche nach deinen Geigen und dann … Ach, weißt du was? Meine Schlüssel haben Zeit. Erst gehen wir ins Café und du bekommst endlich den Kaffee, den ich dir schulde.«

»Das Café in Tante Claras Antiquariat?«

Ich verschlucke mich fast. »Definitiv nicht!«

Lucy

»Das ist kein Café!«, sage ich.

»Es war mal eines.«

»Und jetzt?«

»Ist es der Ort, an den ich mich zurückziehe, wenn ich allein sein will.«

»Wenn ich mich nicht verzählt habe, sind wir zu zweit.«

»Wir können auch woanders hingehen.«

Ich mustere das kleine, zerbrechlich wirkende Hausboot zwischen den zwei Weiden, deren Äste ins Wasser hineinhängen. Gut vertäut schaukelt es etwa anderthalb Meter vom Ufer des Flusses entfernt sanft vor sich hin. Die grüne und rote Farbe ist verblichen, an vielen Stellen abgeblättert, das Holz darunter ergraut. Es sieht nicht besonders robust aus, scheint nur noch von Charme und Rost zusammengehalten zu werden.

»Das ist aber kein Liebesnest oder so etwas«, hake ich misstrauisch nach.

Er rollt mit den Augen und schüttelt den Kopf. »Wie

du angesichts all des Staubs und der Unordnung gleich merken wirst, hat keine Frau dieses Ding betreten seit …«
Er hält plötzlich inne.

»Seit wann?«

»Ach, ist egal.« Er balanciert über den schmalen Balken, der gut einen Meter links der Tür vom Hausboot aus Richtung Ufer ragt, hält sich mit der linken Hand an einer Ausbuchtung des Bootes fest, stemmt den rechten Fuß in eine Rille unter der Tür und streckt sich, bis er mit der Hand über den oberen Türrahmen greifen kann. Dort tastet er in eine Vertiefung, die mir ohne seine Verrenkung gar nicht aufgefallen wäre. Er angelt ein kleines Kästchen hervor, zieht sich auf den Balken zurück und entnimmt dem Kästchen einen Schlüssel.

Endlich schließt er auf und hangelt sich auf ähnlich komplizierte Weise wie gerade eben ins Innere.

»Ähm … ja. Noch komplizierter geht es nicht?« Die dunkle Brühe sieht nicht gerade so aus, als dass ich in nächster Zeit mit ihr Bekanntschaft schließen möchte, doch bei meinem Glück würde ich schon nach zwei Schritten darin landen.

»Tut mir leid. Der Steg ist beim letzten Sturm zerstört worden. Irgendwann einmal muss ich ihn erneuern.« Er streckt mir die Hand hin. »Entweder Anlauf nehmen und springen oder so wie ich über den Balken hangeln.«

»Balken.«

»Habe ich mir doch irgendwie gedacht«, sagt er schmunzelnd, hält sich mit der linken Hand an der Türzarge fest, lehnt sich so weit aus der Tür, dass ich schon fürchte, er wäre gleich derjenige, der im Wasser landet, und streckt mir die Hand entgegen. »Ich hätte dich aber aufgefangen«, ergänzt er.

Ich bin froh, dass er meine Gedanken nicht lesen kann, denn diese Vorstellung gefällt mir mehr, als mir lieb ist. Ich brauche einen Moment, um mich zu fassen, dann aber reiße ich mich am Riemen, setze meinen Fuß auf den Balken, mache einen vorsichtigen Schritt und erreiche seine Hand. Von Alex gehalten schiebe ich mich, mit der ausgestreckten anderen Hand das Gleichgewicht wahrend, über den Balken bis zur Wand.

Dann reiche ich ihm meine Handtasche und die Tüte mit meinen neuen Errungenschaften, unter denen sich leider keine Geige befindet, strecke den Fuß aus und taste mich an die Türöffnung heran.

»Auf drei ziehe ich dich herüber«, sagt er und zählt direkt an.

»Ich kann nicht fassen, dass ich das tue«, grummele ich, werde aber schon im nächsten Moment mit einem kräftigen Ruck von ihm zur Tür hinüber und ins Innere gezogen.

Und zum zweiten Mal innerhalb von zwei Tagen finde ich mich an seiner Brust wieder, umgeben von seinen starken Armen. Sein Duft lässt mich schwindlig werden, seine Nähe beschleunigt meinen Herzschlag. Und da ist es wieder, dieses Flattern in meinem Magen, dieses Prickeln auf meiner Haut.

In seinen Augen blitzt etwas auf, was meine Kehle ganz trocken werden lässt. »Theoretisch können wir auch da weitermachen, wo wir vorhin aufgehört haben«, raunt er und seine Stimme lässt mir einen wohligen Schauer den Rücken hinunterlaufen. Prompt kribbelt es nicht nur auf meiner Haut, sondern auch in mir. Überall.

Wie auf Kommando geht mein Atem schneller, doch ich weigere mich, mich von ihm einwickeln zu lassen. Trotz allem ist er ein Frauenheld. Einer, der es nie ernst meint. Und obendrein einer, der aufgrund meines blöden Fehlers auf der Gartenparty nun mit Sicherheit denkt, ich sei leicht zu haben.

Hastig löse ich mich aus seinen Armen und weiche zurück, komme aber nicht weit, denn da ist schon die Wand in meinem Rücken. Der Gang ist kaum einen Meter breit. »Du hast mit Absicht so heftig gezogen«, schimpfe ich und versuche, mir nicht anmerken zu lassen, dass mein Herz sich noch immer nicht beruhigt hat. Mich beschleicht der Verdacht, dass es das gar nicht mehr tun wird, solange Alex in meiner Nähe ist.

»Ich wollte nur nicht, dass du ins Wasser fällst«, behauptet er grinsend. »Komm schon, ausgeruht wird später.« Plötzlich übermütig wie ein kleiner Junge greift er erneut nach meiner Hand, zieht mich weiter ins Boot hinein und mein Herz und ich stolpern ihm hinterher.

Das Boot ist gute fünfzehn Meter lang, aber gerade einmal fünf Meter breit. Die Stühle und die kleinen runden Tische sind an die Seite geschoben, dort übereinandergestapelt worden. Sie haben einer gemütlich aussehenden, teilweise etwas zerschlissenen Polstercouch Platz gemacht, hinter der sich allerlei Gerümpel stapelt. Leider habe ich keine Zeit, mich lang umzusehen, denn schon zieht mich Alex eine schmale Treppe hoch aufs teilüberdachte Oberdeck.

Hier stehen die Tische und Stühle noch, doch Alex macht nicht halt, sondern führt mich an einer Küchenzeile vorbei weiter bis nach vorn zur gläsernen Flügeltür. Rasch entriegelt er diese, drückt sie auf und wir treten auf ein gemütliches kleines Vordeck hinaus. Es ist mit Holzbohlen belegt und von einem cremefarbenen Sonnensegel beschattet. Links an die Bordwand gerückt befindet sich ein französisches weißes Tischchen mit zwei gusseisernen Stühlen, rechts macht sich eine riesige, sitzsackartige Liege breit, eine Art Loungebett, das förmlich danach schreit, dass ich mich darauf fallen lasse. Rundherum an der Reling stehen in kleinem Abstand zueinander Holzkübel, in denen Bambus wächst, der diese kleine Lounge vor neugierigen Blicken schützt. Das Sonnenlicht scheint durch die zierlichen Blätter hindurch, lässt sie hellgrün aufleuchten. Ein Kormoran gleitet langsam über uns hinweg und auf der Uferwiese singen die Zikaden.

»Wow!« Mehr kann ich vor Begeisterung gar nicht sagen.

»Wir können auch woandershin gehen«, sagt er scheinheilig.

»Von wegen.« Ich will ihm spielerisch den Ellbogen gegen den Arm stoßen, als mir klar wird, dass er noch immer meine Hand hält. Es fühlt sich so vertraut an, dass ich es tatsächlich erst jetzt bemerke und sie, etwas verlegen, wieder zu mir ziehe. Doch plötzlich weiß ich nicht, wo ich mit meinen Fingern hinsoll, verschränke sie erst hinter meinem Rücken, dann doch vor meiner Brust. Alex' Blick folgt meinen fahrigen Bewegungen amüsiert, und ich fürchte, dass er den Grund ahnt.

»Willst du das Ding hier irgendwann einmal neu eröffnen?«, frage ich, um von meiner Verlegenheit abzulenken, und eile an die Bugspitze, stelle mich in die hier größere Lücke zwischen den Bambuskübeln an die Reling und sauge den Anblick auf, der sich mir bietet.

Sanft strömt das Wasser am Hausboot vorbei, Tausende

kleine Wellenspitzen funkeln im Sonnenlicht. Mückenschwärme tanzen über dem Fluss auf und ab, Schwalben ziehen am tiefblauen Himmel ihre Kreise und eine leichte Brise lässt den Bambus um mich herum sanft rauschen. Das gegenüberliegende Ufer ist an dieser Stelle des Flusses fast hundert Meter entfernt, doch die Strecke wird durch eine kleine, ovale Insel geteilt. Auch dort tauchen Weiden ihre Zweige ins Wasser. Enten schwimmen dazwischen umher, tauchen immer mal wieder für einen Moment ab. Ein kleines Segelboot gleitet auf der anderen Seite der Insel durch das Wasser.

Einen idyllischeren Ort kann ich mir kaum vorstellen.

Plötzlich überläuft mich ein wohliger Schauer, und ich weiß, dass Alex hinter mich getreten ist. Ich muss mich nicht einmal umdrehen, um zu wissen, dass er da ist. Weder habe ich seine Schritte gehört, noch hat er mich berührt, und doch weiß ich, dass er hinter mir steht, mich ansieht, denn ich spüre seine Nähe auf beunruhigend intensive Art und Weise. Das ist total verrückt. Und seltsam schön. Ein zittrig-sprudelndes Gefühl macht sich in meinem Inneren breit, treibt mich an, mich zu ihm umzudrehen, ihm noch näher zu sein. Doch ich widerstehe dem Drang, denn er ist, was er ist. Ich bin nicht so naiv, wirklich zu glauben, er würde in mir etwas anderes sehen als in all den anderen Mädchen, die er für gewöhnlich anbaggert. Und noch einmal so verletzt zu werden wie von Marc, das verkrafte ich nicht.

Im nächsten Moment ist er neben mich getreten, stützt sich auf der Reling ab und sieht über den Fluss. Mein dummes Herz schlägt mit einem Mal ganz unregelmäßig. Heimlich betrachte ich aus dem Augenwinkel sein Profil.

Was, wenn ich jetzt die Hand ausstrecken, durch sein verstrubbeltes Haar streichen würde? Oder über seine braun gebrannte Stirn? Über die Bartstoppeln an seinem Kinn? Und über seine Lippen, die so warm und weich und fordernd sich für immer in mein Gedächtnis eingebrannt haben? In mir zieht sich alles zusammen vor Verlangen. Mit aller Kraft konzentriere ich mich darauf, meine Hand ruhig zu halten und, anstatt Alex anzustarren, ebenfalls wieder auf den Fluss zu blicken. Ich weiß nicht, warum ich mich ihm so nahe, so verbunden fühle. Ich schätze, manche Dinge kann man nicht erklären. Sie sind einfach, wie sie sind.

»Ich denke nicht«, sagt er schließlich leise, und ich brauche einen Moment, um zu verstehen, dass es die Antwort auf meine Frage nach seinen Plänen mit diesem Flussgrundstück ist. Sorgenfalten stehen auf seiner Stirn. Irgendwas beschäftigt ihn. Nicht nur die Baustelle und das Grundstück. Nein, etwas, was tiefer geht. Was ihn traurig macht. »Ich habe es vor Ewigkeiten gekauft, hatte geplant, hier am Flussufer ein Haus zu errichten.«

»Wieso hast du es nicht getan?«

»Ich habe keine Ahnung, wie das Haus aussehen soll.«

»Ich dachte, du bist Architekt.«

»Ja«, sagt er. Weiter nichts.

»Erklärungen sind nicht dein Ding, was?« Neugierig wende ich mich ihm jetzt doch ganz zu.

Er lächelt schief und sieht dabei jungenhaft und spitzbübisch aus, aber gleichzeitig so verletzlich, dass es mir das Herz zusammenpresst.

»Es ist jetzt ohnehin egal«, sagt er, »die Hälfte des Grundstücks gehört jemand anderem.«

»Das ist aber wirklich schade, kannst du es der Person nicht einfach abkaufen?«, sage ich, neige den Kopf zur Seite und betrachte das Stück Wiese am Flussufer verträumt. »Also wenn ich hier ein Haus bauen dürfte, dann würde es etwas Leichtes sein, etwas Filigranes, Zartes, das zu den zarten Zweigen der Weiden passt. Etwas Helles, das die Durchsichtigkeit des Wassers widerspiegelt. Ein Ort zum Träumen. Ein lichtdurchfluteter Ort. Einer, an dem man sich hinstellen, die Geige in die Hand nehmen und beim Blick aus dem Fenster das Gefühl haben kann, mitten in der Natur zu musizieren und …«

Ich breche ab, als mir bewusst wird, dass er mich mit einem seltsamen Ausdruck im Gesicht anstarrt.

Plötzlich blinzelt er, tritt einen Schritt zurück, streicht sich fahrig durchs Haar. »Ja … also … dann nimm mal Platz und ich hole uns etwas zu trinken.« Und damit ist der sonderbar intime Moment zwischen uns vorbei.

Er kehrt ins Bootsinnere zurück und ich sehe ihn durch die geöffnete Flügeltür in der Bootsküche hantieren. Nervös stromere ich über das Deck, streiche im Vorbeigehen mit der Hand über das weiche Material des einladenden Mega-Sitzsackes und schreite nur ungern daran vorbei. Allerdings möchte ich nicht, dass Alex die ganze Situation hier irgendwie missversteht, nur weil ich mich auf dieses Ding fläze. Also lasse ich mich doch lieber auf dem Stühlchen nieder, das mehr nach Dekoration als wirklicher Sitzgelegenheit aussieht.

Wenn mir nach dem gestrigen Tag jemand prophezeit hätte, dass ich mich heute mit Alex Langner auf einem Hausboot wiederfinden würde – ich hätte denjenigen für verrückt erklärt.

Vermutlich aber bin vielmehr ich hier diejenige, die verrückt ist. Wie konnte ich ihn nur küssen?! In meinem ganzen Leben werde ich nie wieder Alkohol trinken. Denn natürlich lag es nur daran, dass ich so etwas absolut Irrsinniges getan habe. Auch wenn es sich so unfassbar gut angefühlt hat … Und jetzt bin ich auch noch mit ihm hierhergekommen. Warum nur? Selbstverständlich glaube ich ihm nicht, dass er hier keine Frauen abschleppt, auch wenn er sich vorhin wirklich als echter Gentleman erwiesen und mir in der Not beigestanden hat. Vermutlich legt er sie auf dem Sitzsack flach, wo sonst? Erneut huscht mein Blick zu besagtem Stück. Und zu Alex. Und zurück zum Loungebett-Sitzsack. Und bei dem Bild, das sich plötzlich vor meinem inneren Auge formt, wird mir ganz heiß.

»Willst du?«

»Nein!« Ich fahre herum.

»Okay, ist ja gut, ich hab auch noch was anderes da«, entgegnet Alex etwas irritiert, und mir wird klar, dass seine Frage auf die Flasche Bier in seiner erhobenen Hand bezogen war.

»Ich dachte, du machst Kaffee«, sage ich mit glühendem Gesicht etwas vorwurfsvoll, immerhin ist er schuld an meinen komischen Fantasien.

Er mustert mich skeptisch. »Du scheinst ja wirklich auf das Zeug zu stehen. Leider ist die Kaffeemaschine ausgefallen, den Kaffee muss ich dir also wohl schuldig bleiben, aber ich hätte noch Gingerale da.«

»Passt.«

Alex verschwindet wieder in der Kabine und durch die offene Flügeltür sehe ich ihn hinter der kleinen Theke in den Wandschränken kramen und auf der Arbeitsplatte hantieren. Sein in der Sonne golden aufleuchtendes Haar, seine breiten Schultern, seine durchtrainierte Figur …

Das Bild von ihm und mir und dem Sitzsack steht mir plötzlich wieder vor Augen und lässt meinen Magen flattern.

Ja, Gingerale war die richtige Entscheidung. Noch mehr Alkohol täte mir definitiv nicht gut, wer weiß, was ich dann anstellen würde, wenn ich ihn schon nach ein paar Gläsern Sekt küsse. Ich kann immer noch nicht glauben, dass ich das wirklich getan habe. Nie wieder werde ich auch nur einen Schluck trinken!

Andererseits … es war definitiv der beste Kuss meines Lebens! Allein der Gedanke daran lässt mir plötzlich ganz warm werden. Wieder ein Blick zum Sitzsack. Und da behaupte Hayden noch einmal, ich hätte zu wenig Fantasie … Ich schlucke hart, versuche, mich zusammenzureißen.

Kurz darauf kehrt Alex nicht nur mit zwei Flaschen Gingerale und ein paar Servietten zurück, sondern auch mit einer Schüssel und geheimnisvoller Miene. »Tada«, sagt er und stellt die Schüssel auf den Tisch.

»Schokolade?«

»Ich dachte, ich mach es uns leichter. So müssen wir sie nicht aus dem Müsli fischen.«

»Sehr vorausschauend.«

»Ja, vor allem angesichts der Tatsache, dass ich auch einfach hier an Bord nicht viel anderes zu bieten habe. Offenbar ist nicht nur die Kaffeemaschine, sondern auch der Kühlschrank ausgefallen«, gibt er mit entschuldigendem Lächeln zu. Er lässt sich mir gegenüber auf den Stuhl fallen, packt die Schokoladentafel aus, bricht sie in einzelne Stücke und schüttet sie in die Schüssel, bevor er die ausgestreckten Beine über der Bordwand kreuzt und sich die Hemdsärmel hochkrempelt. Braun gebrannte, sehnige Arme kommen zum Vorschein und sofort ist da wieder dieses Kribbeln in meinem Magen. Und noch tiefer.

»Das passt schon. Bei dem Anblick … äh … Ausblick ist es ohnehin egal, was man isst.« Hastig wende ich mich ab, spüre sein Grinsen mehr, als dass ich es sehe. Ich nehme ein Stück Schokolade, lasse es mir auf der Zunge zergehen und meinen Blick über den im Sonnenlicht glitzernden Fluss schweifen. Hauptsache, nicht Alex angucken. Und nicht an den Sitzsack denken. Ich kann es nur immer wieder betonen.

»Dann weiter im Text«, sagt Alex. »Wir sind da stehen geblieben, wo du dich in diesen Typen verknallt hast.«

Ich seufze auf, habe gehofft, er würde sich mit den paar Brocken zufriedengeben, die ich ihm während der Fahrt über meine Familie und mein Studium erzählt habe, und nicht weiter nachbohren. Natürlich könnte ich jetzt einfach die Klappe halten, doch aus irgendeinem Grund erzähle ich ihm alles. Vielleicht, weil es einfach schon so lange in mir brodelt, vielleicht, weil der heutige Tag so furchtbar war.

Vielleicht aber auch wegen der Art, wie Alex mich dabei ansieht …

Alex

»Es war eine tolle Zeit«, fährt sie zögerlich fort. »Ich war unfassbar glücklich. Das Einzige …«

»Was?«, hake ich nach, als sie schweigt.

»Ich durfte niemandem davon erzählen.«

»Wieso das denn?«, frage ich mit gerunzelter Stirn.

Unsicher sieht sie mich an, kaut nervös an ihren Fingernägeln. »Er war mein Professor.«

Ich starre sie überrascht an, breche in Lachen aus. »Die Studentin und der Professor, ist das nicht etwas zu viel Klischee? Selbst für dich, Tupfen-Lady.«

Sie sagt nichts, doch das muss sie auch nicht. Der Schmerz in ihrem Gesicht lässt mich schlagartig verstummen und meinen Spaß bereuen. Ich wünschte, ich hätte meine Klappe gehalten. »Sorry«, murmele ich.

Sie zuckt nur mit den Schultern, sieht niedergeschlagen zum Fluss, während ihre Finger unruhig mit dem Schokoladenpapier spielen.

»Meine Güte, das ist doch nichts, was ich schlimm finde!«, versuche ich, sie zu beruhigen. »Ich wollte dich bloß aufziehen und ablenken. Und davon abgesehen kann ich nicht fassen, dass dieser Hampelmann ein Professor sein soll. Ich meine, mal im Ernst.«

»Er ist brillant«, verteidigt sie ihn und ich spüre erneut diesen seltsamen Stich in meinem Inneren. Doch Eifersucht kann das nicht sein, höchstens Ärger darüber, dass so eine Pfeife tatsächlich Erfolg bei Frauen hat. Erfolg bei *ihr* hatte.

»Absolut brillant«, beharrt Lucy. »Alle bewundern ihn,

vergöttern ihn. Ich konnte es kaum glauben, als er mich tatsächlich irgendwann ansprach, mich zum Essen einlud. Es war nur so, dass niemand erfahren durfte, dass er etwas mit seiner Studentin hat. Was ja auch verständlich ist«, nimmt sie ihn weiter in Schutz, und ich frage mich unwillkürlich, ob sie überhaupt über ihn hinweg ist.

»Du meinst, er hatte Angst, dass es seiner Karriere schaden könnte?«

Sie nickt. »Er wollte nicht, dass Gerüchte entstehen und ihm plötzlich so ein gewisser Ruf anhaftet. Er hat befürchtet, man könnte an der Uni denken, er wäre generell offen für Avancen seiner Studentinnen oder würde seine Machtposition ausnutzen, um Studentinnen ins Bett zu kriegen. Und er meinte, umgekehrt könnte sonst bei mir das Gerücht entstehen, ich hätte mich ... ähm ... für gute Noten ... ähm ... du weißt schon ...« Sie verstummt, wirft mir aus dem Augenwinkel immer wieder einen nervösen Blick zu, als würde sie auf einen blöden Spruch oder belustigten Kommentar warten, doch danach ist mir definitiv nicht.

»Er ist ein Arsch«, bekunde ich, »das war mir beim ersten Anblick klar, und glaub mir – ich kenne mich da aus. Ein selbstverliebter Poser, eine Luftnummer. Hätte ich doch nur vorhin auf dieser Gartenparty schon gewusst, was da gelaufen ist. Den Typen hätte ich mir zur Brust genommen, und wie! Was meinst du, wie der anschließend ...« Ich halte inne, als ein zaghaftes Lächeln über ihr Gesicht huscht, merke erst jetzt, dass ich mich richtig in Rage geredet habe. Verlegen räuspere ich mich und fahre nun wesentlich sachlicher fort: »Vergiss diesen Idioten.«

Sie schweigt, der Ausdruck auf ihrem Gesicht ist

unergründlich, und eine Weile sind nur ein paar Frösche und die am Boot leckenden Wellen zu hören, dann fragt sie plötzlich: »Und deine eigene Hamstergeschichte?«

Ich blinzele perplex, brauche einige Sekunden, ehe ich antworten kann. »Ich habe keine.«

»Du hast gezögert! Also: Wie heißt sie?«

»Die Hamstergeschichte?«

»Nein. Die Frau. Ich kann nicht glauben, dass du tatsächlich niemals dein Herz an jemanden verloren haben solltest. Außerdem hast du vorhin so was angedeutet mit dem ›seit‹ und dann abgebrochen. Also?«

Ich zögere, doch dann sage ich: »Sarah«, und weiß selbst nicht, wieso ich ihr das verrate.

»Sarah«, wiederholt Lucy nachdenklich. Es wirkt, als würde sie den Namen in Gedanken hin und her wiegen, um zu ergründen, was es mit dieser Sarah auf sich hat, doch ich habe schon zu viel von mir preisgegeben, mehr als bei jeder anderen Frau.

»Sie wohnt jetzt in Glasgow«, erkläre ich und ergänze eilig: »Und bevor du fragst: Nein, da steckt keine erwähnenswerte Geschichte dahinter.« Ich stehe auf, um zu verdeutlichen, dass das Thema damit beendet ist. Sie scheint es zu verstehen und zum Glück auch zu respektieren.

In einiger Entfernung schiebt sich ein Lastkahn gemächlich in unsere Richtung. Wellen umspielen den Bug, glitzern im Sonnenlicht auf und eine Ente macht sich hastig aus dem Staub. Dann erreichen die Bugwellen des Kahns auch uns, lassen das Hausboot des fehlenden Steges wegen einen Moment lang etwas stärker schaukeln, und Lucy greift erschrocken nach den beiden Gingerale-Flaschen, um sie festzuhalten, und das Schokoladenpapier rutscht ihr vom Schoß auf den Boden.

Ich bücke mich, hebe es auf. »Ein Papierboot?«

Sie sieht überrascht nach unten, erst jetzt scheint ihr bewusst geworden zu sein, dass sie das Schokoladenpapier zu einem Schiffchen gefaltet hat. Verlegen nimmt sie es mir aus der Hand, dabei berühren sich kurz unsere Finger und ein eigenartiges Gefühl macht sich in mir breit. Doch ehe ich es ergreifen kann, verschwindet es auch schon wieder, und Lucy sagt: »Eine Macke von mir. Mache ich oft. Meist, wenn ich mich nicht entscheiden kann.«

»Wie meinst du das? Dich nicht entscheiden können?«

»Na ja … Ich falte zum Beispiel einen Papierflieger und sage mir: Wenn er es aus dem Fenster bis zur nächsten Straßenecke schafft, bedeutet das ›Ja.‹ Oder ich falte ein Papierboot und lasse es zu Wasser. Geht es unter, bevor es die Mitte des Flusses oder die andere Seite eines Teiches oder was auch immer erreicht, bedeutet es ›Nein‹. All solche Sachen eben.«

»Eine Münze zu werfen, ist dir zu einfach, was?« Es soll belustigt klingen, doch meine Stimme ist seltsam rau. Was macht diese Lucy nur mit mir? Sie steckt voller Überraschungen. Ein Schiffchen als Schicksalbringer, wer hätte das gedacht?

»Sagt der Mann, der jedes Mal eine Zirkusnummer hinlegt, um sein Boot zu betreten, anstatt mal einen ordentlichen Steg anzubringen.«

»Chapeau«, sage ich lachend, proste ihr zu und nehme einen großen Schluck. »Und was hat es mit der versemmelten Prüfung auf sich, von der alle erzählen?« Augenblicklich versteift sie sich.

Lucy

»Großartig, hast du das etwa auch mitbekommen?«, stöhne ich.

»Es ließ sich nicht vermeiden.«

Ich seufze und sehe dem Lastkahn nach, während meine Gedanken zu jenem Moment wandern, der bislang der schlimmste meines Lebens ist.

… Der Bogen droht meinen zitternden Fingern zu entgleiten, ich umklammere ihn und den Hals meiner Violine mit eiskalten, schweißnassen Händen. Durch den Spalt zwischen der angelehnten Tür und der Türzarge verfolge ich reglos, wie Marc eine Frau im Arm hält, ihr sanft eine Haarsträhne hinters Ohr streicht. Sie schmiegt sich an ihn, strahlt, als wäre er die Sonne nach einem kalten Winter, als wäre er der Regen nach langer Trockenzeit, als wäre sie … ich.

Im Hintergrund höre ich irgendjemanden rufen, vermutlich Tim, der auf der Suche nach mir ist, doch ich kann mich nicht vom Fleck rühren, kann keinen Ton von mir geben.

Ich kann nur reglos dastehen und der samtigen Stimme auf der anderen Seite der angelehnten Tür zuhören.

»Ohne dich wäre ich Mittelmaß, mein Engel. Du bist meine Polyhymnia, meine Muse.«

Ich schließe die Augen, bin mir sicher, dass ich mich gleich übergeben werde, so unfassbar übel ist mir. Das sind meine Worte! Seine Worte an mich! Sie gehören mir!

»Du beflügelst mich und bringst das Beste in mir zum Vorschein.«

Und dann beugt er sich vor und küsst sie. Lang und innig.

Ich schließe die Augen, kann das nicht mit ansehen, will das nicht mit ansehen.

»Durch dich bin ich in der Lage, Großartiges zu schaffen, denn du *bist großartig!«, raunt Marc. »Großartig und umwerfend und unfassbar talentiert! In allem, was du tust. «*

Ich sollte die Tür aufdrücken, sollte ins Zimmer stürmen wie eine Furie, sollte ihm eine Ohrfeige verpassen, sollte schreien, brüllen, toben. Stattdessen drehe ich mich um, stakse steif davon, durch einen Gang, durch den nächsten.

»Lucy!« Tim stürmt auf mich zu. »Da bist du ja, ich habe dich gesucht, du bist dran. Auf! Auf! Beeilung! Alle warten schon!«

Ich folge ihm, setze einen Fuß vor den anderen und stehe plötzlich auf der Bühne, sehe geblendet ins Scheinwerferlicht, an dessen Rand irgendwo das Komitee sitzt, vor einem großen, dunklen Saal. Stimmengemurmel, verhaltenes Husten, das Rascheln von Papier.

Irgendjemand sagt etwas, vielleicht meinen Namen, vielleicht seinen eigenen, vielleicht auch den Namen des ersten Stückes.

Ich hebe meine Violine, lege sie in meine Halsbeuge, setze den Bogen auf die Saiten.

Reglos stehe ich da, leblos.

Und starre ins Nichts.

In meinem Kopf finde ich nur noch absolute Leere.

Keine einzige Note …

Tief hole ich Luft, dann sage ich leise: »Ich habe ihn, unmittelbar bevor ich auf die Bühne musste, mit einer anderen erwischt.« Nervös knete ich meine Finger. »Ich kam mir so unfassbar naiv und dumm vor.« Nervös zerzupfe ich die Papierserviette, frage mich, wieso ich ausgerechnet ihm davon erzähle, doch irgendetwas in mir drängt danach, es endlich auszusprechen. Vielleicht, weil der Tag so furchtbar gelaufen ist, vielleicht, weil ich mich in seiner Nähe so wohlfühle. Vielleicht auch einfach, weil er ein Außenstehender ist, der mit dieser Information weder zu der einen noch zu der anderen Seite laufen wird, weil es ihm nichts bedeutet. Weil ich ihm nichts bedeute. »Ich war so schockiert, dass ich, als ich auf der Bühne stand, einfach einen kompletten Blackout hatte.«

»Scheiße«, murmelt er.

»Kannst du laut sagen. Die ganze Familie und etliche Geschäftskollegen meiner Eltern saßen im Publikum. Es war furchtbar.« Ich schlucke hart, suche nach Worten, fühle mich so unfähig, zu beschreiben, was das alles wirklich mit mir gemacht hat. »Noch schlimmer war allerdings später die Grübelei über das ›Warum?‹ und wieso er das getan hat. Und wie um alles in der Welt ich so dämlich sein konnte, nicht misstrauisch zu werden.«

»Du hast ihn aber zur Rede gestellt.«

»Dazu kam es gar nicht erst. So wirklich kann ich mich nicht mehr daran erinnern, alles ist unscharf, kaum greifbar, doch irgendwie muss ich irgendwann von der Bühne wieder in den Vorbereitungsraum zurückgestolpert sein. Das Einzige, woran ich mich glasklar erinnere, ist meine Cousine, die offenbar von dem Desaster auf der Bühne nichts mitbekommen hat, freudestrahlend auf mich zustürmte, mich umarmte und beglückwünschte und …«

»Und …?«

Ich stelle das Ale auf dem Tisch ab, hole tief Luft.

»Und mir erzählte, dass sie schwanger wäre und heiraten würde.«

Alex runzelt die Stirn, dann trifft ihn die Erkenntnis. »*Sie* war die Frau, mit der du ihn erwischt hast.«

Ich knibbele nervös an meinen Fingernägeln. »Sie wusste nichts von uns. Ich wusste nichts von ihnen. Und ich war zu geschockt, um irgendetwas sagen zu können.«

»Aber später doch!«

Ich schüttele den Kopf, stehe auf und trete an die Reling. »Marc erschien in diesem Moment, zog mich nach Ellas Eröffnung beiseite und bat mich, die Sache für mich zu behalten. Er hätte das nicht gewollt, es sei einfach plötzlich passiert, es täte ihm unendlich leid und all das übliche Zeug. Wir könnten doch Freunde bleiben, immerhin würde er ja jetzt Vater werden und ich Großtante und wir wären ja nun quasi verwandt und ich wolle doch die Familie nicht zerstören und bla, bla, bla.« Ich lache bitter auf, massiere müde meine Schläfen. »Wahrscheinlich wollte er das mit uns beiden parallel einfach weiterlaufen lassen. So lange wie irgend möglich. Keine Ahnung, was in seinem Kopf vorging und wie weit er glaubte, diese Sache treiben zu können.« In einem plötzlichen Anflug von Wut schnaube ich: »Das müsstest du eigentlich wissen. Du bist doch der Experte darin, Frauen um den Finger zu wickeln und für ein bisschen Spaß auszunutzen.«

Im nächsten Moment bereue ich meine Worte schon, denn er sieht ehrlich verletzt aus.

»Die Frauen, mit denen ich ausgehe, wissen alle, dass es nichts Ernstes ist.«

»Die Dame, die dich am Abend der Shoppingmall-Eröffnung

beinahe mit ihrer Handtasche verprügelt hatte, schien das anders zu sehen.«

»Ein Missverständnis. An dem du ja nicht unschuldig warst, wenn ich dich erinnern dürfte.« Alex ist ebenfalls aufgestanden, lehnt sich mit dem Rücken an das Geländer, die Arme verschränkt, das Gesicht mir zugewandt.

»Missverständnis«, schnaube ich. »Aha. So redet ihr es euch also hinterher schön. Aber du kannst mir glauben: Auch wenn deine ganzen Frauen dir darin zustimmen, dass sie auf nichts Ernstes aus sind, heißt das nicht, dass sie nicht trotzdem auf etwas anderes hoffen. Sich nicht in dich verlieben.« Ich habe mich richtig in Wut geredet, hoffe auf einen scharfzüngigen Kommentar von Alex, um mich weiter aufregen zu können und den Schmerz in meinem Inneren damit zu überdecken. Doch obwohl er die Stirn runzelt und angesichts meiner Vorwürfe scharf die Luft einzieht, bleibt er still, als wüsste er, dass meine plötzliche Wut eigentlich nicht ihm gilt, sondern Marc.

Plötzlich fühle ich mich unendlich müde, vielleicht, weil ich zum ersten Mal über all das gesprochen habe. Ich verschränke meine Arme auf der Reling, bette meinen Kopf darauf, schließe die Augen. »Das Beste ist«, sage ich langsam, »dass ausgerechnet ich die beiden zusammengebracht habe. Nach einem Konzert war das. Ein Konzert, bei dem er dirigiert und ich die erste Geige gespielt habe. Alle Orchestermitglieder gingen anschließend gemeinsam essen, und ich fragte Ella, ob sie mitkommen wolle. Tja. Damals fand ich es toll, wie ausnehmend gut die beiden sich auf Anhieb zu verstehen schienen.« Ich lache bitter auf.

Alex wirkt ehrlich aufgebracht. »Hätte ich das vorhin

gewusst ...« Er hat seine Arme sinken lassen, ballt jetzt seine Fäuste.

Erschrocken richte ich mich wieder auf. »Niemand weiß es und das muss auch so bleiben!«

»Wie? Nicht einmal deine Familie weiß davon?«

Ich schüttele den Kopf. »Unmittelbar nach der Prüfung war ich zu geschockt. Danach habe ich mich zu sehr geschämt. Unfassbar geschämt: für die Beziehung als solche, aber auch für meine Naivität. Dann kam die Phase, in der ich mir die Schuld an allem gegeben habe. Ich hätte mich nie auf eine heimliche Beziehung mit meinem Professor einlassen sollen. Tja, und dann ... dann war es irgendwie zu spät, um noch etwas zu sagen. Wäre ich jetzt damit um die Ecke gekommen, hätte es ausgesehen, als wolle ich mich an meiner Cousine dafür rächen, dass sie mir von allen als leuchtendes Beispiel vorgehalten wird oder an meinem Professor für die verpatzte Prüfung. Als wolle ich nach einer Ausrede suchen und anderen die Schuld in die Schuhe schieben. Als würde ich ihr ihr kommendes Glück nicht gönnen. Und außerdem hat mir Marc sehr deutlich gemacht, dass er alle etwaigen Anschuldigungen abstreiten würde und dass sein Wort nun einmal deutlich mehr Gewicht hätte als meines, und da hat er leider recht. Niemand würde mir glauben.«

»So ein Mistkerl! Lucy, das tut mir so leid.« Alex' Gesicht ist dunkelrot angelaufen. »Er hat dich nicht nur verarscht, sondern auch noch unter Druck gesetzt, bedroht. Das kannst du ihm doch nicht durchgehen lassen! Was ist denn das für ein Verhalten – und so was schimpft sich Professor.«

»Was hätte ich denn tun sollen? Was wäre damit

gewonnen, wenn ich es jetzt täte? Inzwischen bin ich so weit, dass ich sage: Ella mag eine egozentrische Person sein, aber sie hat keine Schuld an diesem Desaster. Genauso wenig wie ihr Baby. Das Kind hat einen Vater verdient und er – auch wenn es mir wirklich schwerfällt, das zu sagen – eine zweite Chance. Du musst mir versprechen, niemandem davon zu erzählen! Bitte!«

»Das kann doch nicht dein Ernst sein!«

»Es ist mein vollkommener Ernst, sonst hätte ich es schon längst jemandem erzählt. Aber … du bist der Erste, dem ich das sage. Du musst es für dich behalten! Versprich es mir! Alex, ich vertraue dir. Warum auch immer.«

Er mustert mich ungläubig, schnaubt dann ein aufgebrachtes »Meinetwegen!« Und erhebt sich abrupt.

Ich umklammere die Reling, während Alex auf dem kleinen Deck hin und her tigert, mir ab und zu einen sonderbaren Blick zuwirft und vor sich hin grummelt.

»Und was ist mit dieser Nachprüfung?«, fragt er schließlich. »Beherrschst du das, was du da hättest vortragen müssen, noch?«

»Na, du stellst Fragen. Ich träume sogar davon, immerhin übe ich natürlich nach wie vor jeden Tag vor der Arbeit oder abends stundenlang, manchmal auch beides.«

»Dann wirst du sie antreten?«

Ich schüttele den Kopf.

»Du musst!«, widerspricht er entrüstet. »Du darfst ihm diesen Triumph nicht gönnen! Er hat schon auf deinen Gefühlen herumgetrampelt, aber deine Zukunft hast du selbst in der Hand. Lass sie dir nicht nehmen. Das ist er nicht wert.«

»Ich würde es nicht unbedingt als Triumph bezeichnen, wenn ich der Jury in meiner Aufregung vor die Füße kotze.«

»So ein Quatsch. Warum solltest du? Du musst antreten! Sonst hat er auf ganzer Linie gewonnen! Das kannst du nicht zulassen! Wenn ich dich richtig verstanden habe, geht es hier um deinen großen Traum. Den gibt man nicht einfach auf. Du bist doch sonst nicht auf den Mund gefallen.«

Jetzt bin auch ich aufgesprungen. »Du hast ja nicht die leiseste Ahnung, wie es sich anfühlt, da vorn zu stehen, all die Blicke auf dir zu spüren und dann plötzlich ein schwarzes Loch im Kopf zu haben. Das war grauenvoll, furchtbar, entsetzlich. Etwas, was ich niemals wieder erleben will. Allein schon der Gedanke daran versetzt mich in unvorstellbare Panik!« Wie um meine Worte zu untermalen, fängt mein Körper an zu zittern.

»Du hast Angst davor, erneut einen Blackout zu haben? Aber warum? Er kann dich ja wohl kaum noch einmal betrügen. Willst du dein Leben lang mit der Angst leben, nicht herausgefunden zu haben, was wäre, wenn du es probiert hättest?«

»Doch, natürlich, aber …«

»Wenn du es nicht ausprobierst, wirst du es nicht wissen.«

»Ich weiß, aber …« Ich breche ab, lehne mich erschöpft an die Reling. »Ich weiß einfach nicht, was ich tun soll. Ich fürchte mich unendlich davor, erneut zu versagen. Und fürchte mich auch davor, mir diese Furcht mein Leben lang nicht zu verzeihen.«

»Alles klar. Dann los.« Er steht auf, schnappt sich das Papierboot.

»He! Was tust du denn da? Was wird das?«

»Wir lassen es zu Wasser. Wenn es bis zur Insel kommt, trittst du zur Prüfung an.«

»Nein!«

»Aber das sind deine eigenen Regeln.«

»Ja … aber …«

»Sag bloß, du hältst dich nicht an deine eigenen Regeln. Lucy Albers, das glaube ich jetzt nicht.« In gespielter Empörung stemmt er die Hände in die Hüften, das Schiffchen dabei vorsichtig mit einem Finger weggestreckt.

Ich betrachte es und den großen Fluss und verschränke die Arme vor der Brust. »Bis zur Insel? Na schön. Meinetwegen.«

»Alles klar.« In seinen Augen funkelt es verdächtig, im nächsten Moment läuft er mit dem Papierboot ins Innere des Hausbootes.

»Was soll das? Was hast du vor?«

»Ich lasse das Ding zu Wasser, was sonst.«

Neugierig beuge ich mich über die Reling und warte darauf, dass er es aus irgendeinem Fenster heraus ins Wasser wirft.

Stattdessen jedoch traue ich meinen Augen nicht, als plötzlich ein Tretboot hinter dem Rumpf des Schiffes erscheint und Alex, das Schiffchen mit der rechten Hand auf der Wasseroberfläche haltend, sich aufmacht, den Fluss zu überqueren.

»Das ist nicht fair!«, schimpfe ich. »Das ist gegen die Regeln.«

Er zwinkert mir zu. »Ich spiele nie nach den Regeln, das solltest du inzwischen wissen.«

Und schon tritt er in die Pedale, und ich sehe ungläubig zu, wie dieser große, coole Mann mit Anzug tatsächlich in seinem winzigen Tretbötchen gegen die Strömung anstrampelt. Das Bild ist so komisch, dass ich losprusten muss. Trotz der Situation.

Irgendwann erreicht er die Insel, greift nach einem der ins Wasser ragenden Weidenzweige, um sich daran festzuhalten und zu verhindern, dass das Tretboot abgetrieben wird, und winkt mir zu. Dann formt er mit den Händen einen Trichter um den Mund, ruft mir etwas zu, was ich nicht verstehe, und setzt das Papierboot demonstrativ am Ufer der Insel ab, bevor er wieder zurückstrampelt.

Mit breitem Grinsen im Gesicht, die Arme hinter dem Kopf verschränkt, erreicht er schließlich das Hausboot. »Tada!«, ruft er und streckt die Hände von sich wie ein Zirkusdirektor nach einem gelungenen Auftritt.

Und jetzt kann ich doch nicht mehr an mich halten, muss lachen. So lachen, dass mir die Tränen kommen. Und das, obwohl es eigentlich überhaupt nicht so wahnsinnig witzig ist. Sondern lieb und charmant und … so nicht Alex. Zumindest nicht der Alex, den ich bisher kennengelernt habe.

Dennoch habe ich schon seit einer Ewigkeit nicht mehr so befreit lachen können. Als wäre eine Last von mir abgefallen. Die Last, niemandem von der Sache erzählt zu haben.

Als er das Tretboot wieder hinten am Hausboot festgebunden hat und oben an Deck neben mir erscheint, lache ich noch immer. Dabei bin ich in meinem Innersten unfassbar gerührt. Aus irgendeinem Grund will Alex Langner mir helfen, ausgerechnet mir.

»Dann sehen wir uns also bei der Prüfung«, stellt er mit äußerst zufriedenem Gesichtsausdruck fest. »Denn natürlich werde ich dabei sein!«

Ich wische mir die Tränen aus den Augen. »Ich glaube, ich brauche jetzt doch was Härteres als Gingerale.«

»Kannst du haben«, sagt er und zwinkert mir verschmitzt zu.

Und schon wieder stolpert mein Herz.

Alex

»Also, ich weiß ja nicht, ob das mit dem Wein eine gute Idee war«, sage ich, als, vom Gesang unzähliger Zikaden begleitet, die ersten Sterne am lilafarben leuchtenden Abendhimmel aufflackern und Lucy, warum auch immer, *Narcotic* von Liquido anstimmt.

»Doch«, behauptet Lucy zwischen zwei vernuschelten Strophen. »Eine sssehr gute sssogar.« Sie ist betrunken, tatsächlich betrunken, ich kann es ihr anhören. Und ich bin nicht ganz unschuldig daran. Ich würde mich ja schlecht fühlen, aber dafür ist sie in diesem Zustand einfach viel zu niedlich.

Schmunzelnd sehe ich ihr dabei zu, wie sie gedankenverloren und mindestens so laut wie schief weitersingt.

Noch immer ist es warm, die Nacht verspricht sehr mild zu werden, und wir sitzen auf dem Boden, weil die gusseisernen Stühle, die ich eigentlich nur zu Dekozwecken aufgestellt habe, irgendwann zu unbequem geworden sind. Doch aus einem sich mir nicht erschließenden Grund hat Lucy sich standhaft geweigert, auf dem Sitzsack Platz zu nehmen. Dabei wäre das viel gemütlicher, für uns beide.

Normalerweise würde ich um diese Uhrzeit mit einer heißen Frau in einem teuren Restaurant essen und anschließend einen hippen Club aufsuchen. Stattdessen hocke ich hier mit einer angeschickerten und ziemlich verkorksten Geigenlehrerin vor zwei inzwischen leeren Pizzaschachteln und einer angebrochenen zweiten Weinflasche, aus der wir abwechselnd trinken, weil ich leider keine Gläser an Bord habe, umgeben von ein paar brennenden Kerzenstummeln, die ich in einer Schublade aufgetrieben habe.

Und finde es toll.

Dabei habe ich bisher nicht einmal viel geredet. *Sie* hat geredet. Und zwar ununterbrochen.

Und ich habe mich amüsiert. Unfassbar, aber wahr: Ich höre sie gern reden, liebe ihren Humor, auch wenn er manchmal ziemlich seltsam ist. Vor allem aber hat mich ihre positive Art in den Bann gezogen. An allem findet sie irgendwo etwas Gutes und selbst für ihre offenbar mehr als nervigen Tanten noch liebevolle Worte.

Irgendwann jedoch hat anscheinend der Wein endgültig seine Wirkung getan und seitdem singt sie einen Song nach dem anderen. Oder versucht es zumindest.

Und ich sitze inzwischen an den Sitzsack gelehnt auf dem Boden, sehe ihr zu und fühle mich gut. Einfach nur so. Weil sie da ist. Und ich nicht allein bin. Keine üblichen leeren Frauengeschichten, sondern einfach die Zeit genießen mit einem echten Menschen. Nicht dass die anderen nicht echt waren, aber Lucy ist anders. Nicht aufgesetzt und auf Spaß aus, sondern auf Leben.

»And I called your name, Michael Caine«, singt beziehungsweise grölt sie gerade, »I don't mind …«

Ich verschlucke mich fast an meinem Wein, so sehr muss ich lachen.

Sie hält überrascht inne. »Was ist?«

»Das heißt nicht ›Michael Caine‹, sondern ›my Cocaine‹.«

»Ernsthaft?«

Ich nicke.

»Oh.« Sie legt den Kopf schief, sagt mit schwerer Zunge: »Und ich hab mich immer gefragt, wer dieser Michael Caine eigentlich is'. Du hasgrad mein Weltbild aufn Kopf gestellt.«

Ich habe noch nie jemanden gesehen, der in beschwipstem Zustand dermaßen süß ist. Warum mir nicht gleich von Anfang an aufgefallen ist, wie hübsch sie wirklich ist, bleibt mir ein Rätsel. Wie sie da so neben mir sitzt, so unbeschwert und frei, das ist wahre Schönheit. »Ich hoffe, dein Weltbild überlebt es.«

»Solang die Träume nich runterfalln.«

»Welche Träume wären das denn?«

Sie stellt die Weinflasche neben sich ab, legt sich auf den Rücken und schaut in den Himmel hinauf. »Ssum Beispiel, dass Timo weitermachn kann. Dass ich rauskrieg, welche Musik Alice berührt. Dass meine Eltern mich endlich verstehn und so akzepta… aktzeptati… aktzeptiti… Ach, du weißt schon, so, wie ich bin. Und dass ich Frankie öfter sehe.«

»Frankie?«, horche ich auf und etwas drückt mir plötzlich den Brustkorb zusammen.

Sie nickt. »Er isso hübsch.«

»Ah.« Toll, jetzt fühle ich mich doch gleich besser.

»Und glänzend.«

Glänzend? So wie Mitchs kahler Kopf in der Sonne? Oder meint sie etwa einen anderen Körperteil? O Gott, das will ich gar nicht so genau wissen.

»Leider auch ssiemlich scheu.«

Ich hätte nicht gedacht, dass Frauen darauf stehen.

»Un er hat nen so langen, so langen … Dings … du weißt schon.«

Sie meint doch nicht etwa …? Ich runzele die Stirn.

»Na, dieses … Ding … Schwanz.«

Ich verschlucke mich, huste wie verrückt und ringe nach Atem. Irgendwie hätte ich ihr solch eine derbe Wortwahl in dieser Hinsicht nicht zugetraut. Auch nicht in angeheitertem Zustand. Ich sollte den Rest Wein definitiv allein trinken.

»Und ich kann ihn nich von den annern Frankies unnerscheidn. Kannste das glauben? Ich?«

Jetzt wird mir doch ganz anders. Vorsichtig frage ich: »Von wie vielen Frankies ganz genau reden wir hier?«

»Keine Ahnung. Hunnerte vielleicht oder …« Sie bricht ab. Mein entgeisterter Gesichtsausdruck muss für sich sprechen. Sie breitet entschuldigend die Arme aus. »Für mich schehn die alle jleich aus«, nuschelt sie und seufzt.

»So viele Männer, die für dich alle gleich aussehen?«

»Welsche Männer? Wovon redescht du?«

»Wovon redest *du*?«

»Na, von den Eidechschen. Schehen eine wie die annere aus.«

»Frankie ist eine Eidechse?!«

Sie hebt den Kopf. »Was dachtestu denn?«

»Äh … nichts. Gar nichts.« Ich atme tief durch, eine seltsame Erleichterung durchströmt mich, und ich weiß nicht, ob ich lachen oder den Kopf schütteln soll. Eidechsen, gut, damit kann ich leben. Glaube ich.

Sie runzelt die Stirn. »Wobei ich nich weiß, ob Frankie immer Frankie is«, fährt sie mit schwerer Zunge fort.

»Jetzt hast du mich abgehängt.«

»Na, weil doch bei der Muschikschule scho viele Frankies … äh … Eidechschen herumhuschen und auseinannerhaltn kann ich se leider nich. Deshalb hab ich se alle Frankie jetauft. Is einfacher.«

»Sehr vorausschauend«, sage ich und kann nun doch ein Lachen nicht unterdrücken. Das ist verrückt. Das ist einfach verrückt. Anstatt eine dralle Blondine flachzulegen, sitze ich hier und … »Ich führe gerade das seltsamste Gespräch meines Lebens, weißt du das eigentlich? Und das auch noch über Eidechsen.«

Jetzt ist sie es, die lacht. Leise, aber dennoch aus ganzem Herzen, übersprudelnd und mit Lachfältchen um die Augen. Ein herrliches Geräusch und ein wundervoller Anblick. Ich schüttele den Kopf. Das hier läuft in eine völlig falsche Richtung, und doch kann ich nicht anders, als sie einfach machen zu lassen.

»Und wenn ich jetzt noch wüsste, wer Timo und Alice sind, würde auch der erste Teil deiner Aussage vorhin vielleicht so etwas wie einen Sinn für mich ergeben.«

»Timo isn Geigenschüler. Unheimlich begabt. Aber bei ihm zu Hause gehts nich besonders liebevoll ssu«, erklärt sie, »und das hat ihn gewaltisch verkorkscht. Er hält alle auf Abschtand. Wie du.«

Wie ich?! Im ersten Moment will ich empört protestieren,

doch dann dämmert mir langsam, dass sie vielleicht gar nicht so unrecht hat.

Sie rollt sich auf die Seite, stemmt den Ellbogen auf und stützt ihren Kopf in ihre Hand. Im Licht der untergehenden Sonne werfen ihre langen, dunklen Wimpern zarte Schatten auf ihr Gesicht und auf ihren Wangen liegt ein rosiger Schimmer.

Plötzlich will ich diesem Gesicht so nahe sein wie möglich, lege mich ebenfalls auf die Seite zu ihr.

»Aber du ssolltest ihn mal erleben«, fährt sie fort, »wenn er Musik macht! Seine Augen leuchten. Sein Gesicht schtrahlt. Er geht völlig inner Musik auf.«

Ich kann es mir gut vorstellen, was sie da beschreibt. Denn auch ihre eigenen Augen leuchten in diesem Moment, ihr eigenes Gesicht strahlt und ihr weltentrücktes Lächeln ist mit das Schönste, was ich je gesehen habe. Ich kann meinen Blick nicht von ihr abwenden.

Plötzlich hebt sie den Kopf, sieht mich eindringlich an. »Und desshalb musstu es unbedingt tun!«

»Was tun?«

»Na, diese Kino-Auftro… Kino-Auftrug … die Kino-Fuzzis dazu bringn, die Musikschule stehen zu lassen!«

Ich stöhne auf.

»Bitte!« Sie sieht mich eindringlich an.

»Du liebst deine Arbeit wirklich sehr, was?«

»Ja. Ich liebe meine Arbeit mit den Kindern wirklich.« Das hörte sich unerwartet klar an. Und es geht mir durch und durch.

Ich seufze. »Ich werde schauen, was ich tun kann.«

»Echt?« Sie wendet sich mir zu, vor Überraschung sind ihre Augen ganz groß.

Ich seufze erneut. »Echt. So sicher wie die Schokolade im Müsli. Ich gebe alles, damit die Musikschule bestehen bleiben kann, okay?«

Ein Lächeln macht sich auf ihrem Gesicht breit, zaghaft erst, dann immer inniger. Und mir wird ganz warm im Inneren. Ich will ihr helfen. Ich muss ihr helfen. Ich hoffe nur, dass ich mein Versprechen halten kann. Mir wird etwas einfallen müssen, sonst … Aus irgendeinem Grund will ich Lucy nicht enttäuschen müssen. Ich habe noch nie jemanden getroffen, der sich so um das Wohl ihm fremder Menschen gesorgt hat. Ich will sie strahlen sehen.

Sie redet bereits weiter, schwärmerisch, von dem, was die Musik ihr bedeutet und was sie in Menschen bewirkt und von ihrer Arbeit mit der Musik im Seniorenheim. Und ich lausche gebannt.

»Dieses Strahlen in ihren Augen, auf ihren Gesichtern. Du kannses dir gar nicht vorstelln, wie schön das is.«

Doch. Angesichts der Begeisterung in ihrer Stimme kann ich es mir vorstellen. All die Gespräche in den hippen Clubs zwischen zwei Cocktails und inmitten wummernder Beats scheinen mir plötzlich belanglos zu sein. Vermutlich sind sie es auch. Doch bislang hat mich das noch nie gestört. Jetzt schon. Jetzt will ich mehr davon. Mehr von dieser Tiefe und menschlichen Nähe, wahren Nähe, die Lucy mir selbst im betrunkenen Zustand schenkt, obwohl wir uns kaum kennen. »Aber es ist nicht von Dauer, oder?«

»Sch-schpielt das eine Rolle?« Sie lässt sich wieder nach hinten sinken, schließt die Augen.

Ich antworte nicht.

»Verstehstu wahrscheinlich nich«, murmelt Lucy schläfrig.

Oh. Doch. Und ob ich das verstehe. Leider.

… »Okay!«, rufe ich durchs Haus. »Das dürfte reichen.« Hoffe ich jedenfalls.

Ich sehe mich im Flur um. Überall kleben Post-its. Grüne, gelbe, rote.

›Tür schließen!‹, steht über dem Türgriff, ›Schlüssel hierhinhängen‹, ist über der Kommode angeklebt, ›Postbote kommt um 10:00 Uhr‹, schreit uns künftig vom Spiegel entgegen.

›Notruf: 112‹, hängt neben dem Telefon. Ebenso wie ›Polizei: 110‹ und ›Feuerwehr: 112‹!

›Fenster schließen, bevor du das Haus verlässt!‹, diese Nachricht findet sich in jedem Zimmer.

Auf dem Weg zurück in die Küche verteile ich weitere Post-its. Auch in der Küche sieht es bereits ähnlich bunt aus wie in den restlichen Räumen.

Am Küchentisch sitzt mein Vater, die Stirn auf die Hände gestützt. Er sieht müde aus. Verzweifelt, abgekämpft, traurig. Als verstünde er die Welt nicht mehr. Und genau so ist es wohl auch für ihn.

»Es tut mir leid«, murmelt er. »Es tut mir so furchtbar leid.«.

»Ist schon gut«, sage ich und versuche, zuversichtlich zu klingen. »Das kann doch jedem passieren. Wir werden alle irgendwann etwas vergesslich.«

»Es kommt nicht wieder vor, versprochen.« Er starrt die Tischplatte an, reibt sich die Stirn.

Elizabeth sagt nichts. Sie sitzt am anderen Ende des

Tisches, starrt die Tischplatte an. Die ist schwarz. So schwarz wie ein Großteil der Küche.

Noch immer stinkt es furchtbar. Der Qualm hat sich festgefressen in den Gardinen, der Tapete, den Polsterbezügen.

Doch zumindest ist nichts Schlimmeres passiert.

Noch nicht.

Das letzte Papierchen befestige ich an der Dunstabzugshaube. Es ist grellrot und darauf steht geschrieben in Fettschrift: ›Herd aus!!!‹ …

»Alex?«, reißt mich Lucys leise Stimme plötzlich aus meinen Gedanken. Sie hat die Augen noch immer geschlossen.

»Hm?«

»Du hältst mich jetzt bestimmt für ’ne total überdrüh… überdrehte Person, oder?«, murmelt sie zögerlich und klingt wahnsinnig müde. Als habe ihre eigene Begeisterung, ihr enthusiastischer Monolog sie gerade eben den Fängen des Alkohols vorerst entrissen, nur um sie jetzt, doppelt erschöpft, endgültig und vollends seiner Macht auszuliefern.

»Ehrlich gesagt«, gebe ich leise lächelnd zurück und streiche ihr sanft eine Strähne aus dem Gesicht, »habe ich dich von Anfang an für eine ziemlich überdrehte Person gehalten. Aber ich mag dich trotzdem.«

»Un ich hab dich von Anfang an für ’nen ssiemlich arroganten Wischtischtuer und Casanova gehalten.«

»Aber?«

Um ihre Mundwinkel zuckt es. »Kein Aber!«

Ich muss lachen, will sie anschubsen, doch als hätte sie es geahnt, weicht sie mir aus, indem sie sich auf die andere Seite rollt. Ich greife nach ihrer Taille, will sie zurückziehen. Kichernd versucht sie, meine Arme wegzudrücken. Doch ich lasse nicht locker, rolle sie grinsend wieder auf den Rücken, stemme die Hände links und rechts von ihr auf den Boden. »Dann wollen wir mal sehen, ob wir nicht doch irgendwo ein ›Aber‹ finden«, drohe ich. »Ich hoffe für dich, dass du nicht kitzlig bist.«

»Nein, nicht!« Sie lacht auf, kneift die Augen zusammen und kreuzt schützend die Arme vor dem Oberkörper – in Erwartung, dass ich sie kitzeln werde.

Doch ich starre sie nur an. Ihre geschwungenen Augenbrauen, ihre langen Wimpern, die Sommersprossen auf ihrem Nasenrücken, ihre vollen Lippen, deren Geschmack noch immer auf meinen eigenen zu liegen scheint. Langsam lecke ich meine. Spüre ihrer Süße nach. Vielleicht ist es auch die des Weins, doch das ist jetzt unwichtig. Jetzt zählt nur der Moment, nur sie.

Vorsichtig schlägt sie die Augen auf. Sie sind dunkler als sonst, die Pupillen groß. Sie scheint direkt in mein Innerstes zu sehen. Ihr heißer Atem streicht mir über das Gesicht, ihr köstlicher Duft steigt mir in die Nase. Nur die Zikaden sind zu hören.

Wenn sie nicht betrunken wäre, würde ich sie küssen. Doch ich kann nicht. Seltsam eigentlich. Normalerweise küsse ich ständig Frauen in betrunkenem Zustand. Wieso also nicht jetzt? Wieso nicht sie? Wieso macht es mir jetzt was aus?

Ihr Mund ist nur einen Hauch von meinem entfernt, ich müsste mich einfach vorbeugen, ein winziges kleines bisschen vorbeugen und könnte meine Lippen auf die ihren legen, die sich so verlockend einen Spaltbreit öffnen, als erwarteten sie mich bereits.

Meine Kehle ist plötzlich ganz trocken, ich sehe, wie sich ihre Brust heftig hebt und senkt, und ihr verschleierter Blick lässt mein Innerstes vor Sehnsucht verkrampfen.

Ich will sie küssen, wie ich noch nichts im Leben wollte.

Aber sie ist betrunken, verdammt, ermahne ich mich wieder und wieder. Ich darf das nicht ausnutzen. Ich kann das nicht ausnutzen. Sie hat mich zuvor nur geküsst, um es ihrem Ex heimzuzahlen. Und wenn sie mich jetzt küsst, dann nur, weil sie betrunken ist.

Ich rolle mich zur Seite und erhebe mich eilig, bevor ich es mir anders überlegen kann und sie doch an mich ziehe. »Es ist schon spät«, flüstere ich und meide ihren Blick, während ich die Pappschachteln und die Weinflaschen einsammele. »Ich bring das kurz weg, dann fahre ich dich heim.«

Ich brauche Zeit, um mich zu sammeln, entsorge erst den Müll in den Tonnen am Flussufer, lasse dann Wasser aus dem kleinen Kanister im Unterdeck in meine Hände laufen, spritze es mir ins Gesicht. Es ist zwar nicht kalt, hilft aber trotzdem, wieder klarer zu denken, etwas, was mir in Lucys Nähe zunehmend schwerfällt.

Mit dem Hemdsärmel trockne ich mir das Gesicht, suche noch ein paar Dinge zusammen, die ich bei meinem letzten Besuch hier vergessen habe, und kehre an Deck zurück.

»So, wir können, wenn du …« Ich halte inne. »Lucy?«

Sie liegt auf der Seite, den Kopf auf den Arm gebettet, und schnauft leise im Schlaf.

Ich beuge mich über sie, stupse sie sanft an. »Lucy, wir müssen gehen.« Sie ist doch tatsächlich eingeschlafen. Wieder stoße ich sie sachte in die Seite.

Keine Reaktion. Ein sanftes Rütteln am Arm hat nur zur

Folge, dass sie sich auf die andere Seite dreht und leise zu schnarchen beginnt. Ich glaube es nicht. Da schläft diese Frau einfach bei mir ein. Ohne dass es vorher zum Sex kam. So etwas ist mir wahrlich seit Langem nicht mehr passiert.

Ich kratze mich im Nacken. Und nun? Ich könnte sie natürlich sozusagen gewaltsam aufwecken, aber ob sie in ihrem angetrunkenen Zustand wirklich wach und in der Lage sein wird, über den Balken zu laufen? Oder landet sie dann statt im Bett im Fluss?

Kurzerhand bücke ich mich, schiebe einen Arm unter ihren Nacken, den anderen unter ihre Beine, hebe sie hoch und bette sie vorsichtig auf den Sitzsack.

Ein leises Lächeln macht sich auf ihrem Gesicht breit und Erleichterung in meinem Herzen. Erleichterung darüber, dass ich sie noch etwas länger um mich habe.

Ich gehe zurück ins Schiffsinnere, hole aus einem der Küchenschränke zwei Decken, eine Isomatte und meinen Schlafsack, schließlich ist es nicht das erste Mal, dass ich auf dem kleinen Deck übernachte.

Vorsichtig decke ich Lucy zu, schiebe die Enden der Decke unter sie.

»Alex?«, murmelt sie plötzlich und ich halte erschrocken inne. Ihre Augenlider flattern gegen den Schlaf an.

»Ja?«

»Würdestu wirklich?«, murmelt sie undeutlich.

»Was?« Ich beuge mich etwas näher, um sie besser verstehen zu können.

»Kommen. Wenn ich ssur Prüfung gehe?«

Ich ziehe die Decke bis unter ihr Kinn hoch. »Ja.«

»Dann mache ich es«, sagt sie leise und schließt die Augen wieder.

Sie schmiegt sich an den Sitzsack und im nächsten Moment sind ihre regelmäßigen Atemzüge zu hören.

Nachdenklich rolle ich meine Isomatte und den Schlafsack aus. Ich schlüpfe hinein und hoffe, dass ich morgen endlich wieder in mein Haus – und an frische Klamotten – komme. Aber jetzt will ich, wie immer hier draußen, zum Sternenhimmel hinaufsehen, bis ich einschlafe.

Stattdessen betrachte ich sie.

Wie sie atmet.

Wie sie sich im Schlaf leicht bewegt.

Wie ihre Augenlider flattern, weil sie etwas träumt.

Bis ich spüre, wie auch mir die Augen zufallen und meine Gedanken zu einer anderen Frau wandern. Zu Sarah …

Kapitel 10

Lucy

Ich schlage die Augen auf und sehe mich einer Amsel gegenüber.

Erschrocken fahre ich zusammen, nicht weniger erschrocken flattert der Vogel von dannen und im nächsten Moment holen mich stechende Kopfschmerzen ein.

Mit einem lauten Stöhnen kneife ich die Augen wieder zusammen, presse die Hände auf meine Schläfen und starte erst nach etlichen Minuten einen zweiten Versuch, die Augen zu öffnen, dieses Mal ganz langsam und vorsichtig.

Verwirrt blicke ich an vor Tautropfen glitzerndem Bambus vorbei auf einen mit Frühnebel bedeckten Fluss, versuche, zu verstehen, wo ich bin.

»Guten Morgen«, ertönt von weiter weg Alex' Stimme und schlagartig ist wieder alles da.

Na ja, fast alles.

Ich registriere, dass ich auf dem mir so suspekten Sitzsack liege, und taste unter der Decke hastig meinen Körper ab. Kleid, Unterwäsche. Scheint alles noch da zu sein, Sex hatten wir demnach wohl nicht.

Seltsamerweise bin ich mir nicht sicher, ob das jetzt gut oder schlecht ist.

Aber hat Alex neben mir geschlafen? Bei dieser Vorstellung wird mir ganz warm.

Dann entdecke ich die zusammengerollte Isomatte und den Schlafsack und verspüre einen seltsamen Anflug von Enttäuschung. Im nächsten Moment tritt Alex, zwei Coffee-to-go-Becher in Händen, aufs Deck hinaus. »Ich schulde dir ja noch einen Kaffee«, sagt er und ergänzt mit einem Augenzwinkern: »Dann habe ich aber wirklich alles abgegolten, vom Müsli bis hin zur Taxifahrt. Okay, das Handy fehlt noch.«

Seinen Blick meidend nehme ich den Kaffee in Empfang. »Wenn du dir Bonuspunkte holen möchtest, dann gib mir ein Aspirin.«

»Das ist der Kater. Du verträgst Wein wohl nicht besonders.«

Ich verziehe das Gesicht. »Erwähne dieses Wort in meiner Gegenwart nie wieder. Gleiches gilt für Sekt und Holunder und Orangensaft.« Dampf steigt vom Kaffeebecher auf, vorsichtig nehme ich einen Schluck, während ich mir in Erinnerung zu rufen versuche, was gestern noch gewesen ist. »Habe … habe ich irgendwelche komischen Sachen gesagt oder getan gestern Abend?« Unruhig beobachte ich ihn. »Ich muss gestehen, dass ich mich nicht so ganz gründlich an jedes Detail erinnern kann.«

»Du meinst, abgesehen davon, dass du nackt am Flussufer getanzt hast?«

Heiß jagt der Schreck durch meine Adern. Dann sehe ich, wie es um seine Mundwinkel herum zuckt.

»Wie kannst du nur! Mir ist fast das Herz stehen geblieben, deinetwegen!« Ich will ihm leicht mit der Hand auf den Arm hauen, nehme aber schnell wieder von dieser Idee Abstand, presse meine Hand stattdessen an meine Schläfe und beschließe, den Rest des Tages über lieber keinerlei abrupte Bewegungen durchzuführen.

Alex setzt sich mir gegenüber auf eines der unbequemen Stühlchen, hebt seinen eigenen Becher an die Lippen und …

Wie gebannt starre ich ihn an.

Seine Lippen.

Sein Mund.

Der Kuss!

Oder besser gesagt: der nicht noch mal stattgefunden habende Kuss.

So kurz davor bin ich gewesen, habe schon die Lippen geöffnet, den Kopf gehoben, doch er hat mich abblitzen lassen. Er wollte mich nicht küssen.

Scham schießt glühend heiß durch mich hindurch und hastig rappele ich mich aus dem Sitzsack hoch. »Ich muss los.«

»Kein Katerfrühstück?«

Ich umklammere den Kaffeebecher in meiner Hand. »Lieber nicht. Allein schon beim Gedanken daran wird mir schlecht. Ich gehe jetzt besser nach Hause und versuche, einfach zu vergessen, dass der gestrige Tag überhaupt existiert hat und …« Ich breche ab, denn Alex ist bei meinen Worten zusammengezuckt. »Was ist?«

»Hm?«

»Du guckst so komisch.«

»Nur weil ich Hunger habe.« Er fährt sich mit der

Hand über den Arm. »Sonst nichts. Ich fahre dich heim.« Er steht auf, dreht sich um und schiebt die Stühle unter den Tisch zurück.

»Außerdem muss ich heute Nachmittag noch ins Seniorenheim.«

»Am Sonntag?«

Ich zucke mit den Schultern. »Für heute habe ich ein kleines Konzert organisiert, schließlich war ich bis vor Kurzem um jede Minute froh, die ich nicht zu Hause allein in meiner Wohnung hocken musste.« Erst als ich es ausgesprochen habe, merke ich, was ich da von mir preisgegeben habe, und werfe Alex einen unsicheren Blick zu. Doch entweder hat er den Zusatz »bis vor Kurzem« nicht gehört oder er ist ihm egal. Letztere Vorstellung schmerzt irgendwie. Eilig versuche ich, von meiner Aussage abzulenken. »Vergiss die Isomatte nicht«, erinnere ich ihn und ziehe das Ding von der Reling weg. Ein Fehler, wie mir leider erst mit dem nächsten Atemzug klar wird, denn als Alex sich, den Kaffeebecher am Mund, umdreht, stolpert er darüber, der Kaffee ergießt sich auf seine Hemdbrust und wir beide schreien erschrocken auf. Er zugegebenermaßen deutlich schmerzgeplagter als ich.

»Scheiße, scheiße, ist das heiß, verdammt!«, flucht er, während er an der Vorderseite seines Hemdes zupft und daran herumwedelt.

Hastig stellt er den Kaffeebecher ab, zieht sich sein nun mit einem braunen Fleck versehenes Hemd mit einer einzigen fließenden Bewegung kopfüber aus.

Erschrocken schlage ich die Hände vor den Mund, denn tatsächlich ziert ein roter Fleck seine Brust. »O

Gott, es tut mir so leid. Ich hatte Sorge, dass du die Isomatte vergisst.«

»Unberechtigt. Vor allem jetzt«, gibt er etwas verärgert zurück und fächelt seiner Brust Luft zu.

Ich würde am liebsten mitfächeln. Natürlich nur, um ihm zu Hilfe zu kommen. Nicht etwa, um ihm nahe zu sein … diesem … überaus … wohlgeformten … Oberkörper.

Ich erinnere mich daran, dass man ab und zu Luft holen sollte, und atme tief ein. »Soll ich dein Hemd ausspülen?«

»Schon gut, das mache ich lieber selbst«, wehrt er ab und verschwindet im Inneren des Bootes.

Ich sammele meine Handtasche und die Tüte mit den Einkäufen, außerdem Isomatte, Schlafsack und Kaffeebecher ein und folge Alex, finde ihn unten vor einem Wasserkanister, unter dem er, mit dem Rücken zu mir, den Kaffeefleck herauszuspülen versucht. »Es tut mir wirklich leid«, sage ich geknickt.

»Schon okay, ich hätte halt mal gucken müssen, wo ich hinlaufe.«

Bis zu diesem Moment wäre ich nicht unbedingt der Meinung gewesen, dass Wäschewaschen in irgendeiner Hinsicht sexy ist.

Wie man sich doch irren kann.

Er stellt das Wasser ab.

»Ich lege deine Schlafsachen aufs Sofa«, verkünde ich, kriege seine Antwort aber kaum mit. Das Spiel der Muskelstränge in seinem Rücken, als er das Hemd auswringt, lenkt mich zu sehr ab. Das Atmen fällt mir plötzlich immer schwerer.

»Na komm, du Kater, ich bring dich heim«, sagt er

schließlich, breitet sein Hemd wieder aus und betrachtet den Restfleck.

»Du musst mich nicht fahren«, murmele ich und kann meinen Blick nicht von seinen durchtrainierten Schultern lösen. »Ich nehme den Bus.«

»Ich würde mir aber schon ganz gerne mal was Frisches anziehen.«

»Das freut mich.« Wie seine Haut im Sonnenlicht schimmert.

»Und so ein eigenes Bett hat auch seinen Reiz.«

»Finde ich auch.« Seine Oberarme erinnern mich an Kokosnüsse.

Er guckt mich an, ich gucke ihn an. Und einen Atemzug später macht es endlich klick und das Blut schießt mir ins Gesicht. »Oh … ah … du willst deine Hausschlüssel zurück.« Verlegen räuspere ich mich. »Sorry, bin noch nicht ganz wach.« Wie soll man denn bitte klar denken beim Anblick solcher Muskeln? »Liegt am Muskelkater. Ich meine: Kater. Liegt am Kater. Weinkater. Vom Wein. Nicht von deinen Muskeln.« Ich kneife die Augen zusammen.

»Kein Wein mehr für Lucy. Das habe ich jetzt begriffen.«

Vorsichtig öffne ich ein Auge.

Alex sieht ziemlich amüsiert aus.

Mir hingegen ist gar nicht nach Lachen, und das nicht nur meines wahnsinnig eloquenten Monologes wegen, sondern vor allem, weil er im nächsten Moment so nah an mir vorbei zum gekippten Fenster geht, um es zu schließen, dass sein Arm den meinen leicht berührt. Ganz sacht nur, wie ein Windhauch oder der Flügel eines

Schmetterlings. Beiläufig. Unabsichtlich. Und doch reicht es aus, mich auch noch um das letzte bisschen meiner Fassung zu bringen. Eine wohlige Gänsehaut überzieht meinen ganzen Körper.

Als Alex sich umdreht, löse ich mit Mühe meinen Blick von seinem in der Morgensonne schimmernden Oberkörper, hebe den Kopf. Der Ausdruck in seinem Gesicht ist undeutbar, nur seine Augen, die scheinen mit einem Mal dunkler zu sein. Keiner von uns rührt sich, die Luft scheint greifbare Konsistenz zu gewinnen, zu knistern. Langsam verändert sich sein Gesichtsausdruck, er presst die Kiefer zusammen, ballt seine Hände zu Fäusten, als scheine auch er zu spüren, was ich spüre. Und als würde er dagegen ankämpfen. Oder bilde ich mir das nur ein? Wer weiß schon, was jemand wie er denkt? Was jemand wie er fühlt? Ich weiß nur, was ich fühle. Und was ich niemals wieder fühlen will – den Schmerz, den Marc mir zugefügt hat.

Ein Schiffshorn ertönt, bricht den Bann.

Ich drehe mich um, flüchte hinaus.

***

Die ganze Fahrt über sagt Alex kein Wort, scheint tief in Gedanken versunken. Das völlige Gegenteil zu seiner gelösten, witzigen Stimmung von gestern Abend. Angespannt und steif sitze ich neben ihm, versuche, das Kribbeln in meinem Magen unter Kontrolle zu bringen und meinen Blick nach vorn zu richten. Doch wie von selbst wandert er immer wieder nach links zu Alex, der mit gerunzelter Stirn geradeaus starrt. Erneut wünsche ich mir, ich wüsste, was er denkt. Vielleicht ist es aber auch ganz gut, dass ich es nicht weiß. Es scheint nichts Positives zu sein. Und in Anbetracht der jüngsten Ereignisse ist es dann doch recht naheliegend, dass es mit mir zu tun hat. Immerhin sitzt er hier zwar mit Jackett, aber ohne Hemd. Allein das ist schon einen zweiten Blick wert.

Ich beiße mir auf die Lippen, ziehe, um meine plötzlich ausufernde Fantasie einzudämmen, sogar freiwillig mein Handy hervor. Es explodiert fast vor Anrufen und Nachrichten, in denen meine Eltern sich abwechselnd darüber aufregen, weshalb ich ihnen nichts von meinem Freund erzählt habe, fragen, wo zum Henker ich sei und wie ich es ihnen nur antun könne, ohne ein Wort von der Feier zu verschwinden. Und das, ohne ihnen meinen Freund vorzustellen. Damit dürfte das mit dem Vergessen wohl etwas schwierig werden.

Mit einem Seufzen mache ich mich daran, meinen Eltern in einer Nachricht zu erklären, dass ich noch lebe und es mir gut geht. Und dass es sich um ein Missverständnis handele – Alex Langner sei definitiv nicht mein Freund und werde es auch nie sein.

Ich seufze abermals schwer.

Schließlich parkt Alex vor meiner Haustür.

»Da sind wir«, sage ich, hätte mich unmittelbar danach am liebsten geohrfeigt für diese unfassbare Erkenntnis und ergänze verlegen: »Was du selbstverständlich weißt, sonst hättest du ja wohl nicht angehalten. Wobei es natürlich auch sein könnte, dass dir das Benzin ausgegangen ist, aber davon gehe ich mal nicht aus und … äh … halte deshalb lieber mal die Klappe und gehe deine Schlüssel holen.« Verdammt, kann ich in seiner Nähe nicht wenigstens ein einziges Mal etwas Vernünftiges von mir geben?

»Nein«, sagt er plötzlich sonderbar sanft, lässt die Hand sinken und sieht endlich zu mir.

»Keine Schlüssel?«, frage ich verwirrt.

Er schüttelt den Kopf. »Du sollst *nicht* die Klappe halten. Das solltest du nie. Du solltest immer sagen, was du denkst. Das gefällt mir so an dir.«

Überrascht von seinem plötzlichen Ausbruch brauche ich einen Moment, mich zu sammeln. »Mir schien es nicht unbedingt so, als hätte dir in der Vergangenheit immer gefallen, was ich gesagt habe.«

»Nicht alles, was einem nicht gefällt, ist automatisch falsch.«

Unsicher mustere ich ihn. Hat er das auf sich bezogen? Hat er das auf mich bezogen? Und was zum Henker will er mir damit sagen?

Leider erfahre ich die Antwort darauf nicht. Er hat die Augen geschlossen, reibt sich die Stirn.

»Also … ich hole dann mal deine Schlüssel, bin gleich wieder da.«

Er nickt.

Ich laufe hoch, schließe auf und sehe mich in Flur und Küche nach meiner anderen Tasche um.

Es klopft an der Tür, ich öffne sie und stehe Chris gegenüber.

»Na, wie war es bei der Feier?«, fragt er.

»Oh, Chris, es ist grad wirklich schlecht, wir reden später, okay?« Ich schließe die Tür, renne ins Wohnzimmer. Wo um alles in der Welt habe ich die Tasche vorgestern Abend nur hingetan?

Erneut klopft es und ich renne zur Tür.

Noch immer steht Chris davor. »Lucy, wegen unserer Verabredung heute.«

»Nicht jetzt, bitte.« Ich lasse die Tür ins Schloss fallen, renne ins Schlafzimmer. Das Chaos hier, das ich gestern Früh beim Fertigmachen für das Jubiläum meiner Eltern hinterlassen habe, gleicht dem Chaos in meinen Gedanken.

Erneut klopft es.

Tür auf. »Himmel, Chris, ich bin grad wirklich beschäftigt!« Tür zu.

Endlich entdecke ich meine Tasche in dem Durcheinander der auf einen Stuhl geworfenen Kleidungsstücke.

Erneutes Klopfen.

Ich eile entnervt zur Tür, rufe aufgebracht: »Lass mich doch endlich in Ruhe!«, und reiße sie auf.

»Wird schwierig, solange ich meinen Schlüssel nicht habe«, gibt Alex mit hochgezogener Augenbraue zurück.

Ich laufe rot an, stammele: »Du warst nicht gemeint.«

Er hält mir die Tasche mit meinen Flohmarkt-Einkäufen hin. »Du hast die hier vergessen.«

»Danke.« Verlegen nehme ich sie entgegen, reiche ihm im Gegenzug seine Schlüssel. »Für alles.«

»Kein Problem.«

Unten geht die Tür auf, das Klackern von Absätzen ist zu hören, Sonja kommt die Treppe herauf. »Oh, hallo«, begrüßt sie mich überrascht, wobei ihr Blick sich jedoch an Alex festsaugt. Seiner hingegen gleitet nur kurz über sie hinweg, bevor er wieder bei mir landet.

Und das ist etwas, was ich noch nie erlebt habe – Sonja offenbar auch nicht. Etwas erstaunt sieht sie an sich hinab, als wäre sie sich plötzlich nicht mehr sicher, was sie denn anhätte. Doch sie scheint die Nacht bei jemand anderem verbracht zu haben und sieht entsprechend umwerfend aus: Rote High Heels und Hotpants, die ihre Endlos-Beine in Szene setzen, eine tief ausgeschnittene Bluse und der daraus hervorblitzende, leuchtend rote Spitzen-BH, der ihren ohnehin schon eindrucksvollen Busen noch mehr betont.

Das einzige Mal, das Marc mich hier in der neuen Wohnung aufgesucht hat, hat er ununterbrochen Sonja angestarrt und seinen Mund nicht mehr zubekommen. Ich habe schon überlegt, ihm etwas unters Kinn zu halten, um den Sabber aufzufangen. Ich war nur noch Nebensache. Damals hätte mir schon klar sein müssen, wie Marc tickt. Doch vielleicht habe ich den tiefen Fall gebraucht.

Alex hingegen beachtet sie überhaupt nicht. Nie habe ich mich mehr wie eine waschechte Hauptsache gefühlt als jetzt bei ihm. Und es gefällt mir.

Sichtlich verwirrt geht Sonja die Treppe hinauf, verschwindet in ihrer Wohnung.

Wir bleiben im Türrahmen stehen.

Schweigen.

Starren uns an.

Die Sekunden verstreichen.

Alex sagt noch immer nichts. Die Kiefer fest aufeinandergepresst, die Stirn umwölkt, wirkt er, als würde er mit sich selbst ringen.

Ich räuspere mich.

Er räuspert sich.

Plötzlich stürmen vollkommen verrückte Bilder meinen

Kopf. Bilder von Alex und mir. Und meinem Bett! Mein Herz schlägt mit einem Mal wie verrückt in angespannter Erwartung.

»Tja, dann …«, bringe ich krächzend und überaus kreativ hervor. Das Schweigen kehrt zurück, und ich fürchte fast, er könnte in der Stille mein Herz schlagen hören.

»Tja, dann …«, erwidert er, nickt und … geht?!

Perplex stehe ich noch einen Augenblick in der Tür, dann kehre ich enttäuscht in die Küche zurück, lasse mich auf den Stuhl fallen, während die Tür ein letztes Mal ins Schloss fällt.

Ich bin so blöd. Ich hätte etwas sagen sollen. Egal was. Und wenn ich nur übers Wetter gesprochen hätte!

Erneut klopft es an der Tür und ich habe noch nie in solchem Rekordtempo den Weg bis dorthin zurückgelegt, doch im Flur steht Sonja.

»Ach, du bist es nur«, sage ich und lehne mich enttäuscht an die Türzarge.

»Tut mir leid, die Kaiserin von China hatte heute keine Zeit. Davon abgesehen bin ich hier, weil ich leider doch mein altes Handy brauche. Mein neues spinnt irgendwie und ich habe es zum Umtausch zurückgeschickt.«

»Oh. Ja. Ich hole es. Und entschuldige bitte wegen vorhin, so ist das nicht gemeint. Ich bin gerade etwas durch den Wind.«

»Wegen des heißen Kerls von gerade eben?«

»Das ist nur jemand, der mich von der Feier meiner Eltern heimgebracht hat«, dehne ich die Wahrheit ein wenig.

»Auf der Gartenparty deiner Eltern laufen die Kerle mit nacktem Oberkörper unter ihrem offenen Jackett herum?«, fragt sie mit wissendem Lächeln. »Kann ich bitte nächstes Mal auch eine Einladung kriegen?«

»Der sah aus wie ein Zuhälter!« Chris steckt seinen Kopf aus seiner Wohnungstür.

»Du sollst mir doch nicht hinterherspionieren!«, schimpfe ich.

»Oder wie ein Pornodarsteller«, grummelt Chris weiter.

Ich verdrehe die Augen.

»›Bumfallera‹, was?«, fragt Sonja und zwinkert mir zu.

»Wer fällt um?«, hakt Chris verständnislos nach.

»Definitiv nicht«, antworte ich an Sonja gewandt. »Das ist kein Mann, der es mit einer Frau ernst meint.«

Chris streckt die Brust raus, wippt auf seinen Fußballen auf und ab. »Wie gut, dass sich rein zufällig ein Mann in der Nähe befindet, der es ernst meint.«

Ich seufze. »Chris, können wir unsere … Verabredung … verschieben? Mir ist heute nicht nach einem Film, okay?« Bevor er Alternativen auffahren kann, ergänze ich eilig: »Und auch nicht nach essen gehen oder sonst was. Ich will heute einfach nur allein sein.«

Chris zieht ein beleidigtes Gesicht. »Etwa wegen diesem hemdlosen Kerl?«

»Nein. Ja. Ich weiß es nicht.« Ich massiere mir die Schläfen.

»O Schätzchen, dich hats aber schwer erwischt«, sagt Sonja lächelnd und nimmt mich in den Arm.

»Also, wenns nur an der Sache mit dem fehlenden Hemd liegt«, sagt Chris hoffnungsvoll. »Ich kann auch ohne T-Shirt rumlaufen.«

Alex

Zögerlich mache ich einen weiteren Schritt auf die Glastür zu, bis Lucy in mein Blickfeld rückt.

Das mit dem Sonntagsnachmittagskonzert stimmt tatsächlich. Fast schon habe ich geglaubt, es sei nur eine Ausrede, um mich loszuwerden. Doch dort in dem Raum sitzen fast alle Bewohner des Seniorenheims im Halbkreis, einige völlig regungslos, doch die meisten mit einem seligen Lächeln im Gesicht. Es ist ein berührender Anblick.

Doch nicht einmal annähernd so berührend wie Lucys Lächeln, während sie spielt. Und wie sie spielt. Mal zart und leise, mal wild und feurig. Virtuos tanzen ihre Finger über das schwarze Griffbrett, fliegt der Bogen scheinbar schwerelos über die Saiten. Sie spielt ohne Noten, dafür mit geschlossenen Augen. Ich kenne mich nicht aus mit klassischer Musik, bin Fan von Rock und Metal und habe doch nie etwas Schöneres vernommen als ihr Geigenspiel. Nicht nur, weil ein Feuerwerk von Tönen den Raum flutet, sondern weil Lucy sie mit solcher Hingabe in die Welt setzt. Sie ist so vollkommen in ihr Spiel versunken, dass es scheint, als würde für sie nichts mehr außerhalb der Musik existieren.

»Kommen Sie, Richard«, tönt die Stimme einer Pflegerin durch den Flur und ich fahre erschrocken zusammen.

»Nur keine Angst. Ich weiß, dass diese Veranstaltung neu für Sie ist, aber die Musik wird Ihnen gefallen, das verspreche ich Ihnen. Ich bleibe auch bei Ihnen sitzen.«

Noch ist niemand zu sehen, doch das Ziel der beiden

Personen ist klar, und ich trete hastig hinter die Ecke, will nicht die Aufmerksamkeit von Lucy auf mich ziehen, wenn die Pflegerin gleich die Tür öffnet. Doch das ist nicht der einzige Grund, aus dem ich zurückgewichen bin.

Ich lausche den leichten Schritten der Pflegerin und den schlurfenden des alten Mannes, den sie am Arm führt, und das Herz wird mir eng.

Erst als die Tür sich hinter ihnen wieder geschlossen hat, schiebe ich mich vorsichtig zurück und spähe durch das Glas. Dieses Mal jedoch nicht auf Lucy. Sondern auf meinen Vater. Den Mann, der mal Richard Langner war.

Er wirkt verwirrt und verloren, scheint nicht zu wissen, wo er ist und was er von all dem hier halten soll.

Es bricht mir das Herz, ihn so zu sehen. Ich bin drauf und dran, meine Entscheidung rückgängig zu machen, die Entscheidung, die zu treffen mir so schwergefallen ist. Ich möchte ihn hier rausbringen, wieder nach Hause nehmen. Doch weiß ich tief in mir, dass es nichts ändern, er sich dort genauso fremd fühlen würde und noch verlorener. Dass es nie wieder sein würde wie früher. Und dass wir beide daran zugrunde gehen würden.

Dabei wünsche ich mir auch für meinen Vater so sehr einen leichten Augenblick wie den, den einige der anderen Senioren hier gerade erleben, wünsche mir so sehr, dass die Verwirrtheit und die Unsicherheit auf seinem Gesicht dem Gefühl von Glück und Freude weichen. Wenigstens für einen Moment.

»Herr Langner, wie schön, dass Sie auch gekommen sind. Treten Sie ruhig ein.«

Ich fahre herum.

Rita steht vor mir, will schon nach der Türklinke greifen.

»Nein«, flüstere ich erschrocken und drücke ihren Arm beiseite. »Ich muss fort. Jetzt. Sagen sie ihr nicht, dass ich da war, ja?«

»Wem?«, fragt sie verwirrt, doch ich haste bereits den Flur entlang Richtung Ausgang, verlasse fluchtartig das Gebäude.

Ich hätte nicht herkommen sollen. Nicht nur, weil Lucy mich nicht gebeten, nicht danach gefragt hat. Ich tue sonst auch das, was ich will, nicht das, worum andere mich bitten. Nein, der Grund ist ein anderer: Dieses Mädchen geht mir unter die Haut.

Und das ist schlecht. Ganz, ganz schlecht. Weil Unter-die-Haut-Gehen verletzbar macht, weil ich diese Verletzbarkeit hinter mir lassen wollte. Weil die kalte Geschäftswelt weitaus besser ist. Einfacher. Denn an ihr kann kein Herz zerbrechen.

***

Unruhig stromere ich durchs Haus, von einem Zimmer ins andere, ohne wirklich zu wissen, wo ich hinwill und warum.

Schließlich lande ich in der Küche, schalte den Kaffeevollautomaten ein, doch noch während er ratternd und schnaubend zum Leben erwacht, steht mir plötzlich Lucys Gesicht vor Augen, und ich beschließe, dass ich eigentlich lieber Tee trinken will.

Dumm nur, dass ich in den oberen Küchenschränken keinen finden kann. Überhaupt gibt es dort recht wenig, esse ich doch meist in der Stadt und verbringe die Nächte – oder das, was davon nach einer langen Party bleibt – bei einer alten oder neuen weiblichen Bekanntschaft. Vorzugsweise: heiß.

Nachdem auch das Durchsuchen der unteren Küchenschränke nicht viel mehr hergegeben hat als einen Berg von leeren Frischhalteboxen, begnüge ich mich mit einer Dose Cola und setze mich an den Tisch.

Es ist der alte, inzwischen aber abgeschliffene und neu lackierte Esstisch. Das war Elizabeths Werk. Die restliche Kücheneinrichtung hingegen zeigt weiterhin schwarze Brandflecken. Ich hätte es schon lange mal in Angriff nehmen können, sie auszutauschen, doch spielt das jetzt noch eine Rolle? Was spielt überhaupt noch eine Rolle?

Plötzlich geht mir die Stille unheimlich auf den Geist, und ich erhebe mich wieder, gehe ins Wohnzimmer, wo zumindest das vertraute Ticken der alten Standuhr das Gefühl von Leben vermittelt. Allerdings von längst vergangenem Leben. Auch nicht gut.

Ich greife nach dem Foto, das auf dem Kaminsims steht. Es zeigt meinen Vater und mich auf einer Wiese neben einem Kirschbaum und beide lachen wir. Ich bin vielleicht acht oder neun Jahre alt und halte ein Büschel Kirschen in der Hand. Geschossen hat das Foto meine Mutter. Kurz bevor sie den Autounfall hatte. Ich weiß noch genau, dass mein Vater den Kirschbaum hochklettern wollte, aber direkt die erste Leitersprosse brach und er mit einem total verdutzten Gesichtsausdruck plötzlich wieder auf der Erde stand.

Eigentlich überhaupt nichts besonders Komisches. Und doch habe ich so lachen müssen, dass mir fast die bereits verdrückten Kirschen wieder hochgekommen wären.

Ich stelle den Bilderrahmen zurück, schließe an den Kamin gelehnt die Augen.

Meine Mutter ist tot und meinem Vater bedeutet dieser Moment schon lange nichts mehr. Ob er sich tief drinnen überhaupt an sie erinnert?

Irgendwann werde vermutlich auch ich diesen Moment vergessen.

Hat er dann noch irgendeine Bedeutung?

Gibt es überhaupt irgendetwas, was Bedeutung hat, weil es bleibt?

Abrupt wende ich mich ab, lasse mich erschöpft aufs Sofa fallen, ziehe mein Handy hervor und scrolle meine Liste durch. Ich brauche Ablenkung, dringend und von allem, sonst platze ich noch. Mein Finger verharrt bei Sarah. Sie war die letzte Frau, die ich auf mein Hausboot mitgenommen habe. Bis gestern. Warum nur habe ich gestern gegen meine eigene Regel verstoßen? Was für eine wirklich, wirklich hirnrissige Idee, diese Lucy dorthin mitzunehmen.

Plötzlich geht mir das Ticken der Uhr genauso auf den Geist wie die Stille im restlichen Haus.

Normalerweise bin ich ganz froh um diese Stille nach einer langen Partynacht. Heute jedoch fühlt sie sich an wie … eine alles erdrückende Einsamkeit. Was natürlich daran liegt, dass die letzte Nacht keine Partynacht war, woran sonst?

Etwas, was ich schnellstmöglich ändern sollte. Allein schon, um diese Lucy aus meinem Kopf zu bekommen. Und all die anderen Gedanken.

Ich lasse mein Smartphone sinken. Wenn ich mich nicht irre, ist heute doch die Eröffnung des *Club Banana*. Tatsächlich. Perfekt.

Mag sein, dass ich gestern dachte, ich wäre ein anderer Mensch. Der Mensch, den Lucy gern in mir sehen möchte. Der, den sie in mir gesehen *hat*. Doch dieser Mensch bin ich nicht mehr. Vielleicht will ich es auch einfach nicht mehr sein. Das Risiko ist zu groß. Das Risiko, erneut verletzt zu werden.

Und wieder schwebt das Bild von Sarah vor meinem inneren Auge. Und die Erinnerung an das, was wir hatten.

Nein. Das einzige Mittel gegen das Gedankenkarussell: Spaß haben, mit Frauen.

Kapitel 11

Lucy

»Das ist einfach fantastisch, dass er sich dafür einsetzen will, dass Frau Kleve nicht weiter bedrängt wird und dieses blöde Kino einen anderen Platz kriegt«, freut sich Hayden, als wir am Montag zur Musikschule gehen.

»Abwarten«, sage ich, ziehe mein Haargummi von meinem Handgelenk und binde, als Erste-Hilfe-Maßnahme gegen die Hitze, mein Haar zu einem Pferdeschwanz. »Ich weiß noch nicht, ob man ihm wirklich trauen kann.«

»Und unfassbar, dass der Kerl es gewagt hat, auf der Party aufzutauchen«, sagt Hayden, meinen Einwand ignorierend.

»Alex?«, frage ich und wische mir die Schweißperlen von der Stirn.

»Nein, dein Ex natürlich«, erklärt sie und beeilt sich, den letzten Rest ihres Eises zu verspeisen, das in der drückenden Hitze schon am Becherrand hinabrinnt und auf ihre Finger tropft.

Zwar kennt Hayden die genauen Umstände meiner

Beziehung mit Marc nicht, weiß aber, dass ich von meinem Ex betrogen worden bin. Dass ich anstatt ihr ausgerechnet diesem Alex alles bis ins kleines Detail erzählt habe, geht mir immer noch nicht in den Kopf. Da sieht man mal, was Alkohol mit einem anrichten kann. Vor allem in seinen Nachwirkungen. Denn tatsächlich habe ich gestern die Bestätigung zur Nachprüfung ausgefüllt. Gut, ich habe sie nicht abgeschickt, die Deadline ist erst nächsten Montag, aber ich kann einfach nicht glauben, dass ich sie wirklich ausgefüllt habe. Als ob ein Papierboot etwas zu bedeuten hätte. Doch das allein ist nicht der Grund. Vielmehr ist da überdies dieser Erinnerungsfetzen, den ich nicht richtig einordnen kann. War es ein Traum oder real, dass Alex mir versprochen hat, dabei zu sein, wenn ich zur Prüfung antreten würde? Was auch immer es war, nun gibt es kein Zurück mehr. Ich muss vollkommen verrückt sein.

Gerade wollen wir die Eingangsstufen zur Tür der Musikschule emporsteigen, da huscht eine Eidechse goldgrün glänzend vor uns über ebendiese Stufen.

Eidechse … Frankie … Da war doch was. »O Shit!« Ich spüre, wie Hitze meine Wangen flutet, als diverse Erinnerungsfetzen an die Nacht auf dem Boot mit Alex zurückkehren. Gott, dieser verfluchte Alkohol.

»Was ist?«, fragt Hayden, die bereits die Tür aufgedrückt hat, erschrocken.

»Ich habe Alex erzählt, dass ich Frankies langes Ding schön finde.«

»Was?!«

»›Schwanz‹ meine ich. Also ich habe ›Ding‹ gesagt, meinte aber ›Schwanz‹, was ja auch egal ist, denn es ist beides furchtbar und obendrein habe ich dann auch noch ›Schwanz‹ ergänzt, und er hat so komisch reagiert, weil er dachte, Frankie wäre ein Kerl, doch den Grund konnte ich in dem Moment gar nicht verstehen, und ich habe ihm auch noch erzählt, ich würde Hunderte Frankies kennen und …«

»Stopp!«, unterbricht mich Hayden mit erhobenen Händen. »Das ›was‹ habe ich verstanden. Ich frage mich nur, warum?!«

Ich stöhne auf, schlage mir die Hände vors Gesicht. »Weil ich mir eben gerne alles verbocke!«

»Ach was, du hast es dir doch nicht mit so einem blöden Spruch verbockt. Das fand er sicher eher lustig.« Sie tritt ein und ich folge ihr ins kühle Treppenhaus und die knarzenden Stufen hinauf.

»Mag sein, aber ich kann ihn niemals wiedersehen. Ich darf ihn niemals wiedersehen! Ich würde vor Scham im Boden versinken.«

»Quatsch, denk einfach nicht dran. Konzentrier dich auf das, was vorher war. Es ist so wahnsinnig romantisch«, fährt sie verträumt fort, »dass er auf der Feier Partei für dich ergriffen hat.«

»Dachte ich auch«, erwidere ich. »Im ersten Moment zumindest. Aber inzwischen ist mir klar geworden, dass das nichts zu bedeuten hatte. Ja, natürlich war es nett, doch für ihn war die Sache nichts als ein Spiel. Und eine Möglichkeit, jemanden abzuschleppen.«

»Ich dachte, ihr hattet keinen Sex.«

Das ist in der Tat das Seltsame an der Geschichte. »Ich weiß auch nicht, was das Ganze sollte. Mal hü, mal hott. Ich blicke bei diesem Menschen nicht durch. In einem

Moment ist er mir nahe und nett, im nächsten distanziert und wieder frauenaufreißend und wichtigtuerisch!« Frustriert öffne ich die Tür zur Küche und halte sie Hayden auf. Ein Luftzug erfasst uns, lässt die Notizen an der Pinnwand flattern.

»Aber du magst ihn«, stellt Hayden fest. Sie geht an mir vorbei und lädt schwungvoll ihre Taschen auf einem der Stühle ab.

»Absolut nicht!« Ich stelle meine Sachen an der Wand neben der Tür ab.

»Du solltest wirklich niemals in Erwägung ziehen, unter die Schauspieler zu gehen.«

»Aber er ist aufgeblasen, arrogant, eingebildet und …«

»… ein Großkotz«, ertönt eine tiefe, samtig warme Stimme aus dem Flur.

Ich fahre zusammen, stecke meinen Kopf durch die Tür. In der Dunkelheit am anderen Ende des Flures lehnt Alex an der Wand zu Viktorias verschlossenem Büro.

Sprachlos starre ich ihn an. Noch schlimmer geht es wohl kaum. Einen Augenblick lang weiß ich nicht, ob mir die Frankie-Sache peinlicher ist oder dieser Moment, entscheide mich dann aber für jetzt. Ganz eindeutig. Ich glühe wie ein Heizofen. Plötzlich stößt mir Hayden, die sich an mir vorbei auf den Flur geschoben hat, ihren Ellbogen in die Seite. »Sag doch was«, zischt sie.

»Die Sonne scheint«, platzt es aus mir heraus.

Neben mir stöhnt Hayden auf.

»Ja. In der Tat«, erklärt Alex und kommt auf uns zu, bleibt vor der Küchentür stehen. »Schon seit gut vier Wochen.« Um seine Mundwinkel herum zuckt es.

»Ich weiß. Ich dachte nur, dass … es heute besonders

heiß ist.« Und das ist es tatsächlich. Ich jedenfalls schwitze plötzlich entsetzlich.

»Was wollen Sie von Viktoria?«, erkundigt sich Hayden, und ich frage mich, wieso um Himmels willen ich nicht auf eine solch naheliegende Frage gekommen bin. Allein schon seine Nähe scheint irgendwie die Synapsen in meinem Gehirn zu blockieren.

»Viktoria?«

»Unsere Chefin. Sie ist noch nicht da, aber Sie stehen vor ihrem Büro.«

»Ich wollte nur fragen, wo ich Lucy finde oder wann sie in der Musikschule ist.«

»Und was wollen Sie von Lucy?«, hakt Hayden nach, die sich offenbar bemüßigt fühlt, für mich zu sprechen, was natürlich unter Umständen daran liegen könnte, dass ich noch immer keinen Ton herausbekomme.

Mein Herz schlägt ganz unregelmäßig.

»Ihr ihren Bolero bringen.«

Vor Enttäuschung bleibt mir die Luft weg.

Er tritt auf mich zu, zieht seine Hand hinter seinem Rücken hervor, reicht es mir.

Mühsam quetsche ich ein »Danke« heraus.

Er nickt mir zu, schiebt sich an uns vorbei und geht.

Ich lausche dem Knarzen und Quietschen der Stufen und frage mich, wie ich nur so blöd sein konnte. Hätte ich doch die Klappe gehalten.

»Lauf ihm nach!«, fordert Hayden mich auf. »Sprich mit ihm!«

»Bist du verrückt? Und mir einen Korb geben lassen? Nein.« Was, wenn er jetzt sauer ist, weil er gehört hat, was ich gesagt habe? Was, wenn er aus einem ganz anderen Grund hier war und ich ihn mit meinem blöden Spruch in die Flucht geschlagen habe? Aber was, wenn das nicht der Fall ist und er mir tatsächlich nur die Jacke bringen wollte? Ich weiß nicht, welche Vorstellung schlimmer ist.

Enttäuscht gehe ich in die Küche zurück, lasse mich auf einen Stuhl fallen, stemme die Ellbogen auf den Tisch und mein Kinn in meine Hände.

»Soll ich dir einen Tee machen?«, fragt Hayden mitleidig.

Ich nicke wortlos, nehme aber plötzlich aus dem Augenwinkel eine Bewegung vor dem Fenster wahr, die so gar nicht wie ein Vogel wirkt.

Irritiert wende ich den Kopf, doch der Blick auf die gegenüberliegende Häuserzeile ist frei und etwas anderes nicht zu entdecken.

Gerade will ich aufstehen und Hayden helfen, als ich erneut etwas vorbeihuschen sehe. Etwas, was wie … ein Papierflieger aussah!

Ich erhebe mich zögerlich, trete zum Fenster und spähe an der Hauswand nach oben? Vielleicht ein Kind, das aus dem Haus nebenan Papierflieger wirft? Es ist ja kaum vier Meter entfernt.

Doch ich kann kein geöffnetes Fenster entdecken und da kommt schon der nächste Flieger. Und segelt geradewegs auf mich zu. Ich fange ihn mit der Hand auf, stelle fest, dass etwas auf seinem Flügel geschrieben steht, und lese:

Außerdem wollte ich fragen, ob du mit mir ausgehen würdest.

Ich muss den Satz mehrmals lesen, bis ich seine Bedeutung realisiere. Ein kribbelndes, perlendes Glücksgefühl steigt in mir auf wie Kohlensäure in einer Mineralwasserflasche, die gerade zischend geöffnet wurde.

Suchend blicke ich mich um, entdecke Alex im Baum an der Ecke. Er hockt auf einer Astgabel.

»Was tust du da?«, rufe ich mit ungläubigem Lachen.

»Weißt du eigentlich, wie verdammt schwierig es ist, so ein kleines Fenster zu treffen?«, entgegnet er mit schiefem Grinsen und springt mit einem eleganten Satz zu Boden. »Außerdem bin ich, glaube ich, gerade Frankie begegnet. Vielleicht war es aber auch Frankie. Oder Frankie. Auf jeden Fall sah er ziemlich überrascht aus, mich hier oben anzutreffen.«

»Das glaube ich«, antworte ich glucksend.

»Und? Gehst du mit mir aus?«

Hayden tritt zu mir, nimmt den Papierflieger aus meinen Händen, blickt von ihm zu Alex und zu mir.

Ich habe alle Mühe, nicht wie ein Honigkuchenpferd zu grinsen.

»Ich schätze, das bedeutet, dass sie einverstanden ist«, sagt Hayden an meiner Stelle und rollt mit den Augen.

»Aber es ist kein Date!«, protestiere ich. Nachdem unser letztes Date ja schon katastrophal genug war, weiß ich wirklich nicht, ob das eine gute Idee ist.

»Und ob es ein Date ist! Ich bestehe darauf!«, sagt er, und angesichts seines spitzbübischen Lächelns kann ich nicht anders, als ebenfalls zu lächeln. »Aber hast du denn die Prüfungsanmeldung schon abgeschickt?«

Was? Wie kommt er denn jetzt darauf? »Ähm … na ja, nicht direkt …«

»Wie soll ich dich denn dann begleiten? Ich habe es doch versprochen.«

»Das war kein Traum?«, rutscht es mir heraus. Ich krame den Erinnerungsfetzen hervor, in dem ich in seinen Armen lag und ihn gefragt habe, ob er mitkommen würde.

»Nicht dass ich wüsste«, erwidert er.

Ich laufe rot an. Ob vor Verlegenheit oder vor Freude, kann ich gar nicht sagen.

»Also wann ist die Deadline für die Anmeldung?«, hakt er nach.

»Nächsten Montag.«

»Und die Prüfung selbst?«

»Zwei Wochen darauf an einem Samstag.«

»Und wann bist du heute hier fertig?«

»Leider ziemlich spät. Und dann habe ich im Anschluss an den Unterricht hier noch meine Geigenkinder zu Hause.«

»Hm. An den anderen Abenden kann ich leider nicht und am Wochenende bin ich nicht da. Geschäftliche Gründe. Keine Frauen, falls du das jetzt denkst. Aber wie sieht es nächsten Montag aus? Dem großen Tag der Deadline?«

Verlegen stottere ich: »Da findet dann ausnahmsweise der Mittwochstermin im Seniorenheim schon am Montag statt, weil …«

»Schon gut.« Er lacht. »Also dann hole ich dich eben im Anschluss an deinen Unterricht hier ab, fahre dich ins Seniorenheim und warte dort auf dich, bis du fertig bist. Sonst findest du mir eine neue Ausrede, um dich nicht mit mir treffen zu müssen.« Er zwinkert mir zu.

»Ernsthaft?«

»Ernsthaft. Und anschließend gehen wir ins Kino oder in einen Club oder setzen uns an den Fluss oder was du willst, okay?«

»Okay«, hauche ich und kann nicht fassen, dass er sich offenbar wirklich für mich interessiert, es nicht abwarten kann, mich wiederzusehen.

»Dann hoffe ich, dass du deine Anmeldung bis dahin tatsächlich abgeschickt hast, sonst …«

»Sonst was?«

»Sonst fühle ich mich genötigt, nicht das Papierboot, sondern dich zur Insel zu bringen und so lange dort sitzen zu lassen, bis du dich bereit erklärst, mit mir zur Prüfung anzutreten. Und selbstverständlich werde ich die ganze Zeit *My Cocaine* singen. Und glaube mir – bei mir klingt das noch viel schiefer als bei dir.«

»Welches Kokain?«, hakt Hayden irritiert nach und wirft mir einen sonderbaren Blick zu.

Ich glühe noch immer. Inzwischen eindeutig vor Freude. »Dann also nächsten Montag.«

»Wenn du bis dahin die Anmeldung abgeschickt hast.«

Ich zögere, nicke dann aber. »Okay.«

»Wie viel Uhr?«

»Um siebzehn Uhr bin ich hier fertig.«

»Dann bin ich Punkt siebzehn Uhr hier.«

»Ich auch.« Verdammt, ich grinse schon wieder so debil. Ich kriege es einfach nicht aus meinem Gesicht. »Was ja auch klar ist, denn da endet der Unterricht. Deshalb bin ich hier. Natürlich könnte ich auch gehen. Aber ich warte. Auch wenn das selbstverständlich nicht nötig ist, wenn du ebenfalls um fünf hier bist. Ich würde aber auch warten, wenn du dich verspätest. Das wollte ich damit sagen.«

»Ich weiß«, erwidert er grinsend und schlendert, die Hände in den Taschen, davon.

Ich könnte mich ohrfeigen. Wieso um alles in der Welt rede ich jedes Mal solch einen Blödsinn, wenn er in der Nähe ist? Aber vielleicht kommt es ja nur mir so vor.

»Himmel«, sagt Hayden und schüttelt den Kopf. »Ich hoffe, du redest nicht jedes Mal solch einen Blödsinn, wenn er in der Nähe ist.«

Ich schlage mir die Hände vors Gesicht. Dieser Typ schafft mich einfach.

Alex

»Diese Hitze schafft mich«, schnauft Mitch, der mir vor dem Firmengebäude entgegenkommt. Sein Gesicht ist ebenso wie sein kahler Kopf mit feinen Schweißperlen übersät und ununterbrochen tupft er sich mit einem Taschentuch darüber. Tatsächlich kommt es mir so vor, als hätte er bereits einen Sonnenbrand auf seinem Kopf, so rot, wie dieser leuchtet. Einige Schweißtropfen entkommen dem Tuch, rinnen ihm über die Stirn, werden von seinen dichten Augenbrauen aufgefangen.

»Wird wohl noch eine Weile anhalten«, sage ich und bemühe mich um einen bedauernden Tonfall, auch wenn mir das gerade ziemlich schwerfällt, so guter Laune, wie ich bin. Tatsächlich bin ich mir sicher, problemlos ebenso durch die Wüste wandern zu können wie durch die Antarktis. »Sag mal, hast du kurz Zeit?«

Er schüttelt den Kopf. »Ich muss jetzt weg, aber

gegen siebzehn Uhr bin ich wieder da, worum geht es denn?«

»Um die Sache mit der Musikschule.«

»Ah …« Neugier blitzt in seinen Augen auf. »Bist du da weitergekommen?«

»Ja und nein. Auf jeden Fall aber habe ich interessante Neuigkeiten.«

»Hm. Da bin ich aber gespannt.« Er zieht ein zweites Tuch hervor, wischt sich über den Nacken.

»Außerdem sollten wir uns demnächst mal zusammensetzen und über die Firma reden.«

Mitch hält in der Bewegung inne, runzelt die Stirn, was den Eindruck erweckt, seine beiden buschigen Brauen würden zusammenstoßen.

»Ich weiß, bislang war es nicht nötig, dass ich irgendeinen besonderen Posten bekleide, aber … Verstehe mich nicht falsch: Du bist der Partner meines Vaters und obendrein Geschäftsführer, und es gibt wirklich niemanden, dem ich mehr vertrauen würde und den ich mir in dieser Position besser vorstellen könne als dich, aber ich denke, wir sollten uns überlegen, wie die Zukunft der Firma aussehen sollte.«

Mitch lässt die Hand langsam sinken, der Ausdruck in seinem Gesicht ist sonderbar. »Siebzehn Uhr in meinem Büro.«

Mein Handy vibriert, und ich ziehe es aus meiner Tasche, während ich antworte. »Alles klar, dann bin ich …« Ich halte inne, starre den Namen auf dem Display an.

Bevor ich es zurückziehen kann, hat Mitch sich schon vorgebeugt und an mir vorbei auf das Handy gespickt. »Ist das nicht deine Ex?«

Ich nicke abgehackt.

»Sex mit der Ex, was? Du kleiner Schwerenöter, Respekt.« Er lacht dröhnend, und ich zucke zusammen, schiebe das Handy hastig in die Tasche zurück.

»Ach komm«, sagt er und stößt mich mit dem Ellbogen an. »Sag nicht, dass du ihr hinterhertrauerst bei dem Leben, das du führst. Ein Mann kann sich wirklich kein schöneres wünschen. Mein Rat: Geh aus, such dir ein hübsches Blondchen mit viel Busen und lass es krachen. Hilft bei mir auch immer – ich hatte noch nie Liebeskummer.« Wieder lacht er dröhnend.

Ich weiß, dass er es nur gut meint, doch es gibt Momente, in denen ich wirklich an mich halten muss, um nicht etwas zu sagen oder zu tun, was ich später bereuen würde. Zum Glück erinnert er sich offenbar seines Termins und eilt mit einem »Wir sehen uns dann nachher!« davon.

Ich atme auf, lese mir erneut die Nachricht durch. Ob ich mich noch an die Nacht am Fluss erinnern könne, in der wir den Sternschnuppenregen beobachtet haben, als wir mit dem alten Wohnmobil ihres Vaters durch Kanada gefahren sind. Sie hätte plötzlich daran denken müssen, als sie heute Nacht eine Sternschnuppe gesehen hat. Zwei Sätze nur, und doch reichen sie aus, um mich mit Erinnerungen zu fluten. Erinnerungen an lachende Stunden, an Sonnentage am Meer, an Kinoabende, die wir nicht im Kino, sondern knutschend davor verbracht haben, an ganze Tage, die wir im Bett lagen, ohne zu schlafen.

Zwei Sätze, die mich aus dem Konzept bringen. Sätze von Sarah. Der einzigen Frau, die, abgesehen von Lucy, je auf dem Hausboot war. Was bezweckt sie nur damit? Mit dieser Nachricht? Ihre Worte zu lesen, lässt all die alten Gefühle wieder hochkommen. Gefühle, die alles überlagerten und das Hier und Jetzt unwichtig erscheinen ließen. Vielleicht war damals einfach nicht unsere Zeit. Wenn ich die Augen schließe, sehe ich sie wieder vor mir, am Steg des Sees. In dem kleinen Fischerdorf, in dem wir uns das erste Mal begegnet sind. Wie sie über die Schulter zu mir sieht, mich anlacht …

Lucy

»Und? Von Alex geträumt?«, begrüßt mich am nächsten Tag Hayden, kaum dass ich die Küche betrete. Sie hat dienstags immer früher Unterricht als ich.

»Warum sollte ich?«, frage ich und stelle meine Sachen ab.

»Ach, komm schon. Weil du total in ihn verschossen bist, wie gestern unschwer zu erkennen war.«

»So ein Quatsch«, murmele ich, »ich war lediglich überrumpelt von seinem Auftauchen.«

»Dann hast du die Anmeldung noch nicht abgeschickt?«

Ich schüttele den Kopf. »Ich lasse mich doch nicht von ihm unter Druck setzen.« Dann fällt mir ihr Grinsen auf. »Wie kommst du jetzt darauf?«

»Deswegen«, sagt sie und hält mir etwas hin.

»Ein Papierflieger!«

»Mit einer Botschaft.«

»Was?« Ich reiße ihn ihr beinahe aus der Hand. Auf dem linken Flügel steht: *Noch 7 Tage bis zur Deadline* … Auf dem rechten: … *und unserem Date.*

Ich renne zum offenen Fenster, suche die Gegend ab.

Hayden lacht. »Du bist zu spät. Der lag schon hier auf dem Boden, als ich kam.«

»Oh.« Enttäuscht kaue ich auf meiner Wange.

»Du magst Alex also doch!«, triumphiert sie. »Gib es zu.«

Ich wende mich vom Fenster ab, antworte nicht, betrachte stattdessen lächelnd den Papierflieger. Ein berauschendes Glücksgefühl macht sich in mir breit, denn er ist mit blauen Tupfen übersät.

***

Am Mittwoch kontrolliere ich bei meiner Ankunft als Erstes die Küche, suche Arbeitsplatte, Tisch, Stühle und den Boden ab, kann jedoch nichts finden und schleiche enttäuscht die Treppe hinauf in mein Unterrichtszimmer. Als ich mir drei Schüler später einen Tee mache, finde ich in der Küche Stephan vor, der sich mit dem Rücken zu mir verwirrt am Kopf kratzt und etwas in seinen Händen dreht. »Ein Date?«

Ich stürze auf ihn zu, Stephan fährt erschrocken zusammen und mustert mich im nächsten Moment angesichts meines Jubels doch sehr befremdlich. »Bin ich nicht etwas zu alt für dich?«

Der Papierflieger hat diesmal rosa Tupfen und trägt die

Aufschrift: *Noch 6 Tage bis zur Deadline … und unserem Date.*

***

Am Donnerstag mache ich mir so oft einen Tee oder laufe an der Küche vorbei aufs Klo, dass Viktoria schließlich mit finsterer Miene ihren Kopf aus der Bürotür steckt und mich fragt, ob ich eine Blasenschwäche oder gern einen anderen Job hätte.

Doch es lohnt sich. Auf dem Rückweg vom letzten Gang zum Klo liegt ein Papierflieger auf der Tischkante, rutscht, vom Windzug getroffen, gerade auf den Stuhl hinab. Ich renne zum Fenster, recke den Kopf, habe Alex jedoch schon wieder verpasst. Zum Glück ist bei diesen Temperaturen aber immer das Fenster offen. Nicht auszudenken, der Flieger würde unten landen und einem Passanten in die Hände fallen. Oder meinen Schülern.

Mit breitem Grinsen im Gesicht pflücke ich den Papierflieger vom Stuhl. Er hat braune Tupfen und ist beschriftet mit: *Noch 5 Tage bis zur Deadline … und unserem Date.*

***

»Und?« Emily steckt ihren Kopf in mein Unterrichtszimmer. Es ist Freitag.

»Nichts«, sage ich geknickt, als ich vorbeieile.

»Aber es ist schon so spät«, wundert sie sich.

Und damit hat sie recht. Leider. In anderthalb Stunden ist Schluss.

Kurz darauf klopft Hayden an.

Ich werfe nur einen Blick in ihr Gesicht und weiß schon die Antwort. »Immer noch nichts.«

Sie zuckt entschuldigend mit den Schultern und verschwindet wieder.

Als ich schließlich Miri verabschiede und mein letzter Schüler auf sich warten lässt, halte ich es nicht mehr aus und renne erneut in die Küche.

Die gleiche Idee hatten offenbar auch Emily, Mona, Hayden und Stephan, der inzwischen mitbekommen hat, worum es geht.

Sie drängen sich am Fenster und spähen über die Schultern des Vordermannes hinweg nach draußen.

Doch weder ist ein Papierflieger noch Alex zu sehen. Offenbar hat er es heute nicht geschafft, in einer seiner Pausen herzufahren. Vermutlich waren sie mit Terminen belegt. Oder er hat das Interesse an mir verloren.

Noch bevor ich ein Wort sagen kann, tritt Viktoria hinter mir in die Küche. »Ich dachte, das hier wäre eine Musikschule.« Ihre schneidende Stimme holt alle schlagartig vom Fenster weg. »Stattdessen ist es offenbar ein organisierter Kaffeeklatsch mit Aussicht.«

Unter großem Geräusper und verlegenen Blicken drängen sich plötzlich alle vor der Pinnwand und insbesondere die Brandschutzverordnung erfreut sich großen Interesses.

Viktoria lässt ihren Blick misstrauisch von einem zum anderen gleiten, bevor sie an das Fenster tritt, um hinauszuspähen. Im selben Moment fährt sie mit einem spitzen Aufschrei zurück und duckt sich, während kurz nacheinander in Form von drei Papierfliegern grüne, rote und gelbe Tupfen über ihren Kopf hinweg ins Zimmer hereinsegeln.

Ich muss mir die Hand vor den Mund schlagen, um

nicht aufzulachen vor Erleichterung und Freude. Klar, dass er jetzt mehrere auf einmal schicken musste, schließlich bin ich am Wochenende nicht in der Musikschule. Ein Kerl, der wahrlich mitdenkt.

Viktoria derweil hat sich aufgerichtet, und nach einem weiteren – deutlich vorsichtigeren – Blick aus dem Fenster fischt sie einen der Papierflieger vom Tisch. »Noch drei Tage.« Sie greift nach einem anderen, liest: »Noch zwei Tage.« Verärgert sieht sie auf. »Was soll das bedeuten? Was ist hier los?«

»Ein Schülerstreich«, behaupte ich, presse anschließend die Kiefer zusammen, um nicht zu lachen, und hoffe inständig, dass sie keinen Blick auf die andere Seite der Flieger wirft.

Sie fixiert mich und ihre Augen verengen sich, doch da sie offenbar nicht weiß, wie sie mir das Gegenteil beweisen soll, wirft sie die Papierflieger von sich. »Wenn das so weitergeht, sperre ich diese verdammte Küche zu!« Erhobenen Hauptes rauscht sie hinaus.

Kaum ist sie verschwunden, segelt ein letzter einsamer Papierflieger herein, und ich renne zum Fenster, sehe im dritten Stock des gegenüberliegenden Hauses gerade noch, wie hinter einem geöffneten Fenster die Gardinen zugezogen werden. Von da oben also kamen die Papierflieger.

»Hier«, sagt Hayden und reicht mir die aufgesammelten Flieger. Ich streiche sacht mit dem Finger über die Tupfen, lächele in mich hinein.

Sorry, steht auf dem Flügel des Nachzüglers. Dahinter ist ein Smiley gemalt. Er sieht aus, als hätte er die Masern, denn auch er ist getupft.

Kapitel 12

Lucy

Nervös knabbere ich an den Fingernägeln meiner linken Hand, als ich am Montagvormittag vor meinem Laptop sitze. Der Zeigefinger meiner rechten schwebt über dem Enterbutton. Im Schnelldurchlauf jagen die Erinnerungen an die Prüfung, an mein Versagen, an Ella, an Marc durch meinen Kopf. Mein Magen verkrampft, und mein Herz schlägt so heftig, dass es schmerzt. Vielleicht ist es aber auch die pure Erinnerung, die schmerzt.

Ich rufe mir Alex' Worte ins Gedächtnis. Er wird dabei sein. Er wird mir zur Seite stehen.

Das Wochenende ist sonderbar verlaufen. Ich fühlte mich schwebend, hatte das Gefühl, alles könne mir gelingen. Nicht einmal das Telefonat mit meinen Eltern, die ja seit letzter Woche zu der alten Litanei nun auch noch die Vorwürfe um mein heimliches Verschwinden von ihrer Feier anbrachten, machte mir etwas aus. Sonja lacht schon über mein Dauergrinsen, während Chris mich mit Argwohn mustert, wann immer mich die beiden sehen.

Mein Blick gleitet über die Papierflieger, die dem

Countdown nach geordnet auf dem Sideboard über dem Schreibtisch aufgereiht sind. Auf dem Flügel des dritten Fliegers vom Freitag steht: *Noch 1 Tag bis zur Deadline … und unserem Date.* Auf dem des Fliegers, der heute Morgen in meinem Briefkasten lag, steht nur ein Wort: *Endlich!*

Und da ist es wieder, dieses sprudelnde Gefühl von aufgeregter Vorfreude, diese seltsam ziehende Sehnsucht, dieses Kribbeln in meinem Magen. Sie verdrängen meine Angst bezüglich der Prüfung.

Ich stemme mein Kinn in die Hand, lächele den Papierflieger an, hole tief Luft.

Und drücke auf Enter.

***

Kaum hat Rose ihre Geige eingepackt, dreht sie sich um und umarmt mich heftig.

»Oh«, gebe ich überrascht von mir.

»Ich hab dich lieb«, verkündet sie mit der Selbstverständlichkeit einer Sechsjährigen.

»Danke«, stammele ich perplex und streichele etwas unbeholfen ihren Kopf. »Ich dich auch.«

Sie strahlt mich an, greift nach ihrer Geige und hüpft aus dem Zimmer.

Vor der Tür wartet ihre Mutter, nimmt sie liebevoll in Empfang und erkundigt sich nach ihren Fortschritten. Ja, es geht auch so, denke ich mit leiser Wehmut, als auch ich meine Sachen zusammenpacke. Noch nie habe ich dem Ende eines Unterrichtstages so sehr entgegengefiebert wie heute.

Alle paar Minuten habe ich zur Uhr geblickt, bis Timo

mir großzügig verkündet hat, ich dürfe ruhig aufs Klo gehen, wenn es so dringend sei.

Da musste ich dann doch über mich selbst lachen.

Ich schließe die Fenster, meine Bluse klebt mir am Rücken. Die drückende Hitze von heute Mittag ist im Laufe der letzten Stunde umgeschlagen in Schwüle und der Horizont hat sich verfinstert.

Endlich habe ich auch die letzten Notenblätter in meiner Tasche verstaut und meine eigene Geige sicher verpackt und gehe die Treppe hinunter. Noch schnell meine Cola aus dem Kühlschrank holen und auf gehts.

Kaum habe ich die Küchentür aufgedrückt, frage ich belustigt: »Gibts hier Sonderangebote oder was?« Tatsächlich stecken Emily, Hayden und Mona die Köpfe über einer Zeitung zusammen.

Jetzt fahren sie zusammen und Hayden stottert: »Oh, hey, du bist es. Schön, dich zu sehen, hallo.«

»Was ist hier los?«, frage ich misstrauisch.

»Nichts.«

»Warum versteckst du dann die Zeitung hinter dem Rücken?«

Die drei wechseln einen beunruhigten Blick.

»Gib sie mir!«

»Versprichst du, dass du dich trotzdem mit Alex triffst?«, fragt sie.

Ich bleibe ihr die Antwort schuldig, ziehe ihre Hand mit der Zeitung nach vorn. Es ist der monatlich erscheinende Stadtanzeiger. Ich blättere ihn durch.

Und starre auf das Bild von Alex. Die Blondine in seinem linken Arm hat ihr sehr langes und sehr nacktes Bein über seinen Oberschenkel gelegt, die Rothaarige zu seiner Rechten hat ihre Hand unter sein Hemd geschoben. Es ist ein bebilderter Kurzbericht über die Eröffnung einer Bar namens *Club Banana*.

Mein Gesichtsausdruck muss Bände sprechen, denn Emily legt sogleich ihren Arm um mich und Mona behauptet: »Das ist sicher alles gar nicht so, wie es aussieht.«

Meine Hand krampft sich um das Papier. Ich mache mich stumm von Emily los, drehe mich um und gehe. Schmerz und Wut fluten mich, mein Herz hämmert wild in meiner Brust.

»Lucy!«, ruft Hayden und eilt mir nach.

Ich schüttele den Kopf. »Ich muss kurz allein sein. Bitte.«

Hayden beißt sich auf die Lippe, bleibt aber stehen, und ich gehe allein die Stufen hinunter und aus dem Gebäude.

Als ich vor die Tür trete, quetscht etwas mein Herz zusammen.

Keine zehn Meter entfernt lehnt Alex an seinem Wagen. »Hallo, schöner Tupfenrock, das Hausboot wartet. Und diverse Frankies haben mich auch schon begrüßt.«

Ich kämpfe mit den Tränen, gehe weiter, ohne ihn eines Blickes zu würdigen. Die Enttäuschung bohrt sich mit jedem Atemzug tiefer in mein Herz.

»Hey, hier drüben!«

Ich sehe starr geradeaus, blinzele die Tränen weg, will die Straßenseite wechseln.

»Okay, so langsam beschleicht mich das Gefühl, dass du mich absichtlich ignorierst.«

Jetzt kann ich doch nicht mehr an mich halten. »Du bist ja ein wahrer Einstein. Wie kann es sein, dass dir noch nicht der Nobelpreis verliehen wurde?«

Unglücklicherweise muss ich stehen bleiben, da die

Fußgängerampel rot ist und der Verkehr bereits eingesetzt hat. Im nächsten Moment ist Alex an meiner Seite. »Lucy, was ist los? Gibt es ein Problem?«

»Dich.« Die Wut drängt meine Tränen zurück.

»Das habe ich mir jetzt schon fast gedacht. Ich verstehe nur nicht, warum.«

»Das war mir klar, dass du das nicht verstehst«, schnaufe ich und bin froh, dass ich wieder im Vollbesitz meiner sprachlichen Fähigkeiten bin. Wieso ist das eigentlich immer nur dann der Fall, wenn ich sauer auf ihn bin? »Für dich ist es offensichtlich völlig normal, nach einem Date zu fragen, während du dir die Nächte mit anderen Frauen um die Ohren schlägst.«

»Wovon redest du?«

»Hiervon!« Aufgebracht schleudere ich ihm den zusammengeknüllten Stadtanzeiger entgegen.

Er fängt ihn ab, bevor er zu Boden fällt, blättert ihn mit gerunzelter Stirn durch.

Jetzt hat er sein Bild entdeckt, starrt reglos darauf. Reglos und wortlos.

Doch das ist sein Problem, nicht meins.

Ich lasse ihn stehen.

Erst als ich die andere Straßenseite erreicht habe, lasse ich meinen Tränen freien Lauf.

***

»Wieder die Hitze, was?«, fragt Rita mitleidig, als ich hastig trinke und anschließend den Pappbecher zerdrücke und wütend in den Mülleimer pfeffere.

Der Einfachheit halber nicke ich.

»Ich kann es auch kaum abwarten, dass es endlich regnet«, stöhnt sie und fächelt sich mit einem Hefter Luft zu. Tatsächlich hat sich der Himmel verdüstert und in den Wolken brütet der Donner.

»Also?«, fragt sie. »Gehen wir jetzt zu Alice?«

Ich nicke erneut und folge ihr, versuche, mich auf dem Weg zu sammeln.

Alex, Alex, Alex. Noch immer hat kaum etwas anderes in meinem Kopf Platz. Wie konnte er nur! Wieso hat er das getan? Warum habe ich mich wieder von einem Mistkerl um den Finger wickeln lassen? Und vor allem: Weshalb tut es so unfassbar weh?

Das einzige Mittel gegen dieses Gedankenkarussell: noch mehr Arbeit.

Nie war ich so froh darüber, im Seniorenheim arbeiten zu können, wie heute. Würde ich jetzt zu Hause sein, ich würde heulend auf der Couch liegen, vielleicht auch wütend irgendetwas gegen die Wand schmeißen.

Rita klopft leise an, drückt dann vorsichtig die Tür auf. »Guten Tag, Alice, Sie haben Besuch.«

Ich hole tief Luft, versuche, den Gedanken an Alex beiseitezuschieben. Diese Menschen brauchen mich, ich kann sie nicht hängen lassen. »Hallo, Alice, wie geht es Ihnen heute?«, frage ich freundlich, auch wenn ich weiß, dass ich nie eine Antwort erhalten werde. Während ich bei den meisten anderen Bewohnern des Seniorenheims, wenn schon nicht die Lieblingsstücke, dann doch inzwischen zumindest weiß, welche Art von Musik sie mögen, bin ich bei Alice noch keinen Schritt weitergekommen. »Eine neue Woche hat begonnen«, rede ich nichtsdestotrotz weiter. Vielleicht einfach nur, damit meine eigene Stimme mir Mut macht. Ich werfe Rita verunsichert einen kurzen Blick zu, doch sie nickt mir aufmunternd zu.

»Das Wetter soll schön werden«, fahre ich fort. »Vielleicht setzen Sie sich ja nachher noch ein wenig in den Garten raus. Ich habe Ihnen ein paar neue Musikstücke mitgebracht.« Ich packe mein Instrument aus, während Rita sich neben Alice setzt.

Bei Alice bleibt Rita immer im Zimmer, nicht, weil ich befürchte, Alice könnte aggressiv werden oder so, sondern weil ich nicht in der Lage bin, einzuschätzen, wie sie sich fühlt und was sie braucht. Ich bewundere Rita sehr für ihre Feinfühligkeit und Erfahrung im Umgang mit dementen Menschen.

Ich versuche es mit Musik aus verschiedenen Epochen, verschiedenen Stilrichtungen, von Volksmusik über Klassik bis hin zu Jazz, beobachte genau die Reaktionen der alten Frau, suche nach kleinen Zeichen des Wiedererkennens, des Interesses, doch da ist nichts. Stoisch starrt sie zu Boden, das Einzige, was sich bewegt, sind ihre von zusätzlichem Parkinson zitternden Hände.

Als ich eine halbe Stunde später die Geige wieder einpacke, versuche ich, mir meine Enttäuschung nicht anmerken zu lassen. »In Ordnung, Alice. Für heute machen wir Schluss. Ich hoffe, es hat Ihnen gefallen. Vielen Dank für Ihre Zeit.«

Beim Abschied drücke ich vorsichtig die Hand der alten Frau. Ihre Haut ist knittrig und dünn wie Pergament.

»Ich komme in einer halben Stunde für die Muskelübungen wieder«, höre ich Rita ihr sagen, während ich leise aus dem Zimmer gehe. In Momenten wie diesen frage ich mich, wie viel Sinn das macht, was ich hier tue, und ob meine Familie nicht doch recht hat, mich deswegen für verrückt zu erklären.

Bedrückt verlasse ich kurz darauf das Seniorenheim, bleibe vor der Tür wie angewurzelt stehen. »Alex!«

»Ich bin ein Idiot, okay?« Angespannt fährt er sich mit der Hand über die Stirn.

»Ja, sehe ich genauso.«

»Aber nur für den Fall, dass es dich noch interessiert: Ich hatte keinen Sex. Ich habe auch nicht einmal geküsst. Und ich habe diesen Abend so was von bereut. Ich bin zu der Party gegangen, weil ich vor etwas davongelaufen bin. Vor dem, was du in mir auslöst. Aus Angst.«

Ich starre ihn an, weiß nicht, was ich denken, nicht, was ich fühlen soll.

»Ich dachte nur, dass du das wissen solltest.«

Ich bin noch immer nicht in der Lage, etwas zu entgegnen, in meinem Kopf herrscht absolutes Chaos.

Er nickt langsam, dreht sich um und geht.

Alex

Der Fluss funkelt und glitzert, als wolle er mit aller Macht den Rest Sonnenlicht einfangen, bevor die dunklen Wolken den gesamten Himmel verdüstern und das Gewitter herniedergeht.

Ich bücke mich nach einem Stein, werfe ihn flach über

den Fluss, will ihn über das Wasser springen lassen, doch er geht direkt beim ersten Auftreffen sang- und klanglos unter. Wie meine Chance mit Lucy. Das Sinnbild meiner Situation.

Wütend greife ich nach einem weiteren Stein, pfeffere ihn ins Wasser.

Zwei in einiger Entfernung schwimmende Enten machen sich eilig davon.

Müde fahre ich mir über die Augen. Als ich die Hand wieder sinken lasse, stutze ich.

Ein Papierboot schwimmt an mir vorbei.

Und es hat Tupfen.

Ich sehe auf.

Lucy steht neben der Weide, die Arme unsicher um ihren Oberkörper geschlungen.

Langsam gehe ich auf sie zu.

»Du hast sie nicht einmal geküsst?«, empfängt sie mich. »Keine von beiden?«

»Keine von beiden und auch sonst niemanden. Und … falls es dir eine Genugtuung ist: Es war die langweiligste Party meines Lebens. Und dass sie mich angefasst haben, hat mich kaltgelassen. Du lässt mich jedoch nicht kalt. Du bringst etwas in mir zum Brodeln, Lucy. Sie hingegen waren leere Masken.«

Lucy rührt sich nicht, sagt nichts.

»Austauschbare Menschen …«, fahre ich angespannt fort, »… die sich mit großem Getue in die Arme fallen, obwohl sie kaum etwas über den anderen wissen, was über Belanglosigkeiten hinausgeht. Haufenweise Floskeln, inhaltsleeres Gerede und noch mehr Alkohol. Und das Schlimmste daran ist …« Ich zucke mit den Schultern, lächele schief. »Wahrscheinlich war sie kein bisschen anders als all die anderen Partys, auf denen ich war.«

Donner grollt in der Ferne über die Ebene.

Lucy sieht beiseite, über den Fluss.

Ich räuspere mich. »Nicht die Party war anders. Ich bin anders. Deinetwegen. Und das ist ziemlich verrückt.«

Lucy runzelt die Stirn, scheint zu denken, dass vor allem der letzte Satz der Wahrheit entspricht.

Ich spüre einen Tropfen auf meiner Hand, kurz darauf einen auf der Stirn.

Jetzt wendet sie sich mir doch endlich wieder zu, sieht mich merkwürdig an, wobei ich das von ihr ja schon fast gewohnt bin. »Warum erzählst du mir das?«

»Weil … na ja …« Ich fahre mir mit der Hand über den Nacken. »… ich dachte einfach, dass … dich das vielleicht interessiert. Nein. Mehr als das. Ich *hoffe*, dass dich das interessiert.« Erneut räuspere ich mich, fühle mich angespannt und unbehaglich. Noch nie hatte ich das Gefühl, mich für mein Privatleben rechtfertigen oder diesbezüglich Dinge klarstellen zu müssen. »Also nur unter uns natürlich.« Mit einem schiefen Lächeln ergänze ich: »Bitte nicht an die Presse weitergeben.«

Sie mustert mich noch immer durchdringend und ich halte die Luft an. Plötzlich zuckt es um ihren Mund, sie versucht, ihr Lächeln hinter ihrer Hand zu verstecken, doch sie schafft es nicht, es zu unterdrücken, und schließlich gibt sie auf und lacht, laut und aus voller Kehle.

Mit allem hätte ich gerechnet, aber nicht damit. Fasziniert lasse ich dieses Lachen auf mich einwirken, brauche einen Moment, um meine Sprache wiederzufinden. »Um die Wahrheit zu sagen: Ich kann zurzeit kaum mehr an etwas anderes denken als an dich. Frag mich nicht wieso. Ich kann es nicht erklären. Ich weiß nur, dass es so ist. Ich kann verstehen, wenn du jetzt nichts mehr von mir wissen willst. Ich dachte nur, dass … dass du das wissen solltest.« Mein Herz schlägt mir bis zum Hals.

Sie geht jedoch plötzlich an mir vorbei, zieht die Schuhe aus und lässt sich zu meiner Überraschung am Ufer nieder und die Beine ins Wasser baumeln.

»Was tust du da?«, frage ich irritiert.

»Nachdenken.«

»Es wird gleich gewittern.«

»Das wird weiterziehen«, behauptet sie und starrt aufs Wasser hinaus, auf dem Mückenschwärme auf und ab tanzen und ein Kormoran sich mit schwerem Flügelschlag auf die Insel flüchtet. Der Gesang der Zikaden mischt sich mit fernem Donnergrollen.

»Meinst du, du könntest vielleicht im Hausboot weiter nachdenken?« Besorgt sehe ich zum dunklen Himmel hinauf. »Es hat einen Blitzableiter. Wenn du möchtest, kann ich dir auch dort einen Eimer mit Wasser für die Füße bereitstellen.«

Sie sieht über die Schulter zu mir. »Noch habe ich dir die Party und die beiden Weiber in deinen Armen nicht verziehen.« Endlich ist da wieder dieses Funkeln in ihren Augen.

»Würdest du trotzdem reinkommen? Und heißt ›noch‹, dass du es irgendwann tun wirst?« Nervös blicke ich zum Horizont, an dem die ersten Blitze zucken. »Bitte! Du sitzt im Wasser und ein Gewitter kommt. Das finde ich nicht besonders günstig.«

»Das zieht vorbei«, beharrt sie stoisch.

»Dann würde ich gern, dass du dir vom Boot aus ansiehst, wie es weiterzieht. Meinetwegen kannst du dort auch weiterhin auf mich sauer sein, nur komm bitte endlich aus dem Wasser.«

Zu meiner Erleichterung steht sie wirklich auf, schüttelt das Wasser von ihren Füßen ab.

»Hast recht«, sage ich mit einem Augenzwinkern. »Das mit dem Nachdenken im Wasser funktioniert offenbar tatsächlich: Du bist zur Vernunft gekommen.«

Sie versucht, mir ihren Ellbogen in die Seite zu stoßen, doch ich bin schneller und springe beiseite.

In diesem Moment öffnet der Himmel seine Schleusen.

Ich fluche, Lucy lacht. Dann streckt sie die Arme aus, dreht sich im Kreis.

»Was tust du denn da?«

»Nass werden und im Regen tanzen.« Sie lacht, breitet die Arme aus und reckt das Gesicht zum Himmel.

»Schon wieder so eine komische Art, um nachzudenken?«

»Nein. Eine Art, den Moment zu genießen. Solltest du auch mal versuchen.«

»'tschuldige, aber da bleibe ich lieber bei meiner eigenen Art, da wird man wenigstens nicht nass. Und ich denke, ich habe bereits erwähnt, dass mein Boot einen Blitzableiter hat.«

»Riechst du denn nicht die Erde? Das Gras? Den Fluss?«

»Ich fürchte, ich komme nicht drum herum.« Tatsächlich sind die Gerüche atemberaubend intensiv, alles dampft, und trotz des Regens ist es heiß und die Wolkendecke nicht geschlossen. Während es links von uns düster dräut, ist rechts über dem Horizont noch immer die Sonne zu sehen, eine leuchtende Apfelsine, die den Himmel in Orange, Lila und Rosa taucht. Doch das ist es nicht, was mich fasziniert. Es ist Lucy.

Ihre Augen sind geschlossen, der Regen umgibt ihren Körper mit einem im Licht der untergehenden Sonne funkelnden zarten Schleier, perlt ihr über die Wangen, rinnt ihren Hals hinab und über ihr Dekolleté, enthüllt jede ihrer Konturen unter der hauchdünnen, hellen Bluse. Nie habe ich etwas Schöneres gesehen als dieses Mädchen.

Ein Donnerschlag hallt krachend über uns hinweg.

Lucy lacht übermütig, doch ich greife nach ihrer Hand, ziehe sie durch den strömenden Regen über die Wiese zum Hausboot, hangele mich über den Balken zur Tür.

Zu meiner Erleichterung folgt mir Lucy ohne weitere Diskussion. Ich reiche ihr die Hand, ziehe sie zu mir ins Innere des Bootes.

Und in meine Arme.

Lucy hat die Augen geschlossen, schmiegt sich heftig atmend an mich, während unmittelbar neben uns der Regen ins Wasser prasselt.

Sanft streiche ich die Wassertropfen fort, die an ihrer Stirn herabperlen.

Sie öffnet die Augen, sieht mich an. Ich solle den Moment genießen, hat sie gesagt. Und genau das tue ich gerade.

Lucy

Zart legen sich seine Hände an meine Wangen und ich halte unwillkürlich den Atem an.

Ich kann mein Spiegelbild in seinen wundervollen Augen erkennen, höre den Regen neben mir auf das Wasser prasseln, spüre seinen Atem auf meinem Gesicht. Um uns herum dampft die Luft und in mir kocht das Blut. Und die Lust.

Sanft streicht er mit den Daumen über meine Wangenknochen, während Regentropfen über die seinen rinnen. Vollkommen durchnässt stehen wir da, aber mir ist nicht kalt, im Gegenteil. Seine Lippen sind den meinen so nah und doch noch immer viel zu weit entfernt. Langsam, unendlich langsam beugt er sich zu mir herab, und ich schließe die Augen, stelle mich auf die Zehenspitzen, recke ihm mein Gesicht entgegen, fühle, wie er meine Augenlider sacht küsst, meine Schläfen, meine Wangenknochen, jeden Zentimeter meines Gesichts und diese überraschende Zärtlichkeit macht mich vollkommen schwach. Seine Bartstoppeln reiben über meine Haut, jagen mir wohlige Schauer über den Körper, versprechen umso mehr Zärtlichkeit durch seine Lippen.

Die Sehnsucht danach, sie auf den meinen zu fühlen, wird mit jeder Sekunde größer.

Kurz bevor seine Lippen die meinen berühren, hält er inne, flüstert an meinem Mund: »Es ist jetzt aber kein Ex in der Nähe, an dem du dich rächen willst, oder?«

»Nicht, dass ich wüsste«, flüstere ich zurück. Und wie

um ihn meiner zu versichern, neige ich meinen Kopf näher zu ihm.

»Und du bist auch nicht betrunken, oder?«, raunt er.

Ich schüttele den Kopf. Zwar fühle ich mich tatsächlich seltsam trunken, doch nicht vom Alkohol, sondern von seiner Nähe. Seiner unwiderstehlichen Nähe.

Und dann, endlich fühle ich seine Lippen, nicht zaghaft, sondern heftig, heiß und fordernd, und es ist wie ein Stromstoß, der meinen ganzen Körper durchfährt. Er lässt mich aufkeuchen und alle Barrieren fallen. Ich schlinge die Arme um Alex' Hals, vergehe in der robusten Zärtlichkeit seiner Lippen, der Süße seines Mundes. Unsere Zungen umschlingen einander, unser Atem mischt sich. Seine Hand fährt meinen Rücken entlang, drückt mich noch enger an sich, meine Finger vergraben sich in seinem Haar, fahren über seinen Nacken, sein nasses Shirt, unter dem sich die Muskulatur seiner Schultern abzeichnet. Atemlos, suchend, voller Begierde erkunden sich unsere Lippen, unsere Hände, bis ich es nicht mehr aushalte, mich von ihm löse.

Alex hält schwer atmend inne, taxiert mich halb erschrocken, halb prüfend, als fürchte er, ich könnte gehen, doch daran denke ich ganz und gar nicht. Stattdessen schließe ich die Tür, flüstere mit klopfendem Herzen: »In meiner Erinnerung gibt es hier an Bord deutlich bequemere Orte als diesen hier.«

Er zieht eine Augenbraue hoch, ein wissender und zugleich jungenhaft verschmitzter Ausdruck huscht über seine Züge. Im nächsten Moment stoße ich vor Überraschung einen kurzen spitzen Schrei aus, denn er hat sich vorgebeugt, und einen Atemzug später finde ich mich nicht in, sondern auf seinen Armen wieder. Ich schlinge meine Arme um ihn, schmiege mein Gesicht an seine Halskuhle, lausche seinem Herzschlag, während er mich durch das Schiff und die Treppe hinauf auf das Vorderdeck trägt.

Erst vor dem überdimensionalen Sitzsack lässt er mich wieder zu Boden und auf meine zittrigen Beine. Bebend und doch reglos stehen wir voreinander, die nassen Klamotten kleben an unserer Haut. Was das Gewitter angeht, habe ich recht gehabt. Es ist beim Donnergrollen geblieben, kein Blitz hat es gewagt, in direkter Nähe herabzuzucken, dafür aber stürzen Wassermassen auf uns herunter, als wollte der Sommer die wochenlange Trockenheit auf einen Schlag wiedergutmachen. Über uns das Segeltuch, rundherum der Regen, dessen Ströme alles ausblenden. Nichts scheint mehr zu existieren außer uns beiden. Als wäre dieses Boot die Welt und wir beiden die einzigen Menschen.

Mein Puls rast, mein Atem geht schnell, mein Blick sucht Alex' Gesicht ab, prägt sich jeden Zentimeter ein, jedes Fältchen seiner Haut, jedes goldene Pünktchen seiner Augen. Um uns herum dampft die Luft, die Düfte sind atemberaubend intensiv und meine Sinne aufs Äußerste geschärft.

Erneut nimmt er mein Gesicht in beide Hände, bedeckt es mit Küssen, und ich vergehe vor Sehnsucht unter seinen zarten Berührungen, erwidere Kuss um Kuss, Zärtlichkeit um Zärtlichkeit. Immer heißer werden seine Küsse, immer drängender meine Hände, die über seine Schultern, seinen Rücken, seine Seite gleiten.

Auch die seinen lassen jetzt von meinem Gesicht ab,

fliegen über meine Haut, gleiten unter meine nasse Bluse. Sie wandern meinen Rücken hinauf, lassen meine Härchen sich aufstellen, während ich hektisch an seiner Gürtelschnalle nestele.

Endlich habe ich seinen Gürtel geöffnet, strecke die Arme nach oben. Er schiebt meine Bluse hoch und streift sie mir ab, zieht sich nur einen Augenblick später sein eigenes Shirt in einer raschen Bewegung über den Kopf und wirft es achtlos beiseite.

Zittrig vor aufgestauter Begierde entledigen wir uns so hastig unserer restlichen Kleider, als könnten wir dadurch all die verlorene Zeit aufholen. Nur noch in Unterwäsche stehen wir voreinander, er verharrt plötzlich, lässt seinen Blick langsam über meinen Körper gleiten, intensiv, direkt. Mein Puls rast, mein Herz hämmert so heftig in meiner Brust, dass ich meine, er müsse es hören. Mit einem Mal wirken seine Augen ganz dunkel. Pures Verlangen flackert in seinem grüngoldenen Blick auf, lässt meinen Atem stocken. Bewegungslos, mit bebender Brust stehe ich da, spüre meinen ganzen Körper kribbeln und die Sehnsucht in meinem Inneren wachsen. Wenn es nicht gleich so weit ist, zerberste ich.

Er hakt seine Finger in den Bund meines Höschens, zieht mich mit einem Ruck zu sich heran. Unsere Lippen finden sich erneut, meine Hände gleiten über seinen Oberkörper, während seine schon den Verschluss meines BHs lösen. Er streift mir die Träger von der Schulter, der BH rutscht zu Boden, und Alex löst sich erneut von mir, um mich zu betrachten, stößt beim Anblick meiner entblößten Brüste ein heiseres Stöhnen aus, das mir direkt in meine Mitte schießt und diese köstlich prickeln lässt.

Plötzlich geht er auf ein Knie, küsst meine Brüste. Diese Berührung kommt so unerwartet, dass ich nicht darauf vorbereitet bin, mir ganz schwindlig wird, doch er lässt nicht locker, neckt sie weiter, umspielt die Brustwarzen mit seiner Zunge, leckt darüber, saugt an ihnen.

Ich keuche auf vor Begierde, glaube zu vergehen in diesem köstlich sehnenden Gefühl. Als er von meinen Brüsten ablässt und aufsteht, flehe ich ihn beinahe an, weiterzumachen, greife stattdessen nach seiner Schulter, will ihn wieder zu mir herunterziehen, doch fühle mich erneut emporgehoben und einen Augenblick später sanft auf das Loungebett geworfen. Schon hat er sich über mich gebeugt, die Ellbogen beiderseits meiner Schultern aufgestützt. Mit seinen Lippen zieht er feurige Bahnen über meine feucht glühende Haut, von meinem Kinn über meinen Hals, meine Schultern, meine Brüste, meinen Bauch, während seine rauen Stoppeln über meine überempfindliche Haut schaben, wieder und wieder wohlige Schauer über meinen Körper jagen. Dieser Kontrast treibt mich schier in den Wahnsinn.

Wie berauscht und getrieben von diesem drängenden und zutiefst sehnsüchtigen Ziehen in meinem Inneren, gleiten meine Hände fieberhaft über seinen muskulösen Rücken, seine Schultern, presse ich mich noch enger an ihn. Seine Hände fliegen über meine Haut, meine Finger verkrallen sich in seinem Haar. Ein Wechsel von Berührungen, rasend schnell und voller Lust.

Jeden Zentimeter meines Körpers scheint Alex erkunden zu wollen, wandert tiefer und tiefer, und ich erbebe unter seiner Berührung, die Luft scheint kühler zu werden, doch es ist meine Haut, die immer heißer wird.

Sein Mund folgt seinen Fingern, tiefer und tiefer, zieht eine Spur der Erregung hinter sich her, scheint meine Haut zu verbrennen, wo er sie berührt, und ein Prickeln zu hinterlassen, das nicht abflaut, sondern stärker und stärker wird.

Plötzlich hält er inne, ich ahne den Grund, hebe mein Becken und er streift mir meinen Slip hinunter. Im nächsten Moment stöhne ich laut auf, denn er macht sich daran, mich ganz zu erobern. Ich wölbe mich ihm entgegen, meine Sinne überschlagen sich, ich verglühe unter den Empfindungen, die sein fordernder Mund, seine suchenden Fingerspitzen in mir auslösen. Stechendes Verlangen durchfährt mich. Ich will ihm widerstehen, aber Alex' Finger, seine Zunge, sie reizen mich weiter und immer weiter, lassen meinen Körper vibrieren. Ich werfe den Kopf hin und her, gebe hilflose kleine Laute von mir. Meine Fingernägel graben sich in seine Haut. Ich kann kaum mehr an mich halten, will den Höhepunkt erreichen. Doch in diesem Moment zieht er sich zurück, richtet sich auf und streift sich seine Boxershorts ab. Ich ringe nach Luft angesichts des prachtvollen Anblicks, der sich mir bietet, mein Puls beschleunigt sich noch weiter, mein Atem geht stoßweise. Dann ist er wieder über mir, sein Gewicht eine süße Last, die mich in das Polster drückt. Sein Verlangen, das sich pulsierend gegen meine glühende Haut drängt, entlockt meiner Kehle ein tiefes Stöhnen, das ihn anzufeuern scheint. Heftig dringt er in mich ein, erfüllt mich und füllt mich aus, und ab da gibt es kein Halten mehr. Er stößt einen tiefen, kehligen Laut aus, ich presse mich an ihn, er sich an mich und unsere Körper verschmelzen, finden wie von allein den gleichen, fiebrig-drängenden, hungrig-fordernden Rhythmus. Pure Leidenschaft reißt uns mit sich fort. Seine Lippen, seine Zunge, sein heißer Atem. Wilde, unbeherrschte Lust. Meine Beine umschlingen ihn, Beben für Beben durchfährt mich, breitet sich wellengleich von meinem Zentrum her aus und überwältigt mich, lässt mich in einen Strudel ekstatischer Empfindungen stürzen.

Und dann ist nichts mehr zu hören außer dem Prasseln des Regens und unserem Keuchen und dem Hämmern seines Herzens im Gleichklang mit meinem. Ein berauschendes Gefühl von Unendlichkeit erfüllt mich.

Kapitel 13

Lucy

Ein ohrenbetäubendes Konzert weckt mich, erschrocken schlage ich die Augen auf, blicke direkt in einen zartrosa Himmel, in dem die Sterne langsam verblassen, und stelle verwirrt fest, dass das vermeintliche Konzert von Vögeln veranstaltet wird, die den Tag begrüßen.

Dann fällt mir wieder ein, wo ich bin. Und warum ich unter der Couchdecke nackt bin. Die Erinnerungen an die letzte Nacht und all ihre Höhepunkte lassen erneut dieses glühende Verlangen in mir aufsteigen, ein seliges Seufzen entringt sich meinen Lippen. Wie geschmolzenes Wachs fühle ich mich, wunderbar erschöpft und wohlig matt, von tiefem Frieden erfüllt. Nie zuvor habe ich etwas auch nur annähernd Erfüllendes erlebt wie das. Allein die Erinnerung daran lässt meinen Atem schneller gehen, entfacht meine Lust erneut. Die einmalige Vollkommenheit des gestrigen Augenblicks lässt eine unbeschreibliche Zufriedenheit in mir aufsteigen, und ich fühle mich, als würde ich schweben. Mit einem Lächeln wende ich den Kopf. Doch der Platz neben mir ist leer.

Alex ist offenbar auf dem Klo oder holt etwas. Ich strecke mich gähnend, richte mich langsam auf. Über dem Fluss liegt noch der Frühnebel und glitzert im Licht der ersten Sonnenstrahlen. Eine Schar Gänse watschelt bedächtig über die Wiese, ununterbrochen Gras zupfend, ein Frosch quakt in der Uferböschung.

Auf dem Boot ist alles still.

Und es bleibt auch weiterhin still.

Verunsichert erhebe ich mich, entdecke auf dem Tischchen neben meinen Sachen einen Papierfetzen, eine ausgeblichene Quittung. Wohl mangels einer alternativen Schreibunterlage hat Alex auf deren Rückseite mit Kuli ein paar Worte gekritzelt.

Guten Morgen, Pünktchen. Ich wollte dich nicht wecken, du hast so friedlich geschlafen, doch ich musste dringend in die Firma. Leg den Schlüssel vom Hausboot einfach in die Höhle unter der Astgabel der linken Weide. Das Frühstück holen wir auf jeden Fall irgendwann nach.

Danke für diese wundervolle Nacht. Danke für alles.

Verwirrt mustere ich den Zettel, lese ihn immer und immer wieder, ohne wirklich schlau daraus zu werden oder zu wissen, was ich davon halten soll.

Ich meine, ich habe nun nicht unbedingt erwartet, dass er mich mit Aussagen darüber überschüttet, dass dies der wundervollste Sex seines Lebens war, auch wenn das auf mein Leben definitiv zugetroffen hat. Aber was soll ich mit diesem unverbindlichen »Wir holen das Frühstück irgendwann nach« anfangen? Warum klingen seine Worte auf diesem dämlichen Zettelchen so verdammt nach Abschied? Einfach so zu verschwinden? Ist das seine Art, mir den Laufpass zu geben, oder was? Danke für den Sex und tschüss, bis bald mal wieder? Vielleicht?

War ich die Einzige von uns beiden, die das Gefühl hatte, das hier sei etwas Besonderes, etwas Ewiges, Endloses, Unbeschreibliches? Dass unsere Herzen im gleichen Takt schlagen würden und die Melodie unseres Lebens dieselbe sei? Okay, das ist vielleicht übertrieben. Aber auf mehr als eine Nummer für eine Nacht habe ich schon gehofft. Auf weitaus mehr, verflucht.

Da brauche ich auch kein verdammtes Frühstück als Trostpreis! Schon gar nicht irgendwann. Wer bin ich denn?

Meine Augen brennen, meine Beine zittern. Ich weiß nicht, was ich denken, nicht, was ich fühlen soll. War das gestern etwa alles nur Show? Ich kann das nicht glauben, will das nicht glauben, aber dieses nagende Gefühl des Zweifels in meinem Inneren kann ich nicht beiseiteschieben. Unwillkürlich steht mir das Foto von ihm mit den beiden Frauen vor Augen. Was, wenn er mich in Bezug darauf belogen hat? Und wenn in dieser Hinsicht, warum dann nicht auch im Hinblick auf alles andere?

Ich zerknülle wütend den Zettel und werfe ihn zu Boden, bevor ich mich anziehe und das Boot verlasse.

Die Enttäuschung schmeckt bitter.

Alex

Eine nach der anderen sehen die Männer und Frauen der Reinigungskolonne erstaunt von ihren Staubsaugern auf, als ich an ihnen vorbei in mein Büro eile.

»Alles in Ordnung, lassen Sie sich nicht stören!«, rufe ich ihnen zu, fahre meinen PC hoch, fluche, weil das so lange dauert, trommele ungeduldig mit meinen Fingern auf den Tisch.

Es hat mir unendlich leidgetan, Lucy zurückzulassen, doch kaum dass ich die Augen aufgeschlagen habe, waren sie plötzlich wieder da, die Ideen. Als hätte diese Nacht mit Lucy irgendeinen Schalter in mir umgelegt. Oder war die ganze letzte Zeit mit ihr der Grund? Als ob dieser Damm, den irgendjemand zwischen meinem Kopf und meinem Herzen errichtet hat, plötzlich gebrochen und all die Kreativität, die sich so lang aufgestaut hat, auf mich eingestürzt wäre.

Endlich kann ich meine Programme öffnen und fange an zu zeichnen.

Und es fließt.

Es fließt einfach aus mir heraus.

Strich für Strich, Schraffur für Schraffur, Rundungen, Neigungen, Schatten, Licht …

»Leide ich schon an Halluzinationen?«

Ich fahre zusammen. Mitch steht in der Tür.

Ein Blick auf die Uhr zeigt mir, dass es sieben Uhr morgens ist und ich schon eine ganze Weile hier sitze. Ich habe es gar nicht gemerkt, so vertieft war ich in die

Arbeit. Es scheint eine Ewigkeit her zu sein, dass es mir das letzte Mal so ging.

Zufrieden betrachte ich das Ergebnis. Es hat keinerlei Ähnlichkeit mit dem Langner-Center. Ganz und gar nicht.

»Mitch …« Ich hole tief Luft. »Was ich schon lange mal sagen wollte …«

»O weh, dieser Tonfall, jetzt kommt's«, flachst er. »Du willst mich bitten, dein Trauzeuge zu werden.«

Ich lache pflichtschuldig, auch wenn mir gerade so gar nicht danach ist. »Nein. Ich wollte mich bei dir bedanken. Für alles, was du für uns getan hast.«

»Ach was«, winkt er ab. »Dein Vater ist nicht nur mein Partner, er ist auch mein bester Freund seit Ewigkeiten, das weißt du doch.«

Ich nicke. »Trotzdem. Es ist nicht selbstverständlich, dass du mir in der letzten Zeit so viel Freiraum gelassen hast.«

Er zuckt mit den Achseln. »Was bringt es in solch einer Situation, dich mit Arbeit zuzuschütten? Nein, um mit so etwas fertig zu werden, braucht man Zeit für sich. Nimm dir alle Zeit, die du brauchst.«

»Danke, aber … ich sollte mich wieder mehr in der Firma einbringen. Wieder ganze Aufträge übernehmen. Nicht nur kleine Begutachtungen und Gespräche mit alten Damen.«

»Ah«, sagt er.

»Und was die Sache mit dem Kino angeht. Was hältst du hiervon?«

Ich deute auf meine Zeichnung.

Er tritt um den Tisch herum und schweigt.

»Nur ein Gedankenexperiment«, erkläre ich.

»Sehr experimentell, in der Tat. Ich glaube nicht, dass das wirklich umsetzbar ist, die Kosten würden explodieren …«

»Ja … vermutlich. Es … hat mich nur einfach so überkommen. Sozusagen der Kuss der Muse. Im wahrsten Sinne des Wortes und … Wie auch immer, ich muss mit dir über die Sache mit diesem Kino reden.«

»Bist du weitergekommen bei der Alten?«

Bevor ich antworten kann, wird die Tür aufgedrückt, Jacob steckt seinen Kopf herein, etliche Papiere in der Hand. »Ah, da bist du ja, Mitch. Schaust du noch mal über den Vertrag für die Benlos-AG drüber, bevor er rausgeht und … Alex?!«

»Ich lese ihn mir in meinem Büro durch«, antwortet Mitch, bevor Jacob sich weiter über meine so frühe Anwesenheit wundern kann, nimmt ihm die Blätter ab und verlässt mein Büro.

»Haben sie dich aus einer Bar geworfen«, spottet Jacob, »oder was machst du um diese Uhrzeit schon hier?«

Ich bin so guter Laune, dass ich sogar seine blöden Kommentare ignoriere, einfach nur mit vor der Brust verschränkten Armen mein Werk betrachte.

»Hast du was genommen? Mal abgesehen davon, dass du hier an einem Dienstagmorgen in aller Herrgottsfrühe sitzt, grinst du auf eine Art und Weise, die mir, ehrlich gesagt, ein wenig Angst macht.« Neugierig beugt er sich über den Tisch. Und schweigt. Eine ganze Weile sogar.

Schließlich sagt er: »Wow.«

»Nur ein Gedankenexperiment.«

»Aber was für eines. Das ist … Wow. Wirklich.

Einfach … wow. Zart, filigran, wirkt schwebend und robust zugleich, futuristisch und reiht sich dennoch in den alten Hausbestand ein, ich … ich weiß gar nicht, was ich sagen soll …«

»Danke«, sage ich überrascht. »Aber es ist wie gesagt nur ein Experiment, nicht umsetzbar der Kosten wegen.«

Er schüttelt den Kopf. »Das lässt sich so pauschal gar nicht sagen, es käme auf eine genaue Prüfung an. Ich könnte eine Kalkulation aufstellen.«

Er scheint mich plötzlich mit anderen Augen zu sehen.

Und ich mich irgendwie auch.

Kaum ist er gegangen, greife ich zu meinem Smartphone, wähle die eingespeicherte Nummer. Nur zweimal klingelt es, dann geht Sarah schon ran. »Alex«, sagt sie und es klingt ebenso überrascht wie erfreut.

Lucy

»Also, ich denke trotzdem, dass du überreagierst«, sagt Hayden, während wir aus dem Bus aussteigen, »und er wirklich nur wegmusste, weil es irgendein Problem auf der Arbeit gab.«

»Um diese frühe Uhrzeit?!«

»Warum nicht? Vielleicht hat er Projekte in China oder so …« Sie kneift für einen Moment nachdenklich die Augen zusammen, und ich kann sie gerade noch davor bewahren, vors nächste Auto zu laufen. »… und da hat sich jemand gemeldet, der nicht an die Zeitverschiebung gedacht hat«, fährt sie fort, als sei nichts gewesen. »Auf jeden Fall aber sagt das nichts über seine Gefühle dir gegenüber aus.«

»Eben«, grolle ich.

»Ich meinte: Du weißt doch, wie Männer sind.«

»Ja. Zum Kotzen.«

Hayden grinst. »Du magst ihn also?«

»Mehr als das«, seufze ich. »Sehr viel mehr als das.«

»Na, siehst du.« Sie zieht mich an sich. »Ich freue mich so sehr für dich. Alles wird gut. Ich hab das im Gefühl.«

»Ich weiß nicht. Es ist nur … Ich fühle mich so … Kennst du dieses bohrende Gefühl irgendwo zwischen Herz und Magen?«

»Das nennt sich Zweifel.«

»Zweifel und Unsicherheit und Enttäuschung und … ach, alles Mögliche. Natürlich habe ich jetzt nicht unbedingt mit einer Liebesbekundung gerechnet.«

»Doch, hast du«, widerspricht sie mir lachend, drückt gegen die Tür und hält sie mir auf.

»Na schön«, gebe ich zu. »Habe ich.« Ich schlängele mich mit meinem Geigenkasten an ihr vorbei. »Aber ich weiß einfach nicht, was ich von alledem halten soll. Ich meine: Nach unserem ersten Treffen hat er sich mit einer anderen vergnügt, vor unserem zweiten Treffen mit gleich zwei Frauen. Was, wenn mein erster Eindruck von ihm richtig war und alles, was danach kam, nur eine Masche?« Die Vorstellung schnürt mir die Luft ab. Ich habe ihm mein Herz geöffnet, habe in seines gesehen. Zumindest habe ich Letzteres geglaubt. Was, wenn das nur hohle Worte waren? Aber so grausam kann doch niemand sein.

»Ganz einfach: Du fragst ihn nachher.«

»Und wie ich das werde«, grolle ich. »Sobald ich hier fertig bin, werde ich zu seiner dämlichen Firma fahren und … Emily?«

Unsere Kollegin kommt mit blassem Gesicht die Treppe herunter.

»Alles in Ordnung?«

Tatsächlich sieht sie ganz und gar nicht danach aus. »Wisst ihr es noch nicht?«

»Was denn?«

»Frau Kleve hatte offenbar am Sonntag einen Herzinfarkt. Sie liegt in der Klinik, nur Familienmitglieder dürfen zu ihr. Sie wurde ins künstliche Koma versetzt.«

***

Mit vor Nervosität schweißfeuchten Händen laufe ich durch die Lobby der Langner-Stahl-GmbH, die von der Abendsonne in ein rötliches Licht getaucht ist. Der Unterricht in der Musikschule heute war nervenaufreibend wie selten und allen meinen Geigenschülern ist aufgefallen, wie unruhig und geistesabwesend ich war. Kaum ist der letzte Schüler gegangen, bin ich mit meinen Sachen losgerannt zum Bus und zu Alex' Firma gefahren. Was auch immer zwischen uns gewesen ist oder auch nicht, die Musikschule ist jetzt wichtiger, und da habe ich plötzlich ein ganz mieses Gefühl im Bauch. Gerade weil ich plötzlich nicht mehr weiß, was denn jetzt zwischen uns war. Oder eben nicht war.

Eine rundliche Dame mit zu viel Kajal um die Augen sitzt am Empfang.

»Entschuldigen Sie, aber ich würde gern zu Alex Langner.«

»Haben Sie einen Termin?«

»Nein, aber es ist sehr dringend.«

»In welcher Angelegenheit?«

»Einer privaten.«

»Tut mir leid, aber ich muss es schon genauer wissen.« Sie klickt durch den Bildschirm. »Der nächste Gesprächstermin wäre frei in …«

»Ich will keinen Termin in drei Tagen, ich muss jetzt mit ihm sprechen.«

»Tut mir leid, ausgeschlossen.«

»Es wird doch wohl möglich sein, ihn für eine halbe Minute aus seinem Zimmer zu holen.«

»Nein, weil er nicht da ist. Und selbst wenn er da wäre, könnte ich das nicht ohne triftigen Grund tun.«

»Hören Sie«, beharre ich beschwörend und ziehe meinen Geigenkasten nach vorn, als sei er eine Art Ausweis. »Ich bin von der Musikschule und …«

»Ach, Sie auch?«

»Wieso auch? Wer denn noch?«

Anstelle einer Antwort macht sie eine wegwerfende Bewegung. Ich räuspere mich und erkläre: »Frau Kleve, die Inhaberin der Musikschule, liegt im Krankenhaus, und ich denke, dass das sehr wichtige Informationen für die Firma sind, die Alex Langner unbedingt erfahren sollte.«

»Hm.« Unsicher trommelt sie mit den Fingern auf der Tischplatte. »Na schön.« Sie greift zum Telefon, wählt kurz, erklärt jedoch gleich darauf. »Ausgeschaltet. Er ist im Gespräch, wie ich schon sagte.«

»Aber wo denn?«

Sie trommelt weiter unschlüssig auf dem Tisch herum.

Da fällt mir die Visitenkarte ein und ich fische sie aus meiner Tasche hervor. Die Empfangsdame betrachtet mit hochgezogener Augenbraue das zerknüllte und eingerissene Etwas und ich streiche es hastig glatt. »Er hat mir sogar die Visitenkarte der Firma gegeben und gesagt, ich solle ihn unbedingt informieren, wenn es etwas Neues in Sachen Musikschule gäbe«, behaupte ich.

»Na schön«, wiederholt sie zögerlich, »wenn das so ist: Sie finden ihn im *Decameron*.«

Auch das noch.

***

Eine halbe Stunde später betrachte ich – nicht ohne Bauchschmerzen – den Schriftzug neben besagtem Restaurant und die Bilder meines unschönen Abgangs steigen vor meinem inneren Auge auf, doch das hilft jetzt nichts.

Ich straffe mich, strecke die Brust heraus und marschiere auf den Eingang zu, neben dem wie auch neulich schon der menschliche Türöffner die Stellung hält. Doch dieses Mal bleibt die Tür zu.

»Musiker bitte den Hintereingang benutzen«, erklärt er mir und deutet auf meinen Geigenkasten.

»Wie? Oh, ach so, nein, ich bin keine Musikerin. Ich meine, ich bin natürlich schon eine Musikerin. Aber nicht heute Abend.«

»Sie möchten speisen?«

»Nein, auch das nicht. Ich suche jemanden.«

Der Einlasser runzelt die Stirn, öffnet die Tür einen Spaltbreit und winkt jemanden zu uns.

Als ich sehe, wer einen Augenblick später da in der Tür erscheint, kann ich nur mit Mühe ein Stöhnen unterdrücken, denn es ist Monsieur Claude.

Aber vielleicht erinnert er sich ja nicht mehr an mich?

»Wie ...« Er räuspert sich, als fiele es ihm schwer, das nächste Wort herauszubringen, »... schön, dass Sie uns wieder mit einem Besuch beehren.«

Mist.

Die Hände hinter dem Rücken, die Augenbraue so weit erhoben, dass sie droht, jeden Moment von seiner Stirn zu springen, schnarrt er mit französischem Akzent: »Sie haben sicher reserviert, nicht wahr?« Seine Worte kommen so ölig heraus wie die Pomade in seinem nach hinten gegelten Haar.

»Nein, und ich möchte ja auch gar nichts essen, auch nichts trinken, nur ...«

»Nicht mal ein Müsli?«, unterbricht er mich süffisant.

Ich gebe die Hoffnung auf, dass er mir meinen Auftritt nicht übel genommen haben könnte. Vermutlich ist er einer dieser Typen, die zu Hause unter dem Pantoffel stehen und daher außerhalb jede sich bietende Gelegenheit nutzen, anderen gegenüber ihre Macht zu demonstrieren. »Ja«, antworte ich, mich am Riemen reißend, »nicht mal ein Müsli. Ich möchte nur ...«

»Geschirr zerschlagen?« Herablassend mustert er mich.

»Nein, auch kein Geschirr zerschlagen.« Mit hochrotem Gesicht hole ich tief Luft. »Ich habe einfach nur eine Frage.«

»Ach, Madame Müsli hat eine Frage.«

Ich stutze. Allerdings nur kurz. »Ach, Sie haben ja plötzlich keinen Akzent mehr.«

Seine Augen verengen sich und hastig rede ich weiter: »Ich möchte einfach nur gerne wissen, ob Herr Langner da drin ist.«

»Wir erteilen keine Auskünfte über unsere Gäste.«

»Also ist er da.«

»Ich sagte doch, wir …«

»Ja, schon verstanden, aber ich muss wirklich dringend mit ihm reden. Es dauert auch nur eine Minute, dann bin ich wieder draußen.«

»Tut mir leid, aber Herr Langner hat ausdrücklich darum gebeten, nicht gestört zu werden.«

»Er wird seine Meinung ändern, wenn Sie ihm sagen, wer hier ist.«

Er zieht die Augenbraue hoch. »Das glaube ich eher nicht.«

»Ja, ich kann schon verstehen, warum Sie dieser Ansicht sind nach unserem letzten … äh … Besuch hier. Aber glauben Sie mir …« Beschwörend hebe ich die Hände. »… die Dinge haben sich geändert und ich muss ihn wirklich dringend sprechen.«

Er mustert mich dermaßen abfällig, dass ich mich ernsthaft frage, ob ein solcher Blick Teil der Ausbildung ist. »Sie haben keinen Tisch reserviert.«

»Das kann doch wohl nicht wahr sein! Das ist absolut albern! Lassen Sie mich endlich rein!«

»Sie lassen Madame Müsli nicht rein!«, wendet er sich an den Türsteher, bevor er sich auf dem Absatz umdreht und, das Kinn nach oben gereckt, davonschwebt.

Ist ja mal wieder typisch. Wer Geld hat, kann sich alles erlauben und wird auch von einem bornierten Oberkellner erneut in das Lokal gelassen, während unsereins eiskalt abgewiesen wird!

Der Concierge wirft mir einen bedauernden Blick zu und hebt entschuldigend die Hände. Da ich ihm keine Schwierigkeiten machen will, mache ich kehrt und stapfe wütend zur Bushaltestelle davon, an der mannshohen Buchsbaumhecke entlang, die den Blick in die bodentiefen Fenster des *Decameron* versperrt.

Hinter der Ecke, außerhalb der Sichtweite des Pförtners, stelle ich meine Geige ab, halte mich am Laternenpfahl fest und klettere auf seinen kleinen Sockel. Gerade so kann ich über die Hecke auf die Restaurant-Terrasse blicken. Die zur Terrasse hinausführenden Flügeltüren sind sperrangelweit geöffnet. Vielleicht kann ich, wenn ich drinnen Alex entdecke, ihn durch Winken auf mich aufmerksam machen, sodass er herauskommt. Ich kann jedoch an den Tischen nur fremde Menschen erblicken. Einen Moment später wünschte ich, dabei wäre es geblieben, denn ich entdecke Alex doch. Zwar nicht im Saal, aber direkt auf der Terrasse, im Schatten der Hecke.

Und vor ihm Viktoria.

Mein Herz bleibt stehen, ich springe vom Sockel, ringe einen Moment lang nach Luft, doch dann sage ich mir, dass es alle möglichen belanglosen Gründe geben kann, aus denen er sich ausgerechnet mit Viktoria trifft. Auch wenn mir gerade beim besten Willen keiner einfallen will. Doch ich muss jetzt einen kühlen Kopf bewahren, darf keine voreiligen Schlüsse ziehen.

Ich atme tief durch, raffe meine Sachen zusammen, eile mit klopfendem Herzen die Hecke entlang bis zu der Stelle, hinter der ich die beiden vermute. Und tatsächlich: Ich höre Viktorias Stimme. »Was halten Sie von meinem Angebot?« Sie lacht perlend.

Angebot? Welches Angebot?

»Es ist verlockend.«

Verlockend?! Was ist da verlockend? Da hat nichts verlockend zu sein!

Ich bücke mich, schiebe ein paar nicht ganz so dichte Äste zur Seite, spähe durch das Laub. Und erhasche tatsächlich einen erstaunlich guten Blick.

Kaum anderthalb Meter von mir entfernt sitzen die beiden, auch wenn Alex halb hinter einer Kübelpalme verborgen ist. Gerade beugt sich Viktoria vertraulich zu ihm vor, legt ihre Hand auf seine.

Ich ziehe scharf die Luft ein, will aufschreien, doch nur ein Krächzen entringt sich meiner Kehle.

Viktoria indes hat ihren Schuh ausgezogen, lässt ihren Fuß sein Bein hinaufwandern.

So ein Angebot also. Mir wird schlecht. Schockiert stolpere ich rückwärts. Tränen füllen meine Augen. Rasiermesserscharfer Schmerz schneidet durch mein Herz. Auf zittrigen Beinen wanke ich davon, sehe kaum, wohin ich laufe. Doch es ist egal. Alles ist egal. Hauptsache, fort von hier.

Alex

»Einen großartigen Wein haben Sie ausgesucht«, sagt sie und lenkt meine Aufmerksamkeit wieder auf sich.

Seltsam. Für einen Moment hatte ich das Gefühl, Lucy

wäre hier. Verrückt. Dabei ist dieses Lokal mit Sicherheit das letzte, in dem sie sich jemals wieder würde blicken lassen. Genau das ist ja auch der Grund, warum ich es für dieses Treffen ausgewählt habe.

Viktoria schwenkt langsam ihr Glas, ohne den Blick von mir zu nehmen. »Heißt es nicht immer, dass Weinkenner auch auf anderem Gebiet Genießer sind?«

»Sie sprechen vom Kochen, richtig?«, gebe ich amüsiert zurück.

Sie lacht perlend. »Ich denke, wir wissen beide, wovon ich spreche.« Mit einem tiefen Blick in meine Augen hält sie mir ihr Glas zum Anstoßen hin und ich proste ihr zu.

Sie nimmt einen Schluck, stellt es ab und streicht mit dem Zeigefinger spielerisch über den Rand. »Der Abend ging viel zu schnell vorüber, wie ich finde. Was halten Sie davon, ihn noch ein wenig zu verlängern?«

»Sollten wir nicht vorher den geschäftlichen Teil beenden?«

»Mein Angebot bleibt bestehen: Ich gehe zehntausend runter und wir machen den Vertrag auf der Stelle fertig.«

»Und wie sieht die Alternative aus?«

»Oh, da gibt es tatsächlich mehrere«, entgegnet sie mit katzenartigem Lächeln und sieht mich unter halb gesenkten Lidern her an. Sie verändert ein wenig ihre Position in ihrem Stuhl, wodurch, sicherlich beabsichtigt, ihr tief ausgeschnittenes Dekolleté noch besser zur Schau gestellt wird.

Eindeutiger geht es wohl kaum.

Ich lehne mich zurück, streiche mir über die Bartstoppeln an meinem Kinn, während ich meinen Blick anerkennend über ihre Kurven wandern lasse. Überaus vielversprechend, das muss ich ihr lassen. Sie sieht so ganz anders aus als Lucy. Aufreizend, selbstbewusst, um ihre Vorzüge wissend. Und ich muss mir eingestehen, dass mir das imponiert. »Und Ihre Pläne bezüglich der Musikschule sind unumstößlich?«

Sie lässt ihre Finger über meinen Unterarm wandern. »Absolut.«

»Sie haben kein Interesse daran, die Musikschule weiterzuführen?«

Sie lacht verächtlich auf. »Bin ich eine Heilige oder was? Hab ich etwa Geld übrig, um irgendwelche Hartz-IV-Kinder kostenlos mit Musikunterricht zu versorgen? Ich will schließlich Geld verdienen und nicht Geld verschenken. Nein, dieses ganze Musikantenstadl mit seinen Birkenstock-Mitarbeitern und ihren verklärten sozialen Ansichten und dem ganzen verstaubten Musikkram ist absolut nicht meine Welt. Ich bin mehr an körperlichen Genüssen interessiert, wenn Sie wissen, was ich meine.«

»Ich denke, das weiß ich nur zu genau«, sage ich.

»Das dachte ich mir schon«, gurrt sie und ihr Fuß erreicht eine ziemlich empfindliche Stelle meines Körpers und ich zucke zusammen.

»Wir beide«, fährt sie fort und lächelt selbstbewusst, »wir sind aus dem gleichen Holz geschnitzt.«

Lucy

»Nein!« Hayden steht, ein Handtuch um die Haare geschlungen, in der Tür ihrer Wohnung und schüttelt energisch den Kopf. »Das kann nicht sein.«

»Doch«, schluchze ich.

»Zufall.«

»Im gleichen Restaurant? Und du hättest sehen sollen, wie sie mit ihm geflirtet hat. Und wie er es erwidert hat.« Bei der Erinnerung daran, wie sie mit einer koketten Geste ihr Haar über die Schulter geworfen und ihm vertraulich die Hand auf den Arm gelegt hat, dreht sich mir schier der Magen um. Erneut bricht sich ein Weinkrampf Bahn, schon auf dem Weg zu Hayden konnte ich deswegen kaum sehen.

»Jetzt komm erst einmal rein«, sagt Hayden erschrocken, nimmt mir Geige und Tasche ab und zieht mich ins Haus. »Das ist bestimmt alles ganz anders, als du denkst«, murmelt sie, als wir in der Küche stehen, und setzt den Wasserkocher auf. »Setz dich, ich mach dir erst mal einen Tee. Das hilft. Tee hilft immer.«

Noch immer schütteln mich Schluchzer. »Das würde höchstens helfen, wenn ich ihn diesem Idioten ins Gesicht schütten könnte! Heiß und brennend, wie mein Schmerz.«

»Es wird eine normale Erklärung für das alles geben, ganz sicher«, sagt Hayden beschwörend.

»Ja, die, dass er ein Mistkerl ist!«, rufe ich mit erstickter Stimme. »Ein Lügner, ein Heuchler, ein …« Ich breche ab, heule erneut auf.

Hayden reicht mir ein Taschentuch, ich nehme es

dankbar an, schnäuze mich laut und wische mir anschließend mit dem Handrücken über die Augen. Sämtliche Mascara hat ohnehin bereits im Bus ihren Weg über meine Wangen angetreten. Ich greife nach einem zweiten Taschentuch.

»Es wird eine ganz normale Erklärung dafür geben, da bin ich sicher«, wiederholt sie, als sei das ein Mantra.

Das hoffe ich zwar auch, aber was, wenn nicht? Ich wage es einfach nicht, daran zu glauben. Ich wünschte, ich könnte die Erinnerung löschen. Die Erinnerung daran, wie Viktoria lachend ihr Haar zurückgeworfen, sich gleich darauf vorgebeugt und ihm vertraulich die Hand auf den Arm gelegt hat. Wie er ihre Hand genommen und über ihre Fingerknöchel gestreichelt hat. Meine Finger hingegen zerrupfen das Taschentuch. »Er hat Viktoria abgeschleppt! Ausgerechnet Viktoria! Und keine vierundzwanzig Stunden, nachdem er mit mir geschlafen hat! Ich wusste es, er ist auch nicht anders als all die anderen Kerle. Nein, sogar schlimmer. Die Gesten waren eindeutig, Hayden. Da gibt es nichts zu diskutieren.« Wut brandet in mir hoch, und ich springe auf, tigere durch die Küche. Ich weiß nicht, wohin mit mir und meinen Gefühlen, würde mich am liebsten heulend auf die Couch werfen oder auf etwas einschlagen. Dann doch wieder weinen. Stattdessen steigere ich mich weiter in meinen Zorn. »So ein Mistkerl! So ein Idiot! So ein …« Ich halte inne. »Hast du Eier?«

Sie mustert mich skeptisch. »Ich bin mir nicht sicher, ob ich dir diese Frage beantworten sollte.«

»Ich sollte zu seinem verdammten Boot fahren und es mit Eiern bewerfen!«

»Nun. In diesem Fall habe ich keine Eier.«

Ich schnaufe und greife nach dem Zuckerstreuer.

Sie tritt zu mir, entzieht ihn mir sanft. »Den brauche ich noch. Und komm bitte auch sonst nicht auf die Idee, hier irgendetwas durch die Gegend zu werfen.«

Ich lasse mich von ihr auf den Stuhl drücken, fühle mich plötzlich unfassbar müde. Obwohl ich es selbst nicht glauben kann, dass das zwischen Alex und mir für ihn nur Sex war, es einfach nicht glauben will, was gäbe es sonst für eine Erklärung? Dabei waren wir uns so nahe. Ich hatte das Gefühl, dass wir uns einander öffneten, mehr miteinander teilten als nur diese eine unvergessliche Nacht. Wie konnte er nur? Wie konnte ich nur? Letzteres ist, was ich am wenigsten verstehe. Ich wusste doch, wer und wie er ist. Warum nur habe ich nicht auf meinen Kopf gehört, sondern auf mein dummes, verblendetes Herz, das etwas in ihm sehen wollte, was er nicht ist?

»Und wenn es … einen geschäftlichen Hintergrund hat?«, fragt Hayden, als hätte sie meine Gedanken gelesen. Sie stellt zwei Tassen Tee auf dem Tisch ab, setzt sich zu mir. »Du hast doch selbst gesagt, er würde sich darum kümmern wollen, dass die Musikschule bestehen bleibt.«

»Meinst du wirklich? Muss er dafür mit ihr Händchen halten und flirten? Wirklich sehr geschäftlich und professionell.« Nervös knabbere ich an meinen Fingernägeln, viel zu oft in letzter Zeit. Dennoch, was sie gesagt hat, ist in der Tat meine einzige Hoffnung, doch ich wage nicht, mich zu sehr an sie zu klammern. Das würde bedeuten, umso mehr enttäuscht zu werden, sollte sich die viel wahrscheinlichere Variante einer neuen Nummer bestätigen.

Vielleicht sind Frauen für ihn wie Unterwäsche. Abgenutzt und schmutzig, nachdem sie einmal getragen wurden.

»Und wenn du ihn anrufst?«, fragt sie.

»Ich habe nur die Nummer seiner verdammten Firma. Seine dienstliche Handynummer stand zwar auch auf der Visitenkarte, aber die habe ich dummerweise zerknüllt. Sie ist ausgerechnet an dieser Stelle eingerissen. Die Hälfte seiner Nummer ist nicht mehr lesbar. Und in seiner Firma ist um diese Uhrzeit niemand mehr da. Mal ganz abgesehen davon, dass sie mich auch zuvor schon nicht zu ihm durchstellen wollten.«

»Ach Süße, mach dich nicht verrückt.« Hayden beugt sich zu mir und nimmt mich fest in den Arm. »Es wird alles gut, da bin ich mir sicher. Heute Nacht bleibst du hier.«

Sie lässt mich los, schiebt mir meine Teetasse hin und müde nehme ich einen Schluck davon. Zu meinem Erstaunen beruhigt es tatsächlich.

»Morgen wird sich mit Sicherheit alles klären. Ich glaube fest daran, dass dieser Alex ein guter Mensch ist. Dein Herz wird sich nicht getäuscht haben.«

Ich verschlucke mich am Tee, muss husten.

Hayden ergänzt verlegen: »Ich meine: Es wird sich kein zweites Mal getäuscht haben.«

Kapitel 14

Alex

Erneut drücke ich die Klingel, doch niemand öffnet.

Ich werfe einen Blick auf das Blatt Papier in meiner Hand, dann auf meine Armbanduhr, viel Zeit bleibt mir nicht mehr.

Wieder klingele ich.

Endlich höre ich, wie sich über mir ein Fenster öffnet, doch es ist nicht das linke, das von Lucy. Stattdessen steckt rechter Hand ein Kerl seinen bärtigen Kopf heraus, beobachtet mit düsterem Gesichtsausdruck, wie ich noch zweimal ergebnislos klingele, und fragt dann: »Zu wem wollen Sie?«

»Lucy Albers.«

»Sie ist nicht da.«

»Was? Wieso? Wissen Sie, wo sie ist?«

Er schüttelt den Kopf. »In der Musikschule um diese Uhrzeit jedenfalls nicht.«

»Ja, das habe ich mir auch schon gedacht. Aber im Seniorenheim kann sie auch nicht sein, da ist noch keine Besuchszeit.«

»Vielleicht ist sie bei ihren Eltern.«

Das könnte sein. Aber die Zeit, jetzt noch dort rauszufahren, habe ich einfach nicht, verdammt.

Dabei hätte ich mich gern selbst von ihr verabschiedet und ihr erklärt, warum ich das tun musste. Was mache ich nun? Wieso zum Henker hat sie kein Handy wie jeder normale Mensch auch? Ach, stimmt ja, ihres liegt ja im Gully. »Mist. Tja. Puh. Okay … Haben Sie vielleicht einen Stift?«

Er legt den Kopf schief, scheint zu überlegen. Es sieht aus, als würde er ein Bonbon in seinem Mund von der linken zur rechten Backe schieben. Schließlich nickt er und verschwindet.

Kurz darauf taucht er an der Haustür auf, reicht ihn mir.

Ich bedanke mich, drücke mein Blatt Papier mit der Vorderseite gegen die Hauswand und will auf der Rückseite schon den Stift ansetzen. Angesichts des sich neugierig vorbeugenden Bärtigen jedoch verlagere ich meinen Schreibplatz auf die Motorhaube meines Wagens. Eilig verfasse ich die Nachricht, falte das Papier zusammen und werfe es in Lucys Briefkasten. »Danke Ihnen«, sage ich und reiche dem Bärtigen seinen Stift.

Im Rückspiegel sehe ich ihn mir hinterherstarren, bis ich abgebogen bin.

Dann erst rufe ich Sarah an.

Wie wird sie reagieren, wenn sie mich wiedersieht? Während ich es klingeln lasse, strömen all die alten Gefühle auf mich ein und mein Herz verkrampft sich. Ist es richtig, was ich hier tue?

Lucy

Mit dunklen Augenringen, roter Nase und Hayden im Schlepptau betrete ich die Musikschule.

Hinter mir liegt die schlimmste Nacht seit Langem. Und der Morgen war auch nicht viel besser, denn so oft ich auch von Haydens Wohnung aus in der Firma anrief, hieß es jedes Mal, Alex sei nicht anwesend. Wo er allerdings war, darüber wollte mir die Dame am anderen Ende der Leitung keine Auskunft erteilen. Doch wenn er noch immer nicht in der Firma aufgetaucht ist, wo ist er dann? Unwillkürlich stelle ich mir Viktoria und ihn auf dem Hausboot vor. Meine Kehle wird eng, meine Augen brennen.

Als wir die Tür zur Küche aufdrücken und in die verunsicherten Gesichter von Emily, Mona und den anderen schauen, beschleicht mich ein Déjà-vu. Fast alle Lehrer sind da, huschen nervös umher, während ein Raunen die Luft erfüllt.

»Was ist passiert?«, frage ich tonlos.

Dann entdecke ich Viktoria. Mit überaus selbstzufriedenem Gesichtsausdruck steht sie rechts von mir vor der Pinnwand.

Ich meine, mich übergeben zu müssen.

Hayden legt mir in einer beruhigenden Geste die Hand auf den Arm.

»Nun, Herrschaften«, setzt Viktoria an. »Ich habe nicht viel Zeit, deshalb komme ich gleich zum Punkt: Es tut mir leid, Ihnen mitteilen zu müssen, dass diese

Musikschule leider in ihrer jetzigen Form nicht weiterexistieren wird und …« Weiter kommt sie nicht, denn alle rufen und reden plötzlich durcheinander, fassungslos, erschrocken, wütend.

Mir wird kalt, unfassbar kalt.

»Das können Sie nicht tun!«, ereifert sich Stephan. »Dazu haben Sie kein Recht, das darf nur Briana!« Und auch die anderen stimmen aufgebracht mit ein.

»Oh, und ob ich das Recht dazu habe!«, widerspricht Viktoria und versucht, zunehmend verärgerter, sich Gehör zu verschaffen, doch sie kommt kaum gegen die anderen an, muss regelrecht schreien: »In meinem Vertrag steht wortwörtlich drin, dass ich im Falle der Geschäftsunfähigkeit der Besitzerin alle Geschäfte allein regeln kann und …«

Erneut geht ihre Stimme im allgemeinen Tumult unter.

»… kann nicht sein …«, »das glaube ich nicht …«, »Anwalt … vor Gericht …«, tönt es wild durcheinander.

»Ruhe … bitte … Ruhe!« Rot vor Zorn kämpft Viktoria gegen den Sturm der Entrüstung an. Offenbar hat sie nicht damit gerechnet, dass jemand ihre Entscheidung derart vehement infrage stellen könnte. »Und ob ich das kann! Ich habe es getan! Das Grundstück ist verkauft, heute Morgen wurde es notariell beurkundet und …«

»Heute Morgen?!« Ich greife nach Haydens Arm, muss mich festhalten. Darum also ging es bei dem gestrigen Treffen mit Viktoria!

»… über alles Weitere werdet ihr per Mail informiert! Bis eure Verträge gekündigt sind, habt ihr alle pflichtgemäß hier zu erscheinen!« Damit stürmt sie an mir vorbei aus dem Raum, die Treppe hinunter und aus dem Gebäude, während in der Küche alle noch aufgelöster durcheinanderreden.

Ich taste mich kraftlos zum Tisch vor, lasse mich auf den Stuhl fallen.

»Dieser Halsabschneider!«, legt Hayden plötzlich los. »Dieser verlogene Drecksack! Dieser Mistkerl! Hat Viktoria bezirzt, um sich das Grundstück zu angeln. Widerlich.«

Alle sind bei dem für sie völlig untypischen Ausbruch zusammengezuckt, nur ich starre reglos vor mich hin, während ich deutlich das Messer spüren kann, das sich in mein Herz bohrt.

»Was? Wer? Von wem redest du?«, fragt Mona, doch Hayden winkt müde ab.

»Deshalb war Viktoria seit Sonntag nicht hier«, stellt Stephan resigniert fest. »Wir dachten, sie hätte gefehlt, weil sie im Krankenhaus ihrer Tante zur Seite steht, stattdessen war sie beim Notar.«

»Dieses Biest hat nur darauf gewartet, bis ihrer Tante was passiert!«, ruft Mona wütend.

»Aber die Verträge …«, stammelt Emily mit Tränen in den Augen. »Die der Schüler … unsere …«

»Sind ja alles nur Halbjahresverträge«, seufzt Hayden. »In ein bis zwei Monaten laufen die aus und danach wird der Laden dichtgemacht. Oder sie lässt die neuen Besitzer uns allen kündigen. Wir werden es sehen.«

Ich kriege noch immer keinen Ton raus, fröstele plötzlich trotz der Hitze.

Ausgerechnet ich war es, die ihm gesagt hat, dass Viktoria alles erben wird.

Meine Hände zittern, mein Kopf dröhnt und mein Herz hämmert in meiner Brust.

Wie konnte er mein Vertrauen nur so missbrauchen?

***

Wütend stürme ich wenig später in das Firmengebäude, knalle meine Tasche auf die Theke. »Wo ist Alexander Langner?«

Die Empfangsdame sieht erschrocken auf und auch etliche der Menschen in der Lobby wenden sich erstaunt nach mir um, doch mir ist das egal. »Ich muss auf der Stelle mit ihm reden!«

»Haben Sie denn *heute* einen Termin?«, fragt sie pikiert, erkennt mich offenbar.

»Fangen Sie jetzt bloß nicht wieder damit an! Wo ist er?«

»Worum geht es denn?«

»Worum es geht?«, wiederhole ich aufgebracht. »Das kann ich Ihnen sagen! Ich will eine verdammte Erklärung von ihm!«

»Ich denke nicht, dass ich Ihnen … He! Wo wollen Sie hin? Sie können hier nicht rein!« Erschrocken springt die Rezeptionistin auf, rennt mir nach, doch ich bin bereits durch die Glastür gehastet, die die Lobby von den offenen Büroräumen trennt.

»Alex?«, rufe ich und meine Stimme klingt selbst in meinen Ohren schrill. »Alex!«

»Was ist denn hier los?« Ein dicker Mann mit Glatze und rotem, unwillig verzogenem Gesicht walzt auf uns zu. »Was soll das Geschrei?«

»Herr Stahl, Gott sei Dank sind Sie da. Diese … Person … da möchte unbedingt zu Herrn Langner.«

»Alex?«, fragt er mit gerunzelter Stirn. »Ist der nicht grad mit dem Flugzeug nach Glasgow weg?«

Sie nickt.

»Flugzeug?«, wiederhole ich schockiert. »Glasgow?«

Er ignoriert mich, fährt die Empfangsdame an: »Also ist das Thema doch erledigt, warum dann das Geschrei?« Verächtlich schiebt er hinterher: »Wenn Sie nicht einmal in der Lage sind, solch eine Lappalie selbst zu regeln, sind Sie hier falsch.« Er geht, ohne mich auch nur eines Blickes zu würdigen.

»Warum ist er nach Glasgow geflogen?«, frage ich, erhalte jedoch keine Antwort. »Ich bin wegen der Musikschule hier«, schiebe ich hastig hinterher. »Es geht um das Grundstück.«

Entnervt winkt er ab. »Alles schon unter Dach und Fach.«

»Es heißt, dass das Grundstück verkauft worden wäre, aber das kann ich nicht glauben. Alex hatte mir versprochen, dafür zu sorgen, dass das nicht passiert und dass kein Kino an dieser Stelle errichtet wird und …«

»Wie war das?!« Langsam wendet der Dickliche seinen Kopf, kehrt zurück und fixiert mich auf eine Weise, bei der ich mir wie das sprichwörtliche Kaninchen vor der Schlange vorkomme. Dann tritt er plötzlich auf mich zu und hakt mit einem seltsamen Leuchten in seinen Augen nach: »Wie war das gerade? Was sagten Sie?«

»Ich … Er … Alex … Er hat versprochen, alles dafür zu tun …«, stottere ich und winde mich unbehaglich unter seinem Blick. »… dass Frau Kleve nicht weiter bedrängt wird und die Musikschule keinem Kino weichen muss. Es kann nicht sein, dass er es trotzdem getan hat – das muss alles irgendein … irgendein … ein Missverständnis sein!« Meine Stimme klingt flehend, all meine Hoffnung steckt in diesem letzten Satz.

Der Kahlköpfige zeigt ein haifischartiges Lächeln. »Soso, das also hat Herr Langner Ihnen gesagt. Und Sie sind?«

»Lucy Albers, ich bin eine Mitarbeiterin. Ich kenne Frau Kleve, wir stehen uns nahe, aber sie liegt nach einem Herzinfarkt im Krankenhaus, wurde ins künstliche Koma versetzt, und es kann nicht sein, dass dieser Verkauf in ihrem Interesse geschehen ist und …«

»Ich erinnere mich.«

»Wie? Woran?«

Er legt den Kopf schief und mir den Arm um die Schulter. Die Mischung aus Schweiß und seinem süßlichen Parfum, die von ihm ausgeht, ekelt mich an, lässt mich die Luft anhalten, doch ich wage es nicht, seinen Arm abzuschütteln.

»Es tut mir wirklich leid, Sie Ärmste«, sagt er mit vor Bedauern triefender Stimme.

»Was tut Ihnen leid?«, frage ich verwirrt.

»Nun, soweit ich mich erinnere, wollte Herr Langner Sie dazu bringen, Frau Kleve vom Verkauf zu überzeugen. Das war, wie wir beide wissen, nicht besonders erfolgreich. Zum Glück war die Nichte einsichtiger als die Tante und Herr Langner bekam nun doch noch die Unterschrift.«

Ich brauche einen Moment, um zu begreifen, was ich da gehört habe, dann spüre ich, wie mir das Blut aus dem Gesicht weicht. »Wie meinen Sie das?«, flüstere ich und weiche zurück.

Er zieht in Ruhe ein Taschentuch hervor, tupft sich über seine verschwitzte Stirn und mustert mich mitleidig. »Haben Sie sein Interesse etwa missverstanden? Ich hatte so etwas in der Art ja befürchtet, doch er wollte einfach nicht auf mich hören. Es tut mir wirklich furchtbar leid für Sie. So ist er eben. Wissen Sie, er hat viel durchgemacht, da gönne ich ihm seinen Spaß zwischendurch, und wenn dieser dann noch dem Wohl der Firma dient, Sie verstehen schon.«

Ich habe immer gedacht, es sei im übertragenen Sinne gemeint, wenn jemand sagt, sein Herz würde brechen. Jetzt weiß ich, dass das nicht wirklich der Fall ist. Ich spüre es. Ich spüre es in viele kleine, scharfkantige Splitter brechen. Mehr noch als damals bei Marc.

»Sarah wohnt in Glasgow«, sage ich tonlos. »Er ist zu ihr geflogen, nicht wahr?« Ich rechne nicht mit einer Antwort, doch der Glatzköpfige zieht ehrlich überrascht die Augenbraue hoch. »Sie kennen Sarah? Das wundert mich.«

Mehr Beweis brauche ich nicht.

Wortlos drehe ich mich um, stakse davon. Ich kann nicht einmal weinen. Als hätte der Schock sämtliche Tränen pulverisiert.

Deshalb also hat er mich an jenem Morgen auf dem Boot einfach zurückgelassen: Sein angeblich wichtiger Termin in der Firma war Frau Kleves Herzinfarkt, von dem er erfahren hat. Daraufhin hat er gleich seine Karten neu sortiert und beschlossen, dass ich nicht mehr von Bedeutung bin. Und ausgerechnet ich war es, die ihm auf die Nase gebunden hat, dass Viktoria diejenige ist, die inzwischen das Sagen hat. Kein Wunder, dass er sich noch am gleichen Abend mit ihr im *Decameron* getroffen hat.

Vermutlich hat er all seinen verdammten Charme spielen lassen, um den Preis zu drücken, und bei der Gelegenheit auch gleich noch die mehr als willige Viktoria flachgelegt. Ein Kostverächter war er ja nie. Und nun, wo er seinen Willen bekommen und das Grundstück gekauft hat und der Vertrag unterzeichnet ist, ist er wieder zu seiner Ex zurückgekehrt. Er hat mich belogen. Er hat mich benutzt. Und er hat mich ausgenutzt. Er wollte über mich an Frau Kleve ran. Alle seine Worte – nur leere Hülsen, alles nur Show, um sich mein Vertrauen zu erschleichen.

Ich presse mir die Hand vor den Mund, um nicht laut aufzuschreien vor Schmerz.

Warum nur tut dieser Gedanke so viel mehr weh als der Verrat von Marc? Weil es das zweite Mal ist, dass jemand mein Vertrauen so missbraucht? Mich dermaßen enttäuscht? Oder weil ich bei Alex bereits nach solch kurzer Zeit dieses absolut verrückte Gefühl hatte, ihn schon ewig zu kennen? Es mit ihm nach nur einer Nacht viel intensiver war als in all der Zeit mit Marc? Weil er mein Bumfallera war? Wie kann das Leben nur so mies sein und so etwas zulassen? Von wegen Bumfallera und alles ist gut.

In meinem Kopf dreht sich alles. Wie ein Roboter setze ich Fuß vor Fuß.

Wohin ich gehe? Keine Ahnung.

Es spielt auch keine Rolle.

Nichts spielt mehr eine Rolle.

Das Leben hat mich verarscht.

Schon wieder.

***

Erneutes Sturmklingeln.

Es lässt mich kalt, ist nur ein widerhallendes Geräusch in der unendlichen Leere, die in mir herrscht.

»Lucy? Lucy! Öffne bitte auf der Stelle diese verdammte Tür!«

Die Stimme meiner Mutter? Die Überraschung reißt mich aus meinem Dämmerzustand. Wie spät ist es? Und welcher Wochentag? Kann es wirklich sein, dass es schon Freitagfrüh ist?

Ich weiß nicht, wie ich es an jenem Abend nach Hause geschafft, und auch nicht, wie ich den gestrigen Tag überstanden habe. Er ist ein einziger dunkler Fleck. Der Fleck an der Wand meines Schlafzimmers, den ich anstarre, während ich im Bett liege, zusammengerollt und das Kissen umklammernd. Ich wünsche mir so sehr, ich könnte weinen, doch es ist, als sei ich erstarrt, erfroren, zu Stein geworden. Als hätte ich all meine Gefühle verloren. Mit Alex' Verrat und Verschwinden.

Seit jenem Abend habe ich das klingelnde Telefon ignoriert, ebenso die Türklingel, das Klopfen und die besorgten Rufe von Sonja, Chris und Hayden. Ich ging nicht zur Arbeit und nicht ins Seniorenheim und nicht zur Probe mit der Pianistin für die Nachprüfung. Das ist das Schlimmste daran. Marc hat mir vielleicht meine erste Chance geklaut, aber Alex meine letzte und damit meine Zukunft zerstört. Als ob ich unter diesen Bedingungen, mit diesem Herzschmerz antreten und überzeugen könnte.

Ob Hayden mich kurzerhand für krank erklärt und entschuldigt hat? Keine Ahnung, es ist mir auch egal. Ich habe meine Geige nicht angefasst, konnte kaum etwas essen. Es existierte nichts außer dem alles verschlingenden Schmerz in meinem Inneren.

»Lucy!«, höre ich nun auch meinen Vater. »Wieso gehst du nicht ans Telefon?«

Ich drehe mich auf die andere Seite, presse mir das Kissen aufs Ohr.

»Lucy, geht es dir gut?« Erneut die Stimme meiner Mutter. Sie klingt besorgt. Tatsächlich besorgt.

»Lucy, bitte mach diese Tür auf, oder ich muss sie aufbrechen.«

Müde richte ich mich auf, schleppe mich zur Tür und drehe den Schlüssel.

»Lucy!«, ruft meine Mutter und fällt mir um den Hals. »Es tut mir so leid!«, schluchzt sie. Sie ist vollkommen aufgelöst, ungeschminkt, mit geröteten Augen.

»Was ist passiert?«, frage ich verwirrt.

»Ella hat Marc mit einer seiner Studentinnen erwischt!«, ruft meine Mutter mit erstickter Stimme an meinem Hals.

Ich blinzele, weiß nicht, was ich dazu sagen soll. Nur deswegen sind meine Eltern so fertig?

»Ella ist ausgerastet«, erklärt mein Vater und sieht mich seltsam an. »Völlig verständlicherweise. Es gab einen hässlichen Streit und er hat ihr Vorwürfe gemacht und …«

»Und dabei ist ihm herausgerutscht, dass es ein Fehler war, dich ihretwegen zu verlassen.« Meine Mutter hebt den Kopf von meiner Schulter und schnieft.

Ich bin nicht in der Lage, mich zu rühren, starre meine Eltern ungläubig an.

»Sie war vollkommen schockiert«, fährt meine Mutter schluchzend fort, »und hat so lange nachgebohrt, bis alles herauskam: dass er mit dir zusammen war und du erst am Tag der Prüfung von ihm und Ella und dem Baby erfahren hast.«

Ich taste nach Halt, lasse mich auf den Schuhschrank sinken.

Meine Mutter setzt sich neben mich, zieht mich zu sich heran. »Das war der Grund, warum du auf der Bühne völlig weggetreten warst, nicht wahr? Warum nur hast du es nicht gesagt? Wieso hast du uns nichts davon erzählt?«

Ich bin nicht in der Lage, irgendetwas zu antworten, in meinem Inneren herrscht Chaos. Ich sollte froh sein, diese Last endlich losgeworden zu sein. Sollte Genugtuung verspüren. Schadenfreude oder was auch immer Marc gegenüber.

Doch da ist nichts. Es lässt mich kalt.

»Es tut mir leid«, flüstert meine Mutter nur wieder.

»Uns«, korrigiert mein Vater mit bedrücktem Gesichtsausdruck. »Uns tut es leid.«

Und plötzlich fange ich an zu weinen. Zum ersten Mal seit jenem Moment in Alex' Firma, als mir das ganze Ausmaß seines Verrates bewusst geworden ist.

Meine Mutter denkt, es wäre wegen Marc und Ella, und nimmt mich in den Arm, hält und tröstet mich. Und es tut gut, unfassbar gut, diese Last nicht mehr mit mir herumtragen zu müssen und mich endlich mit meinen Eltern zu versöhnen. Ich schlinge meine Arme um sie, lege meinen Kopf an ihrer Schulter ab und weine und weine und kann gar nicht mehr damit aufhören.

Doch ich weine nicht wegen der Sache mit Marc. Ich weine wegen Alex.

Kapitel 15

Alex

Gut gelaunt betrete ich am Montag mein Büro, starte den PC. Ich bin froh, nach diesen mehr als anstrengenden Tagen beim Notar und dem Wochenende mit Sarah alles unter Dach und Fach gebracht zu haben. Nur dass ich nicht wie geplant schon am Freitag habe zurückfliegen können, weil dann in letzter Minute doch noch ein Dokument gefehlt hat, das erst heute eingetroffen ist, hat mich mächtig gewurmt. Wenigstens hatte ich Glück und konnte kurzfristig noch im 15:00-Uhr-Flug einen Platz ergattern, anstatt erst den am Abend nehmen zu können. Doch obwohl ich unfassbar müde bin nach diesem ganzen Hin und Her in den letzten Tagen, fühle ich mich dennoch so voller Tatkraft und Energie, dass ich nicht nach Hause fahren wollte, sondern gleich in die Firma musste. So viele Ideen in meinem Kopf, die darauf brennen, Realität zu werden. Ich muss Mitch unbedingt von der neuesten erzählen.

Voller Elan erhebe ich mich wieder von meinem Platz, eile rüber, klopfe bei ihm an, doch sein Büro ist leer.

Stattdessen hastet Katja um die Ecke. »Alex! Gott sei Dank, da sind Sie endlich.« Sie sieht sonderbar verstört aus.

»Ist uns das Druckerpapier ausgegangen?«, scherze ich.

»Ich bin nicht sicher, was los ist, aber ich glaube, Sie sollten ganz schnell in den Konferenzraum kommen.«

Befremdet leiste ich ihrer Bitte Folge, doch auf der Schwelle zum Konferenzraum bleibe ich abrupt stehen. Nicht nur Mitch ist anwesend, sondern noch weitere hochrangige Mitarbeiter, darunter auch Jacob.

»Alex?!« Mitch sieht mich überrascht an, räuspert sich umständlich. »Du kommst gerade rechtzeitig.«

»Ist etwas passiert?«, frage ich verwundert.

»Wie man es nimmt«, sagt er, beugt sich vor und legt die Fingerspitzen aneinander.

»Eine junge Frau hat unserer Firma einen Besuch abgestattet und davon gesprochen, dass du ihr versichert hättest, das Grundstück der Musikschule nicht kaufen zu wollen.«

»Lucy war hier?«

»Ja, genau, so hieß die junge Frau.«

»Ja«, sage ich langsam. »Und?« Ich blicke von einem zum anderen auf der Suche nach einer Erklärung für Mitchs sonderbare Ansprache. Etliche der Abteilungsleiter weichen meinem Blick aus.

Mitch erhebt sich vom Kopfende des Tisches. »Es tut mir außerordentlich leid, mein lieber Alex, und natürlich ist mir klar, dass du der Sohn meines Partners bist, und das ist auch der Grund dafür, dass ich diese Entscheidung nicht allein treffen wollte, sondern ein Meeting einberufen habe und …«

»Welche Entscheidung?« Ein ungutes Gefühl beschleicht mich.

»… dieses Problem ins Meeting getragen habe, wo wir gerade darüber abgestimmt haben und …«

»Worüber abgestimmt?« Ich runzele die Stirn. »Was ist hier los?!«

»Nun …« Mitch wendet entschuldigend die Handflächen nach oben. »… leider sah ich mich aufgrund deines Verhaltens gezwungen …«

»Mein Verhalten?« Ich muss plötzlich lachen. Das Ganze ist zu albern.

Er hebt bedauernd die Schultern. »Du wirst nicht abstreiten können, dass du dich leider in den letzten Monaten alles andere als verantwortungsbewusst gezeigt hast und deinen Aufgaben hier nicht im Mindesten nachgekommen bist, sodass …«

Ich ziehe scharf die Luft ein. »Das ist ein schlechter Scherz!«

»Sodass ich …«, fährt er ungerührt fort, »gezwungen war, dieses Problem leider …«

»Problem?!«, stoße ich aus, habe das Gefühl, im falschen Film zu sein. »Welches Problem?!«

Er seufzt tief auf, verschränkt die Finger ineinander. »Deine Partynächte und das auf uns abfärbende schlechte Image, deine Fehlzeiten, deine Unkonzentriertheiten, deine Fehlentscheidungen – das alles hat der Firma massiven Schaden zugefügt …«

Mir fehlen vor Fassungslosigkeit die Worte.

»… denk nur allein an die tragenden Wände, die deinetwegen beinahe eingerissen wurden. Und nun hast du dich auch noch gegen die Interessen der Firma gestellt und versucht, den Verkauf des Grundstückes zu verhindern, und sogar Betriebsgeheimnisse über unser Bauprojekt weitergegeben, nämlich, dass wir ein Kino auf den Grundstücken errichten werden, und …«

»Aber …« Ungläubig schüttele ich den Kopf. »Du wusstest doch davon.«

»Wovon?«

»Davon, dass wir eine andere Lösung finden müssten, was das Kino angeht. Wir hatten doch beschlossen, nicht zu verkaufen.«

»Nein. *Du* hast beschlossen, es nicht zu tun, und damit ganz eindeutig gegen die Interessen der Firma gehandelt. Es betrübt mich ehrlich, aber … ich fürchte, ich konnte nicht anders, als eine …«

»Was redest du da?! Du hast es doch gewusst!«

»Ich? Woher hätte ich das wissen sollen?«

»Wie? Was meinst du damit? Ich habe doch mit dir darüber gesprochen.«

Jacob, der neben Mitch sitzt, sieht stirnrunzelnd zwischen uns hin und her.

»Du hast mir darin zugestimmt«, beharre ich, »dass wir das Grundstück nicht unbedingt bräuchten.«

»Warum sollte ich so etwas Dummes tun? Das wäre ein immenser Verlust für unsere Firma. Ein enormer finanzieller Schaden.«

Ich starre ihn verständnislos an. Wie kann er das vergessen? Ja, zwar ist Viktoria, als ich ihr sagte, dass wir kein Interesse mehr daran hätten, die Musikschule zu kaufen, mit dem Preis runtergegangen. Dennoch habe ich ihr eine Absage erteilt. Und das habe ich Mitch doch auch direkt nach dem Gespräch mit Viktoria am Telefon mitgeteilt. Ich habe ihn auf meinen Plan verwiesen, wie das Kino so gebaut werden könnte, dass die Musikschule bestehen bleibt, auch wenn es Jacobs Kalkulation zufolge teurer wird. Er hat seine Zustimmung dazu gegeben. Warum behauptet er jetzt das Gegenteil?

»Glaub mir, diese Entscheidung ist mir nicht leichtgefallen und aus Respekt deinem Vater gegenüber möchte ich …«

Ich bin noch immer wie erstarrt, kann mich nicht rühren. Das ist ein Albtraum, ein schlechter Film, was auch immer – aber nicht die Realität!

»Kurz und knapp: Es besteht kein Vertrauensverhältnis mehr.«

Ich atme schwer, beherrsche mich mühsam: »Worauf willst du hinaus?«

Er breitet wie zur Entschuldigung die Hände aus. »Mit einer Gegenstimme wurde gerade deine Kündigung beschlossen.«

»Das kannst du nicht tun. Das ist auch meine Firma.«

»Nein«, sagt er und schüttelt in gespieltem Bedauern den Kopf. »Ist sie nicht, tut mir leid. Du bist hier nur angestellt, wie du sehr wohl weißt, und so gerne ich es auch tun würde – ich kann dich leider nicht für die Verdienste deines Vaters bezahlen oder bevorzugen, nur weil du der Sohn meines Partners bist. Tatsächlich fragen sich die meisten in der Firma, wofür du überhaupt im letzten Jahr dein Geld erhalten hast.«

»Das kannst du nicht tun«, wiederhole ich tonlos. »Mein Vater hat diese Firma gegründet!«

Ärger huscht über sein Gesicht. »Das mag zwar sein, doch ich bin sein Partner. Und im Moment, so wie es aussieht, der Einzige, der diese Firma leiten kann.«

»Mein Vater … ich … wir haben dir vertraut.«

Einige der Kollegen sehen betreten beiseite.

Mitchs Blick huscht von einem zum anderen – warum ist mir nie zuvor aufgefallen, dass er kleine, verschlagen guckende Schweinsäuglein hat? –, ehe er sich hastig erhebt. »Es tut mir wirklich, wirklich leid, aber so ist das leider nun einmal.« Er kommt um den Tisch herum, legt mir die Hand auf die Schulter.

Das reißt mich aus meiner Erstarrung und ich schlage seine Hand weg.

Er zieht sein Taschentuch hervor, tupft sich in aller Ruhe die Schweißperlen vom Gesicht und behauptet dann: »Ich kann verstehen, dass du jetzt aufgebracht bist, aber …«

In meinen Ohren rauscht das Blut, ich kann seinen weiteren Ausführungen gar nicht mehr folgen. Der falsch gezeichnete Plan damals, als es darum ging, die Wände einzureißen. Die von vornherein zum Scheitern verurteilten Verhandlungen mit Frau Kleve, all seine Ermunterungen, mich doch zurückzunehmen, mir eine Auszeit zu gönnen. Immer wenn wir allein waren. Ohne Zeugen. In meinem Kopf macht es plötzlich klick.

»Aufgebracht?! Aufgebracht?! Aufgebracht ist nicht mal annähernd das, was ich bin, du verdammter Mistkerl! Du hast mich verarscht! Du hast das Vertrauen meines Vaters missbraucht! *Du* warst es, der die ganze Zeit gegen mich gearbeitet hat! Du hast die ganze Zeit nach einem Weg gesucht, mich loszuwerden! Du hast gewusst, dass, wenn du mir einfach kündigst, es einen Aufschrei geben würde in der Firma. Deshalb dieses ganze Theater hier! Deshalb diese lächerliche Inszenierung! Damit kommst du nicht durch.«

Er hebt eine Augenbraue. »Ich bitte dich. Das ist ja albern. Jeder hier kann bezeugen, dass ich dich stets in Schutz genommen habe, wenn Beschwerden laut wurden, und dass ich immer hinter dir stand. Doch mittlerweile ist ein Zustand erreicht, bei dem das einfach nicht mehr vertretbar ist. Und dein paranoider Anfall gerade zeigt ja wohl deutlich, dass ich damit absolut richtigliege und zum Wohle der Firma …«

»Du mieses, verlogenes Schwein!«

Peinlich berührt sehen die meisten weg, doch mir ist das egal.

»Und da haben wir einen weiteren Punkt: deine Aggressivität und der Imageschaden, den du der Firma damit zugefügt hast, wenn ich an die ganzen Klatschspalten denke, und …«

Ich schüttele ungläubig den Kopf und schlagartig wird mir etwas klar: »Du hast ihn gehasst. Du hast meinen Vater gehasst. Hasst ihn noch immer.«

Mitchs Augen verengen sich.

»Wieso nur ist mir das nie klar geworden? Du hast nach einem Weg gesucht, dich an ihm zu rächen. All die Jahre hast du nur die zweite Geige gespielt, warst nur der Buchhalter, nur die Rechenmaschine. Mein Vater war der Kopf, der Kreative, das Genie.«

»So ein Blödsinn«, faucht er, »ich …«

»Ich habe dir vertraut! Mein Vater hat dir vertraut! Ich habe dich für einen Freund gehalten und …«

»Natürlich bin ich ein Freund deiner Familie«, versucht er, mich zu übertönen, die Hand mit dem Taschentuch zittert vor Wut. »Genau aus diesem Grund will ich ja das Andenken deines Vaters wahren und nicht mit deinem

Fehlverhalten beschmutzen. Die Leute sollen sich an den alten Langner erinnern, während …«

»Das wirst du noch bereuen!«, schleudere ich ihm entgegen, drehe mich um und gehe, ohne ihm einen weiteren Blick zu gönnen, zur Tür.

»… du das Wohl der Firma aufs Spiel gesetzt hast«, tönt mir seine hohe, dünne Stimme hinterher. »Aus einer Laune heraus. Ein wahnsinnig großer Auftrag, der uns durch die Lappen gegangen wäre, wenn ich nicht rechtzeitig eingegriffen und das Ruder herumgerissen hätte. Eine Entscheidung zum Wohle der Firma!«

Wie angewurzelt bleibe ich stehen, drehe mich langsam um. »Was soll das heißen? Hast du das Grundstück etwa gekauft?!«

Langsam, ganz langsam breitet sich ein falsches Lächeln auf seinem Gesicht aus. »Natürlich. Darum ging es doch schließlich die ganze Zeit, schon vergessen?«

Ich antworte nicht, renne los.

Lucy.

Das ist mein einziger Gedanke.

***

Wieder klingele ich an ihrer Wohnungstür und wieder und wieder, doch nichts passiert. Dabei hat sich, als ich aus dem Wagen stieg, an Lucys Fenster die Gardine bewegt. Ins Treppenhaus gelassen hat sie mich aber nicht, die Tür ging erst auf, nachdem ich alle anderen Wohnungen abgeklingelt hatte.

»Lucy! Bitte, mach auf! Ich weiß, dass du da bist. Ich muss mit dir reden! Bitte!«

Keine Reaktion.

»Es ist alles ganz anders, als du denkst! Bitte, öffne die Tür!«

»Lucy, zum Kuckuck!«, schallt von oben eine weibliche Stimme durchs Treppenhaus. »Jetzt rede doch mit ihm. Von seinem Gebrüll kriege ich Kopfschmerzen.«

Tatsächlich öffnet sich endlich ihre Tür, wenn auch nur ein Stück weit.

»Lucy!«, rufe ich erleichtert. »Es ist nicht …«

»Du Mistkerl!«, fällt sie mir ins Wort, das Gesicht fleckig und verweint.

»Warte!«, rufe ich schockiert. Es tut mir unfassbar weh, sie so zu sehen. »Was immer du denkst – es stimmt nicht! Ich habe das Grundstück nicht gekauft, ich …«

»Lügner! Ich habe dich gesehen! Mit Viktoria!«

»Viktoria?« Auch das noch. »Nein, das war doch nur … Sie hat sich an mich rangehängt, wollte unbedingt mit mir reden und …«

»Ja, klar … danach sah es auch aus«, schleudert sie mir wütend entgegen. »Erst hast du ihr das Grundstück abgekauft und sie dann flachgelegt, nicht wahr? Oder war es andersrum? Weißt du was: Ist mir scheißegal. Du bist mir scheißegal. Und jetzt verschwinde.«

»Was? Nein! So ein Blödsinn! Es ging um den Verkauf bei dem Gespräch, das stimmt, aber ich habe abgelehnt. Hörst du? Abgelehnt!«

»Ja, klar, verarschen kann ich mich selbst. Und zu deiner Ex bist du auch nicht geflogen, oder was?«

»Doch, aber doch nur, weil …«

»Spar dir deine Lügen – die Musikschule ist verkauft!«

»Jetzt halt doch mal die Luft an und lass mich ausreden!

Ja, sie ist verkauft, aber doch nur, weil Frau Kleves Nichte sich nach meiner Absage an den Partner meines Vaters gewandt hat. *Er* hat den Vertrag unterzeichnet. Davon wusste ich bis eben aber nichts, und ich habe zuvor auch alles getan, dass die Schule erhalten bleibt. Ich schwöre es!«

»Was für ein Blödsinn! Ich glaube dir kein Wort! Du hast mich belogen und benutzt! Von Anfang an! Dein Plan war es, über mich Frau Kleve zum Verkauf zu bewegen!«

»Woher …?«, rutscht es mir heraus, ehe ich mich wieder im Griff habe.

»Ich wusste es!«, keucht sie auf. Der verletzte Ausdruck in ihrem Gesicht schneidet mir ins Herz und spricht Bände. Ich habe es ordentlich vergeigt.

»Lucy, ich …«

»Wie kann man nur so kaltherzig sein, so egoistisch, so rücksichtslos den Gefühlen anderer gegenüber? Kein Wunder, dass du nicht verstehen kannst, wieso ich im Seniorenheim arbeite. Vielleicht willst du es ja genauso plattmachen wie die Musikschule und den alten Leuten auch noch das letzte bisschen von dem nehmen, was sie haben? Jemand wie du hat nie seine eigenen Bedürfnisse zurückgesteckt und sich um andere gekümmert und …«

Ich spüre, wie mir das Blut aus dem Gesicht weicht, ich nach dem Laternenmast greifen muss. Lucy hält erschrocken inne.

Langsam sage ich: »Wenn du wirklich so von mir denkst …«

»O ja, das tue ich! Und noch viel schlimmer. Du hast es doch eben selbst bewiesen!«, faucht sie.

»Dann gibt es nichts mehr zu sagen«, gebe ich tonlos von mir, drehe mich um und gehe.

Die Enttäuschung presst mir das Herz zusammen. Ich balle die Hände zu Fäusten, bohre meine Fingernägel in meine Handballen, um den Schmerz in meinem Inneren zu übertönen. Ich habe gedacht, Lucy wäre anders. Ich habe gedacht, ich hätte endlich wieder jemanden gefunden, dem ich mich öffnen könnte. Aber wenn sie nicht einmal an meiner Version der Geschichte interessiert ist, mich nicht mal erklären lässt, dann … Was sie eben gesagt hat, hat ein Loch in meine Brust gerissen.

Es ist verrückt, doch Lucys Verhalten schmerzt mich sogar noch mehr als Mitchs Verrat.

Ein einziges Mal in meinem Leben bin ich bislang so sehr enttäuscht worden, damals, bei meinem Vater. Als ich Hilfe am meisten gebraucht habe.

Doch wenn es noch eines Beweises bedurft hat, dann ist er jetzt erbracht. Es gibt auf dieser Welt keine Freundschaft. Und es gibt keine Liebe.

Ich steige ein, gebe Gas, ohne einen einzigen Blick zurückzuwerfen.

Lucy

»O mein Gott, Lucy, ist alles in Ordnung?«, fragt Rita erschrocken, kaum dass ich am Nachmittag das Seniorenheim betreten habe.

Ich bin nicht einmal in der Lage, etwas zu sagen, nicke nur.

»Fühlst du dich nicht gut?«

Schlimmer als das. Ich fühle gar nichts mehr. Ich weiß nicht einmal, wie ich den Unterricht in der Musikschule überstanden habe. Ohnehin habe ich das Haus nur aus der Hoffnung heraus verlassen, dass mich die Arbeit von meinen endlos um Alex kreisenden Gedanken ablenken würde. Das jedoch hat leider überhaupt nicht funktioniert.

Rita klopft bereits gegenüber bei Frau Gätlein an die Tür, öffnet sie einen Spaltbreit. »Guten Morgen, Mathilda, wie geht es Ihnen an diesem wunderschönen …?« Sie stutzt, fährt dann überrascht fort. »Richard, was machen Sie denn hier?« Sie stößt die Tür ganz auf und eilt auf einen älteren Herrn zu, der im Bett liegt, die Bettdecke umkrampft und ihr verwirrt entgegensieht.

»Da ist jemand in meinem Zimmer!«, ruft der alte Mann entrüstet. »Was hat sie in meinem Zimmer verloren?«

»Wer? Mathilda?« Suchend blickt sich Rita um, eilt schließlich ins Bad und kommt kurz darauf wieder hervor, den Arm um eine zitternde, schluchzende Frau mit weißem Haar gelegt.

Mit der anderen Hand drückt sie die Ruftaste an ihrem Piepser.

»Kann ich irgendwie helfen?«, frage ich, doch sie winkt ab, und nur einen Atemzug später schiebt sich bereits Christiane, eine andere Pflegerin, an mir vorbei, erfasst die Situation mit einem Blick und geht auf den alten Mann zu. »Richard«, sagt sie mit sanfter Stimme. »Sie haben sich ein wenig vertan. Dies ist nicht Ihr Zimmer.«

»Ist es wohl! Was wollen all diese Leute hier? Geht weg! Verschwindet!«

Ich begreife, dass ich hier mehr Ballast bin als Hilfe, und verlasse das Zimmer, um nicht im Weg herumzustehen oder die beiden alten Leute noch mehr zu verwirren.

Vom Gang aus höre ich Christiane weiterhin ruhig und sanft auf den aufgebrachten Richard einreden, bis dieser sich schließlich dazu überreden lässt, aus dem Bett zu steigen, und kurz darauf mit ihr das Zimmer verlässt. Leise vor sich hin schimpfend folgt er ihr über den Flur. Sie sieht über die Schulter zu mir. »Vielleicht machen Sie lieber mit Dolores weiter? Sie ist unkompliziert, das schaffen Sie allein. Und sobald sich Herr Langner hier wieder beruhigt hat, sehe ich kurz nach Ihnen.«

»Klar, kein … Moment. Wie heißt er mit Nachnamen?«

»Langner. Er ist noch nicht lange bei uns. Wieso?«

Meine Beine fühlen sich plötzlich ganz weich an, mit einem Mal weiß ich, warum mir Alex von Anfang an so bekannt vorkam. Nicht wegen irgendwelcher Zeitschriften. »Sein Sohn ist nicht zufällig Alexander Langner?«

»Doch. Sie kennen ihn? Ein großartiger Mann, nicht wahr? Wie liebevoll er sich die ganze Zeit selbst um seinen Vater gekümmert hat. Erst vor Kurzem hat er sich nach Beendigung der Probewohnzeit beim Gesprächstermin bereit erklärt, seinen Vater dauerhaft bei uns zu lassen. Ist ihm nicht leichtgefallen, hätte er doch gerne mehr für ihn getan. Aber Richard brauchte dringend eine Vollzeitpflege. Ich erinnere mich noch sehr gut an all die Vorgespräche mit Herrn Langner junior und daran, wie wahnsinnig schwer es ihm gefallen ist, sich schließlich einzugestehen, dass, nachdem es auch mit einer fest angestellten Pflegerin einfach nicht funktioniert hat, er es nicht mehr alleine schafft, und seinen Vater ganz zu uns zu geben.«

Mir ist plötzlich schlecht.

Alex

Andere Wagen rauschen an mir vorbei, die Häuser sind nur noch Schemen, die ich kaum wahrnehme. In meinem Kopf herrscht Chaos, in meinem Herzen bohrt sich langsam der Schmerz seinen Weg wie ein Wurm durch den Apfel.

… »Einfach hier drücken, das ist alles«, erkläre ich meinem Vater und deute auf den Knopf am Armband.

»Ich will das nicht«, grollt er.

»Wieso denn nicht? Es ist doch nur zu deiner Sicherheit da.«

»Nein!« Wütend fegt er das Armband vom Esstisch, an dem wir sitzen. »Ich brauche so etwas nicht.«

Ruhig bleiben, beschwöre ich mich. »Ich weiß«, sage ich und breite beschwichtigend die Hände aus. »Aber ich *brauche das, okay? Zu meiner eigenen Beruhigung. Damit du mich anpiepsen kannst, falls du irgendwo die Orientierung verlierst und dein Handy vergessen hast.«*

»Das war nur Zufall«, erklärt er unwirsch.

»Vier ganze Mal?! Sei doch vernünftig, bitte!«

»Red nicht mit mir, als wär ich ein Kleinkind!«

»Dann benimm dich nicht so, Herrgott!« Ich bin grenzenlos überfordert und es fühlt sich schlimm an. Falsch.

Absolute Stille. Ich bin selbst schockiert über meinen Ausbruch, weiß nicht, was ich sagen, nicht, was ich tun soll.

Und bevor es mir einfällt, ist er aufgestanden. »Ich habe ein großes Unternehmen geschaffen!«, schnaubt er wütend, und es ist, als würde für einen Moment sein altes Ich den Kokon zerreißen, in den das Schicksal es eingesponnen hat. »Aus dem Nichts! Vergiss das nicht!« Mit erhobenem Kopf und durchgedrücktem Kreuz verlässt er das Zimmer.

Ich stemme die Ellbogen auf dem Tisch auf, berge das Gesicht in meinen Händen, atme tief durch. Und weiß noch immer nicht, was ich tun soll.

Zum ersten Mal wird mir wirklich bewusst, dass er begreift, was gerade passiert, dass er mitbekommt, wie sein Leben und alles, was er sich so hart erarbeitet hat, in Stücke zerbricht. Und dass seine Angst noch viel größer sein muss als meine.

Ich fühle mich hilflos wie ein Kind, und zum ersten Mal, seit ich ein Junge war, ist mir nach Weinen.

Ich bücke mich, angele das Armband vom Boden, lege es in die Schachtel zurück und lasse sie auf dem Tisch stehen. Ich muss zu einem späteren Zeitpunkt erneut versuchen, ihn davon zu überzeugen, es zu tragen. Etwas anderes bleibt mir wohl kaum übrig.

Stattdessen gehe ich ins Arbeitszimmer meines Vaters, setze mich an den Schreibtisch und mache mich daran, den Rest der ungeöffneten Briefe durchzusehen und zu beantworten, was beantwortet werden muss, Unterlagen zu suchen, die angefordert werden, und die Versicherungspapiere zu studieren. Das meiste habe ich schon erledigt in den letzten

Tagen, die ich hier verbracht habe, weil Elizabeth sich im Krankenhaus einer Knieoperation unterziehen musste.

Doch heute wird sie entlassen und ich kann endlich wieder zu Hause schlafen.

Als ich schließlich Elizabeths Stimme höre, die uns vom Eingang her lautstark darüber informiert, dass sie wieder zu Hause sei, dämmert es draußen bereits.

Ich erhebe mich mit steifen Beinen, begrüße sie und helfe ihr, den Koffer ins Haus und die Treppe hoch in ihr Schlafzimmer zu tragen. Sie erzählt davon, wie es ihr geht, was der Arzt bei der Entlassung gesagt hat und wer sie alles im Krankenhaus besucht hat.

Als ich wieder nach unten gehen will, fasst sie mich am Arm. »Und?«, fragt sie ängstlich. »Wie lief es?«

»Nichts abgebrannt, niemand verloren gegangen«, sage ich mit schiefem Lächeln. »Also kann man wohl sagen: gut.«

Ihre Erleichterung ist mit Händen zu greifen und sie lächelt mich an. Ich drücke aufmunternd ihre Hand. Wir haben uns noch nie besonders gut verstanden, doch vielleicht ist das ja die Möglichkeit, näher zusammenzurücken.

Ich gehe in die Küche, schalte den Kaffeeautomaten ein und rufe Sarah an.

»Du wolltest schon vor zwei Stunden hier sein«, begrüßt sie mich.

»Ich weiß, tut mir leid. Ich musste auf Elizabeth warten. Die Nachuntersuchung hatte sich verzögert.«

Die Türklingel ertönt. »Ich geh schon!«, höre ich Elizabeth rufen.

»Dann ist sie jetzt da«, fragt Sarah. »Du kommst also heute nach Hause?«

»Ich dachte, ich bleibe vorsichtshalber noch eine Nacht hier.«

Sie schnauft. »Ist dir mal aufgefallen, dass du mehr Zeit im Haus deines Vaters verbringst als bei uns?«

»Ist dir aufgefallen, dass seine Frau im Krankenhaus war und er hier Hilfe gebraucht hat?«

»Ich rede nicht von diesen letzten Tagen. Ich rede von den Wochen davor!«

»Tut mir leid. Was soll ich sagen?«

»Das alles ist nicht gerade einfach für mich.«

»Für dich?! Für dich ist es nicht einfach? Entschuldige mal. Ich bin hier derjenige, dessen Vater krank ist.«

»Eben. Dein Vater. Nicht du. Doch das Leben mit dir fühlt sich an, als wärest du krank. Wir haben quasi kein Leben mehr. Alles dreht sich nur noch um deinen Vater. Wir haben kaum mehr Zeit füreinander. Du bist immer entweder auf der Arbeit oder im Haus deines Vaters.«

»Ich weiß, und es tut mir auch unendlich leid, aber ich bin schon auf der Suche nach einer Lösung.«

»Ach, und wie sieht die aus?«

»Was hältst du davon, wenn wir hier einziehen?«

»Das ist nicht dein Ernst! Das kannst du nicht von mir verlangen.«

»Wieso denn nicht? Das Haus ist riesig und der Anbau steht komplett leer, wir könnten …«

»Nein!«

»Ich verstehe, dass das jetzt etwas plötzlich kommt, aber denk doch mal darüber nach. Keine Zeitverluste durch die Fahrerei mehr. Ich wäre bei meinem Vater, falls ein Notfall eintritt, und den Rest der Zeit hätten wir für uns.«

Am anderen Ende der Leitung ist es still. »Sarah?«

»Ehrlich gesagt …« Sie hält inne.

»Ehrlich gesagt, was?«, hake ich mit gerunzelter Stirn nach.

»Ich denke, wir sollten es beenden.«

»Was beenden?«

»Unsere Beziehung, was sonst?«

»Das sagst du nur, weil du sauer bist. Zu Recht, das verstehe ich.«

»Nein. Ich denke schon länger darüber nach. Seit … seit das mit deinem Vater überhandgenommen hat. Es funktioniert so einfach nicht. Ich bin jung, verdammt. Ich will nicht mit einem Kerl zusammen sein, der quasi auf Abruf Gewehr bei Fuß stehen muss für den Fall, dass etwas mit seinem Vater ist. Ich will das Leben genießen! Ich will feiern, in der Sonne liegen, in den Urlaub fahren, Dinge unternehmen. Wenn ich Krankenschwester hätte spielen wollen, wäre ich nicht Designerin geworden!«

»Es wird besser«, sage ich tonlos, »das ist nur ein vorübergehender Zustand.«

»Nein, wird es nicht. Und du musst dir das endlich eingestehen.« Damit legt sie auf.

Ich lasse langsam die Hand sinken, starre das Handy an, kann nicht glauben, was gerade geschehen ist. Am liebsten hätte ich es gegen die Wand geschmettert. Plötzlich fühle ich mich unendlich müde und erschöpft, lehne mich an den Schrank und schließe die Augen.

»Alex?«, ertönt Elizabeths Stimme hinter mir.

Nur mühsam kann ich ein entnervtes Aufseufzen unterdrücken. »Was ist?«

»Wieso stehen da draußen Leute und behaupten, ich sei tot?«

»Was?« Ich drehe mich um.

Elizabeths Gesicht ist kreidebleich.

Das Telefon noch in der Hand eile ich zum Eingang.

Herr Feist vom Ende der Straße steht dort, außerdem die

alte Frau Bien aus 2b und die Familie Sauermann, die um die Ecke wohnt.

Sie sehen nicht weniger verstört aus als Elizabeth, reden wild durcheinander. »Es tut mir leid«, murmelt Herr Feist. »Wir wussten nicht … wir dachten … ich meine … er rief an und sagte, seine Frau sei gestorben. Wir wollten nur unser Beileid bekunden.«

»Schon gut, ein Missverständnis, alles in Ordnung«, versuche ich, die Leute zu beruhigen, und nach einer viertelstündigen Diskussion habe ich sie auch endlich dazu gebracht, wieder nach Hause zu gehen.

Müde kehre ich ins Wohnzimmer zurück, mein Kopf dröhnt. Mein Vater steht am Fenster, sieht gedankenverloren hinaus.

»Paps? Hast du den Nachbarn erzählt, deine Frau wäre gestorben?«

»Habe ich?«

»Ja, hast du. Sie standen grad vor der Tür und wollten kondolieren.«

»Warum hast du sie nicht zu mir geschickt?«

»Aber … wieso? Sie ist nicht tot!«

»Nicht?« Er runzelt die Stirn, sein Blick geht ins Leere. »Aber wo ist sie?«

»Sie war eine Woche lang im Krankenhaus, Papa. Sie wurde doch am Knie operiert. Hast du das vergessen? Sie ist gerade heimgekommen.«

»Molly ist hier?«

Fassungslos starre ich ihn an. »Was meinst du damit?«

»Wo ist Molly?«

»Dad. Machst du Witze?«

Er setzt sich langsam hin, reibt sich über die Stirn.

»Mama ist tot«, sage ich langsam.

»Ja, ich weiß. Das habe ich doch gesagt.«

»Aber sie ist schon seit zehn Jahren tot. Deine Frau heißt Elizabeth.«

Er versteift sich, starrt mich verwirrt an. »Elizabeth«, wiederholt er langsam. »Elizabeth. Elizabeth.« Immer wieder schiebt er das Wort in seinem Mund hin und her, als wäre er sich nicht sicher, was er damit anfangen solle. Doch nach einer Weile sehe ich, wie sein Körper sich entspannt. »Natürlich. Elizabeth.« Er schlurft zum Ohrensessel, lässt sich hineinfallen, schließt die Augen. »Wie konnte ich das vergessen?«

Ein Geräusch an der Tür lässt mich aufsehen. Elizabeth steht dort, Tränen in den Augen. Ich weiß nicht, was ich sagen soll, weiß nicht, wie ich sie trösten soll, und schließlich dreht sie sich um und humpelt zurück zur Treppe.

Als ich eine Stunde später hochgehe, sitzt sie auf dem Bett, die Koffer noch nicht ausgepackt.

»Alex«, sagt sie leise. »Ich werde gehen.«

Ich greife nach der Türzarge, um mich festzuhalten. »Wie meinst du das?«

»Ich kann so nicht leben, ich bin kein Babysitter.«

Meine Finger krallen sich um den Türrahmen. »In guten wie in schlechten Zeiten, Elizabeth.«

»Ja. Mit dem Mann, den ich liebe. Aber das da unten ist nicht mehr der Mann, den ich liebe. Das da unten ist eine Person, die mir von Tag zu Tag fremder wird. Das ist nicht mehr Richard und wird es auch nie wieder sein.«

Es ist spät in der Nacht, als ich im Wohnzimmer neben meinen Vater trete. Er steht am Fenster, sieht emotionslos dem Taxi nach, das Elizabeth und alles, was sie vorläufig gepackt hat, zu ihrer Schwester bringt.

»Da waren es nur noch zwei«, murmele ich und lege meine Hand um seine Schulter …

Mein Brustkorb ist ganz eng, ich habe das Gefühl, keine Luft mehr zu kriegen. Es gibt Dinge, die man nicht verzeihen kann. Lucys Vorwurf gehört dazu.

Mein Blick fällt auf die Uhr. Ich schlucke hart, greife zum Display meines Autotelefons und wähle Sarahs Namen.

Lucy

»Ich weiß nicht.« Die Stationsschwester wiegt unsicher den Kopf.

»Aber sie ist doch aufgewacht, hieß es, und ihr Zustand sei stabil.«

»Ja, schon, und sie ist erstaunlich stark und widerstandsfähig, Besuche auch von Nicht-Familienmitgliedern sind zwar jetzt erlaubt, aber das bedeutet nicht, dass sie unendlich belastbar wäre, und sie hat eben erst Besuch gehabt, wirklich gerade eben erst – der junge Mann ist in den linken Fahrstuhl eingestiegen, als Sie aus dem rechten ausgestiegen sind.«

»Bitte, nur für einen Augenblick. Ich muss mich einfach vergewissern, dass es ihr gut geht.«

Sie mustert mich mitleidig. Ich muss tatsächlich schlimm aussehen, so verheult und mit verquollenen Augen.

»Na schön, da sie Ihnen offenbar so nahesteht«, murmelt sie, und ich bekomme ein schlechtes Gewissen, weil nicht Frau Kleve, auch wenn sie mir viel bedeutet, sondern Alex der Grund für meinen Zustand ist. Alex ... Mühsam verkneife ich mir ein Aufschluchzen.

»Aber nur kurz, ohnehin beginnt gleich die Visite.«

»Danke«, schniefe ich und hebe meine Schüssel vom Boden auf.

»Erbsen? Schon wieder?«

»Wieso ›schon wieder‹?«

»Der Besuch vorhin hatte auch Erbsen dabei, ist gerade eben gegangen. Scheint offenbar Mode zu sein, Erbsen statt Blumen zu schenken.«

Kopfschüttelnd geht sie vor, klopft an, wirft einen Blick in Frau Kleves Zimmer, erkundigt sich nach ihrem Befinden und fragt, ob sie in der Lage sei, Besuch zu empfangen.

»Kindchen, ich habe schon den Ärmelkanal durchquert, da warst du noch nicht mal auf der Welt. Schwimmend natürlich.«

Die Stationsschwester wendet sich mir lächelnd zu. »Das wage ich zwar zu bezweifeln, aber ich schätze, dass das ›Ja‹ bedeutet.« Sie tritt zur Seite und hebt warnend den Finger. »Aber nicht aufregen, hören Sie! Das habe ich auch dem Besuch gesagt, der vor Ihnen hier war! Keine schlechten Nachrichten, keine, die irgendwie auch nur annähernd aufwühlend sind, verstanden?«

»Natürlich«, sage ich, bereite mich aufs Schlimmste vor,

bin unfassbar erleichtert, zu sehen, dass ihre Augen so wach und aufgeweckt blicken wie immer, bei meinem Anblick ein Strahlen über ihr Gesicht huscht. Für einen Moment nur, aber es war da. Sie erkennt mich noch und auch ihr erfreutes »Wen haben wir denn da?« klingt zwar erschöpft, aber nur leicht verwaschen.

Sie ist blass, ihre Wangen eingefallen und ihre Arme zeigen, vermutlich von diversen Spritzen oder Kanülen, zahlreiche blaue Flecke. Eine steckt noch, mit Klebeband befestigt und über einen Schlauch mit dem Tropf verbunden, in ihrem Handgelenk. Ihr weißes Haar ist nicht mehr aufgetürmt, sondern scheint, einer Schneeschmelze gleich, über das Kissen zu fließen.

Zögerlich trete ich zu ihr, setze mich ans Bett. »Hallo, Frau Kleve.«

»Himmel, Kind«, sagt sie mit schwacher, aber warmer Stimme. »Ich glaube, die haben einen Fehler gemacht. So wie du aussiehst, müsstest du hier liegen, nicht ich.«

Bei dieser Begrüßung muss ich dann trotz meines Kummers lächeln. »Wie geht es Ihnen?«

»Ich darf nicht allein aufs Klo«, murrt sie. »Wie soll es mir da gehen?«

Die Stationsschwester, die derweil Puls und Blutdruck misst, verdreht abermals die Augen, schmunzelt aber.

»Aber das wird schon werden«, fährt Frau Kleve fort. »Ich habe ganz andere Dinge überstanden. Habe ich dir mal erzählt, wie mich ein hungriger Wolf verfolgt hat? In der russischen Steppe? Ich bin gerannt, bis mir fast die Lungen geplatzt sind, aber weit und breit nirgendwo auch nur ein verdammter Baum! Zu meinem Glück kam ein alter Mongole auf seinem Pferd mit einem Gewehr vorbei und verjagte den Wolf durch ein paar Schüsse in die Luft. Also? Welcher Wolf war hinter dir her?«

Ich schüttele den Kopf, winke ab. »Ich habe Ihnen Erbsen mitgebracht und wollte …«

»Nicht ausweichen. Die gönnen mir hier nicht mal einen anständigen irischen Erbseneintopf, daher gönn du mir alter Frau doch wenigstens die Befriedigung meiner Neugierde. Was geht dir so nah? Was ist passiert?«

Die Schwester schickt mir einen warnenden Blick, doch auch ohne den hätte ich Frau Kleve nicht von dem Drama mit der Musikschule erzählt und damit riskiert, sie direkt wieder ins Koma zu schicken. Dennoch kann ich nicht verhindern, dass mir beim Gedanken an Alex erneut die Tränen in die Augen schießen.

»Ich … ich weiß nicht, was ich machen soll«, bricht es aus mir hervor. »Ich habe etwas Unverzeihliches getan. Ich fühle mich schuldig. Hundsmiserabel. Was ich gesagt habe, war unentschuldbar, aber es ändert nichts an der Tatsache, dass das, was er getan hat, auch unverzeihlich ist.«

»Okay, ich habe zwar absolut nicht verstanden, was du mir sagen willst«, stellt Frau Kleve fest, »aber ich vermute jetzt einfach mal, dass es um die Liebe geht.«

Die Stationsschwester hält inne, sieht neugierig zu mir, und ich will mich zusammenreißen, blinzele heftig und fühle doch eine Träne meine Wange hinunterrollen.

»O weh, Kindchen, so schlimm, ja?«, fragt Frau Kleve.

Ich wische hastig über meine Wange. »Ich bin hier, um Sie aufzubauen und Ihnen Trost zu spenden, nicht umgekehrt.«

Frau Kleve schnaubt. »Was soll ich hier denn sonst

den ganzen Tag machen? So hab ich wenigstens eine Beschäftigung. Also: Du magst jemanden, ja?«

»Mehr als das«, antworte ich schluchzend. »Viel mehr als das. Aber wie kann das sein nach allem, was er getan hat? Das ist so unfassbar dumm.«

Sie schüttelt den Kopf, legt ihre Hand auf die meine. »Liebe ist niemals dumm.«

»Aber sie tut weh«, flüstere ich und erneut verschwimmt vor meinen Augen alles in einem Tränenschleier.

»Ich habe eine einzige Frage: Was sagt dir dein Herz?«

»Es will sich entschuldigen«, flüstere ich. »Es kann nicht glauben, dass er mich belogen und betrogen und benutzt hat, aber das ist Irrsinn! Es hat sich schon einmal geirrt. Ich … Ach, ich verstehe das alles nicht. Ich kann einfach nicht glauben, dass der gleiche Mensch, der sich so liebevoll um seinen kranken Vater kümmert, ein solcher Mistkerl sein kann. Und gleichzeitig verstehe ich nicht, wieso ich das nicht glauben kann, immerhin weiß ich doch, dass er jemand ist, der die Nächte durchfeiert und Frauen abschleppt. Und obendrein …« Ich kann mich gerade noch zusammenreißen, bevor ich gesagt hätte, dass er die Musikschule gekauft hat. »… das Versprechen gebrochen hat, das er mir gegeben hat! Also, warum nur will mein Herz das alles einfach nicht wahrhaben und hängt trotzdem an ihm?«

Frau Kleve schüttelt den Kopf. »Hör auf dein Herz! Hör immer auf dein Herz! Wenn ich eines gelernt habe im Leben, dann, dass man manchmal Freundschaft dort findet, wo es undenkbar scheint, Vertrauen da, wo man es nie für möglich gehalten hat, Glück, wo man es nie gesucht hat, und Liebe … Tja, Liebe dort, wo man sie nicht vermutet hätte. Manchmal aber auch da, wo es am meisten wehtut.« Sie hält einen Moment inne, sieht aus dem Fenster in die Ferne. »Vor allem Ersteres habe ich gerade eben wieder festgestellt. Ich habe nämlich Erbsen von jemandem geschenkt bekommen, von dem ich es garantiert nicht erwartet hätte.«

Ich werfe einen Blick auf den Tisch am Fenster, auf dem die beiden Schüsseln stehen, doch bevor ich nachhaken kann, klopft es schon an der Tür und ein Trupp Ärzte betritt das Zimmer, begrüßt Frau Kleve.

Ich erhebe mich, noch während der Oberarzt erklärt, dass die Visite anstünde, und drücke vorsichtig die Hand der alten Frau. »Ich komme baldmöglichst wieder.«

»Lucy«, ertönt es, als ich schon fast aus der Tür bin.

Ich drehe mich um.

»Die Erbsen geschenkt hat mir übrigens Alexander Langner.«

Beinahe wäre ich gegen den Türrahmen gelaufen. »Was?!«

»Er war vorhin hier und hat sich dafür entschuldigt, dass er nicht verhindern konnte, dass dieser glitschige Michael Stahl Viktoria das Grundstück abgekauft hat.«

Schockiert starre ich sie an. »Sie wissen davon?« Dann erst wird mir richtig bewusst, was sie gesagt hat, und ich muss mich am Türrahmen festhalten. »Alex hat nicht …«, krächze ich.

»Meine liebe Nichte hat nicht gezögert, mir von ihrem ›Erfolg‹ zu erzählen«, sagt sie leise, während ihr Blick zum Fenster und in die Ferne geht. Zum ersten Mal, seit ich das Zimmer betreten habe, wirkt sie nicht mehr selbstsicher und bereit, es mit der ganzen Welt aufzunehmen, sondern traurig und verzweifelt und … zerbrechlich.

»Ich muss Sie jetzt wirklich bitten, das Zimmer zu verlassen«, ermahnt mich einer der Ärzte.

»Aber …«

»Nicht jetzt!«, schneidet er mir das Wort ab und schiebt mich hinaus, während sich die anderen bereits besorgt über Frau Kleve beugen, mir den Blick auf sie versperren.

Die Tür fällt hinter mir ins Schloss, und ich muss mich an die Wand lehnen, habe das Gefühl, dass meine Beine mich nicht mehr halten.

Alex hat das Grundstück nicht gekauft. Er hat mich nicht belogen.

Zumindest nicht in diesem Punkt.

Oder auch nicht in den anderen? Aber warum hat er sich dann mit seiner Ex getroffen? Ist vielleicht tatsächlich alles ganz anders, als ich dachte? Habe ich ihm Unrecht getan? Oder ist er nur ein guter Schauspieler? Mein Verstand schreit: Gut, er hat es nicht gekauft, ein Fremdgeher ist er dennoch. Mein Herz fleht: Das weißt du doch gar nicht. Rede wenigstens mit ihm. Sonst verzeihst du es dir nie.

In meinem Kopf dreht sich alles. Was soll ich nur tun?

***

Ich renne, zwei Stufen auf einmal nehmend, zu meiner Wohnung hoch, muss oben angekommen für einen Moment verharren und, die Hände auf die Knie gestützt, Luft holen.

Chris' Tür geht auf. »Lucy?«

Nicht jetzt, bitte nicht jetzt.

»Ich muss kurz mit dir reden.«

Andererseits wird es wirklich Zeit, Missverständnisse aus dem Weg zu räumen. Warum also nicht hier anfangen und üben? Ich atme tief durch, richte mich auf. »Ich muss auch mit dir reden.«

»Das hatte ich gehofft«, erklärt er und tritt nervös von einem Bein aufs andere. Er trägt Hemd statt Shirt, hat sich das Haar mit Gel zurückgekämmt, seinen Bart frisch gestutzt und Parfum aufgetragen.

Ich schlucke. »Chris, du bist ein toller Mensch, ein wundervoller Nachbar und hast jemand Großartiges verdient. Jemand, der dich wirklich zu schätzen weiß und mit dem du glücklich wirst.«

Mit jedem meiner Worte scheint er ein Stück gewachsen zu sein, und am liebsten hätte ich die folgenden Worte gar nicht ausgesprochen, doch ich muss es tun.

»Aber dieser jemand bin nicht ich und werde es nie sein.«

»Ah.« Er fährt sich mit der Zunge über die Lippe. »Aber das kannst du doch gar nicht wissen. Wir hatten noch nicht einmal Gelegenheit, uns richtig kennenzulernen.«

»Doch, Chris«, sage ich traurig. »Das weiß ich. Ich weiß es hier drin.« Ich lege meine Hand auf mein Herz. »Es tut mir wirklich leid. Ich wünschte, es wäre anders, aber es ist, wie es ist. Du hast etwas Besseres als nur Freundschaft verdient und von meiner Seite gäbe es bloß Freundschaft.«

»Ah«, sagt er nur wieder und sieht zu Boden.

Eine Weile herrscht Schweigen, dann nickt er langsam, dreht sich um und geht in seine Wohnung.

Ich massiere mir müde die Schläfen, eile in meine eigene Wohnung, verharre dann aber plötzlich vor dem Telefon, knete nervös meine Finger.

Ich lasse mich auf meinen Lehnstuhl sinken, greife nach einem Kissen, umklammere es.

Die Worte von Frau Kleve gehen mir nicht aus dem Sinn. »Höre auf dein Herz. Höre immer auf dein Herz.«

Aber was, wenn es sich wieder irrt?

Das Ticken der Wanduhr ist das einzig vernehmbare Geräusch. Ich verfolge, wie der Zeiger langsam und unaufhörlich vorrückt. Wenn ich noch länger warte, wird Alex mit Sicherheit im Feierabend sein und die Firma verlassen haben.

Nervös stehe ich auf, tigere durch das Wohnzimmer, sehe immer wieder zur Uhr.

Mein Blick fällt auf das Regal über dem Schreibtisch. Es ist leer, alle Papierflieger habe ich in den Mülleimer befördert.

Die Papierflieger mit den Tupfen.

Dämliches Herz!

Ich springe auf und zurück zum Telefon, krame die zerknüllte Visitenkarte aus meiner Handtasche und wähle die Nummer der Firma.

Eine halbe Ewigkeit lang klingelt das Telefon, und ich will schon auflegen, als endlich doch noch jemand rangeht. »Langner-Stahl-GmbH, Katja Körber am Apparat.«

»Hallo, hier ist … ähm … die Kleve-Musikschule. Ich möchte mit Herrn Langner sprechen.« Wenn ich meinen Namen nenne, wird Alex womöglich gar nicht erst ans Telefon gehen. Und ich muss mit ihm sprechen, muss ihm sagen, wie leid es mir tut, wie unverzeihlich es war, was ich ihm vorgeworfen habe.

»Herr Langner?«, wiederholt die Stimme am anderen Ende der Leitung seltsam erstickt. Fast, als hätte sie selbst geweint. Oder als hätte sie sich verschluckt. »Er arbeitet leider nicht mehr hier.«

»Er … was? Wo dann?«

»Moment. Sind Sie … Sind Sie nicht die junge Frau, die neulich im Foyer stand? Lucy Albers?«

»Ja. Ich muss ihn sprechen. Dringend. Wo ist er jetzt?«

Sie zögert. »Ich … weiß nicht, ob ich Ihnen das sagen darf, aber … na ja … da er ja nicht mehr hier arbeitet, vermutlich schon. Er … ist zum Flughafen gefahren, müsste, genauer gesagt, schon dort sein, denn die Maschine aus Glasgow müsste jeden Moment ankommen.«

»Ankommen? Er holt jemanden ab? Aus Glasgow?« Sarah? Mein Herz verkrampft sich erneut.

»Ja. Soll ich …« Sie senkt die Stimme. »Soll ich ihm vielleicht etwas ausrichten? Ich habe seine private Nummer. Ich kann ihm eine Nachricht zukommen lassen.«

Ich schlucke hart. Eine Maschine aus Glasgow und er holt jemanden ab. »Sarah.«

»Woher wissen Sie …«, rutscht es ihr heraus, bevor sie sich wieder im Griff hat und räuspert. »Vielleicht. Soll ich ihm etwas ausrichten?«

»Nein«, sage ich tonlos.

»Hallo? Hallo!«, dringt es wie aus weiter Ferne zu mir heran, doch ich kann nicht antworten und schließlich legt sie auf.

Langsam lasse ich das Telefon sinken.

Er hat mich also doch verarscht.

Kapitel 16

Lucy

Ich schlage die Augen auf und sofort setzt dieses Zittern ein. Es ist Samstag. Der Tag der Prüfung. Der Prüfung, die ich unmöglich antreten kann.

Ich will diesen Tag verschlafen, ihn vergessen, aus meinem Leben streichen.

Mein Telefon klingelt. Ich ignoriere es. Leider scheint das den Anrufer nicht zu stören. Es klingelt schier endlos.

Entnervt presse ich mir das Kissen auf die Ohren, doch das kann das Schrillen nicht vollends ausblenden, und schließlich verliere ich die Geduld, springe aus dem Bett und laufe zum Telefon. »Was ist?«, blaffe ich hinein.

»Heute ist deine Prüfung«, trällert Hayden.

»Und?«

»Du gehst hin.«

»Tue ich nicht.«

»Und ob du das tust. Sonst werden Leni und Timo, Hanna und Lina und Flori und wir alle sehr enttäuscht sein.«

»Was meinst du damit?«, frage ich misstrauisch.

»Na, was wohl? Wir werden nämlich alle dort sein.«

»Nein!«

»Doch, natürlich habe ich alles schon längst organisiert.«

»Hayden!«

»Keine Ursache«, entgegnet sie fröhlich. »Wir sehen uns dann um fünf.« Damit legt sie auf.

Fassungslos starre ich das Telefon an. Auf gar keinen Fall! Auf gar keinen Fall werde ich zu dieser Prüfung gehen. Da können die dort lange sitzen. Ich werde nicht erscheinen!

Die Gesichter von Leni und Timo, Hanna, Flori und Lina schieben sich vor mein inneres Auge und ich schüttele den Kopf. Nein! Auf gar keinen Fall! Wie konnte sie mir das nur antun? Wie kann sie das den Kindern nur antun? Ich werde sie enttäuschen müssen. Ich gehe nicht zu dieser Prüfung!

»Klopf, klopf!«, tönt Sonja vor der Tür, und ich stöhne auf, ahne ich doch irgendwie, was sie mir zu sagen hat.

Ich öffne die Tür einen Spaltbreit. »Nein!«

»Was ›nein‹?«, fragt sie perplex.

»Nein, ich gehe nicht zu der Prüfung!«

»Doch, wirst du. Ich habe mir extra meine Schicht verlegt. Um halb fünf bin ich hier und fahre dich hin. Du wirst zu dieser Prüfung erscheinen, und wenn ich dich höchstpersönlich dorthin zerren muss. Im Übrigen …«

Die Tür gegenüber öffnet sich. Klar, auch Chris noch.

»Sag jetzt nicht, dass du auch vorhast, zur Prüfung zu kommen«, grolle ich.

»Eigentlich …« Er druckst herum, starrt zu Boden, holt tief Luft. »Also ich … ich wollte … Es ist …Ich habe … ich bin … Es tut mir leid.« Damit schlägt er die Tür wieder zu.

Sonja und ich wechseln einen erstaunten Blick.

Mir jedoch kommt seine Reaktion nicht unrecht. »Wenigstens ein enttäuschter Zuhörer weniger«, murmele ich.

Sonja hingegen stemmt die Hände in die Hüften und starrt mit gerunzelter Stirn auf Chris' Tür.

Erneut klingelt mein Telefon. Großer Gott, soll das jetzt den ganzen Tag so gehen?

Leider verabschiedet Sonja sich in diesem Moment zur Arbeit, und ich komme nicht umhin, in meine Wohnung zum bimmelnden Telefon zurückzukehren.

Es ist die Handynummer meiner Mutter, und je länger ich es ignoriere, umso zorniger scheint es zu bimmeln. Schließlich gebe ich auf. »Hallo?«

»Lucy? Wir wurden aufgehalten, aber wir beeilen uns!«

»Was? Warum?«

»Na, wegen deiner Prüfung natürlich!« Ihre Stimme ist kaum zu verstehen, so stark rauscht es in der Verbindung. »Ich wollte nur, dass du weißt, dass wir da sein werden, wir sind schon auf der Autobahn.«

Großartig. Das macht den Druck nicht gerade kleiner. »Nein, die Mühe müsst ihr euch nicht machen, bitte! Ich werde nämlich nicht hingehen.«

»Keine Sorge«, kommt es stark verzerrt zurück. »Wir unterstützen dich, oh, die Verbindung ist schlecht, wir sehen uns um fünf.«

»Nein, bitte! Nicht! Ich werde nicht da sein.«

»Keine Sorge, wir werden da sein«, erwidert meine Mutter, die mich offenbar missverstanden hat. »Wir sind …«

Und dann ist die Verbindung weg und ich lasse mich mit einem Seufzen zu Boden sinken. Prima. Dann werde ich also nicht nur meine Freunde und Musikschüler, sondern auch meine Eltern enttäuschen. Erneut enttäuschen. Doch lieber enttäusche ich sie, indem ich gar nicht erst zur Prüfung antrete, als dass ich sie enttäusche, indem ich erneut dort stehe und wieder keinen Ton herausbekomme.

Und nach der Sache mit Alex weiß ich einfach, dass es so kommen wird. Es ist die gleiche Situation wie damals, als Marc mich betrogen hat, nur dass es jetzt Alex ist, der mich verarscht hat. Das Schicksal ist ein Haufen Mist, da muss ich nicht noch kopfüber hineinspringen.

Alex

Düster starre ich aus dem Küchenfenster auf den wolkenverhangenen Himmel über dem hitzeflirrenden Asphalt vor dem Haus meines Vaters. Die Welt scheint erstarrt zu sein, kein einziges Blättchen rührt sich.

Die Ruhe vor dem Sturm. Nur dass mein persönlicher Sturm schon vorbei ist. Auf jeder, wirklich absolut jeder Ebene wurde ich enttäuscht, und so langsam frage ich mich, was das alles noch für einen Sinn hat. Ich, das Leben im Allgemeinen.

Es klingelt an der Tür, doch ich rühre mich nicht. Vor meinem inneren Auge wirbeln die Bilder der letzten Tage durcheinander. Mitchs gehässiges Grinsen, vor allem aber Lucy. Immer wieder Lucy. Ich massiere mir die Schläfe.

Das Leben ist mies, das Schicksal hinterhältig und Glück eine Illusion. Und immer, wenn du denkst, dass du dich auf eine Insel gerettet hast, kommt direkt der nächste Arschtritt, der dich wieder ins eiskalte Wasser befördert.

Ja, es mag vorbei sein. Mein Versprechen werde ich dennoch zu halten versuchen. Das bin ich mir selbst schuldig.

»Alex?«, tönt Sarahs Stimme durchs Haus. »Da will jemand zu dir. Von deiner Firma … äh … Ex-Firma.«

Wusste ich's doch. In mir krampft sich alles vor Wut zusammen, ich fahre herum und stürze zur Tür, dort jedoch löst sich mein Ärger in Erstaunen auf. »Katja, was machen Sie denn hier?«

Bevor sie antworten kann, tritt eine zweite Person in die Türöffnung: Jacob. »Du!«, schnaube ich wütend und balle die Faust. »Dass du dich überhaupt hierher wagst!«

»Ich glaube nicht, dass es hilfreich ist, wenn du deinen neuen Mitarbeiter verprügelst!«, ruft er hastig und weicht ein paar Schritte zurück.

»Verschwinde auf der Stelle von meinem Grund und Boden oder …« Ich halte verdutzt inne. »Was?!«

»So wie es aussieht, habe ich soeben meinen Job gekündigt und möchte hiermit gern in deine Firma wechseln«, sagt Jacob.

Ich starre ihn verständnislos an. »Welche Firma?«

»Deine neue. Oder deine alte. Je nachdem, was du vorhast.«

»Was ich wie vorhabe?« Langsam habe ich das Gefühl, in einem Film zu sitzen, dessen Sprache ich nicht spreche.

»Und ich möchte mich entschuldigen«, ergänzt Katja, bevor ich meine Fassung zurückgefunden habe.

»Entschuldigen?«, wiederhole ich verwirrt.

»Ich hätte sehen müssen, worauf es hinausläuft. Die seltsamen Zahlungsvorgänge, die plötzlich geänderten Auftragsvergaben und …«

»Seltsame Zahlungsvorgänge? Geänderte Auftragsvergaben? Wovon reden Sie?« Ich fühle mich etwas überfordert.

Sie räuspert sich. »Ich fürchte, dass … Wie soll ich sagen … Ich denke, dass Herr Stahl sich privat aus der Firmenkasse bedient hat und offenbar plant, die Firma in eine Insolvenz zu steuern, bevor Sie sie erben könnten. Gut, jetzt muss er das ja nicht mehr.«

Mir fällt die Kinnlade herunter.

»Den Verdacht hatte ich schon länger … und ich wollte es Ihnen sagen, aber … ich wusste nicht, wie, immerhin hieß es doch, dass er ein so guter Freund Ihres Vaters und Ihrer Familie wäre und …« Sie zuckt mit den Schultern. »Ich wusste nicht, ob Sie darin verwickelt sind oder nicht und was ich tun sollte.«

Ich erinnere mich an all die Male, die Katja seltsam unentschlossen in meinem Büro gestanden hat, mir offenbar etwas mitteilen wollte, muss mich auf die Kommode setzen, all diese Infos erst einmal verdauen.

»Es tut mir so leid«, murmelt sie und kaut geknickt auf ihrer Lippe.

»Unfug! Wenn hier einer Schuld hat, dann Mitch, dieser Mistkerl.« Mit einem Seufzen fahre ich mir über die Stirn.

»Ich war mindestens so schockiert wie du«, setzt Jacob an, »als Mitch dir gekündigt hat. Im Übrigen war ich die Gegenstimme. Leider hat das nicht viel gebracht.« Er breitet wie zur Entschuldigung die Hände aus. »Doch mir ist klar geworden, dass Mitch das Gegenteil dessen verkörpert, was deinen Vater ausgemacht und was diese Firma groß gemacht hat: Integrität und Loyalität, Kreativität und Originalität. Das bedeutet: Ich bin Team Alex. Lass uns die Firma deines Vaters zurückholen oder eine neue aufbauen.«

Ungläubig mustere ich ihn. Er ist der Letzte, von dem ich das erwartet hätte.

Hatte die alte Frau etwa doch recht mit dem, was sie gesagt hat, als ich ihr die Erbsen gebracht habe? Dass man manchmal Freundschaft dort findet, wo es undenkbar schien, und Vertrauen da, wo man es nie für möglich gehalten hätte?

Hilflos sehe ich von Katja zu Jacob und zurück, fühle mich gerade mehr als überfordert mit den Hoffnungen, die die beiden in mich setzen. Ja, klar, natürlich habe ich Mitch angedroht, dass er seine Aktion bereuen werde, doch mir fehlt dazu jegliche Handhabe, gegen ihn vorzugehen. Bis ich irgendwann die Firma geerbt haben würde, habe ich keine Grundlage, und bis dahin könnte Mitch sie schon dreimal gegen die Wand gefahren haben.

»Du hast es von ihm geerbt, dieses wahnsinnige Talent«, fährt Jacob fort, als ich nicht antworte. »Die Pläne des Kinos, die du angefertigt hast und bei denen du das Gebäude der Musikschule architektonisch eingebunden und umrahmt hast, sodass es als Musikschule hätte erhalten bleiben können, waren grandios, absolut preisverdächtig!«

Meine Zeichnungen. Die Zeichnungen, die ich nach der Nacht mit Lucy angefertigt habe. Zu einem Zeitpunkt, als ich Idiot es tatsächlich für möglich gehalten habe, dass es so etwas wie echte Liebe doch gibt. Als ich vor lauter Euphorie und Glück wie berauscht war, die

Ideen mich geflutet haben, ich elektrisiert schon in den frühen Morgenstunden auf dem Boot auf und ab getigert bin ohne eine Möglichkeit, all das festzuhalten, und es daher kaum abwarten konnte, endlich im Büro zu sein, auch wenn ich normalerweise tausendmal lieber bei Lucy geblieben wäre, sie an mich gezogen, sie geküsst hätte …

Erneut dieser scharfe Schmerz, der durch meine Brust zuckt. Ich schließe die Augen.

Wie soll ich Jacob klarmachen, dass er keine Hoffnung in mich setzen darf? Ich werde nie wieder etwas zeichnen können, jetzt, wo sich auch das, was ich in Lucy zu sehen glaubte, als hohler Traum herausgestellt und mich zurück in dieses tiefe Loch geworfen hat.

»Leider hilft uns das Wissen, dass Mitch ein Mistkerl ist, nicht weiter«, sage ich. »Wir können es nicht beweisen. Ich bin aus der Firma gestürmt, ohne nachzudenken, und wurde nicht mehr hineingelassen. Ich habe keinerlei Kopien irgendwelcher Dateien, nichts. Wozu auch? Ich bin davon ausgegangen, die Firma zu erben und dass Mitch ein Freund ist.«

»Tja, *Sie* mögen keine Kopien haben«, wendet Katja ein und grinst. »Ich schon.«

»Was?!« Fassungslos sehe ich von ihr zu Jacob. Der grinst ebenfalls.

Katja stemmt die Hände in die Hüften. »Sie werden doch wohl nicht kampflos aufgeben, oder? Da kenne ich Sie aber anders.«

Langsam spüre ich, wie sich ein Lächeln in meinem Gesicht ausbreitet, die Zuversicht in mir wieder wächst. »Definitiv nicht!«

»Genau das wollte ich hören!«, ruft Jacob euphorisch.

»Allerdings – nur damit wir uns verstehen«, fährt er mit einem Grinsen fort. »Das bedeutet aber nicht, dass ich dich jetzt mehr ausstehen kann als früher.« Er hält mir die Hand hin.

»Geht mir genauso«, sage ich, ebenfalls grinsend, und schlage ein.

»Ich halte dich noch immer für denselben ausgemachten Blödmann, der du schon im Studium warst, aber wenigstens bist du ein Blödmann mit Visionen und Ehrgefühl.«

»Gut zu wissen, denn mir geht es mit dir genauso«, erwidere ich mit noch breiterem Grinsen und reiche nun ihm im Gegenzug die Hand.

Er schlägt ein.

»Alex? Müssen wir nicht langsam los?«, fragt Sarah und bindet ihr blondes Haar zu einem Pferdeschwanz.

Ich lasse Jacobs Hand los, wende mich Sarah zu, umarme sie voll Überschwang, hebe sie hoch und drehe sie im Kreis. Wenn es also doch Freundschaft gibt auf dieser Welt, dann auch Liebe? Sollte das wirklich wahr sein?

Lucy

Um eins bin ich ein Häuflein Elend.

Um zwei bin ich ein Nervenwrack.

Um drei ist mir so schlecht, dass ich mich kaum aus dem Bad wage.

Alles, was ich weiß, ist, dass ich diese Prüfung nicht

durchziehen kann. Mit zittrigen Fingern fülle ich mir ein Wasserglas, starre meinen Geigenkasten an.

Als es an der Tür klingelt, gleitet mir vor Schreck mein Wasserglas aus der Hand, zerspringt auf den Fliesen.

»Lucy? Ich bin es, Sonja, mach bitte auf!«

Ihre Stimme klingt so sonderbar, dass ich aufhorche.

Obwohl ich mir geschworen habe, genau das nicht zu tun, öffne ich die Tür. Und trete überrascht einen Schritt zurück.

Sonja ist nicht allein. Sie hält Chris am Arm und erweckt irgendwie den Eindruck einer Lehrerin, die einen Schüler bei einer Missetat ertappt hat, allein schon dadurch, dass sie ihn aufgrund ihrer High Heels um gut einen Kopf überragt. Fehlt nur noch, dass sie ihn am Ohrläppchen hinter sich herziehen würde.

Tatsächlich sieht Chris zu Boden und trägt einen überaus schuldbewussten Gesichtsausdruck.

»Ich wusste doch, dass da etwas faul ist«, verkündet Sonja triumphierend. »Chris hat dir etwas zu sagen.«

Verständnislos sehe ich von ihr zu ihm.

Chris druckst herum, scharrt mit den Füßen und seufzt schließlich tief auf. »Ich wollte doch nur … weil du so unglücklich warst … und so gelitten hast seinetwegen und ich …«

»Seinetwegen«, wiederhole ich alarmiert. »Redest du von Alex?«

Chris murmelt etwas Unverständliches in seinen Bart hinein, doch als Sonja ihn in den Arm kneift, holt er seine Hand hinter dem Rücken hervor und streckt mir ein gefaltetes Blatt Papier entgegen.

»Was ist das?«, frage ich von einer unguten Ahnung erfüllt.

»Ich wollte nur das Beste für dich!«, murmelt Chris

bedrückt. »Ich würde dich glücklich machen, weißt du? Du müsstest mich nur machen lassen.« Ich schüttele den Kopf, das kann doch nicht wahr sein.

Hastig greife ich nach dem Papier, falte es mit zittrigen Fingern auf, und mein Herz setzt für einen Moment aus.

Liebe Lucy,

Ich hätte dir das gern selbst gesagt, doch kann ich dich nirgendwo auftreiben. Gestern Abend bin ich mehrmals bei dir vorbeigefahren, doch du warst nicht da, und auch jetzt treffe ich dich leider nicht an. Dein Nachbar meint, du wärest wohl bei deinen Eltern, und leider schaffe ich es jetzt zeitlich nicht, dorthin zu fahren, weil ich zum Flughafen muss. Dabei muss ich so dringend mit dir reden. Glaub mir: Sobald ich zurück bin, besorge ich dir ein Handy, und wenn es das Letzte ist, was ich tue!

Das, was du auf der Rückseite siehst, ist das Haus, das ich auf dem Grundstück am Fluss bauen werde.

Dank dir habe ich wieder Ideen und Träume und weiß endlich, wie es aussehen soll. Ich brauche nur noch die zweite Hälfte des Grundstücks zurück. Deshalb fliege ich nach Glasgow, denn Sarah will ihre Hälfte des Grundstücks an einen Dritten verkaufen. Das muss ich verhindern. Ich will mich mit ihr aussöhnen und sie überzeugen, ihre Hälfte mir zu verkaufen. Ich muss sie dazu bringen, mit nach Deutschland zu kommen und hier beim Notar die Verträge zu unterzeichnen. Deshalb fliege ich hin – und weil ich endlich weiß, wie wir die Musikschule retten können.

Zwar habe ich mit dem Partner meines Vaters gesprochen und er hat sich davon überzeugen lassen, dass wir das Kino tatsächlich auch bauen könnten, ohne die Musikschule zu zerstören, doch würde das erhebliche Mehrkosten verursachen. Meine Sorge ist daher, dass, nachdem ich Viktoria gegenüber den Kauf des Grundstücks abgelehnt habe, die Auftraggeber diesen Auftrag zurückziehen und einer anderen Firma erteilen könnten, die dann ihrerseits weiterhin Frau Kleve unter Druck setzen wird. Es muss also eine andere Lösung her. Die Lösung heißt: Frankie. Mehr dazu, wenn ich wieder da bin.

Alex!

Langsam falte ich den zweiten Zettel auf und hole unweigerlich tief Luft. Es ist die Zeichnung eines umwerfenden Gebäudes. Rund wie ein Weidenstamm und filigran wie Bambus, lichtdurchflutet, ohne Ecken, dafür mit geschwungenen Formen, wie mit zum Fluss gerichteten Panoramafenstern, zweigeschossig, wobei das obere Geschoss größer ist als das untere, auf dessen kleinem Sockel es zu schweben scheint.

»Lucys Sinfonie« steht drüber.

»Dein Herz hat richtiggelegen«, sagt Sonja sanft.

Ich kann nichts entgegnen. Was bringt mir das jetzt, wo es zu spät ist?

Jetzt, wo ich ihn in Sarahs Arme zurückgetrieben habe.

***

Als ich aussteige, trifft mich die Hitze wie ein Schlag. Die Luft über dem Asphalt flirrt und bleigraue Wolken drängen sich am Horizont.

»Lucy!«, piepst ein feines Stimmchen und im nächsten Moment finde ich mich in einer magenzusammenpressenden Umarmung von Leni wieder.

»Hey«, sage ich mit gezwungenem Lächeln. »Du bist ja tatsächlich gekommen.« Bis gerade eben habe ich noch gehofft, Haydens Behauptung, alle würden hier sein, sei nur eine Masche von ihr gewesen, um mich zum Auftauchen zu bewegen.

»Mit meiner Mama und Tante Clara«, bestätigt Leni eifrig nickend und winkt in Richtung Treppe. »Und Timo und Hanna und fast alle anderen sind auch da.«

»Oh«, sage ich schwach. »Das ist ja toll.«

Ich sehe mich suchend um. Es herrscht normaler Betrieb vor der Akademie – Studenten jeder Altersklasse und auch zahlreiche andere Menschen gehen ein und aus.

Tatsächlich entdecke ich jetzt unter den die Treppe hinaufströmenden Menschen auch Timo. Fast gleichzeitig sieht er mich, winkt mir zu, schert aus und läuft zu mir herunter. Kurz bevor er mich erreicht, erinnert er sich offenbar daran, dass es uncool ist, zu viel Begeisterung zu zeigen, und verfällt in sein übliches Schlurfen. Bei mir angekommen, fährt er sich über den Arm und murmelt ein verlegenes »Danke schön«.

»Wofür?«, frage ich verdutzt.

»Für die Musikpatenschaft.«

»Musikpatenschaft?!«

»Herr Langner ist mein Musikpate«, erklärt Timo, guckt zu Boden, kann aber trotzdem sein leuchtendes

Gesicht nicht verbergen. »Er wohnt in einem Seniorenheim. Seine Familie wird meine Geigenstunde bezahlen und auch die Miete für die Geige. Im Gegenzug werden wir – also ich und die anderen, die eine Musikpatenschaft von einem der Senioren erhalten haben – regelmäßig im Seniorenheim spielen. So von wegen Abwechslung und Freude in den Alltag der Bewohner bringen und so. Das war doch Ihre Idee. So stand das jedenfalls in dem Brief.«

»Welchem Brief?«

»Na dem, den wir vom Sohn von Herrn Langner bekommen haben.«

Mit offenem Mund starre ich Timo an, und meine Gedanken überschlagen sich, doch ich kriege keinen Ton heraus.

»So, keine falsche Müdigkeit vorschützen«, ergreift Sonja erneut das Kommando, bevor ich meine Fassung wiederfinde, drückt mir meinen Geigenkasten in die Hand und schiebt mich zur breiten Treppe des altehrwürdigen viktorianischen Gebäudes und die Stufen hinauf. Ehe ich michs versehe, finde ich mich im Vorbereitungsraum mit zwei Geigerinnen, einem Hornisten, zwei Cellisten und einem Saxofonisten wieder. Die einen stimmen ihre Instrumente, die anderen gehen noch einmal schwierige Passagen ihres Vortrages durch. Für die Nachprüfung haben sie offenbar Instrumentalisten aller Richtungen in einen Topf geworfen.

»Na?«, wendet sich der Hornist an mich. »Warst du beim Prüfungstermin auch krank?«

***

»Lucy Albers?«, werde ich von dem grauhaarigen Mann aufgerufen, der einen Prüfling nach dem anderen abgeholt hat, bis nur noch der Hornist und ich übrig waren.

Meine Antwort besteht in einem erstickten Kieksen.

Der Mann linst über seine Liste. »Alles in Ordnung?«

»Hngh.«

»Ich hoffe, dass das ›Ja‹ bedeutet. Dann kommen Sie mal mit.«

Mit weichen Knien folge ich ihm durch den langen, dunklen Flur, während die Bilder des letzten Mals, als ich diesen Flur entlangging, auf mich einstürzen. Meine Finger sind eiskalt und klamm, ich kriege kaum Luft, meine Lunge scheint sich selbst zerquetschen zu wollen, und mein Magen hat ohnehin beschlossen, ein Eigenleben zu führen.

Kotz ihnen bloß nicht vor die Füße! Kotz ihnen bloß nicht vor die Füße! Kotz ihnen bloß nicht vor die Füße!

Irgendwie wage ich zu bezweifeln, dass einer der anderen Nachprüflinge ein solches Mantra hat.

Die letzte Tür, dann befindet sich nur noch der samtrote Vorhang zwischen mir und der Bühne, die meinen endgültigen Untergang darstellt. Gedämpftes Stimmengemurmel aus dem Saal dringt zu mir durch.

Ein letzter Schritt und ich stehe auf der Bühne. Im ersten Moment blendet mich das Licht. Ich kann nichts erkennen, bleibe stocksteif stehen und mein Magen krampft sich zusammen.

Es ist wie damals, es ist genau wie damals!

Glühend heiß schießt die Erkenntnis durch meine Glieder. In meinen Ohren hebt ein Rauschen an, das lauter und immer lauter wird. Ich kann kaum verstehen, was einer der Prüfer sagt, nur mein Name findet seinen Weg zu mir.

Die Noten in meinem Kopf – wo sind sie?

Ich kann mich an keine einzige erinnern, stattdessen jagen Bilder vor meinem inneren Auge vorbei: Marc, Ella, meine enttäuschten Eltern. O mein Gott, ich werde es schon wieder tun, sie erneut enttäuschen. Und überdies Timo, Leni, Hayden, Sonja, ja selbst Chris. Und alle anderen, die meinetwegen gekommen sind.

Während meine Sicht klarer wird, ich zumindest die Pianistin am Flügel erkenne, steigt Übelkeit in mir auf.

»Wenn Sie bitte vortreten würden!«

Ich schlucke hektisch. Einfach nur die Füße bewegen, mehr ist es nicht. Ich muss einfach nur die Füße bewegen.

Doch wie festgefroren bleibe ich, wo ich bin. Stille legt sich über den Saal, absolute Stille.

»Sie sind doch Frau Albers, nicht wahr?«, vergewissert sich einer der Prüfer und blättert mit lautem Rascheln in seiner Liste, während zwei andere die Köpfe zusammenstecken.

Erneut krampft sich mein Magen zusammen, und ich weiß, dass ich mich gleich endgültig und unfassbar und für alle Zeit blamieren werde, weil ich mich vor allen Leuten hier auf dieser Bühne übergeben muss.

Doch plötzlich segelt etwas, langsam und elegant, durch die Luft, landet sanft vor meinen Füßen.

Ein Papierflieger mit rosa Tupfen.

Ich ziehe scharf die Luft ein, eine unfassbare Erleichterung flutet mich.

Er ist gekommen. Alex ist gekommen, trotz allem. Er ist hier, so wie er es versprochen hat. Ich reiße den Kopf hoch, mein Blick sucht den Zuschauerraum ab.

Ganz rechts, am Bühnenrand, entdecke ich ihn.

Und er lächelt mich an.

Mit einem Mal durchströmt mich eine tiefe Ruhe.

»Lucy Albers?«, hakt der Prüfer erneut nach.

Ich nicke, sammele all meinen Mut, erinnere mich an Alex' Rat bei unserem Tanz. O ja. Ich bin wichtig. Ganz egal, was mit Marc war. Kopf hoch, Brust raus. Ich ziehe meine Schuhe aus und trete barfuß nach vorn …

Kapitel 17

Lucy

»Du warst großartig!«, jubelt Hayden. Mit wehenden roten Haaren stürzt sie auf mich zu, kaum dass ich aus den Vorbereitungsräumen ins Foyer getreten bin.

»Ich habe es geschafft«, jubele ich zurück, als sie mich loslässt und ich wieder atmen kann. Vor Erleichterung über die bestandene Prüfung ist mir zum Lachen und zum Weinen gleichzeitig zumute. Doch vor allem über …

»Lucy!«

Marcs Stimme lässt mich zusammenfahren. Ich schließe für einen Moment die Augen und hole tief Luft. Dann drehe ich mich langsam um.

Mit strahlendem Lächeln, die Arme weit ausgebreitet, kommt Marc auf mich zu, der Seidenschal weht hinter ihm her, mit einer ruckartigen Kopfbewegung wirft er sich den Pony aus dem Gesicht. Wie in Zeitlupe sehe ich ihn auf mich zutreten, während mein Gehirn sich an all die hunderttausend Dinge zu erinnern versucht, die ich ihm eigentlich ins Gesicht schleudern wollte, und plötzlich feststellt, dass sie nicht mehr von Bedeutung sind. Dass *er* nicht mehr von Bedeutung ist.

Ich will zurückweichen, doch hinter mir staut sich alles, und bevor ich meinen Geigenkasten wie einen Schild vor mich halten kann, hat er mich schon an seine Brust gerissen. »Fantastisch! Umwerfend! Großartig! Ich wusste es! Ich wusste, dass du es draufhast!«

Ich versuche, mich aus seiner Umklammerung zu winden, entdecke über seine Schulter hinweg Alex, leger in Jeans und einem Shirt, das so grün ist wie seine wundervollen Augen, und mein Herz setzt für einen Moment aus, denn er sieht zu uns herüber, schlimmer: Er sieht mich in Marcs Armen. Und ich sehe die Kälte in seinem Blick. Im nächsten Moment greift eine blonde Frau nach seinem Arm, er wendet sich ab, folgt ihr nach draußen.

»Nein!«

Die Panik verleiht mir Kraft und ich stoße Marc von mir.

»Was soll das?«, ruft dieser mit gekränktem Gesicht. »Ich wollte dir doch nur …«

»Halte den Mund«, fahre ich ihn an. »Halt einfach den Mund, Marc, und sprich mich niemals, niemals wieder an, hörst du? Solltest du das dennoch jemals wieder tun, kriegst du von mir einen Tritt dahin, wo dein Gehirn sitzt: in deine Eier!«

Ungläubig reißt er die Augen auf. Noch nie habe ich auf diese Weise mit ihm geredet.

Ich will ihn stehen lassen, Alex nacheilen, doch plötzlich werde ich von allen Seiten gleichzeitig bestürmt, kann mich all der Umarmungen kaum erwehren.

»Ich gratuliere«, »… Glückwunsch!«, »… ich wusste es!«, ertönt es plötzlich vielfach in den unterschiedlichsten Stimmfarben.

»Alex!«, rufe ich erneut, aber es wird übertönt von all den lautstark vorgebrachten Glückwünschen und jubelnden Zurufen. Ich versuche, zu danken, Glückwünsche entgegenzunehmen, Umarmungen zurückzugeben und mir gleichzeitig meinen Weg durch die Gratulanten zu bahnen, den Hals gestreckt, den Kopf gereckt. Ich dränge mich zwischen den Menschen hindurch, Marc, der noch immer fassungslos an Ort und Stelle verharrt, hält sich erschrocken die Hände vor den Schritt, als ich an ihm vorbeieile.

Ich muss zu Alex! Wo um alles in der Welt ist er? Panisch halte ich nach ihm Ausschau, doch ich kann ihn nirgendwo mehr entdecken, renne aus der Halle, aus dem Gebäude.

Und da, da sehe ich ihn. Die Blondine am Arm geht er die Treppen zu seinem Wagen hinunter.

»Warte!«, rufe ich. »Bitte, warte!« Doch das geht im Stimmengewirr, das auch vor der Halle herrscht, völlig unter. Nein, das kann nicht sein. Ich kann ihn nicht schon wieder verlieren!

»Lucy, du warst wundervoll!«, erklingt die Stimme meiner Mutter und mit Tränen in den Augen kommt sie auf mich zu.

»Danke, Mama«, gebe ich zurück, weiterhin den Hals reckend, während ein Teil von mir sich darüber wundert, wie unwichtig all die Anerkennung, um die es mir die ganze Zeit ging, plötzlich geworden ist. Da! Da unten ist er! Ich drücke meiner überraschten Mutter meinen

Geigenkasten in die Hand und renne los, schiebe mich zwischen den Menschen hindurch, mich pausenlos entschuldigend, stelle mich auf Zehenspitzen, entdecke sein blondes Haar abermals und hetze die Stufen hinunter, sehe mich plötzlich einem Trupp Japaner auf Stadtführung gegenüber, kämpfe mich hindurch.

»Alex! Nicht! Bitte!«

Er dreht sich um. »Lucy!«

Die Blondine legt ihre Hand auf seinen Unterarm. »Wir müssen.«

»Moment, Sarah.«

Sarah! Es durchfährt mich heißkalt. Schwankt der Boden oder schwanke ich? »Ich wollte dich nicht verletzen«, sprudelt es aus mir hervor. »Mit dem, was ich über das Seniorenheim gesagt habe. Was ich sagte, war saublöd, einfach das Erstbeste, was mir eingefallen ist, weil ich … weil ich einfach so wütend war. Es … es tut mir unfassbar leid. Das wollte ich dir nur sagen, auch wenn ich verstehen kann, wenn du die Entschuldigung nicht akzeptierst und …« Meine Stimme versagt, ich fahre herum, stolpere die Stufen hoch, bevor er meine Tränen sehen kann. Der Papierflieger hatte nichts zu bedeuten, Alex wollte lediglich sein Versprechen einhalten und mir zeigen, dass er zur Prüfung gekommen ist. Er hat seine Entscheidung getroffen, ist zu Sarah zurückgekehrt, und ich bin selbst schuld daran, ich habe kein Recht, ihm jetzt in seine Beziehung zu funken, es ist vorbei. Aber ich muss weg, so schnell und so weit wie möglich – bevor er sieht, dass meine Welt erneut entzweigebrochen ist.

»Warte! Bitte!«

Seine warme Stimme, die mir einen Schauer über den

Rücken jagt, seine Hand an meinem Arm, die mich in Flammen setzt, sein goldgrüner Blick, der mich fesselt – ich will weg und kann mich mit einem Mal doch nicht mehr rühren, wische hastig die Tränen weg, bevor ich mich ihm stelle. »Ich dachte, du läufst keiner Frau nach.« Etwas anderes fällt mir nicht ein.

»Das dachte ich auch.« Er sieht mich ganz sonderbar an. »Bis ich dich getroffen habe.«

Mein Herz schlägt plötzlich ganz unregelmäßig, von wild, wahnsinniger Hoffnung erfüllt. »Danke«, flüstere ich.

»Wofür?«

»Für die Musikpatenschaft, es …«

»Alex!«, ruft Sarah von unten herauf. »Wir haben keine Zeit!«

Ich rede hastig weiter: »Es tut mir so leid! Ich habe deinen Brief nicht bekommen! Chris hat ihn unterschlagen. Bis heute. Ich wusste nicht, wo du warst und warum. Wieso nur hast du es mir nicht gesagt? Ich dachte, du hättest das Grundstück von Viktoria gekauft, hättest mich belogen, ausgenutzt. Ich habe dein Verhalten missverstanden, alles missverstanden, jedenfalls mein Kopf. Nur mein Kopf, nicht mein Herz …« Ich verstumme. Alex' Gesicht ist reglos, sein Blick durchdringend.

»Alex!«, tönt es ungeduldig von unten, und die Blondine macht sich daran, die Stufen zu erklimmen.

Alex blinzelt, als sei er aus einer Trance erwacht. »Wir … Es … Ich … Markus wartet.«

»Markus?«, stammele ich verwirrt.

»Ein bekannter Reptilien-Experte«, erklärt Sarah, die uns in diesem Moment erreicht. Es versetzt mir einen

Stich, wie blond ihr Haar ist, wie schlank ihre Figur und wie selbstsicher ihr Auftreten.

»Er kann die Musikschule retten«, ergänzt Alex.

Verständnislos blicke ich von ihm zu ihr.

»Die einzige Möglichkeit, den Abriss der Musikschule durch die Langner-Stahl-GmbH oder ein Konkurrenzunternehmen zu verhindern, ist Frankie«, sagt Alex lächelnd. »Du hast die Lösung also eigentlich selbst geliefert.«

»Ich?«, wiederhole ich verwirrt.

»Frankie ist nämlich eine Zauneidechse, wie mir Markus bestätigt hat.«

»Und Zauneidechsen gehören laut Roter Liste zu den gefährdeten und streng zu schützenden Arten«, doziert, warum auch immer, plötzlich Sarah an seiner Stelle.

Alex hingegen lächelt sie an und quetscht damit mein Herz zusammen. Meine Abneigung gegen sie steigt. »Die einzige Möglichkeit«, fährt er fort und wendet sich wieder mir zu, »ihren Lebensraum, also das Grundstück der Musikschule, für Baumaßnahmen nutzen zu dürfen, wäre eine Umsiedlung der Eidechsen, und die hat ja schon bei einem bekannten Bahnprojekt 8.600 Euro pro Eidechse gekostet.«

»Jede Eidechse«, mischt sich erneut Sarah ein, »muss nämlich erst einmal gefunden und mit einem speziellen Lasso eingefangen und in ein neues, geeignetes Areal gebracht werden. Achtzig Quadratmeter pro Tier sind die gesetzliche Bestimmung.«

»Das wiederum«, übernimmt erneut Alex, »muss auch erst gefunden werden, womöglich gar gekauft werden. Und anschließend müssten die Eidechsen dreißig Jahre lang von Artenschützern beaufsichtigt werden.« Er grinst breit. »Ich habe große Zweifel, dass dies der Auftraggeber zu zahlen bereit ist, mal ganz zu schweigen davon, dass sich dadurch das Bauvorhaben um ein bis zwei Jahre verzögern könnte. Auch könnte ich mir vorstellen, dass sie nicht so angetan von all dem negativen Presserummel wären, den eine Gefährdung der Eidechsen-Population nach sich ziehen würde, oder davon, dass hier Hunderte Tierschützer anrücken und protestieren würden. Dass dies der Fall sein wird, dafür würde Markus sorgen. Also alles in allem denke ich, dass jeder Auftraggeber angesichts all dieser Punkte doch eher einer Annullierung des Kaufvertrages zustimmen und sich einen anderen Standort für das Kino suchen wird, zumal vor dem Hintergrund, dass ein findiger Anwalt auch das Zustandekommen dieses Vertrages möglicherweise wird anfechten können.« Nach dieser langen Rede holt er tief Luft, lächelt mich erwartungsvoll an.

Ich hingegen starre ihn mit offenem Mund an, kann nicht fassen, was ich da gerade gehört habe, möchte vor Erleichterung weinen und jubeln zugleich. Vor allem aber, ihm um den Hals fallen und … ihn küssen.

Ich sehe hastig beiseite. Nein. Nicht küssen. Nie wieder küssen. Er hat sich entschieden. Ich kämpfe gegen den Kloß in meinem Hals. »Aber … deine Sekretärin … wieso sagte sie … es hieß, du seist wegen des Grundstücks in Glasgow?«

»Das stimmt auch. Aber es ging nicht um das Grundstück der Musikschule. Als ich nach Glasgow geflogen bin, habe ich nicht nur Markus die Bilder der Eidechsen gezeigt und mit ihm über die Möglichkeiten gesprochen, die Musikschule zu retten. Ich habe mit Sarah über das

Grundstück am Fluss gesprochen und ihr meine Pläne für das Haus dort gezeigt.«

Das Haus am Fluss? Sarah hat er die Pläne gezeigt?! Natürlich. Was sonst. Dann heißt das Haus wohl ab jetzt nicht mehr »Lucys Sinfonie«, sondern »Sarahs Sinfonie«. Plötzlich kriege ich kaum mehr Luft.

»Alex«, meldet sich besagte Sarah nun mit deutlichem Unmut zu Wort und winkt ihm auffordernd mit ihrer zierlichen Hand zu. »Wir kommen noch zu spät zum Flughafen!« Damit dreht sie sich um und stolziert aufgebracht die Stufen wieder hinunter.

»Ich komme schon!«, ruft Alex ihr nach.

»Nein!«, rufe ich entgegen meines Vorsatzes. »Bitte, tu das nicht!«

»Was soll ich nicht tun?«, fragt er verwirrt.

»Fliegen. Gehen. Uns keine Chance mehr geben.«

»Wie … ?«, fragt er überrascht.

»Bitte!«, sage ich leise. »Flieg nicht!«

»Was bedeutet das?«

»Dass ich dich liebe«, bricht es aus mir heraus und jetzt kann ich die Tränen nicht mehr zurückhalten. »Auch wenn es dumm und verrückt und zu spät ist.«

Er blinzelt perplex, dann zeichnet sich langsam ein ungläubiges Lächeln in seinem Gesicht ab. »Nicht ich fliege. Sarah und Markus fliegen. Sie ist doch seine Frau.«

»Seine Frau?!«

Er nickt. »Ich habe die beiden vom Flughafen abgeholt. Sarah wollte ihre Hälfte des Grundstücks am Fluss an jemand Fremdes verkaufen. Deshalb musste ich so dringend nach Glasgow. Sie stand unmittelbar vor der Vertragsunterzeichnung, ich konnte nicht länger warten.

Ich habe mich mit ihr ausgesöhnt – soweit es eben möglich ist – und konnte sie in letzter Minute davon überzeugen, den Vertrag nicht zu unterschreiben und ihre Hälfte stattdessen an mich zu verkaufen. Dafür hatten wir heute einen Termin beim Notar. Und Markus wollte sich in der Zeit bei der Musikschule vor Ort ein Bild der Lage machen. Und nun bringe ich die beiden wieder zum Flughafen. Das heißt, nachdem wir Markus von der Musikschule abgeholt haben, wo er noch immer damit beschäftigt ist, die Eidechsen zu belauern. Er ist fasziniert von den kleinen Tierchen. Fast so sehr wie du.«

»Das heißt … du … bist gar nicht wieder mit ihr zusammen?«, versuche ich noch immer, das Unbegreifliche zu begreifen.

»Mit Sarah?!« Alex verschluckt sich fast.

»Alex!«, brüllt in diesem Moment Sarah vollkommen entnervt zu uns herauf und urplötzlich mag ich sie. Sie und den bärtigen Alten, der gerade an mir vorbeigeht, und den ungewaschen wirkenden Saxofonisten da drüben und die Mutter mit den zwei Kindern da unten und einfach die ganze weite Welt. Ich hätte in diesem Moment jeden umarmt, der mir nahe genug gekommen wäre.

»Ich kann jetzt hier nicht weg!«, brüllt Alex zurück. »Bitte nehmt euch ein Taxi, ich zahle es euch auch.«

Wütendes Schimpfen hallt von unten herauf, doch Alex lässt es an sich abprallen, mich hingegen nicht aus seinen Augen. »Sie ist mir zu anstrengend, weißt du? Nicht so wie du. Du bist zwar auch anstrengend, aber auf eine liebevolle, mich herausfordernde Art. Ganz davon abgesehen, dass du mir meine Kreativität wiedergegeben hast. Viel zu lange habe ich mich in Party und Alkohol gestürzt, hatte kein Ziel mehr vor Augen, keine Visionen mehr. Natürlich konnte ich noch zeichnen, natürlich wusste ich noch, wie man ein Gebäude entwirft und die Statik berechnet. Aber … alles, was ich zu Papier brachte, war … nichtssagend, beliebig, wenig originell. Als ob da ein riesiges schwarzes Loch in meinem Kopf wäre, das jeden Funken Kreativität einfach aufgesaugt hat. Da habe ich lieber den Moment gelebt und nicht an Morgen gedacht. Bis ich dich traf und erkannt habe, dass ich die falschen Momente gelebt habe.«

Ich bin nicht in der Lage, etwas zu entgegnen, meine Beine zittern, mein Herz schlägt wild.

»Hast du ernst gemeint, was du vorhin gesagt hast, Pünktchen?«, fragt er, streicht liebevoll über meinen Tupfenruck und seine Stimme lässt mein Innerstes vor Glück leuchten. »Dass du mich liebst?«

»Natürlich! Was sonst?«, flüstere ich. »Aber …«

»Aber was?« Er runzelt die Stirn.

»Du hast nichts geantwortet.«

Er zieht wieder diese eine Augenbraue hoch, legt die Hand unter mein Kinn, hebt es sanft an. »Ich dachte, meine Antwort sei inzwischen klar: Ich liebe dich, Lucy Albers, vom ersten Moment unserer Begegnung an. Nur war ich zu dumm, es zu begreifen. Doch ich kenne eine alte Frau, die zwar ziemlich verrückt ist, aber auch ziemlich weise, und sie hat gesagt: Manchmal findet man das Glück dort, wo man es gar nicht gesucht hat.«

In diesem Moment fängt es urplötzlich an zu regnen und alles um uns herum gerät in Bewegung. Schimpfend flüchten die Menschen von der Treppe, Schutz vor dem Regen suchend.

Nur wir beide bleiben, wo wir sind. Im strömenden Regen stehen wir auf der Treppe, völlig allein und doch unfassbar glücklich.

»Wieso regnet es eigentlich immer, wenn ich dich küssen will?«, fragt Alex, umfasst sanft meine Wangen und streicht mit den Daumen die Regentropfen fort, die über mein Gesicht laufen.

»Du willst mich küssen?«, gebe ich lächelnd zurück und stelle mich auf die Zehenspitzen.

»Und wie ich das will, Lucy!« Damit zieht er mich an sich.

Und die Welt um mich herum wird zur Nebensache.

Kapitel 18

Herbst

Lucy

Vor der Tür hupt es kurz, ich öffne das Fenster. Der Himmel ist strahlend blau, die Bäume leuchten bunt. Alex lehnt inmitten herabgefallenen Herbstlaubes an seinem Wagen, lächelt zu mir herauf und der kühle Tag scheint sofort zehn Grad wärmer zu sein.

»Komme gleich!«, rufe ich.

»Beeil dich, ich vermisse dich.«

»Du hast mich noch vor fünf Minuten im Arm gehalten.«

»Eben. Das ist viel zu lange her.«

Ich werfe ihm einen Handkuss zu und schließe das Fenster wieder.

Nie hätte ich es für möglich gehalten, einmal dermaßen glücklich zu sein. Ich habe nicht einmal gewusst, dass es solch ein Glück überhaupt gibt.

Kaum habe ich mir meine Geige gegriffen und bin in meine Stiefel geschlüpft, klingelt mein Handy. Es ist Alex.

»Ich komm doch schon«, sage ich.

»Ich wollte nur sichergehen, dass du dein Handy nicht vergisst.«

»Das werde ich niemals irgendwo vergessen, das kannst du mir glauben«, versichere ich ihm.

Er lacht, legt auf, und ich streiche liebevoll über das Handy, bevor ich es in meine Handtasche zurückgleiten lasse. Es ist ein Geschenk von Alex und hat eine Hülle mit weißen Tupfen auf blauem Grund.

Gerade schließe ich meine Wohnungstür zweimal ab, als hinter mir Chris aus der seinen tritt, die Haare nach hinten gegelt, sein brauner Vollbart frisch gestutzt. Ein beunruhigendes Zeichen. »Lucy, ich muss mit dir reden.«

Auch das noch. Ich wappne mich für das, was jetzt folgt. Nach der Prüfung jedenfalls war es eine wahre Entschuldigungsflut wegen des verheimlichten Briefes. In der darauffolgenden Phase ist er mir aus dem Weg gegangen. Dass er nun wieder meine Nähe sucht, lässt mich vermuten, dass er Kraft für einen neuerlichen Versuch, mich zu erobern, gesammelt hat. Ich seufze tief auf, setze dann behutsam an: »Ich will dich wirklich nicht verletzen, aber …«

»Ich muss leider unseren Filmabend absagen.«

»… ich bin vollkommen glücklich mit Alex und … was?«

»Ich weiß, dass es schwer ist für dich nach allem, was du gerade durchgemacht hast, aber ich will dir keine unnötigen Hoffnungen machen, dass das mit uns noch etwas werden könnte.«

Ich blinzele.

»Ich habe jemanden kennengelernt. Sie ist umwerfend

und einfach nur toll, liebt Pizza und Kinoabende und hat – du wirst es nicht glauben – auch drei Wellensittiche!« Begeistert strahlt er mich an.

Mein Mund steht noch immer offen. »Was du nicht sagst«, bringe ich schließlich raus.

Seine Begeisterung wandelt sich in Zerknirschtheit. »Ich weiß, dass das jetzt natürlich sehr hart für dich sein muss.«

»Ich denke, ich komme drüber hinweg.«

»Sicher?«

»Ganz sicher.«

»Mann, da bin ich aber froh.« Er fährt sich erleichtert durch den dichten Bart, umarmt mich urplötzlich. »Leider kann ich nicht länger mit dir quatschen, Lisa kommt gleich.«

»Lisa?«

»Ja, sie arbeitet drüben in der Bäckerei am Marktplatz, da, wo es den tollen Kaffee gibt, vielleicht kennst du sie.«

»Ich fürchte … äh … glaube, das tue ich in der Tat.«

»Das ist ja toll! Vielleicht können wir ja mal zu dritt einen Fernsehabend machen.«

Ich spüre, wie mir meine Gesichtszüge entgleiten. »Äh …«

»Prima!« Und weg ist er.

O verdammt. Manchmal frage ich mich wirklich, wer da oben die Papierschiffchen für uns aufs Wasser setzt. Als ich jedoch aus dem Haus trete und Alex erblicke, weiß ich, dass ich alles überstehen kann – selbst einen Fernsehabend mit Chris und Lisa.

Im nächsten Moment hat Alex mich schon an sich gezogen und küsst mich. Lang und innig und auf eine alles verzehrende, den Atem raubende, die Welt um mich herum vergessen machende Art und Weise.

Als er sich schließlich von mir löst, schwebe ich förmlich.

»Hey, Pünktchen«, sagt Alex leise und streicht mir zärtlich eine Haarsträhne aus dem Gesicht. »Da bist du ja endlich.«

»Ja, endlich«, hauche ich und weiß, dass ich wieder einmal grinse wie ein Honigkuchenpferd.

Ob es normal ist, jemanden mit jedem Tag mehr zu lieben?

»Jetzt müssen wir aber fahren, Frau Direktorin, oder willst du zu spät kommen?«

»Muss ich dich dafür loslassen?«

»Ich schätze schon.«

»Mist.«

Lächelnd drückt er mir einen Kuss auf die Stirn und öffnet anschließend die Beifahrertür seines Oldtimers. Unter meinem Mantel blitzt mein Tupfenrock auf. Dank dicker Strumpfhosen brauche ich selbst bei diesen Temperaturen nicht darauf zu verzichten. »Jetzt aber los. Ich will nicht, dass Leni sich nachher bei mir beschwert, weil ihre Geigenstunde ausgefallen ist.«

»Oder Tante Clara.«

»Um Gottes willen!« Ein Anflug von Panik blitzt in seinen Augen auf. »Auf der Stelle rein jetzt!«

Lachend leiste ich seiner Aufforderung Folge.

Während der Fahrt sieht er immer wieder zu mir herüber, als könne er es noch immer genauso wenig fassen wie ich, dass wir uns nach unserer Odyssee von Missverständnissen schlussendlich doch gefunden haben, und müsse sich immer wieder vergewissern, dass ich noch da bin.

Gerade als Alex vor der Musikschule hält, piepst mein Handy. Noch bevor ich nachsehe, weiß ich, dass es eine Nachricht von Hayden ist. Seit ich ein neues Handy habe, schickt sie mir quasi im Minutentakt Nachrichten, Bilder und Videos, als müsse sie die verlorene Zeit aufholen. Und ich habe recht und lese:

Du wirst es nicht glauben!

Vermutlich nicht.

Viktoria hat sich tatsächlich Janinas Vater geschnappt. Ich habe die beiden gerade Hand in Hand gesehen. Du musst also kein schlechtes Gewissen haben. Sie hat ausgesorgt.

Woher willst du wissen, ob ich ein schlechtes Gewissen habe?

Ich kenne dich ;-)

Schmunzelnd schiebe ich das Handy in meine Tasche, lehne mich zurück. »Viktoria hat sich offenbar einen reichen Vater geangelt. Ich bin tatsächlich unfassbar erleichtert. Trotz allem hat sie mir leidgetan, als Frau Kleve ihr die Leitung der Musikschule entzogen und mir übertragen hat.« Unmittelbar, nachdem der Kaufvertrag annulliert wurde, da die Auftraggeber des Kinos vor den Eidechsen und dem Umweltschützertrupp von Markus eingeknickt sind, ist Frau Kleve mit dieser Bitte an mich getreten. Niemand hätte überraschter sein können als ich.

Erneut piepst mein Handy.

Und richte Alex aus, dass er diesen Mistkerl in die Pfanne hauen soll.

Mache ich. Danke Dir.

»Hayden drückt dir weiter die Daumen für die Gerichtsverhandlung. Ich natürlich auch, ist ja klar.«

»Das wird schon«, sagt er gelassen. »Du hättest Mitch mal beim letzten Termin sehen sollen. Der war nur noch ein schwitzendes Häufchen Elend. Dein Onkel ist wirklich ein guter Anwalt. Danke, dass du dich für mich überwunden und ihn um Hilfe gebeten hast. Ich weiß, wie schwer dir das gefallen ist.«

Ich werde rot. »Ist doch kein Ding. Ja, er mag nervtötend und eitel sein, aber es gibt keinen Besseren auf diesem Gebiet als ihn.«

Alex sieht mich von der Seite an. »Bist du immer noch der Meinung, dass es die richtige Entscheidung war, die Bühne gegen die Musikschule einzutauschen?«

Ich lasse mir einen Moment Zeit, die richtigen Worte zu finden. Die Situation nach der Prüfung war seltsam. Die Mitteilung, dass ich es in das Orchester geschafft hätte, noch seltsamer. Ich habe die Nachricht gelesen und gelesen und vergeblich auf dieses unfassbare Glücksgefühl gewartet, das sie hätte mit sich bringen sollen. »All die Jahre habe ich gedacht, dass, wenn ich erst diese Prüfung bestehe und im *Boston Symphony Orchestra* aufgenommen werde, sich alles urplötzlich ändern würde. Dass ich irgendwie eine andere Person wäre, eine selbstbewusste, die wie ein leuchtender Stern durch die Straßen wandelt. Dass es das Wichtigste sei, meine Eltern stolz zu machen und in ihren Erwartungen an mich zufriedenzustellen. Das alles trat nicht ein. Ich war die gleiche Person wie zuvor, hatte es sogar geschafft, mich davor schon mit meinen Eltern zu versöhnen, und obendrein festgestellt, dass es letzten Endes um meine Erwartungen an mich selbst geht, nicht um ihre. Und ich wollte hier nicht weg. Boston ist ziemlich weit, doch hier ist mein Leben. Mit dir … dann erst habe ich plötzlich gemerkt, wie glücklich ich in Wahrheit die ganze Zeit an der Musikschule gewesen bin. Verrückt, oder?«

»Nein, nicht sehr. Ich bin schlimmer. Ich hatte gar nicht gemerkt, wie unglücklich ich in Wahrheit die ganze Zeit mit all meinen Partys war.« Er lächelt schief.

Ich lege meine Hand in seine. »Außerdem weiß ich, dass du mitgekommen wärst, wenn ich nach Boston gegangen wäre. Würden wir deinen Vater mitnehmen, wäre es schwer für ihn, hätten wir ihn hiergelassen, schwer für dich. Nein, das will ich keinem von euch beiden antun. Hier ist unsere Familie und dein Vater braucht uns. Die Zeit mit ihm ist kostbar, jeder Moment, egal welcher Art.«

»Das stimmt, aber …«, er atmet tief durch, »… es ist nicht leicht, mit dem Gedanken zu leben, dass der eigene Vater dich irgendwann nicht mehr erkennen wird. Es hört sich undankbar an, aber es schmerzt, ihn zu besuchen. Ich würde ihn am liebsten so in Erinnerung behalten, wie er früher war. Lebhaft, klug, witzig, schlagfertig. Doch du hast recht: Die Momente mit ihm sind wertvoll, egal welcher Art, und ich darf sie nicht ungenutzt lassen.«

Ich verschränke meine Finger weiter mit seinen. »Wir können uns nicht aussuchen, wen wir lieben. Wir können uns auch das Ende, das das Schicksal für uns vorgesehen hat, nicht aussuchen. Wir können aber den Weg dorthin so wundervoll wie möglich gestalten. Eben mit den Menschen, die wir lieben. Mit deinem Vater. Denn ich liebe ihn so sehr dafür, dass er mir dich geschenkt hat.«

»Trotzdem habe ich Angst. Ich habe unfassbare Angst vor dem Tag, an dem er nicht mehr weiß, wer ich bin.«

Ich beuge mich zu ihm hinüber, lege meine Hand an seine Wange und drehe sein Gesicht sanft zu mir. »Das verstehe ich. Ich werde bei dir sein und dich auffangen«, sage ich eindringlich. »Hörst du? Ich verspreche es.«

Winter

Lucy

»Alex ist da«, sagt Hayden, die auf der Fensterbank im Büro der Musikschule sitzt und ihren Tee schlürft.

»Na endlich«, entgegne ich erleichtert, schlüpfe in meinen Mantel und stülpe mir meine Pudelmütze über. »Sein Vater hat doch heute Geburtstag, und wir fahren zu ihm, bevor ich meine restlichen Sachen zusammenpacke. Morgen früh kommt schon der Umzugswagen und bringt sie zu Alex.« Ich drücke Hayden, die ich zur stellvertretenden Direktorin ernannt habe, rufe ihr noch ein »Und vergiss nicht, abzuschließen!« nach und eile aus dem Gebäude.

Kaum bin ich aus der Tür, höre ich Alex vor sich hin schimpfen und unmittelbar darauf die kratzige Stimme von Frau Kleve. »Du weckst mir noch die Frankies aus ihrem Winterschlaf auf.«

Dann biegen beide um die Ecke und zu meiner

Überraschung trägt Alex ein Monstrum von einem Topf vor sich her.

»Frau Kleve, wie schön, Sie zu sehen.« Ich umarme sie vorsichtig, bevor ich mich auf die Zehenspitzen stelle, um Alex einen Kuss zu geben. Dann deute ich auf den Topf. »Was ist das?«

»Ziegelsteine«, behauptet Alex düster.

»Ach was«, widerspricht Frau Kleve aufgeräumt. »Das ist echter irischer Erbseneintopf. Heute frisch gekocht. Damit ihr hier morgen endlich mal was Anständiges zu essen habt. Bringst ihn kurz hoch und stellst ihn in den Kühlschrank, Junge, ja?« Forsch schreitet sie voran.

»Wenn ich in 'ner halben Stunde nicht wieder da bin, hat mich dieses Monstrum unter sich begraben!«, flüstert mir Alex im Vorbeigehen zu.

»Ach komm, so schwer kann der Topf nicht sein«, ziehe ich ihn auf.

»Hast du 'ne Ahnung. Wehe, sie behauptet noch einmal, Erbsen würden glücklich machen!«

»Erbsen*pulen*«, lässt sich Frau Kleves Stimme vernehmen. »Nicht das Schleppen von Erbseneintopf. Weshalb ich mich sehr freue, euch zwei im Sommer bei mir zum Erbsenpulen begrüßen zu dürfen.«

»Hätte ich doch nichts gesagt«, stöhnt Alex. Er sieht mich an und zieht eine Grimasse. »Müssen wir?«

»Ich schätze, uns bleibt nichts anderes übrig«, gebe ich grinsend zurück.

Alex schnaubt. »Davon abgesehen hat sie, als sie mich fragte, ob ich ihr kurz helfen und sie mitsamt Topf hierherfahren könnte, irgendwie vergessen zu erwähnen, dass der Schnee vor ihrem Haus mir bis zum Knie reicht und erst einmal fortgeschaufelt werden musste, um irgendwie durchzukommen. Von mir, versteht sich.«

»Schnee? Pah«, widerspricht Frau Kleve, die Ohren wie ein Luchs haben muss, denn sie ist bereits bei der Tür angelangt. »Das hier ist doch kein Schnee. Schnee ist das, was einem bis zur Brust reicht, wie ich es einst in Alaska erlebt habe. Und selbst dort bin ich von einem Dorf zum anderen. Dreißig Kilometer. Zu Fuß. Nur mit Schneeschuhen und drei Tafeln Schokolade als Verpflegung! Also auf, stell dich nicht so an!«

Ich versuche, mein Lachen hinter meiner Hand zu verbergen, und Alex wirft mir einen gespielt bösen Blick zu, fragt dann aber flüsternd: »Sind ihre ganzen Geschichten eigentlich wahr?«

»Ich habe keine Ahnung«, sage ich schmunzelnd. »Aber zutrauen würde ich es ihr schon.«

»Na, dann beeile ich mich lieber, bevor sie sich noch daran erinnert, dass sie vielleicht mal in Japan Karate gelernt hat oder so.«

***

»Warte kurz«, sagt Alex und hält ein paar Schritte vor der Tür seines Vaters inne, als wir unmittelbar nach meinem Unterricht bei ihm sind.

Einige Senioren, darunter Mathilda und – wie immer reglos – auch Alice, sitzen, die Beine in Decken gehüllt, in der Erkerausbuchtung neben uns an einem runden Tischchen und sehen den Spatzen zu, die vor den großen Fenstern um die aufgehängten Meisenknödel herumflattern. Doch weder die Vögel noch die Senioren sind der Grund dafür, dass Alex stehen geblieben ist. Vielmehr greift er in seine Manteltasche und holt ein in rosa-weiß getupftes Geschenkpapier gewickeltes Päckchen hervor.

»Also, ich weiß ja nicht, ob das die richtige Farbe für deinen Vater ist.«

»Sicherlich nicht. Deshalb ist es ja auch für dich.«

Überrascht sehe ich von ihm zum Päckchen, öffne es zögerlich. »Die Spieldose!«

Ergriffen betrachte ich die kleine, blecherne Schachtel in meiner Hand. »Wie hast du es denn geschafft, die aufzutreiben?«

»Willst du gar nicht wissen, glaub mir«, gibt er zurück und verdreht mit einem Seufzen die Augen.

Vorsichtig öffne ich sie, und es erklingt tatsächlich, sauber und zart, die Melodie von *Only You.*

»Wundervoll«, seufzt eine der alten Damen am Tischchen. Und das ist es in der Tat.

»Alice? Ist alles in Ordnung?«, fragt eine andere und ich sehe erschrocken hinüber.

Alice sitzt nach wie vor reglos da, doch über ihre Wangen läuft eine Träne.

Ich halte den Atem an und auch die anderen sehen gebannt zu ihr.

Langsam, wie in Zeitlupe und zittrig zeichnet sich ein Lächeln in ihrem Gesicht ab.

Ich hebe die Hand vor den Mund, kann es kaum glauben. Die ganze Zeit habe ich mich gefragt, ob das wirklich einen Sinn hat, was ich hier tue. Jetzt habe ich die Antwort. Langsam gehe ich auf sie zu, lege die Spieldose vor ihr ab, drücke sanft ihre Hand.

Ob sie mich verstanden hat, weiß ich nicht, doch das ist auch egal. Ihre glänzenden Augen sind auf die Spieldose gerichtet und sie sieht glücklich aus.

Und urplötzlich ist da ein Erinnerungsfetzen, der bislang verschwommen war, den ich aber nun klar greifen kann: der Moment auf dem Hausboot, als ich Alex, ziemlich beschwipst, meine Träume erzählt habe: Dass Timo sein Glück findet, dass meine Eltern mich endlich verstehen und so akzeptieren, wie ich bin, dass ich Frankie öfter sehe und dass ich herauskriege, welche Musik Alice berührt.

Ich kehre zu Alex zurück, stelle mich auf die Zehenspitzen, schlinge die Arme um ihn und schmiege mich an seine nach Wald und Moos und Regen duftende Halsbeuge. »Danke.«

Frühling

Alex

»Das Match ist klasse, oder?«, frage ich, auch wenn mein Blick nicht auf dem Fernseher ruht, ich nicht einmal weiß, welche Mannschaft dort gegen wen spielt oder in welchem Land der Welt dieses Match überhaupt stattfindet. Stattdessen beobachte ich ihn.

»Geht so«, brummt er. Sein Haar ist noch ein wenig

grauer geworden, aber ordentlich frisiert, der Schnurrbart sauber gestutzt.

Eine Weile schweigen wir, nur der Jubel des Rugby-Publikums ist zu hören. Rugby war schon immer seine große Leidenschaft.

Lucy döst, an mich geschmiegt, neben mir auf der Couch und ich genieße das warme, beruhigende Gefühl von Beständigkeit und Liebe, während mein Blick über die Post-its wandert, die überall im Zimmer verteilt sind.

»Lucy ist ein wirklich hübsches Mädchen«, sagt mein Vater plötzlich. »Und sehr nett.«

»Ich wusste, dass du sie mögen würdest«, gebe ich zurück und drücke Lucy vorsichtig einen Kuss aufs Haar.

»Sie macht wundervolle Musik.«

Erstaunt sehe ich auf. Dass er sich daran erinnert, hätte ich nicht erwartet. Bislang war es noch jede Musikstunde so, dass er nicht wusste, was Lucy bei ihm wollte. Dankbar für diesen einen klaren Moment mit ihm drücke ich seine Hand.

»Sie hat mir ein Lied vorgespielt«, fährt er fort. »*Only you*, heißt es. Du kennst es wahrscheinlich nicht.«

»Doch. Sehr gut sogar«, sage ich und werfe Lucy einen liebevollen Blick zu. Sie hat die Augen aufgeschlagen, lächelt mich an.

»Mollys Lied«, ergänzt mein Vater.

»Wirklich?« Ich setze mich aufrecht. »Das wusste ich gar nicht.«

»Wir haben dazu getanzt, als wir das erste Mal ausgegangen sind.«

Mir wird ganz warm ums Herz.

»Sie liebt es, zu tanzen.«

Liebt? Nicht »liebte«? »Wer?«, hake ich beunruhigt nach.

»Molly. Sie ist eine wunderschöne Frau.«

Ich brauche einen Moment, um zu realisieren, was er gesagt hat, dann antworte ich langsam: »Ich weiß. Das ist sie.«

Mein Vater scheint zu spüren, dass etwas nicht stimmt, wendet sich vom Fernseher ab und sieht mich verwundert an. »Bist du traurig?«

Lucy blinzelt, hebt den Kopf von meiner Schulter und mustert mich besorgt.

Ich wische die Träne auf meiner Wange hastig fort.

»Warum weinst du?«, fragt mein Vater verwirrt.

»Weil … weil …« Hilflos breche ich ab, atme tief durch.

Nach einer Weile glätten sich die Sorgenfalten auf seiner Stirn wieder. Er wendet sich erneut dem Spiel im Fernseher zu. »Ich denke, ich werde sie fragen.«

»Wen fragen?«

»Molly. Ich werde sie fragen, ob wir am Wochenende mit dem Motorrad einen Ausflug machen. Sie fährt gern Motorrad.«

Ich atme tief durch und nicke. »Eine gute Idee. Tu das.«

Er lächelt zufrieden, lehnt sich zurück.

Eine Weile ist nur der Jubel der Zuschauer im Fernsehen zu hören, während in meinem Herzen der Schmerz tobt, dann hole ich tief Luft: »Du kennst meinen Namen, nicht wahr?«

»Natürlich. Alex.«

»Du weißt, wer ich bin.«

Er sieht nun doch hoch. »Ja …«, sagt er zögerlich.

»Wer bin ich?«

Verwirrung macht sich auf seinen Zügen breit, eine seltsame Starre.

»Wer bin ich?«

»Ich weiß es nicht.«

Ich schließe die Augen. Ich wusste, dass es eines Tages so weit sein würde. »Ich hab dich lieb, Papa.«

Als ich die Augen öffne, lächelt er mich verwirrt an, wendet sich dann wieder nach vorn. »Ich liebe Molly. Ich liebe sie wirklich.«

»Ich weiß«, sage ich. Einen größeren Beweis gibt es wohl kaum, wenn sie das Letzte ist, woran er sich erinnert.

Ich betrachte ihn stumm. Er sieht glücklich aus, lächelt beim Gedanken an seine Molly, meine Mutter.

Und ich bin dankbar dafür. Dafür und für die Zeit, die ich mit meinem Vater hatte. Und ebenso für jeden einzelnen besonderen Moment, den es vielleicht doch noch gibt.

Lucy drückt meine Hand.

Ich wünsche mir, dass irgendwann einmal sie es sein wird, der meine letzten Erinnerungen gelten. Sie hat versprochen, sie würde da sein, wenn es so weit wäre. Sie hat ihr Versprechen gehalten.

Und ich weiß, dass Lucy und ich zusammen alles durchstehen werden. Sie kam wie ein Wirbelwind, hat alles durcheinandergebracht, aber ist geblieben.

Frau Kleve hatte tatsächlich recht: Manchmal findet man nicht nur das Glück dort, wo man es nie gesucht, sondern auch die Liebe da, wo man sie nicht vermutet hätte.

Nachwort

Liebe Leserin, lieber Leser,

ich hoffe, dass es dir genauso schwer fällt wie mir, von Alex, Lucy, Frau Kleve, den Frankies und allen anderen liebenswerten Charakteren dieses Romans Abschied zu nehmen und dass ich dich mit ihrer Geschichte glücklich machen konnte.

Was mein eingangs angesprochenes persönliches Erleben angeht, ist das – du hast es dir sicher schon gedacht – diese grausame Krankheit namens Demenz. Auch in meinem engsten Umfeld kommt sie vor, weshalb ich stellenweise nur unter Tränen schreiben konnte. Dennoch habe ich das Buch mit einem glücklichen Aufseufzen beendet und wünsche mir, dass es dir ebenso geht, denn immer, auch in den dunkelsten Stunden, gibt es noch das Glück der Liebe und sei es auch nur in der Erinnerung an die gemeinsame Zeit.

In diesem Sinne:

»Im Traum und in der Liebe
gibt es keine Unmöglichkeiten«
János Arany

Wie immer freue ich mich über deine Rückmeldungen zum Roman auf Amazon, Facebook, Instagram oder per Mail.

Alles Liebe,
Deine Emma

Über die Autorin

Emma Wagner ist eine 1982 in Niedersachsen geborene Autorin. Zum Studium der Germanistik und der Biologie verschlug es sie nach Heidelberg. Diese herrliche Stadt wurde ihrem Ruf in Emmas Falle mehr als gerecht, denn sie hat ihr Herz in Heidelberg verloren. Dort lebt sie dementsprechend immer noch – inzwischen glücklich verheiratet – mit ihrem Mann und ihren drei Kindern im Kindergarten- und Grundschulalter.

Eigentlich hatte sie nie vorgehabt, einen Roman zu schreiben. Seit dem Erfolg ihres Debütromans von 2013, „Liebe und andere Fettnäpfchen“, der sogar noch 2015 Kindle Jahresbestseller geworden ist, kann sie nicht mehr damit aufhören. An Ideen dafür mangelt es ihr auch nicht, nur an Zeit. Schließlich hat sie eine fantastische Familie, die für sie das Wichtigste auf der Welt ist.

Dennoch hat sie inzwischen über 500.000 Romane verkauft. Jeder ihrer Titel wurde ein Bestseller, erreichte die Top 10 oder sogar Top 5 der Amazon Charts und hielt sich monatelang in den Top 100. So etwa „Du. Für immer“, das über ein halbes Jahr lang in den Top 100 verblieb. „Eine Schildkröte macht noch keine Liebe“ erreichte überdies Platz 5 des Lovelybooks Leserpreises 2016 hinter Nicholas Sparks. 2017 wurde sie mit ihrem Roman „Wir. Für immer.“ Finalistin beim Kindle Storyteller Award.

Da der Spagat zwischen Autorendasein und Mutterschaft nur mit einer gehörigen Portion Humor zu meistern ist, sind ihre Spezialität Liebesromane mit Herz, Humor und Heidelberg, doch auch dem dramatischen Liebesroman wendet sie sich in letzter Zeit vermehrt zu.

Wer mehr über ihre Romane und die Autorin selbst erfahren möchte, ist herzlich dazu eingeladen, sie auf ihrer Homepage oder bei FB zu besuchen (www.emmawagner.de und facebook.com/AutorinEmmaWagner) oder ihr auf Instagram (autorin.emma.wagner) zu folgen.

Wir. Für immer.

Eben noch war Sophies Welt nahezu perfekt, schließlich hat ihr langjähriger Freund ihr einen Heiratsantrag gemacht.
Doch dem Café, das sie zusammen mit ihrer Mutter betreibt, droht das Aus. Ein Investor muss her – der ebenso gutaussehende wie arrogante Noel.
Dann allerdings überschlagen sich die Ereignisse: Sophies Mutter erleidet einen Autounfall, und kurz darauf erfährt Sophie etwas, das ihr ganzes Leben auf den Kopf stellt.
Fassungslos will sie sich auf die Suche nach Antworten begeben und ausgerechnet Noel bietet ihr seine Hilfe an.
Gemeinsam stoßen sie auf eine dramatische Liebesgeschichte, die eng mit Sophies Schicksal verflochten ist.
Schon bald jedoch bringt nicht nur das, was dabei ans Licht kommt, Sophie aus dem Konzept, sondern auch Noel.
Noel mit seinen strahlend blauen Augen und dem charmanten Lächeln, der sie mit seiner Unverschämtheit zur Weißglut bringt und sie gleichzeitig fasziniert.
Doch er hat ein Geheimnis …

Eine zutiefst berührende Geschichte von Vertrauen, Verrat und Vergebung, von Freundschaft und Feindschaft, von zerstörten Hoffnungen und neuen Träumen – und dem Kampf um die ganz große Liebe.

Finalist des Kindle Storyteller Award 2017

Lesermeinungen:

- „Ein Meisterwerk. Es hat mich sofort gefesselt. Spannend, traurig, witzig, herzergreifend, gefühlvoll, humorvoll, zum Lachen und zum Weinen.“ (Sunny)
- „Eines der besten Bücher über Liebe und Dramatik die ich je gelesen habe.“ (Wilhelm)

- „Absolut berührend und ergreifend. Dieses Buch ist so mitreissend. Es ist voll aus dem Herzen geschrieben und das spürt man als Leser." (Ella)
- „OMG – Ich liebe diese Geschichte!!! Ich werde dieses Buch sicher noch einige male lesen." (KaBa)
- „Etwas ganz Besonderes. Wir. Für immer ist so viel mehr als eine Liebesgeschichte. Er erzählt die Geschichte einer Familie, beschreibt auf wunderbare Weise wie grausam das Leben sein kann, gibt aber auch Hoffnung, das manchmal ein Ende auch ein Anfang sein kann, eine Veränderung etwas Grandioses. Ein Roman voller Freude und Lachen, Abgründen und Neid, Lügen und Liebe. Eine Geschichte die zeigt, das die Vergangenheit manchmal auch die Zukunft ist. Wunderschön." (Sabine Creutz von daisyandbooks)

Du. Für immer.

Wie viel kann wahre Liebe verzeihen?

Die Ehe der Künstlerin Anna mit dem zurückhaltenden Oliver steckt in der Krise. Seit Jahren bleibt ihr gemeinsamer Kinderwunsch unerfüllt und überdies ist Olivers wohlhabende Familie nach wie vor der Überzeugung, dass Anna nicht die richtige Partie für ihren Erben ist.

Der Tod ihrer ehemaligen Kunstlehrerin und Freundin Carol bringt Anna zurück an den Ort, an dem sie ihre Kindheit verbracht hat. Dort trifft sie auf ihre Jugendliebe Marc.

Marc mit den feurigen braunen Augen. Marc mit der großen Sehnsucht nach Abenteuern. Marc, mit dem Anna ein dunkles Geheimnis verbindet.

Anna muss sich ihrer Vergangenheit stellen. Hat sie damals die richtige Entscheidung getroffen? Für wen schlägt ihr Herz heute? Und was hat ihre Mutter ihr verschwiegen?

Eine berührende Geschichte von Vertrauen und Verrat, Freundschaft und Feindschaft, zerstörten Hoffnungen und neuen Träumen – und der ganz großen Liebe.

Lesermeinungen:

- „Mein Lese-Highlight 2016! Es gehört zu den besten Romanen, die ich jemals gelesen habe. Von Emma Wagner habe ich wirklich jedes Buch gelesen, denn ich liebe ihren Schreibstil sehr, und war immer total begeistert von ihren Werken. Dieses hier ist aber wirklich ihr Bestes!“ (Nina @Autoren-Fanpage Buchtipps und Rezis)
- „Ich habe geheult, gelacht und wirklich zeitweise mal laut aufgeschrien. (…) mein Highlight im November!“ (Lesebuch – Meine Bücher und ich)

Mit Ski, Charme und Pinguin

Zoey hat Kurven. Leider irgendwie an den falschen Stellen. Und ein paar Zentimeter mehr an Körpergröße wünscht sie sich auch schon ihr halbes Leben. Allerdings sind das momentan ihre geringsten Probleme, denn Zoey hasst Schnee, kann nicht Ski fahren und hält Skilehrer für arrogante Machos, die alles abschleppen wollen, was einen Busen hat. Doch ausgerechnet sie wird dazu überredet, für eine Woche die Krokusse gegen Eisblumen zu tauschen und ihre Freundin Lara in deren Skiurlaub zu begleiten. Dort stellt sich heraus, dass in Wahrheit … alles noch viel schlimmer ist! Anstelle der versprochenen Entspannung erwarten Zoey jede Menge blaue Flecke, ein ungewolltes Blind Date und exzentrische Pensionsbetreiberinnen, die offenbar etwas zu verbergen haben. Und Ben. Ben ist Skilehrer und der Inbegriff sämtlicher von Zoeys Vorurteilen. Unglücklicherweise ist er überdies auch wahnsinnig charmant und heiß …

Lesermeinungen:

- „2017 mein Lieblingsbuch! So ein schöner Liebesroman mit tollem Humor“ (Tami von littlecornerformybooks)
- „Mitreißend, viel Charme und Liebe! Ich schreibe nur eine Rezension, wenn mich etwas wirklich begeistert hat. Ein traumhaftes Buch, welches man nicht zur Seite legen möchte. Witzig, spritzig mit ein Hauch Erotik. Ich habe oft herzhaft lachen müssen, so bin ich in der Geschichte des Buches eingetaucht. Sehr empehlenswert!!!!“ (Carmen S.)
- „Dieses Buch hat mich wirklich gefesselt! Ich habe es in einem Rutsch durchgelesen, weil ich es einfach nicht aus der Hand legen konnte.“ (Andra)

Eine Schildkröte macht noch keine Liebe

Vincent nimmt das Leben leicht und versucht Arbeit und Ärger aus dem Weg zu gehen. Als jedoch die geheimnisvolle Lilly in sein Leben tritt, hat er plötzlich von beidem mehr als genug am Hals. Schnellstmöglich will er die junge Frau mit den smaragdgrünen Augen wieder loswerden, aber sie erweist sich als ebenso sonderbar wie hartnäckig.
Lillys Leben ist von Grund auf anders – in vielerlei Hinsicht.
Sie merkt recht bald, dass Vincent und sie nicht unterschiedlicher sein könnten und er sie mit seiner ganzen Art auf die Palme bringt. Doch man kann schließlich nicht besonders wählerisch sein, wenn man auf der Flucht ist. Und dann sieht der Kerl auch noch so unverschämt gut aus …
Mit Gefühlen jedenfalls hat keiner von beiden gerechnet.
Auch nicht mit Vincents Bruder, der eigene Pläne verfolgt.
Aber kann ein einziges Wochenende alles verändern?
Und wo kommt eigentlich die Schildkröte her?
Ein romantisch-humorvoller Sommerroman für alle, die an die große Liebe, an das Schicksal und besondere Momente glauben.

Lesermeinungen:

- „Eine Geschichte voller Klang und Liebe, eine Welt voller Emotionen, die einen alles andere vergessen lässt. Wie ein Musikstück, das einen so vereinnahmt, dass nichts anderes mehr existiert. Einfach wie das Leben und vollkommen wie die Liebe.“ (Jil Aimée)
- „Dieser Roman ist eine perfekte Mischung aus Humor, Gefühl und Dramatik und wurde von Emma Wagner toll in Szene gesetzt.“ (C.P.)
- „Wieder so ein tolles Buch von Emma Wagner, das ich innerhalb weniger Stunden weg gelesen habe, ohne dabei überhaupt zu merken, wie schnell die Zeit vergangen ist.“ (wortgewaltigblog.wordpress.de)

Liebe und andere Fettnäpfchen

Eine rasante Liebeskomödie vor dem Hintergrund des ganz normalen Wahnsinns von Studentenleben und Uni-Alltag gemischt mit dem Lokalkolorit von Heidelberg und einer Riesenportion Herz und Humor!
Studentin Lena geht nicht durchs Leben, sondern stolpert hindurch. So findet sie in Heidelberg zwar jedes Fettnäpfchen, aber leider nicht den Mann fürs Leben. Stattdessen läuft ihr ständig der unsympathische Polizist Adrian über den Weg. Doch wenigstens hat er einen gut aussehenden Freund, den charmanten Franzosen Pierre – Lenas Traummann. Ihn für sich zu gewinnen, ist nun ihr erklärtes Ziel, für dessen Erreichen ihre Freundinnen einen Schlachtplan entwickeln. Doch Lena wäre nicht Lena, wenn hierbei alles nach Plan verlaufen würde! Dass sie sich nebenher auch noch mit skurrilen Mitbewohnern herumschlagen muss und versehentlich zum Amor wider Willen mutiert, macht die Sache nicht gerade leichter.
Als sie selbst aber eine Liebeserklärung von der falschen Seite erhält und zu allem Überfluss ihre ein Doppelleben führende Freundin sie um Hilfe bittet, ist das Chaos perfekt …

Lesermeinungen:

- „Daanke, Danke, Danke! Dieses Buch war die reinste Therapie nach einer bes*******en Woche. Habe selten so viel gelacht." (Knatzje)
- „Dieses Buch müsste echt verfilmt werden! Einfach toll!" (Lisa)
- „Ich bin begeistert auf der ganzen Linie. (…) Ich würde 10 Sterne vergeben, wenn es sie geben würde." (Meggie)
- „Liebesgeschichten gehören eigentlich nicht zu meinen bevorzugten Lesegenres. Diese hier hat mich mal wieder davon überzeugt, dass es auch richtig gute Lovestorys gibt. :-) Ich gebe sehr gerne fünf Sterne!!!" (Mona)

Winter, Liebe und ein Wiesel

Juli ist dreiundzwanzig, alleinerziehende Mutter und im Hinblick auf Männer nicht gerade mit Glück gesegnet. Auch mit ihrer chaotischen Familie hat sie mehr als genug Probleme am Hals.
Doch das sind momentan noch ihre geringsten Sorgen, denn das familieneigene Antiquariat läuft mehr als schlecht und es stapeln sich die unbezahlten Rechnungen auf ihrem Tisch. Julis einzige Hoffnung: eine Beförderung in der Möbelfirma, in der sie arbeitet. Da ist es nicht unbedingt hilfreich, dass sie durch einen unglückseligen Zufall ihren Chef ins Krankenhaus bringt. Zu allem Überfluss droht der Verlust des Hauses, in dem Juli mit ihrer fünfjährigen Tochter, ihrer chaotischen Mutter und der spleenigen Großtante lebt.
Und dann rennt ihr auch noch ständig dieser leider ebenso attraktive wie arrogante Leo über den Weg. Bald schon knistert es zwischen ihnen gewaltig. Doch Leo hat mehr als nur ein Geheimnis …

Eine bezaubernde Geschichte über Zufälle, die keine sind, Liebe, die wirklich Liebe ist, und ein Wiesel, das … tut, was Wiesel eben so tun.

Lesermeinungen:

- „Bezaubernd und magisch“ (Mercy-Books)
- „wundervoll (…) sehr emotional und humorvoll (…) mitreißend und mein Highlight in diesem Jahr.“ (Thoras Bücherecke)
- „Waren ihre Romane bisher wirklich wunderschön und berührten das Herz, so hat dieser das ganze noch einmal getoppt.“ (Conrad)
- „romantisch und dramatisch (…) wunderbar ausgearbeitete Figuren, die einen in ihre Welt hineinzaubern.“ (Conrad)